Wat Alice vergat

Van dezelfde auteur

Het geheim van mijn man
Grote kleine leugens
Bijna echt gebeurd
Drie wensen

Bezoek onze internetsite www.awbruna.nl voor informatie over onze boeken, volg @AWBruna op Twitter of bezoek onze Facebook-pagina Facebook.com/AWBrunaUitgevers.

Liane Moriarty

Wat Alice vergat

A.W. Bruna Uitgevers

Oorspronkelijke titel
What Alice Forgot

Vertaling
Anna Livestro
Omslagbeeld
© plainpicture/Anja Weber-Decker
Omslagontwerp
bij Barbara

ISBN 978 94 005 0965 8
NUR 302

Eerder verschenen onder de titel *Onvergetelijk!*

Voor Adam

1

Ze dreef met haar armen wijd, het water zachtjes over haar lichaam klotsend, en ademde de zomerse geur van zout en kokos in. In haar mond hing een prettige nasmaak van een goed vullend ontbijt; gebakken spek en koffie en misschien iets van een croissantje. Ze tilde haar kin op en de ochtendzon scheen zo fel op het water dat ze haar ogen moest dichtknijpen om haar voeten door de glinstering heen te kunnen zien. De nagels van haar tenen hadden allemaal een andere kleur. Rood. Goud. Paars. Grappig. De nagellak was niet bepaald netjes aangebracht. Bobbelig en overal vegen. Er dreef iemand naast haar in het water. Iemand die ze heel leuk vond, iemand om wie ze moest lachen, met precies zulke nagels. Die ander wiebelde gezellig met haar veelkleurige tenen naar haar en ze was vervuld van slaperige gelukzaligheid. Ergens in de verte riep een mannenstem: 'Marco?' en een heel kinderkoor riep terug: 'Polo!' De man riep nog een keer: 'Marco, Marco, Marco?' en het koor antwoordde: 'Polo, Polo, Polo!' Een kind begon te lachen; een lang, gorgelend giecheltje, als een stroom zeepbelletjes. Toen klonk een stem zachtjes maar dringend in haar oor: 'Alice?' en ze boog haar hoofd achterover en liet het koele water stil over haar gezicht glijden.

Piepkleine spikkeltjes licht dansten voor haar ogen.

Was het een droom of een herinnering?

'Ik weet het niet!' zei een angstige stem. 'Ik heb het niet zien gebeuren.' Joh, doe even rustig.

De droom of de herinnering of wat het ook was loste op en verdween als een spiegelbeeld op het water en daarvoor in de plaats dreven nu flarden van gedachten door haar hoofd, alsof ze wakker werd uit een diepe slaap op een late zondagmorgen.

Wordt roomkaas eigenlijk tot de zachte kazen gerekend?

Het is geen harde kaas.

Het is helemaal niet...

... hard.

Dus, als je het logisch bekijkt...

... iets.

Iets logisch.

Lavendel, heerlijk.

Logisch heerlijk.

Niet vergeten die lavendelstruik te snoeien!

Ik ruik lavendel.

Nee, dat kan niet.

Ja, dat kan wel.

Op dat moment voelde ze voor het eerst de pijn in haar hoofd. De pijn zat aan één kant, heel fel, alsof iemand haar een flinke mep met een hamer had verkocht.

Haar gedachten werden scherper. Waar kwam die pijn in haar hoofd vandaan? Niemand had haar gewaarschuwd voor hoofdpijn. Er was een hele waslijst met vreemde symptomen waar ze zich op had voorbereid: brandend maagzuur, de smaak van aluminiumfolie in je mond, duizeligheid, extreme vermoeidheid – maar niks over een hamerend gevoel aan de zijkant van je hoofd. Dat hadden ze toch echt moeten vermelden, want het deed werkelijk ongelofelijk veel pijn. Ja, en als ze al geen doodgewone hóófdpijn aankon, nou, dan...

De geur van lavendel leek in golven te worden aangevoerd, als op een zacht briesje.

Ze liet zich weer meedrijven.

Het beste was om nu weer wat te slapen, en terug te gaan naar die heerlijke droom met het water en de bontgekleurde teennagels.

Wacht even, of had iemand wel iets over hoofdpijn gezegd en

was zij dat gewoon vergeten? Ja, inderdaad! Hoofdpijn! Heel zware. Geweldig.

Er was zoveel om te onthouden. Geen zachte kazen of gerookte zalm of sushi vanwege het risico op die enge ziekte waar ze nog nooit van had gehoord. Listeria-infectie. Iets met een of andere bacterie. Slecht voor de baby. Daarom mag je ook geen kliekjes. Een hap van een overgeschoten drumstick en de baby kan al doodgaan. De meedogenloze verantwoordelijkheden van het ouderschap.

Ze zou nu maar even wat gaan slapen. Dat was het beste.

Listeria-infectie.

Listeria, wisteria.

Wisteria, blauweregen. Er staat er eentje bij de schutting langs de zijkant van het huis. Wat zal dat er straks mooi uitzien, met die bloemtrossen.

Listeria, wisteria.

Wat een rare woorden.

Ze glimlachte, maar haar hoofd deed echt ontzettend pijn. Ze probeerde zich te vermannen.

'Alice? Hoor je me?'

De lavendelgeur zwol weer aan. Mierzoet leek het nu.

Roomkaas is een smeerkaas. Niet te zacht, niet te hard, precies goed. Net zoals het bedje van het kleinste beertje.

'Haar oogleden knipperen. Alsof ze droomt.'

Het had geen zin. Ze kon niet meer slapen, al was ze nog zo uitgeput; ze had het gevoel of ze eeuwig kon slapen. Liepen alle zwangere vrouwen rond met zo'n pijnlijk hoofd? Was dat soms om ze te harden voor de pijn tijdens de bevalling? Als ze straks wakker was, zou ze dat toch eens opzoeken in een van de babyboeken.

Ze vergat altijd hoe ontwrichtend pijn kon zijn. Wreed. Echt gemeen. Je wilde gewoon dat het stopte, nu meteen. Nee, een ruggenprik was zo gek nog niet. Dus mag ik nu dan graag een ruggenprik voor de pijn in mijn hoofd? Dank u.

'Alice, probeer je ogen eens open te doen.'

Was roomkaas überhaupt wel kaas? Je legde toch nooit een klodder roomkaas op een kaasplankje. Misschien betekende kaas in de context van roomkaas wel helemaal geen kaas. Ze zou het toch maar niet aan de dokter vragen, voor het geval dat het weer zo'n domme 'o, Álice'-blunder was.

Ze kon maar niet lekker liggen. De matras voelde aan als koud beton. Als ze zich nu om zou draaien, dan kon ze zachtjes met haar voet tegen Nick aan duwen, net zo lang tot hij haar naar zich toe trok in een warme berenknuffel. Haar menselijke warmwaterkruik.

Waar was Nick eigenlijk? Was hij al uit bed? Misschien was hij wel een kopje thee voor haar aan het zetten.

'Probeer je niet te bewegen, Alice. Blijf maar gewoon heel stil liggen, en doe je ogen open, lieverd.'

Elisabeth zou het wel weten, van de roomkaas. Die zou op haar vertrouwde grotezussenmanier snuiven en het dan haarfijn uitleggen. Mama had natuurlijk geen idee. Die zou wel weer iets zeggen als: 'O, jeetje, nee! Ik weet zeker dat ik roomkaas heb gegeten toen ik zwanger was van jullie. Dat soort dingen wisten ze in die tijd nog niet.' Dan zou ze eindeloos blijven doorkletsen, omdat ze bang was dat Alice per ongeluk een regel had geschonden. Mama geloofde heilig in regels. Alice zelf trouwens ook. Frannie zou het niet weten, maar die zou het opzoeken, vol trots, op haar nieuwe computer. Net zoals ze Alice en Elisabeth vroeger ook altijd hielp met het opzoeken van informatie voor school in haar grote encyclopedie.

Haar hoofd deed echt vreselijk zeer.

Waarschijnlijk was dit nog maar een te verwaarlozen fractie van de pijn die ze straks zou voelen tijdens de bevalling.

'Alice? Álice!'

Ze vond roomkaas niet eens lekker.

'Heeft iemand al een ambulance gebeld?'

Daar had je die lavendellucht weer.

Nick had een keer gezegd, net toen ze hun stoelriemen losmaakten (als reactie op haar gehengel naar complimentjes), met zijn hand al op de deurhendel: 'Doe niet zo belachelijk, apenkop, je weet toch dat ik knettergek op je ben?'

Ze deed het autoportier open en voelde de zon op haar benen en rook de lavendel die ze bij de deur had geplant.

Knettergek.

Het was een moment van naar lavendel geurende gelukzaligheid, zo na het boodschappen doen.

'Hij komt eraan. Ik heb drie keer nul gebeld! Dat is voor het eerst in mijn leven. Ik vond het maar gek. Ik wilde eerst 911 bellen, alsof we hier in Amerika zitten; ik had de 9 al ingetoetst. Duidelijk bewijs dat ik te veel televisieseries kijk.'

'Ik hoop maar niet dat het iets ernstigs is. Ik bedoel, je denkt toch niet dat ze me ergens voor kunnen aanklagen of zo? Zo moeilijk was mijn choreografie nou toch ook weer niet?'

'Nou, die laatste pirouette is wel een beetje zwaar als je toch al duizelig bent van die achterwaartse draai na de dubbele kick.'

'Ja, maar dit is een les voor gevorderden! Mensen komen klagen als ik het te gemakkelijk maak. Dus ik geef opties. Mijn lessen zijn gelaagd. Mijn god, het maakt ook niet uit wat je doet, mensen hebben altijd wel wat te zaniken.'

Wat hoorde ze nou toch, een of ander belprogramma op de radio? Ze haatte dat, want de bellers waren altijd van die chagrijnen met nasale stemmetjes. Er was altijd wel iets waar ze zich kwaad over maakten. En dat was iets waar Elisabeth zich altijd kwaad over maakte, zei ze.

Ze hield haar ogen dicht en zei hardop: 'Nick, heb je de radio aanstaan? Want ik denk dat ik hoofdpijn heb.' Haar stem klonk nukkig, niks voor haar, maar ja, ze was zwanger, en haar hoofd deed pijn en ze had het koud en ze voelde zich gewoon niet... goed.

Misschien was het de misselijkheid wel.

Was het eigenlijk wel ochtend?

O, Álice.

'Alice, hoor je me? Kun je me horen, Alice?'

Rozijntje, hoor je me? Kun je me horen, Rozijntje?

Elke avond voor het slapengaan praatte Nick tegen de baby door een lege wc-rol die hij tegen Alice' buik drukte. Dat idee had hij van de radio. Ze zeiden dat de baby op die manier ook de stem van de vader leerde kennen.

'Hallo-hallo!' riep hij dan. 'Hoor je me, Rozijntje? Dit is je vader!' Ze hadden ergens gelezen dat de baby nu ongeveer zo groot als een rozijn was. Dus noemden ze hem nu zo. Alleen onder elkaar natuurlijk, want verder waren ze heel coole aanstaande ouders. Geen klef gedoe waar anderen bij waren.

Rozijntje zei: Alles kits, hoor, pap, ik verveel me soms een beetje, maar verder is alles in orde. Hij zei kennelijk ook dat hij weleens wat anders zou willen eten dan al die saaie groene troep die zijn moeder at, en hij eiste pizza voor de verandering. Ik ben klaar met dat konijnenvoer! zei hij.

Het leek erop dat Rozijntje een jongen was. Hij had zo'n mannelijke persoonlijkheid, leek het. Die kleine boef. Daar waren ze het allebei wel over eens.

Alice ging dan altijd achteroverliggen en bekeek de bovenkant van Nicks hoofd. Hij had al een paar zilveren haren. Ze wist niet of hij dat zelf wel wist en dus zei ze er maar niks over. Hij was tweeëndertig. Ze kreeg een waas van tranen voor haar ogen door dat zilveren haar. Die belachelijke zwangerschapshormonen ook.

Alice praatte zelf nooit hardop tegen de baby. Ze deed het alleen in gedachten, heel verlegen, als ze in bad zat (niet te heet – zoveel regels). Dan voelde ze zich zo overweldigd door het grote wonder dat ze met haar vlakke hand tegen het water begon te slaan als een kind dat aan zijn verjaardag dacht. Binnenkort werd ze dertig, en ze had een angstaanjagende hypotheek en een man en straks ook een kind, maar toch voelde ze zich helemaal niet anders dan toen ze nog vijftien was.

Behalve dan dat ze op haar vijftiende nooit van die gelukzalige momenten had gehad na het boodschappen doen. Toen kende ze Nick nog niet eens. Haar hart moest nog een paar keer gebroken worden voor die ten tonele zou verschijnen en het met superlijm aan elkaar zou plakken met woorden als ‘knettergek’.

‘Alice? Gaat het wel? Doe je ogen eens open, alsjeblieft.’

Het was een vrouwenstem. Te hard en te schel om te negeren. Hij sleurde haar weer bij bewustzijn en liet haar niet meer los.

Het was een stem die Alice een vertrouwd gevoel van irritatie gaf, als een te krappe panty.

Deze persoon hoorde niet in haar slaapkamer thuis.

Ze rolde haar hoofd opzij. ‘Au!’

Ze deed haar ogen open.

Er was een waas van onherkenbare kleuren en vormen. Ze kon het nachtkastje niet eens zien, om haar bril te pakken. Haar ogen waren vast weer achteruitgegaan.

Ze knipperde, en knipperde nog eens en toen, als een telescoop die scherp werd gesteld, kwam alles duidelijk in beeld. Ze zag een paar knieën. Wat gek.

Bleke knobbelknieën.

Ze tilde haar kin een fractie op.

‘Héél goed!’

Het was uitgerekend Jane Turner, van kantoor, die naast haar geknield zat. Haar gezicht was rood aangelopen en er zaten plukken zweterig haar tegen haar voorhoofd geplakt. Haar ogen stonden moe. Ze had een zachte, mollige nek; dat was Alice nog nooit eerder opgevallen. Ze droeg een T-shirt met enorme zweetplekken en haar armen waren mager en wit, met donkere sproeten erop. Alice had nog nooit zoveel van Janes lijf kunnen zien. Het was gewoon gênant. Die arme Jane.

‘Listeria-wisteria,’ zei Alice voor de grap.

‘Je hebt een delirium,’ zei Jane. ‘Blijf zo liggen, niet gaan zitten.’

‘Hmpf,’ zei Alice. ‘Wil ook niet zitten.’ Ze had het gevoel dat ze niet in haar bed lag; het leek wel of ze plat op haar rug op een koele laminaatvloer lag. Was ze dan dronken? Was ze soms helemaal vergeten dat ze zwanger was en had ze zich een delirium gezopen?

Haar gynaecoloog was een hoffelijk type met een vlinderdas en een rond gezicht dat onrustbarend veel weg had van een van de exen van Alice. Hij zei dat hij geen enkel probleem had met: 'Laten we zeggen, een aperitiefje, gevolgd door een glas wijn aan tafel.' Alice dacht toen nog dat een aperitiefje een bepaald merk drank was. ('O, Álice,' zei Elisabeth.) Nick had haar uitgelegd dat een aperitiefje een drankje voor het eten is. Nick kwam uit een gezin waar men aan aperitiefjes deed. Alice kwam uit een gezin waar alleen een stoffige fles Baileys hoopvol achter in de voorraadkast stond te staan, achter de blikken spaghetti. Maar ondanks deze geruststelling van de gynaecoloog had ze sinds de zwangerschapstest nog maar een half glaasje champagne gedronken, en zelfs daar voelde ze zich al schuldig over, ondanks het feit dat iedereen steeds zei dat er echt niks aan de hand was.

'Waar ben ik?' vroeg Alice, doodsbang voor wat het antwoord zou zijn. Was ze in een of andere morsige nachtclub beland? Hoe moest ze dan aan Nick uitleggen dat ze helemaal vergeten was dat ze zwanger was?

'Je bent op de sportschool,' zei Jane. 'Je bent gevallen en knock-out gegaan. Mens, ik kreeg haast een hartverzakking, hoewel ik ook blij was met het excuus, want dan kon ik tenminste even stoppen.'

De sportschool? Alice kwam nooit in de sportschool. Was ze dan dronken een sportschool in gewaggeld?

'Je verloor je evenwicht,' zei een schelle, opgewekte stem. 'Dat was een behoorlijke smak! We schrokken ons allemaal een ongeluk, raar mens! We hebben een ambulance gebeld, dus maak je maar geen zorgen, de professionals komen eraan.'

Naast Jane zat een dun, koffiekleurig meisje met een gebleekte blonde paardenstaart, een kort broekje van glimmend lycra en een kort rood topje waarop met grote letters STEP CRAZY stond te lezen. Alice had meteen een hekel aan haar. Ze vond het niet prettig dat iemand haar zomaar voor raar mens uitmaakte. Beledigend zelfs. Haar zus Elisabeth zei altijd al dat het een van Alice' voornaamste tekortkomingen was, de neiging om zichzelf te serieus te nemen.

'Ben ik flauwgevallen?' vroeg Alice hoopvol. Zwangere vrouwen vielen weleens flauw. Zelf was ze in haar hele leven nog nooit flauwgevallen, hoewel ze de hele vierde klas driftig had geoefend, in de hoop dat zij een van die mazzelkonten was die in de kerk flauwviel en die dan in de armen van de gymleraar, meneer Gillespie, naar buiten moest worden gedragen.

'Dat komt doordat ik zwanger ben,' zei ze. Zo, wie maakte ze hier wel voor raar mens uit.

Janes mond zakte open. 'Jezus, Alice, dat meen je niet!'

Step Crazy trok een zuinig mondje, alsof ze Alice zojuist op iets heel stouts had betrapt. 'Maar jeetje, lieverd, ik heb aan het begin van de les nog gevraagd of er iemand zwanger was. Je had niet zo verlegen moeten zijn. Dan had ik toch gewoon wat aangepaste oefeningen gegeven?'

Haar hoofd bonkte. Ze begreep niks van wat iedereen allemaal zei.

'Zwanger,' zei Jane. 'Dat kon er ook nog wel bij. Wat een ramp.'

'Het is helemaal geen ramp.' Alice legde een beschermende hand op haar buik, zodat Rozijntje het niet zou horen. Hun financiële zaken gingen Jane geen bal aan. Mensen hoorden toch dolblij te reageren als je je zwangerschap aankondigde?

'Ik bedoel, wat moet je nu in 's hemelsnaam?' vroeg Jane.

Allemachtig! 'Wat ik moet? Hoe bedoel je, wat ik moet? Ik krijg een kindje.' Ze snoof. 'Je ruikt naar lavendel. Ik wist wel dat ik lavendel rook.' Haar reukvermogen was extra scherp vanwege de zwangerschap.

'Dat is mijn deo.' Jane leek helemaal zichzelf niet. Haar ogen waren een beetje vreemd. Echt opvallend. Misschien moest ze toch maar een oogcrème gaan gebruiken.

'Is alles wel in orde met jou, Jane?'

Jane snoof. 'Met mij is alles prima, ja. Zit jij nou maar liever over jezelf in.'

De baby! Lag ze hier een beetje egocentrisch zielig te doen

over haar eigen zere hoofd, terwijl ze zich om dat arme Rozijntje had moeten bekommeren. Wat was ze nou voor een moeder?

'Ik hoop maar dat de baby verder geen schade oploopt van mijn val.'

'Ach, baby's kunnen wel wat hebben, daar zou ik me maar niet druk over maken.'

Dat was nog een andere vrouwenstem. Voor het eerst keek Alice op en ze realiseerde zich dat er een hele groep rood aangelopen, zweterige vrouwen van middelbare leeftijd om haar heen stond. Sommigen van hen leunden voorover en staarden haar aan met zo'n gretige ramptoeristenblik, terwijl anderen met hun handen in de zij met elkaar stonden te kleppen alsof ze op een feestje waren. Ze waren kennelijk in een of andere lange, helverlichte ruimte. Ze hoorde ergens in de verte een soort ingeblikte muziek, het geluid van rammelend metaal en een plotselinge uitbarsting van mannengelach.

'Toch moet je echt geen *high-impact* sport doen als je zwanger bent,' zei een andere vrouw.

'Maar ik doe überhaupt niet aan sport,' zei Alice. 'Ik zou juist weer eens wat moeten gaan doen.'

'Meer sporten dan wat jij doet, dat kan helemaal niet,' zei Jane.

'Waar heb je het toch over?' Ze keek om zich heen naar al die vreemde gezichten. Het was allemaal zo... suf. 'Ik weet niet eens waar ik ben.'

'Ze heeft waarschijnlijk een hersenschudding,' zei iemand opgewonden. 'Mensen met een hersenschudding zijn vaak warrig en gedesoriënteerd.'

'O, moet je haar horen, mevrouw de dokter.'

'Ik heb een EHBO-cursus gevolgd, bij de kinderen op school. Het was letterlijk wat ze zeiden, dat weet ik nog: "warrig en gedesoriënteerd". Je moet uitkijken voor druk op de hersenen. Dat is heel gevaarlijk.'

Juffrouw Step Crazy keek bang en aaide over Alice' arm. 'O

jee, lieverd, JE HEBT MISSCHIEN EEN KLEIN BEETJE EEN HERSENSCHUDDING.'

'Ja, maar daar word je niet doof van,' zei Jane geïrriteerd. Toen boog ze haar hoofd naar Alice toe en zei zachtjes: 'Het komt wel goed. Je bent nu op de sportschool, voor de steples die je op vrijdag altijd volgt. Je loopt al eeuwen aan mijn hoofd te zeuren of ik een keer meekom, weet je nog wel? Hoewel ik de lol er niet van inzie, moet ik zeggen. Hoe dan ook, je bent spectaculair onderuitgegaan, en daarbij heb je je hoofd bezeerd, meer niet. Het komt allemaal wel weer in orde. Maar waarom heb je me niet verteld dat je zwanger bent?'

'Wat is een steples?' vroeg Alice.

'O, dit is echt niet best,' zei Jane geagiteerd.

'De ambulance is er!' riep iemand.

Step Crazy deed halfgaar van opluchting. Ze sprong op en maakte een gebaar als een energieke huisvrouw met een bezem om de rest van de vrouwen weg te werken. 'Oké, meiden, laten we even wat ruimte maken, ja?'

Jane bleef op de grond geknield zitten, naast Alice, en klopte afwezig op haar schouder. Toen hield het kloppen ineens op. 'Jemig, jij hebt ook altijd mazzel.'

Alice draaide haar hoofd en zag twee knappe kerels in blauwe overalls op hen afkomen, met hun eerstehulpspullen in de hand. Gegeneerd deed ze haar best om op te krabbelen.

'Blijven liggen, mop,' riep de langste van de twee.

'Hij lijkt precies op George Clooney,' fluisterde Jane in haar oor. En dat klopte. Alice werd er meteen een stuk vrolijker van. Het leek wel alsof ze in een aflevering van *ER* terecht was gekomen.

'Hallo.' George Clooney ging op zijn hurken naast haar zitten, zijn grote handen rustend op zijn knieën. 'Hoe heet je?'

'Jane,' zei Jane. 'O. Zij heet Alice.'

'Alice, wat is je volledige naam?' George nam voorzichtig haar hand in de zijne en drukte twee vingers tegen haar pols.

'Alice Mary Love.'

'Dus je hebt een smak gemaakt, Alice?'

'Kennelijk. Ik kan me er niks van herinneren.' Alice voelde zich huilerig en heel bijzonder, zoals altijd als ze aandacht kreeg van een zorgverlener. Al was het de apotheker maar. Dat verweet ze haar moeder, want die maakte ook altijd zo'n toestand als ze een keertje ziek was, als kind. Elisabeth en zij waren gruwelijke hypochonders geworden.

'Weet je waar je nu bent?' vroeg George.

'Niet echt,' zei Alice. 'Maar het schijnt dat ik in een sportschool ben.'

'Ze is gevallen tijdens de steples.' Jane deed het behabandje onder haar topje goed. 'Ik zag het gebeuren. Ze deed een heel indrukwekkende achterwaartse sprong, en toen smakte ze met haar hoofd tegen de vloer. Ze is een minuut of tien buiten westen geweest.'

Step Crazy kwam weer terug, met haar zwierende staartje, en Alice staarde omhoog langs die lange, gladde benen en die harde, platte buik. Het leek wel nep. 'Ik denk dat ze heel even haar concentratie is kwijtgeraakt,' zei Step Crazy op een vertrouwelijk toontje tegen George Clooney, als deskundigen onder elkaar. 'Dit soort lessen raad ik af voor zwangere vrouwen. En ik heb toch écht nog gevraagd of er niemand zwanger was.'

'Hoeveel weken ben je, Alice?' vroeg George.

Alice wilde antwoorden, maar tot haar verbazing merkte ze dat ze een zwart gat in haar hoofd had.

'Dertien,' zei ze na een paar seconden. 'Ik bedoel veertien. Veertien weken.' De eerste echo was nu ruim twee weken geleden gemaakt. Rozijntje had nog een heel rare bokkensprong gemaakt, alsof hij aan het discodansen was, of alsof iemand hem een flinke por in de rug had gegeven, en na afloop deden Nick en Alice die beweging steeds na voor allerlei mensen. Iedereen was reuzebeleefd en ze zeiden allemaal braaf dat dat toch wel heel bijzonder was.

Ze legde haar hand weer op haar buik en nu voelde ze voor het eerst wat ze aanhad. Gympen met witte sokken. Een korte zwarte broek en een geel mouwloos hemdje met een glimmende gouden sticker erop geplakt. Het leek wel een plaatje van een dinosaurus met een ballon in zijn bek waarop stond: ROCK ON. Rock on?

'Waar komen deze kleren vandaan?' vroeg ze op beschuldigende toon aan Jane. 'Dit is niet van mij.'

Jane trok betekenisvol haar wenkbrauwen op naar George.

'Er plakt een dinosaurus op mijn shirt,' zei Alice verbijsterd.

'Welke dag is het vandaag, Alice?' vroeg George.

'Vrijdag,' antwoordde Alice. Dat zou ze zelf niet geweten hebben, maar ze zei het omdat Jane net had verteld dat het vrijdag was en dat ze dan altijd steples had. Wat dat ook mocht zijn.

'Weet je nog wat je als ontbijt hebt gegeten?' George bekeek voorzichtig de zijkant van haar hoofd terwijl hij met haar praatte. De andere ambulancebroeder bond ondertussen een bloeddrukmeter om haar bovenarm en begon die op te pompen.

'Geroosterd brood met pindakaas?'

Dat at ze namelijk meestal als ontbijt, dus dat leek een goede gok.

'Hij wéét natuurlijk niet wat jij als ontbijt hebt gegeten,' zei Jane. 'Hij wil alleen weten of jij je nog wel kunt herinneren wat je hebt gegeten.'

De bloeddrukmeter kneep Alice' arm flink af.

George ging weer op zijn hurken zitten en vroeg: 'Doe mij een lol en vertel eens even de naam van onze illustere minister-president.'

'John Howard,' antwoordde Alice gehoorzaam. Ze hoopte dat hij niet nog meer politieke vragen zou stellen, want daar was ze niet zo goed in. Het interesseerde haar gewoon niet zo.

Jane maakte een wonderlijk explosief geluid, dat het midden hield tussen spot en vreugde.

'O. Aha. Maar hij is toch nog wel steeds premier?' Alice schaamde zich dood. Mensen zouden haar hier nog jaren mee pesten. O, Alice, je weet niet eens wie onze minister-president is! Had ze soms een verkiezing gemist? 'Nee, ik weet het zeker.'

'Welk jaar is dit?' George vond het zo te zien niet erg.

'Het is 1998,' antwoordde Alice meteen. Dat wist ze tenminste honderd procent zeker. De baby zou namelijk in 1999 worden geboren.

Jane sloeg haar hand voor haar mond. George wilde nog iets vragen, maar Jane was hem voor. Ze legde haar hand op Alice' schouder en keek haar diep in de ogen. De opwinding straalde uit haar ogen. Piepkleine balletjes mascara balanceerden aan het uiteinde van haar wimpers. De combinatie van haar lavendeldeo en de knoflookwalm uit haar mond werd Alice nu toch echt te veel.

'Hoe oud ben je, Alice?'

'Ik ben negenentwintig, Jane.' Janes dramatische toontje irriteerde Alice mateloos. Wat wilde ze nou? 'Precies zo oud als jij.'

Jane ging rechtop zitten en keek George Clooney triomfantelijk aan.

'Ik heb net een uitnodiging gekregen voor haar veertigste verjaardag.'

En dat was de dag waarop Alice Mary Love naar de sportschool ging en zomaar tien jaar van haar leven kwijtraakte.

2

Jane zei natuurlijk dat ze om twee uur op de rechtbank moest zijn, maar dat ze anders wel was meegegaan naar het ziekenhuis.

'Wat moet jij op de rechtbank?' vroeg Alice, die allang blij was dat Jane niet mee zou gaan. Ze zat vandaag alweer ruim aan haar Jane-taks. Een uitnodiging voor haar veertigste verjaardag. Wat bedóélde ze daar in vredesnaam mee?

Jane glimlachte eigenaardig en gaf geen antwoord op die vraag. 'Ik bel wel even of er iemand naar het ziekenhuis komt.'

'Niet iemand.' Alice zag dat de broeders een brancard voor haar klaarzetten. Het leek haar maar een wankel ding. 'Nick.'

'Ja, natúúrlijk. Ik zal Níck bellen.' Jane sprak de woorden met klem uit, alsof ze meespeelde in een kindertoneelstukje.

'Ik kan trouwens best lopen, hoor,' zei Alice tegen George Clooney. Ze vond het nooit prettig om door anderen opgetild te worden, zelfs niet door Nick, en die was toch heel sterk. Ze maakte zich zorgen over haar gewicht. Wat nu als die ambulancebroeders straks zuchtten en steunden als een stel verhuizers als ze haar op de brancard moesten tillen? 'Ik voel me prima. Het is mijn hoofd maar.'

'Jij hebt een behoorlijk ernstige hersenschudding,' zei George. 'En met hersenletsel nemen we geen enkel risico.'

'Kom op, zeg, rondlopen met een mooie vrouw op een brancard, dat is het mooiste onderdeel van ons werk,' zei de andere broeder. 'Daar wil je ons toch zeker niet van beroven?'

'Ja, je moet ze nergens van beroven, Alice,' zei Jane. 'Je hersenen zijn beschadigd. Je denkt dat je negenentwintig bent.'

Wat bedoelde ze daar nou toch mee?

Alice ging weer liggen en liet zich door de twee mannen behendig op de brancard tillen. Terwijl haar hoofd opzij viel, werd ze duizelig van de pijn.

'O, en hier is haar tas.' Jane pakte een rugzakje op dat aan de zijkant van de ruimte lag, en duwde dat naast Alice op de brancard.

'Die is niet van mij,' zei Alice.

'Jawel.'

Alice staarde naar de rode canvas zak. Er stond een rijtje van drie glimmende dinostickers op, net zoals die op haar hemdje. Ze dacht dat ze moest overgeven.

De twee broeders tilden de brancard op. Het leek moeiteloos te gaan. Ach, het was ook hun vak om mensen in alle soorten en maten te kunnen tillen.

'Werk!' zei Alice, plotseling in paniek. 'Wil jij mijn werk voor me bellen? Waarom zijn we trouwens niet op kantoor, op vrijdag?'

'Ik heb geen idee. Waarom eigenlijk niet?' herhaalde Jane weer met die toneelstem. 'Maak jij je nou maar nergens zorgen over, hoor. Ik bel "Nick" en daarna bel ik met "kantoor". Ik neem aan dat je het dan hebt over ABR Baksteen?'

'Ja, Jane, dat is precies wat ik bedoel,' zei Alice met klem. Ze werkten nu drie jaar samen bij ABR. Zou Jane soms geestelijk niet in orde zijn?

'Zeg maar tegen Sue dat ik vandaag waarschijnlijk niet meer kom.'

'Sue,' herhaalde Jane langzaam. 'Ik neem aan dat je Sue Mason bedoelt?'

Sue Mason was hun baas. Die stond op stiptheid en doktersverklaringen en nette werkkleding. Alice kon niet wachten tot ze met zwangerschapsverlof mocht, zodat ze daar tenminste een poosje weg kon.

Alice zag dat Jane hen nakeek toen de broeders met haar wegliepen. Ze klemde haar bovenlip tussen haar wijsvinger en haar duim, waardoor ze een vissenkop kreeg.

'Snel weer beter worden!' gilde Step Crazy vanaf een podium voor in de ruimte; haar stem werd versterkt door een microfoon die aan haar hoofd zat vastgeplakt. Toen de brancard bij de deur was, barstte er ineens stampende muziek los. Alice keek achterom en zag dat Step Crazy heel snel op een laag plastic bankje stapte om er even snel weer af te stappen. De vrouwen die om Alice heen hadden gestaan deden haar precies na op hun eigen bankjes. 'DAMES, we gaan ervoor! En een basic, en geef me een hamstringcurl, en daar gaan we: RO-DE-O!' De vrouwen gingen gespreid over het bankje staan en draaiden hun denkbeeldige lasso's rond boven hun hoofd.

Mijn hemel. Ze kon niet wachten tot ze Nick over deze krankzinnige dag kon vertellen. Dat rodeogedoe, dat moest ze echt nadoen. Hij zou niet meer bijkomen. Ja, deze hele dag was een giller.

(Al was het natuurlijk ook wel een beetje eng, want wat deed ze in een sportschool met Jane Turner, die zich zo idioot gedroeg?)

Ze passeerden een glazen deur en kwamen in een enorm lange ruimte, zo groot als een supermarkt. Het kwam Alice allemaal totaal niet bekend voor.

Er stonden rijen gecompliceerd uitziende machines waar mannen en vrouwen op stonden te trekken of te duwen aan dingen die duidelijk veel te zwaar voor hen waren. Er hing zo'n ijverige, gedempte sfeer, net als in een bibliotheek. Niemand stopte met waar ze mee bezig waren toen de brancard langskwam. Alleen hun ogen volgden haar met een uitgestreken, onpersoonlijk soort belangstelling, alsof ze een nieuwsitem was op het journaal.

'Alice!'

Er stapte een man van een loopband; hij duwde zijn koptelefoon van zijn oren tegen zijn schouders. 'Wat heb jij nou?'

Zijn gezicht – knalrood en vol zweetdruppels – zei haar niets. Alice staarde hem aan, en ze zocht naarstig naar iets beleefds om tegen hem te zeggen. Het had iets onwerkelijks om met een vreemdeling te moeten converseren als je op je rug op een brancard vastgebonden lag. Dit leek wel zo'n droom waarin je in je pyjama op een cocktailparty verscheen.

'Ze heeft een klap op d'r kop gehad,' antwoordde George Clooney namens haar.

'O nee!' De man veegde met een handdoek over zijn voorhoofd. 'Daar zit je niet op te wachten, zo vlak voor de grote dag.'

Alice probeerde een spijtig gezicht te trekken met het oog op de grote dag. Misschien was hij wel een collega van Nick en had hij het over een of ander bedrijfsfeest waar zij van af moest weten?

'Tja, dat komt er nou van als je altijd maar in de sportschool hangt, hè, Alice.'

'Ho,' zei Alice. Ze wist niet wat ze eigenlijk had willen zeggen, maar dat was wat eruit kwam: Ho.

De ambulancebroeders liepen door, en de man klom weer op zijn loopband en begon te rennen terwijl hij haar nariep: 'Hou je haaks, Alice! Ik vraag Maggie wel even of ze je belt!' Hij stak zijn duim en pink uit en hield die bij zijn hoofd in een telefoongebaar.

Alice deed haar ogen dicht. Haar maag deed raar.

'Gaat-ie, Alice?' vroeg George Clooney.

Alice deed haar ogen weer open. 'Ik ben een beetje misselijk,' zei ze.

'Oké. Dat viel te verwachten.'

Ze bleven staan voor een lift.

'Ik heb echt geen idee waar ik ben,' zei ze nog maar eens tegen George. Ze had het gevoel dat ze dat nog maar eens goed duidelijk moest maken.

'Maak je daar voorlopig nog maar even niet druk om,' antwoordde George.

De liftdeuren gleden open en er stapte een vrouw uit met een sluik bobkapsel. 'Alice! Wat is er met je? Wat is er gebeurd?' Ze sprak met zo'n heteaardappelaccent. 'Ook toevallig, ik stond net aan je te denken. Ik wilde je nog bellen over het – enfin, het incidentje – op school. Chloe heeft het me verteld, jij arm schaap. Jeetje, dan kan dit er ook nog wel bij, zeg. En dan morgenavond, en de grote dag!'

Ze praatte maar door, terwijl de broeders de brancard de lift in manoeuvreerden en op de knop voor de begane grond drukten. De deur gleed weer dicht terwijl de vrouw een zogenaamde telefoon bij haar oor hield, precies zoals die loopbandvent, terwijl een andere stem uitriep: 'Is dat Alice Love niet, die ik net op die brancard zag liggen?'

'Jij kent ook veel mensen, zeg,' zei George.

'Nee, hoor,' zei Alice. 'Echt niet.'

Ze dacht aan hoe Jane had gezegd: 'Ik heb net een uitnodiging gekregen voor haar veertigste verjaardag.'

Toen draaide ze haar hoofd om en gaf over op de mooie, glimmende schoenen van George Clooney.

Elisabeths huiswerk voor dokter Hodges

Het was tegen het einde van de lunchpauze toen ik het telefoontje kreeg. Ik had nog maar vijf minuten en ik moest eigenlijk even naar het toilet om te controleren of er geen etensresten tussen mijn tanden zaten. Ze zei: 'Hallo, Elisabeth, hoi, je spreekt met Jane, ik heb een probleem,' alsof er op de hele wereld maar één Jane is (je zou denken dat iemand met zo'n voornaam hoort te weten dat ze haar achternaam er voor het gemak meteen bij hoort te noemen) en ik dacht: Jane, Jane, een Jane met een probleem, en toen drong het tot me door dat het Jane Turner was. De Jane van Alice.

Ze zei dat Alice was gevallen in de sportschool, tijdens de steples.

Dus daar zat ik met honderddrieënveertig man achter hun tafeltjes, met hun ijswater en hun kauwgummetjes, en hun verwachtingsvolle blikken en hun pennen in de aanslag omdat ze allemaal negenentwintighonderdvijftig dollar hadden betaald om mij te horen spreken, of vijfentwintighonderd als ze bij de vroegboekers hoorden. Zoveel geld wilden mensen me betalen om van mij te horen hoe ze een succesvolle directmail-campagne moesten opzetten. Ja, zeg maar niks! Die akelige commerciële wereld daarbuiten is u volkomen vreemd, of niet soms, dokter Hodges? Ik zag best dat u alleen uit beleefdheid zat te knikken toen ik u probeerde uit te leggen wat mijn werk inhield. Het is vast nooit bij u opgekomen dat die brieven en folders die bij u in de brievenbus vallen door echte mensen zijn geschreven. Mensen zoals ik. Ik durf te wedden dat u zo'n nee-neesticker op uw brievenbus hebt. Maakt u zich maar geen zorgen, ik reken het u verder niet aan.

Hoe dan ook, het kwam niet bepaald gelegen, dit verzoek om me naar mijn zus te haasten omdat die een ongeluk had gehad in de sportschool (er zijn namelijk ook mensen die moeten werken voor de kost; mensen die geen tijd hebben om midden op de dag naar de sportschool te gaan). Vooral omdat ik niet meer met haar praat sinds het incident met de bananenmuffins. Ik weet dat we al uitgebreid hebben besproken dat ik haar gedrag 'rationeler' moet bekijken, maar toch praat ik nog steeds niet met haar. (Niet dat zíj dat weet, maar gun mij dit kinderlijke pleziertje.)

Ik zei tegen Jane (enigszins geïrriteerd en uit de hoogte, moet ik toegeven): 'Is het ernstig?' Om de een of andere reden kwam het niet bij me op dat het weleens echt erg zou kunnen zijn.

Jane zei: 'Ze denkt dat het 1998 is en dat ze negenentwintig is en dat we nog altijd samen bij ABR Baksteen werken, dus het is in elk geval behoorlijk vreemd.'

Toen zei ze: 'O, en ik neem aan dat jij wel wist dat ze zwanger was?'

Ik schaam me nu diep voor hoe ik daarop reageerde. Het enige wat ik daarover kan zeggen, dokter Hodges, is dat het even onwillekeurig en onstuitbaar was als een flinke hooikoortsige niesbui.

Het was een gevoel van oncontroleerbare woede, die met een

enorme WOESJ van mijn maag naar mijn hoofd stormde, en ik zei: 'Jane, het spijt me, maar ik moet nu ophangen,' en ik hing op.

George Clooney was allerliefst over zijn schoenen. Alice schaamde zich rot en probeerde nog van de brancard te stappen om ze voor hem schoon te maken – als ze nou maar ergens een zakdoekje vandaan kon halen, misschien wel uit die rare canvas zak – maar beide broeders deden heel streng en stonden erop dat ze stil bleef liggen.

Haar maag voelde wel wat beter nu ze achter in de ambulance in de riemen lag. Al dat witte plastic om haar heen had iets geruststellends; alles voelde verstandig en steriel.

Het leek een behoorlijk tam ritje naar het ziekenhuis te worden, eigenlijk net zoiets als een taxirit. Voor zover Alice wist reden ze niet met gillende sirenes door de straten om te zorgen dat de andere auto's aan de kant gingen.

'Dus je denkt niet dat ik doodga?' vroeg ze aan George. De andere broeder zat achter het stuur, en George Clooney zat achterin met Alice. Hij had borstelige wenkbrauwen, zag ze nu. Nick had ook van die enorme wenkbrauwen. Alice had ze weleens laat op de avond proberen te plukken, en toen had hij zo hard geschreeuwd dat ze bang was dat mevrouw Bergen, de buurvrouw, haar burenplicht zou doen en de politie zou bellen.

'Jij staat zo weer in de sportschool,' antwoordde George.

'Ik ga helemaal nooit naar een sportschool,' zei Alice. 'Ik geloof niet in sportscholen.'

'Daar ben ik het helemaal mee eens.' George glimlachte en klopte even op haar arm.

Ze zag stukjes billboard en kantoor en lucht langsflitsen door het raampje van de ambulance, achter het hoofd van George.

Oké, dit was dus echt heel vreemd allemaal. Het kwam door die 'klap voor haar kop' dat alles ineens zo raar leek. Dit was niet meer gewoon een wat langere, wat intensere versie van dat grappige, dromerige gevoel dat je hebt als je wakker wordt tijdens een vakantie, en geen idee hebt waar je bent. Maar er was geen reden voor paniek. Dit was juist interessánt! Ze moest zich alleen wat beter concentreren.

'Hoe laat is het?' vroeg ze vastbesloten aan George.

'Bijna lunchtijd,' zei hij met een blik op zijn horloge.

Goed. Lunchtijd. Lunchtijd op vrijdag.

'Waarom wilde je net eigenlijk weten wat ik bij het ontbijt heb gegeten?' vroeg ze.

'Dat is een van de standaardvragen die we altijd aan mensen met hoofdwonden stellen. We doen dat om je psychische gesteldheid in te schatten.'

Dus als ze nou maar weer wist wat ze die ochtend had gegeten, dan kwam het vanzelf allemaal weer goed.

Ontbijt. Vanochtend. Nou, kom op. Dat moest ze toch zeker nog wel weten?

Het idee van een doordeweeks ontbijt had ze duidelijk genoeg voor ogen. Dat bestond namelijk uit twee sneetjes brood die eensgezind uit het rooster sprongen, en de waterkoker die woest stond te borrelen, en het ochtendlicht dat in een schuine streep over de keukenvloer viel en zo die grote bruine spatvlek op het linoleum in het zonnetje zette; die vlek die eruitzag alsof hij in een handomdraai weggepoetst kon worden, wat absoluut niet het geval was. Het bestond uit een blik op de spoorwegklok die Nicks moeder hun had gegeven voor het nieuwe huis, in de vurige hoop dat het vroeger was dan ze vreesde (maar het was altijd later). En het bestond uit het krakerige geluid van de radio – bezorgde, intense stemmen die de stand van de wereld doornamen. Nick luisterde ernaar en zei soms dingen als: 'Dat meen je niet,' en Alice liet de stemmen over zich heen komen en probeerde haar slaperige staat vast te houden.

Nick en zij waren geen ochtendmensen. Dat vonden ze leuk aan elkaar, aangezien ze allebei ook weleens een relatie hadden gehad met mensen die 's ochtends juist onverteerbaar opgewekt waren. Ze spraken alleen in afgemeten zinnetjes, en soms maakten ze er een spelletje van, waarbij ze hun chagrijn extra dik aanzetten, maar soms ook niet, en dat was ook goed, want ze wisten dat hun ware ik die avond na het werk wel weer aan bod zou komen.

Ze probeerde zich een specifieke ontbijtherinnering voor de geest te halen.

Het was die kille ochtend, en de keuken was half afgeschilderd. Buiten regende het keihard, en er hingen sterke verfdampen die kriebelden in haar neus terwijl ze zwijgend hun geroosterd brood met pindakaas aten, zittend op de grond, omdat al hun meubels met plastic waren afgedekt. Alice was nog in haar nachtpon, maar ze had er een vestje overheen gedaan en ze had Nicks oude voetbalsokken tot over haar knieën getrokken. Nick was geschoren en aangekleed, op zijn das na. De avond ervoor had hij haar verteld over een heel belangrijke en enge presentatie die hij moest houden voor Glimschedel, Zak de Wasser en de Grote Ziener, allemaal tegelijk. Alice, die het zelf doodeng vond om in het openbaar te spreken, voelde haar eigen maag vol medeleven samentrekken. Die ochtend had Nick een slok thee genomen, zijn beker neergezet, zijn mond opengedaan om een hap van zijn brood te nemen, waarna de boterham op zijn blauwgestreepte lievelingsoverhemd viel. Hij bleef zo tegen de voorkant plakken. Hun ogen vonden elkaar in gedeelde schrik. Nick pelde langzaam de boterham van zijn hemd en onthulde zo een enorme vettige rechthoek van pindakaas. Op de toon van een man die zojuist een fatale schotwond was toegebracht, zei hij: 'Dat was dus mijn enige schone overhemd,' en vervolgens pakte hij de boterham en drukte die tegen zijn voorhoofd.

'Welnee,' zei Alice. 'Ik heb een was weggebracht toen jij gisteravond aan het squashen was.' Ze hadden zelf nog geen wasmachine, en dus brachten ze al hun wasgoed naar de wasserette verderop in de straat. Nick haalde de platgedrukte boterham van zijn gezicht en zei: 'Nietes,' en zij zei: 'Welles,' en toen kroop hij tussen blikken verf naar haar toe, legde zijn handen op haar gezicht en gaf haar een lange, tedere pindakaaskus.

Maar dat was niet vanochtend. Dat was maanden geleden, of weken, of zoiets. De keuken was inmiddels klaar. Bovendien was ze toen niet zwanger, want ze dronk nog koffie.

Er was ook een rijtje ontbijtjes waarbij ze op de gezonde toer waren, en ze yoghurt met fruit aten. Wanneer was dat ook weer? De gezondheidstic had niet lang geduurd, ook al waren ze echt behoorlijk fanatiek in het begin.

Er waren ook ontbijten waarbij Nick weg was voor zijn werk. Dan at ze haar geroosterd brood in bed, zich wentelend in de romantische pijn van het missen, alsof hij zeeman was, of soldaat. Het was net zoiets als genieten van een hongerig gevoel in de wetenschap dat je een gigantisch feestmaal wacht.

En dan had je nog dat ene ontbijt toen ze ruzie hadden – lelijk vertrokken gezichten, vuurspuwende ogen, slaande deuren – over het feit dat ze geen melk in huis hadden. Dat was dan weer niet zo leuk. (Maar dat specifieke ontbijt was zeker niet die ochtend, want ze wist nog hoe ze elkaar die avond hadden vergeven terwijl ze zaten te kijken naar Nicks jongste zus die een rolletje had in een tergend lang postmodern toneelstuk waar ze geen van beiden iets van begrepen. 'Trouwens, ik vergeef je,' fluisterde Nick in haar oor, waarop zij in zijn oor fluisterde: 'Sorry hoor, maar ik vergeef jou,' zodat de vrouw voor hen zich omdraaide en hun als een ouwe schoolfrik toesiste dat ze stil moesten zijn. Toen hadden ze zo vreselijk de slappe lach gekregen dat ze uiteindelijk over al die knieën hadden moeten klimmen om het theater te kunnen verlaten. Waarna ze ongelofelijk op hun donder hadden gekregen van Nicks zusje.)

Er was ook een ontbijt waarbij ze mokkend babynamen had voorgelezen uit een namenboekje, waarop hij even mokkend ja of nee had geantwoord. Dat was leuk, omdat ze die ochtend allebei hun chagrijn hadden geveinsd. 'Het is toch niet te geloven dat ze ons iemand een náám laten geven?' had Nick gezegd. 'Het voelt als een taak die je alleen aan de koning kunt overlaten.' 'Of de koningin,' zei Alice. 'O, maar zoiets laten ze natuurlijk nooit over aan een vróúw,' zei Nick daarop. 'Wat denk je wel?'

Was dát die ochtend gebeurd? Nee. Dat was... een ander keertje. Niet vanochtend.

Ze had werkelijk geen idee wat ze die ochtend als ontbijt had gehad.

Ze biechtte het op aan George Clooney: 'Ik zei dat ik geroosterd brood met pindakaas heb gegeten, omdat ik dat meestal eet. Maar eigenlijk herinner ik me helemaal niets meer van het ontbijt.'

'Dat geeft niet, Alice,' antwoordde hij. 'Ik denk niet dat ik zelf nog weet wat ik vanochtend heb gegeten.'

'O.' Nou, zo belangrijk was het dus kennelijk niet om haar psychische gesteldheid te bepalen. Wist die George eigenlijk wel waar hij mee bezig was?

'Misschien heb jij ook wel een hersenschudding,' zei Alice. George lachte plichtmatig. Hij leek zijn belangstelling voor haar te verliezen. Misschien hoopte hij wel dat zijn volgende patiënt een interessanter geval zou zijn. Hij vond het waarschijnlijk leuk om van die defibrillatordingen te gebruiken. Dat zou Alice tenminste ook vinden als zij op de ambulance reed.

Een keer op een zondag, toen Nick een kater had en zij hem probeerde over te halen om met haar naar het strand te gaan, lag hij plat op de bank met zijn ogen dicht en negeerde alles wat ze zei. 'O jee, zijn hart houdt ermee op!' had ze toen geroepen, en toen had ze twee spatels tegen elkaar gewreven voor ze die tegen zijn borst drukte en '*Clear!*' riep. Nick was zo vriendelijk geweest om braaf te stuiptrekken op het juiste moment. Verder bewoog hij nog steeds niet, tot ze riep: 'Hij ademt niet meer! Dat wordt intuberen geblazen, nú!' en toen probeerde ze hem een rietje in zijn keel te duwen.

De ambulance bleef voor een stoplicht staan en Alice ging wat verliggen. Alles aan haar lichaam voelde verkeerd. Diep in haar botten was een overweldigende vermoeidheid, maar tegelijkertijd voelde ze een springerige, dartele energie waardoor ze het liefst op zou staan en iets actiefs zou doen. Dat kwam vast door de zwangerschap. Iedereen zei dat je je eigen lichaam niet meer terugkende.

Ze drukte haar kin tegen haar borst om nog eens naar die vreemde, klamme kleren te kijken die ze droeg. Zoiets zou zij echt nooit uitkiezen. Ze droeg nooit geel, laat staan een hemdje. Dat paniekerige gevoel kwam weer boven en ze wendde haar blik af en keek naar het plafond van de ambulance.

Het probleem was dat ze zich ook al niet kon herinneren wat ze de vorige avond had gegeten.

Niets. Het lag niet eens op het puntje van haar tong.

Dat ding met tonijn en bonen dat ze altijd maakte? Nicks geliefde lamscurry? Ze had geen idee.

Weken leken altijd een grote brij, dus dat was natuurlijk ook het probleem. Hoe zat het dan met het vorige weekend, wat had ze toen ook weer gedaan?

Een warrige kluwen herinneringen aan verschillende weekenden werd leeggegoten in haar hoofd alsof ze een wasmand ondersteboven had gekeerd. In het park op het gras met een krant. Picknicks. In een tuincentrum kibbelen over planten. In het huis werken. Naar de film. Etentjes. Koffiedrinken met Elisabeth. Zondagochtendseks, gevolgd door slapen, gevolgd door croissantjes van de Vietnamese bakker. Verjaardagsfeestjes bij vrienden. Een paar bruiloften. Reisjes. Dingen met Nicks familie.

Op de een of andere manier wist ze dat geen van die dingen het afgelopen weekend hadden plaatsgevonden. Wanneer dan wel, dat wist ze niet precies. Kort of lang geleden. Ze waren gewoon ooit gebeurd.

Het probleem was dat ze zich niet in een 'vandaag' of een 'gisteren' of zelfs een 'verleden week' wist te plaatsen. Ze dreef hulpeloos boven de kalender als een ontsnapte ballon.

Er kwam een beeld bij haar op van een grijze wolkenlucht vol met bosjes roze ballonnen die als boeketten bijeengebonden waren met witte lintjes. De ballonboeketten werden woest heen en weer geslagen door een boze wind, en ze voelde een vreselijke droefheid.

Dat gevoel verdween als een golf van misselijkheid.

Mijn hemel. Wat was dat allemaal?

Ze verlangde zo naar Nick. Hij zou wel zorgen dat alles weer goed kwam. Hij zou haar precies vertellen wat ze gisteravond hadden gegeten en wat ze afgelopen weekend hadden gedaan.

Hopelijk zou hij haar in het ziekenhuis opwachten. Misschien had hij zelfs al een bos bloemen voor haar gekocht. Hem kennende wel. Ze hoopte maar van niet, want dat was veel te overdreven.

Eigenlijk hoopte ze natuurlijk van wel, want ze had tenslotte in een ambulance gelegen. Dus dan had ze wel bloemen verdiend.

Er kwam een ander beeld bij haar op. Deze keer zag ze een gigantische bos lange rode rozen met gipskruid in de kristallen vaas die ze van een neef van Nick hadden gekregen voor hun huwelijk. Hoe kwam ze daar nu weer bij? Nick gaf haar nooit rozen. Hij wist dat ze rozen alleen mooi vond aan een struik, in de tuin. Rozen van de bloemist roken nergens naar, en om de een of andere reden deden ze Alice altijd aan seriemoordenaars denken.

De ambulance kwam tot stilstand en George sprong op, met een gebogen rug om zijn hoofd niet te stoten.

'We zijn er, Alice. Hoe voel je je? Je ziet eruit alsof je eens even diep over de dingen hebt nagedacht.'

Hij duwde de hendel los om de achterdeur van de ambulance open te doen, waardoor het zonlicht naar binnen stroomde en zij met haar ogen moest knipperen.

'Ik weet helemaal niet hoe je heet,' zei Alice.

'Kevin,' antwoordde George verontschuldigend, alsof hij ook wel wist dat het een teleurstelling voor haar was.

Elisabeths huiswerk voor dokter Hodges

De waarheid is dat mijn werk me soms wel een beetje een kick geeft, dokter Hodges, ook al vind ik het gênant dat te moeten toegeven. Niet een enorme kick. Maar toch zeker wel een adrenalineshot. Als de lichten worden gedimd en het publiek stil wordt en ik daar helemaal alleen op het podium sta en Layla me haar bloedserieuze 'oké'-seintje geeft alsof we bezig zijn met een raketlancering voor de NASA. De spot straalt als zonneschijn op mijn gezicht en het enige wat ik nog hoor is het gerinkel van glaasjes water en misschien hier of daar nog een respectvol kuchje. Ik houd van die schone, frisse, no-nonsensegeur die altijd in zalencentra hangt, en van die wat kille lucht van de airconditioning. Daar frist mijn hoofd van op. En als ik dan ga spreken haalt de microfoon de scherpe randjes van mijn stem, wat me een zeker overwicht geeft.

Maar ja, het komt ook voor dat ik het podium op loop en ik het gevoel heb alsof er een of ander gewicht tegen mijn nek drukt, waardoor mijn hoofd gaat hangen en mijn rug een bochel vertoont, zodat ik net een verschrompeld oud wijf lijk. Dan wil ik mijn mond dicht tegen de microfoon drukken en zeggen: 'Ach, dames en heren, wat heeft het eigenlijk allemaal voor zin? Jullie lijken me best aardige mensen, dus zeg eens even, wat heeft dit allemaal voor nut?'

Ik weet dat zelf natuurlijk best.

Het heeft zin, omdat al die mensen me helpen mijn hypotheek te betalen. Ze dragen bij aan mijn boodschappen en aan mijn gas-, licht- en waterrekening, en aan onze creditcard. En ze hebben allemaal gul in de buidel getast voor de injectienaalden en de vormeloze ziekenhuisjasjes en die laatste anesthesist met de hondenogen die mijn hand vasthield en zei: 'Ga maar lekker slapen, kind.' Maar ik dwaal af. U wilt dat ik afdwaal. U wilt dat ik schrijf en schrijf en schrijf, wat er ook maar bij me opkomt. Ik vraag me af of u mij soms saai vindt. U kijkt wel altijd vriendelijk geïnteresseerd, maar misschien hebt u ook wel van die dagen dat ik uw spreekkamer binnenkom met zo'n naar aandacht snakkende uitstraling, helemaal klaar om u te vertellen over alle onzinnige dingetjes uit mijn leven, en u eigenlijk uw ellebogen op uw bureau wilt planten, en uw kin in uw handen, en wilt zeggen: 'Elisabeth, wat heeft dit eigenlijk allemaal voor nut?' Maar dan herinnert u zich weer dat ik bijdraag aan úw creditcard, hypotheek, boodschappen... en zo houden we de wereld draaiende.

U zei laatst dat het gevoel van zinloosheid een symptoom is van depressie, maar weet u, ik heb geen depressie want ik zie de zin wel degelijk. Het gaat allemaal om geld.

Toen ik Jane had opgehangen, ging de telefoon meteen weer (ik nam aan dat zij het was, omdat ze dacht dat er iets mis was gegaan met de verbinding), maar ik heb hem meteen maar helemaal uitgezet. Er kwam een man langsgelopen die zei: 'Volgens mij zijn we allemaal een stuk beter af zonder die verdomde mobieltjes!' en ik zei: 'Mijn idee!' (dat heb ik nog nooit van mijn leven gezegd, en ik snap ook niet waarom die uitdrukking ineens bij me opkwam. Het bekt wel lekker. Ik zal hem er eens in gooien tijdens onze volgende sessie; kijken wat u ervan vindt) en hij zei: 'Trouwens, ik wil je nog feliciteren. Ik ben al naar heel wat van dit soort workshops geweest, maar ik heb zelden iemand zulke zinnige dingen horen zeggen.'

Hij flirtte. Dat gebeurt weleens. Het zal wel iets te maken hebben met die microfoon en de felle lampen. Het is wel gek, want ik denk altijd dat het voor iedere man meteen zichtbaar is dat al mijn seksuele gevoel volkomen uit me is gezogen. Ik voel me net een stuk gedroogd fruit. Ja, dat is het. IK BEN EEN STUK TUTTIFRUTTI, dokter Hodges. En dan niet een lekker sappig stukje, maar zo'n harde, verschrompelde, smakeloze gedroogde abrikoos waar je je kaken op stukbijt.

Ik nam een paar diepe teugen van de airconditioninglucht en klemde de microfoon weer op mijn jasje. Ik was zo panisch omdat ik weer het podium op wilde, dat ik letterlijk stond te trillen. Ik heb het gevoel dat ik vanmiddag tijdelijk mijn verstand kwijt ben geweest, dokter Hodges. Laten we dat tijdens onze volgende sessie bespreken.

Of misschien gebruik ik die vlaag van verstandsverbijstering ook wel als excuus voor mijn onvergeeflijke gedrag. Misschien schaam ik me wel te diep om u te vertellen dat iemand me belde om te zeggen dat mijn enige zusje een ongeluk had gehad, en dat ik toen ophing. Ik dek me in, voor u. Ik wil graag beschadigd overkomen, zodat u het gevoel hebt dat u zinvol werk doet. Ik wil graag dat u denkt dat ik een goed mens ben, dokter Hodges. Een beschadigd maar goed mens.

Ik schreed dat podium op als een popster – en ik begon te praten over 'het visualiseren van je doelstelling' en ik ging als de brandweer. Ik had de lachers op mijn hand, en ze deden allemaal zo hun best om antwoord te geven op mijn vragen, en de hele tijd dat we zaten te visualiseren, visualiseerde ik het kleine zusje.

Ik dacht: hoofdwonden kunnen best ernstig zijn.

Ik dacht: Nick is weg, en dit is niet echt Janes verantwoordelijkheid.

En uiteindelijk dacht ik: Alice was zwanger van Madison in 1998.

3

Nick zat niet in het ziekenhuis te wachten met bloemen voor Alice. Er zat helemaal niemand op haar te wachten, en dat gaf haar wel een soort heroïsch gevoel.

Haar twee ambulancebroeders verdwenen alsof ze nooit hadden bestaan. Ze kon zich niet herinneren dat ze afscheid hadden genomen, dus kon ze hen ook niet meer bedanken.

In het ziekenhuis was het een drukte van belang, afgewisseld met periodes waarin ze in haar eentje op de brancard in een piepklein wit kamertje naar het plafond lag te staren.

Er verscheen een arts die met een piepklein potloodachtig zaklampje in haar ogen scheen en die haar vroeg om zijn vingers te volgen. Een zuster met prachtige groene ogen die mooi kleurden bij haar uniform stond met een klembord aan het voeteneinde van de brancard en stelde allerlei vragen over haar verzekering en over allergieën en over haar naasten. Alice gaf haar een compliment over haar groene ogen en de zuster zei dat het gekleurde contactlenzen waren en toen zei Alice 'O' en voelde ze zich belazerd.

Er werd een ijskompres tegen de plek gehouden die de groenogige zuster een 'struisvogelei' noemde, achter op haar hoofd, en ze kreeg twee witte tabletjes in een klein plastic bekertje voor de pijn, maar Alice legde uit dat het helemaal niet zo erg pijn deed en dat ze liever niks innam, omdat ze zwanger was.

Mensen bleven de hele tijd maar van alles vragen, met stemmen die te hard waren, alsof ze sliep, ook al keek ze hun recht in de ogen. Kon ze zich nog herinneren dat ze was gevallen?

Kon ze zich de ambulancerit nog herinneren? Wist ze welke dag van de week het vandaag was? Wist ze de datum van vandaag?

'1998?' Een gekweld kijkende arts bekeek haar door een bril met een rood plastic montuur. 'Bent u daar heel zeker van?'

'Ja,' zei Alice. 'Ik weet zeker dat het 1998 is, want ik ben uitgerekend op 8 augustus 1999. De achtste van de achtste, negenennegentig. Makkelijk te onthouden.'

'Het is nu namelijk 2008,' zei de arts.

'Nou, dat kan dus helemaal niet,' legde Alice zo vriendelijk mogelijk uit. Misschien was deze arts wel zo iemand die zo geniaal was dat ze heel slecht was in doodgewone dingen als data.

'En waarom kan dat niet?'

'Omdat we het millennium nog helemaal niet hebben gehad,' zei Alice slim. 'En dan gaat alle stroom uit, vanwege een of ander computervirus.'

Ze was er trots op dat ze dat wist; zo leek het net of ze enorm op de hoogte was van de actualiteiten.

'Ik vrees toch dat u in de war bent. Kunt u zich de millenniumviering dan helemaal niet meer herinneren? Dat enorme vuurwerk op Harbour Bridge?'

'Nee,' zei Alice. 'Ik kan me geen vuurwerk herinneren.' Hou hier alsjeblieft mee op, wilde ze zeggen. Dit is niet grappig, en ik lig me hier groot te houden met die pijn. Het doet echt zo vreselijk zeer.

Ze kon zich nog wel herinneren dat Nick op een avond had gezegd: 'Realiseer jij je wel dat wij op oudejaarsavond voor de millenniumwisseling met een baby van vier maanden zitten?' Hij had toen een sloophamer in zijn handen, omdat hij een muurtje ging neerhalen. Alice had de camera, die ze vasthad om het einde van de muur te fotograferen, laten zakken. 'Dat is zo, ja,' zei ze, verbaasd en doodsbang bij de gedachte. Een baby van vier maanden: een echt minimensje, door hen beiden gemaakt, van hen, maar toch los van hen.

'Ja, ik vrees dat we dan een babysitter moeten regelen voor

die kleine rakker,' had Nick overdreven nonchalant gezegd. Vervolgens ging hij blijmoedig met de hamer aan de slag, en Alice drukte af toen een regen van roze stukjes gips op hen neerdaalde.

'Misschien moet u een echo maken om te checken of alles nog wel in orde is met de baby, na mijn val,' zei Alice vastberaden tegen de dokter. Zo zou Elisabeth zich in zo'n situatie opstellen. Alice dacht namelijk altijd: *Wat zou Elisabeth nu doen?* als ze eens assertief moest zijn.

'Hoeveel weken bent u nu zwanger?' vroeg de arts.

'Veertien,' zei Alice, maar daar was dat vreemde gat in haar herinnering weer. Alsof ze toch niet helemaal zeker van haar zaak was.

'Of kunt u in elk geval de hartslag controleren?' vroeg Alice met haar Elisabeth-stem.

'Hm,' zei de arts en ze duwde haar bril terug op haar neus.

Er kwam een herinnering bij Alice boven aan een vrouwenstem met een mild Amerikaans accent.

'Het spijt me zo, maar er is geen hartslag.'

Het stond haar helder voor de geest. Die heel korte pauze na dat 'spijt me zo'.

'Het spijt me zo, maar er is geen hartslag.'

Wie was dat? Wie had dat gezegd? Was dat echt gebeurd? Tranen welden op in Alice' ogen, en ze dacht weer aan die enorme boeketten met roze ballonen die door de wind werden voortgejaagd langs een grijze hemel. Had ze die ballonnen soms ooit in een lang vergeten film gezien? Een of andere superzielige film? Ze voelde weer een golf van een wonderlijk gevoel in haar borst opkomen. Net als in de ambulance. Een gevoel van grote droefheid en woede. Ze zag zichzelf voor zich, snikkend, jankend, met haar nagels in haar eigen vel (zo had ze zich nog nooit in haar leven gedragen). En net op het moment dat ze door dat gevoel overspoeld zou worden, loste het op in het niets. Echt heel vreemd.

'Hoeveel kinderen hebt u?' vroeg de arts. Ze had Alice'

T-shirt omhooggetrokken en duwde nu haar korte broek omlaag zodat ze aan haar buik kon voelen.

Alice knipperde om de tranen weg te werken. 'Geen. Dit is de eerste keer dat ik zwanger ben.'

De arts keek haar aan. 'Maar u hebt hier een litteken dat volgens mij duidt op een keizersnede.'

Alice tilde haar hoofd moeizaam op en zag dat de arts met een fraai gevormde nagel naar haar buik wees. Ze kneep haar ogen samen en zag een bleekpaarse lijn, vlak boven haar schaamhaar.

'Ik heb geen idee wat dat is,' zei Alice gegeneerd. Ze dacht aan de ernstige uitdrukking op haar moeders gezicht toen ze Elisabeth en Alice voorhield: 'Jullie mogen jullie plassertje nooit aan iemand laten zien.' Nick viel om van het lachen toen hij dat voor het eerst hoorde. Waarom had hij nooit iets gezegd over dat rare litteken? Hij had vaak genoeg naar haar plassertje gekeken.

'Voor veertien weken lijkt me uw baarmoeder niet erg vergroot,' merkte de arts op.

Alice keek naar haar buik en zag dat die behoorlijk plat was. Zo plat als de buik van een mager iemand. Een platte buik zou ze normaal als een onverwachte bonus zien, behalve dan dat ze nu in verwachting was. Nick had opgewekt gegrinnikt toen ze iets aan had getrokken waarin de bolling van haar buik zichtbaar was.

'Weet u wel zeker dat u al zo lang in verwachting bent?' vroeg de arts.

Alice staarde nog eens naar haar buik – wel heel erg plat! – en zei niets. Ze was een en al verwarring en angst en pijnlijke schaamte. Ze bedacht dat haar borsten – die zo zwaar en zo gespannen en zo ontzettend borsterig waren geworden – weer hun normale nederige onopvallendheid hadden aangenomen. Ze voelde zich ook niet zwanger. Ze was absoluut zichzelf niet, maar zwanger voelde ze zich ook niet.

(Waar was dat litteken van? Ze moest denken aan die verhalen over mensen die je drugs geven en die dan je organen verwijderen om ze te verkopen. Was ze naar de sportschool gegaan en had ze zich daar een delirium gedronken en had iemand toen van de gelegenheid gebruikgemaakt om wat van haar organen mee te nemen?)

'Misschien ben ik dan geen veertien weken,' zei ze tegen de arts. 'Misschien dat ik er wat dat betreft naast zit. Ik krijg de dingen niet zo goed op een rijtje, maar mijn man zal zo wel komen. Hij zal het allemaal wel uitleggen.'

'Ontspant u zich wat en probeert u zich maar eventjes nergens zorgen om te maken.' De dokter trok Alice' kleren weer recht en met een vriendelijk klopje zei ze: 'We gaan eerst een scan van uw hoofd maken om te zien of u zelf niets ernstigs hebt, maar ik denk dat de dingen straks vanzelf wel weer op hun plek zullen vallen. Kunt u zich de naam van uw gynaecoloog herinneren? Dan kan ik die even bellen om te vragen hoever u precies bent. Ik wil niet dat u straks overstuur raakt als wij geen hartje kunnen vinden, alleen omdat u toevallig nog niet lang genoeg zwanger bent.'

'Het spijt me zo, maar er is geen hartslag.'

Het was zo'n duidelijke herinnering. Het voelde alsof het echt was gebeurd.

'Dokter Sam Chapple. Hij zit in Chatswood.'

'Oké, prima. Maakt u zich geen zorgen. Het is volkomen normaal om wat in de war te zijn bij een ernstig hoofdtrauma.'

De dokter glimlachte meelevend en liep de kamer uit. Alice keek haar na en tilde vervolgens haar shirt nog eens op om haar buik te kunnen bekijken. Naast het feit dat hij platter was, zaten er op haar buik ook uitwaaierende zilveren lijntjes langs allebei de kanten. Striae. Vol ontzag liet ze haar vingers erover gaan. Was dit echt haar buik?

Een litteken van een keizersnede, had de dokter gezegd. (Tenzij ze ernaast zat, natuurlijk. Misschien was het wel helemaal niet van een keizersnede. Misschien was het wel een doodgewoon... litteken. Van het een of ander.)

Maar wat nu als ze gelijk had, dan zou dat dus betekenen dat een of andere dokter (haar eigen dokter Chapple?) haar huid open had gesneden met een scalpel en dat hij een bloederige, krijsende baby uit haar buik had getild, en daar kon ze zich helemaal niets van herinneren.

Zou een knal voor je hoofd echt zulke belangrijke informatie uit je geheugen kunnen wissen? Was dat niet een beetje gortig?

Ze dacht aan de keren dat ze met Nick naar een film had gekeken waarbij ze halverwege in slaap was gevallen, met haar hoofd op zijn schoot. Dat vond ze verschrikkelijk, omdat ze dan met een kleffe mond wakker werd terwijl de mensen in de film allang hun problemen hadden verwerkt en het stel dat elkaar eerst nog zo haatte nu gezellig samen onder een paraplu boven op de Eiffeltoren stond.

'Je hebt al een baby,' zei ze tegen zichzelf om eens te kijken hoe dat klonk. 'Weet je nog wel?'

Dat was bizar. Alsof ze zich nu voor het hoofd zou slaan en zou zeggen: 'O, de baby, ja, natuurlijk heb ik al een baby! Jeetje, hoe kon ik dat nou toch vergeten?'

Hoe kon ze nou vergeten dat er een baby in haar was gegroeid en dat die in haar had liggen schoppen en duikelen? Als ze die baby inderdaad al had gekregen dan hield dat ook in dat ze haar eerste positiekleding had gekocht en dat ze al naar de zwangerschapsgym was geweest met Nick. Dan hadden ze dus ook de babykamer al geschilderd. Dan hadden ze dus ook al een wiegje gekocht, en een kinderwagen en luiers en een buggy en een commode.

Dan wás er dus een baby.

Ze ging zitten, met haar handen tegen haar buik geduwd.

Dus waar was die baby dan? Wie zorgde er nu voor? Wie gaf hem dan nu zijn flesje?

Dit was iets veel ergers dan het gebruikelijke 'O, vergissing van Alice'. Dit was iets enorms. Dit was iets angstaanjagends.

Waar bleef Nick in godsnaam? Als hij straks op kwam dagen

zou ze wel tegen hem katten, hoor, al had hij nog zo'n goed excuus.

De zuster met de groene ogen kwam weer binnen en vroeg: 'Hoe voelt u zich nu?'

'Prima hoor,' zei Alice automatisch.

'Weet u nog waarom u hier bent en wat er met u is gebeurd?'

Dat voortdurend herhalen van dezelfde vragen was waarschijnlijk bedoeld om haar psychische gesteldheid te controleren. Alice overwoog om te gillen: 'IK WORD HIER STAPELGEK, ALS JE HET ECHT WILT WETEN!', maar ze wilde de zuster geen ongemakkelijk gevoel bezorgen. Mensen voelden zich ongemakkelijk als je gekke dingen deed.

In plaats daarvan zei ze dus tegen de zuster: 'Kunt u mij zeggen wat voor jaar dit is?' Ze sprak snel, voor het geval dat de dokter met de rode bril weer terugkwam en haar zou betrappen terwijl ze achter haar rug om dingen aan het controleren was.

'Het is nu 2008.'

'Weet u dat heel zeker?'

'Ja, het is heel zeker 2 mei 2008. Volgend weekend is het Moederdag!'

Moederdag! Dat zou Alice' allereerste Moederdag worden.

Maar het was 2008, dus dan was dit helemaal niet haar eerste Moederdag.

Als het nu 2008 was, dan was Rozijntje nu negen. Dan was hij dus helemaal geen rozijntje meer. Dan was hij via een druif, een perzik, een tennisbal en een basketbal een... echte baby geworden.

Alice voelde een totaal ongepaste lachbui opkomen.

Haar baby was nu negen jaar oud.

Elisabeths huiswerk voor dokter Hodges

Tot Layla's ontzetting stopte ik halverwege 'Visualiseer je mogelijke klant' en stapte ik over op de 'Olympische Spelen voor Ideeën'. Ik weet zeker dat het u zal fascineren, dokter Hodges, dat ik ze bij dit onderdeel onder hun tafeltjes laat kijken, waar ze hun *Mystery Product* vinden. Iedereen vindt dit altijd reuzeopwindend en ze duiken dan ook enthousiast onder het tafelblad. Het is ongelofelijk dat zoveel verschillende mensen altijd met exáct dezelfde grapjes komen. Het versterkt mijn gevoel dat de jaren voorbijglijden maar dat er nooit iets verandert. Mijn leven is een schoolvoorbeeld van 'keihard op weg naar nergens'.

Hoor eens, *Grey's Anatomy* begint over tien minuten. Dit dagboekgedoe moet mijn dagelijkse televisiegenot niet in de weg staan. Het kan me niet schelen wat mijn man, Ben, erover zegt, want zonder het verdovende effect van tv-kijken was ik waarschijnlijk al heel lang geleden doorgedraaid.

Terwijl mijn studenten braaf ideeën noteerden voor hoe zij hun Mystery Product aan de man dachten te kunnen brengen, belde ik Jane terug. Alleen had die natuurlijk net haar telefoon uitgezet, zodat ik hardop 'Fuck' zei, en ik Layla even benepen zag glimlachen. Ik had haar beledigd door de agenda om te gooien, alsof die agenda er helemaal niet toe deed, terwijl die agenda haar leven is.

Ik legde uit dat mijn zus een ongeluk had gehad en dat ik niet wist naar welk ziekenhuis ze was gebracht, en dat iemand haar kinderen van school zou moeten halen. Layla zei: 'Oké, maar wanneer ga jij de rest van het onderdeel 'Visualiseer je mogelijke klant' dan afmaken?' (Dat soort toewijding is ongetwijfeld te waarderen in een medewerker, maar dokter Hodges, vindt u het nu ook niet wat pathologisch? Geef mij uw deskundige mening daar nu eens over.)

Vervolgens belde ik mama, maar bij haar kreeg ik ook de voicemail. O, die dagen voordat mama een eigen leven kreeg, dat waren nog eens mooie tijden. Het leek nog maar zo kort geleden dat ik als eerste Frannie zou hebben gebeld. Zij bleef altijd zo rustig in tijden van crisis. Maar Frannie had besloten dat ze geen auto meer wilde rijden toen ze in haar aanleunwoning trok. (Ik ben daar nog altijd wat ontdaan van, gek genoeg. Ze was juist zo'n goede chauffeur.) Dus belde ik de school, waar ik in de wacht werd gezet en een bandje te horen kreeg over waarden en normen binnen het gezin. Ik belde met de sportschool van Alice om te zien of die soms wisten naar welk ziekenhuis ze was gebracht, maar ook daar werd ik in de wacht gezet en moest ik luisteren naar een bandje over gezonde voeding.

Pas toen belde ik Ben.

Hij nam al op na één keer overgaan, hoorde mijn geratel aan en zei: 'Ik regel het wel.'

4

Kennelijk was er weinig te zien op de CT-scan van Alice, zodat ze zich geneerde voor haar middelmatigheid. Het deed haar denken aan haar schoolrapporten, waarop altijd alles 'voldoende' was, en waarop opmerkingen stonden als: *Is een rustige leerling.* Ze hadden net zo goed in dikke letters voorop kunnen zetten: *Zo saai, we hebben geen idee wie ze eigenlijk is.* Elisabeth had altijd een paar zeer-goedjes, en een paar onvoldoendes, en opmerkingen als: *Is soms een stoorzender.* Alice verlangde er zo naar om ook eens een stoorzender te zijn, maar ze had geen idee hoe ze dat had moeten aanpakken.

'We maken ons zorgen om uw geheugenverlies, dus we houden u hier een nachtje ter observatie,' zei de arts met de rode bril.

'O, oké, bedankt.' Alice streek verlegen haar haren glad, en ze stelde zich voor dat er een hele batterij artsen en verpleegsters met klemborden in de hand zou toekijken terwijl zij lag te slapen. (Ze snurkte namelijk weleens.)

De arts drukte haar eigen klembord tegen de borst en keek haar opgewekt aan, alsof ze zin had in een kletspraatje.

O. Jemig. Alice peinsde over interessante gespreksonderwerpen en vroeg uiteindelijk: 'Hebt u mijn gynaecoloog nog gebeld? Dokter Chapple? Misschien hebt u nog geen gelegenheid gehad...' Ze wilde niet dat de dokter haar toe zou snauwen: 'Sorry, hoor, maar ik had het even te druk met levens redden.'

De arts keek bedachtzaam. 'Ja, dat heb ik gedaan. Het blijkt dat Sam Chapple drie jaar geleden met pensioen is gegaan. De secretaresse vertelde me zelfs dat hij ergens een eilandje heeft gekocht, en dat hij daar nu woont. Echt gaaf.'

'Hij heeft een eilandje gekocht,' herhaalde Alice. Het verontrustte haar dat haar dokter uitdrukkingen gebruikte als 'echt gaaf'. Daardoor leek ze veel te jong en te veel onder de indruk. Een dokter zou nooit ergens van onder de indruk moeten zijn. Het was net als met George Clooney in de ambulance. Die medische professionals leken heel wat, maar dan stelden ze je toch teleur doordat ze uiteindelijk doodgewone mensen bleken te zijn. Hoe dan ook, het klonk Alice allemaal erg onwaarschijnlijk in de oren. Mensen kochten geen eilanden.

'Hé, waarschijnlijk hebt u nog meebetaald aan dat eiland!' zei de dokter opgewekt.

Alice kon niet geloven dat dokter Chapple niet in zijn grote leren stoel zat en daar de antwoorden noteerde op zijn hoffelijke vragen, in dat prachtige schoonschrift op zijn witte indexkaartjes. In plaats daarvan lag hij nu in een hangmat te lurken aan een cocktail met een papieren parasolletje. Zou hij zijn vlinderstrikje nog wel dragen? Ze stelde zich voor dat hij helemaal niets aanhad, op een korte broek na, maar wel met dat vlinderstrikje om zijn hals, als een stripper. Dat beeld zou ze straks met Nick delen. (Waar bleef die jongen nou toch?)

Als het nu echt 2008 zou zijn, dan waren er tien jaren verstreken en dan viel het te verwachten dat er van alles was veranderd in het leven van dokter Chapple, en, belangrijker nog, in het hare – nog los van het feit dat ze ZOGENAAMD HAAR BABY AL HAD GEBAARD.

Er waren de afgelopen jaren vast heel erg veel dingen veranderd.

Een miljoen dingen. Een miljard dingen. Een triljoen dingen!

Als het niet zo angstaanjagend was, zou het fascinerend zijn. Ze moest dit... dit probleem echt op zien te lossen. En snel een beetje! Tjop-tjop, zoals Frannie zou zeggen. Leefde Frannie eigenlijk nog wel, in 2008? Grootmoeders stierven, dat was doodgewoon. Daar mocht je niet eens overdreven verdriet van hebben. Alsjeblieft, laat Frannie niet al dood zijn. Laat er alsjeblieft nog niemand dood zijn. 'Er gaat verder niemand van onze familie dood,' had Elisabeth haar beloofd toen ze nog klein waren. 'Want dat zou niet eerlijk zijn.' Alice geloofde altijd alles wat Elisabeth zei.

Misschien was Elisabeth wel dood? Of Nick? Of mama? Of de baby? *('Het spijt me zo, maar er is geen hartslag.')*

Voor het eerst in jaren had Alice weer dat gevoel dat ze als klein kind vaak had gehad, nadat hun vader was overleden, dat iemand anders van wie ze hield ook dood zou gaan. Ze wilde graag al haar geliefden bij zich hebben, en ze veilig onder haar bed verstoppen, samen met haar lievelingspoppen. Soms was de spanning zo overweldigend dat ze vergat hoe ze moest ademhalen en dan moest Elisabeth een papieren zak voor haar halen om in te ademen.

'Misschien heb ik een zak nodig,' zei Alice tegen de arts.

'Een zak?'

Belachelijk. Ze was geen kind meer dat moest hyperventileren bij de gedachte aan mensen die doodgingen.

'Ik had een zak bij me,' zei ze tegen de dokter. 'Een rode rugzak met stickers erop. Weet u wat daarmee is gebeurd?'

De dokter keek licht geïrriteerd bij deze administratieve vraag, maar toen zei ze: 'O ja, hier. Wilt u hem hebben?' Ze pakte de vreemde rugzak van een plank aan de zijkant van de kamer en Alice keek er misprijzend naar.

'Nee. Ja, ja, graag.'

De dokter overhandigde hem en zei: 'Nou, u moet maar even goed uitrusten en dan komt er dadelijk iemand om u naar de afdeling te brengen. Het spijt me dat u zoveel moet wachten. Maar ja, zo gaat dat nu eenmaal in een ziekenhuis.' Ze gaf haar een moederlijk schouderklopje en liep vlug de kamer uit, alsof ze ineens enorme haast had omdat ze zich herinnerde dat er nog een patiënt op haar lag te wachten.

Alice liet haar vingers over de drie glimmende dinosaurusstickers glijden op de flap van de rugzak. Ze hadden allemaal een tekstwolkje waarin DINO'S ZIJN COOL! of DINO'S ZIJN GAAF! stond. Ze keek naar de sticker op haar hemdje en trok hem eraf. Ja hoor, dat was er precies zo eentje. Ze plakte hem weer terug (omdat ze het gevoel had dat dat moest) en wachtte op een gevoel of een herinnering.

Waren die stickers soms van Rozijntje? Haar gedachten vluchtten weg van dat idee als een angstig dier. Ze wilde het niet weten. Ze wilde helemaal geen kant-en-klare baby. Ze wilde haar eigen kleine aanstaande kindje terug.

Dit kon toch allemaal niet waar zijn? *Maar het is wel waar, dus doe normaal, Alice.* Ze begon de rugzak open te maken, en toen zag ze ineens haar nagels. Ze hield haar hand voor zich uit. Haar nagels waren prachtig van vorm, en lang, en er zat een lichtbeige nagellak op. Normaal waren ze altijd gescheurd en afgebroken en hadden ze een rouwrandje van het tuinieren of het schilderen of wat voor andere klus ze ook onder handen had. De enige keer dat ze er zo uit hadden gezien was op haar bruiloft, maar toen was ze dan ook naar de manicure geweest. Ze had de hele huwelijksreis met haar handen gewapperd naar Nick: 'Kijk dan, ik ben een dáme.'

Los daarvan leken haar handen nog wel op haar eigen handen. Ze zagen er eigenlijk heel mooi uit. Geen sieraden, maar ze deed haar ringen alleen om als ze iets bijzonders had, en de sportschool was klaarblijkelijk niet iets bijzonders. Ze was bang dat ze anders ergens achter bleven haken, vooral als ze in huis aan het klussen was. Ze hield haar linkerhand op en zag dat er een klein wit randje om haar ringvinger zat dat er eerder nooit had gezeten. Daar droeg ze haar trouwring. Het gaf haar een unheimisch gevoel, net als die striaeveertjes op haar buik. Haar hoofd dacht dat alles nog bij het oude was, maar haar lichaam vertelde haar dat de tijd zonder haar was doorgemarcheerd.

Tijd. Ze legde haar handen tegen haar gezicht. Als zij zogenaamd uitnodigingen had verstuurd voor haar veertigste verjaardag, als zij nu dus... negenendertig was – ze stikte mentaal en snakte naar lucht bij de gedachte – dan moest haar gezicht nu dus heel anders zijn. Ouder. Er hing een spiegel boven de wastafel in de hoek van de kamer. Ze zag haar voeten daarin weerspiegeld, in hun korte witte sokjes; een van de vele zusters had die vreemde gymschoenen uitgetrokken (lompe rubberen gevallen) en ze naast het bed op de grond gezet. Alice kon zo uit het bed springen om zichzelf te bekijken.

Waarschijnlijk was het in strijd met de strenge ziekenhuisregels om zomaar uit bed te stappen. Ze had een hoofdwond. Misschien viel ze wel flauw en dan zou ze weer op haar hoofd vallen. Niemand had haar gezegd dat ze niet uit bed mocht komen, maar ze vonden waarschijnlijk dat dat voor de hand lag.

Ze moest in de spiegel kijken. Maar ze wilde het niet zien. Ze wilde het niet weten. Ze wilde niet dat dit werkelijkheid zou worden. En trouwens, ze had wel wat anders te doen. Ze moest de rugzak doorzoeken. Vlug maakte ze de gespen los en stak haar hand naar binnen. Ze trok er een... handdoek uit.

Een doodgewone, onopvallende, schone blauwe handdoek. Alice keek ernaar en geneerde zich alleen maar. Ze zat in andermans spullen te snuffelen. Jane Turner had duidelijk de tas van iemand anders meegegeven en gezegd dat die van haar was zonder er echt naar te kijken. Typisch iets voor Jane. Altijd zo bazig en ongeduldig.

Nou ja.

Alice keek nog eens naar haar prachtig verzorgde nagels. Ze stak haar hand weer in de zak, en trok er een opgevouwen plastic tas uit. Hij was van Country Road. Jeetje, chic. Ze schudde hem leeg op haar schoot.

Kleren van een vrouw. Ondergoed. Een rode jurk. Een crèmekleurig vestje met een grote houten knoop. Kniehoge beige laarzen. Een klein juwelendoosje.

Het ondergoed was van roomkleurig satijn met kant. Alice droeg zelf altijd onzinnig en verschoten ondergoed: gezellige zeepaardjes op haar onderbroek en paarskatoenen beha's met een sluiting aan de voorkant.

Ze hield de jurk voor zich uit en zag dat hij heel mooi was. Een simpel geval van een zijdeachtige stof met piepkleine crèmekleurige bloemetjes erop. Het crème van het vestje paste precies bij die bloemetjes.

Ze keek even op het label in de jurk. Maatje 36. Dat was dus veel te klein voor haar. Dit kon nooit haar tas zijn.

Ze vouwde de kleren weer op, deed het juwelendoosje open en trok daar een dunne gouden ketting uit met een grote topaas eraan. De steen was veel te groot naar haar smaak, maar ze hield hem even boven de jurk en ze zag wel dat het prachtig combineerde. Goed gedaan hoor, wie je ook maar bent.

Het andere ding in het doosje was Alice' gouden bedelarmbandje.

'Wat doe jij hier nou,' zei Alice. Ze pakte de armband op en legde hem om haar pols en ze voelde zich getroost, alsof Nick er eindelijk was.

Hij had deze armband voor haar gekocht de dag nadat ze erachter kwam dat ze in verwachting was van het Rozijntje. Hij had er nooit zoveel aan mogen uitgeven, want ze stonden onder wat Nick noemde 'zware begrotingsstress', vanwege het feit dat alles wat ze aan het huis hadden gedaan duurder bleek dan geschat. Maar Nick zei dat ze de armband in de begroting op zouden nemen onder het kopje 'bijzondere uitgaven', omdat het zo bijzonder was dat ze een kindje zouden krijgen.

Het Rozijntje was op een woensdagavond verwekt, wat voor zo'n gewichtig moment niet echt een opwindende avond leek, en de seks was niet eens zo gepassioneerd of romantisch geweest. Er was gewoon niks op televisie, en Nick had gegeeuwd en gezegd: 'We moeten de gang nog schilderen,' waarop Alice had geantwoord: 'Laten we dan maar liever een potje seksen,' waarop Nick nog een keer geeuwde en zei: 'Hm. Nou vooruit.' En toen ontdekten ze dat er geen condooms meer in de ladekast naast het bed lagen, maar ja, de trein was al in beweging gekomen en ze hadden geen van beiden zin om op te staan om er eentje uit de badkamer te halen, en bovendien was het woensdag en het was maar één keertje zonder en trouwens, ze waren getrouwd. Ze mochten dus best zwanger worden, en daarom was de kans niet groot dat het ook echt zou gebeuren. De volgende dag ontdekte Alice dat er achter in de la nog wel een condoom lag, die ze zou hebben gevonden als ze de moeite had genomen haar vingers net een stukje verder te steken, maar toen was het al te laat. Het Rozijntje was al begonnen met alle dingen die hij moest doen om een mens te worden.

De dag nadat ze acht positieve zwangerschapstests hadden gedaan (voor het geval dat de eerste zeven niet goed waren gegaan) was Nick thuisgekomen van zijn werk en had hij haar een klein ingepakt doosje gegeven, met een kaartje waarop stond: *Voor de moeder van mijn kind*. In dat doosje zat de armband.

Eerlijk gezegd hield ze nog meer van die armband dan van haar verlovingsring.

En als ze nu echt heel eerlijk moest zijn, dan hield ze eigenlijk helemaal niet zo van haar verlovingsring. Sterker nog, ze vond hem vreselijk.

Dat wist niemand op de hele wereld. Het was haar enige echte geheim, dus het was wel jammer dat het niet iets sappigers was. De ring was antiek, eind negentiende eeuw, en hij was van Nicks grootmoeder geweest. Alice had oma Love, die heel ontzagwekkend maar toch ook heel lief was geweest, nooit ontmoet (gelukkig maar, want ze klonk vreselijk). Nicks vier zussen, die Nick de 'RD's' noemde, omdat ze zich vaak gedroegen als een stel randdebielen, waren stapel op die ring, en er waren vele bittere woorden gevallen toen oma Love de ring per testament aan Nick had vermaakt. Er was altijd wel een RD die Alice' linkerhand greep en dan snoof: 'Zulke sieraden worden tegenwoordig niet meer gemaakt!'

Alice vond het ding spuuglelijk. Het was een grote smaragd midden in een trosje diamanten, zodat het net een bloem leek. Op de een of andere manier deed het haar aan een hibiscus denken, en daar was ze ook nooit zo dol op, maar alle andere dames in de hele wereld schenen de ring 'schit-te-rend' te vinden, en bovendien was hij 'een fortuin waard'.

En dat was het andere probleem. De ring was het duurste juweel dat Alice ooit had gehad, en Alice had de neiging om spullen kwijt te raken. Voortdurend. Ze moest de hele tijd haar gangen nagaan, en vuilnisbakken legen en bellen met stations, restaurants en supermarkten om te vragen of iemand misschien haar tas of haar zonnebril of haar paraplu had gevonden.

'Nee, hè,' zei Elisabeth toen ze hoorde dat de ring een onvervangbaar erfstuk was. 'Dan moet je hem maar door een chirurg aan je vinger vast laten maken, of zo.'

Meestal deed Alice de ring gewoon niet om, behalve dan bij bijzondere gelegenheden of als ze een van de RD's zou zien. Ze droeg alleen haar eenvoudige gouden trouwring, en anders helemaal niks. Ze was toch al nooit zo'n sieradentype geweest.

Maar die gouden bedelarmband, daar was ze gek op. In tegenstelling tot de ring stond die voor alle geweldige dingen die haar de afgelopen jaren waren overkomen – Nick, de baby, hun huis.

Ze maakte de armband vast rond haar pols, legde haar hoofd tegen het witte ziekenhuiskussen en drukte de rugzak tegen haar buik. De gedachte kwam bij haar op dat er waarschijnlijk een miljoen identieke armbanden waren en dat hij dus net zo goed van iemand anders kon zijn – verder herkende ze namelijk niets wat in de rugzak zat – en toch wist ze zeker dat deze armband de hare was.

Ze begon een beetje boos op zichzelf te worden. *Kom op! Denk na! Waarom ben je toch ook altijd zo stom? Waarom ben* JIJ *toch altijd degene die dit soort dingen overkomt?*

Woedend schoof ze haar hand weer de rugzak in, en trok er een zwarte portemonnee uit. Het was een luxe, langwerpige leren portemonnee. Alice keerde hem een paar keer om in haar hand. GUCCI stond erop, met kleine discrete letters. Mijn hemel. Ze deed de portemonnee open en het eerste wat ze zag was haar eigen gezicht dat haar aanstaarde vanaf haar rijbewijs.

Haar eigen gezicht. Haar eigen naam. Haar eigen adres.

Het bewijs dat de tas van haar was.

De foto was vaag, zoals pasfoto's altijd zijn. maar ze zag dat ze een wit shirt droeg en iets wat leek op een lange zwarte kralenketting. Een lange kralenketting? Was zij zo iemand geworden die lange kralenkettingen droeg? Haar haar was in een bob geknipt, net boven haar schouders, en het was ontzettend geblondeerd. Ze had het dus afgeknipt! Nick had haar ooit laten beloven om het nooit af te laten knippen. Dat vond Alice verschrikkelijk romantisch, ook al maakte Elisabeth braakgeluiden toen ze het haar vertelde en ook al zei ze: 'Je kunt niet beloven dat je het haar van een veertienjarige houdt als je straks veertig bent.'

Als je straks veertig bent.

O.

Alice stak een hand op naar haar achterhoofd. Ze was zich er al eerder vaag bewust van geweest dat ze een paardenstaart droeg; maar wat ze zich niet had gerealiseerd was dat het eerder een rattenstaartje was. Ze trok het elastiekje eraf en haalde haar vingers door haar haren. Het was zelfs nog korter dan op die rijbewijsfoto! Ze vroeg zich af wat Nick daarvan vond. Ze moest dadelijk haar tanden maar eens op elkaar zetten en zichzelf in de spiegel onder ogen zien.

Maar ze had het natuurlijk momenteel wel erg druk, dus dat had geen haast.

Ze stak het rijbewijs weer terug en begon de portemonnee te doorzoeken. Er zaten verschillende creditcards en bankpassen in met haar naam erop, waaronder een Goldcard van American Express. Zo'n kaart was toch een soort statussymbool voor types die ook rondreden in een BMW? Een bibliotheekpas. Een pas van de autoverzekering. En eentje van de ziektekostenverzekering.

Een simpel wit visitekaartje van ene Michael Boyle, fysiotherapeut, met een adres in Melbourne. Ze draaide het om en zag dat achterop een handgeschreven berichtje stond.

Alice,
We zijn inmiddels helemaal gesetteld en alles gaat goed. Ik denk vaak aan jou en aan gelukkiger tijden. Bel me als je zin hebt.
M. xxx

Ze liet het kaartje in haar schoot vallen. Wat bedoelde die Michael Boyle met dat aanmatigende 'gelukkiger tijden'? Ze wilde helemaal niet dat ze gelukkiger tijden had gekend met een of andere fysiotherapeut in Melbourne. Hij leek haar een vreselijke vent. Ze stelde zich een kalend type voor met een bierbuik en zachte handen en van die vochtige lippen.

Waar bleef Nick, verdomme?

Misschien was Jane vergeten om hem te bellen. Ze deed ook zo raar in de sportschool. Alice moest hem zelf maar bellen, en uitleggen dat het echt behoorlijk ernstig was en dat hij nu toch echt van zijn werk moest komen. Waarom had ze daar niet eerder aan gedacht? Plotseling wilde ze wanhopig graag bellen om Nicks heerlijke, vertrouwde stem te kunnen horen. Ze had een vreemd gevoel, alsof het heel lang geleden was dat ze hem had gesproken.

Ze keek koortsachtig het kleine kamertje rond, maar er stond uiteraard geen telefoon. Er stond überhaupt niks, behalve de wastafel, de spiegel en een bordje waarop stond hoe je je handen moest wassen.

Een mobieltje! Dat had ze nodig. Ze had er nog maar pas eentje; de oude van Nick, maar dat deed het nog prima, ook al moest er een elastiek om, anders viel het uit elkaar. Iets zei haar dat ze nu waarschijnlijk een duurdere telefoon had, en toen ze het ritsvak openmaakte, voor op de rugzak, zag ze dat ze gelijk had: het was een dunne, glimmend zilveren telefoon. Alsof ze wist dat hij daar moest zitten. (Was dat ook zo? Ze had geen idee.)

In het vak zat ook een leren agenda, die Alice snel opensloeg, alleen voor de bevestiging dat het inderdaad 2008 was. Met een misselijk gevoel in haar maag verwonderde ze zich erover hoe de bladzijden waren volgeschreven in haar eigen handschrift. Er stond *2008*, met geen-twijfel-aan zwarte letters boven aan elke pagina: *2008, 2008, 2008*. Ze hield op met het omslaan van de bladzijden en pakte de glimmende telefoon op, oppervlakkig ademend, alsof er een enorme metalen staaf op haar borst was gevallen.

Wist ze wel hoe deze vreemde telefoon werkte? Ze was hopeloos met nieuwe apparaten, maar haar elegant gemanicuurde vingers leken precies te weten wat te doen, en ze drukten op de zilveren knopjes aan weerszijden van het toestel zodat hij openklapte. Ze toetste het nummer van Nicks directe lijn in, en hield de telefoon bij haar oor. Hij ging over. *Neem alsjeblieft op, toe, alsjeblieft*. Ze had het gevoel alsof ze in snikken uit zou barsten van opluchting als ze dadelijk zijn stem zou horen.

'Goedemorgen, met de afdeling Verkoop!'

Het was de stem van een jong meisje, bruisend van vrolijkheid. Op de achtergrond hoorde ze iemand bulderen van het lachen.

Alice vroeg: 'Is Nick bereikbaar? Nick Love?'

Er viel een korte stilte. Toen het meisje weer sprak, klonk ze alsof ze zojuist een ernstig standje had gekregen. Ook het gelach op de achtergrond hield abrupt op. 'Het spijt me, u hebt het verkeerde nummer, maar ik kan u wel doorverbinden met de assistente van meneer Love, als u dat wilt?'

Alice zweeg, afgeleid door het idee dat Nick een 'assistente' had. Ook chic.

En alsof Alice haar had tegengesproken, zei het meisje: 'Meneer Love zit deze week in Portugal, dus dan zal zijn assistente u wel verder helpen.'

Portugal! 'Wat doet hij in Portugal?' vroeg ze.

'Er is een internationaal congres, geloof ik,' zei het meisje onzeker. 'Maar als ik u nu even doorverbind...'

Portugal en een assistente. Dan had hij dus promotie gemaakt. Daar moesten ze maar eens een fles champagne voor opentrekken!

Alice vroeg (slim!): 'Eh, wat is ook alweer precies de functie van meneer Love?'

'Hij is onze directeur,' antwoordde het meisje op een toon van dat-weet-toch-iedereen.

Allemachtig.

Nick had dus de baan van de Grote Ziener.

Dat was wel wat meer dan een promotie. Dat was een gigantische superheldensprong. Alice kon een trots gegiechel niet onderdrukken bij de gedachte dat *Nick* door het kantoor paradeerde en de mensen vertelde wat ze moesten doen. Zouden ze hem niet uitlachen?

'Ik verbind u door met zijn *personal assistant*,' zei het meisje stellig. De telefoon klikte en ging toen weer over.

Een andere vrouwenstem antwoordde gladjes: 'Met het kantoor van de heer Love, u spreekt met Annabelle, wat kan ik voor u doen?'

'O,' zei Alice. 'Je spreekt met de vrouw van Nick, eh, meneer Love. Ik probeerde hem zelf te pakken te krijgen, maar eh...'

De stem van de vrouw sloeg nu om naar ijzig: 'Dag, Alice. Hoe gaat het ermee?'

'Nou, eigenlijk...'

'Zoals je weet is Nick pas zondagochtend weer terug in Sydney. Als je iets hebt wat echt niet kan wachten, dan kan ik natuurlijk wel een bericht voor hem achterlaten, maar ik wil hem liever niet storen. Hij heeft een uitermate hectisch programma.'

Waarom deed dit mens zo vals tegen haar? Ze kende haar, dat was duidelijk. Wat had Alice gedaan dat ze zo'n antipathie tegen haar had?

'Dus, kan het wachten of niet, Alice?'

Het was geen verbeelding; dit was echte pure haat die ze

hoorde. De pijn in Alice' hoofd werd erger. Ze had zin om te zeggen: 'Zeg, dame, ik lig hier in het ziekenhuis, ja? Ik ben hierheen gebracht per ambulánce!'

'Je moet de mensen niet altijd zo over je heen laten lopen,' zei Elisabeth altijd tegen haar. Soms, lang nadat Alice een bepaald voorval alweer was vergeten, zei Elisabeth ineens: 'Ik zat gisteravond nog te denken aan wat die vrouw in de drogist tegen jou zei. Ongelofelijk dat je dat píkte – jij hebt ook echt geen ruggengraat!' Dan liet Alice zich op de grond zakken om te demonstreren dat ze er inderdaad geen had, en dan zei Elisabeth altijd: 'Doe even normaal, zeg.'

Het probleem was dat Alice altijd van tevoren gewaarschuwd moest worden dat ze assertief moest zijn. En dit soort situaties kwam altijd zo onverwacht. Ze had uren de tijd nodig om er eerst eens goed over na te denken. Waren ze echt wel zo gemeen, of was zij overgevoelig? Stel dat ze net die ochtend hadden gehoord dat ze ongeneeslijk ziek waren, en dat ze dus alle recht hadden op hun slechte humeur?

Ze wilde net zielig gaan smeken bij Nicks assistente, toen haar lichaam, tegen haar wil, aan een onbekende reeks handelingen begon. Haar rug trok recht. Haar kin stak in de lucht. Haar buikspieren trokken samen. Ze sprak en ze herkende haar eigen stem niet meer. Hij klonk streng en zuur en behoorlijk arrogant. 'Nee, dit kan niet wachten. Er is een ongeluk gebeurd. Vraag Nick om zo snel mogelijk contact met mij op te nemen.'

Als Alice ineens een driedubbele salto achterover had gesprongen was ze minstens zo verbaasd over zichzelf geweest als nu.

De vrouw zuchtte. 'Goed dan, Alice, ik zal zien wat ik voor je kan doen.' Haar minachting was nog steeds voelbaar.

'Dat zou ik zeer op prijs stellen.'

Alice hing op en zei: 'Rotwijf, bitch, slet!' Ze spuugde de woorden uit langs de zijkant van haar mond, als giftige braakballen.

Ze slikte. Dat was pas echt verrassend: ze klonk als een getatoeëerde meid die een lekkere ruzie niet uit de weg ging.

Haar mobiel ging over in haar hand, waardoor ze schrok.

Dat moet Nick zijn, dacht ze opgelucht. En weer wisten haar vingers precies wat ze moesten doen. Ze drukte op het knopje met het groene telefoontje en zei: ‘Nick?’

Een boze kinderstem zei: ‘Mam?’

5

Overpeinzingen van een overgrootmoeder

Ben vandaag een beetje nijdig. Ik hoop dat je het me vergeeft dat ik even wat 'ventileer', zoals de jongelui het tegenwoordig uitdrukken. (Vind het eigenlijk een vreselijk woord, maar taal is zo besmettelijk!)
Zoals velen van jullie wel weten ben ik voorzitster van de gezelligheidsvereniging hier in Tranquillity Wood. De afgelopen maanden zijn we bezig geweest met het organiseren van een Familie Talentenavond. Die vindt aanstaande woensdag plaats. Leden van onze families – kinderen, kleinkinderen enzovoort – zullen dan allerlei acts opvoeren. Wordt vast een heel leuke avond! Enfin, sommige van de acts zijn ongetwijfeld tenenkrommend, maar het leidt in elk geval af van onze reuma.
Vandaag kwam er een nieuwe bewoner kijken bij de vergadering van de gezelligheidscommissie. Nu ben ik altijd blij met frisse nieuwe ideeën, dus vond ik het enig om 'de heer X' welkom te kunnen heten. (Ik denk niet dat iemand hier in Tranquillity Wood mijn blog leest – de meesten van die arme schatten hebben geen idee hoe het internet werkt – maar toch is het beter om geen namen te noemen.)
De heer X zat vol suggesties.
Tijdens de Familie Talentenavond serveren we koffie, thee, sandwiches en scones. De heer X begon echter meteen over een cocktailbar. Zei dat hij ooit een jaar ergens als barman had gewerkt op een of ander Caraïbisch eiland, en zei dat hij een cocktail kon bereiden waar ik 'gegarandeerd van uit mijn bol' zou gaan. Serieus. Zo praat hij.
Toen zei hij dat hij wel een meisje kende dat weliswaar geen familie van hem was, maar of ze toch ook mocht komen optreden. Natuurlijk

mag dat, zei ik. Hij zei, geweldig, want ze had een heel vermakelijke paaldansact. Alle mannen vonden het een dijenkletser, en ze brulden van het lachen. Dit is niet geestig, mensen! Seksistisch. Ranzig. Zelfs een paar dames zaten te lachen. Rita zat stom te hinniken. Ze is dan wel dement, maar toch.

Het was heel gek, want ik had een idiote en gênante aanvechting om een potje te gaan huilen. Ineens voelde ik me weer precies als toen ik voor mijn eerste klas stond, na de kweekschool. (Als je het **over mij**-gedeelte nog niet hebt gelezen: ik heb twintig jaar wiskunde gegeven, ben tien jaar conrector geweest en toen nog eens tien jaar rector. Ik heb mijn leven dus in dienst gesteld van het onderwijs.) Er zat een jongen in mijn klas die Frank Neary heette. Ik zie die boeventronie van hem nog voor me. Slimme jongen, maar niet te handhaven. Altijd geintjes maken. Altijd de andere jongens aan het lachen maken. Ik voelde me zo saai, net een ouwe vrijster.

Daarna kreeg ik uiteraard in vrijwel elke klas een nieuwe Frank Neary en ik leerde al snel om hun de stuipen op het lijf te jagen. Maar in dat eerste jaar, toen ik nog jong en groen was, gaf Frank me het gevoel dat ik zo humorloos was, en zo voelde ik me vandaag ook weer.

En toch heb ik een prima gevoel voor humor, mensen! Echt, een grap op zijn tijd gaat er altijd in, maar paaldansen? Jullie hoeven nu toch zeker ook niet te lachen?

Nou, het volgende punt op de agenda van de gezelligheidscommissie was dat enigszins **controversiële uitje** dat ik in mijn laatste stukje noemde. (Daar hadden jullie genoeg over op te merken; kennelijk heb ik een teer punt weten te raken.) Ik had het gevoel dat de heer X mij op dit punt niet zou steunen, en ja hoor.

NIEUWSFLITS!

Jeetje, ik ben helemaal de kluts kwijt. Ik werd net onderbroken door een telefoontje van mijn 'dochter', **Barb**, met het vreselijke nieuws dat mijn 'kleindochter' **Alice** een lelijke smak heeft gemaakt in de sportschool waar ze naartoe gaat (veel te vaak, naar mijn smaak), en dat ze nu in het ziekenhuis ligt. Dat vind ik vooral zo vreselijk omdat Alice momenteel toch al in zulk **zwaar weer** verkeert en dit is wel het laatste wat ze kan gebruiken. Kennelijk lijdt Alice aan geheugenverlies als gevolg van de hoofdwond en denkt ze dat het 1998 is. Mijn hemel. Ik weet zeker dat ze haar geheugen snel weer helemaal terugkrijgt, maar toch maak ik me vreselijk zorgen en in elk geval helpt het me om mijn eigen triviale zorgen in perspectief te zien. Ik maak een eind aan dit stukje en zal jullie snel informeren als ik meer weet.

COMMENTAAR

Beryl zegt...
Ik sta helemaal achter jou, hoor, Frannie! Zeg maar tegen die afschuwelijke X dat we hem helemaal niet willen bij de gezelligheidsvereniging. We zullen bidden voor Alice.

Kerel uit Brisbane zegt...
Ik weet dat ik waarschijnlijk de enige man ben die op dit blog reageert, dus ik zal wel door jullie worden uitgekafferd, maar ik wil je toch vragen: wat is er mis met een cocktailbar op dat familiefeest? Lijkt mij juist geweldig. Ik ben voor X!
(En sorry, Frannie, maar ik moet wel om je lachen. Geef die vent een kans. Hij probeerde de boel alleen een beetje op te vrolijken.)

DorisuitDallas zegt...
Misschien moet je de heer X eens uitnodigen voor een borrel en dit met hem bespreken? Gooi je vrouwelijke charmes in de strijd! Bak die kaasquiche waar je laatst over schreef voor hem! PS Vanwaar die aanhalingstekens bij 'dochter' en 'kleindochter'?

GroovyGranny zegt...
Arme jij en arme Alice. Een ongeluk komt nooit alleen. Hou ons op de hoogte.

Lady Jane zegt...
Zeg maar tegen Alice dat ik ooit ben flauwgevallen tussen de diepvrieskisten in de supermarkt en toen ik weer bijkwam en ze vroegen

wat mijn naam was, gaf ik ze mijn meisjesnaam op. Terwijl ik toen al 43 jaar getrouwd was! Gek hè, hoe je brein werkt.

Frank Neary zegt...

Dag, juffrouw Jeffrey. Ik zat vandaag mijn eigen naam te googelen, en toen kwam ik uw blog tegen. Het spijt me dat ik zo'n klier was, maar ik bewaar zelf warme herinneringen aan uw wiskundelessen. Ik denk eerlijk gezegd dat ik zelfs een beetje verliefd op u was. Ik ben uiteindelijk in de techniek gaan werken, en ik weet zeker dat ik mijn succesvolle carrière aan uw noeste arbeid te danken heb.

MadMabel zegt...

Ik kwam jouw blog pas onlangs voor het eerst tegen. Gefeliciteerd! Zo leuk om te lezen! Ik ben zelf ook overgrootmoeder, aan de andere kant van de wereld (Indiana, USA!) en ik denk erover om zelf ook een blog te beginnen. Vraagje: wat vindt je familie ervan dat je over hen schrijft? Ik denk dat mijn familie er een beetje moeilijk over zou gaan doen.

AB74 zegt...

Was dat echt je oud-leerling, Frank Neary, hierboven? Wat enig! Dat is toch wel het mooie van het internet.

'Mam?' Het kind klonk ongeduldig. Alice wist niet of het een jongen of een meisje was, het was een doodgewone kinderstem. Gehaast en een tikje snotterig. Wel schattig. Ze had bijna nooit een kind aan de telefoon, behalve dan als een van Nicks nichtjes of neefjes jarig was, maar ze vond hun stemmen dan wel altijd heel lief. In levenden lijve leken ze altijd veel groter en angstaanjagender en viezer.

Haar hand was zweterig. Ze klemde de telefoon steviger vast, likte haar lippen en zei hees: 'Hallo?'

'Mam! Met míj!' De kinderstem borrelde uit de telefoon alsof hij of zij regelrecht in haar oor krijste. 'Waarom dacht je dat het papa was? Belt die je dan uit Portugal? O! Als je hem spreekt, wil je hem dan alsjeblieft doorgeven wat de naam is van de Xbox-game die ik wil hebben? Het is Lost Planet, Extreme Condition, oké? Onthou je dat? Want ik geloof dat ik hem de verkeerde naam heb doorgegeven. Oké, mam, dit is echt heel belangrijk, dus je moet het anders maar even opschrijven. Lost. Planet. Extreme. Condition. Hé, waar zit jij eigenlijk? We moeten zwemmen en je weet toch dat ik het haat om te laat te komen, want dan zit ik met dat stomme *paddleboard* opgescheept. O, daar heb je oom Ben! Neemt die ons vandaag mee naar het zwembad? Oké! Cool! HOI, OOM BEN! Oké, nou, dan ga ik hangen, doei, mam.'

Er klonken een krasserig geluid, een plof, geluiden van schreeuwende kinderen in de verte. Een mannenstem zei: 'Zo, kampioen,' en toen werd de verbinding verbroken.

Alice liet de telefoon in haar schoot vallen en staarde recht vooruit naar de openstaande deur de ziekenhuisgang in. Iemand kwam voorbijsnellen met een groene douchemuts op zijn hoofd. 'Laat me even met rust!' riep hij. Ergens in de verte huilde een pasgeboren baby.

Had ze nou net een gesprék gevoerd met het Rozijntje?

Ze wist niet eens hoe de baby heette. Daar waren ze het nog niet over eens geworden. Nick wilde Tom – een 'mooie, klassieke naam voor een man' – en Alice wilde Ethan – een sexy naam die succes uitstraalde. En mocht het Rozijntje hen verrassen en toch een meisje blijken te zijn dan wilde Alice Madeline en Nick wilde Addison – want meisjes hadden duidelijk geen 'mooie, klassieke naam' nodig.

Alice dacht: hoe kan ik nu moeder van een kind zijn en niet eens weten hoe hij heet? Dit kan toch niet; dit gaat alle voorstellingsvermogen te boven.

Misschien waren ze wel verkeerd verbonden! Het kind had het over een oom Ben. Er was helemaal geen Ben in Alice' familie. Ze kende helemaal geen Ben. Ze wist niet eens of ze ooit weleens een Ben had ontmoet. Ze groef in haar herinneringen en het enige wat ze daar kon vinden was een enorme verkoper van neonreclame, met een baard, die ze een keer had ontmoet toen ze Nicks oudere zus Dora (waarschijnlijk de allerdebielste van de RD's) hielp in het winkeltje waar ze spullen voor helderzienden verkocht. Maar voor hetzelfde geld heette die vent Bill of Brad.

Het probleem was dat het kind had gevraagd: 'Waarom dacht je dat het papa was?' toen ze Nicks naam had genoemd. Bovendien wist hij dat Nick in Portugal zat.

Het ging alle voorstellingsvermogen te boven maar toch was dit wel overtuigend.

Ze deed haar ogen even dicht en toen weer open, en ze probeerde zich een zoon-van-bijna-tien voor te stellen. Hoe lang zou die nu zijn? Wat voor kleur ogen? Wat voor kleur haar?

Een deel van haar wilde het uitschreeuwen van pure afschuw van deze situatie, en een ander deel wilde gillen van het lachen omdat het allemaal zo krankzinnig was. Een onmogelijke grap. Een hilarisch verhaal dat je nog jaren uit kon melken. 'Dus ik bel Nick, zegt dat mens dat hij in Portugal zit! Ik denk: Portugal?'

Ze pakte heel voorzichtig haar telefoon weer op, alsof het een explosief was en overwoog of ze iemand anders wilde bellen: Elisabeth? Mama? Frannie?

Nee. Ze had geen zin in nog meer vreemde stemmen die haar dingen vertelden die ze niet wist over de mensen van wie ze hield.

Haar lichaam voelde zwak en zwaar. Ze zou niets doen. Helemaal niets. Er zou uiteindelijk vanzelf iets gebeuren; er zou wel iemand komen. De dokters zouden haar hoofd oplappen en dan kwam alles vanzelf weer in orde. Ze begon de spullen weer in de rugzak te stoppen. Terwijl ze de leren agenda oppakte, viel er een foto uit.

Het was een foto van drie kinderen in hun schooluniform. Het was duidelijk geposeerd, want ze zaten op een rijtje, met hun ellebogen op hun knieën en hun kin in hun handen. Het waren twee meisjes en een jongen.

De jongen zat in het midden. Hij had witblond, rommelig haar, flaporen en een wipneus. Hij hield zijn hoofd schuin en had zijn tanden op elkaar geklemd in een overdreven grijns die een glimlach moest voorstellen, wist Alice. Ze wist dit omdat ze minstens honderd foto's had gezien waarop haar zusje precies datzelfde gezicht trok. 'Waarom doe ik dat toch?' zei Elisabeth altijd teleurgesteld als ze zo'n foto zag.

Rechts van de jongen zat een meisje dat er wat ouder uitzag. Ze zag er onverstoorbaar uit, met een lang gezicht, en steil bruin haar in een staart die over een schouder hing. Ze hing een beetje voorover op een manier waaruit duidelijk sprak: Ik heb geen zin om deze belachelijke pose aan te nemen. Haar mond was tot een rechte lijn samengedrukt en ze wierp een bozige blik naar iets wat zich een beetje rechts van de camera bevond. Ze had een lelijke schaafwond op een van haar kloeke knieën, en allebei haar veters zaten los. Ze kwam Alice totaal niet bekend voor.

Links van de jongen zat een klein meisje met blonde krullen die in twee dikke staartjes waren samengebonden, één aan elke kant van haar hoofd. Ze glimlachte extatisch met in allebei haar engelachtige wangetjes een kuiltje. Er zat iets op beide kragen van haar uniform geplakt; Alice bracht de foto dichter bij haar gezicht. Het waren glimmende dinostickers, precies zoals de stickers van Alice' eigen shirt.

Alice draaide de foto om en zag dat er een getypt label op geplakt was. Er stond:

Kinderen (vlnr): Olivia Love (K2), Tom Love (4B), Madison Love (5M)
Naam ouder: Alice Love
Aantal bestelde afdrukken: 4

Alice draaide de foto om en bekeek de drie kinderen nog eens.

Ik heb jullie nog nooit van mijn leven gezien.

Er klonk een ver gezoem in haar oren; ze hoorde hoe ze oppervlakkig ademde, en ze merkte dat haar borst snel op en neer bewoog, alsof ze hoog in de bergen was. 'O, het is gewoon een giller! Dus ik zit naar die foto te kijken, die foto met drie kinderen erop. Blijken dat mijn eigen kinderen te zijn, en ik herkén ze niet eens. Hilarisch!'

Er kwam een andere zuster binnen, die Alice nog niet eerder had gezien, ze keek even naar Alice en pakte het klembord van het voeteneind van het bed. 'Sorry dat we u zo lang moeten laten wachten. Maar ze hebben me verzekerd dat het echt nog maar een paar minuten duurt voor ze een bed voor u vrij hebben. Hoe voelt u zich?'

Alice bracht haar bevende vingertoppen naar haar hoofd. 'Het probleem is, ik kan me de afgelopen tien jaar van mijn leven helemaal niet herinneren.' Er klonk een hysterisch trillertje door in haar stem.

'Laten we eerst maar eens een lekker kopje thee en een paar boterhammetjes voor u gaan regelen.' De zuster wierp een blik op de foto die in Alice' schoot lag en vroeg: 'Uw kinderen?'

'Kennelijk,' antwoordde Alice en ze liet een lachje horen dat omsloeg in een snik, en de smaak van tranen in haar mond voelde zo vertrouwd dat de gedachte bovenkwam: hou op, ik ben doodziek van al dat huilen. Maar hoe kon ze dat nou denken? Ze had al sinds ze heel klein was niet meer gehuild, maar zelfs al wilde ze het nog zo graag, ze kon er niet meer mee ophouden.

6

Elisabeths huiswerk voor dokter Hodges

Tijdens de theepauze, 's middags, belde ik Ben op zijn mobieltje en híj zei, voor zover hij zich verstaanbaar kon maken boven het lawaai uit van wat op wel twintig kinderen leek in plaats van drie, dat hij de kinderen uit school had gehaald en dat hij nu met ze naar zwemles reed. Hij zei dat ze hadden gezegd dat het echt onmogelijk was om een keer een zwemles over te slaan, want Olivia was net een krokodil geworden, of een vogelbekdier of zoiets, en ik hoorde Olivia's diepe lachje voor ze riep: 'Een DOLFIJN, gekkerd!' Ik kon ook Tom horen, die blijkbaar voorin bij Ben zat, en die monotoon zei: 'Je rijdt nu vijf kilometer te HARD, je rijdt nu twee kilometer te LANGZAAM.'

Ben klonk gestrest, maar gelukkig. Gelukkiger dan ik hem in weken heb gehoord. Alice zou ons normaal nooit vragen om de kinderen op te halen en ze naar zwemles te brengen (dat vertrouwt ze ons niet toe) en ik wist dat Ben waarschijnlijk dolblij was met deze verantwoordelijkheid. Ik stelde me voor hoe mensen die met hem bij het stoplicht stonden te wachten waarschijnlijk een doodgewone vader in hem zagen (hooguit een beetje groter en behaarder dan gemiddeld), met zijn drie kinderen.

Als ik hier te lang bij stilsta doet het enorm pijn, dus dat doe ik maar niet.

Ben vertelde me dat Tom net met Alice had gebeld, op haar mobieltje, en dat ze volgens Tom niets had gezegd over dat ze in de sportschool was gevallen en dat ze 'gewoon klonk, net zoals mama altijd klinkt, hooguit vijftien procent chagrijniger dan normaal'. Ik heb het idee dat ze op school met percentages bezig zijn.

Vreemd, dat het niet eens bij me opgekomen was om zelf naar Alice' mobiele nummer te bellen. Dus ik belde meteen maar.

Ze klonk zo gek toen ze opnam, dat ik haar stem niet eens herkende en ik dacht dat de zuster de telefoon had opgenomen. Ik zei: 'O, sorry, ik probeerde Alice Love te bellen,' en toen realiseerde ik me dat het wel Alice was, en dat ze huilde: 'O, Libby, jij bent het, godzijdank!' Ze klonk verschrikkelijk, hysterisch eigenlijk, en ze ratelde maar door over een foto en dinostickers en een rode jurk die haar onmogelijk kon passen maar die toch heel mooi was en dat ze stomdronken een sportschool in was gelopen en wat Nick in Portugal deed en dat ze niet meer wist of ze nu wel of niet zwanger was en dat zij dacht dat het 1998 was maar dat iedereen zei dat het 2008 was. Ik schrok me dood. Ik kan me niet herinneren wanneer ik Alice voor het laatst heb zien huilen (en wanneer ze me voor het laatst Libby noemde); ook al heeft ze het afgelopen jaar genoeg gehad om over te huilen, ze doet het nooit waar ik bij ben. Er is de laatste tijd zo'n afschuwelijke beschaafde reserve tussen ons in geslopen, en we zetten dan allebei van die o zo redelijke stemmen op.

Het was eigenlijk wel lekker om Alice zo te horen huilen. Het voelde echt. Het is al zo lang geleden dat ze mij nog ergens voor nodig had, en dat was juist altijd zo belangrijk voor mijn gevoel van identiteit: dat ik de grote zus was die Alice beschermde tegen de grote boze buitenwereld. (Ik zou me heel wat geld kunnen besparen door gewoon mijn eigen therapeut te spelen, dokter Hodges.)

Dus zei ik tegen haar dat ze zich geen zorgen moest maken, en dat ik er meteen aan kwam en dat we dan alles wel zouden uitvogelen, en ik liep meteen het podium op en zei dat er een noodgeval was in mijn familie en dat ik weg moest maar dat mijn uiterst capabele assistente Layla het van me over zou nemen. Toen ik keek hoe Layla hierop reageerde zag ik dat ze roze wangen kreeg en begon te stralen alsof ze zojuist het ware geloof had gevonden. Dus dat zat wel snor.

Het ziekenhuis was natuurlijk het Royal North Shore, dat kon niet anders.

Ik heb altijd het gevoel alsof ik iets enorms heb ingeslikt als ik mijn auto daar op de parkeerplaats neerzet. Iets met de vorm van een anker, dat in mijn keel hangt en zich naar beide kanten uitstrekt in mijn maag.

Nog zoiets: de lucht lijkt me daar altijd zo enorm, als een groot, leeg omhulsel. Waarom is dat? Ik moet altijd omhoogkijken als ik het terrein daar op rij. Maar misschien komt dat wel doordat ik me klein en nutteloos voel. Of het heeft doodgewoon een geografische oorzaak, omdat de weg omhoogloopt voor hij naar beneden duikt naar de parkeerplaats.

Ik ben hier voor Alice, bracht ik mijzelf in herinnering toen ik uit de auto stapte.

Maar waar ik ook keek, overal zag ik de oude versies van Ben en mijzelf. Wij lopen hier te spoken. Als u er ooit komt, dokter Hodges, dan moet u maar eens opletten. Want wij zijn er, we schuifelen over het pad terug naar de parkeerplaats, op een ijskoude zonnige dag, ik in dat weinig flatterende hippierokje dat ik blijf dragen omdat je het niet hoeft te strijken, met mijn hand in die van Ben. Ik laat me door hem leiden, en ik kijk naar de grond en scandeer mijn mantra: 'Niet over nadenken, niet over nadenken, niet over nadenken.' U zult ons ook bij de receptie tegenkomen, waar we formulieren invullen. Ben staat pal achter me en hij wrijft cirkeltjes over mijn rug, en ik voel hoe die cirkeltjes me op de een of andere manier helpen om te blijven ademen, in, uit, in, uit, als een beademingsmachine. Daar staan we, platgedrukt tegen de achterwand van de lift, met een opgewonden familie met armen vol bloemen en ballonnen waarop staat HOERA, EEN MEISJE! Allebei hebben we beschermend onze armen voor onze buik geslagen, op precies dezelfde manier, om te zorgen dat al die vreugde ons niet kan raken, lijkt het wel.

U zei vorige week tegen me dat dit niet bepaalt wie ik ben, maar dat doet het wél, dokter Hodges, dat is gewoon zo.

Niet over nadenken.

Terwijl ik door de galmende gangen liep (*klikklak* deden mijn hakken, en die géúr, nou ja, u kent die afschuwelijke gekookte-aardappelgeur wel, dokter Hodges, en hoe die je bijholten doet volstromen met herinneringen aan al je andere ziekenhuisbezoekjes), en ik negeerde die slechtgeklede geesten van voormalige verblijven in het ziekenhuis, en ik concentreerde me op Alice. Ik vroeg me af of ze nog steeds dacht dat het 1998 was en als dat zo was, hoe dat dan zou zijn. Het enige vergelijkingsmateriaal dat ik hiervoor had, was die ene keer dat ik als tiener ongehoord dronken ben geworden, op iemands eenentwintigste verjaardag, en dat ik toen ben opgestaan en een lange, lieve dronk heb uitgebracht op de jarige, die ik voor die avond nog nooit had ontmoet. De volgende dag kon ik me daar niets meer van herinneren, niet eens meer vage fragmenten. Kennelijk had ik het woord 'schaarste' in mijn speech gebruikt, en dat vond ik toen erg verontrustend, want ik denk niet dat mijn niet-dronken zelf dat woord ooit in de mond had genomen, al was het alleen maar omdat ik niet precies wist wat ermee werd bedoeld. Ik ben daarna nooit meer zo dronken geweest. Ik ben een veel te grote controlfreak om te kunnen dulden dat mensen om mij heen slap van het lachen vertellen wat ik zelf allemaal heb uitgevreten.

Ik vond het al verschrikkelijk om twee uur uit mijn verleden te missen, dus hoe moest het zijn om tien jaar kwijt te raken?

Terwijl ik op zoek ging naar het nummer van de afdeling waar Alice lag, kwam er plotseling een herinnering boven aan mama en Frannie en mij, giechelend van opwinding – net als die familie in de lift – en praktisch rennend door de gangen van een ander ziekenhuis op zoek naar de kamer van Alice, toen Madison net geboren was. In de verte zagen we Nick toevallig voor ons uit lopen en we gilden: 'Nick!' Hij draaide zich om en terwijl hij wachtte tot we hem hadden ingehaald rende hij wat rondjes op de plaats en stompte een paar keer triomfantelijk in de lucht, net als Rocky. 'Hij is ook zo'n rare snijboon,' zei Frannie vol genegenheid. In die tijd had ik verkering met een arrogante stedenbouwkundige en ik besloot ter plekke dat ik het zou uitmaken, omdat Frannie hem nooit een rare snijboon zou noemen.

Als Alice echt elke herinnering aan de afgelopen tien jaar kwijt was, dacht ik, dan zou ze dus ook geen herinnering meer hebben aan die dag, of aan Madison als baby. Ze zou zich niet meer herinneren dat we met z'n allen een blik Quality Street hebben leeggegeten terwijl de kinderarts zich over Madison boog om haar te onderzoeken. Hij draaide haar alle kanten op, en hield haar op zijn handpalm met een nonchalante expertise, en Alice en Nick riepen tegelijk: 'Voorzichtig!' Daar moesten we zo om lachen, en de kinderarts glimlachte en zei: 'Nou, uw dochter krijgt een dikke tien van mij. Een tien met een griffel.' We klapten allemaal hard en joelden voor Madisons eerste hoge cijfer, terwijl hij haar weer in haar witte dekentje rolde en het mooie pakketje met gevoel voor ceremonie aan Alice teruggaf.

De gruwelijkheid van alles wat Alice de afgelopen tien jaar was overkomen begon pas net tot me door te dringen toen ik haar kamer had gevonden. En toen ik door de deur keek, zag ik haar in het eerste bed liggen, met kussens in haar rug en haar handen in haar schoot. Ze keek strak voor zich uit. Ze had totaal geen kleur. Ze droeg een wit ziekenhuisjasje, en ze lag tegen een wit kussen met een wit verband om haar hoofd gewikkeld. Zelfs haar gezicht was lijkbleek. Het was vreemd om haar zo stil te zien liggen; Alice is anders altijd zo vlug en zo beweeglijk. Normaal zie je haar sms'en met haar autosleutels rammelend in haar andere hand, terwijl ze een van de kinderen bij de elleboog pakt en het iets strengs influistert. Ze is altijd vingertikkend druk, druk, druk.

(Tien jaar geleden was ze helemaal nog niet zo. Nick en zij sliepen elke zondag uit tot twaalf uur. 'Waar halen ze ooit de tijd vandaan om dat gigantische huis van ze te verbouwen?' vroegen mama en Frannie en ik altijd aan elkaar, als een stel ouwe wijven.)

Ze zag me eerst niet, en terwijl ik naar haar toe liep, zag ik haar ogen opflakkeren. Ze leken zo groot en zo blauw in haar bleke gezicht; maar wat belangrijker was, ze keek me anders aan dan normaal, en toch op een vertrouwde manier. Ik weet niet hoe ik het moet omschrijven, behalve dan dat er een wonderlijke gedachte bij me opkwam: je bent weer terug.

Wilt u weten wat het eerste was wat ze tegen me zei, dokter Hodges?

Ze zei: 'O Libby, wat is er met jóú gebeurd?'

Ik zei toch dat het wel bepaalt wie ik ben.

Of misschien had ze het alleen maar over mijn rimpels.

Alice was eindelijk naar een afdeling gebracht, en ze had een ziekenhuisjas gekregen en een afstandsbediening en een wit ladekastje. Een mevrouw kwam langs met een karretje om haar een kopje slappe thee te brengen en vier piepkleine sneetjes brood met ham en kaas. De zuster had gelijk: ze voelde zich inderdaad wat beter na die thee en broodjes. Maar dat enorme gapende gat in haar geheugen konden ze niet dichten.

Toen ze Elisabeths stem door haar mobieltje hoorde, was het net als toen ze naar huis belde tijdens die rampzalige vakantie in Europa, toen ze negentien was, en net deed of ze een totaal andere persoonlijkheid had – avontuurlijk, extravert. Dat ze zo iemand was die dolgraag in haar eentje rondstruinde in kathedralen en ruïnes en die het enig vond om 's avonds in de jeugdherberg met dronken jongens uit Brisbane te kletsen – terwijl ze eigenlijk heimwee had en zich eenzaam voelde en ze zich vaak doodverveelde en geen bal begreep van de dienstregeling van de trein. Om dan Elisabeths stem luid en duidelijk te kunnen horen in een vreemde telefooncel aan de andere kant van de wereld, luchtte Alice altijd zo ongelofelijk op. Dan drukte ze haar voorhoofd tegen het glas en dacht: o ja. ik besta echt.

‘Mijn zus komt er nu aan,’ zei ze tegen de zuster toen ze opgehangen had, alsof dat haar neerzette als een echt mens, iemand met een familie. Familie die ze herkende.

Hoewel ze Elisabeth bijna niet herkende toen die op haar bed afliep. Ze nam aan dat deze vrouw in haar crèmekleurige mantelpakje met de bril en het zwierige haar tot op de schouders iemand van de ziekenhuisdirectie was die iets administratiefs met haar kwam afhandelen, maar er was iets in die kaarsrechte ‘Ik lust je rauw’-houding, zo typisch Elisabeth, wat haar verried.

Het was wel even schrikken, omdat het leek alsof Elisabeth in één klap heel veel dikker was geworden. Ze had altijd een sterk, soepel, atletisch lichaam gehad van het roeien en het joggen en waar ze het allemaal nog meer zo druk mee had. Nu was ze niet zozeer vet, maar bepaald forser, zachter, en met een grotere boezem. Een opgeblazen versie van zichzelf, alsof ze ergens een ventiel had zitten, als een strandbal. Dat zal ze wel niet zo leuk vinden, dacht Alice. Elisabeth was altijd zo vermakelijk moralistisch over eten waar je dik van wordt, en ze weigerde een stukje taart alsof je haar een shot heroïne aanbood. Ze waren een keer samen een weekendje weg geweest, Nick, Alice en Elisabeth. Toen had Elisabeth eindeloos de voedingswaarde bestudeerd op de zijkant van een potje yoghurt, met de sombere waarschuwing: ‘Met yoghurt moet je echt ontzettend voorzichtig zijn.’ Dus als Nick en Alice nu yoghurt aten, zeiden ze altijd: ‘Voorzichtig, hoor!’

Toen ze dichterbij kwam en het felle licht boven Alice’ bed haar gezicht bijlichtte, zag Alice fijne lijntjes rond Elisabeths mond en aan weerszijden van haar ogen achter de glazen van de elegante bril. Elisabeth had lichtblauwe ogen met donkere wimpers, net als Alice. Dat hadden ze van hun vader geërfd: ogen die complimentjes uitlokten. Maar die ogen leken nu veel kleiner en bleker, alsof de kleur aan het vervagen was.

Er lag iets vernederds en vermoeids in die verwelkte ogen, alsof ze net keihard was verslagen in een gevecht dat ze dacht te gaan winnen.

Alice voelde een vlaag van bezorgdheid: er moest haar iets vreselijks zijn overkomen. Maar toen ze ernaar vroeg zei Elisabeth 'Hoe bedoel je, wat is er met míj gebeurd?' op een toon zo vlot en energiek dat Alice aan zichzelf twijfelde.

Elisabeth trok een plastic stoel bij haar bed en ging zitten. Alice ving een glimp op van haar rok, die weinig flatteus straktrok om haar buik en keek vlug de andere kant op; ze kon wel huilen.

'Jij bent anders degene die in het ziekenhuis ligt. Dus de vraag is: wat is er met jóú gebeurd?' zei Elisabeth.

Alice voelde hoe ze teruggleed in de rol van de onstuitbaar hopeloze Alice. 'Het is te bizar. Het lijkt wel een droom. Klaarblijkelijk ben ik gevallen in de sportschool. Ik, in een sportschool! Idioot, toch? Volgens Jane Turner was ik bezig met iets wat ze "steppen" noemde.' Ze mocht zich nu laten gaan, want Elisabeth was er, en die zou de verstandige zijn.

Elisabeth staarde haar met zo'n sombere, angstige concentratie aan dat Alice haar domme grijns voelde oplossen.

Ze pakte de foto van het ladekastje naast haar bed, gaf die aan Elisabeth en vroeg met een bedeesd stemmetje: 'Zijn dit mijn...' Zo dom had ze zich haar hele leven nog niet gevoeld. 'Zijn dit mijn kinderen?'

Elisabeth nam de foto van haar aan, keek ernaar en toen gleed er even een gecompliceerde blik over haar gezicht, een nauwelijks waarneembare huivering, die meteen weer verdween. Ze glimlachte nadrukkelijk en zei: 'Ja, Alice.'

Alice zuchtte beverig en sloot haar ogen. 'Ik heb ze nog nooit gezien.'

Ze hoorde Elisabeth ook zuchten. 'Het is maar tijdelijk, dat weet ik zeker. Waarschijnlijk moet je gewoon wat rusten, wat ontspannen en dan...'

'Hoe zijn ze?' Alice deed haar ogen weer open. 'Die kinderen. Zijn ze... leuk?'

Met een wat krachtiger stem antwoordde Elisabeth: 'Ze zijn geweldig, Alice.'

'En ben ik een goede moeder?' vroeg Alice. 'Zorg ik wel goed voor ze? Wat geef ik ze te eten? Ze zijn al zo groot!'

'Je leeft voor die kinderen, Alice,' zei Elisabeth. 'Dat zul je jezelf straks ook wel weer herinneren. Het komt allemaal vanzelf weer terug. Alleen...'

'Ik kan misschien worstjes voor ze bakken,' zei Alice, die opveerde bij de gedachte. 'Kinderen zijn dol op worstjes.'

'Jij zou ze nooit worstjes geven,' zei Elisabeth en ze staarde haar verbaasd aan.

'Ik dacht dat ik zwanger was,' zei Alice. 'Maar ze hebben bloedonderzoek gedaan, en daaruit bleek dat ik dat helemaal niet ben. Ik voel me ook helemaal niet zwanger, maar ik kan toch niet geloven dat ik echt niet zwanger ben. Ik kan het gewoon niet geloven.'

'Nee. Nou, ik denk dat het ook niet erg waarschijnlijk is dat je zwanger bent...'

'Drie kinderen!' zei Alice. 'We zouden er maar twee nemen.'

'Olivia was ook een ongelukje,' zei Elisabeth stug, alsof ze het afkeurde.

'Het lijkt allemaal zo onwerkelijk,' zei Alice. 'Ik voel me net Alice in Wonderland. Weet je nog hoe ik dat boek haatte? Omdat er niks van klopte. Jij vond er trouwens ook niks aan. Wij lazen liever iets begrijpelijks.'

'Ik kan me voorstellen dat het héél gek aanvoelt, maar dit blijft niet zo; het kan elk moment weer terugkomen. Je zult wel een flinke smak hebben gemaakt.'

'Ja, een behoorlijke smak.' Alice pakte de foto weer op. 'Dus dit meisje. Dit meisje is de oudste, dus dat moet dan mijn eerste baby zijn, toch? Dus het was toch een meisje?'

'Ja, een meisje.'

'Wij dachten dat het een jongen zou worden.'

'Dat weet ik nog.'

'En de bevalling! Ik heb dus al drie bevallingen achter de rug? Hoe ging dat? Want ik maak me er zo'n zorgen om. Ik bedoel, ik maakte me er zo'n zorgen om...'

'Ik geloof dat het met Madison allemaal vrij vlot verliep, maar bij Olivia waren er complicaties.' Elisabeth schoof onrustig heen en weer op haar plastic stoeltje. 'Alice, moet je horen, ik ga maar eens even met een van de artsen praten. Ik vind dit heel lastig. Het is zo raar. Het is ook best... eng.'

Alice greep in paniek naar Elisabeths arm. Ze wilde niet alleen achterblijven. 'Nee, nee, niet weggaan. Er komt zo wel iemand. Ze komen me de hele tijd controleren. Hé, Libby, ik heb Nick op zijn werk gebeld en daar zeiden ze dat hij in Portugal zat. In Portugal! Wat moet hij daar? Ik heb een bericht voor hem achtergelaten bij die akelige secretaresse. Ik ben assertief geweest, hoor. Je zou trots op me zijn geweest. Ik heb eens even laten zien dat ik heus wel een ruggengraat heb. Een stálen ruggengraat.'

'Heel goed van je,' zei Elisabeth. Ze keek alsof ze net iets had gegeten wat niet helemaal goed was gevallen.

'Maar hij heeft me nog steeds niet teruggebeld,' zuchtte Alice.

Elisabeths huiswerk voor dokter Hodges

Pas toen ze begon over dat Nick in Portugal zat drong het tot me door dat het nog veel erger was dan dat ze me vroeg of haar kinderen wel leuk waren.

Ze is echt alles vergeten.

Zelfs Gina.

7

'Dus je wilt seriéús beweren dat je je helemaal niets meer herinnert, echt niks, sinds 1998?' Elisabeth schoof de plastic stoel wat dichter bij het bed en leunde naar Alice toe, alsof het hoog tijd was om dit eens tot op de bodem uit te zoeken. 'Echt helemaal niks?'

'Nou ja, er komen wel allemaal vreemde flarden bij me op,' antwoordde Alice, 'maar dat zijn allemaal dingen die me verder niks zeggen.'

'Vertel eens?' drong Elisabeth aan. Haar gezicht was nu nog dichterbij en Alice zag dat de lijntjes rond haar mond nog dieper waren dan ze aanvankelijk dacht. Jeetje. Onwillekeurig drukte Alice met haar vingertoppen tegen haar eigen huid; ze had zichzelf nog steeds niet in de spiegel bekeken.

Ze zei: 'Toen ik net bijkwam had ik een droom, tenminste, ik wist niet of het een droom was of dat het echt gebeurd is. Ik was aan het zwemmen, en het was een prachtige zomerochtend, en mijn teennagels hadden allemaal verschillende kleuren nagellak. Er was nog iemand bij me, en die had ook zulke tenen. Hé, misschien was jij diegene wel? Ja, vast!'

Elisabeth zei: 'Nee, dat zegt mij niks. Wat nog meer?'

Alice dacht aan die boeketten van roze ballonnen die tegen de grauwe hemel dobberden, maar ze wilde Elisabeth niet vertellen over die vloedgolf van verdriet die haar had overspoeld, en ze wilde ook helemaal niet weten wat het te betekenen had.

Dus in plaats daarvan zei ze: 'Ik herinner me een Amerikaanse vrouw die zei: "Het spijt me zo, maar er is geen hartslag".'

Elisabeths huiswerk voor dokter Hodges

Ik moet toegeven dat het me gek genoeg ontroerde dat dat nou uitgerekend een van de eerste dingen was die bij Alice kwamen bovendrijven.

Alice was altijd al goed geweest in het imiteren van accenten, en ze bootste de stem van die vrouw perfect na. De toon en het ritme waren precies zoals ik het me herinnerde, en heel even was ik weer terug in die naargeestige kamer waar ik probeerde om het allemaal te begrijpen. Ik heb er al zo lang niet meer aan teruggedacht.

Stelt u zich eens voor, dokter Hodges, dat ik kon terugreizen in de tijd, naar die dag, en dat ik mezelf kon influisteren: 'Dit is nog maar pas het begin, snoes.' Dan zou ik mijn hoofd in mijn nek hebben gegooid en had ik een enge heksenlach laten horen.

O, u vindt het niet prettig als ik met dat soort bittere galgenhumor kom, hè? Het is me opgevallen dat u dan beleefd maar ook een beetje bedroefd glimlacht, alsof ik mezelf voor gek zet en u precies weet waarom. Alsof ik een puber ben die geen controle heeft over haar eigen gênante emoties.

Maar goed, ik wilde helemaal niet met Alice over die Amerikaanse vrouw praten. Uiteraard. Vooral niet met Álice. En ik wil het er eigenlijk ook helemaal niet met u over hebben. Ik wil er niet eens over nadenken. Of erover schrijven. Het is gewoon gebeurd. Zoals alle andere dingen.

Elisabeth streek de witte deken naast het been van Alice glad met haar vlakke hand. Haar gezicht leek te verstrakken. Ze zei: 'Sorry, maar dat zegt me ook al helemaal niets.'

Waarom klonk ze zo boos? Alice had het gevoel alsof ze iets had misdaan, maar ze begreep niet wat. Ze voelde zich dom en onhandig, als een kind dat iets groots en belangrijks probeert te begrijpen maar de grote mensen willen niet uitleggen hoe het precies zit.

Elisabeths blik ontmoette die van Alice, en ze glimlachte half, maar keek toen vlug weer weg.

Er kwam een vrouw met een bos bloemen de zaal op lopen. Ze gluurde hoopvol naar Alice en Elisabeth, knipperde toen afwijzend met haar ogen en liep aan hun half door gordijnen afgeschermde bed voorbij naar het volgende bed. Ze hoorden een onzichtbaar iemand uitgillen: 'Ik zat net aan je te denken!'

'Ik had ook bloemen voor je mee moeten brengen,' mompelde Elisabeth.

Maar Alice zei ineens: 'Je bent getrouwd!'

'Wat bedoel je?'

Alice pakte Elisabeths linkerhand vast. 'Je hebt een verlovingsring! Wat een prachtige. Dat is nou precies het soort ring dat ik graag had willen krijgen, als ik hem zelf had mogen kiezen. Niet dat ik niet dol ben op de ring van oma Love, natuurlijk.'

Elisabeth zei droogjes: 'Jij haat en veracht de ring van oma Love, Alice.'

'O? Heb ik je dat dan verteld? Dat kan ik me niet herinneren.'

'Jaren geleden, toen je een beetje te veel gedronken had, geloof ik. Daarom begrijp ik ook niet zo goed waarom je – nou ja, laat maar.'

'Laat je me nog langer in spanning zitten? Met wie ben je dan getrouwd? Is het die knappe stedenbouwkundige?'

'Dean? Nee, ik ben niet met Dean getrouwd. Ik heb hooguit vijf minuten verkering met die man gehad, joh. Bovendien is hij dood. Een duikongeluk. Tragisch. Maar goed, ik ben getrouwd met Ben. Kun je je Ben niet meer herinneren? Hij zorgt op dit moment voor jouw kinderen.'

'O, wat aardig van hem, fijn,' zei Alice zwakjes, en ze voelde de misselijkheid weer opkomen, want een goede moeder zou waarschijnlijk meteen hebben willen weten wie er voor haar kinderen zorgde. Het probleem was dat ze het nog steeds een krankzinnig idee vond dat die kinderen überhaupt bestonden. Ze drukte een hand tegen haar platte buik, waar nu dus geen baby meer in zat, en vocht tegen de duizeligheid. Als ze hier te lang bij stilstond, bestond de kans dat ze zou gaan gillen en dat ze daar niet meer mee zou ophouden.

'Ben,' zei Alice, en ze concentreerde zich op Elisabeth. 'Dus je bent getrouwd met iemand die Ben heet.' Ze herinnerde zich dat dat sniffende kind iets over 'oom Ben' had gezegd aan de telefoon. Het was vreemd genoeg erger als al die puzzelstukjes in elkaar vielen, alsof alles klopte, behalve Alice zelf.

'Gek, maar ik zat net te denken dat de enige Ben die ik ken een enorme kerel is die ooit een keer de neonreclame heeft gemaakt voor het winkeltje van Nicks zus. Ik ben hem nooit vergeten omdat hij zo groot en zo traag en stil was, als een enorme grizzlybeer die mens geworden was.'

Elisabeth barstte in lachen uit en door het geluid van haar lach (een volle, hartelijke lach, waardoor Alice altijd meteen haar grap wilde herhalen) en de manier waarop ze haar hoofd naar achteren gooide leek ze eindelijk weer op zichzelf.

'Wat is er zo leuk?' vroeg Alice met een glimlach, want ze zag zelf de grap niet.

'Dat is mijn Ben. Ik heb hem leren kennen bij de opening van Dora's winkel. We zijn nu acht jaar samen.'

'Echt waar?' Was Elisabeth echt met die enorme beer van een neonontwerper getrouwd? Ze ging anders altijd voor van die heel scherpe, succesvolle zakenpiefjes die Alice altijd het gevoel gaven dat ze oliedom was. 'Maar had hij geen baard?'

Elisabeth kon toch onmogelijk een huwelijk zijn aangegaan met een kerel met een baard?

Elisabeth schudde van het lachen. 'Yep, die heeft hij nog steeds.'

'En ontwerpt hij ook nog altijd neonverlichting?'

'Ja, heel mooie. Mijn favoriet is die voor Robs Ribs, die spareribtent in Killara. Die won verleden jaar nog de tweede prijs bij de jaarlijkse Neon Design Awards.'

Alice keek haar scherp aan, maar ze meende het zo te zien allemaal bloedserieus.

'Dus hij is nu mijn zwager. Dan zal ik hem wel kennen, denk

ik. Vrij goed zelfs. Kan Nick een beetje met hem opschieten? Doen we dingen samen?'

Elisabeth viel stil en Alice kon geen chocola maken van de uitdrukking op haar gezicht. Toen zei ze: 'Jaren geleden, voor Ben en ik getrouwd waren en Madison nog een hummel was en jij net zwanger was van Tom, toen hebben we een keer samen een huis gehuurd bij Jervis Bay. Met Pasen was dat. Het huis lag aan Hyams Beach, weet je wel – het witste zand ter wereld – en het weer was perfect, en Madison was zo schattig en we waren allemaal gewoonweg verliefd op haar. We speelden domme kaartspelletjes, hartenjagen en zo, en op een avond werden Nick en Ben heel dronken en toen hebben ze staan dansen op discomuziek. Ben danst nóóit. Dat is denk ik de enige keer dat ik het hem ooit heb zien doen. Ze stelden zich zo ongelofelijk aan! En wij moesten zo hard om ze lachen dat Madison er wakker van werd en die kwam toen uit bed en begon met ze mee te dansen in haar pyjamaatje. Dat was eigenlijk een heel bijzondere vakantie. Ik word helemaal nostalgisch nu ik eraan terugdenk; goh, ik had er al in geen jaren meer aan gedacht.'

'Ik kan me er niks van herinneren,' zei Alice. Ze vond het maar wreed dat ze zo'n geweldige vakantie helemaal kwijt was, alsof een andere Alice haar plaats had ingenomen in die tijd.

Elisabeths toon sloeg abrupt om. 'Ik vind het verbijsterend dat je je Ben niet meer kunt herinneren. Ze keek Alice scherp aan, uitdagend zelfs. 'Je hebt hem gisteren nog gezien. Hij kwam je helpen met je auto. Je hebt nog zijn lievelingsmuffins voor hem gebakken, met banaan. Jullie hebben behoorlijk lang zitten praten.'

'Dus we hebben nu een auto?' zei Alice nerveus.

'Hm. Ja, Alice, jullie hebben een auto.'

'En ik kan bananenmuffins bakken?'

Elisabeths gezicht verzachtte wat. 'Met weinig vet en veel vezels. Maar verrassend lekker.'

Alice' gedachten raasden koortsachtig alle kanten op, tot ze er duizelig van werd, van die drie vreemde kinderen op een rijtje tot bananenmuffins tot een auto (ze hield niet van auto's: ze hield van bussen, en van het pontje; bovendien kon ze niet bepaald goed autorijden) tot Elisabeth die met een ontwerper van neonreclames genaamd Ben was getrouwd.

Ineens stuitte ze daarbij op een pijnlijke gedachte: 'Hé, maar dan heb je je bruiloft dus zonder mij gevierd!' Alice was dol op bruiloften. Dus een bruiloft zou ze echt niet zomaar vergeten.

Maar Elisabeth zei: 'Alice, jij was mijn getuige en Madison was bloemenmeisje. Jullie hadden jurken van dezelfde orchideeroze stof, en je hebt een ontzettend grappige speech gehouden en jij en Nick hebben je nog ontzettend uitgesloofd op de dansvloer toen ze "Come on Eileen" speelden. Je hebt ons een blender gegeven.'

'O.' De frustratie zwol aan. 'Maar ik kan gewoon niet geloven dat ik van al die dingen helemaal niets meer weet. Het doet niet eens een vaag belletje rinkelen!' Ze stak haar vingers door de gaten in de deken die over haar benen lag en met een kinderachtig gebaar verfrommelde ze de hele boel tot een grote prop. 'Er is ook zoveel... gedóé!'

'Joh, kalm maar.' Elisabeth wreef net iets te krachtig over haar schouder, alsof ze een bokser was, en ze keek koortsachtig om zich heen alsof ze om hulp wilde vragen. 'Je moet me nu toch echt even een dokter laten halen, dan kunnen we het hierover hebben.'

Ze was erg van het problemen oplossen, Elisabeth. Ze wilde altijd dingen voor je regelen.

Er klonk een uitbarsting van schril vrouwengelach uit het bed naast hen. 'Dat méén je niet?' 'Dat meen ik wél.' Alice en Elisabeth keken elkaar met een misprijzende frons aan, en Alice werd vervuld van een geruststellende, zusterlijke affectie.

Ze liet de deken los en legde haar handen berustend in haar schoot. 'Niet weggaan, alsjeblieft. Er komt zo wel een zuster en dan moet je maar met haar praten. Blijft alsjeblieft bij me. Ik denk dat ik daar vanzelf beter van word.'

Elisabeth wierp een blik op haar horloge en zei: 'Dat weet ik nog zo net niet,' maar ze ging toch weer op haar stoel zitten.

Alice ging wat verliggen in haar kussens. Ze dacht erover om nog wat vragen te stellen over de kinderen op de foto. (Dríé! Het was zo'n ongehoord en onmogelijk aantal.) Maar het was allemaal zo surrealistisch dat het lachwekkend werd, als een film die zo vergezocht was dat je de hele tijd in je stoel zat te wiebelen en je in moest houden om niet te gaan lachen. Het was veiliger om naar Elisabeths leven te vragen.

Elisabeth had haar hoofd gebogen, en ze krabde aan iets onzichtbaars op haar pols. Alice keek nog eens naar de lijnen die de mond van haar zus tot een verdrietige grimas leken te trekken. Of was dat gewoon de leeftijd? (Zag haar eigen mond er soms ook zo uit? Ze zou straks eens kijken. Straks.) Maar er was meer aan de hand; er hing een intens, drukkend verdriet om haar heen. Was ze soms niet gelukkig met Beremans? (Kon je eigenlijk wel verliefd worden op een man met een baard? Hè, wat kinderachtig, natuurlijk kon dat. Al was het in zijn geval dan wel een opvallend woeste baard.)

Terwijl Alice naar haar zat te kijken, bewoog Elisabeths keel op en neer terwijl ze nadrukkelijk slikte.

'Waar denk je aan?' vroeg Alice.

Elisabeth schrok en keek op. 'Ik weet niet, niks.' Ze onderdrukte een geeuw. 'Sorry, het komt niet doordat ik me hier verveel, ik ben gewoon moe. Ik heb vannacht maar een paar uur geslapen.'

'Aha,' zei Alice. Ze had geen uitleg nodig. Zij en Elisabeth werden allebei geplaagd door aanvallen van slapeloosheid, hun hele leven al. Dat hadden ze van hun moeder. Toen hun vader overleden was, bleven Alice en Elisabeth soms hele nachten op, met hun moeder. Dan zaten ze in hun badjas op een rijtje op de bank video's te kijken en limonade te drinken. De volgende dag sliepen ze dan aan één stuk door, ook al stroomde het zonlicht het verstomde, slapende huis in.

'Hoe slaap ik de laatste tijd?' wilde Alice weten.

‘Dat weet ik eerlijk gezegd niet. Ik weet niet of jij ook nog altijd aan slapeloosheid lijdt.’

‘Weet je dat niet?’ Alice was verbluft. Ze hielden elkaar altijd volledig op de hoogte van hun strijd op dat gebied. ‘Maar... praten we dan niet meer?’

‘Natuurlijk praten we nog wel, maar jij hebt het altijd zo druk met de kinderen en zo, dus onze gesprekken zijn altijd wat gehaast.’

‘Druk,’ herhaalde Alice. Dat klonk haar absoluut niet aantrekkelijk in de oren. Ze wantrouwde mensen die het druk hadden altijd een beetje. Van die lui die altijd maar riepen dat ze nergens tijd voor hadden, en dat ze zoveel aan hun hoofd hadden. Wat een onzin. Waarom deden ze niet gewoon kalm aan? En waar hadden ze het dan precies zo druk mee?

‘Nou ja,’ zei ze, en ze voelde zich onverklaarbaar ongemakkelijk. Het was alsof het niet helemaal snor zat tussen haar en Elisabeth. Er leek af en toe een soort vormelijke beleefdheid tussen hen in te hangen, alsof ze ooit goede vriendinnen waren geweest die elkaar tegenwoordig niet meer zo vaak zagen.

Ze zou wel aan Nick vragen hoe het zat. Dat was een van de fijnste dingen aan hem: hij vond het leuk om over andere mensen te praten, om ze te bestuderen en te verklaren. Hij was geïnteresseerd in de complexiteit van relaties. Bovendien was hij dol op Elisabeth, en als hij de draak met haar stak, of over haar klaagde (want ze kon echt ontzettend irritant doen), dan deed hij dat precies op de goede, broederlijke manier, zodat Alice nooit het gevoel had dat ze haar moest verdedigen.

Alice keek naar Elisabeths prachtig gesneden crèmekleurige mantelpakje (hun garderobes leken er allebei behoorlijk op vooruitgegaan te zijn in 2008) en zei: ‘Werk jij nog steeds bij dat catalogusbedrijf? De Treasure Chest?’

Elisabeth had een baan bij een enorm groot postorderbedrijf genaamd de Treasure Chest. Ze schreef teksten voor hun catalogus en moest altijd slimme, overtuigende dingen bedenken over honderden verschillende producten, van lipgloss met bananensmaak tot een waterproof radio die je ook in de douche kon gebruiken. Ze kreeg altijd gratis veel van die spullen mee naar huis, die ze dan uitdeelde, wat natuurlijk leuk was, en elke maand las de hele familie hun favoriete stukjes uit de nieuwe catalogus voor aan Elisabeth. Frannie bewaarde ze ook allemaal, en liet ze trots aan haar vriendinnen zien als die op bezoek kwamen.

'O, dat voelt als heel lang geleden,' zei Elisabeth. Ze keek Alice aan en schudde haar hoofd heel licht, alsof ze zoiets nog nooit had meegemaakt. 'Jij bent een tijdreiziger, weet je dat?'

'Dus je werkt daar niet meer?' Het begon Alice te irriteren. Het zou nog behoorlijk vermoeiend worden als iedereen haar steeds zo ontzet aan bleef kijken als ze een doodgewone vraag stelde. Hoeveel kon er veranderd zijn in tien jaar? Het leek erop dat alles anders was.

'De Treasure Chest is nu een website,' zei Elisabeth. 'En ik ben daar zes jaar geleden weggegaan. Ik heb nog een jaar of vier voor een bureau gewerkt, en twee jaar geleden ben ik mijn eigen bedrijfje begonnen. Ik geef seminars waarbij ik mensen train in het schrijven van direct mail. Of junkmail, zoals de meeste mensen het noemen. Ze zijn behoorlijk – nou ja, het loopt heel goed, eerlijk gezegd, hoe gek dat ook mag klinken. Ach, het zorgt in elk geval voor brood op de plank. Ik gaf er vandaag ook eentje, toen Jane me belde over jou.'

'Dus je bent je eigen baas?'

'Ja.'

'Wauw! Goed, man. Dus jij bent een succesnummer; ik wist wel dat jij een succesnummer zou worden. Mag ik een keertje naar je komen kijken?'

'Komen kijken? Naar míj?' snoof Elisabeth.

'O, dat zal ik al wel een keer gedaan hebben, natuurlijk.'

Maar Elisabeth zei: 'Nee, Alice, je bent nooit geïnteresseerd geweest in mijn seminars.' Daar had je dat scherpe randje aan haar stem ook weer.

'O,' zei Alice verward. 'Dat lijkt me... waarom eigenlijk niet?'

Elisabeth slaakte een zucht. 'Omdat jij het echt altijd heel druk hebt, Alice. Daarom.'

Daar had je dat woord weer, 'druk'.

'En ik geloof ook dat je mijn werkgebied misschien een beetje... smakeloos vindt.'

'Smakeloos? Heb ik dat gezegd? Zoiets zou ik toch nooit zeggen!' Alice gruwde ervan. Was ze werkelijk zo'n akelig mens geworden dat anderen om hun carrièrekeuze veroordeelde? Ze was juist altijd zo trots op Elisabeth geweest. Zij was de slimste van hun tweetjes, degene die het gemaakt had, terwijl Alice altijd lekker veilig bleef zitten waar ze zat.

Elisabeth zei: 'Nee, nee, dat heb je nooit zo gezegd. En waarschijnlijk denk je het niet eens. Vergeet mijn opmerking maar gewoon.'

Misschien, dacht Alice angstig, is die andere Alice, die tien jaar lang mijn leven heeft geleefd, wel helemaal niet zo aardig.

'En ik?' vroeg ze. 'Wat doe ik voor werk?'

Alice had als administratief medewerkster gewerkt bij de afdeling Personeelszaken van de Kamer van Koophandel. Ze had er geen hekel aan, maar ze was er ook niet dol op; het was gewoon een baantje. Ze was nooit zo carrièrebelust. 'Jij bent een huishoudkampioen, echt precies zo'n huisvrouw uit de jaren vijftig,' had Elisabeth ooit tegen haar gezegd toen Alice had toegegeven dat ze een heerlijke dag had doorgebracht in de tuin, en dat ze gordijnen had gemaakt voor in de keuken en dat ze een chocoladecake had gebakken voor Nick.

'Jij werkt niet.' Elisabeth wierp haar een ondoorgrondelijke blik toe.

'O, dat klinkt fijn!' zei Alice blij.

'Maar je hebt het toch altijd heel erg druk.' Wat had ze toch met dat woord? 'Je doet van alles op school.'

'Op school? Wat voor school?'

'De school van de kinderen.'

O. Die. De drie griezelige vreemdelingetjes.

'Frannie,' zei Alice ineens. 'Hoe is het met Frannie? Ze is toch niet... ziek geworden of zo, hè?' Ze wilde het woord 'dood' niet eens in de mond nemen.

'Met Frannie is alles in orde,' zei Elisabeth. 'Nog altijd even tierig.'

De zilveren mobiel op het kastje naast Alice' bed barstte in rinkelen los.

'Daar zul je Nick eindelijk hebben.' Alice dook op de telefoon af.

Elisabeth sprong snel op. 'Laat mij hem eerst maar even spreken.'

'Vergeet het maar.' Alice hield het mobieltje bij haar weg. 'Waarom zou ik?' Zonder het antwoord af te wachten drukte ze op het groene knopje en bracht de telefoon naar haar oor.

'Hallo?'

'Ja, hoi, met mij.' Het was Nick. Alice voelde de zalige opluchting door haar bloed stromen, alsof ze een glas cognac achterover had geslagen.

'Wat is er gebeurd?' vroeg hij. 'Is er iets met de kinderen?' Zijn stem klonk dieper, rauwer dan gewoonlijk, alsof hij verkouden was.

Dus Nick wist ook al van 'de kinderen'. Iedereen wist van de kinderen.

Elisabeth stond op en neer te springen, zwaaiend met haar armen, en gebarend dat zij de telefoon wilde. Alice stak haar tong naar haar uit.

'Nee, er is iets met mij,' antwoordde Alice. Ze had hem zoveel te vertellen, dat ze niet wist waar ze moest beginnen. 'Ik ben gevallen in de, eh, de sportschool, daar was ik met Jane Turner en toen ben ik op mijn hoofd terechtgekomen. Ik ben bewusteloos geweest. Ze moesten een ambulance laten komen, en, o ja, ik heb nog overgegeven in de lift, over die kerel zijn schoenen, zo gênant! En ik moet je nog vertellen over die vrouwen in de sportschool, en hoe raar ze stonden te hopsen. Te grappig. Maar jij zit dus in Portugal. Ik kan het gewoon niet geloven, hoe is het daar?'

Er was zoveel dat ze hem moest vertellen, ze had het gevoel dat ze hem in geen jaren had gesproken. Als hij straks uit Portugal terug was, moesten ze maar weer eens gaan eten in dat Mexicaanse restaurantje waar ze zo graag kwamen, en dan moesten ze praten, praten, praten. Ze zouden margarita's drinken; ze mocht immers weer drinken want ze was toch niet meer zwanger. O, wat verlangde ze ernaar om nú met hem in dat restaurant te zitten, in een donker hoekbankje, met zijn duim die haar handpalm streelde.

Het bleef stil aan de andere kant van de lijn. Hij was vast in shock.

'Maar het gaat goed, hoor!' zei Alice om hem gerust te stellen. 'Het is niks ernstigs. Ik word gewoon weer beter. Ik voel me prima.'

'Waarom moest ik je dan verdomme zo nodig bellen?'

Alice had het gevoel alsof haar hoofd een klap naar achteren maakte, alsof iemand haar had geslagen. Nick had nog nooit in zijn leven zo tegen haar gesproken, zelfs niet als ze ruzie hadden. Hij had juist een eind aan deze nachtmerrie moeten maken, maar hij maakte het alleen maar erger.

'Nick?' Haar stem trilde. Later zou ze hem hierover nog weleens flink zijn vet geven; ze was echt ontzéttend gekwetst. 'Wat is er?'

'Is dit soms een strategietje van je? Want ik begrijp het niet zo goed, en om eerlijk te zijn heb ik ook geen tijd voor dit soort gedoe. Jij wilt toch niet de plannen voor het weekend omgooien, is dat het soms? Gaat het daarover? Of nee, hè, zeg me dat dit niet weer over eerste kerstdag gaat, in godsnaam.'

'Waarom praat je zo tegen me?' zei Alice. Haar hart ging vreselijk tekeer. Dit was nog veel enger dan alle andere dingen die haar vandaag waren overkomen. 'Wat heb ik dan gedaan?'

'Jezusmina, ik heb echt geen tijd voor die verdomde spelletjes van jou.'

Hij stond te schreeuwen. Hij stond tegen haar te schreeuwen, echt waar, terwijl zij in het ziekenhuis lag.

'Paprikapoeder,' fluisterde Alice. 'Je moet je mond poetsen met paprikapoeder, Nick.'

Elisabeth stond op. 'Geef nu hier,' commandeerde ze.

Ze haalde de telefoon uit Alice' trillende vingers, legde hem aan haar ene oor en drukte een vinger in haar andere. Ze draaide zich van Alice af en drukte haar kin tegen haar borst. 'Nick, met Elisabeth. Dit is echt behoorlijk ernstig. Ze heeft een flinke hoofdwond, en nu is ze haar geheugen kwijt. Ze is alles vergeten wat er na 1998 is gebeurd. Begrijp je wat ik zeg? Álles.'

Alice liet haar hoofd in de kussens vallen en haalde snel en oppervlakkig adem. Wat betekende dit toch allemaal?

Elisabeth was even stil en luisterde met gefronst voorhoofd. 'Ja, ja, dat begrijp ik, maar dat kan zij zich dus allemaal totaal niet meer herinneren.'

Weer een stilte.

'Die zijn bij Ben. Hij heeft ze naar zwemles gebracht, en ik denk dat ze vanavond ook maar bij ons moeten logeren en dan...'

Stilte. 'Ja, oké, en dan kan jouw moeder ze gewoon ophalen volgens afspraak, en ik neem aan dat Alice zondagavond wel weer helemaal normaal zal zijn.' Stilte. 'Nee, ik heb nog geen arts gesproken, maar dat ga ik zo doen.' Stilte. 'Goed, nou, wil je Alice nog spreken?'

Alice stak haar hand uit – nu zou Nick toch wel weer gewoon doen – maar Elisabeth zei: 'O, oké. Nou, dag dan maar, Nick.'

Ze hing op.

'Wilde hij me niet meer spreken? Wilde hij echt niet meer met me spreken?' vroeg Alice. Ze voelde een stekende pijn door haar hele lichaam, alsof een lange heksenvinger in haar priemde.

Elisabeth klapte de telefoon dicht en legde een hand op Alice' arm. Zachtjes zei ze: 'Je zult het je binnenkort allemaal wel weer herinneren. Het komt wel goed. Het is alleen dat Nick en jij in scheiding liggen.'

Alice had het gevoel dat alles om haar heen naar Elisabeths

bewegende mond werd gezogen. Ze concentreerde zich op die mond. Frambozenrode lippenstift met een donkerder lijntje rond de lippen. Elisabeth gebruikte kennelijk een lipliner. *Ook gek. Ze trekt lijntjes om haar lippen.*

Wat zei ze nou allemaal? Ze kon toch onmogelijk beweren dat...

'Wat?' zei Alice.

'Jullie liggen in scheiding,' herhaalde Elisabeth.

Dat geloof je toch niet?

8

Alice dronk een glas champagne met haar bruidsmeisjes terwijl ze opgemaakt werden, toen nog een half glaasje in de limousine, drie glazen en een beetje tijdens de receptie (inclusief aardbeien) en dan nog een glas samen met Nick, op het kingsize bed in hun hotel, die avond.

Dus ze was een beetje tipsy, maar dat gaf niks, want zij was de bruid en het was haar trouwdag en iedereen had gezegd dat ze er beeldig uitzag, en dus was dit een mooi, romantisch soort van aangeschoten zijn waar je waarschijnlijk toch geen kater aan overhield.

'Vind je mijn trouwjurk beeldschoon en fantastisch?' vroeg ze aan Nick, waarschijnlijk voor de derde keer, terwijl ze haar hand over de rijke, glanzende stof liet glijden. Het heette changeant satijn, en de kleur was ivoor. Als ze het aanraakte voelde dat net zo lekker als toen ze als klein meisje met haar vinger langs de zachte roze voering van haar muziekdoosje ging. Dit was eigenlijk nog fijner, want vroeger wilde ze zelf zo graag in dat muziekdoosje kunnen stappen om op dat roze satijn rond te kunnen rollen. 'Ik ben zo blij met mijn trouwjurk. Hij heeft wel iets van een gouden toverijsje, vind je niet? Je zou er toch zo je tanden in willen zetten?'

'Normaal gesproken zou ik dat ook zeker doen,' zei Nick, 'maar ik zit zo vol van de taart. Ik heb wel drie stukken gehad. Dat was echt een toptaart. Iedereen heeft het vast nog jaren over onze bruidstaart. De meeste bruidstaarten zijn zo saai, maar die van ons! Ik ben supertrots op onze taart. Ik heb hem dan wel niet zelf gemaakt, maar toch ben ik er trots op. Drie hoeraatjes voor de taart, zeg ik.'

Nick had duidelijk ook behoorlijk wat champagne op.

Alice zette haar glas op het nachtkastje en zeeg onder luid geruis op het bed neer. Nick kwam naast haar liggen. Hij had zijn strik afgedaan en de knoopjes van zijn hemd losgeknoopt. Hij begon alweer flinke stoppels te krijgen en zijn ogen waren bloeddoorlopen, maar zijn haar zat nog perfect, met een kek golfje bij de scheiding. Alice raakte het even aan, maar trok haar hand meteen weer terug. 'Dat lijkt wel stro!'

'De zusters,' verklaarde Nick. 'Geef ze een pot gel...' Hij streelde haar haren en zei: 'Dat van jou voelt anders ook lekker synthetisch, vrouw.'

'Haarlak. Hele bussen haarlak, man.'

'O ja, vrouw?'

'Zeker, man.'

'Wat vreselijk interessant, vrouw.'

'Blijven we ons hele leven zo praten, man?'

'Geen denken aan, vrouw.'

Ze keken naar het plafond en zeiden niets.

'Wat vond je van Ella's speech!' zei Alice.

'Ik denk dat die ontroerend bedoeld was.'

'Aha.'

'En die jurk van tante Hoeheetze!'

'Ik denk dat die voor, eh... stijlvol door moest gaan.'

'Aha.'

Ze lagen zachtjes te grinniken.

Alice liet zich op haar zij rollen en zei: 'Moet je je eens voorstellen,' en haar ogen vulden zich met tranen. Ze werd altijd emotioneel van te veel champagne. 'Moet je je eens voorstellen dat wij elkaar nooit hadden ontmoet.'

'Het was ons lot,' zei Nick. 'Dus dan waren we elkaar de volgende dag wel tegengekomen.'

'Maar ik geloof helemaal niet in het lot!' jammerde Alice, genietend van het weldadige gevoel van de warme natte tranen die langs haar wangen biggelden; de drie lagen mascara trokken in no time strepen over haar gezicht. Ze vond het echt een heel beangstigende gedachte dat het een kwestie van puur toeval was dat ze Nick had ontmoet. Dat het evengoed nooit had kunnen gebeuren en dat ze dan een schimmig bestaan had geleid, en maar half zou hebben geleefd, als een of ander bosbeest dat het zonlicht nooit te zien krijgt. Dan zou ze niet eens weten tot hoeveel liefde ze in staat was en hoeveel een ander van haar kon houden. Elisabeth had weleens gezegd – heel stellig en heel streng – dat de juiste man je niet aanvulde, maar dat je eerst het geluk in jezelf moest zoeken. Toen had Alice braaf geknikt, maar ze dacht eigenlijk stiekem: ja, maar dat doet hij juist wel.

'Als wij elkaar nooit hadden ontmoet,' vervolgde Alice, 'dan was vandaag gewoon een dag als alle andere, en dan zouden we nu allebei in ons eigen huis tv zitten kijken, en dan droeg ik nu een joggingbroek en, en... dan zouden we morgen niet op huwelijksreis gaan.' De volle omvang van die verschrikking drong nu pas tot haar door. 'Dan zouden we morgen gewoon naar ons werk moeten. Ons wérk!'

'Kom eens hier, mijn lieve, beschonken bruidje.' Nick trok Alice tegen zich aan, zodat haar hoofd op zijn borst lag en ze de geur van zijn aftershave inademde. Die rook veel sterker dan normaal; hij had die ochtend vast extra veel opgedaan, en die gedachte was zo onverdraaglijk schattig dat ze nog harder moest huilen. Hij zei: 'Wat het punt is – wacht, dit is echt heel belangrijk en intelligent, ja – ben je er klaar voor?'

'Ja.'

'We hebben elkaar wél ontmoet.'

'Ja,' gaf Alice toe. 'We hebben elkaar wel ontmoet.'

'Dus alles is goed gekomen.'

'Dat is waar, ja,' snufte Alice. 'Alles is goed gekomen.'

En toen waren ze allebei uitgeput in slaap gevallen, met de jurk van ivoorkleurig changeant satijn over hen heen gedrapeerd, en een enkele rode stip confetti tegen Nicks wang geplakt, wat een rood cirkeltje achter zou laten dat daar de eerste drie dagen van hun huwelijksreis niet meer vanaf zou gaan.

'We hebben gewoon heel erg ruzie gehad,' zei Alice tegen Elisabeth. 'We gaan heus niet scheiden, we zouden nooit gaan scheiden.'

Dat woord alleen al – scheiden – zo lelijk; 'schei-den'. Nee. Zij niet. Zij nooit.

Nicks ouders waren gescheiden toen hij klein was. Hij kon het zich allemaal nog heel goed herinneren. Telkens als ze hoorden van een stel dat uit elkaar ging – zelfs al was het een dom en lachwekkend celebritystel – dan zei Nick altijd bedroefd: 'Ach, wat zonde'. Hij geloofde in het huwelijk. Hij vond dat mensen veel te gemakkelijk opgaven als het om hun relatie ging. Hij had weleens tegen Alice gezegd dat als zij ooit huwelijksproblemen zouden krijgen, hij hemel en aarde zou bewegen om die glad te strijken. Alice nam hem niet serieus, want hij hoefde helemaal geen hemel en aarde te bewegen; als er ooit iets mis was met hun relatie, dan viel dat gemakkelijk op te lossen door ieder een paar uur in een andere kamer te gaan zitten, en dan een knuffel op de gang, een chocoladereep die voorzichtig onder een elleboog werd geschoven of zelfs maar een zachte, veelbetekenende por tegen de ribben om te zeggen: Laten we ophouden met ruziemaken.

Scheiden was een fobie van Nick, zijn enige fobie! Als dit klopte, dan zou hij helemaal kapot zijn, stuk. Dan was dat waar hij het allerbangst voor was toch gebeurd. Haar hart brak voor hem.

'Hebben we dan ergens zo'n vreselijke ruzie over gemaakt?' vroeg Alice aan Elisabeth. Ze wilde dit tot op de bodem uitzoeken, en dan zou ze wel zorgen dat er een eind aan deze situatie kwam.

'Ik geloof niet dat het een kwestie is van een ruzie. Het zijn waarschijnlijk een hele hoop kleine dingen bij elkaar. Maar om eerlijk te zijn, heb jij me er nooit veel over verteld. Je hebt me alleen gebeld de dag nadat Nick uit huis was gegaan, en toen zei je...'

'Hij is uit húís gegaan? Dus hij woont niet meer in ons huis?'

Ze kon er met haar verstand niet bij; ze probeerde zich voor te stellen hoe dat dan was gebeurd. Dat Nick zijn spullen in een koffer gooide en de deur achter zich dichtsmeet, en dat er buiten een gele taxi op hem stond te wachten; het moest een gele zijn, zoals in Amerika, want dit kon niet echt gebeurd zijn, dit was een scène uit een film met een hartverscheurende soundtrack. Dit ging niet over haar leven.

'Alice, jullie zijn al zes maanden uit elkaar, maar als je straks je geheugen weer terug hebt, dan zul je zien dat je er helemaal geen probleem mee hebt. Jij wilde dit namelijk zelf. Dat heb ik je verleden week nog gevraagd. Ik zei: "Weet je heel zeker dat dit is wat je wilt?" en toen zei jij: "Honderd procent. Dit huwelijk is al heel lang over en uit."'

Liegbeest, jokkebrok! Dit kon toch niet waar zijn? Dit zoog ze gewoon uit haar duim. Alice probeerde haar woede niet door te laten klinken in haar stem. 'Dat verzin je maar gewoon zodat ik me beter voel, of niet soms? Ik zou dat nooit zeggen. "Over en uit." Zo ben ik helemaal niet. Wil je alsjeblieft geen dingen verzinnen, het is zo al moeilijk genoeg.'

'O, Álice,' zei Elisabeth verdrietig. 'Echt, het komt allemaal alleen door die hoofdwond, het is gewoon... o, hallo, dag!'

Een zuster die Alice nog niet eerder had gezien trok kordaat het gordijn opzij en Elisabeth begroette haar duidelijk opgelucht.

'Hoe voelt u zich?' De zuster pompte de band van de bloeddrukmeter om Alice' arm op.

'Ik voel me prima,' zei Alice gelaten. Het was inmiddels een bekend riedeltje. Bloeddruk. Pupillen. Vragen.

'Uw bloeddruk is enorm gestegen sinds mijn laatste meting,' merkte de zuster op, en ze maakte een aantekening op het dossier.

Mijn man heeft net tegen me geschreeuwd alsof ik zijn ergste vijand ben. Mijn lieve Nick. Mijn Nick. Ik zou het hem wel willen vertellen, want als hij ooit zou horen dat iemand me zo behandelt, dan zou hij toch zo kwaad zijn. Hij is altijd de eerste aan wie ik het wil vertellen als iemand akelig tegen me heeft gedaan; dan kan ik niet wachten tot ik weer thuis ben om het hem te vertellen en zodra ik dat heb gedaan, zodra ik de plaatsvervangende woede in zijn gezicht zie, is alles weer goed.

Nick, je gelooft nooit hoe die man tegen me deed. Je zou hem een stomp voor zijn neus willen geven als je dit hoort. Alleen is het wel gek, want die man, dat was jij, Nick.

'Ze heeft een paar klappen te verwerken gehad,' zei Elisabeth.

'Het is echt heel belangrijk dat u zich zo veel mogelijk ontspant.' De zuster leunde voorover en deed iets vingervlugs met Alice' oogleden terwijl ze met een piepklein zaklampje in elke pupil scheen. Het parfum van de zuster deed Alice aan iets denken – aan iemand – maar dat gevoel verdween zodra ze weer een stap terug deed. Zou haar leven voortaan zo zijn – een permanent déjà vu, irritant als een jeukende uitslag?

'Ik ga u weer een paar vervelende vragen stellen, goed? Hoe heet u?'

'Alice Mary Love.'

'En waar bent u nu en wat doet u hier?'

'Ik lig in het Royal North Shore-ziekenhuis omdat ik op mijn hoofd ben gevallen in de sportschool.'

'En wat voor dag is het vandaag?'

'Het is vrijdag, 2 mei... 2008.'

'Heel goed, uitstekend!' De zuster keek Elisabeth aan, alsof ze verwachtte dat die onder de indruk zou zijn. 'We controleren of haar cognitieve vermogens niet zijn aangetast door haar verwonding.'

Elisabeth knipperde geïrriteerd met haar ogen. 'Ja, dat zal wel, maar zij denkt nog steeds dat het 1998 is.'

Kletskoek, dacht Alice.

'Helemaal niet,' zei ze. 'Ik weet best dat het 2008 is. Dat zei ik toch net?'

'Maar ze kan zich niets meer herinneren sinds 1998. Bijna niks, tenminste. Ze weet niet meer dat ze kinderen heeft. Ze weet niet meer dat zij en haar man uit elkaar zijn.'

Dat zij en haar man uit elkaar zijn. Haar huwelijk was iets wat je uit elkaar kon halen, als een breiwerkje.

Alice deed haar ogen dicht en dacht aan Nicks gezicht, verkreukeld van de slaap, op het kussen naast haar, op zondagochtend. Soms stond zijn haar 's ochtends rechtovereind, midden op zijn hoofd. 'Je hebt een hanenkam,' zei Alice toen ze voor het eerst getuige was van dit fenomeen. 'Natuurlijk,' zei hij. 'Het is zondag. Hanenkamdag.' Zelfs met zijn ogen dicht wist hij dat zij wakker was en naar hem lag te kijken, hopend dat ze een kopje thee op bed zou krijgen. 'Nee,' zei hij dan nog voor ze erom had gevraagd. 'Vergeet het maar, dame.' Maar toch ging hij altijd theezetten.

Alice zou er alles voor geven, echt alles, om nu met Nick in bed te liggen, hopend op een kopje thee. Misschien had hij er schoon genoeg van gekregen om altijd maar kopjes thee te moeten zetten? Was dat het? Had ze hem te veel voor lief genomen? Wie dacht ze wel dat ze was, een soort prinsesje, dat maar in bed lag te wachten tot haar kopje thee werd gebracht, zonder dat ze zelfs maar eerst haar tanden poetste? Ze was helemaal niet mooi genoeg om weg te komen met dat soort gedrag. Ze zou in feite uit bed moeten springen voor hij wakker werd, haar haar in orde maken, en haar make-up opdoen, en dan had ze pannenkoeken voor hem moeten bakken, met aardbeien, en ze had in een lange, kanten pon rond moeten lopen. Zo hield je een huwelijk in stand. Elk damesblad dat ze ooit had gelezen stond immers vol met dat soort adviezen. Het was basale kennis! Ze had het gevoel dat ze onvergeeflijk achteloos was omgesprongen – Slordig! Slonzig! – met het kostbaarste, mooiste geschenk dat ze ooit had mogen ontvangen.

Alice hoorde Elisabeth dringend mompelen tegen de zuster. Ze vroeg of ze de arts mocht spreken, en ze wilde weten wat voor onderzoek er al was verricht. 'Hoe weet u dat ze niet een of andere bloedprop in haar hersenen heeft?' Elisabeths stem klonk licht hysterisch en Alice glimlachte bij zichzelf. Dramaqueen.

(Hoewel, kon dat, zo'n bloedprop? Zwierf er inderdaad een duister, dreigend ding door haar hoofd, als een kwaadaardig monster? Ja, daar moesten ze dan zeker onderzoek naar doen.)

Misschien had Nick gewoon genoeg van haar gekregen. Was dat het? Toen ze nog op de middelbare school zat, had ze een keer een meisje horen zeggen: 'O, Alice, die is wel oké, ze is alleen zo niksig.'

Zo niksig. Dat was letterlijk wat dat meisje had gezegd, zonder venijn, als feit. En op veertienjarige leeftijd werd het Alice koud om het hart bij deze officiële bekrachtiging van haar eigen bange vermoedens. Ja, natuurlijk was ze saai, ze vond zichzelf al mateloos vervelend! Andere mensen hadden zoveel meer karakter. In datzelfde jaar was een jongen zo dicht bij haar komen staan dat ze de zoete geur van cola in zijn adem kon ruiken, en die had gezegd: 'Je hebt een varkenskop'. En dat bevestigde iets anders dat ze altijd al had vermoed: haar moeder zat er helemaal naast als ze zei dat haar neus zo schattig was. Het was geen neus, het was een varkenssnuit.

(Die jongen had een magere kop met piepkleine oogjes, als een rat. Ze was vijfentwintig voor ze eraan dacht dat ze hem destijds meteen een dierenvergelijking naar zijn hoofd had moeten slingeren, maar de regel was nu eenmaal dat de jongens mochten beslissen welke meisjes mooi waren en welke niet; het maakte daarvoor niet uit hoe lelijk die jongens zelf waren.)

Misschien had Nick haar op een morgen een kopje thee gebracht en was er ineens een sluier voor zijn ogen verdwenen en had hij gedacht: wacht eens even, hoe komt het dat ik getrouwd ben met deze luie meid met haar saaie niksigheid en haar varkenskop?

O, god, lagen al die onzekerheden echt nog zo vers aan de oppervlakte? Ze was toch volwassen? Ze was al negenentwintig! Het was nog maar zo kort geleden dat ze van de kapper terugkwam en zich prachtig voelde, en dat er een troepje tienermeisjes voorbij kwam lopen en ze bij het horen van het geluid van hun hardnekkige gegiechel een boodschap stuurde, dwars door de tijd, naar haar veertienjarige ik: 'Maak je nou maar geen zorgen, het komt allemaal goed. Je krijgt echt wel een persoonlijkheid, en een baan, en je bedenkt heus wel wat je met je haar moet doen, en je krijgt een vriendje dat jou heel mooi vindt.' Ze had zoveel zelfvertrouwen, alsof al die puberangsten en die mislukte relaties voor Nick allemaal deel uitmaakten van een volkomen acceptabel plan dat leidde naar dit moment. Het moment waarop ze negenentwintig was en alles eindelijk precies zo was als het moest zijn.

Negenendertig. Niet negenentwintig. Ze was negenendertig. Dus die dag met die meisjes was nu tien jaar geleden.

Elisabeth kwam terug en ging weer naast Alice zitten. 'Ze gaat vragen of de dokter nog een keertje langskomt. Kennelijk valt dat niet mee, want jij ligt hier alleen ter observatie en de dokter heeft het "extreem druk", maar ze "zou zien wat ze kon doen". Dus de kans dat we die dokter ook echt te zien krijgen is nul.'

Alice zei: 'Zeg me alsjeblieft dat het niet waar is. Van Nick.'

'O, Alice.'

'Want ik hou van hem. Ik hou echt ontzettend veel van hem, echt waar.'

'Je hield inderdaad van hem.'

'Nee, nog steeds. Nu. Ik weet het zeker.'

Elisabeth maakt een *tss*-geluid waarin grote sympathie doorklonk en ze stak haar handen hopeloos in de lucht. 'Als je straks je geheugen weer terug hebt...'

'Maar we zijn zo gelukkig samen!' onderbrak Alice haar wanhopig in een poging het duidelijk te maken aan Elisabeth. 'Gelukkiger zijn dan wij, dat kan helemaal niet.' Tranen gleden hulpeloos langs haar gezicht, en druppelden kriebelend in haar oren. 'Wat is er dan gebeurd? Is hij verliefd geworden op iemand anders? Is dat het?'

Dat kon toch niet? Dat was onmogelijk. Nicks liefde voor Alice was een gegeven. Een gegéven. En aan iets wat een gegeven was, hoefde je niet te twijfelen. Een vriend had Nick ooit gepest omdat hij met Alice naar een musical ging (ook al hield hij echt van musicals). 'Ik zie de duimafdruk tussen je ogen zitten,' had die vriend gezegd, en Nick had zijn schouders opgehaald en gezegd: 'Ach, man, wat kan ik eraan doen, ik hou meer van haar dan van zuurstof.'

Waarschijnlijk had hij toen flink wat bier achter de kiezen, maar hij had het gezegd, in een kroeg, waar hij net een potje mannelijk aan het doen was. Hij hield meer van haar dan van zuurstof.

Dus, had hij soms geen zuurstof meer nodig?

Elisabeth legde de rug van haar hand tegen Alice' voorhoofd en streelde haar haren. 'Hij heeft niemand anders, voor zover ik weet, en je hebt gelijk, jullie waren samen heel gelukkig, en jullie hadden een geweldige en heel bijzondere relatie. Dat weet ik nog wel. Maar dingen veranderen. Mensen veranderen. Dat gebeurt nu eenmaal. Zo is het leven. Het feit dat jullie gaan scheiden verandert niets aan al die mooie momenten die jullie hebben gehad. En ik zweer je dat je dit allemaal niet meer erg vindt als je straks je geheugen terug hebt.'

'Nee.' Alice deed haar ogen dicht. 'Nee, dat gaat niet gebeuren. Ik wil niet dat dat gaat gebeuren.'

Terwijl Elisabeth haar voorhoofd bleef aaien, herinnerde Alice zich een dag uit hun jeugd dat ze thuis was afgezet na een verjaardagsfeestje, nog helemaal nagloeiend van het winnen van een spelletje 'ik ga op vakantie en ik neem mee...'. Ze had een ballon in haar hand en ze droeg een mandje van glimmend karton, vol met snoepjes. Elisabeth wachtte haar op bij de voordeur en commandeerde: 'Kom mee.'

Alice banjerde achter haar aan, klaar voor wat voor nieuw spel Elisabeth maar had bedacht en volledig bereid om de snoepjes met haar te delen – maar niet de snoepgebitjes, want ze was zelf zo dol op snoepgebitjes. En terwijl ze langs de zitkamer liep, haar ballon achter zich aan dobberend, zag ze dat die helemaal vol was met vreemde grote mensen die om haar moeder heen zaten. Haar moeder zat op de bank met haar hoofd in een vreemde hoek naar achteren (gek, maar misschien had ze hoofdpijn). Alice riep haar niet, want ze had geen zin om met die vreemde mensen te praten, en ze liep achter Elisabeth aan, de hal door, naar haar slaapkamer, waar Elisabeth zei: 'Ik moet je iets heel ergs vertellen, dus ik zou maar vast mijn pyjama aandoen en in bed gaan liggen, dan doet het minder pijn.'

Alice vroeg niet: 'Wat? Wat is er dan? Vertel het me nu meteen maar!', want ze was pas zes, en er was haar nog nooit iets ergs overkomen, en bovendien deed ze altijd precies wat Elisabeth haar opdroeg. En dus trok ze braaf haar pyjama aan terwijl Elisabeth een kruik voor haar maakte en die in een kussensloop stopte, zodat Alice zich er niet aan zou branden. Ook haalde ze een lepel honing, en een potje Vicks Vaporub en een half aspirientje en een glaasje water. Dat waren alle dingen die hun moeder voor hen deed als ze ziek waren, en Alice vond het heerlijk om ziek te zijn. Zodra Elisabeth haar had ingestopt en wat Vicks op haar borst had gesmeerd, begon ze de haren van Alice' voorhoofd te vegen, precies zoals mama altijd deed als een van hen heel erge buikpijn had, en Alice deed haar ogen dicht en genoot van alle fijne dingen van ziek zijn zonder dat ze echt ziek was. Toen zei Elisabeth: 'Nu moet ik je dat hele erge vertellen. Je krijgt er een heel naar, verbaasd gevoel van, dus daar moet je je op voorbereiden, oké. Je mag op je duim zuigen als je wil.' Alice had haar ogen weer opengedaan en fronste, want ze zoog niet meer op haar duim, behalve als ze een rotdag had en zelfs dan zoog ze alleen nog maar op het puntje, en niet de hele duim. Toen zei Elisabeth: 'Papa is dood.'

Alice kon zich nooit meer herinneren wat er daarna precies gebeurde, of zelfs maar hoe ze zich voelde bij het horen van die woorden. Het enige wat ze nog wist was hoe hard Elisabeth haar best deed om haar te beschermen tegen dat 'nare, verbaasde gevoel'. Ze was zelf al volwassen toen het pas tot haar doordrong dat Elisabeth die dag zelf ook nog maar een klein meisje was. Ze had haar meteen opgebeld om erover te praten, en om haar te bedanken, en het gekke was: Elisabeth had een heel andere herinnering aan de dag dat hun vader stierf, en ze wist niet eens meer dat ze Alice in bed had gestopt.

En dan was er natuurlijk nog die keer dat Elisabeth met een nagelschaartje had gegooid, dat achter in Alice' nek was blijven steken. Maar toch...

Nu deed Alice haar ogen open en zei tegen Elisabeth: 'Jij bent zo'n goeie grote zus.'

Elisabeth haalde haar hand weg en zei botweg: 'Nee, dat ben ik niet.'

Ze zwegen allebei een paar seconden en toen vroeg Alice: 'Libby, ben jij eigenlijk gelukkig? Want je lijkt me zo...' 'Verschrikkelijk triest', wilde ze zeggen.

'Het gaat prima.'

Elisabeth leek na te denken over dingen die ze wilde zeggen, maar die ze uiteindelijk toch niet uitsprak. 'Wees toch gewoon jezelf!' wilde Alice uitschreeuwen.

Toen zei Elisabeth: 'Ik geloof dat onze levens niet helemaal zo zijn gelopen als we dachten toen we dertig waren.'

Ze werden onderbroken door een stem. 'Eindelijk! Ik heb je gevonden! Ik dacht dat ik je nooit zou vinden!'

Er stond een vrouw aan het voeteneind van haar bed die haar gezicht heel even verborgen hield terwijl ze met gevoel voor ceremonie een grote bos gele tulpen voor zich uit stak.

Ze bracht de tulpen naar beneden en onthulde wie ze was. Alice knipperde niet één keer, maar twee keer met haar ogen.

9

'Mama?' vroeg Alice.

Het was Alice' moeder die daar aan het eind van het bed stond, maar dit was wel een totaal andere Barb Jones dan degene die Alice kende.

Om te beginnen (en er waren heel wat dingen om mee te beginnen) was haar haar niet langer kort en bruin, en geknipt in dat bescheiden nonnenkapsel dat ze al droeg zolang Alice zich kon heugen. In plaats daarvan had het een diepe mahoniekleur en was het lang, tot over haar schouders, met aan elke kant van haar gezicht een lok die naar achter was getrokken (zodat haar elfenoortjes komisch uitstaken) die ze boven op haar hoofd met een bloem vast had gestoken. Haar moeder, haar onopvallende, tegen de achtergrond verdwijnende moeder, die normaal alleen een verontschuldigende lik Avon-lippenstift droeg van de allerzachtste kleur roze, droeg nu wat zich alleen liet omschrijven als een theatrale make-up. Haar lippen hadden dezelfde mahoniekleur als haar haren, haar oogleden waren paars, haar wangen knalden eruit en ze droeg een dikke laag veel te donkere foundation. En, nee, dat waren toch zeker geen válse wimpers? Ze droeg een haltertopje met glitters, strakgetrokken rond de taille met een brede zwarte riem en een knalrode rok. Alice tilde haar kin op en zag dat ze de outfit had afgemaakt met netpanty's en sandalen met hoge hakken.

Haar moeder vroeg: 'Gaat het goed met je, schat? Ik heb altijd al gezegd dat die steplessen je gewrichten veel te zwaar belasten, en moet je zien wat er is gebeurd.'

‘Ga je soms naar een verkleedfeestje?’ vroeg Alice, die ineens dacht te begrijpen wat er aan de hand was. Dat verklaarde het, ook al was het zelfs dan behoorlijk verbazingwekkend.

‘Nee, gekkie, we gaven een demonstratie in de school toen Elisabeth haar boodschap insprak – ik ben direct hiernaartoe gekomen, zonder me eerst te verkleden. Mensen kijken wel, maar daar ben ik zo langzamerhand wel aan gewend! Maar goed, genoeg daarover, vertel me nou maar eens wat er is gebeurd en wat de artsen ervan zeggen. Je ziet zo wit als een doek.’ Haar moeder ging naast haar op het bed zitten en klopte op haar been. Glinsterende armbanden gleden op en neer langs haar arm. Was mama nou bruin? En had ze een decolleté?

‘Wat voor demonstratie?’ vroeg Alice. Ze kon haar ogen niet van dit exotische schepsel afhouden. Het was mama, maar toch was het mama niet. In tegenstelling tot Elisabeth had zij er geen nieuwe rimpels bij gekregen; sterker nog, die dikke laag make-up leek haar gezicht glad te strijken, zodat ze alleen maar jonger leek.

Elisabeth zei: ‘Alice is een enorm deel van haar geheugen kwijt, mam. Ze kan zich niets meer herinneren na 1998.’

‘O,’ zei Barb. ‘Dat lijkt me helemaal niet goed. Ik wíst wel dat ze te bleek zag. Je hebt vast een hersenschudding. Wat er ook gebeurt, Alice, je mag absolúút niet in slaap vallen!’

‘Dat is een mythe,’ zei Elisabeth. ‘Dat adviseren ze tegenwoordig niet meer.’

‘Nou, dat weet ik nog niet zo zeker, hoor, want ik geloof dat ik laatst nog iets in *Het Beste* heb gelezen over een jongetje, Andy heette hij, dat gewond was geraakt aan zijn hoofd toen hij door het bos fietste. Dat is precies wat Sandra’s kleinzoon ook is overkomen trouwens, en ik kan je wel zeggen, ik zou Tom nooit zo’n crossfiets geven, Alice, al wil die kleine aap er waarschijnlijk dolgraag eentje hebben. Levensgevaarlijk zijn die dingen, zelfs al draag je een helm, wat die jongen, die Andy, niet deed. Of misschien heette hij wel Arnie, hoewel dat een rare ouderwetse naam is die je tegenwoordig eigenlijk nooit meer hoort...'

'Mam?' onderbrak Alice haar, in de wetenschap dat ze anders niet meer uit haar Andy-Arnie-labyrint zou komen. Haar moeder was altijd al een ziekelijke kletskous geweest, hoewel ze als ze buiten de deur was, zoals nu, gewoonlijk zou fluisteren, omdat ze irritant veel eerbied had voor mensen om zich heen, zodat je altijd moest zeggen: 'Praat nou eens wat hárder, mam!' Als er iemand langskwam die ze niet al minstens twintig jaar kende, dan stopte ze midden in een zin met babbelen, alsof je de knop van de radio omzette, liet ze haar hoofd hangen en meed ze alle oogcontact. Ze zette dan een nederig glimlachje op waar Alice altijd gek van werd. Ze was zo verlegen dat ze, toen Alice en Elisabeth nog op school zaten, letterlijk misselijk was van de zenuwen voor een ouderavond. Dan kwam ze wit en trillend van uitputting thuis, en kon ze zich nauwelijks een woord herinneren van wat de leraren hadden gezegd, alsof ze daar alleen maar naartoe was gegaan om aanwezig te zijn, en niet om ook echt te luisteren. Elisabeth werd daar helemaal gek van, want zij wilde graag horen wat voor aardige dingen de leraren over haar te vertellen hadden. (Het kon Alice niet zoveel schelen, want ze wist ook wel dat de meeste leraren waarschijnlijk niet eens wisten wie zij was, aangezien ze aan diezelfde verlegenheid leed. Het was alsof ze een sociaal onacceptabele aandoening had geërfd, eczeem of zo.)

Maar nu sprak Alice' moeder met een normaal volume (of eigenlijk iets harder dan strikt noodzakelijk) en ze wierp geen gespannen blikken om zich heen om te zien of er niet toevallig een belangrijke vreemde in de buurt was. Bovendien leek ze een nieuwe manier te hebben aangenomen om haar hoofd te houden, met haar kin vooruit en haar nek aangespannen, als een pauw. Het deed Alice aan iemand denken; iemand van wie ze zeker wist dat ze die niet was vergeten. Iemand die ze heel goed kende, ook al kon ze op dit moment niet op de naam komen van die persoon.

'Maar ik begrijp nog steeds niet helemaal waarom je zulke kleren draagt, mam,' zei Alice. 'Je ziet er... ongelofelijk uit.'

Elisabeths huiswerk voor dokter Hodges
Ik dacht bij mezelf: begin alsjeblieft niet over Roger, mama. Ze kan er nu even niets meer bij hebben. Straks explodeert haar hoofd nog.

'Nou, dat zei ik toch, schat. Roger en ik gaven een demonstratie salsadansen in de school, toen Elisabeth haar boodschap insprak. Ik schrok ontzettend toen ik het hoorde...'

'Zei je nou "salsadansen"?'

'Ja, maar dat ben je toch zeker niet vergeten? Dat kan niet, want je zei zelf nog dat ons vorige optreden onvergetelijk was. En dat was pas afgelopen woensdagavond! Olivia kwam met ons mee de dansvloer op, maar we konden Madison en Tom natuurlijk niet overhalen, en jóú ook niet trouwens. Roger was behoorlijk teleurgesteld toen ik hem uitlegde dat...'

'Roger?' vroeg Alice. 'Wie is Roger?'

Elisabeths huiswerk voor dokter Hodges
Ik had het kunnen weten. Alsof er ooit vijf minuten voorbijgaan dat ze Rogers naam niet noemt.

'Ja, natuurlijk, Roger. Je bent Róger toch zeker niet vergeten, zeg. Dat kan toch niet?' Haar moeder keek bang en vroeg aan Elisabeth: 'Dit is goed mis, hè? Ik vond al dat ze zo bleek zag. Alle kleur is letterlijk uit haar getrokken.'

Alice probeerde andere namen te bedenken die op Roger leken. Rod? Robert? Haar moeder had de gewoonte om namen verkeerd te onthouden, Jamie werd Johnny, Susan werd Susannah enzovoort.

'De enige Roger die ik ken is de vader van Nick,' zei Alice met een lachje, want Nicks vader was nu eenmaal een beetje lachwekkend.

Haar moeder staarde haar aan. Ze leek net een pop met die grote zwarte wimpers. 'Nou, die Roger bedoel ik ook, liefje. Mijn man, Roger.'

'Jouw mán?'

'God bewaar me,' verzuchtte Elisabeth.

Alice keek haar aan. 'Mama is met Róger getrouwd?'

'Ik ben bang van wel, ja.'

'Maar... met Roger? Echt waar?'

'Yep, echt waar.'

Dus die andere Alice was inderdaad in haar plaats naar nog een huwelijk geweest, maar dit was een huwelijk waar Alice zich werkelijk helemaal niets bij voor kon stellen.

Om te beginnen had haar moeder altijd geweigerd om de mogelijkheid van uitgaan met andere mannen zelfs maar te overwegen. 'O, daar ben ik te oud voor,' zei ze dan. 'Om uit te gaan moet je jong en knap zijn. En daarbij, je krijgt in je leven maar één grote liefde, en dat was je vader. Hoe kan een andere man ooit zelfs maar in zijn schaduw staan?' En hoewel Elisabeth en Alice haar er voortdurend van probeerden te overtuigen dat ze nog jong en knap genoeg was, en dat papa nooit van haar zou hebben verwacht dat ze tot in de eeuwigheid om hem zou treuren, was Alice stiekem altijd trots op haar moeders toewijding. Het was ergens wel mooi en ontroerend, ook al was het ook behoorlijk irritant, omdat het inhield dat Alice en Elisabeth verantwoordelijk waren voor haar hele sociale leven.

Dus, oké, prima, ze was eindelijk over haar uitgaansangst heen gestapt (want dat was het waarschijnlijk, en niet eeuwige toewijding), maar waarom moest ze dan uitgerekend met Nicks vader trouwen?

'Maar waarom?' vroeg Alice hulpeloos. 'Waarom zou je nou met Roger willen trouwen.'

Ze dacht: o ja, Roger is degene die zijn hoofd als een pauw vooruitsteekt.

Barb sperde haar ogen wijd open en tuitte haar lippen koket, met een uitdrukking die zo bizar niet bij haar paste, dat Alice haar ogen af moest wenden alsof ze haar moeder bij iets heel pervers had betrapt.

Ze zei: 'Ik ben krankzinnig verliefd op hem geworden, dat weet je toch nog wel, ja, ja natuurlijk weet je dat nog. Het begon allemaal bij de doop van Madison, toen Roger tegen me zei dat hij erover dacht om salsalessen te nemen, en of ik soms interesse had. Hij gaf me niet eens de kans om nee te zeggen. Hij dacht kennelijk dat ik gewoon meekwam, ook al was ik helemaal in paniek. Ik heb er zelfs nog over gedacht om eerst een afspraak te maken met dokter Holden zodat die me iets kon voorschrijven tegen de zenuwen. En daar werden jullie weer heel boos over, alsof ik drugsverslaafd was of zo, terwijl ik alleen een onschuldig valiumpje wilde, want het schijnt dat je daar een heel prettig zwevend gevoel van krijgt, maar ja, ik kon geen afspraak krijgen; wel weer typisch, hoor, die nieuwe assistente is zo arrogant. Wat zou er toch zijn gebeurd met die schat van een Kathy...'

'Hoe lang ben je al getrouwd, dan?' vroeg Alice. De verschrikking van het niet kennen van de feiten van haar eigen leven greep haar weer naar de keel. Ze was in zo'n pretparkattractie gestapt waarin je van links naar rechts werd gesmeten, en waarin vervolgens je hele wereld op zijn kop werd gezet, zodat je het bekende in een onbekend daglicht zag. Alice haatte pretparkattracties.

'Nou, bijna vijf jaar. Je kunt je de bruiloft toch nog wel herinneren, Alice. Ja natuurlijk wel. Madison was bloemenmeisje. Ach, wat zag ze er schattig uit in dat gele jurkje. Geel staat haar goed, terwijl de meeste mensen het niet kunnen hebben. Ik heb haar nog een geel blouseje gegeven, met kerst, maar of ze dat ooit draagt dat weet ik nog zo net niet...'

'Mama,' zei Elisabeth gespannen. 'Alice kan zich zelfs Madison niet meer herinneren. Het laatste wat ze zich herinnert is dat ze zwanger was van haar.'

'Ze kan zich Madison niet meer herinneren?' herhaalde Barbara met een fluisterstem. Ze haalde een keer diep adem, en zette toen een zenuwachtig vrolijk stemmetje op, alsof ze Alice met een grapje uit al deze onzin wilde kletsen. 'Ja, ik snap best dat je Madison wilt vergeten als je denkt aan die specifieke gebeurtenis, die kleine brompot, hoewel ze er binnenkort wel weer overheen is, maar je kunt je toch zeker Tom wel herinneren en die schat van een Olivia? Nou ja, dat ik dat vraag, zeg, het is toch niet te geloven. Natuurlijk herinner je je die. Wie vergeet er nou zijn eigen kinderen? Dat is toch... ondenkbaar.'

Er lag een vreemde trilling in haar stem, die Alice vreemd genoeg heel geruststellend vond. *Ja, mam, dit is inderdaad eng. Ja, dit is inderdaad ondenkbaar.*

'Mam,' zei Elisabeth weer. 'Probeer het alsjeblieft eens tot je door te laten dringen. Ze herinnert zich helemaal niets meer van wat er na 1998 allemaal is gebeurd.'

'Helemaal niets?'

'Het is vast maar tijdelijk.'

'O! Natuurlijk. Tijdelijk!'

Haar moeder verviel in stilte en ging met een nagel langs de rand van haar dik gestifte mond.

In gedachten probeerde Alice dit nieuwe gegeven eens uit: mijn moeder is getrouwd met de vader van mijn man.

Het was een even onvergetelijk feit als: ik heb drie kinderen en: mijn man, die ik aanbid, woont niet meer bij mij. En toch was ze al die dingen vergeten.

Het kon allemaal niet waar zijn. Het was allemaal één grote, ingewikkelde practical joke. Een ongelofelijk realistische droom, dat kon niet anders. Een levendige hallucinatie. Een nachtmerrie waar maar geen eind aan kwam.

Róger! Wat bezielde die lieve, behoedzame moeder van haar om 'krankzinnig verliefd' te worden (mama zei nooit van die geëxalteerde dingen als 'krankzinnig verliefd') op een man als Roger? Roger, met zijn allesoverheersende aftershave, zijn radiopresentatorsstem en zijn uitdrukkingen als 'allememachies'? Roger, die na een paar borrels op familiefeestjes Alice in een hoek dreef en haar dan trakteerde op een monoloog over zichzelf en zijn eeuwige fascinatie met alle facetten van zijn eigen persoonlijkheid? 'Ben ik sportief? Ja, zeker. Ben ik intellectueel? Goed, misschien niet in de zin dat ik een of andere interessante doctorstitel heb. Maar ben ik intelligent, om het anders te stellen? Het antwoord op die vraag is: jazeker, ik heb een doctorstitel van de Universiteit van het Echte Leven, Alice. Je zult je nu waarschijnlijk afvragen of ik ook spiritueel ben? Allememachies, en of ik spiritueel ben.'

Alice knikte dan hulpeloos, en haalde oppervlakkig adem zodat ze niet misselijk werd van de geur van zijn aftershave, totdat Nick opdook en zei: 'Allememachies, pa, ik zie dat deze dame een borrel nodig heeft.'

En wat vond Nick eigenlijk van deze ontwikkeling? Hij had zo'n vreemde, moeizame relatie met zijn vader. Hij imiteerde hem altijd genadeloos achter zijn rug en er lag iets in zijn stem wat veel weg had van haat als hij het had over de manier waarop Roger zijn moeder tijdens de scheiding had behandeld. Maar toch merkte Alice ook dat zijn stem altijd wat lager werd, en zijn schouders wat rechter in Rogers gezelschap, en vaak begon hij over een of andere belangrijke deal die hij op zijn werk had gesloten of over een andere prestatie waar Alice niet eens van wist. Alsof hij diep vanbinnen zijn vaders goedkeuring wilde, ook al zou hij dat hardnekkig hebben ontkend. Hij zou zelfs kwaad zijn geworden als je dat zou zeggen.

Alice had geen idee hoe hij op dit nieuws zou reageren. En betekende dat niet ook dat zij en Nick nu familie van elkaar waren? Hij was haar stiefbroer! Haar eerste gedachte was dat zij en Nick zich daarover waarschijnlijk rot gelachen hadden, en dat ze er een dom spelletje van hadden gemaakt, en dat ze liederlijke opmerkingen hadden gemaakt over incest. Maar misschien was het wel helemaal niet zo geestig. Misschien was hij wel kwaad namens zijn moeder, ook al leek zijn moeder haar ex te behandelen als een verre seniele oom.

En de Randdebielen dan? O, mijn god, de RD's. Nicks krankzinnige zussen waren nu haar stiefzusjes. Die zouden zeker niet kalm hebben gereageerd op dit nieuws; die reageerden nooit ergens kalm op – ze vielen flauw, barstten in snikken uit, praatten niet meer met elkaar, en waren beledigd door de onschuldigste opmerkingen. Er was er altijd wel eentje die een crisis doormaakte. Alice had nooit geweten dat het gezinsleven zo dramatisch kon zijn tot ze Nicks familie met al die zussen, schoonfamilies, vriendjes, tantes en talloze neven en nichten leerde kennen. Haar eigen kalme, beleefde minifamilie stak er saai en ingedut bij af.

Alice vroeg: 'Is dit de reden dat Nick en ik...? Omdat hij boos is dat zijn vader met mama is getrouwd?'

'Natuurlijk niet!' Haar moeder veerde weer op. 'Die scheiding is voor ons allemaal een volkomen raadsel, maar het heeft zeer zeker niets te maken met Roger en mij! Roger zou er kapot van zijn dat je zoiets zelfs maar kun denken. Hij heeft natuurlijk zo zijn eigen theorie over de scheiding...'

Elisabeth viel haar in de rede. 'Mama en Roger zijn al jaren samen. Jij en Nick vonden het in het begin maar niks, en de RD's waren natuurlijk hysterisch, maar iedereen is eraan gewend geraakt en niemand vindt het nog vreemd. Echt, Alice, al die dingen die jij nu zo shocking vindt zijn helemaal niet zo gek meer. Als je je geheugen straks weer terug hebt zul je erom lachen.'

Alice wilde haar geheugen niet terug als ze het dan niet shocking vond dat zij en Nick uit elkaar gingen. Ze kon niet geloven dat haar moeder het zo achteloos over 'de scheiding' kon hebben alsof het echt en tastbaar was. Alsof het een díng was.

'Nou, ik ga toevallig helemaal niet scheiden,' zei Alice. 'Er komt helemaal geen scheiding.'

'O!' Haar moeder sloeg haar handen verrukt ineen, alsof ze in gebed ging. 'O, maar dat is geweldig...'

Elisabeth zei: 'Mama, je moet beloven dat je hier geen woord over zegt tegen Roger of wie dan ook. Ze weet niet waar ze het over heeft.'

'Dat weet ik heel goed,' zei Alice. Ze voelde zich een beetje dronken. 'Je mag het aan de hele wereld vertellen, mama. Aan Roger, en aan de RD's. Zeg het ook maar tegen onze drie kinderen. Er komt geen scheiding. Nick en ik kunnen heus wel tot een oplossing komen, wat het probleem ook mag zijn.'

'Wat heerlijk!' riep Barb. 'Ik ben toch zo gelukkig!'

'Als je straks je geheugen terug hebt dan vind jij dit zelf helemaal niet zo heerlijk,' zei Elisabeth. 'Je hebt een procedure lopen. Jane Turner krijgt een hartverzakking als ze je zo zou horen.'

'Jane Turner?' zei Alice. 'Wat heeft Jane Turner hier in vredesnaam mee te maken?'

'Jane is jouw advocaat,' zei Elisabeth.

'Advocaat? Ze is helemaal geen advocaat.' Er schoot een herinnering door Alice' hoofd aan een of andere vent op het werk die een discussie verloor van Jane en die toen zei: 'Jij had advocaat moeten worden,' en dat Jane toen antwoordde: 'Ja, dat weet ik zelf ook wel.'

'Ze is drie jaar geleden afgestudeerd en nu is ze gespecialiseerd in echtscheidingszaken,' zei Elisabeth. 'Ze helpt jou om, eh... van Nick te scheiden.'

Wat idioot, wat belachelijk, dat Jane haar hielp om 'van Nick te scheiden'. 'Van Jane heeft een mens maar heel weinig nodig,' had Nick een keer gezegd, en daar was Alice het roerend mee eens. Hoe kon het dan dat Jane zich ineens in hun levens had gemengd?

'Jij en Nick zijn in een strijd verwikkeld over de voogdij,' zei Elisabeth. 'Het is nogal op de spits gedreven.'

Een strijd over de voogdij. Dat was vast geen dikke pret.

'Nou, daar zijn we dan dus ook meteen vanaf,' verkondigde Alice. (Waarom zou ze in vredesnaam de voogdij willen over kinderen die ze nog nooit had ontmoet! Ze wilde alleen Nick.) 'We hoeven helemaal geen strijd te voeren over de voogdij, want we gaan niet scheiden en daarmee uit.'

'Hoera!' riep haar moeder. 'Ik ben toch zo blij dat jij je geheugen kwijt bent. Dit is nou eens een geluk bij een ongeluk.'

'Er is alleen wel een klein probleempje, denk je ook niet?' zei Elisabeth.

'O ja, wat dan?'

'Nick is zijn geheugen niet kwijt.'

10

'Nick?' zei Alice.

'Sorry, ik ben het weer,' zei de zuster.

Ze maakten haar om het uur wakker en schenen dan met een lampje in haar ogen en stelden steeds maar weer dezelfde vragen.

'Alice Mary Love. Royal North Shore-ziekenhuis. Op mijn hoofd gevallen,' mompelde Alice.

De zuster grinnikte. 'Goed zo. Sorry hoor, ga maar weer lekker slapen.'

Alice sliep en droomde van zusters die haar wakker maakten.

'Wakker worden! Tijd voor je salsales!' zei een zuster met een enorme hoed op, wat eigenlijk een toren van slagroomsoesjes bleek te zijn.

'Ik droomde dat we in scheiding lagen,' zei Alice tegen Nick. 'En we hadden drie kinderen, en mama was met jouw vader getrouwd, en Elisabeth was heel erg verdrietig.'

'Wat kan mij dat verdomme schelen?' zei Nick. Alice snakte naar adem en begon op haar duim te zuigen. Nick haalde een stukje rode confetti van zijn nek en liet dat aan haar zien. 'Geintje!' zei hij.

'Nick?' vroeg Alice.

'Ik hou niet meer van je omdat je nog steeds op je duim zuigt.'

'Maar dat doe ik helemaal niet!' Alice kon wel door de grond zakken van schaamte.

'Hoe heet je?' schreeuwde een zuster, maar dit was er weer een die niet echt kon zijn, want ze dreef door de lucht met in haar hand een boeket roze ballonnen. Alice negeerde haar.

'Ben ik weer,' zei een zuster.

'Nick?' vroeg Alice. 'Ik heb zo'n hoofdpijn. Echt heel erge hoofdpijn.'

'Nee, ik ben Nick niet. Ik heet Sarah.'

'Jij bent geen echte zuster. Jij bent weer zo'n droomzuster.'

'Nee hoor, ik ben een echte. Wil je even je ogen opendoen, en wil je me dan zeggen hoe je heet?'

Elisabeths huiswerk voor dokter Hodges

Hallo, dokter Hodges, daar ben ik weer. Het is nu halfvier in de nacht en slapen lijkt me iets onmogelijks en doms. Iets wat alleen andere mensen doen. Toen ik wakker werd dacht ik aan Alice en dat ze zei: 'Jij bent zo'n goeie grote zus.'

Dat ben ik niet. Totaal niet.

We geven nog wel om elkaar, natuurlijk wel. Dat is het niet. We vergeten elkaars verjaardag nooit. We hebben zelfs een vreemd soort stilzwijgende competitie wie elkaar dat jaar het mooiste cadeau geeft, alsof we voortdurend moeten strijden om wie de meest genereuze, meest attente zus is van ons twee. We zien elkaar best regelmatig. We kunnen nog steeds met elkaar lachen. We zijn precies zoals miljoenen andere zussen. Dus ik snap zelf niet eens precies waar ik het over heb. Het is alleen zo anders dan vroeger. Maar ja, zo is het leven, toch, dokter Hodges? Relaties veranderen nu eenmaal. En we hebben ook nooit ergens meer tijd voor, vraag dat maar aan Alice. Die heeft zich bekeerd tot het moederschap alsof het een religie is.

En als ik nu beter had opgelet? Misschien was het wel mijn verantwoordelijkheid als oudere zus om ons op de rit te houden.

Maar de enige manier waarop ik de afgelopen zeven jaar door kon komen, was door mezelf in te pakken, met steeds maar strakker touw. En dat touw zit nu zo strak om me heen dat als ik ergens over praat (los van hoe je de perfecte directmailcampagne samenstelt), ik het gevoel heb dat er iets om mijn keel zit, alsof mijn mond niet wijd genoeg open kan voor een fatsoenlijk gesprek waarbij ik niet de hele tijd op mijn tenen hoef te lopen.

Het probleem is mijn woede. Die staat voortdurend te sudderen, zelfs als ik me er niet van bewust ben. Als ik mezelf onverwacht pijn doe, of ik laat een bakje bosbessen vallen op mijn keukenvloer, dan kook ik meteen over, als een pan melk. U had me moeten horen schreeuwen toen ik laatst mijn voorhoofd tegen een kastdeurtje stootte, toen ik bezig was de vaatwasser uit te laden. Ik heb twintig minuten met mijn rug tegen de ijskast zitten janken. Heel gênant.

Voordat Alice en Nick uit elkaar waren had ik soms het gevoel dat er onvergeeflijke woorden op het puntje van mijn tong lagen wanneer ik met Alice sprak. Woorden als: Jij denkt dat de wereld begint en eindigt met jou en je perfecte kleine gezinnetje en je perfecte leven, en je denkt dat stress het zoeken naar de perfecte kleurencombinatie voor de kussens van je nieuwe tienduizenddollarbank is.

En ik wil dat soort dingen van me afzetten, omdat ze zo gemeen zijn en bovendien niet eens waar. Ik denk dat soort dingen helemaal niet echt, maar ik had ze kunnen zeggen, en ik zou ze nog steeds kunnen zeggen, en als ik dat zou doen, dan zouden die woorden voor eeuwig in ons beider geheugen gegrift staan. Dus was het veiliger dat ik mijn mond hield en maar deed alsof, en zij wist dat ik deed alsof en zij deed zelf ook alsof en toen vergaten we hoe we onszelf moesten zijn bij elkaar.

Daarom was het voor mij even schokkend als een sterfgeval toen ze me belde om te zeggen dat Nick weg was. Ik had totaal geen idee dat ze huwelijksproblemen hadden. Dat was dus het onweerlegbare bewijs dat wij geen geheimen meer met elkaar deelden. Ik had toch moeten weten wat er speelde in haar leven. Zij had mij toch moeten vragen om wijze, zusterlijke raad. Maar dat heeft ze niet gedaan. Dus ik heb haar laten zitten, maar zij mij ook.

Dat was ook de reden waarom ik niet meer wist wat ik moest

toen ik het nieuws kreeg over Gina. Moest ik Alice bellen? Moest ik meteen naar haar toe rijden? Moest ik bellen en het eerst vragen? Ik had geen idee wat Alice zou willen. Ik maakte me zorgen over de etiquette in dit geval, alsof het ging om iemand die ik niet zo goed kende. En NATUURLIJK had ik meteen in de auto moeten springen. Wat bezielde me in godsnaam dat ik daar nog over na moest denken?

Toen we het ziekenhuis uit liepen zei mama met een bedeesde on-mama-achtige stem: 'Ik denk dat ze ook niets meer weet over Gina, of wel?' En ik zei: 'Dat denk ik ook niet.' Geen van beiden wisten we wat we daarna nog moesten zeggen.

Hoe vind je de draad waar het allemaal mee begon, en hoe moet je die volgen door die kluwen van telefoontjes en Kerstmissen en kinderfeestjes, helemaal terug naar het begin toen we nog gewoon Alice en Libby Jones waren? Hebt u enig idee, dokter Hodges?

Enfin... misschien moet ik maar proberen om nog wat te slapen.

Nee. Er zit zelfs geen nepgeeuw in.

Morgen ga ik naar het ziekenhuis om Alice op te halen en naar huis te brengen. Ze denken dat ze haar rond tien uur kunnen ontslaan. Ze vindt het kennelijk doodgewoon dat ik de aangewezen persoon ben om haar te komen halen. Als ze haar normale zelf zou zijn, zou ze er een punt van maken om vooral niet op mij te leunen. Ze neemt alleen gunsten aan van andere schoolmoeders, want die kan ze terugbetalen met gecompliceerde speelafspraakjes.

Ik vraag me af of ze haar geheugen morgen weer terug heeft. Ik vraag me af of ze zich dan geneert voor de dingen die ze vanmiddag heeft gezegd, vooral over Nick. Ik vraag me af of dat misschien haar werkelijke zelf was, of haar oude zelf, of gewoon een verwarde, klap-voor-de-kop-zelf. Is ze diep vanbinnen stuk van de scheiding? Hebben we hier een glimp mogen opvangen van wat ze werkelijk voelt? Ik weet het niet. Ik weet het gewoon niet.

De arts die ik heb gesproken leek ervan uit te gaan dat ze morgenochtend haar geheugen wel weer terug zou hebben. Ze was een van de aardiger artsen die ik in al mijn jaren met dokterservaring heb ontmoet. Ze keek me zowaar aan en wachtte tot ik was uitgesproken voor ze zelf het woord nam. Maar ik zag wel dat ze zich alleen maar vasthield aan het feit dat ze op de CT-scan van Alice niets had gezien wat duidde op wat zij 'intercraniale bloedingen' noemde. Ze knipperde alleen een beetje met haar ogen toen ik zei dat Alice zich het bestaan van haar eigen kinderen niet meer herinnerde, maar ze zei dat mensen een breed scala aan reacties kunnen vertonen op een hersenschudding en dat rust de beste remedie was. En dat haar geheugen vanzelf weer terugkwam als de wond genas. Ze leek te impliceren dat ze al meer hadden gedaan dan ze normaal gesproken bij een hersenschudding geacht werden te doen, door haar 's nacht in observatie te houden.

Ik voelde me vreemd schuldig dat ik Alice daar in het ziekenhuis moest achterlaten. Ze leek zoveel jonger. Dat was precies het punt dat ik de arts maar niet aan het verstand gebracht kreeg. Het was niet alleen dat Alice verward was. Het was letterlijk of je met de negenentwintigjarige Alice sprak. Ze praat zelfs anders. Langzamer en zachter en minder zorgvuldig. Ze zegt gewoon het eerste wat er bij haar opkomt.

'Heb ik een feest gehad voor mijn dertigste verjaardag?' vroeg ze me voor we vertrokken, en ik kon het me absoluut niet meer herinneren. Maar in de auto, op weg naar huis, herinnerde ik me dat er een barbecue was geweest. Alice had een dikke, zwangere buik en ze zaten midden in de verbouwing. Er stonden allemaal ladders en blikken verf en er waren gapende gaten in de muren. Ik herinner me dat ik in de keuken stond om Alice en Nick te helpen kaarsjes op de taart te zetten, toen Alice zei: 'Ik geloof dat de baby de hik heeft.' Nick drukte zijn hand tegen haar buik en toen greep hij mijn hand en hield die er ook tegenaan zodat ook ik die rare vissige bewegingen kon voelen. Ik heb zo'n scherpe herinnering aan hoe hun gezichten mij toen aankeken, met hun glanzende ogen en roze wangen van de opwinding en verwondering. Ze hadden allebei spikkels blauwe verf in hun wenkbrauwen van het schilderen van de babykamer. Ze waren schattig. Ze waren mijn favoriete stelletje.

Ik keek vroeger altijd stiekem naar Nick als hij luisterde naar een verhaal van Alice; die vertederde, trotse blik die hij dan had, de manier waarop hij harder lachte dan alle anderen als ze iets grappigs zei, of iets wat typisch Alice was. Hij begreep Alice, zoals wij, of misschien zelfs wel beter nog dan wij. Hij gaf haar meer zelfvertrouwen, en door hem was ze geestiger, slimmer. Hij haalde alles uit haar wat er altijd al had gezeten, en hij liet haar werkelijk zichzelf zijn, zodat ze van binnenuit leek te stralen. Hij hield zoveel van haar dat ze nog beminnelijker leek dan normaal.

(Houdt Ben ook van mij op die manier? Ja. Nee. Ik weet het niet. Misschien in het begin wel. Al dat stralende liefdesgedoe lijkt nu helemaal niet meer relevant. Dat is voor jongere, slankere, gelukkiger mensen, en trouwens, een uitgedroogde abrikoos kan helemaal niet meer stralen.)

Ik mis de oude Nick en Alice. Als ik terugdenk aan hoe ze toen waren, in die keuken, en hoe ze kaarsjes op de taart zetten, dan is het alsof ik terugdenk aan mensen die ik ooit heb gekend, maar die zijn geëmigreerd en geen contact hebben gehouden.

Om halfvijf werd Alice geschrokken wakker met een heldere gedachte: ik heb Elisabeth helemaal niet gevraagd hoeveel kinderen zij heeft.

Hoe kan het nou dat ze het antwoord op die vraag niet wist? Maar belangrijker nog: hoe kon ze nou vergeten om het te vrágen, als ze het antwoord niet wist? Ze was een egocentrisch, oppervlakkig mens. Geen wonder dat Nick van haar af wilde. Geen wonder dat Elisabeth haar niet meer normaal aankeek.

Ze zou mama morgenochtend bellen om het haar te vragen

en dan zou ze net doen alsof ze het bestaan van Elisabeths kinderen heus niet was vergeten (alleen haar eigen maar), en dan zou ze vragen: 'Trouwens, hoe is het met de kleine Dingetje?'

Behalve dan dat ze niet wist of mama nog wel hetzelfde telefoonnummer had. Ze wist niet eens waar ze nu woonde. Was ze in Rogers crème-met-chromen appartement in Potts Point ingetrokken? Of was Roger bij mama ingetrokken, in haar huis met kanten kleedjes en prulletjes en planten? Allebei de mogelijkheden kwamen haar even belachelijk voor.

Het meisje in het bed naast haar lag te snurken. Het was een ijl, zeurderig geluid, als dat van een mug.

Ze ging op haar buik liggen en duwde haar gezicht in het kussen, alsof ze zichzelf probeerde te smoren.

Ze dacht: dit is het allerergste wat mij ooit is overkomen.

Maar zelfs daar kon ze niet zeker van zijn.

Elisabeths huiswerk voor dokter Hodges

Toen we weggingen uit het ziekenhuis gingen mama en ik naar Alice' huis om Ben en de kinderen te zien. We aten pizza. (Goddank had Roger een vergadering op de Rotary Club; ik was niet in de stemming voor Roger. Ik kon me sowieso niet indenken dat iemand ooit in de stemming is voor Roger, behalve mama, en Roger zelf natuurlijk.) We vertelden niet aan de kinderen dat Alice haar geheugen kwijt was. We zeiden alleen dat ze haar hoofd pijn had gedaan in de sportschool, maar dat het allemaal weer goed zou komen. Olivia sloeg haar handen in elkaar en zei: 'Die lieve mama! Wat een tragedie!' en ik zag Ben schudden van het ingehouden lachen terwijl hij bij de besteklade in de weer was. Madison krulde haar lip en zei vol minachting: 'Weet papa hiervan?' Toen stampte ze naar haar slaapkamer alsof ze het antwoord op die vraag al wist. Tom wachtte tot Olivia druk in de weer was aan de keukentafel met stiften en glitter om een beterschapskaart voor Alice te maken, voor hij me zwijgend bij de arm nam en me meetrok naar de zitkamer. Hij vroeg me te gaan zitten, keek me recht in de ogen en zei:

'Oké, vertel me nu de waarheid maar. Heeft mama een hersentumor?' Voor ik kon antwoorden zei hij: 'En niet liegen! Ik ben een menselijke leugendetector!' Ik moest me bovenmenselijk inspannen om niet te lachen.

Het was eigenlijk wel een gezellige avond. Ik weet ook niet waarom. Een gezellige avond over de rug van die arme Alice.

O, een geeuw! Een kostbare, heuse geeuw! Ik moet gaan, dokter Hodges. Misschien kan ik wel slapen.

Terwijl de hemel buiten het ziekenhuis licht begon te worden, viel Alice in de diepste slaap die ze deze lange, vreemde, gefragmenteerde nacht had gehad. Ze droomde dat Nick aan een lange vurenhouten tafel zat die ze nog nooit had gezien. Hij schudde zijn hoofd, pakte een koffiebeker en zei: 'Het gaat altijd weer over Gina, hè? Gina, Gina, Gina.' Hij dronk uit de beker en Alice voelde pure weerzin. Ze keerde zich van hem af en begon als een bezetene te boenen op een opgedroogde vetvlek op een granieten aanrecht.

In haar slaap lag Alice zo onrustig te woelen dat het bed ervan kraakte.

Ze droomde dat ze opstond in een kleine, donker gemaakte kamer en dat Elisabeth naast haar lag en haar met een angstig gezicht aankeek en vroeg: 'Wat bedoelen ze, dat er geen hartslag meer is?'

Ze droomde van een gigantische deegroller. Die moest ze een heuvel op duwen terwijl duizenden mensen stonden te kijken. Het was van groot belang dat ze net deed alsof het een klusje van niks was.

'Goeiemorgen, slaapkop!' zei een zuster. Haar vrolijke stem klonk als brekend glas.

Alice schrok wakker en snakte naar adem, alsof ze haar adem had ingehouden.

11

Overpeinzingen van een overgrootmoeder

Nou, ik ben vroeg uit de veren vanochtend! Ik ben al wakker sinds vijf uur en uiteindelijk ben ik toch maar opgestaan om wat te bloggen.
Iedereen bedankt voor jullie bezorgde e-mails. Goed nieuws over **Alice' verwonding**. Barb belde me gisteravond en verzekerde me dat het allemaal weer goed komt. Ze hebben een CT-scan gemaakt, zoals ze dat noemen (een röntgenfoto, maar dan geavanceerder) en die zag er normaal uit. Barb zei dat ze haar vannacht nog een nachtje wilden houden maar dat ze haar waarschijnlijk vanochtend zouden ontslaan. Het gekke is dat Alice zich gisteravond nog steeds niets meer kon herinneren sinds 1998. Ze dacht dat ze nog steeds bij haar man Nick was. En nu is Barb zo blij, want zij denkt dat Alice en Nick het weer gaan bijleggen, wat mij nogal onwaarschijnlijk lijkt. Barb is toch zo optimistisch geworden sinds ze aan het salsadansen is geslagen.
Alice' geheugenverlies doet me denken aan mijn lieve vriendin Ellen, bij wie onlangs **dementie** is vastgesteld. Ik zat laatst met haar te kletsen aan de telefoon, en toen leek ze me volkomen helder. Ze zei dat ze een ballerinataart aan het bakken was voor haar achternichtje en toen merkte ze tussen neus en lippen op dat ze de grasmaaier niet meer kon horen, dus dat Ernie nu waarschijnlijk klaar was met het gazon en dat ze op moest schieten en voor hem moest gaan koken. Maar Ernie is in 1987 overleden. Ik schrok ervan. Ik vertelde haar dat Ernie er niet meer is, en toen moest ze huilen alsof dit volkomen nieuw voor haar was. Ik voelde me zo akelig, maar ik wilde ook niet dat ze twee uur lang aardappels zou gaan schillen voor Ernie. (Ik heb

hem weleens zeventien aardappels zien eten, zonder met zijn ogen te knipperen. Vraatzuchtige kerel.)

Gelukkig is Alice veel te jong om dement te kunnen zijn! En ik weet zeker dat ze als ik straks bij haar langsga weer helemaal tiptop in orde is. Ik moet maar een klein cadeautje voor haar kopen. Wist ik nou maar wat. Het valt niet mee. Ik heb tegenwoordig altijd het gevoel dat ik het verkeerde koop. Toen ze nog klein waren was het zo gemakkelijk. Ik vond het heerlijk om die verrukte snoetjes te zien. Nu vraag ik me weleens af of ze niet gewoon beleefd zijn. Iemand een idee?

Ik geloof dat het Doris uit Dallas was die me vroeg waarom ik Barb mijn 'dochter' noemde, en Alice mijn 'kleindochter'. Dat komt zo, ze zijn niet mijn biologische familie. Ik heb jarenlang naast ze gewoond. Om eerlijk te zijn, als Barbs man niet was overleden toen de meisjes nog zo klein waren, dan denk ik niet dat we meer waren geworden dan kennissen. Maar Barb kon het niet zo goed aan toen haar man stierf. Ze had verder helemaal geen familie, dus toen heb ik me opgeworpen en nu ben ik een 'eregrootmoeder'. Aangezien ik nooit getrouwd ben geweest en ik ook geen neefjes en nichtjes heb, was het voor mijzelf ook een zegen. Want nu heb ik **drie prachtige achterkleinkinderen**, en daar beleef ik toch zoveel plezier aan!

Iets heel anders.

In mijn laatste stukje was ik halverwege mijn verhaal over de gezelligheidscommissie. Toen iedereen klaar was met het onnozele gehinnik over het paaldansen, gingen we over op het volgende agendapunt, en dat was het busreisje dat ik heb georganiseerd. Het wordt waarschijnlijk wel een leuk uitje. We gaan naar een panel van deskundigen (een arts, een advocaat etc.) die discussiëren over **euthanasie**, en dan stoppen we bij een tuincentrum voor de lunch. Het zal jullie niet verbazen dat de heer X het kop-in-het-zandtype is wat betreft het kiezen van de manier waarop je wil sterven. 'Het leven moet geleefd worden!' jubelde hij. 'Pluk de dag!' en meer van dat soort clichés. Hij had duidelijk nog nooit een dierbare zien lijden, zoals ik, toen ik dertig jaar geleden mijn lieve moeder aan kanker verloor. Ik

legde in zo simpel mogelijke bewoordingen uit (want hij is duidelijk niet iemand met al te veel opleiding) dat ik zelf wens te kiezen hoe en wanneer ik uit dit leven stap. Het gaat om waardigheid. Om zelf de touwtjes in handen te hebben. Ik geloof dat ik dat heel mooi uitlegde. De heer X bestudeerde me even en ik dacht dat ik misschien tot die dikke schedel van hem was doorgedrongen. Maar toen zei hij: 'Waarom gaan we niet skydiven?' en Harry Palisi, die dwaas, stak zijn hand onmiddellijk in de lucht en zei: 'Ik doe mee!' (Ik wil jullie er graag op wijzen dat Harry in een rolstoel zit.) En voor ik het wist liep de vergadering volkomen uit de hand.
Sindsdien melden allerlei mensen zich af voor mijn 'Eigen keuze'-excursie, en melden ze zich aan voor een excursie die de heer X heeft georganiseerd op precíés dezelfde dag. Hij noemt het 'Leef!' en ik weet niet precies wat ze gaan doen. Er is sprake van een kroegentocht, een dragrace en snorkelen aan Coogee Beach.
Ik heb nog altijd een respectabel aantal deelnemers voor mijn excursie, maar dat zijn helaas niet de leukste mensen. Allemaal van die knorrige, verzuurde types. Van die lui die gaan lopen klagen over de koffie, straks in het tuincentrum. Zelfs mijn beste vriendin hier in het centrum, Shirley, heeft gevraagd of ik het erg vond als ze met X meeging. Ik ben heel erg boos. Het was toch onbeschoft van X (ik laat dat 'de heer' maar zitten) om zijn uitje op precies dezelfde dag te plannen?
Nu heb ik het gevoel dat ik zelf een knorrig, verzuurd type ben. In 1975, toen ik nog wiskunde gaf, had een van de andere leraren een dagje uit geregeld voor de meiden. Ik was de enige die ze niet had uitgenodigd! Ik kwam er per toeval achter toen ik binnenliep terwijl ze foto's aan het uitwisselen waren. Mijn hemel, wat was ik toen gekwetst. Ik voel het nog.
Nou ja! Dom gedoe! Ik ga maar eens even lekker een frisse neus halen.
O, bijna vergeten. Ik betwijfel sterk of dat inderdaad mijn oud-leerling was, Frank Neary. Ik heb namelijk gehoord dat die in Vietnam is omgekomen.

DorisuitDallas zegt...
Bedankt voor je uitleg over je 'dochter' en 'kleindochter' en zo. Zie je ze vaak? Vertel ons eens wat meer! Je hoeft die kommadingetjes niet te gebruiken, denk ik. Het lijkt mij dat je een heel echte overgrootmoeder bent! O, en heb je mijn advies nog opgevolgd en X voor een borrel gevraagd? Ik geloof echt dat dat het geheim is. Word vrienden met hem! Misschien hebben jullie wel meer gemeen dan je zo denkt.

Beryl zegt...
Toen ik klein was, was de hele klas uitgenodigd voor het verjaardagsfeestje van Mary Murray, behalve ik. Dat is nu zestig jaar geleden, en ik kan het nog steeds niet van me afzetten. Waarom had ze mij niet uitgenodigd? Wat had ik misdaan? Dus ik begrijp heel goed hoe jij je voelt, Frannie. Ik denk dat Doris gelijk heeft – ik denk dat je vrienden moet worden met X. Dat is toch zo'n uitdrukking, uit *The Godfather*? Hou je vrienden dicht bij je, maar je vijanden nog veel dichter? Waarom koop je niet wat lekkere talkpoeder voor Alice? Mijn kleindochters stellen dat volgens mij altijd op prijs.

Kerel uit Brisbane zegt...
Natuurlijk geloof ik ook in euthanasie, onder de juiste omstandigheden, maar ik heb geen zin om daar eindeloos over te emmeren. Misschien denkt die X daar wel precies zo over. Of misschien staat hij gewoon liever niet stil bij de dood. Gun die man zijn kroegentocht!

Frank Neary zegt...
Nee hoor, ik ben nog zo gezond als een vis, juffrouw Jeffrey! Zeg, vertel eens – waarom bent u eigenlijk nooit getrouwd? U was vroeger echt een ontzettend mooie meid. Ik zou denken dat iemand u wel zou hebben veroverd. (Ik durf trouwens te wedden dat dat ook de reden is waarom die andere juffen u niet hebben uitgenodigd voor hun stranduitje. U was met afstand de knapste. Ze wilden gewoon niet dat u ze aftroefde in uw *teeny, weeny yellow polkadot bikini*!)

MadMabel zegt...
Ik heb je stukje gelezen en ik ben verbaasd en ontzet. Zelfmoord is een doodzonde. Er is geen grijs gebied in dit geval. Je moet vertrouwen op de wijsheid van de Heer. Mij zie je niet meer terug op dit blog, vrees ik.

GroovyGranny zegt...
Ben blij te horen dat het weer beter gaat met Alice. Laat X toch links liggen. Ik geloof zelf ook niet in euthanasie (zou ook helemaal niet nodig hoeven zijn, met goede palliatieve zorg) maar het is Frannies goed recht om het onderwerp uit te pluizen. Niemand dwingt jou dit blog te lezen, MadMabel! Trouwens, ben ik de enige die vindt dat Frank Neary dingen schrijft die eigenlijk niet door de beugel kunnen? Jij hebt een tik met een liniaal nodig, jongeman!

Oké! Tijd om in actie te komen. Een lekkere warme douche. Kleren. Haar. Make-up.

De laatste zuster was vertrokken en nu droeg een kordate, bazige stem in haar hoofd Alice op wat ze moest doen.

Te moe, antwoordde Alice uitdagend. Haar ogen waren droog en ze prikten. Ik heb net de ergste nacht van mijn leven achter de rug. Bovendien kan ik beter wachten en het aan een zuster vragen.

Onzin! Je voelt je wel wat wakkerder na een douche, dat is altijd zo!

O ja?

Ja! En het is hoog tijd om een keer in de spiegel te kijken. Godallemachtig, je bent pas negenendertig, niet negenentachtig. Hoe erg kan het zijn?

Maar hoe zit dat dan met de handdoeken? Ik weet niet welke handdoek ik kan gebruiken. Misschien hebben ze daar wel regels voor.

Je ruikt naar zweet, Alice. Van die steples. Je moet douchen.

Alice ging rechtop zitten. Ze vond het vreselijk, die lijflucht. Het was de ultieme vernedering. Ze vond het al verschrikkelijk als Nick zei dat haar adem naar knoflook stonk de dag nadat ze iets met veel knoflook hadden gegeten. Dan sloeg ze haar hand voor haar mond, holde meteen weg om haar tanden te poetsen en kauwde de hele dag op kauwgum. Nick vond dat maar onzin; het kon hem niks schelen als hij stonk. Na een dag werken in het huis snoof hij vrolijk aan zijn oksels, als een aap, en dan zei hij: 'Ik stink!' alsof dat een bijzondere prestatie was.

Misschien wilde Nick wel van haar af omdat ze de laatste tijd enorm uit haar mond rook.

Ze bracht voorzichtig een hand naar de pijnlijke bobbel op haar hoofd. Het deed nog steeds pijn, maar het was al veel beter, meer een soort herinnering aan de pijn van gisteren.

Maar ze kon zich die kinderen nog steeds niet herinneren, en ook niet dat Nick bij haar weg was gegaan.

Ze gleed op blote voeten op de koele vloer en ze keek om zich heen. De tulpen die haar moeder gisteren had meegebracht staken als grote gele bollen af tegen de witte ziekenhuismuur. Ze probeerde zich voor te stellen hoe haar moeder de salsa danste met Roger, met eendrachtig wiegende heupen. Dat die van Roger konden wiegen dat kon ze zich wel indenken, maar die van mama? De gedachte was fascinerend en weerzinwekkend tegelijk. Ze kon niet wachten tot ze het Nick kon vertellen.

Nou ja.

Ze dacht aan hoe zijn stem gisteren aan de telefoon had geklonken, zo vol van haat. Dat ging vast over iets veel ergers dan slechte adem. Want als dat werkelijk de reden was geweest, zou hij eerder barmhartig en gegeneerd hebben geklonken.

Zelfs met de herinnering aan dat telefoontje (hoe hij tegen haar vloekte!) leek het haar nog steeds onmogelijk dat Nick niet elk moment voor haar kon staan, buiten adem en verfomfaaid, en dat hij haar tegen zich aan zou drukken, zich verontschuldigend voor het misverstand. Dat geklets over een scheiding raakte haar niet echt, omdat het gewoon te dom voor woorden was. We hadden het hier over Níck! Haar Nick. Zodra ze hem zou zien, kwam alles vanzelf wel weer goed.

De rugzak met de dinostickers lag in het kastje naast haar bed. Ze dacht aan die prachtige rode jurk; misschien moest ze zich daar dan toch maar in persen.

Ze nam de rugzak onder een arm en hield de ziekenhuisjas preuts vast met één hand, zodat niemand haar onderbroek zou zien, maar dat was eigenlijk niet nodig. De gordijnen om het bed van het andere meisje waren dicht, en ze lag nog steeds als een mug te snurken.

Misschien was Alice' eigen gesnurk wel erger geworden met de jaren, en wilde Nick daarom bij haar weg. Ze moest maar eens zo'n rare neusstrip kopen, dan was het zo opgelost. Kom nou naar huis, Nick.

Ze was zo moe dat ze het gevoel had door beton te waden.

Ik moet geloof ik maar weer gaan liggen.

Waag het niet om weer in dat bed te kruipen. Straks komen ze weer te laat op school en dan moet je dat tot in de eeuwigheid aanhoren.

Alice' kin sprong verrast in de lucht. Waar kwam dat nou vandaan? Ze dacht aan de foto met de drie kinderen in hun schooluniformen. Het was vast haar taak om te zorgen dat die elke dag op tijd op school kwamen.

Misschien, heel misschien, was er een piepkleine herinnering aan stampende voetstappen in een gang, aan dichtslaande deuren, aan een toeterende auto, aan een jammerend kind, aan een dreunende pijn midden op haar voorhoofd. Maar zodra ze die herinnering wilde grijpen, verdween ze, alsof het maar een verzinsel was.

Het voelde alsof ze recht vooruitkeek terwijl links en rechts van haar de herinneringen van tien jaar lagen opgestapeld. Als ze nou maar een manier kon vinden om haar hoofd te draaien zodat ze die onder ogen kon zien.

Ze liep de kleine badkamer in die ze deelde met het snurkmeisje, deed de deur achter zich op slot en knipte het tl-licht aan. Ze knipperde tegen de allesoverheersende felheid. Gisteravond was het haar gelukt om in het donker naar de wc te gaan en haar handen te wassen zonder een blik te werpen in de spiegel boven de wastafel. Dat was nu genoeg geweest. Vandaag was de dag voor harde actie.

Ze maakte de strikken rond haar nek en achter op haar rug los, liet de jas op de grond vallen en stapte voor de spiegel.

Ze kon zichzelf zien vanaf haar taille.

Mager, dacht ze, terwijl ze haar vingertoppen in de ronding van haar middel legde, en vervolgens langs haar ribben liet gaan. Ze kon haar ribben zelfs zien. Jij bent een mager scharminkel. Haar buik was hard en strak, net als die van dat meisje in de sportschool. Hoe kwam ze daar nou aan?

Ze riep natuurlijk al tijden dat ze echt iets aan haar conditie moest doen en dat ze moest afvallen, maar ze ondernam nooit enige actie. Dat soort dingen hoorde je met enige regelmaat te zeggen tegen je vriendinnen om hun te tonen dat je een echte vrouw was: 'O mijn god, wat ben ik toch dik!' Toen ze nog verkering had met Richard, haar vriendje voor Nick, zei die altijd: 'Optrekken die handel!' als ze haar spijkerbroek over haar heupen probeerde te krijgen, en dan sloeg die lichte ontevredenheid met haar lijf nog weleens om in pure zelfhaat. Dan hongerde ze zichzelf een dagje uit, waarna ze een hele rol chocoladekoekjes verorberde bij wijze van avondeten. Maar toen ontmoette ze Nick, die zei dat ze mooi was, en die haar, als hij haar aanraakte, het gevoel gaf dat ze door die aanraking zo mooi werd als hij beweerde dat ze was. Dus waarom zou ze zichzelf dan dat tweede stuk chocoladetaart ontzeggen, of een glaasje champagne, als Nick al klaarstond om de taart aan te snijden of de fles al in zijn handen had. Met zijn boosaardige grijns zei hij dan: 'Je leeft maar één keer,' alsof elke dag een feestje was. Nick was een snoepkont, en hij hield van lekker eten, mooie wijnen en lekker weer. Eten en drinken met Nick in het warme zonnetje was net zoiets als seks. Dan voelde ze zich net een weldoorvoede, tevreden kat: mollig, welgedaan en spinnend van sensuele voldoening.

Alice was er niet over uit of ze die nieuwe platte buik nu wel of niet leuk vond. Aan de ene kant voelde ze zich zonder meer trots, alsof ze een nieuwe vaardigheid had aangeleerd. Kijk eens wat ik kan! Ik heb een buik als een supermodel! Maar aan de andere kant vond ze dat gevoel van harde botten onder haar huid eigenlijk een beetje afstotelijk, alsof iemand haar vlees had weggeschaafd.

Wat vond Nick eigenlijk van dit nieuwe magere lijf? Misschien kon het hem niks schelen. *Waarom moest ik je dan verdomme zo nodig bellen?*

Haar borsten waren veel kleiner, zag ze, en ook lang zo pront niet meer. Ze waren eigenlijk behoorlijk lelijk, en ze hingen als een paar uitgelubberde sokken richting haar buik. Getver. Dat vond ze echt helemaal niks. Ze miste haar fijne, ronde, vrolijke, deinende boezem.

Kwam dit doordat ze inmiddels drie kinderen de borst had gegeven? Dat zou helemaal niet erg zijn, als ze nostalgische herinneringen had aan avonden in een schommelstoel met een donzig baby'tje in haar armen, maar die hád ze niet. Ze verheugde zich zo op de borstvoeding. Maar dat was iets voor de toekomst, niet voor haar verleden.

Oké, laat die borsten maar zitten. Haar gezicht. Het was tijd voor haar gezicht.

Ze deed een stap dichter naar de spiegel toe en hield haar adem in.

Eerst was er opluchting, want het was nog altijd haar eigen Alice-gezicht dat haar dommig aanstaarde. Ze was in elk geval niet gruwelijk misvormd. Ze had niet ineens hoorntjes gekregen. Sterker nog, ze vond dat smallere gezicht eigenlijk best mooi. Het leek wat scherper gedefinieerd te zijn, en haar ogen leken veel groter. Haar wenkbrauwen waren perfect van vorm en haar wimpers waren donker. Ze leek ook niet meer zoveel sproeten te hebben. Haar huid zag er glad en gaaf uit, ook al zaten er best veel vreemde vage krasjes rond haar mond en haar ogen. Misschien kwam dat wel door de val? Ze leunde wat voorover om ze beter te kunnen bekijken.

O.

Dat waren dus geen krasjes. Dat waren rimpels, net zoals bij Elisabeth. Misschien zelfs nog wel erger dan bij Elisabeth. Tussen haar ogen zaten twee diepe groeven en die gingen niet weg als ze ophield met fronsen. Onder haar ogen had ze twee kleine zakjes van roze huid, en Alice kon zich herinneren dat ze eerst nog dacht dat er iets mis was met Janes ogen, toen ze die gisteren zag. Maar er was helemaal niets mis met Jane, ze was alleen tien jaar ouder.

Ze wreef met haar vingertop over die fijne, krasserige lijntjes rond haar mond en ogen, alsof ze ze kon uitvegen. Ze zagen er zo fout uit, alsof ze daar niet hoorden te zitten. *Nee bedankt, liever niet, ze passen niet zo bij mijn gezicht.*

Ze gaf het op en deed een stap achteruit zodat ze de rimpels niet meer kon zien.

Haar haar zat nog altijd in een elastiekje, van de vorige avond. Ze trok het eruit en bekeek het in de palm van haar hand, nog altijd even verbaasd dat ze zelfs het zwarte elastiekje niet herkende en zich niet kon herinneren dat ze het in haar haar had gedaan.

Het haar viel tot vlak boven haar schouders. Ze had het dus inderdaad, zoals ze al vermoedde, af laten knippen. Wat had haar daartoe doen besluiten, vroeg ze zich af. De kleur was ook anders. Het was eerder blond dan bruin; donker asblond. Het zat slordig van het woelen, maar toen ze haar vingers erdoor haalde, zag ze dat het in een elegante vorm was geknipt, rond in de hals, zodat die langer leek. Het was haar smaak niet, maar ze moest toegeven dat het beter bij haar gezicht paste dan al haar andere kapsels.

Ze was volwassen geworden. Dat was het. Het was een volwassen vrouw die haar aanstaarde. Alleen, ze voelde zich helemaal niet volwassen.

Ze kneep haar ogen toe en probeerde zich haar oude ik voor de geest te halen, haar ware ik. Lang bruin haar, zonder model; een ronder, zachter gezicht; vollere, grotere borsten; dikkere buik (maar mooi dik); meer sproeten, nauwelijks rimpels – verliefd op Nick en zwanger van haar eerste kindje.

Maar dat meisje bestond niet meer. Het had geen zin om over haar na te denken.

Alice draaide zich van de spiegel af en werd overvallen door een overweldigend gevoel van eenzaamheid terwijl ze om zich heen keek in de onbekende badkamer. Ze dacht weer aan die domme, eenzame reis door Europa, en hoe ze haar tanden had gepoetst in vreemde badkamers, waar ze naar zichzelf staarde in bespikkelde spiegels met een duizelingwekkend gevoel van afgesneden zijn terwijl ze erachter probeerde te komen wie ze nu werkelijk was, zonder de mensen die van haar hielden om zich heen die haar hun idee van haar persoonlijkheid opdrongen. Alleen, deze keer was ze niet in een vreemd land waar mensen een andere taal spraken, nee, ze was in een vreemde nieuwe wereld, waar iedereen wist wat er aan de hand was, behalve zij. Zij was de domoor die voor schut stond en die steeds de verkeerde dingen zei, en de regels niet kende.

Ze slaakte een bibberige zucht.

Dit was maar tijdelijk. Binnenkort had ze haar geheugen weer terug, en dan was alles weer normaal.

Maar wílde ze haar geheugen wel terug? Wilde ze zich alles wel herinneren? Wat ze eigenlijk wilde, was terugspringen in haar tijdmachine, en direct teruggaan naar 1998.

Nou, dan heb je pech, mop. Je went er maar aan. Ga douchen, tijd voor koffie en een bagel met roomkaas voor de kinderen wakker worden.

'Voor de kinderen wakker worden.' Die bazige, tamelijk bitse stem die steeds maar weer in haar hoofd klonk, begon haar behoorlijk op de zenuwen te werken. En een 'bagel met roomkaas'? Wat was dat? Dat vond ze nou echt totaal niet lekker als ontbijt.

Of wel? Ze likte langs haar lippen om het voor zich te zien. Roomkaas op een bagel of pindakaas op een geroosterde boterham? Beide opties leken haar zowel heerlijk als walgelijk.

Ja, hoor eens, dit is niet bepaald een zaak van leven of dood, of wel soms. Alice?

Ach, hou je kop. Het spijt me, maar jij lijkt me nogal een kreng, Alice.

Ze pakte de rugzak en trok daar het chique toilettasje uit. Waarschijnlijk had die nieuwe Alice daar wel shampoo en conditioner in gestopt. Ze rommelde wat tussen de fors uitgevallen, duur uitziende potjes en flesjes (*Mijn hemel, ik dacht dat ik alleen maar even naar de sportschool was geweest?*) en vond twee lange, smalle, donkere flesjes. Ze herkende de merken niet, maar haar werd wel 'resultaat op salonniveau' beloofd.

Terwijl ze onder de douche stond en de shampoo in haar haren masseerde, vulde de geur van perzik haar neusgaten, en dat was zo volkomen vertrouwd dat ze bijna door haar knieën zakte. *Natuurlijk, natuurlijk.* Ze maakte een geluid dat iets weg had van een gesmoorde snik en ineens herinnerde ze zichzelf, onder de harde stralen van een douche, in dikke wolken stoom, met haar voorhoofd tegen een muur met blauwe tegels geleund, zachtjes jankend terwijl het bubbelende schuim van de perzikshampoo in haar ogen gleed. *Ik trek het niet meer. Ik kan het niet meer aan... ik kan het niet...*

Heel even was die herinnering zo echt, dat het was alsof het ter plekke gebeurde, maar het volgende moment werd ze weggespoeld als de zeepbellen van haar shampoo.

Die geur bleef intens, en belachelijk vertrouwd, maar er kwam geen andere herinnering meer boven.

Alleen dat gevoel van hopeloos verdriet en alleen maar willen dat er een eind kwam aan de pijn.

Was het Nick om wie ze huilde?

Als dit inderdaad herinneringen waren die opgesloten zaten in haar hoofd – herinneringen aan een fantastisch huwelijk dat stukgelopen was, herinneringen aan hoe ze zich vastgreep aan een douchemuur, huilend – wilde ze die wel echt weer terug?

Ze draaide de douche uit en droogde zich af met de blauwe handdoek uit de rugzak. Met die handdoek om zich heen geslagen trok ze de potjes en flesjes uit haar toilettas en zette die op een rijtje. Waar had ze al die spullen eigenlijk voor nodig?

Tempo, tempo.

Haar hand schoot instinctief naar een potje met een gouden dekseltje. Ze deed het open en zag dat er een dikke, romige dagcrème in zat. Met snelle, efficiënte bewegingen bracht ze die aan op haar hele gezicht. *Klop, klop, klop*. Zonder nadenken pakte ze een glazen flesje met foundation, goot er wat van op een sponsje en begon daarmee over haar gezicht te wrijven. Een deel van haar hersens registreerde dit alles vol verbazing. Foundation? Ze gebruikte nooit foundation. Ze gebruikte überhaupt bijna nooit iets van make-up. Maar haar handen gingen zo vlug te werk, en haar hoofd wist precies welke kant het op moest buigen, dat het wel leek alsof ze dit al duizenden keren had gedaan. Vervolgens was er een glimmende gouden stift aan de beurt die ze op haar wangen smeerde. Ze trok allerlei potjes, flesjes en bakjes open. Mascara. Eyeliner. Lippenstift.

En ineens – het kostte in totaal nog geen vijf minuten – was ze klaar en stopte ze alles weer terug in haar toilettas. Zonder er verder bij stil te staan ritste ze een vak aan de zijkant van de rugzak open en terwijl ze zich afvroeg wat ze daar eigenlijk zocht, haalde ze een reisföhntje tevoorschijn, en een ronde borstel. O, oké, goed dan. Tijd om je haar te föhnen. Ze stopte de stekker in het stopcontact en weer bewogen haar handen zonder haar commando's af te wachten. De borstel bewoog van voren naar achteren. De föhn blies warme lucht uit.

Oké, dus zodra je hier weg bent moet je...

Haar verstand blokkeerde.

... dan moet je...

Het haar was klaar.

Ze klikte de föhn uit, trok hem uit het stopcontact, draaide het snoer rond en rond en schoof hem weer terug in de zak, en toen ging ze op zoek naar iets anders. Goeie hemel, waarom moest alles zo snel? Was er ergens brand of zo?

Ze trok de plastic tas met de kleren eruit, schudde die open en haalde het bijpassende setje crèmekleurig ondergoed en de rode jurk tevoorschijn. Het ondergoed voelde glad en luxe aan op haar huid en de beha tilde haar borsten weer terug in hun oorspronkelijke parmantige positie. Die prachtige jurk zou wel niet passen, maar toch liet ze hem over haar hoofd glijden, en trok ze de rits aan de zijkant omhoog zonder er eerst naar te hoeven zoeken, en er waren helemaal geen lelijke vetrollen zichtbaar, want die had ze niet meer.

Sieraden. Ze vond de ketting met de topaas en Nicks armband en deed die om. Schoenen. Ze stak haar voeten erin.

Ze was klaar, en ze keek naar de vrouw in de spiegel en zag hoe haar onderlip vol ontzag omlaagzakte.

Ze zag er... nou ja, ze moest toegeven dat ze er behoorlijk goed uitzag. Ze draaide zich om, eerst naar links, vervolgens naar rechts, en bekeek zichzelf over haar schouders.

Een aantrekkelijke, elegante, slanke vrouw. Het soort vrouw van wie ze altijd had gedacht dat ze nooit zo zou kunnen zijn. Ze was een van díé vrouwen geworden, die ándere vrouwen, die altijd zo strak in de lak zaten dat ze onmogelijk echt konden zijn.

Waarom wilde Nick eigenlijk bij haar weg als ze er zo ongelofelijk goed uitzag?

Toch ontbrak er nog iets.

Parfum.

Ze vond het in het ritsvakje voor in de toilettas. Ze spoot wat op allebei haar polsen, en ineens moest ze zich met beide handen aan de wastafel vastgrijpen om niet om te vallen. Het parfum rook naar vanille, mandarijn en rozen. Haar hele leven was in die geur gevangen. Ze werd meegezogen in een gigantische draaikolk van verdriet en woede en de telefoon die maar overging en het aanzwellende gegil van een kind en het gekakel van de televisie en Nick die aan het voeteneind van het bed zat, met zijn hoofd gebogen en zijn handen strak in elkaar gevlochten tegen de achterkant van zijn hoofd.

'Pardon?'

Er werd op de badkamerdeur geklopt.

'Pardon? Bent u daar nog lang bezig? Ik moet zo nodig!'

Alice kwam langzaam overeind. De kleur was uit haar gezicht getrokken. Zou ze weer moeten overgeven, net als gisteren? Nee.

'Sorry!' riep ze. 'Zo klaar.'

Ze legde haar handen in de wastafel en gebruikte de roze ziekenhuiszeep om het parfum hardhandig af te schrobben. En terwijl de doodgewone, verkwikkende geur van aardbeienbubbelgum vermengd met desinfecteermiddel haar neusgaten vulde, loste de draaikolk langzaam op.

Ik kan het me niet meer herinneren.

Ik kan het me niet meer herinneren.

Ik kan het me niet meer herinneren.

Elisabeths huiswerk voor dokter Hodges

Ze zat aangekleed en wel op me te wachten toen ik haar uit het ziekenhuis kwam ophalen. Ze had donkere kringen onder vreselijk rode ogen, maar haar haar zat keurig en haar make-up was vlekkeloos als altijd.

Ze leek zo volkomen zichzelf, dat ik ervan overtuigd was dat ze haar geheugen weer terug had en dat dit vreemde intermezzo in ons leven achter de rug was.

Ik vroeg: 'Is het allemaal weer teruggekomen?' en ze antwoordde: 'Zo ongeveer,' en ze ontweek mijn ogen, en ik dacht dat dat was omdat ze zich schaamde voor wat ze allemaal over Nick had gezegd.

Ze zei dat de dokter haar nog een keer onderzocht had, en dat ze alle formulieren al had getekend en dat ze niet kon wachten om thuis haar eigen bed in te kunnen.

Ze zei niet veel toen we het ziekenhuis uit liepen, en ik ook niet. Toen ze uiteindelijk begon te praten zaten we al in de auto op weg naar huis, en ik wist zeker dat ze zou beginnen over de honderden dingen die voor dat weekend gepland stonden, en alle kostbare tijd die ze in het ziekenhuis was verloren. Maar in plaats daarvan zei ze: 'Hoeveel kinderen heb jij eigenlijk?'

'Álice!' zei ik, en ik verloor bijna de controle over het stuur.

Ze zei: 'Het spijt me dat ik er gisteren niet naar gevraagd heb, maar dat kwam denk ik doordat ik zo in shock was. Ik had mama nog willen bellen om het haar te vragen, maar ik wist niet of ze nog wel hetzelfde telefoonnummer had, en toen dacht ik: wat moet ik doen als Roger opneemt?'

Ik zei dat ik dacht dat ze haar geheugen alweer terug had, en toen zei zij: nou, nee, niet bepaald.

Ik drong eerst nog erop aan dat we meteen terug zouden rijden naar het ziekenhuis en ik vroeg of ze soms tegen de dokter had gelogen om te zorgen dat ze werd ontslagen. Toen stak ze haar kin naar voren (ze leek precies op Madison) en zei dat ze, als ik dat zou doen, gewoon zou zeggen dat ze niet wist waar ik het over had en dat haar geheugen prima in orde was. En dan zou het ziekenhuis maar moeten beslissen wie van ons beiden gek was, en ze durfde te wedden dat ze mij zouden kiezen, en dat ze me dan voor ik er erg in had in een dwangbuis zouden hijsen.

Ik zei dat ze volgens mij helemaal geen dwangbuizen meer gebruikten, tegenwoordig. (Of wel, dokter Hodges? Hebt u er eentje in uw la liggen voor noodgevallen, die u er in een wip uit kunt trekken?)

Alice vouwde haar armen over haar borst en wriemelde alsof ze in zo'n dwangbuis zat en zei: 'Laat me eruit! Ík ben niet gek, maar mijn zúsje! Ík ben degene met het gezonde verstand!'

Ik was totaal verbluft. Ze was zo... geestig. Zo helemaal de oude Alice.

Het volgende moment zaten we te giebelen als een stel schoolmeisjes. We lachten en lachten en ik reed maar door naar haar huis, want ik wist het anders ook niet. Het was zo raar, om weer zo te lachen met Alice. Het was alsof ik iets heerlijks proefde dat ik al in geen jaren meer had gegeten. Ik was dat dronken, euforische gevoel dat je kreeg van het schuddebuiken al helemaal vergeten. En toen we allebei hard genoeg hadden gelachen, rolden de tranen over onze wangen. Dat is een familietrekje dat we van onze vader hebben geërfd. Wat grappig. Dat was ik ook al vergeten.

Uiteindelijk hielden ze op met lachen en vielen ze stil.

Alice vroeg zich af of Elisabeth weer zou beginnen over de terugtocht naar het ziekenhuis, maar ze zei niets meer. In plaats daarvan veegde ze met een vinger onder allebei haar ogen, snufte en stak haar hand uit om de autoradio aan te zetten. Alice zette zich schrap; Elisabeth hield van die keiharde, dreigende heavy metal die normaal bedoeld was voor puberjongens met akelige kleren en waar Alice koppijn van kreeg. In plaats daarvan vulden langzame akkoorden en een warme vrouwenstem de auto, alsof ze in een rokerige jazzclub zaten. Elisabeths muzieksmaak was duidelijk veranderd. Alice ontspande weer en keek uit het raam. De straten van Sydney waren nog wel ongeveer zoals in haar herinnering. Had die koffiezaak daar altijd al gezeten? Dat huizenblok zag er nieuw uit, hoewel het zomaar kon zijn dat het er al twintig jaar stond en dat zij het gewoon nooit eerder had opgemerkt.

Er was ongelofelijk veel verkeer, maar alle auto's zagen er hetzelfde uit. Toen ze klein was dacht ze altijd dat ze tegen het jaar 2000 een ruimtetijdperk in zouden treden, compleet met vliegende auto's.

Ze keek Elisabeth van opzij aan. Ze had nog een restje glimlach van de lachbui van net.

Alice zei: 'Gisteravond droomde ik weer over die vrouw met dat Amerikaanse accent die het over een hartslag had. Weet je zeker dat dat je niks zegt?'

Het restje glimlach verdween in één klap van Elisabeths gezicht en haar wangen, die net nog zo bol en roze waren van het lachen, leken nu naar binnen te klappen. Alice had spijt dat ze iets had gezegd.

Maar uiteindelijk zei Elisabeth: 'Dat was zes jaar geleden.'

Elisabeths huiswerk voor dokter Hodges

Dus toen heb ik haar alles verteld, alsof het een verhaal was. Ik wilde het ook dolgraag vertellen trouwens, voordat ze het zichzelf zou herinneren. Voordat ze het kon afdoen als een jammerlijk incident van lang geleden.

Dit is wat er is gebeurd, dokter Hodges. Dat u het ook meteen weet.

Alice en ik waren allebei tegelijkertijd zwanger. Zij was precies een week later dan ik uitgerekend.

Haar derde zwangerschap was uiteraard ook weer een ongelukje, een of ander gecompliceerd verhaal, typisch Alice (typisch voor de oude Alice; niet voor de nieuwe, verbeterde versie met de manicure, de peelings, de onthaarde benen en de zonnebankkuurtjes). Het had te maken met de overstap op een andere pil.

Mijn eigen zwangerschap was geen ongelukje. Het idee van een ongeplande zwangerschap vind ik zo oneerbiedig en zorgeloos. Het doet me denken aan zomervakanties, urenlang zoenen, een gladde jonge huid en... weet ik veel, pina colada's. Het voelt als iets wat mij sowieso nooit had kunnen gebeuren, niet alleen vanwege mijn eigen stomme lijf, maar ook omdat ik daar niet de goede persoonlijkheid voor heb. Ik ben niet spontaan genoeg. Ik laat me nooit meeslepen door het moment. Ik zou dan tegen zulke mensen willen zeggen: 'Waarom gebruiken jullie ook niet gewoon een VOORBEHOEDMIDDEL?' Alice heeft me een keer verteld dat ze een condoom in haar nachtkastje had kunnen vinden als ze haar vingers net even wat meer had uitgestrekt, en dat Madison er dan nooit zou zijn geweest. Dat vond ik altijd zo ongehoord irritant, want hoe moeilijk is het nou helemaal om je vingers uit te strekken, Alice?

Ben en ik hebben twee jaar lang geprobeerd om langs de natuurlijke weg zwanger te worden. We hebben alles gedaan wat mensen zoal doen. Temperaturen, acupunctuur, Chinese kruiden, vakantie waarin we net deden alsof we er helemaal niet mee bezig waren, doosjes met spullen om je speeksel te testen op dat mooie varenpatroontje dat dan aangaf dat je aan het ovuleren was.

De seks bleef al die tijd prettig. Dat was namelijk nog voor ik een verschrompelde abrikoos werd, dokter Hodges, en ik nog dun en fit was. Hoewel het me wel af en toe opviel dat Ben diezelfde verbeten blik had als wanneer hij iets moeilijks probeerde te repareren aan zijn auto.

Ik vond het heel erg dat we maar niet zwanger werden, maar ik was toch nog redelijk vrolijk, want ik was vroeger een vrolijk mens. Ik las in die tijd veel zelfhulpboeken. Ik ging zelfs weleens op van die weekenden waar je je innerlijke kracht leert ontdekken, en waar je keihard liep te gillen en knuffelde met mensen die je helemaal niet kende. O jazeker, ik geloofde in dat soort dingen. Ik geloofde dat geluk een keuze was. Ik had inspirerende citaten op briefjes geschreven die ik op het prikbord boven mijn bureau hing. Dit was mijn berg, en ik zou hem beklimmen. (Ik was een nerd.)

Dus toen schakelden we over op ivf.

En we werden al bij de eerste ronde zwanger. Dat gebeurde bijna nooit! Nou, we waren in de zevende hemel. Het duizelde ons van geluk. Telkens als we elkaar aankeken moesten we lachen, zo gelukkig waren we. Dit was toch wel het beste bewijs dat positief denken werkt! Het was het wonder van de moderne wetenschap. Wij hielden van die wetenschap. Die geweldige wetenschap toch. En we hielden van onze dokter. We hielden zelfs van die dagelijkse injecties – die waren geen enkel probleem, deden absoluut geen pijn, waren zelfs niet een beetje griezelig!

Ik was niet eens zo heel erg chagrijnig en opgezwollen van de medicijnen. Nee, het hele proces was eigenlijk reuze-interessant en leuk!

Ik veracht onze oude ikken, en tegelijkertijd ben ik ook zo vergevingsgezind dol op ze, omdat we immers niet beter wisten. (Denkt u dat iedereen pessimistisch in het leven zou moeten staan, altijd op het ergste voorbereid, zodat ze uiteindelijk niet zo voor gek staan?) Ik durf nauwelijks nog terug te denken aan hoe we elkaar knuffelden en hoe we huilden en giechelend met elkaar aan de telefoon hingen, alsof ons leven een of andere domme sitcom was. We hebben het zelfs nog over namen gehad. *Namen!* Ik zou mezelf al die jaren geleden wel toe willen schreeuwen: 'Dat je nu toevallig zwanger bent wil nog niet zeggen dat je ook echt een baby krijgt, stomme idioot!'

Er is nog ergens een foto van Alice en mij, waarop we rug aan rug staan en betekenisvol onze handen op onze buik hebben gelegd. We zien er mooi uit. Ik heb niet die stomme nepgrijns en Alice heeft haar ogen eindelijk een keertje open. We waren dolblij, omdat we erachter waren gekomen dat we maar een paar dagen na elkaar waren uitgerekend. 'Misschien worden ze wel op dezelfde dag geboren!' zeiden we nog, met verbijstering in onze ogen om zoveel toeval. 'Dan worden het net tweelingen!' kirden we. We zouden elke maand een foto van onszelf laten maken in precies die houding, om de voortgang van onze buiken te kunnen volgen. Het was allejezus schattig allemaal. (Het spijt me dat ik vloek, dokter Hodges, maar ik wilde gewoon even cool kwaad zijn. Een lepel paprikapoeder, dat verdien ik. Dat gaf onze moeder ons als we vloekten, in plaats van onze monden met zeep en water te spoelen, want dat vond ze ongezond. Ik kan nog steeds geen 'fuck' zeggen zonder de smaak van paprikapoeder te proeven. Ben moet altijd lachen als ik vloek. Ik kan het niet. Alice ook niet. Dat komt door die paprikapoeder. Ik denk dat we alvast een gek gezicht trekken in afwachting van die smerige smaak.)

Alice ging met me mee naar de echo bij twaalf weken, omdat Ben in Canberra zat, op een autobeurs. Madison zat op de kleuterschool en we hadden Tom bij ons. Hij zat in zijn buggy op een rijstwafel te sabbelen, kaarsrecht en alert de wereld in de smiezen houdend. Ik was stapelgek op Toms lachje toen hij nog een baby was. Dan keek ik hem altijd aan met een uitgestreken gezicht, en dan blies ik ineens, volkomen onverwacht, mijn wangen op en schudde ik mijn hoofd heen en weer als een hond. Tom vond dat om te krijsen zo geestig. Hij hield me nauwlettend in de gaten, met tintelende ogen, en als ik dan mijn hoofd begon te schudden viel hij achterover in het wagentje en lachte hij met zijn hele lijf. Hij klapte op zijn knieën, want dat zag hij Nicks vader altijd doen, en hij dacht dat dat erbij hoorde als je moest lachen. Hij had twee piepkleine voortandjes en het geluid van zijn lach was even heerlijk als chocola.

Alice rolde Tom mee de spreekkamer in, parkeerde het wagentje in de hoek, en ik deed mijn rok uit en ging in de stoel liggen. Ik besteedde niet al te veel aandacht aan die vrouw met dat sliertige haar en het Amerikaanse accent die de koude gel op mijn buik smeerde en dingen invoerde in haar computer, omdat ik oogcontact had met Tom, klaar om hem weer te laten lachen. Tom keek me recht in de ogen, zijn compacte lijfje vol verwachting trillend, en Alice kletste met Slierthaar over dat ze allebei liever koud weer hadden dan zo drukkend, hoewel natuurlijk ook weer niet te koud.

De vrouw tikte van alles in, terwijl ze de plastic sonde heen en weer bewoog. Ik keek even naar het scherm en zag dat ze rechts bovenin mijn naam had ingetypt boven het maanlandschap dat kennelijk iets met mijn lichaam te maken had. Ik wachtte tot de vrouw de baby zou gaan aanwijzen, maar ze bleef stil, en tikte fronsend door op haar toetsenbord. Alice staarde naar het televisiescherm en beet op haar nagel. Ik keek weer naar Tom, maakte mijn ogen wijd, tilde mijn kin op en schudde mijn hoofd.

Tom viel achterover in extatische blijdschap, en de vrouw zei, boven zijn lachen uit: 'Het spijt me zo, maar er is geen hartslag.' Ze had een zacht, zuidelijk accent, als dat van Andie MacDowell.

Ik begreep niet wat ze bedoelde omdat Ben en ik het hartje al hadden gehoord tijdens ons eerste bezoek aan de verloskundige. Het was een griezelig geluid, dat leek op het getrappel van paardenhoeven, maar dan onder water, en het leek me wat onwerkelijk. Maar Ben en de dokter waren er blij mee, want ze grijnsden allebei trots, alsof zij dit persoonlijk voor elkaar hadden gekregen. Ik dacht dat Slierthaar bedoelde dat er een probleem was met haar apparatuur; dat er iets stuk was. Ik wilde net beleefd opmerken: 'O, dat geeft toch niks,' maar toen keek ik Alice aan, en die had het kennelijk meteen begrepen. Want ze had haar hand tot een vuist gebald, en die drukte ze tegen haar mond, en toen ze zich omdraaide om mij aan te kijken waren haar ogen rood en nattig. De vrouw legde haar vingertoppen op mijn arm en zei: 'Het spijt me verschrikkelijk.' En toen begon het langzaam tot me door te dringen dat er misschien iets heel ergs was gebeurd. Ik keek weer naar Tom, die grijnzend aan zijn rijstwafel zat te knagen, en die dacht: ze gaat dadelijk weer zo gek doen! Ik glimlachte onwillekeurig naar hem, en ik zei: 'Wat bedoelt u nou precies?'

Achteraf voelde ik me schuldig, want ik had me helemaal niet op mijn baby geconcentreerd. Ik had helemaal geen spelletje moeten spelen met Tom toen mijn eigen arme kindje een hartslag probeerde te krijgen. Ik had het gevoel dat het wist dat ik mijn best niet deed. Ik had mijn ogen op dat scherm gefixeerd moeten houden. Ik had het een handje moeten helpen door te denken: sla dan, sla dan, sla dan.

Ik weet best dat dat niet rationeel is, dokter Hodges. Ik weet dat ik er niets aan had kunnen veranderen.

Maar ik weet ook dat een goede moeder zich op het hartje van haar eigen baby zou hebben geconcentreerd.

Ik heb nooit meer zo'n gek gezicht getrokken tegen Tom. Ik vraag me af of hij dat ooit heeft gemist, met zijn kleine babyverstand. Die arme kleine Tom. Die arme kleine verloren astronaut.

'Weet je dat nog?' vroeg Elisabeth. 'Die vrouw met dat slierthaar? Tom zat onder de stukjes natte rijstwafel. Het was een heel warme, benauwde dag, en jij droeg een kaki broek en een wit T-shirt. Onderweg naar huis moest je tanken, en toen je weer terugkwam bij de auto zaten Tom en ik allebei te huilen. Jij had een Twix gekocht bij het benzinestation en je deelde stukjes uit, en een man die achter ons stond te wachten tot de pomp vrijkwam begon naar ons te toeteren, en jij stak je hoofd uit het raam en schreeuwde naar hem. Ik was zo trots op je dat je dat deed.'

Alice probeerde het zich te herinneren. Ze wilde zich dit herinneren. Ze vond het verraad aan Elisabeth dat ze dit was vergeten. Ze trok als een gewichtheffer aan haar geheugen, uit alle macht proberend om dat enorme ding dat ergens vastzat in haar hoofd omhoog te krijgen.

Er kwamen flarden naar boven van een lachende baby in een wandelwagen. Van Elisabeth die in de auto zat te huilen, en van een man die boos op zijn claxon drukte. Maar ze wist niet of het echte herinneringen waren of haar voorstelling bij de beelden die Elisabeth schetste terwijl ze haar verhaal deed. Het voelde niet als echte herinneringen; het voelde ijl en onwerkelijk, zonder context.

'Weet je het nu weer?' vroeg Elisabeth.

'Misschien een beetje.' Ze wilde haar niet teleurstellen; ze keek zo hoopvol.

'Nou ja, goed dan. Denk ik.'

Alice zei: 'Het spijt me.'

'Hoezo? Jij kunt er toch niks aan doen? Je hebt je toch niet expres op de grond laten vallen in de sportschool?'

'Nee, ik bedoel dat het me spijt van je baby.'

12

Alice dacht diep na over wat ze nu moest zeggen. Voor de hand lag de vraag: 'Hebben jullie daarna nog geprobeerd om zwanger te worden?' maar dat was net alsof ze eigenlijk wilde zeggen: 'Voorwaarts mars!'

Ze keek even opzij naar Elisabeth. Ze droeg een zonnebril, waardoor Alice haar ogen niet kon zien, en ze stuurde met één hand, terwijl ze de andere hand gebruikte om dwangmatig over iets te wrijven aan de zijkant van haar gezicht.

Alice keek uit het raam en zag dat ze bijna thuis waren. Zij en Nick hadden hier zo vaak 's avonds nog even een wandeling gemaakt, om bij andere mensen naar binnen te kijken en ideeën voor hun verbouwing op te doen. Was dat echt al tien jaar geleden? Het leek zo onmogelijk. De herinnering was zo scherp en zo vers dat het gisteren gebeurd kon zijn. Nick zei altijd als eerste de andere wandelaars gedag. 'Mooie avond, hè?' riep hij uit met een opgewekt gebrek aan coolheid, en dan bleef hij staan voor een praatje, alsof die mensen oude vrienden waren, terwijl Alice daar zuinig stond te lachen en dacht: wat moeten we met die mensen? Maar toch was ze zo trots op Nicks ongeremdheid en zijn vermogen om zomaar op een groep mensen die ze niet kenden af te lopen, zijn hand uit te steken naar een wildvreemde en te zeggen: 'Ik ben Nick, en dit is mijn vrouw, Alice.' Het was alsof hij een heel bijzonder talent had, net zoiets als het vermogen een heel gecompliceerd muziekinstrument te bespelen, wat Alice nooit van haar leven zou kunnen. Het fijnste was dat zij veilig aan zijn zijde mee kon zeilen naar wat voor sociale gelegenheid dan ook, dus feestjes waren tegenwoordig sprankelend en vrolijk in plaats van een regelrechte martelgang, zozeer zelfs dat ze zich afvroeg of ze überhaupt wel ooit echt zo verlegen was geweest. Zelfs als hij niet aan haar zijde was, wist ze altijd dat als degene met wie ze aan het praten was verdween, ze altijd nog naar Nick op zoek kon gaan met een doelgerichte uitdrukking op haar gezicht. Dan legde hij een arm om haar schouder en betrok haar gladjes bij zijn eigen gesprek.

Moest ze tegenwoordig weer in haar eentje naar feestjes?

Ze herinnerde zich dat rauwe gevoel dat ze had toen haar vorige relaties stukliepen. Maanden later voelde het nog steeds of ze een laag van haar huid kwijt was. Dus als ze zich al zo voelde na die betekenisloze jongens, hoe zou ze zich dan wel hebben gevoeld toen het voorbij was met Nick? Ze had er zo warmpjes bij gezeten, in die cocon die hun relatie was. Ze had gedacht dat ze daar nooit meer uit zou komen.

Alice keek op van haar schoot, waar ze met haar armbandje had zitten spelen, en ze zag dat ze Rawson Street insloegen. Terwijl ze langs de lange rij groene amberbomen keek, en naar de auto voor hen die met zijn rechter knipperlicht aangaf dat hij King Street in wilde, voelde ze ineens een enorme angstaanval opkomen. Haar hart bonkte alsof ze net wakker werd uit een gruwelijke nachtmerrie. Er zat iets om haar keel geklemd en de pure angst drukte haar stevig in haar stoel.

Ze reikte naar Elisabeth om haar arm aan te raken en haar zo te laten weten dat ze misschien aan het doodgaan was, maar ze kon zich niet bewegen. Elisabeth trapte de rem in en keek naar links en naar rechts om King Street op te draaien. Alice zat hier een hartaanval te krijgen en Elisabeth had het niet eens in de gaten.

Ze sloegen de hoek om en Alice' hartslag zakte wat. Ze kreeg weer lucht. Ze maakte een sissend geluid van opluchting terwijl er weer lucht in haar longen stroomde.

Elisabeth keek even naar haar. 'Gaat het?'

Alice zei met een hoge stem: 'Ik voelde me net even heel erg vreemd.'

'Duizelig? Want ik breng je zo weer naar het ziekenhuis, als je dat liever wilt. Geen probleem.'

'Nee, nee, het is alweer gezakt. Het was gewoon – niks, eigenlijk.'

De angst verdween, maar ze was er nog wel zwak en bibberig van, alsof ze net uit een kermisattractie was gestapt. Wat hadden die golven van gevoelens toch te betekenen? Eerst dat onvoorstelbare verdriet. Nu die angst.

Terwijl ze de straat van Nick en Alice doorreden zag ze een bordje TE KOOP bij het huis recht tegenover dat van hen. 'O, gaan de Pritchetts verhuizen?' vroeg ze.

Elisabeth keek naar het bordje en er kwam een vreemde, raadselachtige uitdrukking op haar gezicht. 'Eh, die zijn volgens mij al jaren weg. De familie die het huis van ze heeft gekocht, heeft het nu in de verkoop gedaan. Maar goed...' Ze reed de auto de oprit op en trok de handrem aan. 'We zijn thuis.'

Alice keek uit het raam naar haar huis en sloeg haar hand voor haar mond. Ze gooide het portier open en sprong uit de auto; de gladde witte kiezels van de oprit knerpten onder haar schoenen. Witte kiezels! 'O,' zei ze, helemaal in extase. 'Moet je nou zien wat we ervan hebben gemáákt!'

De eerste keer dat ze het huis zagen, was op een sombere dag in de winter.

'O jee,' zeiden ze tegelijk toen ze de auto voor het huis parkeerden. En toen, terwijl ze er een paar seconden naar zaten te staren, maakten ze allebei dat aanzwellende 'nou-hou'-geluid, dat betekende: 'Dit kon weleens wat zijn.'

Het was een bouwval met twee verdiepingen, uit het begin van de twintigste eeuw, met een inzakkend dak, dekens voor de ramen in plaats van gordijnen, en een overwoekerd grasveld dat dienstdeed als uitdragerij. Het zag er treurig en uitgewoond uit, maar als je je ogen dichtkneep, kon je zien wat voor statig huis het ooit was geweest.

In de verkoopadvertentie stond 'een pand met veel mogelijkheden', dus dan wist je het wel.

'Veel te veel werk,' zei Nick.

'Veel te veel, ja,' beaamde Alice, en ze keken elkaar achterdochtig van opzij aan.

Toen stapten ze uit en gingen rillend op de makelaar staan wachten. De voordeur van het huis ging krakend open en een kromgetrokken oud dametje, gekleed in een mannentrui over een geruit overhemd, lange sokken en gympen, kwam over het voetpad naar de brievenbus geschuifeld.

'Ach god,' zei Alice vol medeleven. Ze vond het al vreselijk om een glimp op te vangen van een zorgelijk echtpaar van middelbare leeftijd dat naar hun auto stormde om weg te rijden voor je door hun huis kwam stampen en kleinerende dingen zei over hun keuze van vloerbedekking. Het brak Alice' hart als ze dingen zag die ze hadden gedaan in een poging hun huis beter verkoopbaar te maken – een vaas bloemen, het aanrecht in de keuken nog onder de natte strepen van het verwoede schoonmaken, de cafetière en de koffiekopjes zo neergezet op de salontafel dat het de kamer iets huiselijks gaf. Nick snoof altijd cynisch als mensen kaarsjes hadden aangestoken in de badkamer, alsof ze echt zo leefden, maar Alice was altijd weer geraakt door hoe hoopvol ze waren. 'Doe toch alstublieft niet al die moeite om indruk op míj te maken,' wilde ze tegen hen zeggen. En dan nu dit stokoude, bevende dametje. Waar moest die heen op deze ijskoude dag, terwijl zij haar huis kwamen bekijken? Had ze de vloeren liggen schrobben op haar reumaknietjes, terwijl ze het huis waarschijnlijk niet eens zouden kopen?

'Hallo!' riep Nick, terwijl Alice achter hem wegdook en zei: 'Ssst!' Hij trok haar achter zich vandaan en omdat ze niet en plein public in een worstelpartij verzeild wilde raken, zat er niks anders op dan naast hem naar de oude dame toe te lopen.

'We hebben hier zo dadelijk een afspraak met de makelaar,' verklaarde Nick.

De oude dame glimlachte niet. 'Die afspraak is pas om drie uur.'

'O, nee,' zei Alice. 'Drie uur' klonk haar wel bekend in de oren, en Nick en zij maakten wel vaker missers op dit gebied. ('Moge God jullie bijstaan als jullie ooit kinderen krijgen,' had Nicks moeder weleens gezegd.)

'Neem ons niet kwalijk,' zei Nick. 'We gaan wel wat rondrijden in de buurt. Het ziet er mooi uit, hier.'

'Jullie kunnen net zo goed meteen mee naar binnen komen,' zei het oudje. 'Ik kan jullie beter rondleiden dan die stroopsmeerder.'

Zonder het antwoord af te wachten draaide ze zich om en schuifelde ze het pad weer op, terug naar het huis.

Nick fluisterde tegen Alice: 'Ze gaat ons in een hok stoppen en vetmesten, en dan eet ze ons op.'

'Laat dan maar een spoor broodkruimels achter,' fluisterde Alice terug.

Schuddend van het onderdrukte lachen volgden ze haar gehoorzaam.

Boven aan de trap naar de veranda stonden twee statige zandstenen leeuwen die het huis bewaakten. Het leek wel of hun ogen Nick en Alice volgden toen ze erlangs liepen.

'Wraaaaaah!' fluisterde Nick terwijl hij zijn hand opstak alsof het een klauw was, en Alice zei: 'Sssst.'

Vanbinnen was het huis beter en slechter dan ze hadden verwacht. Er waren heel hoge plafonds, rijk bewerkte kroonlijsten en rozetten, en originele schouwen. Nick schopte voorzichtig een stukje rafelige vloerbedekking omhoog, om Alice de originele plankenvloer te laten zien. Maar er hing ook die akelige geur van vocht en verwaarlozing die prikt aan je neus, en er zaten grote gapende gaten in het gips, en er waren stokoude, schimmelende toiletten en een keuken met linoleum uit de jaren vijftig en een fornuis dat eruitzag alsof het zo uit een museum kwam.

De oude dame plantte hen voor een straalkacheltje en bracht

kopjes thee en een schaaltje met boterkoekjes, ze wuifde Alice' wanhopige aanbod om haar te helpen weg. Haar gescharrel was niet om aan te zien. Eindelijk ging ze zitten met een stoffig oud fotoalbum.

'Zo zag het huis er een jaar of vijftig geleden uit,' zei ze.

De fotootjes waren maar klein, en zwart-wit, maar je zag wel dat het huis ooit trots en prachtig was, en niet het ingekrompen skelet dat het nu was.

De oude dame wees met een vergeelde nagel naar een foto van een jong meisje dat met haar armen wijd in de voortuin stond. 'Dat was ik, de dag dat we hier kwamen wonen.'

'Wat was u mooi,' zei Alice.

'Ja,' zei de oude dame. 'Alleen wist ik dat toen natuurlijk niet. Net zoals jij nu ook niet ziet hoe mooi je bent.'

'Nee, dat ziet ze inderdaad niet,' zei Nick instemmend terwijl hij zijn derde muffe koekje naar binnen werkte alsof hij al een maand niks had gegeten.

'Ik zou dit huis eigenlijk aan mijn kinderen en kleinkinderen moeten nalaten,' zei de dame. 'Maar mijn dochter is gestorven toen ze dertig was, en mijn zoon praat niet meer met me en dus heb ik het maar te koop gezet. Ik wil er twee ton voor hebben.'

Nick verslikte zich in zijn koekje. In de advertentie stond een vraagprijs van ruim drie ton.

'De makelaar gaat straks zeggen dat ik veel meer wil, maar ik wil dat jullie weten dat als jullie mij twee ton bieden, ik dat bod accepteer. Ik weet best dat ik veel meer kan krijgen van een investeerder, die de boel even snel oplapt en het huis dan weer doorverkoopt, maar ik hoopte zelf dat een jong stel het zou kopen. Een stel dat het huis rustig zou restaureren en het zou vullen met gelukkige herinneringen. Wij hebben hier zoveel fijne herinneringen liggen; je voelt ze misschien niet, maar ze zijn er wel.'

Ze spuwde de woorden 'fijne herinneringen' met enige walging uit.

'Het kan prachtig worden,' ging ze verder alsof ze hen bestraffend toesprak. 'Het hóórt ook prachtig te worden, het is alleen even een kwestie van flink de handen uit de mouwen.'

Later, terug in de auto, zaten ze zwijgend naar het huis te kijken.

'"Even een kwestie van flink de handen uit de mouwen",' zei Alice.

'Dat duurt wel wat langer dan "even",' lachte Nick.

'Maar wat denk je ervan?' vroeg Alice. 'Zullen we het maar vergeten? We moeten het maar gewoon vergeten, hè?'

'Jij eerst. Wat vind jij?'

'Nee, jij eerst.'

'Dames gaan voor.'

'Nou goed dan,' zei Alice. Ze haalde diep adem en keek naar het huis, en stelde zich een fris verfje voor, een gemaaid gazon, een dreumes die daar rondjes op rende. Het was natuurlijk gekkenwerk. Het zou ze jaren kosten om het helemaal op te knappen. Ze hadden helemaal geen geld. Ze werkten allebei fulltime. Ze hadden afgesproken dat ze geen huis zouden kopen waar ze meer werk aan hadden dan wat oppervlakkige herstelwerkzaamheden.

'Ik wil het,' zei ze.

'Ik wil het ook,' zei Nick.

Alice was in de zevende hemel. Overal waar ze keek was iets nieuws en iets prachtigs. De grote stukken zandsteen die naar de veranda leidden (Nicks idee); de glanzend witte raamkozijnen, met daarachter een glimp van crèmekleurige gordijnen; de roze bougainville die speels langs de trellis aan de zijkant van de veranda omhoogklom (ze zou toch zweren dat ze pas net had bedacht dat dat leuk zou zijn – 'Dan ontbijten we hier en dan doen we net alsof we op een Grieks eiland zitten,' had ze tegen Nick gezegd), zelfs de voordeur – kennelijk waren ze er op de een of andere manier toch aan toe gekomen om die kaal te schuren en te schilderen.

'We hadden een lijst,' zei ze tegen Elisabeth. 'Weet je nog?

Drie velletjes lang, allemaal dingen die we moesten doen aan het huis. We noemden het "De Onbereikbare Droomlijst". Het allerlaatste op die lijst was "een oprit met wit grind".' Ze boog zich voorover en pakte een witte kiezel op, legde hem in haar handpalm en liet hem aan Elisabeth zien. Hadden ze echt die hele lijst afgewerkt? Het was een wonder. Ze hadden de onbereikbare droom waargemaakt.

Elisabeth glimlachte vermoeid. 'Jullie hebben een prachtig huis gemaakt – en wacht maar tot je het vanbinnen ziet. Ik neem aan dat je sleutels in je rugzak zitten.'

Alice boog zich voorover en trok zonder nadenken een dikke sleutelbos uit een ritsvak aan de zijkant van de rugzak. De sleutelhanger was een piepklein zandlopertje. Ze wist dat het daar zou zitten, maar ze had het nog nooit eerder gezien.

Ze liepen samen de veranda op. Het was er heerlijk koel. Alice zag een stel rieten stoelen staan met blauwe kussens (wat een prachtige tint blauw was dat), en een halfvol glas sap stond op een rond tafeltje met een ingelegd blad. Automatisch liep ze ernaartoe, pakte het glas op en trok de rugzak over haar ene schouder; ze schopte ergens tegenaan met haar voet en zag dat het een zwart-witte voetbal was. De bal rolde weg en botste tegen het wiel van een step, die daar op zijn kant lag, met glimmende linten aan het stuur gebonden.

'O,' zei ze, plotseling in paniek. 'De kinderen. Zijn de kinderen binnen?'

'Ze zijn bij Nicks moeder. Het is zijn weekend met de kinderen. Nick komt morgenochtend terug uit Portugal. Dus hij komt ze zondagavond weer afleveren, zoals gewoonlijk.'

'Zoals gewoonlijk,' herhaalde Alice vaag.

'Ja, dat is kennelijk jullie standaardprocedure,' zei Elisabeth verontschuldigend.

'Aha,' zei Alice.

Elisabeth nam het glas sinaasappelsap over uit Alice' slappe vingers. 'Zullen we maar naar binnen gaan? Je kunt beter even gaan liggen. Je ziet zo bleek.'

Alice keek om zich heen. Er ontbrak iets.

'Waar zijn George en Mildred?' vroeg ze.

'Ik weet niet wie George en Mildred zijn,' zei Elisabeth op een vriendelijke toon van we-hebben-hier-te-maken-met-een-zwakzinnige.

'Zo noemden wij die zandstenen leeuwen.' Alice gebaarde naar de lege plekken op de veranda. 'De oude dame had ze voor ons laten staan. We zijn er gek mee.'

'O, ja, ik weet het nog, geloof ik. Die heb je weggedaan. Je vond ze toch niet helemaal de juiste uitstraling hebben.'

Alice begreep niet wat ze daarmee bedoelde. Ze zouden die leeuwen echt nooit weg hebben gedaan. 'We gaan even boodschappen doen, George en Mildred, passen jullie goed op het huis?' Dat zeiden ze altijd als ze weggingen.

Nick zou het wel weten; ze zou het hem wel vragen. Ze draaide zich om en bracht de sleutels naar de deur. De sloten waren nieuw voor haar. Er was een solide uitziend goudkleurig cilinderslot, maar haar vingers vonden meteen de juiste sleutel. Ze hield de deurklink omlaag en duwde routineus met haar schouder tegen de deur. Het was heel wonderlijk hoe haar lichaam precies wist hoe alles werkte – haar mobieltje, haar make-up, het slot – terwijl haar hersens zich niet konden herinneren dat ze die dingen ooit eerder had gedaan. Ze wilde er net iets over zeggen tegen Elisabeth, maar toen zag ze de hal, en was ze onmiddellijk sprakeloos.

'Oké, luister, want ik ben een visionair,' had Nick gezegd toen hij in de muffe, donkere hal stond, die eerste week dat ze in shock in het huis waren getrokken. (Zijn moeder had gehuild toen ze het huis voor het eerst zag.) 'Stel je voor dat het zonlicht deze hal binnenstroomt door lichtkoepels, daarboven, en daar en daar. Stel je voor dat al dit behang weg is, en dat de muren lichtgroen geschilderd zijn, of zo. Stel je voor dat we dit tapijt eruit slopen en heel ver weg brengen, en dat de plankenvloer ligt te glanzen in het zonlicht. Stel je een haltafeltje voor met bloemen en post op een zilveren blaadje – je weet wel, alsof de butler die daar heeft neergelegd – en een paraplubak en een hoedenrek. Stel je foto's voor van onze schattige kinderen, langs de hele muur – niet van die vreselijke portretfoto's, maar echte foto's, van dat ze bezig zijn op het strand, of desnoods in hun neus zitten te peuteren.

Alice had zich dat allemaal proberen voor te stellen, maar ze was snipverkouden en haar ene neusgat zat zo verstopt dat haar ogen ervan traanden en ze hadden nog tweehonderdelf dollar op de bank en twintig minuten daarvoor hadden ze ontdekt dat het huis nieuwe waterleidingen nodig had. Het enige wat ze kon uitbrengen was: 'We zijn niet goed snik geweest,' en Nicks gezicht betrok en hij zei wanhopig: 'Alsjeblieft niet over beginnen, Alice.'

En nu was de hal precies zoals hij hem had beschreven: het zonlicht, de haltafel, de goudglanzende plankenvloer. Er hing zelfs een grappig oud hoedenrek, met strooien hoedjes en honkbalpetjes erop. Er hingen ook een paar badhanddoeken aan te drogen.

Alice liep langzaam de hal door, en raakte af en toe wat spullen aan met een vage streling van haar vingers. Ze wierp een snelle blik op de ingelijste foto's: een bolle baby die over het gras kroop en met enorme kijkers naar de camera staarde; een blonde dreumes die zat te schaterlachen naast een klein meisje in een Spiderman-pak, met haar handen in haar zij; een mager bruin jongetje met een lange zwembroek, dat in extase door de lucht vloog, zijn armen en benen alle kanten op, en druppels water op de cameralens terwijl hij in onzichtbaar water plonsde. Elke foto was een herinnering die Alice niet meer had.

De hal leidde naar wat ooit de piepkleine zitkamer was, waar de oude dame hun thee en koekjes had gegeven. Hun plan was om de drie muren in dit achterste deel van het huis door te breken – dat was Alice' idee. Ze had een schets gemaakt op een servetje van Domino's Pizza – dan zou je een enorme open ruimte krijgen waarin je kon koken, met uitzicht op de palissanderboom achter in de hoek van de tuin. 'Jij bent heus niet de enige visionair hier in huis,' had ze tegen Nick gezegd. Ze zag de lange strakke granieten aanrechten al voor zich, en een gigantische roestvrijstalen ijskast en allerlei ingewikkelde keukenapparaten.

Elisabeth liep naar de keuken – alsof het zomaar een keuken was! – en goot het glas sinaasappelsap leeg in de gootsteen.

Alice liet haar tas op de grond vallen. Dat geklets over een 'scheiding' kon gewoon niet waar zijn. In een huis als dit kon je toch alleen maar waanzinnig gelukkig zijn?

'Ik kan het niet geloven,' zei ze tegen Elisabeth. 'O, moet je kijken! Ik wist wel dat die witte luiken perfect zouden zijn bij die ramen achter. Nick wilde donker hout. Hoewel ik zie dat hij zijn zin heeft gekregen wat die tegels betreft. Ik moet zeggen, hij had gelijk. O, en kijk, we hebben dus toch een oplossing gevonden voor dat rare hoekje daar. Ja! Perfect! O, maar die gordijnen vind ik geloof ik niet zo mooi.'

'Alice,' vroeg Elisabeth, 'heb je überhaupt wel weer iets van je geheugen terug?'

'O, mijn god! Is dat een zwembad? Een zwembad? Een echt ingegraven zwembad? Zijn wij dan zo rijk, Libby? Wat is er dan gebeurd, hebben we de loterij soms gewonnen?'

'Wat heb je ze gezegd in het ziekenhuis?'

'Jemig, moet je zien wat een gigantische televisie! Het lijkt wel een filmscherm.'

Ze wist dat ze aan het ratelen was, maar ze kon niet meer stoppen.

'Alice,' zei Elisabeth.

Alice' benen voelden wiebelig. Ze ging zitten op de bruinleren bank (duur!) voor de televisie. Er stak iets in haar bovenbeen. Ze trok er een klein plastic speeltje onder vandaan; een moordlustig uitziend mannetje met een machinegeweer onder zijn arm. Ze zette het voorzichtig op de salontafel.

Elisabeth ging naast haar zitten. Ze gaf haar een dubbelgevouwen stuk papier. 'Weet je van wie dit is?'

Het was een zelfgemaakte kaart met glittertjes voorop en een tekening van een vrouw met een sombere mond en een pleister op haar voorhoofd. Ze vouwde de kaart open en las: '*Lieve, lieve mama, word maar gauw weer beter, liefs van Olivia.*'

'Van Olivia, natuurlijk,' zei Alice terwijl ze aan de glitters voelde.

'En kun je je Olivia herinneren?'

'Een beetje.'

Ze had geen enkele herinnering aan een 'Olivia', maar haar bestaan leek een vaststaand feit.

'Wat heb je ze nou verteld in het ziekenhuis?'

Alice drukte haar hand tegen de nog altijd pijnlijke plek achter op haar hoofd. Ze zei: 'Ik heb ze verteld dat sommige dingen nog wel wat vaag zijn, maar dat ik me het meeste wel herinner. Ze hebben me een verwijsbrief gegeven voor een neuroloog en ik moest een afspraak maken als ik toch nog problemen bleef houden. Ze zeiden dat ik me waarschijnlijk binnen een week weer helemaal de oude zou voelen. Maar ik geloof dat ik nog wel wat dingetjes weet, hoor.'

'*Wat voor dingetjes?*'

Er werd aangebeld.

'O!' zei Alice. 'Dat klinkt mooi, zeg! Ik had altijd zo'n hekel aan onze oude deurbel.'

Elisabeth trok haar wenkbrauwen op. 'Ik doe wel open.' Ze was even stil. 'Tenzij jij dat zelf wil doen.'

Alice staarde haar aan. Waarom zou Elisabeth niet open mogen doen. 'Nee, ga jij maar.'

Elisabeth verdween naar de hal en Alice legde haar hoofd tegen de bank en deed haar ogen dicht. Ze probeerde zich voor te stellen hoe het zou zijn als Nick de kinderen terug kwam brengen morgenavond. Haar instinct zou zijn om haar armen om hem heen te gooien, wat ze altijd deed als hij weg was geweest. (Ze had een duidelijk gevoel dat ze hem al een eeuwigheid niet meer had gezien, alsof hij al weken weg was.) Maar wat nu als hij daar zou blijven staan zonder de omhelzing te beantwoorden? Of wat nu als hij haar zachtjes van zich af zou duwen? Of hardhandig? Nee, zoiets zou hij nooit doen. Hoe kon ze dat nou denken?

En 'de kinderen' zouden er zijn. Die zouden hier rondhangen, of wat het ook maar was dat kinderen deden.

Alice fluisterde hun namen:

'Madison.

Tom.

Olivia.'

Olivia was een mooie naam.

Wat zou ze tegen hen zeggen? 'Sorry, ik ken je van gezicht, maar ik kan je niet helemaal plaatsen.' Dat kon ze toch niet maken? Het moet doodeng zijn voor een kind om te horen dat zijn moeder niet meer weet wie hij is. Ze zou maar moeten doen alsof, tot ze haar geheugen weer terug had, en dat zou natuurlijk gewoon gebeuren. Snel.

Ze moest proberen om zo gewoon mogelijk tegen ze te doen. Ze moest niet zo'n nepstemmetje opzetten, wat mensen vaak deden tegen kinderen. Kinderen waren slim, die zouden er meteen doorheen prikken. Mijn hemel. Wat moest ze dan tegen ze zéggen? Dit was nog erger dan proberen om gespreksonderwerpen te bedenken voor een van die griezelige feestjes bij Nick op het werk.

Ze hoorde stemmen in de hal.

Elisabeth kwam binnen, gevolgd door een man met een karretje waarop drie kartonnen dozen stonden opgestapeld.

'Je hebt kennelijk glazen besteld,' zei Elisabeth. 'Voor vanavond.'

'Waar moet u ze hebben?' gromde de man.

'Eh,' zei Alice. Voor vanavond?

'Ik denk gewoon hier, in de keuken,' zei Elisabeth. De man zette de dozen op het aanrecht.

'Hier graag een handtekening,' zei hij. Elisabeth tekende. Hij scheurde een vel papier af dat hij haar overhandigde en keek even snel om zich heen. 'Mooi huis, hoor,' zei hij.

'Dank u!' zei Alice stralend.
Er klonk een roep in de hal. 'De drankenlevering!'
'Alice,' zei Elisabeth. 'Ik geloof niet dat je je nog herinnert dat je vanavond een feestje zou geven, hè?'

13

Samen bladerden ze door Alice' agenda.

'Cocktailfeestje kleuterschool,' las Alice hardop. 'Zeven uur? Wat betekent dat?'

'Ik denk dat je de ouders van Olivia's klas hebt uitgenodigd.'

'Dus ik ben de gastvrouw?' vroeg Alice. 'Waarom zou ik dat gedaan hebben?'

'Je organiseert zo vaak dit soort feestjes, geloof ik.'

'Hoezo "geloof ik"? Weet je dat dan niet? Kom jij dan nooit naar dit soort dingen?'

'Nou, nee. Dit heeft met de school te maken,' zei Elisabeth. 'Er komen alleen maar moeders. En ik ben geen moeder.'

Alice keek op van haar agenda en zei: 'Echt niet?'

Elisabeth leek in elkaar te krimpen. 'Nee, echt niet. Wat dat betreft heb ik niet zoveel geluk gehad. Maar goed, wat wil je nou met dit feestje doen?'

Maar Alice was totaal niet geïnteresseerd in het feestje. Ze was absoluut niet van plan om gastvrouw te spelen op een 'Cocktailfeestje kleuterschool'. Ze zei: 'Wat is er dan gebeurd, wil je me dat vertellen? Alsjeblieft? Heb je nog geprobeerd om zwanger te worden na die miskraam?'

Elisabeths ogen gleden weg.

Overpeinzingen van een overgrootmoeder

DorisuitDallas heeft me wel aan het denken gezet met haar opmerking over dat ik die aanhalingstekens niet meer hoef te gebruiken als ik over mijn 'dochter' en mijn 'kleindochter' schrijf.

Ze heeft eigenlijk gelijk. Barb is mijn dochter. Elisabeth en Alice zijn mijn kleindochters.
Toen Barbs man stierf, veranderde mijn leven voorgoed. Voor die tijd waren ze gewoon dat aardige jonge gezinnetje van hiernaast. Hun vader was een ontzettend leuke, lange man met een bril. Elektricien was hij. Hij bracht de vuilnisbak altijd voor me naar binnen. Zijn dochters adoreerden hem. Ik zie ze nog met dansende staartjes het tuinpad af hollen als hij van zijn werk kwam.
Ik was een alleenstaande vrouw. Om Frank Neary's vraag te beantwoorden (ik heb geen idee of je echt wel de Frank Neary bent aan wie ik jaren geleden les heb gegeven, of dat je een brutale bedrieger bent!): ik ben nooit getrouwd. Ik vrees dat ik teleurgesteld was in de liefde, zoals dat heet.
Maar ik was nooit eenzaam of ontevreden met mijn leven. Ik had mijn werk, waar ik veel van hield, mijn vrienden en mijn hobby's. Ik hoefde niet zo nodig een gezin. En toen hoorde ik dat die aardige jongeman van de buren een hartaanval had gehad en was overleden. Wat een schok was dat, zeg! Ik vergeet nooit hoe de meisjes de voordeur uit kwamen op de dag van hun vaders begrafenis. Die ontredderde bleke smoeltjes.
Op een dag kwam ik een ovenschotel brengen, en het was duidelijk dat Barb het allemaal niet aankon. Ze had de moed gewoon opgegeven. Haar eigen ouders waren overleden toen zij een tiener was, en ik denk dat dat ook allemaal weer terugkwam.
Dus werd het mijn gewoonte om elke middag even langs te gaan. Eerst deed ik het omdat ik vond dat het mijn plicht was. Maar toen werd ik verliefd op die kleine meisjes.
Kennelijk vonden ze allebei dat ze meteen volwassen moesten worden.
Alice wilde leren koken. Ik leerde haar hoe je karbonaadjes moet grillen. Binnen een paar weken was ze aan het experimenteren geslagen met kruiden en zo. Elisabeth was meer geïnteresseerd in hoe de wereld in elkaar zat. 'Hoe kom je aan een baan?' vroeg ze me dan. 'Hoe open je een bankrekening?'
Ik deed wat ik kon, maar ik vraag me nog steeds weleens af hoe die

tijd de meiden heeft beïnvloed. Ze zijn allebei altijd zo bezig met het creëren van het 'perfecte gezin'. Ik vraag me toch af of ze misschien die tijd van voordat ze hun vader verloren, proberen op te roepen. Maar ja, aan de andere kant, we willen allemaal altijd graag alles perfect, of niet?
Ik vergeet nooit de dag dat Alice me vroeg om mee te gaan naar de Grootouderdag, bij haar op school.
'Dit is Frannie. Ze woont naast ons en ze is mijn oma,' zei ze tegen haar juf, en toen keek ze mij aan alsof ze wilde vragen: 'Vind je het wel goed als ik dat zeg?' Ik kon geen woord meer uitbrengen, omdat ik anders zou zijn gaan huilen.
Hier is een foto van mij met Elisabeth en Alice. Het was de kerst na het overlijden van hun vader. (Moet je die psychedelische jarenzeventigjurk van mij eens zien!) Ze deden allebei zo ontzettend hun best om hun moeder een fijne kerst te bezorgen.
Wat een zegen zijn ze voor mij geweest.

COMMENTAAR

DorisuitDallas zegt...
Wat fijn dat je dat met ons wilde delen. Het waren snoezige meisjes. En zij mogen ook in hun handen knijpen dat ze jou hebben. Je was trouwens een knappe dame!
PS Mag ik vragen waarom je zo teleurgesteld bent in de liefde?

Elisabeths huiswerk voor dokter Hodges

Het was onwerkelijk om Alice te horen vragen of ik het nog eens heb geprobeerd, met zulke onschuldige en respectvolle ogen. Ik moest bijna lachen en ik vroeg me af of het soms een act van haar was.

Het is al zo lang geleden dat ik echt heb nagedacht over die 'vroege verliezen', zoals u ze noemt, met die zuinige mond van u, alsof u last hebt van verstopping. Ik haat het als u dat gezicht trekt, dokter Hodges. Het zou me niet verbazen als uw vrouw het ook verschrikkelijk vindt. Ik moet altijd denken aan wat ik nog meer had kunnen doen met die honderdvijftig dollar die ik per sessie aan u kwijt ben. Dus weet u nog die sessie dat u wilde dat ik over die 'vroege verliezen' zou praten en ik een dramatische zucht slaakte en zei dat ik dat niet kon? Dat was niet waar; ik zei het alleen maar omdat dat gezicht van u me zo irriteerde.

Ik zie mijn 'verliezen' tegenwoordig voornamelijk als punten in mijn medische dossier. Als een arts me vraagt naar mijn medische voorgeschiedenis, kan ik zo elke ingreep en test en hartverscheurend consult oprakelen, zonder de minste trilling in mijn stem, alsof ze me niets doen; alsof het over iemand anders gaat.

Dus kan ik zeggen: 'Mijn tweede miskraam in het eerste trimester,' zonder met mijn ogen te knipperen, en ik denk niet eens meer aan hoe dat was en hoe dat voelde.

Ik wil u zeggen dat ik nooit meer naar *Grey's Anatomy* kijk. Ik ben echt hard aan de slag gegaan voor deze therapie. Jammer dat u geen cijfers uitdeelt; dat zou u eigenlijk moeten doen, voor al uw patiënten die zitten te wachten op uw goedkeuring.

Ik weet nog wel hoe gelukkig we waren toen we weer zwanger waren; want het was ons deze keer op de een of andere manier 'langs de natuurlijke weg' gelukt.

Dat zou mijn januaribaby worden, uitgerekend op de zeventiende (de dag na Bens verjaardag: stel je eens voor dat hij op dezelfde dag geboren werd! Maar ssst, niet hardop zeggen). We hielden de zwangerschap deze keer geheim. We dachten dat het een beginnersfout was dat we de eerste keer iedereen meteen over de baby hadden verteld. Ik stelde me voor dat ik mijn tweede zwangerschap met beheerst zelfvertrouwen zou aankondigen, na drie maanden. Het leek me veel volwassener, en veel veiliger. 'Nee, hoor, deze keer geen ivf-kindje,' zou ik er nonchalant bij vermelden. 'Een natuurlijke zwangerschap.' We hadden het deze keer ook niet over namen, en Ben gaf me ook geen klopjes op mijn buik als hij me 's ochtends gedag zoende. We zeiden dingen als: 'Als ik met kerst nog zwanger ben.' En we begonnen te fluisteren als we het woord 'baby' in de mond namen. Alsof het juist fout was geweest om te veel te hopen, en alsof we de goden om de tuin konden leiden door heel stiekem te doen over onze pogingen een baby te krijgen.

Deze keer was Ben mee naar de eerste echo, en we waren allebei zorgvuldig op de gelegenheid gekleed, alsof het om een sollicitatiegesprek ging en alsof onze kleren daarbij enig verschil zouden maken. De vrouw die de echo maakte was jong, gewoon Australisch en een beetje *sjaggo*. Ik maakte me zorgen, maar aan de andere kant deed ik ook vooral alsof, voor de camera, als u begrijpt wat ik bedoel. Vanbuiten was ik vreselijk zenuwachtig, maar diep vanbinnen genoot ik van die aanstellerij: *Ach, kijk haar nou, met haar nagels in haar vuistjes terwijl ze gaat liggen, dat arme getraumatiseerde schaap. En dat terwijl er* HEUS WEL *een hartje te zien zal zijn, straks, want dit soort dingen gebeuren echt geen twee keer*. Ik kon die enorme golf van opluchting die straks zou komen al bijna voelen. De vreugdetranen prikten al in mijn ogen en zaten alleen nog maar te wachten op het startsein voor ze los konden barsten. Ik was er helemaal klaar voor om een diepdoorvoelde liefdesboodschap naar mijn eerste kindje te sturen, iets als: 'Ik zal je nooit vergeten, ik zal je altijd bij me dragen in mijn hart,' en dan was het tijd om me op deze baby te concentreren. Onze echte baby. Alice' baby zou maar een paar maanden ouder zijn. We konden nog altijd net doen alsof ze een tweeling waren.

Het chagrijnige meisje zei: 'Het spijt me...'

Ben klemde zijn kaken stevig op elkaar en deed een stap naar achteren, alsof iemand bij een kroeggevecht om zich heen begon te slaan en hij niet geraakt wilde worden.

Ik heb nu al zo vaak een medische professional 'Het spijt me' horen zeggen, dokter Hodges. Het spijt me. Het spijt me. Het spijt me. Ja, uw collegae hebben allemaal vreselijk veel spijt. Ik vraag me af of u ook op een dag vriendelijk en bedrukt zult zeggen: 'Het spijt me, maar ik kan niks meer voor je doen. Het is tijd om eens andere mogelijkheden te onderzoeken. Een persoonlijkheidstransplantatie of iets dergelijks.'

Ik schaamde me dat het twee keer op bijna precies dezelfde manier was verlopen. Ik vond dat ik de tijd van de mensen in het ziekenhuis verknoeide door de hele tijd maar langs te komen voor een echo van dode baby's. Wat? U dacht dat u deze keer een levend kindje bij u droeg? Doe niet zo gek. U toch niet. U bent geen echte vrouw, met die enigszins belachelijke pogingen van u om een kind te krijgen. Er zijn hier vrouwen met echte zwangere buiken en baby's die het echt doen.

Na afloop had ik het gevoel dat het verkeerd was om de familie niet van de baby te vertellen, want ik wilde ze wel graag over de miskraam vertellen, zodat ze in elk geval wisten dat deze baby ooit had bestaan. Maar toen ik het iedereen vertelde, leken ze zich vooral druk te maken over het feit dat ik het aanvankelijk geheim had willen houden. Ze voelden zich bedonderd. Ze zeiden dingen als: 'O, ik vroeg me al af waarom je niet dronk, toen, met de barbecue, maar toen zei je nog dat je gewoon geen zin had in alcohol.' Met andere woorden: LEUGENAAR DIE JE BENT.

Bens moeder was beledigd. We moesten haar twee keer mee uit eten nemen in een cafetaria in het winkelcentrum voor ze ons wilde vergeven. Het draaide allemaal om het feit dat ik de zwangerschap voor hen verborgen had willen houden en niet dat ik de baby had verloren. Ze waren ook lang niet zo verdrietig als toen bij de eerste, maar dat kon ook moeilijk, aangezien ze niet eens wisten dat het had bestaan. Ik voelde me belachelijk beschermend ten opzichte van mijn januaribaby, alsof niemand van haar hield; alsof ze niet zo mooi of zo slim was als de eerste baby.

Ik weet dat het een meisje was. Deze keer hadden ze het 'foetusmateriaal' naar het laboratorium gestuurd om te laten testen, en ze vertelden me dat het een chromosomaal normale vrouwelijke foetus was geweest. Ze zeiden dat het ze speet maar dat ze geen enkele reden hadden kunnen vinden waarom het mis was gelopen. Ze zeiden dat ze nog niet veel wisten over miskramen, maar dat ik statistisch gezien nog altijd een prima kans had om de volgende keer een gezond kind ter wereld te brengen. Kop op. Gewoon nog een keer proberen.

Een week na de curettage (zo'n elegante naam voor zoiets afschuwelijks; ik heb me zelden zo desolaat gevoeld als bij het wakker worden op de vercouverafdeling na een curettage) moest ik weer naar het ziekenhuis, omdat Alice een dochter had gebaard. Alice zei natuurlijk dat ik niet hoefde te komen, en Ben zei zelfs dat hij niet wilde dat ik ging, maar ik ging toch. Ik weet ook niet waarom ik per se alles wilde blijven doen wat ik normaal zou doen.

Ik ging naar de kiosk en kocht een kaart met roze glitter, waarop stond: *Van harte gefeliciteerd met jullie lieve kleine meisje*. Ik ging naar een kinderkledingzaak en kocht een piepklein geel jurkje met geborduurde vlindertjes erop. 'Als je dit ziet wil je toch zeker zelf ook meteen een dochtertje!' kirde de winkeljuffrouw.

Ik pakte het jurkje in, in roze vloeipapier, en ik schreef iets op de kaart en reed naar het ziekenhuis, waar ik een parkeerplekje zocht, en door de gangen liep met het cadeautje onder mijn ene arm en een stapeltje roddelbladen voor Alice onder mijn andere. Ik zweefde de hele tijd naast mezelf mee, onder de indruk. 'Dat doe je goed, zo. Knap hoor. Het is zo weer achter de rug, en dan kun je lekker thuis voor de buis gaan zitten.'

Alice was alleen, en ze zat Olivia de borst te geven.

Mijn eigen borsten deden nog altijd stekend pijn. Het is zo vals van je lichaam dat het net doet alsof je nog zwanger bent als ze de baby al uit je baarmoeder hebben geschraapt.

'Moet je haar nou toch eens zien!' zei ik tegen Alice, volledig bereid om een babykletspraatje af te steken.

Daar ben ik tegenwoordig zo goed in. Vorige week nog, ging ik bij een vriendin op bezoek die haar derde kind had gekregen, en al zeg ik het zelf, het was weer een vlekkeloos optreden. 'Moet je die handjes eens zien!' 'O, en die oogjes, dat neusje/

mondje, precies die van jou!' En adem in, adem uit, klets, lach. Niet aan denken, niet aan denken, niet aan denken. Ze zouden een Oscar in het leven moeten roepen voor dit soort acteerprestaties.

Maar Alice trapte er niet in.

Zodra ze me zag stak ze de arm uit waarin geen baby lag, en met een vertrokken gezicht zei ze: 'Was ik hier maar bij jou op bezoek.'

Ik ging bij haar op bed zitten en liet me door haar omhelzen. Alice' tranen drupten regelrecht op Olivia's zachte bolletje, maar die bleef driftig doordrinken, alsof haar leven ervan afhing. Dat kind is altijd al een flinke eter geweest.

Ik was die dag alweer vergeten, en hoeveel het voor me betekende dat Alice zo oprecht om mij moest huilen. Het was alsof zij een deel van mijn verdriet van me overnam. Ik dacht: het is oké, ik kan dit wel aan, ik kom er wel doorheen, het komt allemaal wel goed.

Wat ik me alleen niet realiseerde is dat 'dit' eeuwig en eeuwig en eeuwig zou duren.

Hm. Ik geloof dat we een kleine doorbraak hebben gerealiseerd in dit dagboek. Maar u hoeft nog niet naast uw schoenen te gaan lopen, dokter Hodges. Ik had die herinnering aan Alice heus niet verdrongen. Ik had er alleen al een poos niet meer aan gedacht, maar goed, toch bravo voor u. Misschien zit er toch wel iets in, ook al heb ik nu een aflevering van *Grey's Anatomy* gemist die in de gids als 'explosief' werd omgeschreven.

Bij het volgende 'verlies' was ik een stuk harder geworden.

Elisabeth zei: 'Je doet toch niet maar alsof je je niks meer herinnert, hè, om een of ander punt te maken?'

Alice kreeg datzelfde stomp-in-de-maaggevoel dat ze had toen Nick zo tegen haar had geschreeuwd aan de telefoon. Hij had ook zoiets gezegd. Was ze dan zo iemand geworden, iemand die zo nodig punten moest maken?

'Wat voor punt, dan?'

'Laat maar, dat was een beetje paranoïde van me.' Elisabeth stond op en liep naar de keuken. Ze bleef staan voor de ijskast. Die hing vol met magneetjes, briefjes, foto's en kindertekeningen. 'Ik vraag me af of hier misschien een uitnodiging bij hangt voor dat feestje van vanavond.'

Alice draaide zich om op de bank om naar haar te kunnen kijken. Haar hoofd deed pijn.

'Libby, alsjeblieft. Wat voor punt? Ik begrijp het niet. Soms praat je tegen me alsof – nou ja, het is net alsof... alsof je me niet meer mag.'

'Ha!' Elisabeth haalde iets van de ijskast en kwam ermee teruglopen. 'Hier is de uitnodiging. Er staat een andere naam onder voor de r.s.v.p.'s. Als je die nou eens belt en vraagt of het feestje ergens anders gehouden kan worden.'

Ze gaf het briefje aan Alice, maar die negeerde het.

Elisabeth slaakte een zucht. 'Natuurlijk mag ik je nog wel. Maak je daar nou maar geen zorgen over. Hier – die vrouw heet Kate Harper. Volgens mij heb ik je weleens over haar gehoord. Jullie zijn best goede vriendinnen, geloof ik.'

Ze keek Alice vol verwachting aan.

'Nooit van gehoord,' zei Alice vlak.

'Goed, dan,' zei Elisabeth. 'Weet je wat, ik bel haar wel, en dan ga jij lekker naar boven om even te liggen. Je ziet eruit als een opgewarmd lijk.'

Alice keek naar Elisabeths gerimpelde, gespannen gezicht.

Heb ik jou in de steek gelaten? Ben ik Nick en jou kwijtgeraakt?

14

Alice stond midden in de slaapkamer die ze niet kende en zocht naar iets – wat dan ook – wat van Nick was. Nergens een spoor van hem. Geen stapel boeken of tijdschriften op zijn nachtkastje. Hij hield van bloeddorstige thrillers (daar hielden ze trouwens allebei wel van), boeken over oorlogsgeschiedenis en vaktijdschriften. Geen cilindervormige stapeltjes munten die hij elke dag weer uit zijn broekzak viste. Geen tassen over de deurklink. Geen gigantische, vieze gympen. Zelfs geen verfrommeld T-shirt of verdwaalde sok.

Ze waren allebei slordig. Hun kleren lagen normaal gesproken in een flamboyante omhelzing op de grond. Soms vroegen ze expres of er iemand op bezoek kwam, want dat stimuleerde hen tenminste om als een bezetene aan het opruimen te slaan.

Maar het tapijt (donkerrood; ze kon zich niet herinneren dat ze dat ooit had uitgekozen) was onberispelijk en pasgezogen.

Ze liep naar de kledingkast (die hadden ze ooit bij het grofvuil weggehaald; het was herfst, net als nu, en ze moesten eerst een dikke laag knisperende bladeren wegvegen voor ze het mahoniehout zagen). Hij hing vol met zware houten hangers, waaraan de prachtigste kleren hingen, die waarschijnlijk allemaal van Alice waren. En ook al was het heel even leuk om die schitterende stofjes te voelen terwijl ze de hangers verschoof, wat ze het liefst wilde zien, waren de overhemden van Nick. Al was het maar zo'n saai werkshirt. Dan zou ze de mouwen om zich heen slaan alsof het zijn armen waren. En dan zou ze haar neus in de kraag begraven.

Ze deed de kastdeur weer dicht en keek langzaam de kamer rond, in het besef dat het er vrouwelijk rook en uitzag. Er lag een wit dekbed met kantjes op het bed, en daarop lag een rijtje kleine, glimmend blauwe sierkussentjes. Alice vond het een schitterend bed (haar droombed) maar Nick zou zeggen dat hij acuut impotent werd van zoveel schattigheid, dus als ze dat per se wilde, prima, maar dan was ze vast gewaarschuwd. Er hing een prent van een jampotje met bloemen boven het bed waar Nick kotsmisselijk van zou worden, wist Alice. Op de kaptafel stonden rijtjes glazen flesjes in allerlei kleuren ('Wat is daar eigenlijk de zin van?' zou Nick vragen) en een kristallen vaas met een groot boeket rozen.

Dit was de slaapkamer die ze voor zichzelf zou hebben ingericht als ze alleen zou wonen. Ze wilde altijd al een verzameling mooie glazen potjes, maar ze had nooit gedacht dat ze die ook daadwerkelijk zou aanleggen.

Behalve dan die rozen. Ze herinnerde zich dat het beeld van precies die rozen bij haar op was gekomen, gisteren in de ambulance. Ze liep naar de kaptafel en bestudeerde ze even. Van wie had ze die rozen gekregen? En waarom stonden ze in haar slaapkamer, terwijl ze zulke boeketten superlelijk vond?

Er stond een kaartje naast de vaas. Nick? Nick wilde haar weer terug en was even vergeten dat ze niet van rozen hield? Nick 'wilde een punt maken' door haar rozen te sturen terwijl hij donders goed wist dat zij die lelijk vond?

Ze pakte het kaartje op en las: *Lieve Alice, ik hoop dat we die dag nog een keer over kunnen doen – de volgende keer als de zon schijnt? Dominick.*

O, mijn god, ze was aan het daten.

Ze plofte op het voeteneind van het bed en hield het kaartje tussen haar ongelovige vingers.

Daten hoorde bij haar verleden, en niet bij haar toekomst. Ze vond er vroeger ook al niks aan. Dat ongemakkelijke, gevangen gevoel als je voor het eerst samen in een auto zat; die voortdurende angstaanjagende mogelijkheid dat er een stukje eten tussen je tanden zat; dat plotselinge gevoel van uitputtende verveling als je wist dat het jouw beurt was om met het volgende gespreksonderwerp te komen. *Wat doe jij graag in de weekenden?*

Ja, tuurlijk, er was niks leukers dan een date waaraan alles klopte. Ze kon zich de euforie nog herinneren van die eerste paar afspraakjes met Nick. Zo hadden ze op een avond zitten kijken naar het vuurwerk op Australia Day, in een bar in de Rocks. Ze had een enorme, romige cocktail in haar hand en Nick vertelde een verhaal over een van zijn zusjes en hij was zo geestig en zo sexy en haar haar zat helemaal goed en haar schoenen knelden niet en er dreven chocoladekrullen boven op haar cocktail en Nicks hand masseerde haar onderrug en ze was zo intens gelukkig dat ze er bang van werd. Want voor dit soort gelukzaligheid moest je ongetwijfeld een hoge prijs betalen. (Was dit soms de prijs? Al die jaren later? Dat hij haar uitschold door de telefoon, vanaf de andere kant van de wereld? Had ze eindelijk de exorbitant hoge rekening gepresenteerd gekregen?)

Een date met een man die niet Nick was zou saai zijn, en ongemakkelijk en stom. Dominick. Wat een belachelijke naam.

In een plotselinge vlaag van woede pakte ze het kaartje en scheurde het in kleine stukjes. Hoe kon ze Nick zo verraden, hoe kon ze deze bloemen ijskoud in haar slaapkamer neerzetten?

En dan was er nog die andere man – die fysiotherapeut in Melbourne – die haar zijn kaartje had gestuurd waarop hij had geschreven over 'gelukkiger tijden'. Wie was dat dan? Was ze dan al bezig aan haar twééde relatie sinds haar breuk met Nick? Was ze ineens een sloerie geworden? Een puntenmakende sloerie die naar de sportschool ging en die haar geliefde zusje teleurstelde en die cocktailfeestjes voor kleuterschoolmoeders gaf? Ze haatte de vrouw die ze geworden was. Het enige wat eraan deugde, waren de kleren.

Aan dit alles moest een eind komen. Ze wilde Nicks muntjes

en zijn gympen weer in haar slaapkamer, en die rozen moesten weg.

Ze ging op bed liggen. Elisabeth was beneden aan het bellen met dat mens, ene Kate Harper, om dat feestje van vanavond af te blazen.

Alice kroop over het bed, trok de dekens weg en gleed tussen de frisse, schone lakens, nog altijd in haar rode jurkje.

Ze keek naar het plafond (gestuukt en geschilderd; de watervlekken en scheuren waren verdwenen, alsof ze er nooit hadden gezeten) en dacht aan dat moment in de badkamer van het ziekenhuis, toen het leek alsof ze regelrecht in al haar herinneringen zou duiken. Het was alsof ze daar opzettelijk weerstand aan had geboden, alsof ze terugstapte van de rand terwijl ze zich eigenlijk had moeten laten vallen. Het zou veel gemakkelijker en veel minder verwarrend zijn als ze zich gewoon weer kon herinneren wat er in godsnaam allemaal speelde in haar leven. Ze rook aan haar pols, op de plek waar ze het parfum op had gespoten, maar deze keer kwamen er alleen maar vreemde, halfherinnerde gevoelens boven; die waren zwak en glibberig, en verdwenen voor ze ze zelfs maar kon benoemen.

Dit was niet het allerergste wat haar ooit was overkomen, dacht ze terwijl de slaap zich van haar meester maakte. Dit was hooguit het allerbelachelijkste.

Toen ze weer wakker werd zat Frannie aan haar voeteneind met een cadeautje in haar hand.

'Zo, slaapkop.'

'Hallo.' Alice glimlachte opgelucht, want Frannie zag er precies zo uit als ze eruit hoorde te zien. Ze droeg een vertrouwde, zachtroze blouse, helemaal tot boven dichtgeknoopt, die Alice al zo vaak had gezien, althans eentje die erop leek, en een nette, grijze pantalon. Ze zat daar met een kaarsrechte rug, als een elfje. Ze had kort wit haar, dat ze achter haar piepkleine oortjes had gestreken, en haar huid was roomwit. Om haar hals droeg ze haar leesbril aan een gouden ketting.

Alice zei blij: 'Jij bent totaal niet veranderd. Je ziet er nog net zo uit als altijd.'

'Je bedoelt nog net zoals tien jaar geleden?' Frannie zette haar bril recht op haar neus. 'Er was denk ik geen ruimte voor nog meer rimpels. Hier.' Ze overhandigde Alice het cadeautje. 'Je vindt er waarschijnlijk niks aan, maar ik wilde je gewoon iets geven.'

Alice kwam overeind. 'Natuurlijk vind ik het wel leuk.' Ze pakte een busje talkpoeder uit. 'Lekker.' Ze draaide aan het deksel, strooide wat poeder in haar hand en rook eraan. Het was een simpele bloemengeur die haar nergens aan deed denken. 'Dank je wel.'

'Hoe voel je je?' vroeg Frannie. 'Je hebt ons wel flink laten schrikken.'

'Ik voel me prima,' zei Alice. 'Een beetje gek. Soms heb ik het gevoel dat ik op het punt sta om me alles weer te herinneren, maar soms voelt het ook als een heel grote practical joke. Alsof jullie allemaal net doen of ik negenendertig ben, terwijl iedereen heel goed weet dat ik straks pas dertig word.'

'Dat gevoel ken ik, ja,' zei Frannie peinzend. 'Laatst werd ik nog wakker met het gevoel dat ik negentien was. Maar toen liep ik de badkamer in, en toen zag ik een oude dame die me aanstaarde in de spiegel en daar schrok ik echt van. Ik dacht: wie is dat akelige ouwe besje?'

'Je bent geen oud besje.'

Frannie wuifde smalend met haar hand. 'Hoe dan ook, ik denk dat jij een zenuwinzinking hebt. Ja, kijk me maar niet zo aan! Dat kan nu eenmaal gebeuren, en jij hebt de laatste tijd ook zoveel stress. Met de scheiding en alles...'

'Ja, nu je het daar toch over hebt. Waarom gaan we eigenlijk uit elkaar?' viel Alice haar in de rede. Ze kon het woord 'scheiding' zelf niet in de mond nemen. Frannie zou niks voor haar achterhouden; die zou het haar recht voor zijn raap vertellen.

Maar Frannie zei: 'Ik heb werkelijk geen idee. Dat is iets tussen jou en Nick. Het enige wat ik weet is dat jullie het er roerend over eens zijn. Een verzoening lijkt me uitgesloten. Dus moeten we allemaal ons mond erover houden en het gewoon maar accepteren.'

'Maar je hebt er toch wel een mening over? Jij hebt altijd overal een mening over!'

Frannie glimlachte. 'Ja, dat is meestal wel zo, hè? Maar in dit geval heb ik echt geen idee. Je hebt me niet in vertrouwen genomen. Het is ontzettend verdrietig voor de kinderen. Vooral die vreselijke voogdijzaak waar jullie nu in verwikkeld zijn. Daar ben ik het helemáál niet mee eens, zoals je weet.'

'Nee, dat weet ik niet. Ik kan me er niks van herinneren.'

'O, nou, ik heb je anders duidelijk verteld hoe ik erover denk. Iets te duidelijk zelfs.'

'Denk je dat ik hem nog terug kan krijgen?' vroeg Alice.

'Wie, Nick? Maar je wilt hem helemaal niet terug,' zei Frannie. 'Ik heb je woensdag nog gesproken en toen vertelde je dat je bloemen had gekregen van een of andere nieuwe kerel. Je was er heel blij mee.'

Alice keek misprijzend naar de rozen en zei zuur: 'Ik dacht dat je zei dat ik zo gestrest was.'

'Nou, ja, je bent ook gestrest, maar daarom was je nog wel blij met die bloemen,' antwoordde Frannie.

Alice slaakte een zucht. 'Hoe is het eigenlijk met jou, Frannie? Je woont toch nog wel gewoon naast mama, hè?'

'Nee, liefje.' Frannie gaf Alice een klopje op haar been. 'Ik ben vijf jaar geleden naar een aanleunwoning verhuisd. Vlak nadat je moeder bij Roger ingetrokken is.'

'O. Nou, en is het daar leuk? Heb je het er naar je zin?'

'Leuk,' zei Frannie. 'Daar gaat het tegenwoordig allemaal om, hè? Alles moet maar leuk en luchtig zijn.'

'Niet alles, natuurlijk.'

'Vind jij dat ik gevoel voor humor heb?' vroeg Frannie. Ze keek Alice op een verbazend kwetsbare manier aan.

'Natuurlijk heb jij gevoel voor humor!'

'En zeg eens even, wat vind jij van euthanasie?'

Alice knipperde met haar ogen. Toen schoot ze in paniek overeind.

'Frannie, wat is er allemaal aan de hand? Ben je ziek?'

'Nee, nee, mijn gezondheid is prima. Ik ben alleen in het onderwerp geïnteresseerd. Ik bedoel, op mijn leeftijd wil ik graag mijn mogelijkheden weten. Dat is toch helemaal niet zo gek? Het lijkt mij een onderwerp waar je het wel over moet hebben.'

Ze zei het bijna geërgerd.

'Ja, dat ben ik wel met je eens, maar... weet je zeker dat alles goed met je is? Waarom zou je over dit soort dingen nadenken als je helemaal niet ziek bent?'

Frannie slaakte een zucht en glimlachte. Ze was niet zo lacherig, dus een glimlach van haar was altijd een geschenk. 'Ik zweer het, ik ben niet ziek. Ik ben alleen... geïnteresseerd. Kom, laten we naar beneden gaan. Je moeder is een lunch aan het klaarmaken.'

Terwijl ze naar beneden liepen bekeek Alice Frannie eens goed. Ze zag er wel brozer uit, en ze hield zich stevig vast aan de trapleuning.

'Alice, lieveling! Ik wilde je net halen!'

'Alles goed, Roger?' vroeg Alice, die zich rot schrok toen ze hem beneden bij de trap zag staan. Zo zonder Nick sloeg het nergens op dat hij hier was. Als hij op bezoek kwam, dan bereidde je je daarop voor, althans, je wapende je tegen hem. Hij was niet iemand die je van onder aan je eigen trap hoorde te begroeten alsof hij daar thuishoorde.

'Ik ben zo fit als een hoentje,' baste Roger. 'Jij bent degene waar we ons zorgen om moeten maken!' Toen ze onder aan de trap was, nam Roger Alice bij de elleboog en begeleidde haar naar de zitkamer, zijn vingers zorgvuldig tegen haar onderrug geplant.

'Heb je goed geslapen, Alice?' vroeg haar moeder, die de keuken uit kwam lopen terwijl ze haar vingers afveegde aan een schort. 'Rust is het allerbeste, denk ik. Ik neem aan dat je inmiddels alles wel weer weet?' Ze wachtte niet op antwoord. 'Frannie, lieverd, wat is een goede stoel voor jou? Als je maar niet op de tocht gaat zitten.'

'Hou eens op met dat bezorgde gedoe, Barbara!' viel Frannie naar haar uit terwijl Barb haar in een stoel hielp.

Gelukkig droeg Barb niet meer van die exotische salsakleren, zoals gisteren. Nu had ze een nogal laag uitgesneden T-shirt aan met een driekwartbroek. Haar haar droeg ze in een zwierig staartje. Alice keek gefascineerd naar de ontspannen manier waarop haar moeder haar hoofd koket schuin hield terwijl ze Roger aankeek.

'Ik heb een lekkere tonijnsalade gemaakt voor de lunch. Dat heb ik speciaal voor jou gedaan, Alice, omdat vis goed is voor de hersenen. Roger en ik slikken elke dag visolie, hè schat?'

'Schat.' Haar moeder noemde Roger net 'schat'.

Roger leek in de afgelopen tien jaar niet veel veranderd. Hij was nog altijd bruin en elegant en erg met zichzelf ingenomen. Was hij onder het mes geweest? Alice zag hem ertoe in staat. Hij droeg een roze polo, met een gouden ketting die tegen zijn grijzende borsthaar aan lag. Zijn korte broek zat een tikje te strak, en toonde zijn gespierde bruine benen.

Terwijl Barb de keuken weer in liep, gaf Roger haar een speelse, weinig discrete tik tegen de billen. Alice wendde haar blik vol weerzin af. (Ze kon zich nog herinneren dat Roger het altijd over zijn waterbed had. 'De vrouwtjes zijn er dol op,' had hij weleens tegen Alice gezegd.)

Frannie grinnikte even en legde vol medeleven haar hand op die van Alice. Alice zocht afleiding door de lange vurenhouten tafel voor zich te inspecteren. Ze had van deze tafel gedroomd, in het ziekenhuis. Nick zat aan deze tafel terwijl zij de keuken opruimde en hij zei iets wat ze niet begreep. Wat was dat ook alweer?

Elisabeth kwam de kamer in en slingerde haar tas over haar schouder. 'Ik moet gaan.'

'Waar ga je heen?' vroeg Alice wanhopig. Ze kon wel wat

steun gebruiken met het oog op Roger en haar moeder. 'Kom je wel terug?'

Elisabeth keek haar vreemd aan. 'Ik heb met een paar mensen afgesproken voor de lunch, maar als je wilt kom ik straks wel weer terug.'

'Met wie dan?' vroeg Alice, in een poging haar langer vast te houden. 'Met wie heb je afgesproken?'

'Gewoon, met wat vrienden,' zei Elisabeth ontwijkend. 'Hé, je moet de telefoon even goed in de gaten houden, want ik heb drie keer ingesproken bij die Kate Harper over het feestje van vanavond, maar ze heeft nog niet teruggebeld.' Ze keek Alice aan. 'Je ziet nog steeds vreselijk bleek. Ik denk dat je na de lunch maar weer naar bed moet gaan.'

'O, daar ben ik het helemaal mee eens!' riep hun moeder terwijl ze met een glazen slakom uit de keuken kwam. 'Maak je maar geen zorgen, ik stuur haar meteen na het eten naar boven. We zullen er wel voor zorgen dat je weer helemaal de oude bent voor die kleine monsters terug zijn.'

Alice keek naar die grote glazen slakom die haar moeder vasthad, en zomaar ineens kwam de naam 'Gina' bij haar op.

Het gaat altijd weer over Gina, hè? Gina, Gina, Gina. Ja, dat was het. Dat is wat ze zich herinnerde, of wat ze droomde dat Nick zei toen hij aan deze tafel zat.

'Wie is Gina?' vroeg Alice.

Het werd heel erg stil in de kamer.

Frannie schraapte haar keel. Roger keek naar de grond en frunnikte wat aan zijn ketting. Barb bleef als aan de grond genageld in de keuken staan en drukte de slakom tegen haar buik. Elisabeth kauwde driftig op haar lip.

'Nou, wie is dat?' vroeg Alice.

Elisabeths huiswerk voor dokter Hodges

Iets waar ik veel over heb nagedacht is hoe ik me zou voelen als er een gat van tien jaar in mijn geheugen was geslagen. Welke dingen mij dan zouden verbazen, waar ik blij om zou zijn, of verdrietig, wat betreft mijn leven en hoe dat er nu uitziet.

Tien jaar geleden kende ik Ben nog niet eens. Dus hij was een vreemde voor me geweest. Een grote, enge, harige vreemdeling in mijn bed. Hoe had ik aan mijn oude ik uit moeten leggen dat ik per ongeluk verliefd ben geworden op deze zwijgende beer van een vent die neonreclames ontwerpt voor de kost en die vooral geïnteresseerd is in auto's? Voor ik Ben ontmoette was ik zo'n meisje dat zich expres schattig van den domme hield als het over auto's ging. Ik beschreef ze in termen van omvang en kleur. Een grote witte auto. Zo'n kleine blauwe. Maar nu kan ik alle merken en modellen onderscheiden. Ik kijk naar de formule 1-races. Soms blader ik zelfs door zijn tijdschriften.

Houdt u van auto's, dokter Hodges? U lijkt me eerder een type dat naar galeries gaat en naar de opera. Ik heb een foto gezien van uw vrouw en twee kleine kinderen; die staat op uw bureau. Elke sessie, als u mijn kwitantie schrijft, kijk ik daar even stiekem naar. Ik durf te wedden dat uw vrouw zo zwanger was. Bent u weleens dankbaar dat u niet bent opgezadeld met een onvruchtbaar schepsel als ik? Werpt u weleens een warme blik op die foto als ik de kamer uit loop en denkt u dan: goddank kan mijn vrouw wel goed werpen? Als dat zo is, dan vind ik dat niet erg, hoor. Het is vast en zeker aangeboren, het is gewoon biologie, dat een man een vrouw wil die hem kinderen kan geven. Dat heb ik weleens aangekaart bij Ben. Ik zei dat hij het me vast stiekem kwalijk nam en dat ik dat prima kon begrijpen. Hij werd me toch boos! Zo boos heb ik hem nog nooit gezien. 'Dat wil ik nooit meer van je horen,' zei hij. Maar ik durf te wedden dat dat de reden is waarom hij zo boos was; omdat het waar was.

Voor ik Ben kende, ging ik altijd voor vlot van de tongriem gesneden, succesvolle types. Ik was nog nooit uit geweest met een man die een gereedschapskist had vol met, nou u weet wel, schroevendraaiers en zo. Het is gênant hoe opwindend ik het vond toen ik Ben voor het eerst een grote, vettige krik uit die gereedschapskist zag halen. Mijn vader had ook een gereedschapskist. Dus misschien zat ik onbewust te wachten op een man met een gereedschapskist. Ik durf te wedden dat u geen gereedschapskist hebt, dokter Hodges, of wel soms? Nee. Dat dacht ik al.

Ik dacht altijd dat een van de belangrijkste voorwaarden waaraan een man wat mij betrof moest voldoen, was dat hij goed was tijdens dinertjes. Zoals Nick van Alice. Maar Ben is hopeloos tijdens dinertjes. Hij lijkt altijd veel te groot voor zijn stoel, en hij ziet er zo gevangen uit. Net alsof ik een grote, tamme chimpansee heb meegenomen. Soms gaat het wel, als hij toevallig naast een andere man zit (of een vrouw, het is geen macho) met wie hij het over auto's kan hebben, maar meestal is hij doodongelukkig, en hij haalt opgelucht adem als we weer in de auto zitten, alsof ze hem net uit de gevangenis hebben vrijgelaten.

Gek eigenlijk. Ik heb al die jaren met mama en Alice gezeten, die ook zo panisch waren voor sociale gebeurtenissen. 'O, nee!' zeiden ze dan tragisch, en dan dacht je dat er vast iemand was overleden, maar dan bleek dat iemand ze ergens voor had uitgenodigd, een feestje of een lunch, waar ze alleen die ene persoon kenden. En dan zaten ze druk te beredeneren hoe ze eronderuit konden. Mijn hemel, wat deden ze dan dramatisch, en wat hadden ze met elkaar te doen. 'O, arme jij! Wat vreselijk voor je! Je moet niet gaan, hoor.' Ik haatte het, en toch ben ik getrouwd met een man die dat soort dingen ook uitzit. Hij is niet zo verlegen als zij waren, en hij krijgt geen vlinders in zijn buik en maakt zich ook niet druk om wat de mensen van hem zouden kunnen denken. Ik geloof niet dat hij überhaupt ergens onzeker over is. Maar hij is gewoon niet zo'n prater en hij heeft werkelijk geen greintje talent voor koetjes en kalfjes. (Terwijl mama en Alice juist wel graag kletsten en ook in andere mensen geïnteresseerd waren. Zij waren net atleten in een rolstoel.)

Ben en ik gaan bijna nooit meer naar etentjes. Ik haat ze. Ik ben mijn vermogen om te kletsen totaal kwijt. Ik luister naar hoe mensen praten over hun interessante, rijke levens. Ze trainen voor marathons, ze leren Japans, ze gaan kamperen met de kids en ze verbouwen de badkamer. Zo'n leven had ik vroeger ook. Ik was boeiend en actief en overal van op de hoogte. Maar nu draait mijn leven nog maar om drie dingen: werk, tv en ivf. Ik heb geen enkele anekdote meer in huis. Mensen vragen: 'Elisabeth, wat doe jij zoal tegenwoordig?' en dan moet ik me inhouden om niet met een compleet medisch verslag te komen.

Ik begrijp best dat heel zieke mensen en oudjes zo dwangmatig over hun gezondheid praten. Mijn onvruchtbaarheid neemt alle ruimte in mijn hoofd in beslag.

Wat is alles toch veranderd. Nu ben ik degene die kreunt als iemand me vrolijk opbelt met de vraag of ik zaterdag iets te doen heb, terwijl Alice cocktailparty's geeft en mama drie keer in de week gaat salsadansen.

Alice kan niet geloven dat ze drie kinderen heeft. Ik zou niet geloven dat ik er niet een had. Ik had nooit gedacht dat het zo moeilijk zou zijn om zwanger te worden. Natuurlijk niet, dat denkt niemand van tevoren. Dat maakt mij niet bepaald uniek. Maar ik verwachtte wel zoveel andere medische problemen. Onze vader is gestorven aan een hartaanval, dus ik ben altijd bang geweest voor zelfs het kleinste beetje brandend maagzuur. Twee van mijn grootouders, aan beide kanten van de familie, zijn overleden aan kanker, dus ik verwacht voortdurend dat de kankercellen zullen toeslaan. Ik ben ook heel lang bang geweest dat ik MS zou krijgen, alleen omdat ik een keer een zielig artikel heb gelezen over een man die dat had. De eerste keer dat hij merkte dat er iets mis was, stond hij op de golfbaan en kreeg hij pijn aan zijn voet. Dus bij het minste kriebeltje aan mijn voet denk ik: ja hoor, daar zul je het hebben. Ik vertelde Alice over het artikel en zij begon zich ook zorgen te maken. We deden onze hakken uit en masseerden onze pijnlijke voeten en zaten te bomen over hoe we het zouden redden in een rolstoel, terwijl Nick met zijn ogen rolde en zei: 'Zijn jullie eigenlijk wel goed bij je hoofd?'

Alice is de andere reden waarom ik nooit rekening had gehouden met onvruchtbaarheid. We zijn altijd zo gelijk opgegaan, wat onze gezondheid betrof. We kregen in de winter altijd allebei zo'n irritant droog hoestje dat precies een maand aanhield. We hebben zwakke knieën, zien allebei slecht, hebben allebei een lichte zuivelintolerantie en allebei een prima gebit. Dus toen het haar geen moeite kostte om zwanger te worden, dacht ik dat dat voor mij ook op zou gaan.

Het is dus Alice' fout dat ik me nooit voldoende druk heb gemaakt over mijn vruchtbaarheid. Ik heb het nooit kunnen bezweren door erover te piekeren. Nou, die fout zal ik niet nog eens maken. Ik maak me dan ook tegenwoordig elke dag expres bezorgd over Ben die een dodelijk auto-ongeluk krijgt, op weg naar zijn werk. Ik maak me expres regelmatig zorgen over de kinderen van Alice – daarbij werk ik dan een hele lijst vreselijke kinderziekten af. Elke avond voor het slapengaan maak ik me zorgen dat iemand van wie ik hou die nacht komt te overlijden. En elke morgen ben ik bang dat diezelfde mensen omkomen bij een terroristische aanslag. Dan hebben de terroristen dus gewonnen, zegt Ben. Hij snapt niet dat ik juist tegen de terroristen vecht door me zorgen over hen te maken. Het is mijn hoogstpersoonlijke Oorlog tegen de Terreur.

Dat was een grapje, dokter Hodges. U begrijpt mijn grapjes niet altijd. Ik weet ook niet waarom ik wil dat u om me lacht. Ben vindt me wel geestig. Hij heeft zo'n onverwachte bulderlach waarmee hij zijn goedkeuring toont. Tenminste, vroeger, toen ik nog niet zo'n geobsedeerde saaie trien was, die het maar over één ding kan hebben.

Ik denk dat het verstandig is om het onderwerp 'piekeren' een keer af te handelen tijdens een van onze sessies, want ik zie ook wel dat het niet meer is dan dom bijgeloof en dat het heel kinderachtig is – alsof ik het centrum van het universum ben en alsof mijn gedachten ook daadwerkelijk iets kunnen veranderen. Maar ik kan al raden wat voor scherpzinnige opmerkingen u dan zou maken, en wat voor schrandere vragen u zou stellen in een poging om me een heus eureka!-moment te bezorgen. Het lijkt me dus nogal onzinnig en saai. Ik hou toch niet op met piekeren. Ik ben dol op piekeren. Ik stam ook af van een lange lijn van piekeraars, dus het zit me in het bloed.

Ik wil alleen graag dat u ervoor zorgt dat het niet meer zo'n pijn doet, dokter Hodges. Daar betaal ik u ook ruimhartig voor. Ik wil me gewoon weer mezelf voelen.

Maar ik dwaal af. Het punt was dat ik geprobeerd heb om me voor stellen hoe het zou zijn als ik mijn geheugen kwijt was. Dus ik val op mijn hoofd en kom tot de ontdekking dat het 2008 is en dat ik ineens heel dik ben en dat Alice ineens heel dun is, en dat ik getrouwd ben met ene Ben.

Ik vraag me af of ik weer verliefd zou worden op Ben. Dat zou wel leuk zijn. Ik weet nog hoe het me langzaam besloop, als die tergend trage elektrische deken die bijna onmerkbaar mijn verkleumde voeten ontdooide, seconde na seconde, totdat ik dacht: hé, ik lig al een poosje niet meer te rillen. Ik heb het zelfs weer warm. Lekker warm. Zo ging dat ook met Ben. Ik ging van 'Ik moet deze jongen niet zo aan het lijntje houden terwijl ik totaal niet geïnteresseerd ben in hem' via 'Zo beroerd ziet hij er eigenlijk helemaal niet uit' naar 'Wacht even, ik ben eigenlijk stapelgek op hem'.

Ik vraag me af of Ben me zou beschermen voor slecht nieuws, zoals wij om bepaalde onderwerpen heen dansen bij Alice. Hij kan absoluut niet liegen. 'Hoeveel kinderen hebben wij?' zou ik dan vragen, en dan zou hij mompelen: 'Nou, we hebben niet zoveel geluk gehad wat dat betreft,' en dan zou hij aan zijn kin krabben en zijn keel schrapen en wegkijken.

Ik zou bazig aandringen op details, en uiteindelijk moest hij dan wel over de brug komen.

'*De afgelopen zeven jaar ben je drie keer zwanger geweest door ivf en twee keer spontaan. Geen van die theoretische baby's zijn echte baby's geworden. Het langste wat je ooit hebt gehaald was zestien weken, en die keer is ons hart echt gebroken. Zo erg, dat we dachten dat we er nooit meer overheen zouden komen. Daarnaast heb je nog acht rondjes ivf gehad. Ja, dat heeft je wel ver-*

anderd. Ja, dat heeft ons huwelijk wel veranderd, en jouw relatie met je familie en je vrienden. Je ging in therapie na een gênant incident in een koffietent. Ja, dat heeft allemaal handenvol geld gekost, maar daar hebben we het liever niet over.'

(Ik heb in werkelijkheid zes keer een miskraam gehad, dokter Hodges. Maar dat weet Ben niet. Ik was toen pas vijf weken, dus dat telde eigenlijk niet. Ben was vissen met een vriend en ik had de zwangerschapstest pas de dag ervoor gedaan, en de volgende dag kreeg ik een bloeding, en dat was het dus. Hij was zo blij en zo smerig en zo verbrand door de zon toen hij thuiskwam, dat ik het hart niet had het hem te vertellen. Het was gewoon weer een zuiver theoretisch verlies. Weer een piepklein astronautje verdwaald in de ruimte.)

Dus wat zou ik tegen Ben zeggen na dat lange, zielige verhaal?

Dat is dus het punt, dokter Hodges, want ik kan me die oude, doelgerichte ik nog goed voor de geest halen en mijn eerste gedachte is dat ik iets zou zeggen als: 'Als het niet meteen wil lukken: gewoon doorgaan.' Ik was per slot van rekening de vrouw die de dag begon met een blik op de foto van een besneeuwde bergtop met daaronder een citaat van Leonardo da Vinci: 'Ik deins niet terug voor obstakels; elk obstakel wijkt voor vastberadenheid.'

Da's een goeie, Leonardo.

Maar hoe meer ik erover nadenk, des te meer geloof ik dat ik misschien maar niks motiverends meer moet zeggen.

Het zou goed kunnen dat ik kordaat mijn handen op mijn knieën sla en zeg: 'Het is hoog tijd dat je de handdoek in de ring gooit.'

15

Het was haar moeder die de stilte uiteindelijk verbrak. 'Gina was een vriendin van je,' zei ze. Ze zette de slakom op tafel, zonder Alice aan te kijken. 'Ik geloof zelfs dat je deze kom van haar cadeau hebt gekregen. Dat is waarschijnlijk de reden dat ze je te binnen schiet.'

Alice keek naar de kom en sloot haar ogen. Ze zag verkreukeld geel papier voor zich. Ze proefde champagne. Wellicht hoorde er ook wat vrouwengegiebel bij. Maar verder kwam er niks.

Ze deed haar ogen weer open. Iedereen keek naar haar.

'Nou, ik moet echt gaan,' zei Elisabeth met een blik op haar horloge.

Ineens kwamen ze allemaal in actie. 'Mijn auto heeft die van jou ingesloten, geloof ik,' zei Roger opgelucht, en hij trok zijn enorme sleutelbos uit zijn broekzak en sprong op.

'Niet vergeten om op te letten of die Kate je nog terugbelt!' riep Elisabeth terwijl ze haastig de kamer uit liep. 'Anders zit je vanavond alsnog met dat feestje.'

'Ik kom je wel even uitzwaaien.' Barb liep achter Elisabeth aan de hal in, overduidelijk omdat ze haar nog even alleen wilde spreken.

Toen ze alleen achtergebleven was met Frannie, plukte Alice een cherrytomaatje uit de salade en zei: 'Dus waar ken ik die Gina dan van?'

'Ze woonde aan de overkant,' zei Frannie. 'Ik geloof dat ze vlak voor de geboorte van Olivia zijn verhuisd. Kun je je haar dan echt helemaal niet meer voor de geest halen?'

'Nee. Dus ze woont nu niet meer tegenover me?'

Frannie was even stil. Ze leek te zoeken naar de juiste woorden. 'Nee,' zei ze. 'De familie is weer terugverhuisd naar Melbourne. Nog niet zo lang geleden.'

Ineens begreep Alice hoe het zat.

Er was iets geweest tussen die Gina en Nick. Dat verklaarde alles. Dat was dus ook waarom iedereen zo ongemakkelijk deed.

Gina. Ja. Die was zonder meer verbonden aan een of andere rauwe pijn.

Waarom dacht ze dat de ontrouw aan haar deur voorbij zou gaan? Het gebeurde toch altijd en overal? Het was typisch zo'n morsig soapgedoe dat wel iets komisch had als het een ander overkwam maar dat aardschokkend afschuwelijk was als het jezelf overkwam.

Alice dacht aan die arme Hillary Clinton. Stel je eens voor dat de hele wereld weet dat je man je heeft bedrogen, en nog wel op zo'n slórdige manier. Als het Bill Clinton al overkwam (en je zou toch zeggen dat een baan als president van de Verenigde Staten genoeg afleiding biedt), dan kon dat met Nick al helemaal gebeuren.

Ze waren tenslotte ook al langer dan tien jaar getrouwd, bedacht ze met een schok. Misschien dat Nick een beetje last had gekregen van de seven-year itch (wat toch praktisch een medisch verschijnsel was; hij kon er dus ook niets aan doen) en toen had dat vreselijke manipulatieve mens misbruik van hem gemaakt, en hem verleid.

Het kreng.

Hij was waarschijnlijk dronken geweest. Het was vast bij een slippertje gebleven. Misschien dat Nick haar een keer had gezoend op een of ander feestje (Snel! Het stelde echt niks voor) en had Alice wat overdreven gereageerd, en had Nick wel zijn excuses aangeboden maar had zij haar poot stijf gehouden (stom!) en gingen ze nu scheiden. Dan was het dus Alice' schuld. En die van Gina.

Ze was vast heel mooi.

De gedachte aan haar schoonheid, en de gedachte dat Nick haar heel mooi zou vinden, gaf zo'n steek van pijn dat ze hardop kreunde.

'Weet je het weer?' vroeg Frannie gespannen.

'Ik geloof van wel.' Alice masseerde haar voorhoofd.

'Ach, schat,' zei Frannie en toen Alice opkeek en het intense medeleven op haar grootmoeders gezicht zag, wist ze dat het niet bij die ene kus was gebleven.

Hoe kon je, Nick? Ze zou zondagavond zeker haar armen niet om zijn hals slaan. Ze zou met haar vuisten tegen zijn borst stompen. Wat gemeen van hem om haar zich eerst zo veilig te laten voelen in hun relatie, zo zelfingenomen, zo gelukkig, en om dat dan allemaal in een kwaadaardige beweging weer van haar af te pakken. Wat gemeen om haar zo voor schut te zetten.

Toch was Hillary ook bereid geweest achter haar man te blijven staan terwijl zijn zaadvlekken op de jurk van een andere vrouw waren aangetroffen.

Alice bedacht dat die hele affaire met Monica Lewinsky nu ook al tien jaar geleden had gespeeld. Ze vroeg zich af of dat huwelijk het had gered.

De telefoon ging.

Alice stond automatisch op om te antwoorden.

'Hallo?'

'Alice? Met Kate! Ik had miljoenen dingen te doen en ik luister net pas die boodschappen van je zusje af! Ik was zo bezorgd toen ik je gisteren in de sportschool zag, ik heb het iedereen verteld, en ik had je nog willen bellen, maar het is momenteel zo'n gekkenhuis, zoals je weet, en toen zei Melanie dat ze je in een auto had zien lachen, bij de stoplichten bij Roseville, dus ik dacht: poeh, gelukkig, dus alles is goed met haar! Maar nu zegt je zusje dat je waarschijnlijk nog te ziek bent om het feestje bij jou te houden?'

Alice herkende die vreselijk bekakte stem. Het was die blonde tuttebel die ze gisteren in de sportschool had gezien, vlak voor ze over haar nek ging over de schoenen van George Clooney.

'Ach,' zei Alice.

'Normaal zou ik zeggen: tuurlijk, geen probleem, kom maar hier. Maar met de verbouwing en nu Sams moeder bij ons logeert is het echt letterlijk, fysiek onmogelijk. Ik bedoel, je hoeft echt niks te doen vanavond, echt helemaal niks, als je nog een beetje hoofdpijn hebt. Ik regel alles. Ik moet toegeven dat ik mezelf ook niet helemaal honderd procent voel, maar het gaat wel, gewoon een beetje grieperig. Melanie zei nog tegen me: "Je bent echt net Superwoman, Kate, hoe doe je dat toch allemaal?" en ik zei: "Nou, nee hoor, Melanie, ik ben geen Superwoman, ik ben een heel uitgeputte mevrouw die doet wat ze kan." Sam zegt dat ik moet leren om ook eens nee te zeggen, en om niet steeds iedereen voorrang te geven boven mijzelf, maar ik kan er niks aan doen, ik ben nu eenmaal altijd al zo geweest. Hoe dan ook, zoals ik al zei, als je nog een beetje last hebt van je hoofd, dan kun je echt lekker blijven zitten, ik beloof het, en dan zorgen wij wel allemaal dat jij je natje en je droogje krijgt, hoor. Ik bedoel, je hoeft ook niet voor het eten te zorgen of wat ook.'

Alice werd bevangen door een vreemd soort inertie terwijl Kate aan het woord was. Was deze vrouw werkelijk haar vriendín? Alice kon zich niet indenken dat ze langer dan vijf minuten met zo iemand zou willen praten. Dan had ze nog liever de kortaffe kattigheid van Jane Turner dan de zoetsappige nuffigheid met de messcherpe randjes van dit mens.

'O, oké, prima,' zei ze.

Wat maakte het uit als er vanavond honderden wildvreemde mensen bij haar op de stoep stonden? Haar leven was toch al een nachtmerrie en ze kon het net zo goed op zijn afgrijselijke beloop laten.

'Dus dan laten we het zoals het is? Nou, de goden zij dank. Ik wist wel dat ik op je kon rekenen! Ik dacht al, je zusje zit er vast naast. Zij is toch die verbitterde, rare carrièrevrouw met al die vruchtbaarheidsproblemen, of niet? Die zal wel geen idee hebben van wat een moeder allemaal voor bergen kan verzetten als het moet! Goed, ik moet gauw hangen, tot vanavond. Ik heb er zin in. Nou, doeg!'

En de verbinding werd verbroken. Alice gooide de telefoon zo hard op de haak dat het toestel ervan natrilde. Hoe durfde dat vreselijke mens zulke dingen over Elisabeth te zeggen? Ze dacht aan het verdriet op Elisabeths gezicht toen ze het had over de hartslag van haar kindje, en ze had zin om dat mens op haar elegante neus te timmeren.

'Gaat het wel goed?' vroeg Frannie.

Maar betekende dit soms dat Alice tegen Kate Harper had zitten klagen over Elisabeth? Waren de woorden 'verbitterde, rare carrièrevrouw' uit haar eigen verradersmond gerold?

'Alice?'

Frannies stem had een oudevrouwentrillertje gekregen. Alice zag haar ineens zoals een vreemde haar zou zien: klein en frêle.

Ze vermande zich. Ze was bijna dertig, o nee, bijna veertig. Ze kon niet meer uithuilen bij haar grootmoeder.

'Het is allemaal prima, hoor,' zei ze. 'Ik heb tegen die Kate Harper gezegd dat we het feestje gewoon hier kunnen houden.'

'Heb je dat gezegd?' Haar moeder kwam de kamer weer in gelopen, met Roger achter zich aan. 'Kun je dat wel aan?'

'Tuurlijk,' zei Alice. 'Waarom niet?'

'Ze weet nog van Gina,' zei Frannie.

'Ach, liefje,' zei Barb terwijl Rogers gezicht in een walgelijk bedroefde uitdrukking vertrok, waaruit kennelijk zijn medeleven moest blijken.

Alice herinnerde zich nog dat Roger ook een paar affaires had gehad toen hij nog met Nicks moeder getrouwd was. 'Ik vrees dat mijn ex nogal een schuinsmarcheerder was,' had Nicks moeder haar eens verteld, en Alice was onder de indruk van de manier waarop ze zelfs dat feit elegant en chic kon laten klinken.

Beduvelde Roger haar moeder nu ook?

Het was misschien niet zo verbazingwekkend dat Nick ook

een ontrouwe echtgenoot was geworden. Was er niet een of ander spreekwoord over een sinaasappel die van de boom viel? Dat zou ze eens tegen Roger moeten zeggen; dan zou ze hem recht in de ogen kijken en smalend opmerken: 'Dus, Roger, de sinaasappel rolt kennelijk niet ver van de boom.' Maar zichzelf kennende zat ze er weer naast, en dan zou niemand begrijpen wat ze precies wilde zeggen. 'Wat bedoel je toch, liefje?' zou haar moeder blij geïnteresseerd vragen, en dat zou het hele effect verpesten.

En trouwens, ze had het donkerbruine vermoeden dat het geen sinaasappel was, maar een appel. De appel valt niet ver van de boom. Ze voelde een hysterisch gegiechel opstijgen uit haar buik. Wat was ze toch ook dom. 'O, Alice,' zouden ze allemaal zeggen.

'Alice?' vroeg haar moeder. 'Heb je zin in een kopje thee? Of een pijnstiller?'

'Of een borrel?' Roger fronste. 'Een cognacje?'

'Alcohol is wel het laatste wat ze zou moeten nemen, Roger,' zei Frannie snibbig. 'Strak vraag je nog of ze zin heeft in een potje pokeren.'

'Huh?' zei Roger.

'Ik hoef niks,' zei Alice.

Ze zou hier later wel over nadenken, als Roger haar niet meer met zo'n grotesk soort medeleven zou aangapen.

Het kon haar niet schelen dat de wereld nu zo anders was. Appel of sinaasappel, Nick leek totaal niet op zijn vader.

Elisabeths huiswerk voor dokter Hodges

Alice keek me zo smekend aan dat ik mijn lunch nog bijna had afgezegd, maar ja, ik liet haar toch niet in haar eentje achter met die enge Roger?

Hoe dan ook, ik had geen zin om het over Gina te hebben. Ik heb complexe gevoelens met betrekking tot Gina. Of misschien is 'kinderachtig' een beter woord.

Ik had een lunchafspraak met de Vruchtelozen.

We hebben elkaar een jaar of vijf geleden ontmoet, toen ik lid werd van die 'onvruchtbaarheidspraatgroep'. Eerst kwamen we bij elkaar in het buurthuis, en hadden we nog een gespreksleider, een professional, net als u, dokter Hodges, die ons moest begeleiden. Het probleem was dat zij de hele tijd maar probeerde om ons positief te laten zijn. 'Laten we dit nu eens in een positief kader proberen te plaatsen,' zei ze dan. Maar wij wilden juist dolgraag al die bittere, negatieve, lelijke dingen kunnen zeggen die ons door het hoofd spookten. De medicijnen, de hormonen en die onophoudelijke frustratie, daar waren we zeurpotten van geworden. En aangezien je in het openbaar niet mag zeuren, omdat de mensen je anders niet meer leuk vinden, hebben we ons eigen praatgroepje gevormd. We zien elkaar één keer in de maand, in een duur restaurant, waar we geen groepjes moeders tegenkomen met wandelwagens. Dan eten, drinken en zaniken we ongeremd – over artsen, familie, vrienden en vooral over de ongevoeligheid van de 'Vruchtbaren'.

Eerst was ik nog tegen het idee om de wereld in te delen in 'Vruchtbaren' en 'Vruchtelozen', alsof het leven een sciencefictionfilm is, maar al snel werd het een onderdeel van mijn standaardvocabulaire. 'Wat de Vruchtbaren maar niet schijnen te begrijpen...' zeggen we dan tegen elkaar. Ben vindt het vreselijk als ik dat soort dingen zeg. Hij vindt de groep ook eigenlijk maar niks, ook al heeft hij ze nog nooit ontmoet. We hebben weleens geopperd om ook eens iets met onze partners te plannen, maar dat is er nog nooit van gekomen.

Zo klinken ze afschuwelijk, maar dat zijn ze niet, hoor. Of misschien wel, maar dan zie ik het niet, want ik ben precies zoals zij. Ik weet alleen dat ik weleens denk dat het lunchen met die meiden het enige is waardoor ik niet helemaal gek word. En volgende week zondag is het Moederdag (waar je op tv elke twee minuten aan wordt herinnerd). Dat is voor een Vruchteloze de pijnlijkste dag van het jaar. Als ik dan wakker word, schaam ik me altijd zo. Ik ben niet eens zozeer verdrietig, maar vooral beschaamd. En ik voel me een beetje dom. Het is net zoiets als toen ik de enige van de klas was die nog geen beha nodig had. Je voelt je geen echte vrouw. Niet echt volwássen.

Vandaag hadden we afgesproken in een restaurant in Manly, direct aan de haven. Toen ik daar aankwam, zaten ze allemaal in een stralende schittering van zon, water en blauwe hemel met hun zonnebrillen omhooggeschoven over iets heen gebogen wat midden op de tafel lag.

'Anna-Maries zwangerschapstest,' zei Kerry toen ze me zag. 'We zijn het er uiteraard niet mee eens natuurlijk, maar wat vind jij ervan?'

Dit doet Anna-Marie bij elke ivf-cyclus die ze ondergaat. Ze zeggen dat je geen zwangerschapstest mag doen na het inbrengen van het embryo, omdat de resultaten niet betrouwbaar zijn. Je kunt een positieve test krijgen terwijl je niet echt zwanger bent, omdat je lichaam nog steeds hormonen in zich heeft van de injecties die lijken op het zwangerschapshormoon. Of de test is negatief omdat het nog te vroeg is. Het beste is om te wachten op het bloedonderzoek. Ik doe zelf nooit een thuistest, omdat ik graag honderd procent zekerheid wil en omdat ik een braaf meisje ben, maar Anna-Marie begint er meteen mee, de dag na het inbrengen van de embryo's, en ze heeft een keer toegegeven dat ze weleens zeven tests op een dag heeft gedaan. We hebben allemaal onze eigen versies van dit soort obsessief gedrag, dus we drijven nooit de spot met haar.

Ik kneep mijn ogen tot spleetjes om de staafjes te kunnen zien. Het waren er drie, als gewoonlijk in aluminiumfolie verpakt. Mij leken ze allemaal negatief, maar het had geen zin om dat tegen haar te zeggen. Dus zei ik dat ik een heel vaag roze lijntje zag op een van de staafjes. Anna-Marie vertelde dat haar man had gezegd dat hij zeker wist dat ze allemaal negatief waren, en toen was ze tegen hem uitgevallen omdat hij duidelijk niet goed had gekeken. Je moet dat tweede streepje echt willen zien, zei ze, en toen hadden ze enorm ruziegemaakt. Anna-

Marie had nog niet één succesvolle ivf-cyclus gehad, en ze is er al tien jaar mee bezig. Haar artsen, haar man en haar familie voeren continu campagne om te zorgen dat ze ermee ophoudt. Ze is pas dertig, de jongste van onze hele club, dus ze heeft tijd zat om nog eens tien jaar van haar leven te verzieken. Of misschien niet, natuurlijk. Dat probleem hebben we allemaal. Dat ongrijpbare gelukkige einde komt misschien maar één cyclus verderop.

Kerry (twee jaar ivf met donoreitjes en een buitenbaarmoederlijke zwangerschap waar ze bijna het loodje bij legde) zei tegen Anna-Marie: 'Elisabeth zit nu tien dagen na de plaatsing van de embryo's en ik durf te wedden dat zij niet eens in de verleiding is geweest om een test te doen.'

We houden elkaar van onze ivf-cycli op de hoogte via de mail. Anna-Marie, Kerry en ik zitten nu midden in een cyclus. De andere drie zitten tussen twee cycli in, of moeten er dadelijk weer aan beginnen.

Eerlijk gezegd heb ik er niet eens bij stilgestaan of het deze keer wel gaat lukken. In de beginjaren, toen ik nog geloofde in wilskracht, mediteerde ik elke ochtend nadat er embryo's waren geplaatst. 'Blijf alsjeblieft zitten, klein embryootje,' scandeerde ik dan. 'Blijf, blijf, blijf.' Ook probeerde ik het met omkoping: *Als je vijf bent, neem ik je mee naar Disneyland. Als je geen zin hebt om naar school te gaan, dan mag je lekker thuisblijven. Maar laat me alsjeblieft jouw moeder worden!* Maar het hielp allemaal geen bal. Dus nu ga ik er voor het gemak maar vast van uit dat het niet werkt, en als het dan blijkt te werken, raak ik de baby toch wel weer kwijt. Deze houding is bedoeld om me te beschermen, ook al doet het dat niet, want de hoop weet zich altijd stiekem naar binnen te wurmen. Ik ben me daar altijd pas van bewust als het weer achter de rug is, en als het als een kleed onder mijn voeten vandaan wordt getrokken, telkens als ik weer iemand 'Het spijt me' hoor zeggen.

De ober komt met onze drankjes en zegt: 'Laat me raden –

jullie hebben de kinderen bij hun papa's gelaten en jullie zijn er lekker een dagje tussenuit geknepen!'

Ach, die schattige onschuld der Vruchtbaren. Ze gaan er klakkeloos van uit dat een groep vrouwen van zekere leeftijd allemaal moeder zijn.

'Wat heeft het verdomme voor zin om eruit te zien als een moeder terwijl we dat verdomme niet zijn?' zei Sarah, ons nieuwste lid. Ze heeft er nog maar één ivf-behandeling op zitten, maar ze is nu al volop verbitterd over haar onvruchtbaarheid. Door haar ben ik me gaan realiseren dat ik afgestompt ben over het afgestompt zijn. Ik bewonder de manier waarop zij nog hartgrondig kan vloeken.

Dat noopt ons tot het opnoemen van alle manieren waarop men ons heeft beledigd sinds onze laatste ontmoeting.

We hadden:

De baas die zei: 'Ivf is een keuze, het is niet zoiets als een griep, dus helaas kan ik je geen ziekteverlof geven.'

De tante die zei: 'Je moet je gewoon een beetje ontspannen. Neem een massage of zo. Dat je maar niet zwanger wordt komt doordat je te gespannen bent.' (Zo eentje zit er altijd wel tussen.)

De broer die (met een schreeuwend kind op de achtergrond) zei: 'Je hebt een veel te romantisch idee van hoe het is om kinderen te hebben. Het is verdomd hard werken.'

De nicht die vol medeleven zei: 'Ik weet precies wat je doormaakt. Ik probeer ook al zes jaar mijn proefschrift af te ronden.'

'En jouw zusje?' vroeg Kerry aan mij. 'In je laatste e-mail schreef je dat ze iets had gedaan waar je zo kwaad over was geworden, toch?'

'Dat is toch die supermoeder met drie kinderen?' Anna-Maries mond vertrok van woede. 'Degene die niet hoeft te werken omdat ze zo'n rijke man heeft?'

Ze keken me allemaal gretig aan, klaar om weer eens flink te walgen over Alice, want om eerlijk te zijn, dokter Hodges, ik heb vaak flink over haar zitten klagen.

Maar nu dacht ik aan Alice die deed alsof ze in een dwangbuis zat, in de auto op weg naar huis, en de ontstelde, gekwetste blik toen ze Nick aan de lijn had in het ziekenhuis. Ik dacht aan hoe ze had gezegd: 'Mag je me nog wel?' en aan hoe haar jurk vandaag, toen ik bij haar wegging, helemaal verkreukeld was van het slapen, en hoe haar haar aan één kant rechtovereind stond. Dat was zo typisch de oude Alice, die nooit een blik in de spiegel wierp voor ze naar beneden kwam. En ik dacht aan hoe ze had gehuild in het ziekenhuis, toen Olivia was geboren, en hoe ze vandaag zo onschuldig aan ons had gevraagd: 'Wie is Gina?'

Ik was misselijk van schaamte, dokter Hodges. Ik wilde zeggen: 'Hé, je hebt het wel over mijn kleine zusje, ja!'

Maar in plaats daarvan vertelde ik dat Alice haar geheugen kwijt was, en dat ze dacht dat ze negenentwintig was, en dat ik daardoor zelf veel had moeten denken aan wat mijn eigen vroegere ik zou zeggen over het leven dat ik tegenwoordig leid. Ik zei dat mijn jongere ik misschien zou zeggen dat het tijd is om de handdoek in de ring te gooien. Gewoon opgeven. Laat het gaan. Hou ermee op. Geen injecties meer. Geen reageerbuisjes vol warm bloed meer. Niet meer telkens dat verdriet.

Waarop ze uiteraard als trouwe soldaten die hun plicht kennen in de houding sprongen.

'Je moet nooit opgeven,' zeiden ze, en de een na de ander kwam met afgrijselijke verhalen over onvruchtbaarheid en miskramen die toch allemaal met een blakende baby waren geëindigd.

Ik hoorde ze aan en knikte en glimlachte en keek naar de kibbelende meeuwen.

Ik weet het niet, dokter Hodges. Ik weet het gewoon niet.

Tijdens de lunch nam Roger het op zich om met zijn eigen interpretatie Alice op de hoogte te brengen van alle historische gebeurtenissen van de afgelopen tien jaar, terwijl haar moeder datzelfde deed met betrekking tot het privéleven van iedereen die ze ooit had ontmoet.

'En toen viel de vs Irak dus binnen, want onze ouwe makker Saddam had een hele voorraad massavernietigingswapens liggen,' dreunde Roger op.

'Alleen bleken er helemaal geen wapens te zijn,' corrigeerde Frannie.

'Nou, dat weten we toch niet zeker?'

'Kom nou toch, Roger.'

'En dan heb je nog Marianne Elton, o, die kun je je natuurlijk nog wel herinneren, want die coachte vroeger het handbalteam van Elisabeth. Nou, die is dus getrouwd met Jonathan Knox, die aardige loodgieter die nog een keer bij ons is geweest toen we met dat kapotte toilet zaten, weet je niet, toen met die ontzettend koude Pasen. Nou, die zijn dus getrouwd op een of ander tropisch eiland, echt ontzettend onhandig voor iedereen, en het arme bloemenmeisje heeft nog een vreselijke zonnebrand opgelopen, maar goed, twee jaar terug hebben die een dochtertje gekregen, Madeline heet ze, waar Madeline natuurlijk heel blij mee was, dat kun je je indenken. Ik zei: "Nou, ik verwacht niet van mijn meiden dat ze een van hun kinderen Barbara noemen," want dat verwachtte ik ook helemaal niet, maar "Madeline" is tegenwoordig weer helemaal in, dus, hoe dan ook, die arme Madeline, die bleek dus...'

'... ik zal je één ding zeggen, Alice, wat de regering natuurlijk meteen na die aanslagen op Bali had moeten doen...'

'O, en een van de jongens van Felicity zat toen ook net op Bali!' zei Barb, en privélevens en het wereldnieuws vielen ineens even samen. 'Hij was de dag ervoor toevallig net weer vertrokken. Felicity denkt nu dat hij is voorbestemd om iets heel belangrijks te gaan doen, maar tot dusverre doet hij niet veel anders dan rondhangen op Facebook. Tenminste, zo heet dat toch, hè, Roger, Facebook?'

Frannie zei: 'Begint er al wat te dagen als je dit allemaal zo hoort, Alice?'

Alice had maar half zitten luisteren. Eigenlijk dacht ze na over het concept van vergeving. Het was zo'n mooi, genereus idee, als het tenminste niet verbonden was aan iets afschuwelijks waarvoor je vergeving moest schenken. Was zij eigenlijk wel zo vergevingsgezind? Ze had nog nooit zoiets groots als ontrouw hoeven te vergeven. En trouwens, wie zei dat Nick vergeven wilde worden?

'Ik weet het niet precies,' zei ze tegen Frannie.

Een paar van de dingen die Roger vertelde leken misschien bekend. Het leken net dingen die ze vroeger op school had geleerd maar die ze weer vergeten was. Toen hij het over de terroristische aanvallen had, voelde ze een automatische afschuw, en misschien ook wat vluchtige herinneringen: een vrouw met een zonneklep op en haar hand voor haar mond geslagen die steeds maar zei: 'O mijn hemel, o mijn hemel.' Maar ze kon zich niet herinneren waar ze was toen ze dat voor de eerste keer had gezien, of ze toen samen met Nick was of alleen, en of ze het op televisie had gezien of op de radio had gehoord. Ze leek ook delen van de verhalen die haar moeder vertelde te herkennen. Zo had het idee van een 'bloemenmeisje met zonnebrand' iets bekends, alsof het de clou was van een mop van lang geleden.

Frannie zei: 'Nou, ze moet maar weer terug naar de dokter, hoor. Er is toch nog iets mis met haar, kijk dan. Dat zie je toch zo?'

'Ze kunnen toch moeilijk haar herinnering weer terugtransplanteren, dunkt mij,' zei Roger.

'Sorry, Roger, ik wist niet dat je ook al verstand had van neurochirurgie,' zei Frannie.

'Iemand nog zin in een lekker stukje taart?' vroeg Barb opgewekt.

16

Alice was alleen.

Er was een verhitte discussie geweest over of het wel wijs was om haar na de lunch in haar eentje achter te laten. Barb en Roger hadden op zaterdagmiddag altijd salsales. Ze zeiden dat ze 'makkelijk' een lesje konden overslaan, hoewel dit natuurlijk een heel belangrijke les was omdat ze moesten oefenen voor de Talentenshow op de Familieavond in Frannies bejaardencentrum, maar echt, als Alice liever wilde dat ze bleven, dan was dat geen enkel probleem, hoor. Frannie had een belangrijke vergadering in het centrum – iets over Kerstmis. Ze was voorzitter van de commissie, maar ze kon 'makkelijk' aan Bev of misschien wel aan Dora vragen of die de vergadering voor haar wilde leiden, hoewel die allebei niet graag in het openbaar spraken, en hoewel ze hoogstwaarschijnlijk uitgeschakeld zouden worden door een nogal dominante nieuwe bewoner, maar dat was natuurlijk niet het einde van de wereld, want haar kleindochter ging voor.

'Ik red me wel,' had Alice steeds maar weer herhaald. 'Ik ben tenslotte al bijna veertig!' had ze er spottend aan toegevoegd, maar dat moest vreemd geklonken hebben, want ze staarden haar allemaal aan toen ze dat zei, en vervolgens begon er een nieuwe ronde met aanbiedingen om te blijven.

'Elisabeth is er straks ook weer,' zei ze tegen hen, en ze werkte hen de keuken uit, de hal in, en de deur uit. 'Weg jullie! Het komt echt wel goed met me.'

En binnen een paar minuten zaten ze met zijn allen in Rogers grote, glimmende auto en verdwenen ze tussen het opspattend grind de oprit af.

‘Ik red me wel,’ herhaalde Alice zachtjes bij zichzelf.

Ze zag die oude mevrouw Bergen van de buren het huis uit komen met een enorme Mexicaanse sombrero op haar hoofd. Ze mocht mevrouw Bergen graag; ze leerde tuinieren van haar. Ze had Alice allerlei adviezen gegeven over wat ze moest doen met haar citroenboom, die niet lekker wilde bloeien (ze had voorgesteld dat Nick er af en toe tegenaan zou plassen, wat hij enthousiast op zich had genomen). En ze kwam altijd met stekjes uit haar tuin en wees Alice dan tactvol op wat water nodig had, wat gesnoeid moest worden en waar ze moest wieden. Mevrouw Bergen hield zelf niet zo van koken, en dus betaalde Alice haar terug met tupperwaredoosjes met ovenschotels, stukken quiche en plakken worteltaart. Mevrouw Bergen had al drie paar sokjes gehaakt voor de baby, en ze was net begonnen aan een jasje met een bijpassend mutsje.

Maar dat was dus tien jaar geleden.

Alice stak haar hand op in een warme groet. Mevrouw Bergen keek naar de grond en draaide zich vervolgens nadrukkelijk om naar haar azalea’s.

Het was overduidelijk: mevrouw Bergen keek haar met de nek aan.

Zou die lieve, gezellige mevrouw Bergen ook tegen haar schelden en vloeken, zoals Nick, als Alice naar haar toe zou lopen om gedag te zeggen? Dat zou toch net zoiets zijn als dat ronddraaiende hoofd van dat kleine meisje in *The Exorcist.*

Alice ging weer naar binnen en toen ze de deur achter zich dichtdeed, voelde ze een belachelijke aandrang om te gaan huilen.

Misschien was mevrouw Bergen wel seniel geworden en herkende ze Alice niet meer. Dat was een heel plausibele verklaring. Ja, daar hield ze het maar op. Voorlopig. Als ze haar geheugen eenmaal terug had dan zou alles wel weer keurig op zijn plek vallen. O, zou ze dan zeggen, natuurlijk!

Nou. En nu?

Ze vroeg zich af wat ze deed in de weekenden dat ‘Nick de

kinderen had'. Vond ze het wel prettig om even haar handen vrij te hebben? Was ze eenzaam? Keek ze reikhalzend uit naar het moment dat de kinderen weer thuiskwamen?

Het beste was om het huis te doorzoeken naar aanwijzingen over haar leven. Dan was ze voorbereid als Nick morgenavond terugkwam. Ze zou een overtuigende presentatie in elkaar kunnen draaien: tien redenen waarom ze niet moesten scheiden.

Misschien kon ze iets vinden over die Gina. Liefdesbrieven aan Nick? Maar waarschijnlijk had hij die meegenomen toen hij bij haar wegging.

Of misschien moest ze maar eens iets gaan doen voor dat feestje van vanavond. Maar wat? Het leek zo wonderlijk onbelangrijk.

Ze wilde eigenlijk helemaal niet binnen blijven. Haar maag voelde onprettig vol van alle taart die ze had gegeten. 'Wil jij echt nóg een stukje?' had haar moeder aangenaam verrast gevraagd, en Alice nam aan dat ze dat normaal nooit deed.

Ze zou een eindje gaan wandelen, een frisse neus halen. Het was een prachtige dag, dus waarom zou ze in huis blijven?

Ze liep naar boven en bleef staan op de overloop om naar de drie andere slaapkamerdeuren te kijken. Daar zouden de kinderen wel slapen. Ze hadden de kamers leeg gelaten, op de kamer na die ze voor de baby wilden gebruiken. In die kamer hadden ze heel wat tijd doorgebracht, zittend op de grond, plannen makend en fantaserend. Ze hadden de kleur verf uitgekozen: Oceaan Azuur. Dat kon ook prima mocht de baby hen verrassen en een meisje zijn (dat was dus blijkbaar gebeurd – een meisje!).

Alice duwde voorzichtig de deur van de babykamer open.

Nou, wat had ze dan gedacht? Natuurlijk stond er geen wit wiegje, en ook geen commode, en geen schommelstoel. Het was helemaal geen babykamer meer.

In plaats daarvan stond er een onopgemaakt eenpersoonsbed dat bezaaid lag met kleren, en er hing een boekenplank die doorboog van de hoeveelheid boeken, lege parfumflesjes en glazen potjes. De muren waren vrijwel volledig behangen met sombere zwart-witfoto's van Europese steden. Alice zag nog een heel klein beetje blauw tussen twee posters in. Ze liep ernaartoe en legde haar vinger erop. Oceaan Azuur.

Tegen een van de muren stond een bureautje. Ze zag een multomap liggen met een etiketje: *Madison Love*. Het handschrift kwam haar bekend voor. Het leek op Alice' eigen handschrift, toen ze op de lagere school zat. Ze zag een opengeslagen kookboek liggen op het bureau, en ze pakte dat op. Een recept voor lasagne. Was Madison niet een beetje te jong om al zelf te koken? En voor posters van Europese steden? Alice speelde op die leeftijd nog met poppen. Haar eigen dochter gaf haar negenjarige zelf een minderwaardigheidscomplex.

Ze legde het kookboek voorzichtig terug en sloop op haar tenen de kamer uit.

De volgende slaapkamerdeur was dicht, er hing een briefje op.

VERBODEN TOEGANG. NIET BINNENKOMEN ZONDER TOESTEMMING. VERBODEN VOOR MEISJES ANDERS VOLGT DE DOODSTRAF.

Jeetje. Alice liet de deurklink los en deed een stap achteruit. Ze was per slot van rekening een meisje. Dit moest Toms kamer zijn. Misschien had hij wel een boobytrap geplaatst. Jongetjes. Wat eng.

De volgende kamer zag er iets gezelliger uit. Ze moest zich door een kralengordijn heen werken dat voor de deur hing. Het was iets waar alle kleine meisjes van dromen: een hemelbed met een hemel van paarse tule. Er hingen elfenvleugeltjes aan een haakje aan de muur. Er stonden piepkleine glazen decoraties in de vorm van taartjes, en er lagen hopen knuffeldieren, er stond een make-upspiegel met lampjes eromheen en er waren haarspeldjes en lintjes, een muziekdoos, glitterarmbanden en lange kralenkettingen, een roze draagbare stereo en een goedgevulde verkleedkist. Ze trok er een vertrouwde groene zomerjurk uit en hield die voor zich. Die had ze speciaal voor haar huwelijksreis gekocht. Het was een van de duurste jurkjes ooit. Nu zat er een bruine vlek bij de hals en de zoom rafelde omdat iemand die met een schaar te lijf was gegaan. Alice liet de jurk vallen en haar hoofd tolde. Er hing een weeïg zoete geur in de kamer, iets als aarbeienlipgloss. Frisse lucht. Ze had absoluut frisse lucht nodig.

Ze liep naar haar eigen slaapkamer en zocht snel een korte broek en een T-shirt uit, en ze pakte haar gympen en de zonnebril uit de rugzak die ze in het ziekenhuis bij zich had. Vlug liep ze de trap af en trok een van de honkbalpetjes van het hoedenrek. Er stond PHILADELPHIA op.

Ze liep het huis uit, deed de deur achter zich op slot, en zag tot haar opluchting dat mevrouw Bergen weer naar binnen was gegaan.

Welke kant op? Ze sloeg links af en zette er flink de pas in. Ze liep een vrouw tegemoet met een buggy met daarin een ernstig kijkend, rechtop zittend kind. Toen Alice dichterbij kwam keek het kind haar fronsend aan, en de vrouw zei glimlachend: 'Niet aan het hardlopen vandaag?'

'Nee, vandaag niet.' Alice glimlachte terug en liep door.

Hardlopen? Allemachtig. Ze verafschuwde hardlopen. Ze wist nog hoe zij en haar vriendin Sophie op de middelbare school altijd rond het veld schuifelden, kreunend en met hun handen hun zij ondersteunend terwijl meneer Gillespie riep: 'Godsamme, schiet eens op, meiden!'

Sophie! Als ze straks thuis was, zou ze die eens bellen. Als ze Elisabeth niet in vertrouwen had genomen, dan wist Sophie misschien wel wat er met haar en Nick aan de hand was.

Ze bleef doorlopen en zag huizen die ineens twee keer zo groot waren, als een cake in de oven. Kleine huisjes van roze baksteen waren opgezwollen tot gladgestuukte villa's met zuilen en torentjes.

Wat wel interessant was, was dat ze steeds sneller ging lopen, ze stuiterde als het ware over de stoep, en dat hardloopidee leek haar ineens helemaal zo gek nog niet. Het was zelfs wel... lekker.

Was dat eigenlijk wel slim met een hoofdwond? Waarschijnlijk was het een heel erg slecht idee. Maar misschien zou de pot met herinnering juist wel weer netjes op zijn plek vallen.

Ze begon te rennen.

Haar armen en benen vonden een soepel ritme. Ze haalde langzaam en diep adem, in door de neus, uit door de mond. Jemig, dit voelde goed, zeg. Het voelde als iets wat bij haar hoorde.

Bij Rawson Street sloeg ze links af en daar begon ze snelheid te maken. De dikke rode bladeren van de amberbomen trilden in het zonlicht. Een witte auto volgepakt met pubers kwam gierend voorbij. Je hoorde de muziek binnen stampen. Ze kwam langs een oprit waar een groepje kinderen elkaar gillend met waterpistolen te lijf ging. Iemand zette een grasmaaier aan.

Voor haar bleef de witte auto met de pubers stilstaan op de hoek van King Street.

Er explodeerde een geweldige paniek in haar borstkas. Het was weer precies als toen ze bij Elisabeth in de auto zat. Haar benen trilden zo krankzinnig dat ze op haar hurken moest zakken, midden op de stoep, om te wachten tot het voorbij was. In haar keel bleef een schreeuw van afschuw steken. Als ze die los zou laten, zou dat wel heel erg gênant zijn.

Ze keek om zich heen, met haar handen op de grond om haar balans te houden. Haar borstkas ging driftig op en neer en ze zag dat de kinderen met de waterpistooltjes nog altijd heen en weer renden, alsof het duistere kwaad niet ineens bezit had genomen van de wereld. Ze wierp nog een blik op het eind van de straat, waar de witte auto stond te wachten tot het overige verkeer hem erdoor wilde laten.

Er was dus iets met een auto die op die hoek stil bleef staan.

Ze voelde zich warm en koud tegelijk, alsof ze griep had. Jezusmina. Moest ze nu al weer overgeven? Al die taart ook. Nou ja, konden die kinderen het mooi opruimen met hun waterpistolen.

Er werd getoeterd. 'Alice?'

Alice deed haar ogen open.

Aan de overkant was een auto gestopt en een man hing uit het raampje. Hij deed het portier open en stak snel over.

'Wat is er gebeurd, joh?'

Hij bleef voor haar staan en nam alle zonlicht weg. Alice keek hem zwijgend aan door toegeknepen ogen. Ze zag alleen de omtrek van zijn gezicht. Hij leek zo heel erg lang.

Hij boog zich voorover en raakte haar arm aan.

'Ben je flauwgevallen?'

Nu kon ze zijn gezicht zien. Het was een doodgewoon, vriendelijk, mager, middelbaar gezicht; het neutrale gezicht van een kioskeigenaar die een praatje met je aanknoopte over het weer.

'Kom, sta eens op,' zei hij, en hij tilde haar aan haar ellebogen omhoog. 'Ik breng je wel even thuis.'

Hij voerde haar mee naar de overkant en plantte haar op de passagiersstoel. Alice wist niet wat ze moest zeggen, en dus hield ze haar mond. Achter in de auto zei een stem: 'Ben je gevallen? Heb je pijn?'

Alice draaide zich om en zag een jongetje met grote bruine ogen die haar gespannen aanstaarden.

'Het gaat wel,' antwoordde ze. 'Ik voelde me alleen een beetje raar.'

De man stapte weer achter het stuur en startte de motor. 'We waren net naar je op weg, en toen zag Jasper je ineens. Wilde je gaan hardlopen?'

'Ja,' zei Alice. Ze stopten op de hoek van Rawson en King Street. Ze voelde niets.

'Ik heb Neil Morris vanochtend gesproken, want die kwam ik tegen in de supermarkt,' zei de man. 'Hij zei dat hij je gisteren in de sportschool had gezien, en dat je op een brancard naar buiten werd gedragen. Ik heb nog een paar keer een bericht ingesproken, maar ik heb niks...'

Zijn stem dreef af.

'Ik ben op mijn hoofd gevallen tijdens de steples,' zei Alice. 'Vandaag gaat het wel weer, maar ik had beter niet kunnen gaan hardlopen. Dat was dom van me.'

Het kleine jongetje dat Jasper heette giechelde. 'Jij bent niet dom! Mijn papa is soms wel een beetje dom. Vandaag was hij drie dingen vergeten en we moesten steeds uit de auto, en dan zei hij: "Rund!" Heel grappig. Eerst vergat hij zijn portemonnee, toen zijn mobieltje. En toen... uh, wat was ook alweer het derde ding dat je was vergeten, pap?'

Ze reden Alice' oprit op. De auto bleef staan en het jongetje vergat het derde ding, gooide het portier open en rende de veranda op.

De man trok de handrem aan en keek Alice vervolgens vriendelijk bezorgd aan. Hij legde een hand op haar schouder. 'Ik denk dat jij beter kunt gaan liggen, dan regelen Jasper en ik de ballonnen wel.'

Ballonnen? Voor het feestje waarschijnlijk.

'Dit is wel een beetje gênant,' begon Alice.

De man glimlachte. Hij had een verschrikkelijk mooie glimlach. 'Wat bedoel je?' vroeg hij.

Alice antwoordde: 'Ik heb werkelijk geen idee wie jij bent.'

(Hoewel zijn glimlach en het gevoel van zijn hand op haar schouder haar wel vaag bekend voorkwamen.)

De man schoot terug als een elastiekje.

'Alice!' zei hij. 'Ik ben het. Dominick.'

Overpeinzingen van een overgrootmoeder

Even een snel stukje, want er hebben me zoveel mensen gemaild met de vraag hoe het nu met Alice gaat. Het spijt me jullie te moeten berichten dat Alice ABSOLUUT zichzelf niet is! Ze heeft geen enkele herinnering meer aan haar vriendin Gina (over die afschuwelijke gebeurtenissen heb ik hier geschreven). Het is behoorlijk eng.
Gina heeft zo lang zo'n belangrijke rol in Alice' leven gespeeld (Alice

heeft nu eenmaal een lichte neiging tot heldenverering). Ik weet nog dat Gina een keer iets zei over wat Alice aanhad op de verjaardag van een van de kinderen. Iets als: 'Jouw huppeldepup blouse staat veel mooier bij deze rok.' Ze was zo'n vrouw die overal een nogal uitgesproken mening over had. Alice ging meteen naar boven om zich te verkleden. Heel onschuldig, zou je denken, maar ik weet nog wel dat het Nick behoorlijk irriteerde.

COMMENTAAR

GroovyGranny zegt...
Ik heb zelf ooit ook zo'n bazige vriendin gehad. Dat vond mijn man ook niet fijn! Ik hoop maar dat Alice een goeie dokter heeft.

DorisuitDallas zegt...
Ik weet zeker dat Alice er binnenkort weer helemaal bovenop komt. Nog nieuws over de heer X?

Elisabeths huiswerk voor dokter Hodges

Er gebeurde iets grappigs toen ik thuiskwam van de lunch met de Vruchtelozen. Nou, niet grappig om te lachen, maar iets belachelijk ironisch.

Toen ik terugreed naar huis, bleef ik maar denken over Opgeven. Het idee werd al sterker en sterker in mijn hoofd. Het was me plotseling allemaal zo duidelijk. Ik wil niet nog een keer een miskraam doormaken. Ik kan het gewoon niet meer aan. Het is genoeg geweest. Ik wist niet dat ik er zo over dacht, maar het is dus zo.

We hadden eerst altijd van die deadlines. Na mijn veertigste verjaardag zouden we ermee ophouden. Na de kerst zouden we ermee ophouden. Maar telkens dachten we: tja, en wat nu? We hadden al gereisd en we waren al naar heel veel feestjes geweest en we hadden heel veel films gezien, concerten bezocht, en we hadden al heel vaak uitgeslapen. We hadden al die dingen gedaan die mensen met kinderen zo hartstochtelijk leken te missen. We hadden helemaal geen zin meer in al die dingen. We wilden een baby.

Ik weet nog dat ik dacht aan hoe moeders bereid waren om een brandend gebouw in te lopen om het leven van hun kinderen te redden. Ik vond dat ik best een beetje meer mocht lijden, en nog wat meer ongemak mocht ondergaan om mijn kinderen het leven te schenken. Het gaf me een nobel gevoel. Maar nu realiseer ik me dat ik eerder een gestoord mens ben dat een brandend gebouw in rent waar helemaal geen kinderen zijn. Mijn kinderen zullen nooit geboren worden. Ze bestaan alleen maar in mijn hoofd. Dat is juist zo gênant. Elke keer dat ik heb gehuild als ik weer een kind verloren had, dan was het net of ik huilde om het eind van een relatie met een kerel met wie ik zelfs nog nooit een date had gehad. Mijn baby's zijn nooit baby's geweest. Ze waren niet meer dan een microscopisch clustertje cellen, piepkleine onafgemaakte poppetjes die nooit meer hadden kunnen worden dan dat. Ze waren niet meer dan mijn eigen wanhopige dromen. Droombaby's.

En het is goed als mensen hun dromen leren opgeven. Meisjes met dansaspiraties moeten accepteren dat hun lichaam niet is gebouwd voor ballet. Niemand heeft zelfs maar medelijden met hen. Ach, nou ja, dan ga je toch wat anders doen, later? Mijn lichaam is niet geschikt voor het baren van kinderen. Pech gehad.

Ik stond te wachten voor een zebrapad en zag een zwangere vrouw, en eentje met een kinderwagen en ook nog eentje met een kind aan de hand. Maar ik voelde niets, dokter Hodges. Helemaal niets! Dat is een belangrijke stap voor een Vruchteloze, hoor, een zwangere vrouw zien en dan niets voelen. Geen mes-in-de-buikgevoel van verbittering. Geen akelige jaloezie waar mijn mond van vertrekt.

Dus wat er dan zo grappig is?

Ik kwam thuis, en Ben zat eens een keertje niet in de garage aan zijn auto te sleutelen. Hij zat aan de keukentafel met papieren om zich heen en ik zag dat zijn ogen een beetje rood en gezwollen waren.

'Ik heb eens nagedacht,' zei hij.

Ik zei dat ik ook had nagedacht, maar dat hij eerst mocht.

Hij zei dat hij had nagedacht over wat Alice vorige week had gezegd, en dat hij eigenlijk vond dat ze honderd procent gelijk had.

O, Alice.

Alice zat op de bank en keek toe hoe Dominick met een heliumtank in de weer was om de blauwe en zilveren ballonnen op te blazen. Hij en Jasper hadden er eindelijk genoeg van om de helium in te ademen en te praten als Knabbel en Babbel. Jasper moest zo hard lachen toen zijn vader 'Somewhere over the Rainbow' zong, dat Alice bang was dat hij erin zou blijven.

Nu was hij in de achtertuin een minihelikopter aan het besturen met een afstandsbediening.

'Schattig ventje,' zei Alice terwijl ze naar hem keek. Ze nam aan dat Jasper bij Olivia in de klas moest zitten. Haar dochter. Degene met die dikke blonde staartjes.

'O, ja, als hij geen psychotisch monster is,' zei Dominick.

Alice lachte. Misschien iets te hard. Ouderhumor kon ze nooit zo goed volgen. Misschien was het joch wel echt psychotisch, en dat was toch niet echt geestig.

'Zeg, hoe lang speelt dat nu al, eh, dat wij elkaar zien?' vroeg ze.

Dominick keek haar aan en wendde meteen zijn blik weer af. Hij bond een ballon dicht en keek hem na terwijl hij regelrecht naar het plafond vloog.

Zonder haar aan te kijken antwoordde hij: 'Ongeveer een maand.'

Alice zei tegen Dominick dat de artsen hadden gezegd dat haar geheugenverlies maar tijdelijk zou zijn. Hij keek vreselijk geschrokken en leek haar voorzichtig en zorgvuldig toe te spreken, alsof ze niet helemaal goed bij haar hoofd was. Maar misschien deed hij wel altijd zo tegen haar, dat kon natuurlijk ook.

'En, eh, gaat het goed?' vroeg Alice roekeloos. Het was wel bizar. Had ze al met hem gezoend? Was ze al met hem naar béd geweest? Hij was heel lang. Niet onaantrekkelijk. Het was alleen dat ze hem nog nooit eerder had ontmoet. Het idee was zowel weerzinwekkend als licht intrigerend. Het deed haar denken aan die giechelende gesprekken die ze als puber had gevoerd. O, mijn god, stel je voor dat je het met hém zou doen.

'Yep,' zei Dominick. Hij deed iets eigenaardigs en zenuwachtigs met zijn mond. Hij was dus zo'n onbeholpen sufferd.

Hij pakte nog een ballon en deed die over het tuitje van de heliumtank. Hij keek haar nu recht in de ogen en zei, bijna streng: 'Tenminste, dat vind ik.' Hij was eigenlijk best aantrekkelijk.

'O.' Alice voelde zich verward en kwetsbaar. 'Nou, fijn, denk ik.'

Ze verlangde zo naar Nick, naast zich op de bank. Zijn warme hand op haar been. Dat hij haar zou opeisen. Dan had ze er misschien nog lol in om met deze verder best aardige man te kletsen, en misschien zelfs een beetje te flirten, want dan was het allemaal in de haak en veilig.

'Je doet zo anders,' zei Dominick.

'Hoe bedoel je?'

'Ik kan het niet goed uitleggen.'

Verder zei hij niks. Kennelijk was hij niet zo'n prater als Nick. Ze vroeg zich af wat ze precies in hem zag. Vond ze hem überhaupt wel aardig? Hij leek haar ook zo saai.

'Wat doe jij voor de kost?' vroeg ze. De standaardvraag voor een eerste ontmoeting, bedoeld om hem in een hokje te kunnen indelen, al was dat niet zo aardig.

'Ik ben accountant,' zei hij.

Geweldig. 'Juist, ja.'

Hij grijnsde. 'Ik probeerde alleen even uit of je echt je geheugen wel kwijt bent. Eigenlijk zit ik in groente en fruit. Ik ben groenteboer.'

'Echt?' Ze zag de gratis mango's en ananassen al voor zich.

'Nee, niet echt.'

God, wat een nerd, die vent.

'Ik ben directeur van een school.'

'Nietes.'

'Jawel, ik meen het.'

'Wat voor school dan?'

'De school waar je kinderen op zitten. Zo kennen we elkaar ook.'

Directeur van een school. *Ga jij maar naar de directeur!*

'Dus jij moet hier vanavond ook zijn? Op dat feestje?'

'Ja, vanavond heb ik eigenlijk twee petten op, want Jasper zit ook in de kleuterklas, en dit is een feestje voor de ouders van de kleuters. Dus ik ben...'

Het was zijn gewoonte om zijn zinnen niet af te maken. Zijn stem stierf gewoon weg alsof hij vond dat het voor de hand lag hoe de zin zou eindigen en het dus geen zin had om het hardop uit te spreken.

'En waarom is het hier thuis?' vroeg Alice. Ze vond het nogal wonderlijk. Waarom zou ze zoiets in vredesnaam willen organiseren?

Dominick trok zijn wenkbrauwen op. 'Nou, omdat jij en je vriendin Kate Harper de klassenouders zijn.'

'Je bedoelt dat we de meeste klasse hebben?'

Hij glimlachte onzeker. 'Nee, de klassenouders organiseren van alles, feestjes voor de andere moeders, en ze vormen de schakel tussen de leraren en de andere ouders, en ze regelen de leesmoeders en, nou ja, dat soort dingen...'

Mijn hemel. Dat klonk afschuwelijk. Ze was een van die types die hun burgerplicht wel heel erg serieus namen. Waarschijnlijk was ze daar nog trots op ook; zo'n zelfingenomen troela. Ze had altijd wel geweten dat ze daar aanleg voor had. Ze zag al helemaal voor zich hoe ze zich uitsloofde in haar mooie kleren.

'Je doet heel veel op school,' zei Dominick. 'We mogen in onze handjes knijpen. En nu we het daar toch over hebben, de grote dag komt eraan. Jemig, ik hoop dat je er dan wel weer bovenop bent.'

De man op de loopband in de sportschool had het ook al over de 'grote dag' gehad. 'Waar heb je het over?' vroeg Alice met een angstig voorgevoel.

'Jij gaat ervoor zorgen dat de school in het *Guinness Book of Records* komt.'

Ze glimlachte en wilde alvast lachen om zijn volgende grapje.

'Nee, echt. Weet je dat dan helemaal niet meer? Je gaat de grootste lemon-meringuetaart ter wereld bakken, op Moederdag. Het wordt een groots evenement. De helft van de opbrengsten gaat naar de school en de andere helft gaat naar borstkankeronderzoek.'

Alice dacht aan haar droom over de reusachtige deegroller.

'En die moet ik gaan bakken?' vroeg ze panisch. 'Die enorme taart, bedoel ik?'

'Nee, nee, je hebt honderd moeders die dat samen voor je doen,' zei Dominick. 'Het wordt geweldig.' Hij knoopte weer een ballon dicht. Alice keek omhoog en zag dat het plafond nu vol hing met blauwe en zilveren ballonnen.

Dus vanavond gaf ze een feestje en volgend weekend zou ze een wereldrecord gaan verbreken. Allemensen. Wat was er met haar gebeurd?

Ze keek omlaag en zag dat Dominick haar aanstaarde.

'Ik weet het al,' zei hij. 'Ik weet al wat er anders aan je is.'

Hij ging naast haar zitten. Veel te dichtbij. Alice probeerde onopvallend bij hem weg te schuiven, maar het viel niet mee om dat geluidloos aan te pakken, op die piepende leren bank. Dus zat ze passief met haar handen in de schoot, als een schoolmeisje; hij zou toch zeker niet iets willen proberen met zijn zoontje op een paar meter bij hen vandaan?

Hij zat zo dichtbij dat ze kleine zwarte haartjes uit zijn kin zag steken en dat ze hem kon ruiken: tandpasta, waspoeder.

(Nick rook naar koffie, aftershave en de knoflook van de avond ervoor.)

Ze zag nu dat zijn ogen diezelfde chocoladekleur hadden als die van zijn zoon. (Nick had hazelnootbruine of groene ogen, afhankelijk van het licht; zijn irissen hadden een gouden randje, en zijn wimpers waren zo blond dat ze wel wit leken als de zon erop scheen.)

Dominick leunde nog dichterbij. O hemeltjelief, de directeur wilde haar zoenen, en ze kon hem moeilijk een klap in zijn gezicht geven, want waarschijnlijk hadden ze al eerder gekust.

Nee. Hij duwde zijn duim tussen haar wenkbrauwen. Waarom deed hij dat in vredesnaam? Was dit soms een of ander raar ritueel onder mensen van middelbare leeftijd? Was het de bedoeling dat zij dit nu ook bij hem deed?

'Je bent je fronsje kwijt,' zei hij. 'Je hebt hier anders altijd zo'n fronsje, alsof je je ergens op concentreert, of alsof je je zorgen maakt, zelfs als je blij bent. Maar nu...'

Hij haalde zijn duim weer weg. Alice blies opgelucht haar adem uit. 'Ik weet niet of je wel tegen een vrouw moet zeggen dat ze een fronsrimpel heeft,' zei ze. Hé, dat klonk weer flirterig.

'Het maakt niet uit, je bent hoe dan ook beeldschoon,' zei hij, en hij pakte haar hoofd vast en kuste haar.

Het was niet onplezierig.

'Dat zag ik heus wel!'

Jasper stond voor hen, met een bungelende helikopter in zijn hand. Zijn ogen stonden verrukt.

Alice bracht haar vingers naar haar mond. Ze had een andere man gekust. Ze had zich niet alleen laten kussen, ze had ook nog teruggezoend. Eigenlijk vooral uit nieuwsgierigheid. Of beleefdheid. (En misschien kwam er ook een heel piepklein beetje aantrekkingskracht bij kijken.) Het schuldgevoel trok als brandend maagzuur door haar borst.

Jasper grinnikte. 'Ik ga lekker aan Olivia vertellen dat mijn papa haar mama heeft gezoend!' Hij stond erbij te dansen en stompte met zijn vuisten in de lucht. Zijn gezicht toonde een mengeling van extase en walging. 'Mijn papa heeft haar mama gezoend! Mijn papa heeft haar mama gezoend!'

Allemachtig. Waren haar eigen kinderen ook zo? Zo... gestoord?

Dominick raakte Alice' arm even zachtjes, respectvol aan en stond toen op. Hij greep Jasper en hield hem ondersteboven aan zijn enkels. Jasper gilde van het lachen en liet zijn helikopter vallen.

Alice bekeek hen en voelde een vreemde afstand tot de hele situatie. Had ze die man nou echt gezoend? Die verlegen schooldirecteur? Die vrolijke vader?

Misschien kwam het wel door haar hoofdwond. Ja, het was vast iets medisch. Ze was zichzelf niet.

Toen herinnerde ze zich dat ze zich helemaal niet schuldig hoefde te voelen vanwege Nicks affaire met die Gina. Mooi. Dan stonden ze nu dus quitte.

Jasper zag dat er een stuk van zijn helikopter was afgebroken en hij schreeuwde en worstelde alsof hij vreselijk leed. Dominick vroeg: 'Wat? Wat is er dan, jochie?' en hij zette hem weer rechtovereind.

Alice' hoofd begon weer pijn te doen.

Wanneer kwam Elisabeth nou terug? Ze had Elisabeth nodig.

Elisabeths huiswerk voor dokter Hodges

Ik reed naar Alice' huis en dacht na over Gina. Ik denk tegenwoordig vaak aan haar. Ze heeft een soort mysterieus aura gekregen. Terwijl ik haar vroeger voornamelijk irritant vond.

Ik weet ook niet precies waarom ze me meteen zo tegenstond. Misschien was het wel omdat het zo duidelijk was dat Michael en Alice en Nick en zij zo'n gezellig clubje hadden met zijn viertjes. Ze liepen elkaars deur plat. Kloppen niet nodig. En allemaal van die grapjes voor intimi. En oppassen op elkaars kinderen. Gina stak gewoon in haar badpak de straat over als ze wilde zwemmen – zonder T-shirt, zonder badlaken onder haar arm, argeloos als een kind. Ze had een beetje een mollig, rond, mokkakleurig lichaam. Prachtige deinende borsten die altijd de aandacht van de mannen wisten te vangen. Ik geloof dat ik me nog een verhaal herinner over dat ze een keer dronken zijn geworden met zijn vieren, en dat ze toen naakt hebben gezwommen, midden in de nacht. Reuzeseventies van ze.

Alice en zij waren altijd zo vrolijk en giebelend en ze zaten voortdurend aan de champagne terwijl ik er dan bij zat als een stijve tuttebel. Mijn lach was geforceerd. Het overviel me, zo snel als Gina mijn zus beter leek te kennen dan ikzelf.

Gina's kinderen waren ivf-baby's. Ze stelde me allerlei deskundige vragen, heel geïnteresseerd. Ze wreef me vol medeleven over mijn wangen (echt zo'n type dat je steeds wil aanraken, en dat je op je wangen zoent telkens als je haar weer ziet. Ik heb Roger weleens tegen haar horen zeggen: 'Nou, nou, die Europese vrouwtjes en hun gezoen, ik kan er wel aan wennen!') en dan zei ze dat ze precíés wist waar ik allemaal doorheen ging. En dat was waarschijnlijk waar, alleen zij had het allemaal achter de rug. Haar herinneringen waren duidelijk een stuk rooskleuriger, nu het allemaal zo succesvol was verlopen. Je zou denken dat ik me door haar juist zou laten inspireren – zij was een succesverhaal. Zij had zich door het mijnenveld der onvruchtbaarheid heen geworsteld en was veilig aan de overkant terechtgekomen. Maar ik vond haar bedillerig. Lekker makkelijk om te doen alsof dat mijnenveld echt niet zo heel erg was, als je zelf niet meer het risico loopt te worden opgeblazen. Ik had het gevoel dat ik me niet bij Alice kon beklagen, omdat Gina haar waarschijnlijk had ingefluisterd dat het echt allemaal niet erg was en dat ik maar wat zeurde en melodramatisch zat te doen.

Op een avond belde ik Alice om te vertellen dat we weer een baby waren kwijtgeraakt.

Ik was verschrikkelijk misselijk tijdens die zwangerschap. Ik moest al overgeven bij het tandenpoetsen. Ik ben zelfs nog een keer de bioscoop uit gerend omdat er een vrouw in de buurt zat met een parfum (Opium) dat zich vermengde met haar popcorn. Ik wist zeker dat dit een goed teken was, en dat het deze keer zou lukken. Ha, ha. Het had niets te betekenen.

Toen ik Alice belde nam ze lachend op. Ik hoorde Gina op de achtergrond iets schreeuwen over ananas. Ze zaten cocktails te bedenken voor een of ander schoolfeestje. Alice hield uiteraard op met lachen toen ik haar mijn nieuws vertelde en ze zette haar trieste stem op, maar het lukte haar nauwelijks om de restanten van haar gegrinnik te onderdrukken. Ik voelde me de zeurderige zus met al weer zo'n oervervelende miskraam, die altijd maar weer de pret wist te bederven met haar licht onsmakelijke en altijd slechte gynaecologische berichtgeving. Alice had Gina waarschijnlijk een teken gegeven, want die hield ook meteen op met lachen, alsof iemand een knop om had gedraaid.

Ik zei dat we het er een ander keertje wel over zouden hebben en verbrak snel de verbinding. Toen gooide ik de telefoon dwars door de kamer en smeet daarmee een prachtige vaas aan diggelen die ik nog in Italië had gekocht, op mijn twintigste. Ik ging op de bank liggen en gilde in een kussen. Ik baal nog steeds verschrikkelijk van die vaas.

Alice belde me de volgende dag niet terug. En de dag daarna brak Madison haar sleutelbeen. Dat bood afleiding, en in het ziekenhuis hadden we het te druk met onze bezorgdheid om haar. Mijn miskraam raakte verloren tussen die cocktails met Gina en het ongeluk van Madison. Alice kwam er nooit meer op terug. Ik vroeg me weleens af of ze het vergeten was.

Ik denk dat onze relatie toen bekoeld is geraakt.

Ja, ik weet het. Kinderachtig en klein, maar het is niet anders.

17

Overpeinzingen van een overgrootmoeder

Gisteren vroeg mijn dochter Barb me of ik nog iets nodig had voor Moederdag. Weet je wat het eerste was dat bij me opkwam?
Een **exitzak**. Dat is een speciale zak die je over je hoofd doet en waardoor je vredig in je slaap doodgaat, wegens zuurstofgebrek. Of ik zou ook wel graag de **vredige pil** willen. Dat is een zelfmoordpil waar je niet bij hoeft te lijden. Helaas zou Barb daar helemaal voor naar Mexico moeten, en ze vindt een ritje naar Parramatta al een hele toer. Enfin, ik zie al voor me hoe jullie tegen je scherm zitten te sputteren. Maak je maar geen zorgen, ik heb gezegd dat ik dolgraag een nieuwe handdoek wil met een lekker zeepje.
Ik ben niet ziek. Voor zover ik weet is mijn gezondheid tiptop in orde. Maar in augustus word ik vijfenzeventig. Zo oud was mijn moeder toen ik haar verloor door kanker. Ik word werkelijk doodsbang bij de gedachte dat ik dezelfde onwaardige gang moet maken als zij. Niet zozeer de pijn, maar het gebrek aan controle. Van die zustertjes die je kleinerend vragen: 'En hoe gaat het vandaag met ons?' Dat ik niet zou kunnen kiezen wanneer ik wil eten of wanneer ik een douche mag. O, huiveringwekkend! Het zou me toch zo'n rust geven als ik een exitzak in huis had, of als ik zo'n vredige pil in mijn nachtkastje had liggen. Dan hoefde ik me niet zo druk te maken over dat soort dingen. Het zou echt een geweldig cadeau zijn.
In de tussentijd heb ik nog acht afzeggingen gekregen voor mijn busreisje naar het euthanasiepanel. Dat geklets over een kroegentocht was kennelijk grootspraak. De heer X heeft een volkomen respectabel boottochtje door het havengebied geregeld. Iedereen is er

reuze-opgewonden over en ze schijnen allemaal al vergeten te zijn dat ik vorig jaar zelf ook zo'n boottochtje heb georganiseerd. Je zou denken dat X het concept helemaal zelf heeft bedacht.
Ik moet zeggen dat ik er echt een beetje down van ben.
Vrolijker nieuws is dat mijn prachtige achterkleindochter **Olivia** op zal treden op de Talentenshow tijdens de Familieavond! Ik zal proberen eraan te denken straks wat foto's te plaatsen. Barbara en haar man Roger treden ook op, met een salsadans. Dat zou ook net iets zijn voor X, denken jullie ook niet? Hoe schuiner, hoe beter.

COMMENTAAR

Beryl zegt...
O, Frannie, ik verslikte me bijna in mijn boterham toen ik jouw stukje las! Lieve Frannie, vind je zelf ook niet dat je een beetje geobsedeerd bent? Ik maak me zorgen om je.

AB74 zegt...
Het is heel eenvoudig: koop een pistool. Snel, efficiënt, een kogel door het hoofd. Pang! En klaar. Ga nu maar gewoon gezellig met de anderen mee op dat boottochtje en hou hier verder over op! (Stuur me maar een mailtje als je wil weten hoe je aan een goedkoop, betrouwbaar wapen moet komen.)

DorisuitDallas zegt...
Je hebt nog steeds niet verteld of je de heer X al eens hebt uitgenodigd voor een borrel.
PS En ook niet hoe het komt dat je zo teleurgesteld bent in de liefde.
PPS Niet mailen naar AB74 hoor! Zo te lezen heeft hij maffiaconnecties.

Sporty Mama zegt...
Ik lees dit blog al vanaf het begin en ik heb nog nooit een opmerking geplaatst, maar nu moet me toch van het hart dat je laatste stukje onverantwoord en immoreel was. Ik werd er misselijk van. Mij zie je hier niet meer terug.

Kerel uit Brisbane zegt...
!!!!!!!!!!!!!!!!!!!!!!!!!!!!!!!!!!!!!

Frank Neary zegt...
Het spijt me te horen dat een of andere domme kerel u zo teleurgesteld heeft, juffrouw Jeffrey. Maar het is nooit te laat voor de liefde! Ik zou u dolgraag eens mee uit nemen. Dansen? Een filmpje? Wat zou u leuk vinden?

GroovyGranny zegt...
Misschien is het maar goed dat Alice is vergeten wat er met Gina is gebeurd.

'Nick!'

Alice schrok overeind, met bonzend hart, en een oppervlakkige ademhaling. Ze voelde in bed of Nick daar lag, om hem wakker te maken en hem over de nachtmerrie te vertellen, hoewel de precieze details alweer vervaagden en een beetje dom leken. Het was iets met een... boom? Een enorme boom. Zwarte takken tegen een stormachtige lucht.

'Nick?'

Normaal zou hij onmiddellijk wakker worden als ze een nachtmerrie had gehad en dan zou hij haar met een groggy slaapstem geruststellen: 'Het is al goed, het was maar een droom, het was maar een nare droom.' En ergens dacht ze dan altijd: hij wordt vast een geweldige vader.

Ze klopte om zich heen op de lakens. Hij was vast een glaasje water gaan halen. Of was hij nog helemaal niet naar bed gekomen?

Nick is hier niet, Alice. Hij woont ergens anders. Hij vliegt morgen terug uit Portugal, maar jij gaat hem niet afhalen. Misschien pikt Gina hem wel op van het vliegveld. O, en je hebt vandaag het hoofd der school gezoend, weet je nog wel? Weet je nog wel? Kun je je dan nu ALSJEBLIEFT *weer gewoon herinneren hoe je leven in elkaar zit, domoor!*

Ze knipte het lampje naast haar bed aan, gooide de dekens van zich af en stapte uit bed. Ze zou nu de slaap toch niet meer kunnen vatten.

Goed.

Ze liet haar handen over haar nachtpon glijden. Het was een mouwloos geval van glanzende, oesterkleurige zijde. Die had vast een fortuin gekost. Het was gewoon zo stom dat ze zich niet meer kon herinneren dat ze hem had gekocht. Ze had er schoon genoeg van. Ze wilde alles weer weten, nu meteen.

Ze liep de badkamer in en vond het flesje parfum dat ze in het ziekenhuis had gebruikt. Ze spoot zich onder met uitbundige wolken en snoof de geur diep op. Ze zou die maalstroom van haar geheugen tegemoet hollen en er middenin springen.

Het parfum viel haar neusgaten aan, en ze werd er een beetje misselijk van. Ze wachtte tot de beelden van de afgelopen tien jaar haar hoofd zouden vullen, maar het enige wat ze voor zich zag waren de glimlachende vreemde gezichten op het feestje vanavond, en Dominicks bruine ogen, en haar moeder die koket naar Roger lachte en de teleurgestelde lijnen rond Elisabeths mond.

Al die recente herinneringen waren veel te vers en verwarrend. Dat was het probleem. Er was helemaal geen ruimte meer voor oude herinneringen.

Ze ging zitten op de koude tegelvloer en trok haar knieën tegen zich aan. Al die mensen van vanavond, die doodleuk haar huis binnenmarcheerden en zichzelf een glaasje champagne inschonken en elegante hapjes van cateringpersoneel met witte schorten aannamen (die om vijf uur op de stoep stonden en met een minzame efficiëntie de keuken hadden overgenomen). Ze verspreidden zich in kleine groepjes over haar achtertuin, en zakten met hun hoge hakken door het gras. 'Alice!' zeiden ze familiair, en ze kusten haar op beide wangen. Er werd in 2008 kennelijk wat afgekust. 'Hoe is het?' Men droeg zijn haar gladder en steiler dan in 1998. Daardoor leken al die hoofden grappig genoeg een stuk kleiner.

Ze hadden het over de benzineprijs (wat kon je in vredesnaam te melden hebben over zoiets saais), vastgoedprijzen, aanvragen voor verbouwingen en een of ander politiek schandaal. Ze hadden het ook over de kinderen – 'Emily', 'Harry', 'Isabel' – alsof Alice die goed kende. Er werden hilarische grapjes gemaakt over een of ander schoolreisje dat ze kennelijk had begeleid, en waar toen van alles en nog wat mis was gegaan. Er waren ernstige, gedempte stemmen toen het ging over een of andere juf aan wie iedereen een hekel had. Ze kletsten tegen haar aan over jazzballetles, saxofoonles, zwemles, de schoolband, het schoolfeest, het snoepwinkeltje, de speciale klas voor hoogbegaafden, en het zei haar allemaal niets. De gesprekken waren zo gedetailleerd, zoveel namen, data, tijden en afkortingen – de lo-lessen, de Cito-toetsen. Een paar keer siste iemand het woord 'Botox', dat Alice ook al niet kende, als er een bepaalde dame voorbij kwam lopen. Alice kon er niet helemaal uit opmaken of het nu een honende belediging was, of een jaloers compliment.

Dominick bleef dicht bij haar in de buurt, en hij legde steeds aan iedereen uit dat ze niet helemaal zichzelf was na haar ongeluk, en dat ze eigenlijk in bed hoorde te liggen. 'Typisch Alice, hè, altijd maar doorstomen!' zeiden ze. (Was dat zo? Wat gek. Normaal greep ze elk excuus aan om naar bed te kunnen.) Het leek er niet zoveel toe te doen dat ze niemand herkende. Knikken en glimlachen leek voldoende om het gesprek gaande te houden, terwijl Alice steeds maar werd afgeleid door dingen in haar eigen tuin. Was dat nou een moestuin, daar in de hoek? Er hing een schommel zachtjes te kraken in het avondbriesje – en was het Rozijntje van die glijbaan in haar armen geroetsjt?

Nu liet Alice haar vingers over het voegwerk van de witte badkamertegels gaan. (Nick en zij hadden samen een cursus tegelzetten gevolgd, als voorbereiding op deze klus – nummer 46 op de Onbereikbare Droomlijst.) Ze kon zich niet herinneren dat ze dit hadden gedaan. Het kon goed zijn dat ze duizenden herinneringen kwijt was.

Lag Nick nu in bed met Gina?

Gina's naam was gevallen op het feestje. Dat was wel ongemakkelijk. Alice stond te praten met – of liever: te luisteren naar – een vrouw die enorm afleidende diamanten oorbellen in had en een man die obsessief geïnteresseerd was in de hapjes en die de dienbladen en de bediening met een haviksoog in de gaten bleef houden. Het ging over huiswerk en dat het toch zo'n belasting was voor ouders.

'Ik zit om drie uur 's nachts ijslollystokjes aan elkaar te plakken voor Erins kolonistenhuisje, nou, ik kan je vertellen, dan ga ik wel door het lint, hoor.' De oorbellenmevrouw knipte met haar vingers en haar oorbellen fonkelden.

'Kan ik me voorstellen, ja,' had Alice gemompeld, ook al kon ze het zich helemaal niet voorstellen. Waarom had ze die Erin niet gewoon zelf haar huiswerk laten doen? Of desnoods hadden ze het samen gedaan? Alice stelde zich voor dat ze gezellig met een lieve dochter aan tafel zat te lachen terwijl ze stokjes aan elkaar lijmden en warme chocolademelk dronken. Bovendien was Alice supergoed in dat soort projectjes. Haar kind zou het allermooiste kolonistenhuisje van de hele klas hebben.

'Nou ja, je moet ze toch ook discipline bijbrengen, hè. Is dat niet juist het hele punt van huiswerk?' vroeg de man. 'Hé, zeg! Kom eens hier? Heb je daar samosa's? O, kebabs. Hoe dan ook, tegenwoordig kun je toch alles googelen.'

Wat zei hij nou? 'Koekelen'? Alice' hoofd deed pijn.

'Je kunt anders geen kant-en-klaar stokjeshuisje van Google halen. En trouwens, ik durf te wedden dat jíj de kinderen nooit met hun huiswerk hoeft te helpen.' De vrouw had Alice zo'n blik van 'Mannen!' toegeworpen, en Alice probeerde ook zo te kijken. (Nick had wel met het huiswerk geholpen, dat wist ze zeker.) 'Laura heeft het ongetwijfeld allemaal al geregeld tegen de tijd dat jij thuiskomt. Ik weet nog dat Gina Boyle een keer zei dat ze vond dat huiswerk eigenlijk...'

De vrouw hield midden in de zin op met praten, met een

overdreven huivering van gêne. ‘O, Alice, sórry. Wat tactloos van me.’

De man sloeg een broederlijke arm rond Alice’ schouders. ‘Het is ook zo zwaar geweest voor jou. O, wacht, ik zie een samosa voorbijkomen.’

Alice was geschokt. Wist iedereen dan dat Nick haar met Gina had bedrogen? Was het algemeen bekend in deze vreemde, kleffe kliek?

Ineens stond Dominick er weer, en hij trok haar voorzichtig bij hen weg. Ze begon op hem te rekenen. Ze merkte zelfs dat ze steeds naar hem zocht in de menigte en dat ze dan dacht: waar is Dominick? Terwijl ze zich tegelijkertijd voorstelde dat ze Nick dit verhaal zou vertellen: ‘Dus, die vent deed de hele avond alsof hij mijn vríénd was. Krankzinnig toch?’

Elisabeth en haar man Ben kwamen ook op het feestje, want Alice had tegen Elisabeth gezegd dat ze een paniekaanval zou krijgen als ze niet kwam. Ben was zelfs nog groter en hariger dan Alice zich herinnerde. Hij zag eruit als een uit een sprookjesboek ontsnapte houthakker en hij viel nogal op tussen al die andere mannen met hun gladde gezichten en hun keurige overhemden en sportschoolfiguren. Hij leek nogal dol op Alice. Hij zei dat hij ‘veel had nagedacht over hun gesprek van laatst’, en toen zei hij: ‘O, maar daar weet jij natuurlijk niks meer van,’ en hij gaf zichzelf een tik tegen de zijkant van zijn hoofd. Elisabeth had haar lippen op elkaar geklemd en de andere kant op gekeken. ‘Waar hebben we het dan over gehad?’ vroeg Alice. ‘Niet nu,’ had Elisabeth gespannen geantwoord.

Elisabeth en Ben hadden niet veel met anderen gesproken. Ze hadden een hele poos met Dominick gepraat, die ze zo te zien niet eerder hadden ontmoet. Het was vreemd om Elisabeth te zien staan met een drankje in haar hand, dicht bij Ben. Op feestjes marcheerde zij meestal van de een naar de ander, alsof ze het als haar plicht zag om werkelijk iedereen gesproken te hebben.

Het gekke was dat het leek alsof ze het wel gered zou hebben zonder Dominick of Elisabeth om haar bij te staan. Al was het dan ook surrealistisch geweest en een soort van droom, al die vreemde mensen te ontmoeten die haar naam kenden en allerlei intieme details over haar gezondheid (een vrouw probeerde haar zelfs mee te slepen naar een hoekje van de tuin om een gesprek voort te zetten over Alice' bekkenbodem dat ze een paar weken daarvoor waren begonnen), ze voelde toch niet die feestpaniek waar ze normaal altijd last van had. Ze leek instinctief te weten hoe ze zich een houding moest geven en wat ze met haar handen en haar gezicht moest doen. Ze voelde dat ze gracieus en levendig was, terwijl ze mensen het verhaal vertelde over hoe ze in de sportschool ten val was gekomen en dat ze nu dacht dat ze tien jaar jonger was en nog zwanger van haar eerste kind. De woorden rolden soepel uit haar mond. Ze maakte oogcontact met iedereen in de kring. Ze vertelde een anekdote. Het bleek dat ze heel normaal en sociaal vaardig was geworden, nu ze tegen de veertig liep.

Misschien kwam het doordat ze er zo goed uitzag dat ze zoveel zelfvertrouwen had. Uit haar kledingkast had ze een blauwe jurk gekozen, met fijn borduursel rond de hals en zoom. 'O, jij hebt ook altijd de prachtigste kleren, hè schat?' had Kate Harper gezegd. Kates aardappel werd nog heter als ze dronk, dus tegen middernacht klonk ze als de koningin van Engeland. Alice vond Kate onuitstaanbaar.

Het feestje eindigde rond enen. Dominick was een van de laatsten die vertrokken, en hij gaf haar een kuise zoen op haar wang en zei dat hij haar morgen zou bellen. Er was geen sprake van dat hij bij haar zou blijven slapen, dus misschien was hun relatie nog niet zo ver gevorderd. Het was een aardige man, iemand die ze van harte aan een vriendin zou aanbevelen, maar het idee dat zij zich voor hem zou uitkleden was ronduit een lachertje.

Maar ja, misschien wilde hij ook wel discreet zijn omdat hij wist dat Ben en Elisabeth bleven logeren. Misschien hadden ze dus wel degelijk een heel actief seksleven.

Ze huiverde.

Over nog geen vierentwintig uur zou ze Nick en de kinderen zien, en dan zou alles eindelijk op zijn plek vallen.

Het werd koud op de badkamervloer. Ze stond op en bekeek haar vermoeide smalle gezicht in de spiegel. *Wie ben je geworden, Alice Love?*

Ze liep de slaapkamer in en overwoog weer te gaan slapen, maar ze wist dat dat onmogelijk zou zijn. Warme melk was het antwoord. Niet op alles, uiteraard. Het hielp bijvoorbeeld nooit tegen haar slapeloosheid, maar het ritueel, en het gevoel dat je iets deed wat de tijdschriften altijd aanraden als je niet kan slapen, dat had iets geruststellends. Bovendien hielp het de tijd te verdrijven.

De deur naar de logeerkamer was dicht toen ze de gang door sloop. Ze was aangenaam verrast toen ze ontdekte dat er een logeerkamer was (voordien een van de vele opslagkamers), ingericht met een tweepersoonsbed, een ladekast en handdoeken voor de gasten. 'Verwachtte ik dan logés?' had ze aan Elisabeth gevraagd. 'Nee, zo is het hier altijd,' had Elisabeth geantwoord. 'Je bent enorm georganiseerd, Alice.'

Dat harde in haar stem was er weer. Alice wist niet wat dat betekende. Elisabeth begon haar een beetje te irriteren.

Ze liep zachtjes de met vloerbedekking beklede overloop af, verloor bijna haar evenwicht boven aan de trap, en greep zich nog net aan de leuning vast. Misschien was het wel zo handig als ze nog een keer op haar hoofd viel. Misschien dat ze dan haar herinneringen weer terug zou krijgen.

Met haar handen stevig om de leuning liep ze de trap af. Beneden zag ze dat er licht brandde in de keuken.

'Hallo,' zei ze.

'O, hoi.'

Elisabeth stond bij de magnetron.

'Warme melk,' zei ze. 'Wil je ook?'

'Ja, graag.'

'Niet dat ik er echt van ga slapen.'

'Nee, ik ook niet.'

Alice leunde tegen het aanrecht en keek toe hoe Elisabeth een tweede beker melk volschonk. Ze droeg een gigantisch mannenshirt, dat waarschijnlijk van Ben was. Alice voelde zich maar tuttig in haar lange satijnen gewaad.

'Hoe voel je je?' vroeg Elisabeth. 'Hoe is het met je... geheugen?'

'Niks nieuws,' antwoordde Alice. 'Ik kan me nog steeds niets herinneren van de kinderen of de scheiding. Hoewel ik er wel achter ben dat het iets met die Gina te maken moet hebben.'

Elisabeth keek haar verbaasd aan. 'Hoe bedoel je?'

'Het geeft niet, je hoeft me niet te beschermen,' zei Alice. 'Ik begrijp heus wel dat hij vreemd is gegaan met haar.'

'Nick, met Gina?'

'Ja toch? Kennelijk wist iedereen daarvan.'

'Nou, ik hoor het anders voor het eerst.' Elisabeth leek oprecht geschokt.

Alice zei nonchalant: 'Hij zal nu wel met haar in bed liggen.'

Het belletje van de magnetron klonk, maar Elisabeth negeerde het.

'Dat waag ik te betwijfelen, Alice,' zei ze.

'Hoezo?'

'Omdat ze dood is.'

18

'O,' zei Alice.

Ze zweeg even. 'Ik heb haar toch niet vermoord, hè? In een aanval van jaloezie? Nee, want dan zat ik nu natuurlijk in de gevangenis. Maar misschien dat ik ermee weg ben gekomen?'

Elisabeth lachte gechoqueerd. 'Nee, je hebt haar niet vermoord.' Ze fronste. 'Maar zei je nou dat je je herínnerde dat Nick is vreemdgegaan met Gina?'

'Nee, dat niet,' moest Alice toegeven. Toch leek het haar zo klaar als een klontje. O, wacht, nu snapte ze het. Daarom deed iedereen dus zo vol medeleven toen Gina ter sprake kwam – omdat ze dood was! Er was dus helemaal geen affaire geweest! Ze raakte vervuld van opluchting en schuldgevoel en liefde voor Nick. *Natuurlijk ben je niet vreemdgegaan, lief. Dat heb ik toch ook nooit echt gedacht, nog geen seconde.*

En als er geen sprake was van een affaire, was die Gina misschien best een leuk mens geweest. Dus dan was het eigenlijk best erg dat ze dood was.

Elisabeth haalde de bekers melk uit de magnetron en nam ze mee naar de salontafel, waar ze een lampje aandeed. De heliumballonnen die Dominick had opgeblazen dobberden nog steeds tegen het plafond. In de vensterbank stonden twee halflege champagneglazen, naast een stapel afgeknaagde stokjes waar de kebab aan had gezeten.

Alice zat in kleermakerszit op de leren bank en trok haar pon over haar knieën.

'Hoe is Gina doodgegaan?' vroeg ze.

'Door een ongeluk.' Elisabeth stopte een vinger in haar melk en roerde zonder Alice aan te kijken. 'Een auto-ongeluk was het. Ongeveer een jaar geleden.'

'Was ik erg verdrietig?'

'Ze was je beste vriendin. Je was er kapot van.' Elisabeth nam een flinke slok melk en zette de beker met een klap neer. 'Au! Veel te heet.'

'Kapot'. Wat een groot, verstrekkend woord. Alice nam ook een slokje en brandde haar tong. Vreemd, dat ze 'kapot' was van de dood van deze vreemde vrouw, maar dat ze haar scheiding kennelijk prima aankon. Ze had geen ervaring met kapotzijn. Er was haar verder nooit iets verschrikkelijks overkomen. Haar vader was overleden toen zij zes was, maar het enige wat ze zich daarvan kon herinneren was een gevoel van verwarring.

Haar moeder had haar weleens verteld dat Alice wekenlang in een oude trui van haar vader had rondgelopen en dat ze weigerde om die uit te trekken. Dat ze had gegild en gekrijst toen Frannie hem uiteindelijk van haar lijf trok. Dat wist Alice helemaal niet meer. Wat ze nog wel wist was dat ze bij het theedrinken na de begrafenis op haar kop had gekregen van een van haar moeders tennisvriendinnen, omdat ze met een vinger aan de taart had gezeten terwijl Elisabeth het ook deed, maar die kreeg niet op haar kop. Dus in plaats van het verdriet en de wanhoop, kon ze zich alleen het onrecht van de taart nog maar herinneren.

De avond voor haar bruiloft had ze in bed liggen huilen omdat haar vader niet meer leefde en die haar dus niet kon weggeven bij het altaar. Ze was perplex van die plotselinge tranenvloed en ze dacht dat het misschien door de zenuwen kwam voor de dag daarop. Ze was ook bang dat het krokodillentranen waren omdat ze vond dat ze dit soort gevoelens behoorde te hebben, terwijl ze zich in werkelijkheid geen voorstelling kon maken van hoe het was om een vader te hebben. Maar toch was ze ook blij omdat het ook kon betekenen dat een deel van haar zich haar vader wel degelijk herinnerde, en hem nog altijd miste. Toen moest ze nog harder huilen, en ze dacht aan hoe hij, als hij zich stond te scheren, altijd een heleboel van dat heerlijke, romige scheerschuim op haar uitgestrekte handen spoot, waar zij dan haar gezicht mee volsmeerde. Wat schattig, wat ontroerend. En ze dacht aan de kapper en dat ze hoopte dat die haar pony niet zou verpesten de volgende dag, want anders zag ze eruit als een knaagdier – zie je nou hoe afschuwelijk oppervlakkig ze was? Ze zat erger in over haar kapsel dan over haar dode vader.

Nu had ze kennelijk volwassen verdriet gevoeld over een vrouw genaamd Gina.

'Jij was erbij,' zei Elisabeth zachtjes.

'Wat? Waar was ik bij?'

'Jij hebt Gina's ongeluk zien gebeuren. Je reed achter haar. Het moet vreselijk voor je zijn geweest. Ik kan me niet eens voorstellen hoe...'

'Was dat soms op de hoek van Rawson en King Street?'

'Ja, weet je dat dan nog?'

'Niet echt. Maar ik herinner me wel het gevoel. Het is me nu al twee keer overkomen. Als ik die hoek zie, raak ik helemaal in paniek.'

Zouden die gevoelens wegblijven nu ze wist wat ze betekenden?

Ze wist niet of ze zich wel wilde herinneren dat ze iemand voor haar ogen had zien verongelukken.

Ze dronken zwijgend hun melk. Toen pakte Alice een van de bungelende ballontouwtjes en trok eraan. Ze keek naar hoe de ballon rondzweefde en herinnerde zich weer die boeketten van roze ballonnen die woedend door de stormachtige hemel dreven.

'Roze ballonnen,' zei ze tegen Elisabeth. 'Ik herinner me roze ballonnen en een ongelofelijk verdrietig gevoel. Heeft dat soms ook iets met Gina te maken?'

'Dat was bij haar begrafenis,' antwoordde Elisabeth. 'Jij en Michael – dat is haar man – hadden geregeld dat die ballonnen werden losgelaten op de begraafplaats. Het was heel mooi. Heel triest.'

Alice probeerde zich in te denken dat ze met een verse weduwnaar genaamd Michael over ballonnen had gepraat.

Michael. Dat was de naam op dat visitekaartje in haar portemonnee. Michael – de fysiotherapeut uit Melbourne – dat moest dan Gina's man wel zijn. Daarom had hij achterop geschreven over 'gelukkiger tijden'.

'Is Gina doodgegaan voordat Nick en ik uit elkaar gingen?' vroeg Alice.

'Ja, ik geloof een halfjaar daarvoor. Jullie hebben een behoorlijk zwaar jaar achter de rug.'

'Zo te horen, ja.'

'Het spijt me,' zei Elisabeth.

'Het geeft niet.' Alice keek op en voelde zich schuldig, want zo leek het net alsof ze zichzelf vreselijk zielig vond. 'Ik kan me die Gina helemaal niet herinneren. En de scheiding trouwens ook niet.'

'Nou, dan moet je maar een afspraak maken met de neuroloog,' zei Elisabeth, maar ze zei het zonder enige overtuiging, alsof ze het niet kon opbrengen om erop aan te dringen.

Ze zaten een poosje in stilte, op het regelmatige gegorgel uit het aquarium na.

'Is het eigenlijk de bedoeling dat ik die vissen voer?' vroeg Alice.

'Geen idee,' zei Elisabeth. 'Ik meen dat Tom verantwoordelijk is voor de vissen. Volgens mij mag er verder ook niemand anders aankomen.'

Tom. Het vlasblonde jongetje dat zo aan de telefoon had staan snuffen. Ze was doodsbang bij de gedachte dat ze hem zou ontmoeten. Hij was dus de baas van de vissen. Hij had verantwoordelijkheden en meningen. Alle drie de kinderen zouden meningen hebben. Meningen over Alice, dat ook. Misschien mochten ze haar wel helemaal niet. Misschien was ze wel veel te streng voor ze. Of misschien droeg ze de verkeerde kleren als ze hen uit school ophaalde. Misschien vonden ze Nick wel veel leuker. Misschien waren ze wel boos op haar omdat ze Nick uit huis had gejaagd.

'Hoe zijn ze?' vroeg ze.

'Die vissen?'

'Nee, de kinderen.'

'O – nou, hartstikke leuk.'

'Maar vertel nou eens echt. Beschrijf hun persoonlijkheden eens.'

Elisabeth deed haar mond open, en meteen weer dicht. 'Het voelt zo raar om jou te vertellen over je eigen kinderen. Jij kent ze zoveel beter dan ik.'

'Maar ik kan me niet eens meer herinneren dat ik ze heb gebaard!'

'Ik weet het. Dat is zo moeilijk te geloven. Je ziet er nog precies hetzelfde uit. Ik heb het gevoel dat je geheugen elk moment weer aan kan springen, en dat je dan tegen me zal zeggen: "Jij hoeft mij echt niets te vertellen over mijn bloedeigen kinderen, hoor."'

'Toe nou, alsjeblieft,' zei Alice.

'Oké, oké.' Elisabeth stak haar handen in de lucht. 'Ik zal het proberen. Dus, Madison. Madison is...' Ze stopte. 'Mama kan dit veel beter dan ik. Zij ziet de kinderen veel vaker. Vraag het haar.'

'Hoe bedoel je dat? Jij kent mijn kinderen toch wel? Ik dacht, nou ja, ik dacht dat jij ze misschien wel beter zou kennen dan wie dan ook? Jij hebt me immers het allereerste cadeautje voor de baby gegeven. Kleine sokjes.'

Elisabeth was de eerste die Alice had gebeld nadat zij en Nick al die positieve zwangerschapstests op de salontafel hadden uitgespreid. Ze was zo blij geweest. Ze was langsgekomen met een fles champagne ('Voor Nick en mij, jij mag niet!') en een boek getiteld *Wat je kunt verwachten als je in verwachting bent* en die sokjes.

'Echt? Dat weet ik helemaal niet meer,' zei Elisabeth. Ze zette haar beker neer en pakte een fotolijstje van het tafeltje naast haar. 'Ik zag de kinderen heel vaak toen ze nog klein waren. Ik was stapel op ze. Nog steeds, natuurlijk. Maar jullie hebben het altijd zo vreselijk druk. De kinderen hebben heel veel hobby's. Ze zitten allemaal op zwemles. Olivia zit op ballet en op handbal. Tom voetbalt en Madison speelt hockey. En dan al die verjaardagsfeestjes! Elke week is er wel ergens eentje waar ze naartoe moeten. Dat sociale leven van ze is echt ongelofelijk. Ik weet nog dat ik altijd precies het goede cadeau voor ze wist toen ze klein waren. Dan scheurden ze het papier er in één keer vanaf. Maar nu moet ik jou eerst bellen en dan geef jij mij precies door naar welke winkel ik moet en wat ik daar moet halen. En anders koop jij het voor me, en geef ik jou het geld. En dan laat jij de kinderen een kaartje naar me sturen om me te bedanken. *Lieve tante Libby. Heel erg bedankt voor de mooie bla bla bla.*'

'Een kaartje om te bedanken,' herhaalde Alice.

'Ja, dat doe je natuurlijk alleen om hun goede manieren bij te brengen, en zo, maar ik haat die kaartjes. Ik zie helemaal voor me dat die kinderen zitten te kreunen omdat je ze dwingt die dingen op te schrijven. Dan voel ik me net een ouwe tante.'

'O. Sorry.'

'Nee! O, wat erg dat ik me zit te beklagen over een bedankkaartje. Ik ben echt een verbitterde feeks geworden. Is het je opgevallen?'

'Het lijkt er eerder op dat ik...' Alice wist niet hoe ze degene die ze was geworden moest omschrijven. Onuitstaanbaar?

'Maar goed,' zei Elisabeth kortaf. 'Jouw kinderen, dus. Nou, Madison is gewoon Madison.' Ze glimlachte vol genegenheid.

Madison is gewoon Madison. Er ging een wereld aan herinneringen schuil achter die zin. Het zou ondraaglijk zijn als die wereld voor altijd verloren was voor Alice.

'Mama zegt altijd: "Waar hebben we die eigenlijk vandaan?"' zei Elisabeth.

'Oké,' zei Alice. Daar had ze ook niet echt veel aan.

'Nou, ze is heel erg intens, al sinds ze heel klein was. Ze voelt alles heel diep. Op kerstavond was ze bijna koortsachtig van opwinding, en als de kerstdagen dan weer achter de rug waren, was ze juist ontroostbaar. Dan zat ze in een hoekje te huilen omdat ze een heel jaar moest wachten tot het weer kerst werd. Wat nog meer? Ze is een vreselijke brekebeen. Verleden jaar is ze door die glazen deur daar heen gelopen, en toen had ze tweeënveertig hechtingen. Heel traumatisch was dat. Heel veel bloed ook. Tom heeft schijnbaar de ambulance gebeld, en Olivia is flauwgevallen. Ik wist niet dat kinderen van vijf konden flauwvallen. Maar Olivia heeft een bloedfobie. Tenminste, dat had ze, ik weet niet of het nog steeds zo is. Nee, wacht even, was ze laatst niet vast van plan om later zuster te worden? Toen mama dat verpleegsterssetje voor haar had gekocht?'

Alice staarde haar alleen maar aan.

'O, sorry,' zei Elisabeth met een rood hoofd. 'Ik kan me gewoon niet voorstellen hoe vreemd dit voor jou moet zijn – en ik vergeet het de hele tijd.'

Alice zei: 'Vertel me eens wat meer over het Rozijntje. Over Madison, bedoel ik.'

'Madison houdt van koken,' zei Elisabeth. 'Tenminste, ik neem aan dat dat nog steeds zo is. Ze is de laatste tijd een beetje humeurig, geloof ik. Maar ze bedacht vroeger altijd zelf recepten. Die waren nog lekker ook. Alleen zag de keuken eruit alsof er een bom was ontploft, en in opruimen was ze dan weer niet zo goed. Ze was ook wel een beetje een prima donna wat haar kookkunsten betrof. Als een gerecht niet precies zo werd als zij het voor zich zag, dan moest ze huilen. Ik heb eens gezien dat ze een versierde chocoladetaart van drie lagen waar ze uren mee bezig was geweest zo in de vuilnisbak kieperde. Jij ging helemaal uit je dak.'

'Echt waar?' Alice probeerde te wennen aan alweer een nieuw beeld van zichzelf. Ze werd nooit kwaad. Ze was meer een binnenvetter.

'Kennelijk was je er speciaal op uit getrokken om precies de juiste ingrediënten voor die taart te kopen, dus ik begreep wel dat je kwaad werd.'

'Madison klinkt een beetje alsof ze bij de RD's hoort,' zei Alice. Het was nooit bij haar opgekomen dat de genen van Nicks zussen haar kind zouden kunnen infiltreren. Ze was er altijd van uitgegaan dat een eventuele dochter een miniuitvoering van haar zou zijn. Een volkomen verse Alice, eentje die nog bij te schaven viel, met misschien Nicks ogen voor de goede orde.

'Nee, ze lijkt niet op de RD's,' zei Elisabeth beslist. 'Ze is gewoon Madison.'

Alice drukte haar handpalmen tegen haar buik en dacht aan hoe verschrikkelijk veel Nick en zij van het Rozijntje hadden gehouden. Maar dat was zo'n heldere, eenvoudige, bijna narcistische liefde geweest. Nu liep het Rozijntje dwars door glazen deuren en smeet ze hele taarten in de vuilnisbak en liet ze Alice 'uit haar dak gaan'. Het was allemaal zoveel ingewikkelder en chaotischer dan ze het zich ooit had voorgesteld.

'En Tom? Hoe is die?'

'Die is heel slim,' zei Elisabeth. 'En hij kan verbazend grappig uit de hoek komen. Het is een achterdochtig kind, hem hou je niet voor de gek. Dan gaat hij het rustig op het internet controleren. Hij kan echt helemaal opgaan in bepaalde onderwerpen, en dan leest hij alles wat hij erover kan vinden. Eerst was hij een poosje in de dinosaurussen. En toen waren het achtbanen. Ik weet niet wat zijn huidige bevlieging is. Hij doet het heel goed op school, hij wint prijzen en zo, en hij is klassenvertegenwoordiger. Dat soort dingen.'

'Nou, fijn,' zei Alice.

'Waarschijnlijk een hele opluchting, na Madison.'

'Hoe bedoel je dat?'

'Nou, Madison heeft het altijd moeilijk gehad op school. "Gedragsproblemen" noem jij het.'

'O.'

'Maar ik geloof dat je het inmiddels onder controle hebt. Ik hoor al een tijdje niks meer over drama's.'

Drama's. Alice had dus een leven vol met drama's.

'En dan heb je natuurlijk Olivia nog,' zei Elisabeth. 'Dat is echt zo'n kind waar iedereen dol op is. Als we die ergens mee naartoe namen, toen ze nog een baby was, dan hielden mensen je staande op straat om te zeggen hoe schattig ze was. Zelfs zakenmannen van middelbare leeftijd op weg naar een vergadering begonnen nog te glimlachen als ze Olivia zagen zitten in haar buggy. Het was net of je met een beroemdheid op stap was, overal mensen die zich omdraaiden. En ze is nog steeds superschattig. We zitten de hele tijd maar te wachten op het moment dat ze monsterlijk gaat doen, maar dat moment komt maar niet. Ze heeft een groot hart – een beetje te groot misschien. Ik weet nog dat ze een keer op haar hurken zakte, in de keuken, en dat we haar hoorden zeggen: "Hallo, kleintje." Toen we keken bleek dat ze een kakkerlak zat te aaien. Mama viel zowat dood neer.'

Elisabeth zweeg en gaapte breeduit.

'Jij zou ze waarschijnlijk heel anders beschrijven,' zei ze, en haar toon was defensief. 'Jij bent tenslotte hun moeder.'

Alice dacht aan de keer dat ze Nick voor het eerst zag. Ze droeg een gestreept schort, en zat op een hoge kruk aan een lange tafel, waaraan ze een Thaise kookcursus volgde. Haar vriendin Sophie zou meegaan, maar die had haar enkel verzwikt zodat ze deze eerste les moest missen. Nick was er ook, met een meisje van wie Alice aannam dat het zijn vriendin was, maar wat later de allerdebielste van de RD's bleek te zijn, Dora. Toen ze binnen kwamen lopen moesten ze allebei lachen, wat Alice, die tot haar ongenoegen net weer single was, ongelofelijk irriteerde. Zul je net zien. Zit je opgescheept met weer zo'n gelukkig, lachend, verliefd stel. Alice herinnerde zich hoe haar ogen die van Nick ontmoetten terwijl hij op zoek was naar een paar vrije plekjes aan de tafel (terwijl Dora eerbiedig naar het plafond keek, wat een beetje vreemd was; kennelijk was ze in trance geraakt door de ventilator die daar hing). Nick had zijn forse wenkbrauwen vragend opgetrokken en Alice had beleefd geglimlacht, terwijl ze dacht: ja hoor, kom maar hier zitten, stelletje tortelduiven, dan kunnen we gezellig een stomvervelende boom opzetten.

Aan de andere kant van de ruimte was nog plek. Als ze elkaar niet hadden aangekeken, en als ze naar het viskoekjesrecept had gestaard dat ze voor zich had, of als Sophie twee centimeter meer naar links had gelopen en dus niet met haar voet in die put was blijven haken, of als ze hadden besloten om toch die cursus wijnproeven te doen, wat bijna was gebeurd, dan waren die drie kinderen nooit geboren. Madison Love. Thomas Love. Olivia Love. Drie kleine individuen die nu al een heel eigen persoonlijkheid hadden en eigenaardigheden en verhalen.

Op het moment waarop Nick zijn harige wenkbrauwen had opgetrokken in haar richting, was de weg vrijgemaakt voor hen allemaal. Ja, ja, ja, jullie komen eraan.

Alice was helemaal opgetogen. Het was geweldig. Er werden natuurlijk elke seconde miljarden baby's geboren, dus zo heel verbazingwekkend was het nu ook weer niet, maar toch. Waarom waren ze eigenlijk niet wee van geluk telkens als ze zelfs maar naar hun kinderen keken? Waarom gingen ze in godsnaam scheiden?

'Dus Nick en ik maken ruzie over de voogdij?' vroeg ze. Wat een volwassen, vreemd concept was dat.

'Nick wil ze de helft van de tijd bij hem hebben. We weten niet precies hoe hij dat denkt te regelen, met de lange dagen die hij maakt. Jij bent altijd hun "primaire verzorger" geweest, zoals ze dat noemen. Maar het is allemaal een beetje – enfin, er wordt zo vreselijk met modder gegooid. Dat gebeurt denk ik automatisch bij een scheiding.'

'Maar vindt Nick...' Alice voelde zich verschrikkelijk gekwetst. 'Vindt hij me dan geen goede moeder?' En was ze eigenlijk wel een goede moeder?

Elisabeth stak haar kin omhoog en haar ogen vlamden als die van de oude Elisabeth. 'Nou, als hij dat denkt, dan zit hij er mooi naast, en we hebben een miljoen getuigen die tegen de rechter willen zeggen dat het tegendeel waar is. Je bent een fantástische moeder. Maak je maar geen zorgen. Hij gaat dit echt niet winnen. Hij heeft geen poot om op te staan. Ik begrijp ook niet precies wat hij hier nu mee hoopt te bereiken. Het is denk ik een machtsspelletje voor hem.'

Het was verwarrend, want ook al vond Alice het prettig om te zien dat Elisabeth boos was namens haar, ze voelde zelf toch een automatische loyaliteit jegens Nick. Elisabeth had Nick altijd op handen gedragen. Als Alice en Nick ooit ruzie hadden, dan koos ze altijd Nicks kant. Hij was een 'aanwinst', zei ze.

Elisabeth was inmiddels behoorlijk driftig aan het worden. 'Ik bedoel, het is ook zo dom. Hij heeft geen idee wat er allemaal bij komt kijken. Ik waag te betwijfelen of hij ooit de wasmachine heeft aangezet. Hij is bovendien altijd op reis. Hij is gewoon zo...'

Alice stak een hand op om haar het zwijgen op te leggen. Ze vond het vreselijk om Elisabeth zoveel kritiek te horen spuien over Nick. 'Ik denk dat het komt doordat hij het een verschrikkelijk idee vindt om een soort weekendvader te worden, zoals zijn eigen vader. Hij haatte het altijd als hij en zijn zusjes met Roger mee moesten. Hij zei dat Roger altijd veel te overdreven deed – dat zie je zo voor je – en dat het ongemakkelijk was en vreemd en dat de meiden altijd misbruik maakten van zijn creditcard. Altijd als wij uit eten gaan en Nick ziet een man alleen met zijn kinderen, dan zegt hij: "Gescheiden vader." Dan huivert hij, tenminste, dat dééd hij, tien jaar geleden.'

Ze probeerde haar stem onder controle te houden. 'Hij was van plan om er elke avond voor zijn kinderen te zijn, en hun te vragen wat ze op school hadden gedaan, en hij wilde in het weekend met ze ontbijten. Daar had hij het vaak over. Het was alsof hij zijn eigen jeugd wilde goedmaken. Ik vond het altijd zo fijn als hij zulke dingen zei, want het hield in dat ónze jeugd ook een beetje werd goedgemaakt, omdat wij onze vader ook moesten missen. Hij had zulke romantische ideeën over het gezin dat we gingen stichten. Nou ja, dat hadden we allebei wel.

Ik kan gewoon niet geloven – ik kan écht niet geloven dat...'

Ze kon geen woord meer uitbrengen. Elisabeth kwam naast haar op de bank zitten. Ze gaf haar een onwennige knuffel. 'Misschien,' zei ze voorzichtig, 'misschien is dit geheugenverlies ook wel ergens goed voor. Misschien helpt het je wel om de dingen objectiever te kunnen zien, zonder dat je gedachten worden vertroebeld door alles wat er de afgelopen tien jaar allemaal is gebeurd. En als je je geheugen straks weer terug hebt, dan heb je dat nieuwe perspectief toch nog steeds, en dan komen Nick en jij er vast wel uit zonder al dat getouwtrek.'

'En als het nooit meer terugkomt?'

'Natuurlijk komt het weer terug. Je herinnert je toch alweer wat kleine dingetjes?' zei Elisabeth.

'Misschien is mijn oude zelf wel uit het verleden gestuurd om de scheiding tegen te houden,' zei Alice, maar half gekscherend. 'Misschien krijg ik mijn geheugen pas weer terug als ik dat voor elkaar heb.'

'Misschien wel!' zei Elisabeth net iets te opgewekt. Toen zweeg ze even, en zei: 'Dominick leek me aardig. Echt heel aardig.'

Alice dacht aan hoe ze zich door Dominick had laten zoenen, op deze bank nog wel, en ze voelde zich verschrikkelijk schuldig. 'Hij is ook hartstikke aardig, hij is alleen niet Nick.'

'Nee, hij is inderdaad totáál anders dan Nick.'

Wat bedoelde ze daar nu weer mee? Moest ze weer plaatsvervangend beledigd zijn voor Nick? Ze had geen trek in een vergelijking van de voors en tegens van beide mannen, alsof ze concurrerende minnaars waren. Nick was haar man. Ze stapte over op een ander onderwerp. 'Over mannen gesproken, ik vind Ben erg leuk.'

'Grappig om je over hem te horen praten alsof je hem net pas voor het eerst hebt ontmoet.'

'Wat bedoelde Ben toen hij zei dat hij over ons gesprek van laatst had nagedacht?' Alice had het gevoel dat dit een controversieel onderwerp was. Het was tijd om eens tot op de bodem uit te zoeken wat er speelde tussen haar en Elisabeth.

'Hm.' Elisabeth geeuwde en rekte zich uit. 'Wil je nog een glaasje water?'

'Nee, dank je.'

'Ik heb ontzettende dorst.' Ze stond op en liep de keuken in. Alice keek haar na en vroeg zich af of ze zou blijven doen alsof ze haar niet had gehoord.

Ze kwam terug met een glas water en ging zitten op de stoel tegenover Alice.

'Het is al laat.'

'Libby.'

Elisabeth zuchtte. 'Donderdag – de dag voor je ongeluk – kwam Ben bij je langs omdat je een of ander probleem aan je auto had. Alleen had je helemaal geen probleem, dat was maar een lokkertje.'

Mijn hemel, wat had ze uitgevreten? Alice ging rechtop zitten. Ze voelde haar gezicht rood worden. Ze had toch zeker niet geprobeerd om de man van haar zus te versieren? (De beste man was griezelig lang, om maar eens wat te noemen.) Was ze na de breuk met Nick aan het doordraaien?

'Je hebt hem bananenmuffins gevoerd, regelrecht uit de oven. Hij is gek op bananenmuffins.'

O, mijn god.

'Met een heleboel boter. Van mij krijgt hij nooit boter, want zijn cholesterol is aan de hoge kant. Ik bedoel, dat moet jij weten, want jij bent hier de gezondheidsfreak.'

Ze had haar zwager verleid met boter. Alice' hart ging vreselijk tekeer.

'En toen ben je op hem in gaan praten.'

'Op hem in gaan praten?' vroeg Alice zwakjes.

'Ja, over waarom we met de ivf moeten stoppen en dat we moeten adopteren. Je had brochures klaarliggen en aanvraagformulieren en websites. Je had je er behoorlijk in verdiept.'

Alice begreep even niet waar ze het over had. Haar hoofd

zat immers al vol met vreselijke beelden van zichzelf waarin ze even naar boven ging om zich 'wat op te frissen', om vervolgens in rode lingerie naar beneden te komen.

'Adoptie,' herhaalde ze verward.

'Ja. Jij vindt dat we maar even naar een of ander derdewereldland moeten gaan om daar net als Angelina en Brad een snoezig weesje vandaan te plukken.'

'Dat was dan behoorlijk aanmatigend van me,' zei Alice stellig, dolblij dat ze in elk geval niet had geprobeerd om Ben te verleiden. 'Bemoeiziek!'

Maar aan de andere kant was adoptie toch eigenlijk een ontzettend goed idee?

'Nou, ik was goed kwaad,' zei Elisabeth. 'Toen Ben thuiskwam met dat verhaal heb ik je opgebeld en toen hebben we er enorm ruzie om gemaakt. Jij zei dat het "hoog tijd is dat wij de feiten onder ogen zien".'

'Heb ik dat echt gezegd?'

'Ja.'

'Het spijt me.'

'Geeft niet. Je bedoelde het goed, denk ik. Ik kreeg alleen het gevoel dat jij me behoorlijk dom vond. Alsof jij het nooit zo uit de hand had laten lopen. Alsof jij er nooit zo'n puinhoop van zou maken, met de ene na de andere miskraam. Alsof, ik weet niet, alsof ik veel te emotioneel ben geweest over de hele toestand.'

'Het spijt me,' zei Alice nogmaals. 'Het spijt me echt verschrikkelijk.'

'Je kunt het je niet eens meer herinneren,' antwoordde Elisabeth. 'Als het straks weer allemaal terugkomt, denk je er anders over. En trouwens, ik heb ook een paar ontzettend gemene dingen tegen jou gezegd.'

'Zoals?'

'Dat ga ik echt niet herhalen! Ik meende het trouwens niet eens. Dus daar ben ik hierdoor mooi vanaf.'

Ze vielen even stil. Toen vroeg Alice: 'Die Brad en Angelina, zijn dat vrienden van jullie?'

Elisabeth schoot in de lach. 'Brad Pitt en Angelina Jolie. Je bent alle celebrityroddels kennelijk ook kwijt.'

'Ik dacht dat Brad Pitt verloofd was met Gwyneth Paltrow.'

'Dat is al zulke ouwe koek! Hij is getrouwd geweest met Jennifer Anniston, maar daar is hij van gescheiden, en Gwyneth heeft nu een dochtertje dat Apple heet. Echt, ik maak geen geintje. Apple heet ze.'

'O.' Alice was wonderlijk verdrietig vanwege Brad en Gwyneth. 'Ze leken me altijd zo gelukkig op de foto's.'

'Iedereen lijkt altijd gelukkig op foto's.'

'En Bill en Hillary Clinton dan?' vroeg Alice. 'Zijn die bij elkaar gebleven?'

'Je bedoelt na die Lewinksy-affaire?' vroeg Elisabeth. 'Ja, die zijn nog bij elkaar. Ik geloof niet dat iemand het daar ooit nog over heeft.'

Alice keek Elisabeth aan. 'Dus ik neem aan dat jij het niet ziet zitten om een kind te adopteren,' zei ze recht voor zijn raap.

Elisabeth glimlachte bedroefd. 'Jaren geleden zou ik er nog wel over na hebben willen denken, maar Ben was er fel tegen. Hij kon zich er principieel gezien niet mee verenigen, omdat hij zelf geadopteerd is, en zijn moeder is nogal – moeilijk. Hij heeft niet zo'n geweldige jeugd gehad. Mijn lieve schoonmoeder heeft hem namelijk verteld dat zijn echte moeder geen geld had om hem te houden, dus toen heeft Ben altijd maar al zijn geld opgespaard. Hij dacht dat als hij nou maar honderd dollar had, hij zijn echte moeder een brief kon schrijven om te zeggen dat hij zichzelf nu wel kon onderhouden, en of ze hem dan alsjeblieft weer terug wilde. Op zijn verjaardag rende hij altijd meteen naar de brievenbus, in de hoop dat er dit jaar dan toch misschien zomaar een kaartje in zou zitten van zijn echte moeder.

Hij vond zijn babyfoto's allemaal zo lelijk – hij zag er ook wel heel grappig uit – en hij vroeg zich af of zijn echte moeder hem misschien niet om aan te zien vond toen hij werd geboren. Hij dacht dat zijn ouders vast liever een kleiner, slimmer jongetje hadden gewild. Zijn hele jeugd heeft hij er steeds voor gezorgd dat zijn kamertje keurig opgeruimd was, en dat hij niet te veel zei, en hij voelde zich altijd een grote, onhandige gast in zijn eigen huis. Het breekt mijn hart als ik daaraan denk. Toen jij net zei dat Nick zo graag een goede vader had willen zijn, omdat hij het goed wilde maken van zijn eigen vader, nou, Ben was precies zo. Hij wilde zijn eigen biologische kind. Hij wilde iemand die op hem zou lijken, die dezelfde ogen had en dezelfde bouw. En ik had hem dat toch zo graag willen geven. Dat had ik zo verschrikkelijk graag gewild.'

'Ja, natuurlijk.'

'Dus heb ik Bens mening over adoptie altijd volledig geaccepteerd.'

'Dat kan ik me indenken.'

Elisabeth glimlachte wrang.

'Wat?'

'Donderdag zei je tegen Ben dat hij er maar overheen moest stappen.'

'Waarover?'

'Over zijn problemen met adoptie. Je zei dat zoveel mensen het ook niet konden vinden met hun biologische ouders, en dat het hoe dan ook een loterij was, maar dat een kind dat Ben en mij als ouders kreeg, in zijn handjes mocht knijpen. Dank je wel nog trouwens. Dat was heel aardig van je.'

'Laat maar.' Dat had ze dan tenminste goed gedaan. 'Maar Ben vond het vast niet prettig dat ik dat allemaal heb gezegd.'

'Nou, dat is het hem nu juist. Toen ik gisteren thuiskwam van mijn lunchafspraak vertelde hij dat hij had nagedacht over wat je had gezegd, en dat hij vond dat je gelijk had. Dat we moeten adopteren. Hij is helemaal door het dolle. Ik had dus vijf jaar geleden al moeten zeggen "Je stapt er maar overheen" en dan was het klaar geweest. Domme ik. Al die onnodige omzichtigheid wat zijn traumatische jeugd betrof.'

Alice probeerde zich voor te stellen dat zij tegen die grote, harige man zou zeggen dat hij 'er maar overheen moest stappen' terwijl ze hem bananenmuffins voerde. (Bananenmuffins. Ze vroeg zich af wat ze daar voor recept voor gebruikte. En blijkbaar had ze een muffinvorm.) Ze had nooit een mening gehad over hoe Elisabeth haar leven zou moeten leiden, ook al had Elisabeth wel van alles en nog wat te zeggen over wat Alice allemaal zou moeten doen. Dat vond ze niet erg, want Elisabeth was haar grote zus. Het was haar taak om de verstandige te zijn, de bazige die altijd op tijd belastingaangifte deed, haar auto regelmatig liet onderhouden en die een carrière had, terwijl Alice grillig en hopeloos was. Ze stak de draak met Elisabeths motiverende posters van bergen en zonsondergangen. Nu ze er zo over nadacht, het was Elisabeth die haar had gecommandeerd om naar die Thaise kookcursus te gaan, samen met Sophie, in plaats van altijd maar tijd te verspillen aan het jammeren over die vervelende IT-consultant.

Nu was Alice degene die orders uitdeelde.

'Maar als Ben nu wel over adoptie wil nadenken, dan is dat toch juist goed?' vroeg ze hoopvol.

'Nee, dat is het niet.' Elisabeths stem werd ijzig. Ze ging kaarsrecht zitten. Daar gaan we, dacht Alice. 'Het is juist helemaal niet goed. Je weet niet waar je het over hebt, Alice.'

'Maar...'

'Het is nu te laat. We hebben het te lang op zijn beloop gelaten. Je hebt blijkbaar geen idee van de hoeveelheid tijd die zo'n adoptie in beslag kan nemen. Je kunt niet maar gewoon een kind bestellen via het internet. Wij zijn Brad en Angelina niet. Wij moeten ons in allerlei bochten wringen en duizenden dollars betalen, die we niet hebben. Het kost jaren en jaren, en het levert ontzettend veel stress op en er kan van alles misgaan, en ik heb daar de energie niet meer voor. Ik ben er klaar mee. Tegen de tijd dat we dan misschien eindelijk een kind zouden kunnen krijgen, zijn we vijftig. Ik ben veel te moe om nu nog met de bureaucratie aan de slag te gaan, en hen ervan proberen te overtuigen wat voor goede moeder ik zou zijn en hun inzage te geven in onze inkomsten en bla bla bla. Ik begrijp ook niet zo goed waarom jij ineens zo geïnteresseerd bent in mijn leven, maar je bent hoe dan ook te laat.'

'Ben ik inééns zo geïnteresseerd?' Alice was gekwetst, ze wilde zichzelf dolgraag verdedigen, maar ze had geen feiten die ze daarbij in kon zetten. Ze kon het niet geloven. Ze zou nooit niet in Elisabeths leven geïnteresseerd kunnen zijn. 'Bedoel je dat ik daarvoor nooit interesse heb getoond, dan?'

Elisabeth ademde hoorbaar uit, als een ballon die leegliep, en toen zakte ze onderuit in haar stoel.

'Ja, natuurlijk wel.'

'Waarom zeg je dat dan?'

'Ik weet niet. Omdat ik dat gevoel soms had. Laat maar, ik neem het terug.'

'We zijn hier niet in de rechtbank.'

'Ik meende het niet eens. En bovendien, jij zou waarschijnlijk hetzelfde over mij kunnen zeggen. Ik zie de kinderen lang zo vaak niet meer als vroeger. Ik had veel meer voor je moeten doen na Gina, en na Nick. Maar je bent ook altijd zo... ik weet niet. Zo druk. Je hebt het allemaal zo goed voor elkaar.' Ze gaapte. 'Laat maar, joh.'

Alice keek omlaag naar haar gerimpelde handen. 'Wat is er toch misgelopen tussen ons?' vroeg ze zachtjes.

Er kwam geen antwoord. Alice keek op en zag dat Elisabeth haar ogen dicht had gedaan, en dat ze haar hoofd tegen de bank had gelegd. Ze zag er uitgeput en verdrietig uit.

Toen zei ze eindelijk, zonder haar ogen open te doen: 'We moeten echt gaan slapen.'

19

Het was halfzes, zondagmiddag. Over een halfuur zou Nick thuiskomen met de kinderen.

Alice had een misselijk gevoel van opwinding in haar maag, alsof ze voor het eerst een afspraakje had.

Ze had eerst een mooie bloemenjurk aan en make-up op en haar haar sprong dansend en moederlijk om haar hoofd, maar toen vond ze dat ze het er zo te dik oplegde. Waarschijnlijk verkleedde ze zich anders nooit als een moeder uit de jaren vijftig. Dus was ze de trap weer op gerend, had alle make-up van haar gezicht geboend, de jurk in paniek over haar hoofd getrokken en een spijkerbroek met een wit T-shirt aangetrokken en haar haar weer plat gekamd. Geen sieraden, behalve Nicks armband en haar trouwring. Ze vroeg zich af waarom ze hem de verlovingsring eigenlijk niet had teruggegeven. Was het niet gebruikelijk dat je die tijdens de scheiding op een goed moment van je vinger trok en hem de man woedend in het gezicht smeet?

Ze bekeek zichzelf in de spiegel in haar slaapkamer. Veel beter, gewoon, niet zo opgedoft – hoewel haar gezicht er bleek en heel oud uitzag. Ze weerstond een brandend verlangen om die geweldige hop-hop-hopprocedure af te werken waarmee ze haar gezicht volkomen transformeerde. Maar ze zou toch zeker geen make-up gebruiken op een doodgewone zondagavond in haar eigen huis?

Eerder die middag, toen Elisabeth en Ben naar huis waren gegaan, kwam het ineens bij Alice op dat het waarschijnlijk haar verantwoordelijkheid was om die drie kinderen te voeden. Ze had haar moeder gebeld om te vragen wat ze eens zou kunnen koken, en zei dat ze graag hun lievelingsmaaltje wilde klaarmaken. Barb had twintig minuten uitgeweid over de voedingstechnische beperkingen van ieder kind, vanaf de dag van hun geboorte tot nu. 'Weet je nog dat Madison die vegetarische fase had? Dat viel natuurlijk net samen met de periode dat Tom juist pertinent alle groente weigerde. En toen kon Olivia er maar niet uit komen of ze nu alleen groente zou eten, net als Madison, of dat ze weigerde om groente te eten, zoals Tom. Jij had elke maaltijd zin om je de haren uit het hoofd te trekken.' Uiteindelijk, na eindeloos gedelibereer, kwam ze met het voorstel van de zelfgemaakte hamburger. 'Ik geloof dat je laatst een gezond recept had uit het kookboek van de Hartstichting. Je zei vorige week nog dat je er schoon genoeg van had, maar dat de kinderen het wel elke dag konden eten. Dat weet je toch nog wel, lieverd? Dat was pas vorige week.'

Alice vond het kookboek en het viel direct open op de besmeurde pagina. Ze vond alle benodigdheden in haar onvoorstelbaar rijk voorziene vrieskist en voorraadkast. Er was genoeg om honderden kinderen te eten te geven. Terwijl ze het gehakt voor de hamburger klaarmaakte, besefte ze dat ze niet eens naar het recept hoefde te kijken. Ze leek precies te weten dat ze nu twee wortelen en een courgette moest raspen, en dat ze nu twee eieren moest toevoegen. Toen het klaar was legde ze de rauwe burgers in de ijskast, ontdooide vast wat broodjes om straks te roosteren, en maakte ze een salade. Zouden de kinderen die salade eten? Wie zou het zeggen. Nick en zij zouden er wel van nemen. Hij zou toch zeker wel blijven eten? Hij zou de kinderen toch niet alleen maar afzetten en dan weer wéggaan? Maar ze had het akelige vermoeden dat dat juist precies was wat gescheiden ouders deden. Ze zou hem straks wel vragen of hij wilde blijven. Smeken, desnoods. Als ze maar niet alleen achter zou blijven met de kinderen. Dat was niet veilig. Ze kende de procedures niet. Konden ze zichzelf wassen, om maar eens iets te noemen? Moest ze hun voorlezen? Zong ze liedjes voor hen? Hoe laat moesten ze naar bed? En wat deed ze om ervoor te zorgen dat ze daadwerkelijk naar bed gíngen? (Haar moeder had aangeboden om te komen helpen met de kinderen, maar dat wilde Alice niet, vanwege Nick.)

Ze liep naar beneden in haar spijkerbroek en keek haar glimmende, prachtige huis door. Om twaalf uur 's middags stonden er ineens twee schoonmakers voor de deur, behangen met emmers en moppen. Ze vroegen of het een leuk feestje was geweest terwijl ze hun stofzuigers inplugden. Ze schrobden en boenden terwijl Alice wat ontheemd rondliep en niet precies wist wat zijzelf moest doen. Uit de weg gaan? Toezicht houden? De waardevolle spullen achter slot en grendel stoppen? Ze had haar portemonnee al in de aanslag om hun te geven waar ze maar om vroegen, maar er werd niet om geld gevraagd. Ze zeiden: 'Tot donderdag, zelfde tijd als altijd,' en ze verdwenen met een vrolijke groet. Ze deed de deur achter hen dicht, ademde de geur van meubelwas in en dacht: ik ben een vrouw met een zwembad, airconditioning en een schoonmaakploeg.

Ze keek om zich heen in de keuken, en haar oog viel op een wijnrek. Ze zou een fles open kunnen trekken, zodat die vast kon ademen tot Nick kwam. Ze koos een fles uit, zocht een kurkentrekker en zag toen pas dat de fles helemaal geen kurk had. Dus draaide ze de schroefdop los. Wat raar. De geur van de wijn trok op naar haar neus, en toen schonk ze zichzelf een flinke bel in. Een deel van haar hersens dacht: wat doe je nou, loser? Maar een ander deel dacht: hmmm, bramen.

De wijn gleed soepel haar keel door en ze vroeg zich af of ze misschien alcoholist was geworden. Het was nog niet eens zes uur. Ze hield eigenlijk nooit zo van wijn. En toch voelde het goed en vertrouwd, ook al was het vreemd en fout. Misschien was Nick daarom wel bij haar weggegaan, en was dat ook de reden waarom hij de voogdij wilde. Ze was een dronkenlap geworden. Niemand wist dat, behalve Nick en haar kroost. Het was een gruwelijk geheim. Nou, dan kon ze toch hulp zoeken? Ze nam een flinke teug. Ze kon bij de AA gaan en dat twaalfstappenprogramma volgen, toch? Nooit meer een druppel aanraken, makkelijk zat. Ze nam nog een slok en trommelde met haar vingers op het aanrecht. Ze zou Nick dadelijk weer zien, en dan zou het mysterie eindelijk opgelost worden. Het was niet logisch, maar ze had het sterke vermoeden dat zodra ze Nicks gezicht zou zien, haar geheugen weer helemaal intact in haar hoofd zou landen.

Dominick was die middag ook nog langs geweest. Hij had warme chocolademelk in twee papieren bekers bij zich, en piepkleine polentacakejes (ze vermoedde dat ze die graag at, en deed heel dankbaar). Ze was verrast door haar blijdschap toen ze hem bij de deur zag staan. Misschien was het zijn enigszins nerveuze uitstraling wel, maar het gaf haar het gevoel dat iemand haar adoreerde. Nick adoreerde haar, maar dat was wederzijds, en dus gelijkwaardig. Terwijl ze bij Dominick het gevoel had dat die aan haar lippen hing, alsof elk woord dat ze zei iets geweldigs was.

'Hoe is het vandaag met je, eh, geheugen?' had hij haar beleefd gevraagd toen ze hun chocolademelk dronken en cakejes aten op de veranda achter het huis.

'O, ietsje beter, misschien,' had ze geantwoord. Mensen vonden het nu eenmaal prettig te horen dat er sprake was van vooruitgang als het ging om medische problemen.

Jasper was klaarblijkelijk bij 'zijn moeder'. Dominick was dus ook een gescheiden vader. Wat was het toch gek allemaal. Zou het niet een stuk minder onrust geven als iedereen gewoon bij degene bleef met wie ze als eerste trouwden?

Die scheiding was dus iets wat ze gemeen hadden. Ze kreeg ineens inspiratie en zei tegen hem: 'Hebben wij het eigenlijk ooit over Nick gehad, en over de reden van onze scheiding?'

Hij gaf haar een vreemde zijdelingse blik. 'Ja.'

Aha!

'Zou je me misschien een korte samenvatting willen geven van wat ik je daarover heb verteld?' Ze vroeg het luchtig, en probeerde niet te laten doorschemeren hoe vreselijk graag ze het antwoord wilde weten.

‘Weet je dan niet meer waarom Nick en jij uit elkaar zijn?’ vroeg hij langzaam.

‘Nee! Ik kon het ook niet geloven toen ze het me vertelden. Het was een volkomen schok.’

De woorden kwamen eruit gerold voor ze eraan dacht dat iemand die hoopte een relatie met haar te kunnen beginnen ze wellicht niet zo graag zou horen.

Hij krabbelde driftig aan zijn neus. ‘Nou, ik ken natuurlijk niet alle details, maar, eh, het kwam er geloof ik op neer dat hij – Nick, dus – nogal druk met zijn werk was. Hij was veel weg en hij maakte ontzettend lange dagen en dus zijn jullie, althans dat zei jij, uit elkaar gegroeid. Zo is het gegaan. En, eh, ik geloof dat er ook wat dingen waren op het gebied van de seks. Je zei iets van...’ Hij hoestte hard en zweeg.

De séks? Ze had het met deze man over de seks gehad? Maar daarmee had ze Nick onvergeeflijk verraden. En trouwens, wat voor ‘dingen’ konden er op het gebied van de seks zijn geweest? Ze hadden een geweldig, leuk, teder, verschrikkelijk bevredigend seksleven.

Het was zo gênant om het woord ‘seks’ uit Dominicks mond te horen. Daar was hij veel te degelijk voor. Te volwassen en te keurig. Zelfs nu Alice er nog aan terugdacht kreeg ze er een kleur van.

Dominick was er ook verlegen onder. Hij schraapte zijn keel zo vaak, dat Alice hem maar een glaasje water had aangeboden, en vlak daarna was hij vertrokken. Bij de voordeur had hij ineens zijn armen om haar heen geslagen in een snelle, warme omhelzing. Hij fluisterde: ‘Ik geef heel veel om jou,’ en toen was hij weg.

Dus daar had ze niet zo heel veel aan gehad. ‘Uit elkaar groeien omdat Nick zoveel werkte.’ Wat een vreselijk cliché was dat. Echt iets waardoor andere mensen uit elkaar gingen. Als Nick veel op kantoor zat, dan moesten ze dat maar goedmaken in de uren dat hij niet op kantoor zat.

Ze keek even naar haar wijnglas en zag dat het wijnpeil behoorlijk was gezakt. Stel dat haar lippen en tanden onder de paarse vlekken zaten en ze eruitzag als een vampier als ze dadelijk de deur opendeed voor Nick en de kinderen. Ze liep vlug naar de spiegel in de hal en controleerde haar spiegelbeeld. Niks aan de hand met haar lippen. Alleen haar ogen stonden een beetje wild en woest, en ze zag er nog altijd ontzettend oud uit.

Toen ze weer terugliep naar de keuken, stopte ze in de Groene Kamer, die niet groen meer was. Het was een klein kamertje, vlak naast de hal, dat oorspronkelijk knalgroen geverfd was. Nu hadden de muren een smaakvolle beige tint. Alice leunde tegen de deurpost en merkte dat ze dat groen miste. Mensen moesten er altijd om lachen, en schermden hun ogen af als ze het zagen. Het kon natuurlijk ook niet zo blijven – maar toch. Het huis was nu perfect. En in plaats van opwindend, bleek dat juist erg deprimerend te zijn.

De Groene Kamer was tot studeerkamer omgetoverd, wat ook altijd het plan was. Er stond een computer op een bureau, en aan de muur hingen boekenplanken. Ze liep naar binnen en ging voor de computer zitten. Onmiddellijk en zonder nadenken leunde ze omlaag en drukte ze een ronde zilveren knop in op een zwarte doos die op de grond stond. De computer kwam gonzend tot leven en ze drukte een andere knop in op de monitor. Het scherm werd blauw. Witte letters droegen haar op *Om te beginnen, klik op uw gebruikersnaam*. Er waren vier icoontjes: *Alice, Madison, Tom* en *Olivia*. (Wilde dat dan zeggen dat de kinderen ook van deze computer gebruikmaakten? Waren ze daar niet wat te jong voor?) Ze klikte op haar eigen naam en een kleurige foto vulde het hele scherm. Het waren de drie kinderen. Ze waren allemaal ingepakt in dikke parka's met sjaals, en ze zaten samen op een sleetje dat van een besneeuwde heuvel roetsjte. Madison zat achterop, Tom in het midden en Olivia was de voorste. Madison had het touw in handen. Hun monden waren opengesperd alsof ze aan het lachen of gillen waren, en hun ogen waren wijd van angst en opwinding.

Alice legde een hand onder in haar hals. Ze waren ongelofelijk mooi. Ze wilde zo graag een herinnering aan de dag waarop die foto was gemaakt. Ze staarde er even naar, en meende dat ze vaag het geschreeuw van kinderen kon horen, en ze had het gevoel van een ijskoude neus en vingertoppen... maar zodra ze zich daaraan wilde vastklampen, glipte het handig van haar weg.

Dus klikte ze op een icoontje waarbij *E-mail* stond. Het vroeg om een password.

Dat wist ze uiteraard niet, maar terwijl ze haar handen boven het toetsenbord hield, gingen haar vingers hun gang en typten om onverklaarbare redenen het woord: OREGANO.

Pardon? Maar het leek erop dat haar lichaam zich meer wist te herinneren dan haar verstand, want het scherm verdween gehoorzaam, om plaats te maken voor een dansend plaatje van een envelop met daarbij de boodschap: *U hebt zeven nieuwe berichten.*

Hoe kwam ze erbij om een kruid als password te gebruiken?

Er was een e-mail van Jane Turner met als titel: *Hoe is het met je hoofd?* En eentje van Dominick Gordon (Wie? O, natuurlijk. Hij. Haar vríénd), met als titel: *Volgend weekend?* En dan nog vijf andere berichten van namen die ze niet kende, allemaal met de titel: *Mega Moederdag Meringue.*

Mega Moederdag Meringue. Ze wilde in een smalend lachen uitbarsten. Het leek haar eerder iets voor Elisabeth – de oude, energieke Elisabeth, welteverstaan. Maar niet voor haar.

Er was ook nog een mailtje van Nick Love, eentje dat ze al had gelezen, zonder titel. Hij was van vrijdag, de dag van haar ongeluk. Ze klikte het open en las:

Er zullen zoveel tradities moeten worden gebroken, of niet soms? Wat een gezeik allemaal. Eerste kerstdag wordt HOE DAN OOK *anders, wat we verder ook afspreken. Je kunt in alle redelijkheid niet verwachten dat jij ze de ochtend* EN *de avond hebt en dat ik ze verdomme vijf minuten te zien krijg,*

's middags. Ik vind het volkomen plausibel dat ze op kerstavond bij Dora logeren. Ze vinden het hartstikke leuk om bij hun neefjes en nichtjes te zijn. Kun je voor de verandering ook eens een keertje aan HEN *denken? Dit gaat allemaal alleen maar over* JOU. *Zoals gewoonlijk.*
PS *Zorg alsjeblieft dat ze dit weekend hun zwemspullen bij zich hebben. Ik ga zondag met ze naar het zwemparadijs, als ik terug ben uit Portugal.*
PPS *Ik had gister twee zussen in tranen aan de telefoon over oma Loves ring. Ik zou het prettig vinden als jij je in dezen redelijk opstelt, want zo vaak draag je dat ding nu ook weer niet. Als je echt van plan bent hem te verkopen, dan ben je nog dieper gezonken dan ik al dacht.*

Alice kreeg nauwelijks lucht. Het was alsof iemand haar in haar maag had geschopt. Die kilte. Die valse toon. Die afkeer.

Ze kon niet geloven dat dit was geschreven door dezelfde man die tranen in zijn ogen kreeg toen ze zijn huwelijksaanzoek accepteerde. Die haar smoorverliefd op bed tackelde en haar haren optilde zodat hij haar in haar nek kon zoenen. Die haar vertelde dat ze nu wel weer kon kijken, omdat het bloed en de ingewanden weer uit beeld waren. Die 'Living Nextdoor to Alice' voor haar zong in de douche.

En waarom weigerde zij om die vreselijke ring van oma Love terug te geven? Dat was toch een erfstuk van zijn familie? Natuurlijk moesten zij dat ding weer terugkrijgen.

Ze scrolde naar beneden en zag dat Nicks boodschap deel uitmaakte van een conversatie die dagen had gespeeld.

Er was er ook eentje van haar, van drie dagen geleden.

Op eerste kerstdag horen de kinderen in hun eigen bed wakker te worden dit jaar. Daar valt niet aan te tornen wat mij betreft. Ik wil uiteraard al onze tradities in ere houden – hun kerstzakken aan het voeteneind van het bed, enzovoort. Ze hebben al genoeg ontwrichtends mee moeten maken. Dit is gewoon weer zo'n machtsspelletje van jou; jij wilt alleen maar winnen, want dat is het enige wat jou nog wat kan schelen. Het maakt mij niet uit wat je allemaal van mij wint, maar dat gebeurt niet over de ruggen van de kinderen. Overigens, ik heb je nu al twee keer gevraagd om de kinderen, vooral Olivia, niet zo vol te stoppen met junkfood in het weekend. Je zult jezelf wel een fantastische vader vinden, om ze alles maar te geven waar ze om vragen, maar elke maandag als ze het weekend bij jou zijn geweest, zijn ze moe en kribbig – en dat krijg ik dan weer allemaal fijn voor mijn kiezen.

Het was pas mei! Waarom hadden ze het dan in godsnaam nu al over wat ze op eerste kerstdag zouden gaan doen?

Er was iemand die zich voor haar had uitgegeven al die tijd, dat kon niet anders. Ze was verbijsterd over haar heilige, minzame toontje.

Ze scrolde nog wat verder omlaag en de bittere woorden en zinnen sprongen haar tegemoet.

Mag ik je eraan herinneren...
Als jij dan zo kleinzielig wilt zijn...
Je bent echt helemaal gestoord als je denkt dat ik...
Wat is er in godsnaam MIS *met jou?*
Kunnen we alsjeblieft rationeel blijven?
Jij bent anders degene die...

Er klonk geknerp van grind en ze zag het geflikker van koplampen. Er kwam een auto de oprit op. Alice stond op, en haar hart ging tekeer als een klopboor. Ze haalde een hand door haar haar terwijl ze de hal door liep naar de voordeur. Wat ontzettend stom van haar dat ze toch niet even wat make-up had opgedaan. Straks zou ze de man weer zien die haar zo haatte.

Autodeuren werden dichtgeslagen. Een kind jammerde: 'Maar pap, dat is niet eerlijk!'

Alice deed de voordeur open. Haar benen trilden zo vreselijk dat ze bang was dat ze zo neer zou vallen. Dat zou misschien wel een goed idee zijn.

'Mammie!' Een klein meisje kwam de stoep op gehold en gooide haar armen om Alice heen, waarbij haar hoofdje keihard in Alice' buik terechtkwam. Ze sprak tegen Alice' T-shirt, zodat haar stem gemoffeld klonk: 'Is je hoofd alweer beter? Heb je mijn kaart gekregen? Hoe was het om in het ziekenhuis te slapen?'

Alice knuffelde haar terug en kon geen woord uitbrengen.

Ik kan me niet eens herinneren dat ik zwanger was van jou.

'Olivia?' zei ze met een kraakstem, en ze legde een hand op de warrige witblonde krullenbos. Die voelde zo zacht aan boven op dat harde bolletje, en toen ze naar haar moeder opkeek was ze bijna te mooi: een gladde huid met kaneelkleurige sproetjes, en enorme blauwe ogen met een krans van zwarte wimpertjes.

Het waren haar eigen ogen die haar aanstaarden, maar dan nog veel groter en absoluut veel mooier. Alice voelde zich duizelig worden.

'O, mam,' kirde Olivia. 'Ben je nog steeds een beetje ziek? Arme lieve mama. Ik weet het al! Ik ga naar je hart luisteren en dan ben ik jouw zuster. Ja!'

En weg was ze. Ze gooide de hordeur achter zich dicht en stampte de gang door.

Alice keek op en zag dat Nick over de achterbak van een chique zilverkleurige auto gebogen stond om daar spullen uit te vissen.

Hij ging rechtop staan. Hij had zijn armen vol met zompige badhanddoeken.

'Hallo,' zei hij.

Zijn haar leek helemaal verdwenen. Terwijl hij op haar afliep, zag ze dat hij volledig grijs was geworden, en dat zijn haar heel kort geschoren was. Zijn gezicht leek smaller, maar zijn lichaam had wel wat meer om het lijf gekregen: zijn schouders waren breder en zijn buik was boller. Om zijn ogen had hij kleine rimpeltjes. Hij droeg een groen T-shirt en een korte broek die ze nog nooit eerder had gezien. Natuurlijk had ze die nog nooit gezien, maar het gaf haar toch een gek gevoel.

Hij liep de treden naar het huis op en ging voor haar staan. Ze keek naar hem op. Hij was anders en vreemd, maar toch was hij nog gewoon Nick. Alice vergat alles wat ze zojuist op de computer had gelezen en hoe hij tegen haar had gedaan aan de telefoon, en ze werd vervuld van een puur geluksgevoel omdat Nick eindelijk weer thuis was nadat hij zo lang weg was geweest. Ze keek hem aan met een blije glimlach. 'Jij ook hallo.'

Ze deed een stap naar voren, en Nick stapte achteruit. Onwillekeurig, leek het wel, alsof ze een akelig insect was. Zijn ogen stonden uitdrukkingsloos, en leken op haar voorhoofd gefixeerd.

'Hoe gaat het?' vroeg hij. Hij gebruikte die ijzige toon die hij altijd gebruikte als hij werd bedonderd door incompetente vaklui.

'Mam! Ze hadden een nieuwe golfslagmachine in het zwemparadijs. Je had eens moeten zien hoe hoog de golf was waar ik in ben gesprongen! Hij was wel iets van tien meter hoog. Hij was, nou, zo hoog als het dak. Nee, mam, kijk daar eens, dat dak daar. Ja, daar. Zo hoog was het. Misschien ietsje lager. Maar pap heeft een heel gave foto genomen! Laat mam die foto eens zien, pap. Wil je dat even doen?'

Dus dit was Tom. Hij droeg een wijde bermuda en een honkbalpetje dat hij nu aftrok zodat hij op zijn hoofd kon krabben. Zijn haar had dezelfde kleur als dat van Olivia – zo blond dat het wel wit leek. Nick had als kind ook zulk haar. Toms armen en benen waren mager en bruin en sterk. Hij was een minisurfer. Goeie hemel. Hij had Rogers neus. Ja hoor, dat was absoluut dezelfde neus als Roger. Ze schoot bijna in de lach. Rogers neus midden in dat levendige jongenskoppie. Ze wilde hem wel even een knuffel geven, maar ze wist niet zeker of ze dat wel kon maken.

In plaats daarvan zei ze: 'Ja, laat me die foto eens zien, Nick.'

Nick en Tom staarden haar aan. Waarschijnlijk had ze de verkeerde toon aangeslagen. Te veel ouwe-jongens-krentenbrood?

Tom zei: 'Je klinkt een beetje gek, mam. Heb je hechtingen in je hoofd gekregen in het ziekenhuis? Ik heb tante Libby nog gevraagd of het een hersentumor was, maar ze zei zéker niet. Ik heb een leugendetectortest op haar gedaan.'

'Nee, het was ook echt geen hersentumor,' zei Alice. 'Ik ben gewoon omgevallen.'

'Ik sterf van de honger,' verzuchtte Tom.

'We eten hamburgers.'

'Nee, ik bedoel, ik heb nu honger.'

Er kwam een meisje de veranda op gelopen. Ze liet een natte handdoek op de planken vallen, zette haar handen in haar zij, en vroeg: 'Zei je nou dat we hámburgers aten?'

'Ja,' zei Alice.

Madison. Het Rozijntje. De twee blauwe lijntjes op al die zwangerschapstests. Het kloppende hartje op het scherm. De mysterieuze onzichtbare aanwezigheid die naar Nicks stem luisterde door de toiletrol.

Madison had een heel lichte, bijna doorzichtige huid. Er zat een vuurrode plek in haar nek, van de zon, met witte vingerafdrukken erin. Alsof iemand het te vroeg had opgegeven om haar in te smeren met zonnebrandcrème. Ze had sluik bruin haar dat in haar ogen viel en prachtige, sterke witte tanden. Haar ogen hadden dezelfde vorm als die van Nick, maar ze hadden een aparte, donkere kleur, en haar wenkbrauwen leken op die van iemand anders – op die van Elisabeth toen ze klein was! Ze wipten een klein beetje op bij de uiteinden, net als die van Mr Spock. Ze was niet schattig, zoals Tom en Olivia. Haar lijf was fors uitgevallen. Haar onderlip pruilde. Maar er komt een dag, dacht Alice, en dan kon jij weleens heel mooi worden, lieve kleine Rozijn.

'Maar je had het beloofd,' zei het Rozijntje tegen Alice. Haar ogen stonden moordlustig. Ze was bepaald angstaanjagend. Alice was vol ontzag voor haar.

'Wat had ik dan beloofd?'

'Dat jij spullen zou kopen zodat ik vanavond lasagne kon maken. Ik wíst wel dat je het niet zou doen. Waarom zeg je dan eerst dat je het doet als je het toch niet van plan bent?' Ze onderstreepte haar laatste zin met het ritmische gestamp van haar voet.

Nick zei: 'Niet zo brutaal, Madison. Je moeder heeft een ongeluk gehad, en ze heeft een nacht in het ziekenhuis gelegen.'

Alice moest bijna lachen om Nicks ernstige vaderstem. Madison keek hem aan met haar kin in de lucht. Haar ogen spuwden vuur. Ze stormde naar binnen en smeet de hordeur achter zich dicht.

'Niet zo met de deur slaan!' riep Nick. 'En kom eens even terug en pak je handdoek op.'

Stilte. Ze kwam niet terug.

Nick zoog op zijn onderlip en zijn neusgaten trilden. Alice had hem nog nooit zo'n gezicht zien trekken. Hij zei: 'Ga naar binnen, Tom. Ik moet met je moeder praten. Wil jij Madisons handdoek alsjeblieft mee naar binnen nemen?'

Tom stond bij de muur van het huis en ging met zijn vingers langs het metselwerk. 'Pap, hoeveel stenen zitten er in het hele huis, denk jij?'

'Tom.'

Tom zuchtte theatraal, pakte Madisons handdoek op en ging naar binnen.

Alice haalde diep adem. Ze kon zich niet voorstellen hoe het moest zijn om vierentwintig uur per dag met die kinderen te leven. Ze had er helemaal niet aan gedacht dat ze ook nog zouden praten. Ze bruisten en spatten van de energie. Je zag zo wat voor karakter ze hadden, zonder die beschermende schil van de volwassenheid.

'Het Rozijntje,' begon Alice, maar woorden schoten tekort. Madison liet zich niet in woorden vangen.

'Sorry?' vroeg Nick.

'Het Rozijntje. Ik had nooit gedacht dat ze zo zou worden. Ze is zo... ik weet niet.'

'Het Rozijntje?' Hij had geen idee waar ze het over had.

'Weet je wel – toen ik zwanger was van Madison noemden we haar altijd het Rozijntje.'

Hij fronste. 'Dat kan ik me niet herinneren. Maar goed, ik wil een afspraak maken over dat gedoe rond eerste kerstdag.'

'O, dat.' Ze dacht aan al die akelige e-mails en kreeg een nare smaak in haar mond. 'Waarom hebben we het nu eigenlijk al over de kerstdagen. Het is pas méí!'

Hij staarde haar aan alsof ze helemaal gek geworden was.

'Wat zeg je nou? Jij bent anders degene die zo geobsedeerd is door die idiote spreadsheet van je. Je hebt toch zeker zelf gezegd dat je alles een heel jaar vooruit zwart-op-wit wil vastleggen? Alle verjaardagen, alle concerten. Je zei dat dat beter was voor de kinderen.'

'Echt waar?' Wist ze überhaupt wel hoe ze een spreadsheet moest maken?

'Ja!'

'O. Nou ja. Wat je wilt. Je mag ze wel hebben op eerste kerstdag.'

'Wat ik wil?' herhaalde hij achterdochtig, nerveus bijna. 'Mis ik iets of zo?'

'Nee, zeg, hoe was het in Portugal?'

'Prima, dank je,' antwoordde hij vormelijk.

Ze moest haar nagels in haar handpalmen drukken om te voorkomen dat ze zich tegen zijn borstkas zou drukken. Ze wilde zeggen: 'Praat eens gewoon tegen me.'

'Ik moest maar weer eens gaan,' zei hij.

'Wat? Nee. Je kunt toch niet zomaar gaan. Je moet blijven eten.' In haar paniek had ze hem bijna vastgegrepen.

'Dat lijkt me niet zo'n goed idee.'

'Ja, papa, blijf bij ons eten!' Het was Olivia. Ze had een rode cape om haar schouders geslagen en om haar nek hing een speelgoedstethoscoop. Ze ging aan Nicks arm hangen. Alice was jaloers dat zij hem wel mocht aanraken.

'Ik moet echt gaan,' zei Nick.

'Blijf toch, alsjeblieft,' zei Alice. 'We eten hamburgers.'

'Zie je nou, mama wil ook dat je blijft.' Olivia tapdanste gelukzalig over de hele veranda. Ze gilde: 'Tom, moet je horen! Papa blijft bij ons eten!'

'Jezus, Alice,' beet Nick haar zachtjes toe, en deze keer keek hij haar wel recht in de ogen.

'Ik heb een lekker wijntje voor ons opengetrokken,' zei Alice en ze schonk hem een glimlach.

Ze had helemaal geen lippenstift nodig om haar man terug te krijgen.

20

Nick leek zich geen houding te kunnen geven toen hij binnenkwam. Hij stopte zijn handen in de zakken van zijn korte broek en liep wat door de zitkamer, af en toe stilstaand om iets te bekijken, alsof hij in andermans huis was.

'Heb je het zwembad alweer voor elkaar?' vroeg hij en hij wees met zijn kin naar de achtertuin.

Alice stond in de keuken en schonk voor hen allebei een glas wijn in. Ze had geen idee waar hij het over had. Hoe kun je een zwembad voor elkaar krijgen?

'Het zwembad was altijd al helemaal voor elkaar,' zei ze. 'Tiptop in orde.'

Nick wendde zich af van het raam en keek haar scherp aan.

'Mooi,' zei hij.

Alice liep de keuken uit en gaf hem zijn glas. Ze zag dat hij het zorgvuldig van haar aannam, zodat hun handen elkaar niet aan zouden raken. 'Dank je,' zei hij. Ze bleef voor hem staan en hij liep weer achteruit alsof ze een besmettelijke ziekte had.

Tom zwierf door de keuken en trok hier en daar een keukenkastje open. Hij ging voor de ijskast staan en gooide de deur open en dicht.

'Wat mag ik hebben, mam?' vroeg hij.

Alice keek om zich heen, op zoek naar haar eigen moeder.

'Ma-ham,' zei Tom.

Alice schrok. Zij was de moeder.

'Nou,' zei ze, en ze deed erg haar best om vrolijk en liefhebbend te klinken. 'Waar heb je zin in. Een boterham of zo?'

'Wacht maar tot we zo gaan eten, Tom,' zei Nick.

O, dus dat hoorde je te zeggen in dit geval.

'Ja,' zei ze, en ze probeerde dezelfde toon aan te slaan als Nick. 'Je vader heeft gelijk.' Toen giechelde ze even. Ze kon er niks aan doen. Ze keek Nick ondeugend aan. Vond hij het dan ook niet geestig hoe ze vadertje en moedertje aan het spelen waren?

Nick keek haar gespannen aan. Ze zag zijn ogen onwillekeurig naar haar wijnglas schieten. Dacht hij soms dat ze dronken was?

Het jongetje smeet de deur van de ijskast zo hard dicht dat die ervan rammelde, en hij zei: 'Als ik niet snel iets eet dan raak ik ondervoed. Kijk maar, mijn buik is al helemaal bol, net zoals bij mensen die doodgaan van de honger. Zie je wel?' Hij stak zijn buik naar voren.

Alice schoot in de lach. Nick zei streng: 'Doe niet zo raar. En ga eens even iets droogs aantrekken.' Ja, het was waarschijnlijk geen goed idee om je kinderen te laten lachen om hongersnood.

Het kleinste kind verscheen weer. Olivia. Ze had haar lippen ingesmeerd met knalrode lippenstift. Het zat ook op haar tanden. Mocht dat? Alice keek naar Nick voor wat begeleiding in deze situatie, maar hij stond al bij de achterdeur naar het zwembad te kijken. 'Hij lijkt me anders nog wel een beetje groen,' zei hij. 'Wanneer heb je die kerel er voor het laatst naar laten kijken?'

'Oké, mammie, ik ben jouw zuster. Gaat u hier maar zitten, dan zal ik uw temperatuur opnemen.' Olivia pakte haar bij de hand. Als betoverd door dat kleine, warme handje, liet Alice zich naar de bank leiden.

'Gaat u hier maar liggen, mevrouw, goed zo,' zei Olivia.

Alice ging liggen en Olivia stak een speelgoedthermometer in haar mond. Ze veegde een lok haar van Alice' voorhoofd en zei: 'Dan ga ik nu even naar uw hart luisteren, patiënt.' Ze stopte de stethoscoop in haar oren en drukte het andere eind tegen Alice' borst. Ze fronste vakkundig. Alice probeerde haar lachen in te houden. Wat een schattig kind was dit.

'Goed, patiënt, uw hart doet het, hoor,' zei ze.

'Poeh, gelukkig,' zei Alice.

Olivia haalde de thermometer uit haar mond en keek erop. Haar mond viel open: 'Maar patiënt, u hebt vreselijk koorts! Wel vijftig graden!'

'O nee, wat moet ik doen?'

'U moet kijken naar hoe ik de radslag doe. Daar zult u van opknappen.'

Olivia deed een perfecte radslag. Alice applaudisseerde en Olivia maakte een buiging. Toen deed ze er nog eentje.

'Niet in huis, Olivia!' viel Nick tegen haar uit. 'Dat weet je donders goed!'

Olivia schoof haar onderlip naar voren. 'Toe nou, papa, alsjeblieft. Nog eentje.'

'Vind je het wel goed dat ze jouw lippenstift heeft opgesmeerd?' vroeg Nick.

'Ach, nou ja,' zei Alice. 'Ik weet eigenlijk niet.'

'Laat je moeder nu maar koken.' Nick had diezelfde uitgeputte, verslagen blik als Elisabeth gisteravond. Iedereen was zo moe en chagrijnig in 2008.

'Sorry, lieve pappie.' Olivia gooide haar armen om Nicks benen.

'Ga je zwempak nu maar even uitdoen,' zei Nick.

Olivia danste weg met haar rode cape achter zich aan wapperend.

Ze waren alleen.

'Trouwens, ik heb niet al Olivia's huiswerk afgekregen,' zei Nick. Hij klonk defensief, alsof hij iets opbiechtte.

'Bedoel je dat jij Olivia's huiswerk doet, en niet zijzelf?' vroeg Alice.

'Natuurlijk niet! Jezus, jij schijnt echt te denken dat ik volkomen incompetent ben, hè?'

Alice ging rechtop zitten. 'Dat denk ik helemaal niet.'

'Ze hoeft nog maar acht vragen. Het is natuurlijk veel lastiger als je met zijn allen in een klein appartement zit. We hebben trouwens ook niet alles afgekregen wat Tom had moeten lezen. En we hebben vandaag drie uur aan Madisons natuurkunde-experiment gezeten. Tom wilde het voor haar doen.'

'Nick.'

Hij zweeg, nam een mondvol wijn en keek haar aan.

'Wat is er?'

'Waarom gaan wij eigenlijk scheiden?'

'Wat is dat nu weer voor vraag?'

'Ik wil het gewoon graag weten.'

Het verlangen om op te staan en hem aan te raken was zo ongelofelijk sterk, dat ze haar handen tegen haar bovenbenen moest drukken om niet op te springen en haar hoofd onder zijn kin te verstoppen.

'Het doet er niet toe waarom we gaan scheiden,' zei Nick. 'Ik heb geen zin in dit gesprek. Wat heeft het voor zin? Ik heb vanavond geen trek in die spelletjes, Alice. Ik ben doodmoe. Als jij probeert om uitspraken aan me te ontlokken die je vervolgens tegen me kunt gebruiken, dan heb je mooi pech.'

'O,' zei Alice.

Zou haar vermogen om geschokt te raken ooit overgaan? Het drong tot haar door dat sinds Elisabeth het woord 'scheiding' voor het eerst had genoemd, ze Nick wilde zien zodat hij het allemaal recht zou zetten en ervoor zou zorgen dat het helemaal niets met hen te maken had.

'Misschien is het toch beter als ik naar huis ga,' zei Nick, en hij zette zijn glas op tafel.

'Jij hebt ooit tegen me gezegd dat als we ooit relatieproblemen zouden krijgen, je hemel en aarde zou bewegen om die problemen op te lossen,' zei Alice. 'We zaten toen in dat nieuwe Italiaanse restaurant en daar pulkten we het kaarsvet van de kaarsen. Ik kan me dat nog heel goed herinneren.'

'Alice.'

'Jij zei dat we samen oude mopperkonten zouden worden en dat we op busreisjes zouden gaan, en naar de bingo. Ze gaven ons koud knoflookbrood maar we waren te hongerig om daarover te klagen.'

Nicks onderlip was gaan hangen, zodat hij er heel dom uitzag.

'En op een avond stonden we op de oprit van Sarah O'Brien op een taxi te wachten en ik vroeg of jij vond dat Sarah die avond nog veel mooier was dan normaal, en toen zei je: "Alice, ik kan nooit zo van iemand houden als van jou," en toen moest ik lachen en zei: "Dat was de vraag niet," maar dat was de vraag wel, want ik was onzeker, en dus gaf jij dat antwoord. Dat was je antwoord. Het was koud, die avond. Jij had die enorme wollen trui aan, die je later in Katoomba bent kwijtgeraakt. Weet je dat dan niet meer?'

Ze voelde dat haar neus verstopt raakte.

Nick stak paniekerig zijn handpalmen omhoog, alsof er vlak voor zijn ogen brand was ontstaan maar hij zo gauw niets kon vinden om te blussen.

Alice haalde luidruchtig haar neus op. 'Sorry,' zei ze en ze keek naar de grond, omdat ze dat vertrouwde en toch zo vreemde gezicht niet meer aan kon zien.

Ze zei: 'Deze tegels hebben helemaal precies de goede kleur. Waar hebben we die vandaan?'

'Ik weet het niet,' zei Nick. 'Dat is alweer zo'n tien jaar geleden.' Ze keek hem weer aan. Zijn handen hingen langs zijn lichaam en zijn ogen werden groot toen het kwartje leek te vallen. 'Alice, jij hebt je geheugen nog helemaal niet terug, of wel? Ik nam gewoon maar aan dat – ik bedoel, omdat het ziekenhuis je heeft laten gaan. Je denkt toch niet nog steeds dat het 1998 is, of wel?'

'Ik weet dat het 2008 is. En dat geloof ik ook. Maar het voelt niet zo.'

'Ja, maar je kunt je de afgelopen tien jaar toch wel herínneren? Dat is toch niet de reden waarom je al die bizarre vragen stelt?'

Alice vroeg: 'Heb jij een affaire gehad met die vrouw die hier aan de overkant woonde? Degene die nu dood is? Gina?'

'Een affaire? Met Gina? Je maakt een geintje.'

'O, gelukkig.'

'Kun je je Gina dan helemaal niet meer herinneren?' vroeg hij.

'Nee. Ik weet alleen nog dat er ballonnen waren op haar begrafenis.'

'Maar Alice,' Nick leunde dringend naar voren. Hij keek om zich heen om zeker te zijn dat ze nog alleen waren, en hij fluisterde: 'Je kunt je de kínderen toch nog wel herinneren, neem ik aan?'

Alice keek hem in de ogen en schudde zwijgend haar hoofd.

'Echt helemaal niet meer?'

'Het laatste wat ik weet is dat ik zwanger was van het Rozijntje. Ik bedoel van Madison.'

Nick sloeg met zijn handpalmen tegen zijn knieën. (Hij had allemaal van die nieuwe, volwassen, boze manieren ontwikkeld.) 'Allejezus, waarom lig je dan niet nog steeds in het ziekenhuis?'

'Heb je dan soms een affaire gehad met iemand anders? In plaats van Gina?' vroeg Alice.

'Wat? Nee, natuurlijk niet.'

'En ik dan?'

'Niet dat ik weet. Kunnen we weer even terug naar waar het hier om gaat?'

'Dus we zijn geen van beiden vreemdgegaan?'

'Nee! Jezus. Daar hadden we niet eens de tijd voor. Of de energie. Tenminste, ik zeker niet. Jij misschien, tussen al die reuzebelangrijke aerobicslessen en afspraken bij de schoonheidsspecialiste door. In elk geval, mijn zegen heb je.'

Alice dacht aan hoe ze Dominick had gezoend.

Ze vroeg: 'En heb jij nu een vriendin? Nee, laat maar. Ik trek het niet als jij een vriendin zou hebben. Ik wil het niet weten.' Ze legde haar handen op haar oren, haalde ze weer weg en vroeg: 'Nou, heb je er eentje?'

'Je moet een flinke smak hebben gemaakt, Alice,' antwoordde Nick.

Heel even leek het of de oude Nick weer terug was. Hij schudde zijn hoofd vol komisch ongeloof, zoals hij altijd deed als hij haar betrapte op tranen bij die margarinereclame met de kleine eendjes, of als ze vloekend rondhupte op één been omdat ze zich aan de wasmachine had gestoten, of als ze op haar knieën voor de ijskast zat en alles eruit trok op zoek naar die ene verloren reep chocolade.

Toen verdween die blik alsof hij zich ineens weer iets verschrikkelijk irritants herinnerde en hij zei: 'Trouwens, volgens Olivia heb jij zelf een vriendje. De vader van Jasper. Het hoofd der school maar liefst. Kun je je hém wel herinneren?'

Haar gezicht begon te gloeien. 'Nee, maar ik heb hem gisteren ontmoet.'

'Aha,' zei Nick bozig. 'Nou, hij klinkt reuzeaardig, hoor. Ik ken hem geloof ik nog wel van school. Lange, magere vent. Fijn dat het voor jou allemaal zo gunstig uitpakt. De vraag is: ben jij wel in staat om vanavond voor de kinderen te zorgen? Of moet ik ze weer meenemen?'

'Als wij geen van beiden vreemd zijn gegaan,' vroeg Alice, 'waarom zijn we dan niet gewoon nog steeds bij elkaar? Wat was er dan zo vreselijk dat het ons uit elkaar heeft gedreven?'

Nick zuchtte luid. Hij keek verbijsterd om zich heen, alsof hij hulp zocht van toehoorders die net zo verbluft waren als hij. 'Het moet wel een heel ernstige hoofdwond zijn, dunkt mij. Ik kan gewoon niet geloven dat ze je zomaar hebben laten gaan.'

'Ze hebben een hersenscan gemaakt, en er is lichamelijk niets mis met me. En ik heb net gedaan alsof ik alles weer wist.'

Nick sloeg zijn ogen ten hemel. Al weer zo'n pretentieus gebaar. 'Nou, geweldig. Echt geweldig. Tegen de artsen liegen; goed gedaan, hoor, Alice.'

'Waarom doe jij eigenlijk zo gemeen tegen mij?'

'O, ben je soms een kleutertje? Ik doe helemaal niet gemeen tegen jou.'

'Dat doe je wel. En je klinkt ook heel anders. Je bent zo sarcastisch geworden en je praat in clichés en je bent zo... gewoontjes.'

'Dank je. Echt ontzettend bedankt. Ik praat in clichés en ik ben zo gewoontjes. Nee, het is echt een volslagen mysterie waarom ons huwelijk op de klippen is gelopen.'

Hij keek met een triomfantelijke spotlach om zich heen naar zijn denkbeeldige publiek, alsof hij wilde zeggen: 'Zien jullie nou waar ik al die tijd mee opgezadeld heb gezeten.'

'Sorry,' zei Alice. 'Ik wilde niet...' Ze dwaalde af in gedachten, want ze herinnerde zich weer hoe ze zich voelde als iemand het uit had gemaakt. Gesprekken waarin je hopeloos verstrikt raakte. Hoe beleefd en zorgvuldig je moest formuleren. Je kon niks kritisch meer zeggen, want dat recht had je niet meer.

'O, Nick,' zei ze hulpeloos.

Ze onderging weer al die gevoelens die ze zo goed kende van haar vorige verbroken relaties. De misselijkheid. Het gevoel alsof er iets heel groots en heel hards midden in haar borst vastzat. Dat trillerige, huilerige gevoel.

Het was helemaal niet de bedoeling dat ze zich ooit weer zo zou voelen. Verbroken relaties hoorden bij haar jeugd. Bij de pijnlijke herinneringen. Of eigenlijk niet eens echt pijnlijk, want het was ook wel fijn om terug te kunnen kijken en vol genegenheid haar jongere ik te zien en dan te denken: o, dom kind, wat huil je nou om die zak.

Dit was haar volwassen relatie. De relatie die eeuwig zou duren.

Ze zette haar wijnglas op de salontafel en keek hem aan. 'Vertel me nu maar gewoon waarom we uit elkaar gaan. Alsjeblieft.'

'Die vraag laat zich eigenlijk onmogelijk beantwoorden. Er zijn miljoenen redenen voor. En jij verzint er waarschijnlijk nog een miljoen andere bij ook.'

'Nou, dan vat je het maar samen.'

'In vijfentwintig woorden of minder.'

'Graag.'

Hij glimlachte en was weer even de echte Nick. Die bleef maar kiekeboe spelen.

Hij zei: 'Nou, ik geloof...' Maar toen zweeg hij en boog zijn hoofd. 'O, Alice.' Een uitdrukking van pure ellende kwam over zijn gezicht.

Het werd Alice te veel. Het was haar instinct om hem te troosten, en ze wilde zelf ook getroost worden, en hij was Níck, per slot van rekening.

Ze stak als een haas de kamer over, kroop in zijn armen en begroef haar gezicht in zijn borst, waar ze diep inademde. Hij was nog gewoon Nick. Hij rook nog helemaal naar zichzelf.

'Wat er ook mis mag zijn, we kunnen er toch wel uit komen,' kakelde ze. 'Dan gaan we toch in therapie. Of lekker op vakantie!' Ze raakte bevlogen. 'Met de kínderen! Die mogen ook mee. Ónze kinderen. Dat zou toch hartstikke leuk zijn? Of anders blijven we lekker hier. Beetje zwemmen. Jemig, dat zwembad is echt super! Hoe hebben we dat ooit kunnen betalen? Dankzij die nieuwe baan van jou, neem ik aan. Vind je het leuk werk? Ik kon het gewoon niet geloven, je hebt je eigen secretaresse en alles. Ze deed dan wel niet erg vriendelijk tegen me, maar dat geeft niet.'

'Alice.'

Hij beantwoordde haar omhelzing niet. De woorden bleven maar uit haar mond tuimelen. Zij zou zich hier wel uit praten.

'Wat ben ik dun, hè? Misschien een beetje te, zelfs. Wat vind jij? Ben ik te dun, zo? Ik kon ook nergens chocola vinden in huis. En mijn password is "oregano", ook raar. Hé, waarom praat mevrouw Bergen niet tegen me? Heb ik haar soms beledigd? En Elisabeth is ook al boos op me. Maar jij houdt toch nog wel van me, of niet? Dat moet toch haast wel.'

'Hou hiermee op.' Hij pakte haar bij de schouders vast en duwde haar zachtjes van zich af.

'Want we hebben drie kinderen samen, en ik hou nog wel gewoon van jou.'

'Nee, Alice.' Hij schudde zijn hoofd stellig, alsof zij een peuter was die haar vingers in het stopcontact had willen steken.

'Waar hebben jullie nu weer ruzie om?' Alice en Nick keken om en zagen Madison tegen de deurpost geleund staan. Ze was zo te zien onder de douche geweest. Ze droeg een badjas, haar gezicht was schoongeboend en haar haar was nat en uit haar gezicht geveegd.

'O, wat ben je mooi,' zei Alice onwillekeurig.

Madisons gezicht veranderde, en vertrok van woede. 'Waarom zeg je toch altijd van die belachelijke dingen, stom mens?'

'Madison!' bulderde Nick. 'Zo praat je niet tegen je moeder.'

'Nou, het is toch zeker zo! En trouwens, ik heb zelf gehoord dat jij tegen tante Ella zei dat mama een spijkerharde bitch was, dus doe nou maar niet net alsof jij haar wel aardig vindt. Ik weet heus wel dat je haar haat.'

Alice' adem stokte.

'Ik haat je moeder helemaal niet,' zei Nick. Alice zag dat de spanning de huid rondom zijn mond straktrok. Hij zag er zo oud uit.

'Je haat haar wel,' zei Madison.

'Hij haat mama helemaal niet!' Dat was Tom. Hij gaf Madison een stomp tegen haar arm. 'Ik haat jou!'

'Tom!' viel Nick uit.

'Au au au!' Madison greep naar haar arm, en ze zakte door haar knieën in een hoopje op de vloer. 'Hij heeft me geslagen. Je mag geen meisjes slaan. Dat is huiselijk geweld. Dat is geweld tegen vrouwen.'

'Jij bent helemaal geen vrouw,' zei Tom smalend. 'Jij bent gewoon een stomme meid.'

Madison haalde fel uit naar Toms been. Tom jankte als een hond. Hij keek naar Alice, met een knalrood hoofd en vervuld van zelfingenomen woede. 'Mam, zag je hoe hard ze me schopte? En ik gaf haar maar een klein stompje.'

'Een klein stompje?' Madison trok de mouw van haar badjas omhoog. 'En wat is dat dan, hè? Dat wordt een blauwe plek, ja! Een heel grote.'

'Allemachtig,' zei Alice zachtjes. Ze pakte haar wijnglas en keek om zich heen of er geen volwassene was die in zou grijpen.

'Ik moet gaan,' zei Nick.

'Dat meen je niet,' zei Alice. 'Je kunt me toch niet alleen laten?'

Madison en Tom waren druk bezig elkaar om zeep te helpen. Ze lagen te worstelen als een stel hondsdolle katten. Er werd geschopt, aan haren getrokken en er klonken oorverdovende kreten van woede. Het was werkelijk heel bijzonder.

'Doen ze dit vaker?' vroeg Alice. Ze stak haar vingers in haar oren. 'Misschien is het dan toch niet zo'n goed idee dat ze meegaan op vakantie.'

Nick schoot in de lach: een verbaasde bulderlach die hij meteen de kop indrukte.

Alice vroeg: 'Heb je echt tegen Ella gezegd dat ik een spijkerharde bitch ben?' Ze zweeg even. 'Ben ik een spijkerharde bitch?'

Nick liep naar de kinderen toe en greep Tom bij de achterkant van zijn T-shirt. Hij hees hem de lucht in en droeg hem naar de bank, waar hij hem liet vallen. Toen draaide hij zich om naar Madison en zei: 'Naar je kamer, jij.'

'Ik? Maar híj is begonnen! Hij stompte mij. Dat is niet rechtvaardig. Má-ham!' Madison zat rechtop, met haar rug tegen de muur, en ze keek Alice dringend aan.

Op dat moment kwam Olivia de kamer in gerend met alleen een T-shirt en een onderbroek aan, helemaal bedrukt met aardbeitjes. 'Mammie, waar is mijn korte broek? Die spijkerbroek bedoel ik. En niet vragen of ik al in mijn la heb gekeken, want dat heb ik. Ik heb superlang gezocht, en ik heb gekeken met mijn ogen.' Ze draaide een pirouette met haar armpjes gracieus boven haar hoofd.

'Dat kun je echt heel goed, zeg,' zei Alice, blij met de afleiding.

'Ja, ik ben ook best goed,' verzuchtte Olivia alsof het een zware verantwoordelijkheid voor haar was. Ze stak een mager bruin beentje op en bewonderde haar gestrekte voetje. Toen bedacht ze zich ineens iets. 'Mam. Wie gaat me eigenlijk naar de Talentenshow brengen in Frannies bejaardencentrum? Jij, of papa? En in welk huis slaap ik dan?'

'Ik weet het niet precies,' zei Alice.

'We slapen alleen in de weekenden bij papa,' zei Madison, en ze keek Alice scherp aan. 'Frannies concert is op woensdagavond, weet je nog wel?'

'Nou, dat zal dan wel kloppen, Madison,' zei Alice.

'Ik heb zo'n honger,' zei Tom met een zucht. 'Wanneer gaan we nou eten, mam? Hé, hallo, wanneer gaan we eten? Ik geloof dat mijn bloedsuikerspiegel nu echt heel laag is.'

'Oké, Tom...'

'Waarom zeg je onze namen de hele tijd?' merkte Madison plotseling op.

'O, sorry, ik, eh... sorry.'

Maar Madison zei: 'Je kunt je ons helemaal niet meer herinneren, hè?'

Tom schoot rechtovereind op de bank en Olivia hield op met rondjes draaien.

'Ze weet niet eens meer wie wij zijn,' zei Madison tegen haar broertje en zusje.

21

Alice klemde haar lippen op elkaar zoals een strenge, afgeleide moeder dat zou doen en ze probeerde haar paniek niet te laten doorschemeren.

'Natuurlijk weet ik wel wie jullie zijn,' zei ze tegen Madison. 'Doe niet zo raar.'

'Hoe kan mama ons nou vergeten zijn?' Olivia zette haar handen in haar zij en stak haar buik naar voren. 'Madison? Wat bedoel je nou?'

Madison keek haar verveeld en uit de hoogte aan. 'Mama is op haar hoofd gevallen in de sportschool. Ik heb zelf gehoord dat tante Libby tegen oom Ben zei dat ze tien jaar van haar geheugen kwijt was. En tien jaar geleden waren wij nog niet geboren. Dat bedoel ik dus.'

'Ja, maar, nou en? Dan weet ze toch nog wel wie wij zijn? Wij zijn haar kinderen!' Olivia leek zowel geïrriteerd als opgewonden.

'Als jullie nu eens even televisie gingen kijken,' zei Nick. 'Of met de PlayStation spelen? En misschien dat het een goed idee is om eens te stoppen met dat afluisteren als grote mensen met elkaar praten, Madison.'

'Ik was helemaal niet aan het afluisteren! Ik zat er gewoon bij! In de keuken! Ik haalde wat fris uit de ijskast. Wat moet ik dan doen? Moet ik dan zo rond gaan lopen?' Ze stak haar vingers in haar oren.

'Geheugenverlies,' zei Tom. 'Heb jij dat dan, mama?'

'Er is niets aan de hand met je moeder,' zei Nick.

'Mam?' vroeg Tom.

'We doen gewoon een test,' zei Madison. 'Dan stellen we haar wat vragen.'

'Wat voor vragen dan?' vroeg Olivia.

'Ik weet het al!' Tom stak zijn hand op alsof hij in de klas zat. 'Ik weet het. Oké, mama, wat is mijn lievelingseten?'

'Frietjes,' zei Nick. 'En zo is het wel weer genoeg.'

'Fout!' riep Tom. 'Het is kipschnitzel. Soms. En anders sushi.'

'Zie je nou, ik heb dus ook geheugenverlies. En nu is het uit.'

'Mijn lievelingseten is ook kipschnitzel,' merkte Olivia op.

'Nietes,' zei Tom. 'Bedenk zelf ook eens wat! Jij doet alles na wat ik doe.'

'Hoe heet mijn juf, mam?' vroeg Madison.

'Ik zei: en nu is het uit,' herhaalde Nick.

'O, maar die weet ik!' Alice kon zich er nog net van weerhouden zelf ook een hand op te steken. 'Mevrouw Olloway! Ik bedoel Alloway. Ollaway? Zoiets.'

Er viel een onheilspellende stilte.

'Mevrouw Holloway is de adjunct-directrice,' zei Madison zachtjes, op de toon waarmee je iemand op een ongelofelijk stomme, potentieel gevaarlijke fout wijst.

'O ja, natuurlijk, dat bedoelde ik ook,' zei Alice nederig.

'Niet waar,' zei Madison.

'Wanneer ben ik jarig, mam?' vroeg Tom en hij stak een waarschuwend vingertje op naar zijn vader. 'Niet vast het antwoord geven!'

'Goed!' Nick klapte in zijn handen, wat hard en hol klonk. 'Je moeder heeft een ongeluk gehad en bepaalde dingen zijn gewoon nog een beetje vaag, meer niet. Jullie moeten extra goed helpen en extra stil zijn voor haar. Op dit soort verhoren zit ze echt niet te wachten. Dus ik wil dat jullie nu met zijn drietjes de tafel gaan dekken.'

Olivia kwam naast Alice staan en liet haar handje in die van Alice glijden. 'Je weet toch best dat ik 20 juni jarig ben, hè?'

'Natuurlijk, liefje,' zei Alice, en ineens voelde ze zich echt moeder. 'Dat is de dag waarop jij bent geboren. Hoe zou ik dat nou kunnen vergeten?'

Ze keek op en zag Madison in de hal staan, die haar intens geconcentreerd aankeek.

'Je liegt,' zei ze.

Elisabeths huiswerk voor dokter Hodges

Zal ik u eens wat zeggen, dokter Hodges? Ik zwicht en ik zal u voortaan bij uw voornaam noemen. Ik herinnerde me vandaag dat u daar tijdens onze eerste sessie zo'n punt van maakte. 'Jeremy,' zei u stellig, telkens als ik u 'dokter Hodges' noemde. U bent waarschijnlijk niet dol op uw naam. Dat snap ik best. Hodges is een lompe, smoezelige naam, en u bent niet lomp en smoezelig. U bent eigenlijk best knap, en dat leidt me erg af. Uw knappe uiterlijk blijft me steeds maar herinneren aan het feit dat u een echt mens bent, en ik wil helemaal niet dat u een echt mens bent. Echte mensen hebben namelijk geen antwoorden voor me. Echte mensen maken fouten. Ze zeggen dingen met een air van gezag, en dan zitten ze er toch naast.

Maar goed, hierbij haal ik u dan officieel van uw voetstuk.

Hoe gaat het eigenlijk me je, Jeremy? Wat ben je aan het doen, deze zondagavond? Zit je rode wijn te drinken met je mooie, vruchtbare echtgenote terwijl ze net een braadstuk in de oven heeft gezet, en help je die blonde koters van je met hun huiswerk? Is het lekker warm en gezellig in huis, en ruikt het naar knoflook en rozemarijn?

Hier staat geen braadstuk in de oven. Er wordt ook niet gepraat. Het enige wat hier geluid maakt, is de televisie. Er komt hier altijd geluid uit de televisie. Ik haat het om het toestel uit te zetten. Ik kan niet tegen de stilte. 'Kunnen we dan niet wat muziek opzetten?' vraagt Ben. Nee. Ik wil tv. Ik wil geweerschoten en een ingeblikte lach en reclames voor hondenvoer. Als de televisie maar staat te blèren, lijkt niets al te tragisch.

Dus, wat wilde ik u ook alweer vertellen? O ja. Ben. We hebben ruzie.

Op weg naar huis, toen we vandaag bij Alice waren geweest, begon Ben over een of andere kerel die hij gisteravond op het feestje had ontmoet. Ik had ze wel zien praten, toen ik met Alice' nieuwe vriendje stond te kletsen, dat overigens heel schattig en heel verlegen is. Het gaf me wel een beetje een vreemd gevoel. Alsof ik Nick ontrouw was. Maar ik vond hem echt aardig. Hoe dan ook, ik dacht: o fijn, Ben heeft iemand gevonden om mee over auto's te bomen.

Niet, dus.

Ze hadden het over onvruchtbaarheid en adoptie gehad. Ineens is Ben zo'n man geworden die dingen over zijn privéleven vertelt aan wildvreemden die hij op cocktailfeestjes tegenkomt. Had ik hem toch al die jaren volkomen verkeerd ingeschat, zeg. Blijkt hij helemaal niet het zwijgzame, sterke, beschadigde type te zijn.

De zus van die vent had elf mislukte ivf-pogingen achter de rug en toen heeft ze een meisje geadopteerd uit Thailand, en dat kleine meisje is een heel getalenteerd violistje en ze leefden nog lang en gelukkig.

Ben heeft het telefoonnummer van die vrouw gekregen. Hij gaat haar bellen. Mijn man heeft een nieuw soort bezieling in zijn ogen. Het is net of hij een nieuwe religie heeft ontdekt, of golf. Meneer Adoptie Over Mijn Lijk is ineens Meneer Ik Kan Niet Wachten geworden.

Ik vroeg hem hoeveel jaar dat zou moeten, wachten dus, maar dat wist hij niet.

Toen ben ik over iets anders begonnen.

Maar toen we vanavond het nieuws zaten te kijken was er iets over die cycloon in Birma. Er was een vrouw in een rode jurk, die wel iets weg had van die van Alice. Ze stond voor een hoop puin die ooit de school van haar dochter was. Ze had een foto in haar hand van een meisje met een ernstig gezichtje. Ze leek ongeveer van Olivia's leeftijd. De moeder sprak beleefd en in keurig Engels tegen de verslaggever, en ze legde uit dat de plaatselijke autoriteiten alles deden wat in hun vermogen lag.

Er leek niets met haar aan de hand, ze deed bijna zakelijk. De camera verplaatste zich. Toen richtte hij zich weer op de moeder, die nu lag te kronkelen op de grond, jammerend, met witte knokkels. De verslaggever verklaarde dat ze net had gehoord dat er geen verdere reddingspogingen werden ondernomen, omdat het te gevaarlijk was.

Ik zat tortillachips te eten en keek naar een vrouw die net het allerergste moment van haar leven beleefde.

Ik had geen enkel recht om ergens verdrietig over te zijn. Geen recht op therapie van dure dokters zoals jij omdat ik kinderen heb verloren die nooit echt bestaan hebben. Er is echte ellende in deze wereld. Er zijn echte moeders die echte kinderen verliezen. Ik ben misselijk van mezelf.

En op dat moment zei Ben: 'Er zijn waarschijnlijk zoveel kinderen die nu geen ouders meer hebben.' Hij zei het heel ernstig, maar er klonk ook absoluut iets juichends in door. Zo van: komt dat even goed uit! Al die dooie ouders! Allemaal kinderen die overschieten, zo voor het oprapen! Misschien kruipt er op dit moment zelfs wel een schattig klein violistje ergens uit het puin. Jezus.

Dus ik zei: 'Ja, geweldig hè, zo'n cycloon.'

'Doe eens niet zo,' zei hij toen.

En toen begon ik ineens te schreeuwen: 'Ik had best willen adopteren! Dat had ik best gewild! Maar JIJ WILDE NIET. Jij zei dat je zo psychologisch beschadigd was van je eigen adoptie, en jij zei dat...'

Hij onderbrak me, en zei: 'Ik heb nog NOOIT van mijn leven de woorden "psychologisch beschadigd" in de mond genomen.'

En dat klopt ook. Maar hij bedoelde het wel zo.

'Wel waar,' zei ik. Ik bedoel, hij had het net zo goed wel kunnen zeggen, Jeremy.

Toen zei hij: 'Bullshit.'

Ik haat dat woord toch wel zo verschrikkelijk. Ik krijg er een akelig gevoel van. En dat weet hij donders goed. En trouwens, het slaat niet eens ergens op: poep van een stier.

En, nu komt het, Jeremy, toen zei hij: 'Ik dacht anders dat jíj degene was die niet wilde adopteren.'

Toen de explosies in mijn hoofd ophielden, zei ik: 'Hoe kom je daar nou bij?'

Hij zei: 'Als mensen ons er weleens naar vroegen, dan werd jij altijd zo kwaad op ze. Dat zei je dat wij een biologisch kind wilden.'

Ik zei: 'Maar dat zei ik om jou. Omdat jij er in het begin zo fel tegen was.'

Hij zei: 'Ik was er eerst ook wel tegen, maar toen de zwangerschappen steeds maar misliepen leek het me voor de hand te liggen. Ik wilde er alleen nooit over beginnen, omdat jij altijd zo over je toeren raakte als het over adoptie ging.'

Dus. Wat een geweldig staaltje communicatie binnen het huwelijk, vind je ook niet?

Het doet me denken aan dat televisieprogramma waarbij ze onderzoek doen naar vliegtuigcrashes. Soms leidt een heel dom, heel klein foutje tot een gigantische ramp.

'Nou ja, het is nu toch al te laat,' zei ik.

'Nee, dat is het niet,' zei hij.

Ik zei: 'Ik ga niet adopteren. Ik ben veel te moe.'

Het is zo, Jeremy. Ik bedacht me pasgeleden dat ik de afgelopen jaren permanent doodmoe ben geweest. Doodmoe van het eindeloze proberen. Ik heb geen energie meer over. Ik ben er klaar mee. Ik zou wel graag een jaar of twee in winterslaap gaan.

Ik zei: 'Wij worden nooit ouders. Het is klaar.'

Nadat hij een poosje op chips zat te kauwen (waarbij zijn kaken energiek op en neer gingen; hij leek wel een cavia), zei hij: 'Dus we blijven de rest van ons leven een beetje voor de buis zitten.'

'Lijkt mij een prima plan,' zei ik.

Hij stond op en liep de kamer uit.

En nu praten we niet meer met elkaar. Ik heb hem sinds dat moment ook helemaal niet meer gezien. Maar ik weet dat we er niet over zullen praten als hij straks weer terug is. En als we dat wel doen, dan doen we dat heel, heel erg beleefd en kil – en dat telt niet als praten.

En nu, op dit moment, voel ik... niets.

Helemaal niets.

Een gigantisch, leeg, eindeloos niets dat ik opvul met tortillachips en *Australia's Funniest Home Videos*.

22

De familie Love zat rond de eettafel. Er was een akelig momentje geweest toen Alice op Olivia's plek was gaan zitten, maar Nick redde haar door met zijn kin naar de plek daartegenover te wijzen.

De kinderen waren onrustig en giechelig geworden; ze leken wel dronken. Ze konden maar niet stilzitten. Ze glipten van hun stoelen, lieten voortdurend hun bestek op de grond vallen en praatten tegen elkaar met rare hoge stemmetjes. Alice wist niet of dit hun gebruikelijke manier van doen was of niet. Ontspannend was anders. Nick had zijn kaken op elkaar geklemd alsof dit avondeten een vreselijke medische ingreep was die hij moest ondergaan.

'Ik wist wel dat je zou vergeten dat je had beloofd dat ik lasagne mocht maken.' Madison prikte vol walging in haar hamburger.

'Ze heeft ook geheugenverlies, sukkel,' zei Tom met een ongelofelijk volle mond.

'Denk om je manieren,' zei Alice automatisch. Ze schrok er zelf van. Zei ze nou net: 'Denk om je manieren'? Wat bedoelde ze daar überhaupt mee?

'O ja,' zei Madison. Ze keek Alice aan met haar donkere blik. 'Sorry, hoor.'

'Geeft niks,' zei Alice en ze wendde vlug haar ogen af. Dat kind was doodeng.

'Wat hebben we toe, mammie?' vroeg Olivia. Ze schopte ritmisch tegen de tafelpoot terwijl ze zat te eten. 'IJs? Of nee, ik weet het al, chocolademousse.'

'Chocolademousse, wat is dat?' vroeg Alice.

'O, suffie, dat weet je toch wel!' antwoordde Olivia.

Tom sloeg met zijn hand tegen zijn voorhoofd. 'Jongens, ze heeft geheugenverlies!'

'Lieve mammie,' zei Olivia. 'Is het nog niet weg, dan? Misschien als je een Panadolletje neemt. Ik wil hem best voor je halen. Zal ik meteen maar even?'

Ze duwde haar stoel van tafel.

'Eet je eten op, Olivia,' zei Nick.

'Papa,' kreunde Olivia. 'Ik probeer alleen maar te hélpen.'

'Alsof een Panadolletje helpt tegen geheugenverlies,' zei Tom. 'Ze moet waarschijnlijk geopereerd worden. Een hersenoperatie. Door een hersenchirurg. Ik heb laatst nog een hersenchirurg op tv gezien.' Hij klaarde op. 'Ik zou weleens een muis open willen snijden om zijn hersenen te bekijken, en zijn ingewanden! Met een scalpel. Dat zou gaaf zijn.'

'Mijn god.' Madison legde haar mes en vork neer en legde haar hoofd op tafel. 'Daar word ik misselijk van. Ik moet zo overgeven.'

'Hou op,' zei Nick.

'Kijk, Madison, muizenhersentjes.' Tom prakte met zijn vork in zijn hamburger. 'Lekker snijden in muizenhersentjes!'

'Laat hem daarmee ophouden!' jammerde Madison.

'Tom,' zuchtte Nick.

'Zeg, hoe was het vandaag in het zwemparadijs?' vroeg Alice.

Madison tilde haar hoofd van tafel en vroeg aan Alice: 'Wist jij eigenlijk nog wel dat papa en jij gaan scheiden? Nadat je je hoofd had gestoten? Wist je dat nog wel?'

Nick maakte een gesmoord, hulpeloos geluid.

Alice dacht even na over die vraag. 'Nee,' zei ze. 'Dat wist ik niet meer.'

Niemand zei iets. Olivia sloeg met haar mes tegen haar bord. Tom draaide zijn arm om en fronste verwoed naar iets op zijn elleboog. Op Madisons wangen zaten twee vuurrode vlekken.

'Dus je houdt nog van papa?' vroeg Madison. Er zat een trillertje in haar stem. Ze klonk ineens veel jonger.

'Alice,' zei Nick waarschuwend, maar Alice zei tegelijkertijd: 'Ja, natuurlijk hou ik nog van hem.'

'Mag papa dan weer thuiskomen?' Olivia keek verrukt op. 'En mag hij dan weer in zijn eigen bed slapen?'

'Oké, ander onderwerp,' zei Nick. Hij ontweek Alice' blik.

'Ze zouden veel te veel ruzie maken,' zei Tom.

'Waar maken we dan allemaal ruzie over?' vroeg Alice, die dolgraag de feiten op een rijtje wilde krijgen.

'O, weet ik veel,' zei Tom geërgerd. 'Jij zei dat jullie daarom niet meer bij elkaar kunnen wonen. Omdat jullie te veel ruzie maken. Terwijl ik wel met die stomme zussen van me moet wonen, en wij hebben ook de hele tijd ruzie. Dus dat was niet eens logisch.'

'Jullie maakten ruzie over Gina,' zei Madison.

'Niet over Gina praten!' zei Olivia. 'Daar word ik verdrietig van. Het is zo vreselijk tragisch.'

'God hebbe haar ziel,' zei Tom. 'Dat hoor je te zeggen als je het hebt over iemand die dood is.'

'Waarom hadden we dan ruzie over Gina?' vroeg Alice.

'God hebbe haar ziel!' riep Tom.

'Hoe dan ook, het was heel leuk in het zwemparadijs,' zei Nick. 'Of niet, jongens?'

'Nou,' zei Madison. 'Ik geloof dat papa dacht dat jij Gina leuker vond dan hem.'

'God hebbe haar ziel!' riepen Tom en Olivia nu samen.

'Ach, hou toch je kop,' zei Madison. 'Het is niet grappig dat er iemand dood is, hoor.'

Alice keek naar Nick. Zijn gezicht was rood en ruw, alsof hij in de felle wind had gezeten. Ze wist niet of dat betekende dat hij boos was of dat hij zich geneerde. Jemig. Had zij dan een of andere heftige lesbische affaire gehad met die Gina?

'Jullie hadden ook heel vaak ruzie over de Viva-kaart,' zei Tom.

'Visa,' verbeterde Madison.

‘*El viva el creditcard*,’ zei Nick en hij hief zijn wijnglas in een spottende groet naar Alice, maar hij keek haar nog steeds niet aan.

‘Jullie hebben ook een keer heel erg ruzie gehad over míj,’ zei Olivia tevreden.

‘Waarom dan?’ vroeg Alice.

‘O, weet je nog wel, die ene dag, op het strand,’ zei Olivia vermoeid.

‘Voor de twintig miljoenste keer: ze herinnert zich helemaal niks meer!’ riep Tom.

‘We waren Olivia kwijt,’ zei Madison. ‘De politie moest erbij komen. Jij moest huilen.’ Ze keek Alice boosaardig aan. ‘Kijk zo: “Olivia! Olivia! Mijn dochtertje! Waar is mijn dóchtertje?”’ Ze begroef haar hoofd in haar handen en deed net alsof ze dramatisch aan het snikken was.

‘Echt waar?’ Alice voelde zich belachelijk gekwetst door Madisons act.

‘Voor het geval dat je het je afvroeg,’ zei Madison, ‘Olivia is dus je lievelingetje.’

‘Je moeder doet niet aan lievelingetjes,’ zei Nick.

Echt niet? Ze hoopte het maar.

‘Toen ik van jou zwanger was, Madison,’ zei Alice, ‘toen noemden je vader en ik jou ons Rozijntje. Wist je dat? Omdat je zo klein was als een rozijntje.’

‘Dat heb je me nog nooit verteld.’ Madison keek bedenkelijk.

‘En hoe noemde je mij?’ vroeg Olivia.

‘Heb ik je dat echt nog nooit verteld?’ vroeg Alice.

Madison keek Nick aan. ‘Is dat zo? Noemden jullie mij het Rozijntje?’

‘En je vader praatte met je door een wc-rol die hij tegen mijn buik hield,’ zei Alice. ‘Dan zei hij: “Hé, Rozijntje, ik ben het, je vader!”’

Madison glimlachte. Alice staarde. Het was de allermooiste glimlach die ze ooit had gezien. Ze voelde een scheut liefde die zo krachtig was dat het pijn deed in haar borst.

Ze keek naar haar bord en er viel zomaar een herinnering in haar hoofd.

Ze zat in een auto gevuld met gouden licht. Het rook naar zout en zeewier. Haar nek deed pijn. Ze draaide zich om, om de baby te controleren. Wonder. Ze sliep. Bolle roze wangetjes. Lange wimpers. Haar hoofd was tegen de zijkant van het autostoeltje gerold. Terwijl Alice naar haar keek, viel er een dikke streep licht dwars over haar gezichtje. Haar ogen fladderden open en ze geeuwde en rekte zich slaperig uit. Toen zag ze Alice en haar hele gezichtje barstte los in een enorme verbaasde grijns, alsof ze wilde zeggen: 'Hé! Ongelofelijk! Dat jij hier ook bent!' Uit de bestuurdersstoel klonk ineens een hard, rommelend gesnurk, en de baby schrok. 'Niks aan de hand,' zei Alice. 'Het is papa maar.'

'De baby wilde niet slapen.' Alice keek naar Nick. 'Ze sliep alleen als we haar mee uit rijden namen, in de auto.'

Nick bleef maar eten in zijn mond schuiven en hij keek recht voor zich uit.

Alice staarde Madison aan, en knipperde met haar ogen. Dat vreemde, boze meisje hier aan tafel was die baby. Dat giechelende kindje in de auto was het Rozijntje.

'We reden de hele avond met je rond,' zei Alice tegen Madison. 'Maar telkens als we stopten, begon je te huilen.'

'Ja, dat weet ik,' zei Madison. Ze deed weer stuurs. 'En toen zijn jullie helemaal naar Manly gereden, en daar hebben jullie de auto op een parkeerplaats neergezet, en toen zijn we alle drie in slaap gevallen, in de auto, en daarna heb je me meegenomen naar het strand, en daar ben ik voor het eerst op mijn buik gerold. Whatever.'

'Ja!' zei Alice opgewonden. 'Die baby rolde om op het picknickkleed! We hadden koffie gehaald bij dat tentje met de blauwe luifels. En tosti's.'

Het leek wel gisteren, en toch voelde het ook als een miljoen jaar geleden.

'Ik sliep voor het eerst door toen ik acht weken was,' zei Olivia. 'Toch, mam? Ik was een superslaper.'

'Wacht even – ssssst,' zei Alice terwijl ze haar hand opstak en zich probeerde te concentreren. Ze zag die ochtend zo scherp voor zich. Het gestreepte pakje van de baby. Nicks ongeschoren gezicht en rode ogen. Een witte, krijsende zeemeeuw tegen een intens blauwe hemel. Ze waren zo moe dat ze helemaal licht in het hoofd waren. Dat goddelijke gevoel van de cafeïne die zijn werk deed in haar bloedstroom. Ze waren ouders. Ze waren vervuld van verwondering en van ontsteltenis, van het geluk en de uitputting die het ouderschap bracht.

'Mammie,' zeurde Olivia.

Als ze zich die dag herinnerde, dan moest ze ook terug kunnen gaan tot de geboorte van Madison. En dan zou ze vooruit moeten kunnen kijken tot het moment waarop Nick zijn koffers pakte en vertrok.

'Mammie,' zei Olivia nog eens. *Ach wees toch stil, alsjeblieft.* Ze greep om zich heen in het duister, maar vond niets.

Het enige wat ze kon vinden was die ene ochtend.

'Maar Nick,' begon ze.

'Wat?' vroeg hij grimmig en geïrriteerd. Hij mocht haar echt niet. Het was niet alleen dat hij niet meer van haar hield. Hij mocht haar niet eens meer.

'We waren zo gelukkig.'

Elisabeths huiswerk voor Jeremy

Drie uur 's nachts.

Hoi J. Ben is ergens heen gereden. Ik weet niet waar hij is.

Ik ben zo moe.

Hé. Als je een woord steeds maar achter elkaar zegt, dan klinkt het op het laatst heel idioot, wist je dat?

Onvruchtbaarheid. Onvruchtbaarheid. Onvruchtbaarheid. Onvruchtbaarheid.

Het is een klinkerig, akelig woord. En al die lettergrepen.

Maar goed, Jeremy, mijn lieve therapeut (zoals Olivia zou zeggen), mijn punt is dat dingen vreemd en zinloos worden als je er te lang naar kijkt. Ik heb zoveel jaar nagedacht over moeder worden, dat het hele concept me nu vreemd voorkomt. Ik wilde het, en ik wilde het en ik wilde het. En nu weet ik niet eens meer precies of ik het ooit wel echt gewild heb.

Kijk nou naar Alice en Nick. Die waren eerst zo ontzettend gelukkig, voor ze de kinderen hadden. En tuurlijk, ze houden van hun kroost, maar laten we eerlijk zijn: het is verdomd veel werk. En die schattige baby'tjes verdwijnen. Ze worden groot. Ze worden kinderen die niet noodzakelijk erg schattig zijn.

Madison was beeldschoon als baby. We waren stapeldol op haar. Maar de Madison van tegenwoordig heeft niet veel meer gemeen met dat baby'tje. Ze is zo woedend en zo vreemd en ze geeft je soms het gevoel dat je niet helemaal spoort. (Ja, Jeremy, een negenjarige lukt het om mij een minderwaardigheidscomplex te bezorgen. Dat toont maar weer eens aan hoe emotioneel onvolwassen ik ben, vind je ook niet?)

Tom verstopte vroeger altijd zijn gezichtje in mijn hals en nu weet hij niet hoe snel hij weg moet komen als ik probeer om hem aan te raken. En hij vertelt je de plots van televisieseries met een hoop overbodige details. Best saai, eigenlijk. Soms denk ik gewoon aan andere dingen als hij tegen me praat. En Olivia is nog altijd beeldig, maar ze is ook best een beetje een manipulator. Het lijkt soms wel alsof ze donders goed weet hoe schattig ze is.

En dan die RUZIES. Je zou het eens moeten meemaken. Ongelofelijk.

Zie je nou. Ik ben als tante al vreselijk. Al die akelige opmerkingen over die drie schitterende kinderen, die ik trouwens bijna nooit meer zie. Dus wat voor moeder zou ik zijn? Een heel slechte. Ik zou mijn kinderen misschien zelfs wel mishandelen. Ze zouden mijn kinderen waarschijnlijk bij me weghalen en ze aan iemand anders geven. Dan kan een onvruchtbare vrouw ze mooi adopteren.

Weet je, Jeremy, toen Olivia nog een peutertje was, heb ik een keer een hele dag op haar gepast. Alice en Gina moesten iets doen op school. Olivia gedroeg zich keurig en ze was zo snoezig, ze had zo een prijs kunnen winnen voor de snoezigste baby op aarde. Maar weet je, aan het eind van de dag VERVEELDE IK ME HELEMAAL TE PLETTER van het achter haar aan sjokken en steeds maar weer zeggen: 'Nee, niet aankomen', 'O ja, knappe meid!'

Verveeld. Moe. Een beetje geïrriteerd ook. Ik was opgelucht dat ik haar weer aan Alice kon overlaten toen die thuiskwam. Ik voelde me zo licht als een veertje.

Wat zeg je me daarvan? Al dat 'ach en wee, arme ik'-gedoe over dat ik geen moeder kan worden, en ik verveel me na een dag al helemaal dood.

Stiekem denk ik altijd dat Anna-Marie, mijn vriendin van de Vruchtelozen, een ontzettend slechte moeder zou zijn. Ze is zo ongeduldig en zo snel aangebrand. Maar misschien denken ze dat allemaal ook wel over mij. Misschien zouden we allemaal wel ontzettend beroerde moeders zijn. Bens moeder heeft waarschijnlijk groot gelijk als ze zegt dat 'de Natuur het het beste weet'. De Natuur weet dat ik een vreselijke moeder zou zijn. Elke keer dat ik zwanger ben, zegt de Natuur: 'Dit kind kan maar beter doodgaan dan dat ze zo'n moeder krijgt als zij.'

Bens moeder kon per slot van rekening ook geen kinderen krijgen, en kijk maar: ze was INDERDAAD een ontzettend slechte moeder.

Waar het op neerkomt is dat we niet moeten adopteren.

Ik wil helemaal geen moeder meer worden, Jeremy.

Moeder, moeder, moeder, moeder.

Klinkt als 'loeder'. Het is een raar woord.

Ik weet ook niet waarom ik nu moet huilen.

Overpeinzingen van een overgrootmoeder

Ik weet ook niet waarom ik me geroepen voelde om jouw advies op te volgen, DorisuitDallas, maar ik heb het wel gedaan! Ik heb de heer X uitgenodigd voor het avondeten. Ik maak mijn quiche met kaas en uien.

Ik weet ook niet precies wat ik ermee hoop te bereiken, maar zo kan het niet langer. Iedereen heeft medelijden met me. Akelige ouwe wijven vertellen me dat ik 'de zaak eens wat luchtiger moet opvatten'.
Je vroeg me waarom ik zo teleurgesteld ben in de liefde. Dat is een eenvoudig en nogal dom verhaal. Ik was verliefd op een jongen die Paul heette, aan het begin van de oorlog was dat. Ik dacht dat het wel op een huwelijk zou uitdraaien. Hij ging het leger in, en ik ben hem nog gaan uitzwaaien bij de trein. Net als zijn andere vriendinnetje. Ik zie haar nog voor me. Een mooie meid met donker haar. Hij had dus een blondine en een brunette, voor aan elke arm iets. Hij was wat ze nu een 'player' noemen. Hij moest zelfs lachen toen hij ons daar allebei zo zag staan. Hij vond het een goeie bak. Misschien was dat wel het moment waarop ik mijn gevoel voor humor ben kwijtgeraakt.
Hij is overleden in een Japans krijgsgevangenenkamp. Die domme, egocentrische, knappe jonge Paul. Ik had niet veel veerkracht. Ik zei steeds 'Nee bedankt' als er een jongen avances maakte. Dat was misschien dom van me, maar misschien ook niet, want van wat ik zo om me heen heb gezien is het huwelijk ook niet altijd een pretje. Ik hoefde nooit voor iemand het eten klaar te hebben, of hemden te strijken, en er was nooit een man die mij de les las. Ik heb een geweldige, inspirerende loopbaan achter de rug, en ik heb altijd veel gereisd. Het was geen slecht leven.

COMMENTAAR

GroovyGranny zegt...
Het huwelijk is een zegen, Frannie. Voor een man tenminste! Grapje. Jouw stukje heeft me wel aan het denken gezet. Ed en ik vieren in augustus ons vijftigjarig huwelijksfeest. Vijftig jaren vol geluk en verdriet. Het is zo moeilijk om me voor te stellen hoe mijn leven eruit had gezien als ik een andere weg in was geslagen. Ik zou natuurlijk niks willen veranderen. (Hoewel ik soms wel zou willen dat hij zijn hand niet altijd zo stevig op de knip hield.)

AB74 zegt...
Het huwelijk is liefde. Liefde is blind. Het huwelijk is dan ook een blindeninstituut. HA HA HA HA HA. Dat is een van mijn lievelingsgrappen. Die mag ik graag vertellen op bruiloften. Altijd de lachers op mijn hand. (Ben zelf mijn leven lang al vrijgezel.)

Frank Neary zegt...
Wat jammer dat u nooit de juiste man bent tegengekomen! Een jongere man. Eentje die u op handen zou hebben gedragen. Ik schaam me niet om hier op te biechten dat ik tranen in mijn ogen kreeg bij de gedachte aan u op dat station.

DorisuitDallas zegt...
Wat ben ik blij te lezen dat je probeert het ijs te breken met X! Goed hoor! Hou ons op de hoogte. Trouwens, je doet net alsof je leven voorbij is. Je hebt nog genoeg mooie jaren voor de boeg, hoor Frannie, dat weet ik zeker.

23

'Oké, heeft iedereen zijn riem om?' vroeg Alice. Haar hand beefde een beetje terwijl ze de sleutel in het contact stak. Reed ze werkelijk dagelijks rond in deze gigantische wagen? Het leek wel een kleine vrachtauto. Het scheen een SUV te heten.

'Weet je zeker dat je in staat bent hen morgenochtend naar school te brengen? Want als je denkt dat de kinderen risico lopen, dan breng ik ze liever zelf,' had Nick de vorige avond gezegd, vlak voor hij wegging. Alice had willen antwoorden: 'Natuurlijk ben ik daar niet toe in staat, stomme idioot! Ik weet niet eens waar die school is!' Maar iets in Nicks stem had de haartjes in haar nek overeind doen komen met een sterk, wonderlijk vertrouwd gevoel dat wel wat weg had van... woede? Hij sloeg tegenwoordig ook zo'n snerend toontje tegen haar aan. Die kattige stem in haar hoofd liet weer van zich horen: *Schijnheilige klootzak, probeer je mij soms als een slechte moeder af te schilderen?* 'Ik red het wel,' had ze gezegd. En hij had dat nieuwe hooghartige zuchtje van hem geslaakt en ze voelde bijna opluchting, terwijl ze ook dacht: maar waarom kom je niet gewoon met mij mee naar bed?

En nu zaten haar drie kinderen op de achterbank. Ze waren allemaal in een verschrikkelijke bui. Leken ze gisteravond nog dronken, nu leek het wel of ze alle drie een geweldige kater hadden. Ze zagen bleek en snauwerig, met grote paarse kringen onder hun ogen. Hadden ze soms slecht geslapen vanwege haar? Ze vermoedde dat ze hen veel te lang op had gelaten. Er werd nogal vaag gedaan toen ze hun vroeg hoe laat ze normaal gesproken naar bed moesten.

Alice zette haar achteruitkijkspiegel goed.

'Weet je nog wel hoe je moet autorijden?' vroeg Tom.

'Ja, natuurlijk.' Alice' hand hing nerveus boven de handrem.

'We zijn al laat,' zei Tom. 'Je zult wel wat boven de maximumsnelheid moeten rijden.'

Het was een vreemde, stresserige ochtend geweest. Tom was om zeven uur in Alice' slaapkamer verschenen met de vraag of ze haar geheugen alweer terug had. 'Niet helemaal, nee,' antwoordde Alice en ze probeerde de dromen over Nick die haar stond uit te schelden van zich af te schudden. 'Ze heeft het nog niet terug!' hoorde ze Tom schreeuwen, en toen hoorde ze dat er een televisie werd aangezet. Toen ze uit bed kwam trof ze Madison en Tom in hun pyjama op de bank, met een kom cornflakes. 'Kijken jullie altijd tv voor je naar school gaat?' vroeg Alice. 'Soms,' antwoordde Tom behoedzaam, zijn ogen strak op de televisie gericht. Twintig minuten later was hij helemaal panisch, en schreeuwde hij dat ze nog maar vijf minuten hadden. Op dat moment bleek pas dat Olivia nog op één oor lag. Het was kennelijk Alice' taak om die te wekken.

'Misschien is Olivia wel ziek,' zei Alice, omdat Olivia steeds maar weer in de kussens viel, en haar hoofd opzij liet vallen, en slaperig zei: 'Nee, dank je, ik blijf wel gewoon hier. Dag!'

'Zo is ze elke ochtend, mam,' zei Tom vol weerzin.

Uiteindelijk had Alice de half comateuze Olivia in een schooluniform gehesen en haar wat cornflakes naar binnen gelepeld, terwijl Madison zich een halfuur opsloot in de badkamer met een brullende föhn, voor ze, veel en veel te laat volgens Tom, vertrokken.

Alice legde haar hand om de handrem.

'Heb jij je haar wel geborsteld, mam?' vroeg Madison. 'Het spijt me dat ik het zeggen moet, maar... je ziet er niet uit.'

Alice bracht een hand naar haar haren en probeerde een en ander glad te strijken. Ze had aangenomen dat ze zich niet helemaal hoefde op te tutten om de kinderen naar school te brengen. Ze had niks aan haar haar en make-up gedaan, en ze had een spijkerbroek aangetrokken en een T-shirt en een watermeloenkleurige trui die ze achter in de la had gevonden. Hij was oud en rafelig en Alice bedacht met een schok dat ze hem toch pas vorige week had gekocht, samen met Elisabeth.

Vorige week, tien jaar geleden.

'Doe niet zo gemeen tegen die lieve mama,' zei Olivia tegen Madison.

'Doe niet zo gemeen tegen die lieve mama!' aapte Madison haar met een suikerzoet stemmetje na.

'Hou op met na-apen!' Alice voelde Olivia's voeten tegen haar onderrug bonken terwijl ze tegen de stoel schopte.

'We zijn echt veel te laat,' klaagde Tom.

'Kunnen jullie in godsnaam een keertje stil zijn, allemaal?' viel Alice naar hen uit met een stem die helemaal niet leek op die van haar, en tegelijkertijd trok ze de handrem los en reed ze achteruit de oprit af en sloeg links af, haar handen soepel en vaardig op het stuur, alsof ze die woorden al talloze keren precies zo had uitgesproken en die handelingen al talloze keren precies zo had verricht.

Ze reed naar het stoplicht, en haar hand ging naar de richtingaanwijzer om rechtsaf aan te geven.

Het viel plotseling stil achterin.

'Wat gaan jullie vandaag allemaal doen op school?' vroeg ze.

Madison zuchtte dramatisch alsof ze nog nooit zo'n domme vraag had gehoord.

'Vulkanen,' antwoordde Tom. 'Wij gaan het hebben over hoe het komt dat een vulkaan uitbarst. Ik heb wat vragen opgeschreven voor mevrouw Buckley. Het zijn behoorlijk pittige vragen.'

Die arme mevrouw Buckley.

'Wij gaan een verrassing maken voor Moederdag,' zei Olivia.

'Dat is dus nu geen verrassing meer,' merkte Madison op.

'Jawel!' zei Olivia. 'Ja toch, mam?'

'Ja, natuurlijk is het nog wel een verrassing, want ik weet toch niet wat je gaat maken,' zei Alice.

'We gaan supermooie kaarsen maken,' zei Olivia.

'Ha!' riep Madison.

'Nou, ik weet in elk geval nog niet wat voor kleur kaarsen,' zei Alice.

'Roze!' zei Olivia.

Alice moest lachen.

'Sukkel,' zei Madison.

'Ik wil niet dat je haar zo noemt,' zei Alice. Hadden zij en Elisabeth ook zulke akelige dingen tegen elkaar gezegd? Ja, Elisabeth had natuurlijk wel een keer een nagelschaartje naar haar hoofd gegooid. Voor het eerst had Alice medelijden met haar moeder. Ze kon zich niet herinneren dat ze ooit tegen hen had geschreeuwd als ze ruziemaakten, alleen dat ze een boel zuchtte, en smeekte: 'Doe toch eens lief, meisjes.'

Ze bleven staan voor een rood stoplicht. Toen dat weer op groen sprong, had Alice geen idee waar ze heen moest.

'Eh,' zei ze.

'Rechtdoor. Tweede straat links,' zei Tom laconiek vanaf de achterbank, en hij klonk precies als zijn vader, zo erg zelfs dat Alice erom wilde lachen.

Alice reed door. De auto voelde nu weer enorm en onbekend.

Ze zag dat ze achter een even grote bak reed met een vrouw achter het stuur en twee kleine hoofdjes die achterin op en neer deinden.

Alice was een moeder die haar drie kinderen naar school bracht. Dit deed ze elke dag. Ongelofelijk. Hilarisch.

'Ben ik streng, vergeleken met de andere moeders op school?' vroeg ze.

'Jij bent net een nazi,' zei Madison. 'Je bent een van de Gestapo.'

'Je bent ongeveer gemiddeld,' zei Tom. 'Bruno mag bijvoorbeeld niet eens mee op schoolreisje van zijn moeder, zo gemeen is die. Maar dan heb je de moeder van Alistair, die stuurt hem pas om negen uur naar bed, en ze eten friet als hij daar zin in heeft, en ze kijken televisie bij het ontbijt.'

'Hé!' zei Alice.

'O ja.' Tom grinnikte even. 'Sorry, mam.'

'Wanneer doe ik dan Gestapoachtig?' vroeg Alice.

'Laat maar,' zuchtte Madison. 'Je kunt er niks aan doen.'

'Ik vind je helemaal niet streng,' zei Olivia. 'Alleen ben je soms een beetje boos.'

'Waar ben ik dan zo boos op?' vroeg Alice.

'Op mij,' antwoordde Madison. 'Je wordt al kwaad als je naar me kijkt.'

'En als we te laat zijn voor school, dan ben je echt heel kwaad,' zei Tom. 'Enne, eens even denken, wat nog meer. Als we met de deuren slaan. Je kunt er niet tegen als we met de deuren slaan. Je hebt heel gevoelige oren.'

'Papa maakt je boos,' zei Olivia.

'O ja,' zei Tom instemmend. 'Van papa word je nog het allerboost.'

'Waarom dan?' Alice probeerde niet al te geïnteresseerd te klinken. 'Wat doet hij dan waar ik zo boos om word?'

'Jij haat hem gewoon,' zei Tom.

'Dat kan niet, dat weet ik zeker,' zei Alice.

'Echt wel,' zei Madison vermoeid. 'Je bent alleen vergeten dat het zo is.'

Alice keek in de achteruitkijkspiegel naar haar drie wonderbaarlijke kinderen. Tom keek fronsend naar een enorm groot plastic horloge, Olivia staarde dromerig voor zich uit en Madison had haar voorhoofd tegen het glas gedrukt, met haar ogen dicht. Wat hadden zij en Nick deze kinderen aangedaan? Dat achteloze gepraat over haat. Ze schaamde zich diep.

'Het spijt me,' zei ze.

'Wat spijt je?' vroeg Olivia, die als enige nog leek te luisteren.

'Het spijt me van je vader en mij.'

'O, geeft niks, hoor,' zei Olivia. 'Mogen we warme chocolademelk na school?'

'Dat is een groene pijl,' zei Tom streng.

Alice reed een straat in die vol stond met vrachtwagenachtige auto's zoals die waarin zij reed. Het leek wel een optocht. Een optocht van vrouwen en kinderen. De vrouwen stonden in groepjes van twee of drie, met zonnebrillen in hun haren geschoven, en met zwierige sjaaltjes om hun hals. Ze droegen spijkerbroeken en laarzen, en prachtig gesneden suède jasjes. Waren alle moeders zo slank en aantrekkelijk? Alice probeerde zich de moeders te herinneren toen zij zelf nog klein was. Waren die niet eerder een beetje dik en gewoontjes? Een beetje irrelevant, en wegvallend tegen de achtergrond? Er zwaaiden een paar vrouwen toen ze Alice zagen. Ze herkende iemand die behoorlijk dronken was geworden op haar cocktailparty. O, god, ze had toch eerst haar haren moeten doen.

De kinderen renden gillend rond in hun schooluniform, als een vlucht kleine vogeltjes. Al die onschuldige, ongeschonden smoeltjes.

'We zijn niet te laat,' zei Alice.

'Jawel, we zijn te laat voor de spionnenclub,' zei Tom. 'We zouden vergaderen voor school. Ze weten niet wat ze moeten doen zonder mij.'

Ze vond een plek om te parkeren.

'Pas op,' zei Tom toen Alice de auto met een klap tegen de stoeprand reed.

Ze slaakte een zucht van opluchting toen ze de sleutel uit het contact kon halen. De kinderen maakten onmiddellijk hun riemen los, deden de zware deuren met veel kabaal open, glipten uit de auto en zwaaiden hun rugzakjes over hun schouder.

'Hé, wacht even!' riep Alice omdat ze niet wist hoe het nu moest met afscheid nemen.

Toen ze uitstapte zag ze Dominick. Hij droeg een das en had zijn hemdsmouwen tot de ellebogen opgerold. Hij zat gehurkt te praten met drie jongetjes die hem iets uitlegden over wat op een voetbal leek. Dominick knikte ernstig, alsof hij in zakelijk topoverleg was. Er stonden twee moeders naast, die op hun beurt wachtten om hem te kunnen spreken. Dominick zag Alice en knipoogde. Alice glimlachte verlegen. Hij was leuk. Dat viel niet te ontkennen. Hij was heel erg... leuk.

'Ben je nou al met hem naar bed geweest?' vroeg een kakstem, en de zware geur van een schoonheidssalon vulde Alice' neus.

Daar had je die verschrikkelijke Kate Harper weer.

'O, hoi.' Alice deinsde achteruit. Kate droeg een prachtige trenchcoat, haar huid was stralend, haar lippen glansden. Wel een tikje overdreven voor dit tijdstip.

Kate wachtte niet op antwoord. 'God, wat ben ik jaloers. Het is voor ons alweer een jaar geleden.'

'Een jaar?'

'Ja, een jaar sinds we het voor het laatst hebben gedaan. Ik heb daar zo zoetjesaan vast spinnenwebben zitten.'

De dingen die wildvreemden er tegenwoordig zomaar uit flapten.

Kate stond nog steeds naar Dominick te kijken. 'Je bent niet de enige die zijn klauwen in hem heeft gezet, trouwens. Miriam Dane heeft ook al eeuwen een oogje op hem. Die heeft blijkbaar tegen Felicity gezegd dat ze het nogal onsmakelijk vond dat jij achter hem aan ging, zo snel nadat jij en Nick uit elkaar waren. Ik had beloofd dat ik het niet zou doorvertellen, maar ik nam aan dat jij dat wel wilde horen natuurlijk!' Ze begon te fluisteren en haar mooie gezicht kreeg iets heel lelijks: 'Je piest in je broek als je dit hoort. Miriam had iets te veel gedronken op het feestje, en toen heeft ze het s-woord gebruikt.'

Alice keek haar niet-begrijpend aan.

Kate fluisterde nog wat zachter en zei: 'Slet!' Toen zwol haar stem weer aan, en ze gilde: 'Dat is toch hilárisch! *Zo* ontzettend jaren tachtig! Ik dacht meteen: dat moet ik Alice vertellen, die vindt het vast heerlijk. Dat mens is knetterjaloers. En ze vond het natuurlijk ook vreselijk dat Tom scoorde met voetbal, terwijl ze Harry al die extra training laat volgen, omdat hij zogenaamd zoveel talent heeft, ha ha, die kleine big.'

Alice was er misselijk van. Ze keek om zich heen of ze de kinderen ergens zag, want ze zocht een excuus om bij Kate weg te komen. Tom zat op een bankje, waar hij college gaf aan twee andere jongens, die ingespannen zaten te luisteren; eentje leek zelfs aantekeningen te maken. Olivia deed de radslag onder applaus van een groepje meisjes. Madison zag ze nergens.

'Nou, je kunt tegen die Miriam zeggen dat ze zich geen zorgen hoeft te maken, want Nick en ik komen weer bij elkaar.'

Kate greep Alice zo hard bij de arm dat het pijn deed. 'Dat meen je niet.'

'Jawel.' Ze dacht aan Nicks kille gezicht de avond ervoor, toen hij afscheid nam. 'Tenminste, we werken eraan.'

'Maar wat is er dan gebéúrd? Ik bedoel, na wat je me verleden week allemaal hebt verteld – ik bedoel, jeetje, ik dacht dat het echt helemaal einde verhaal was! Je zei dat je hem niet meer kon zien, en dat je lichamelijk onwél van hem werd! Je zei dat je het hem nooit zou vergeven. Je zei...'

'Dat ik hem wat nooit zou vergeven?' viel Alice haar in de rede.

'Wat een verrassing, dit, zeg!' Kate trok aan een goudkleurige lok die aan haar kleverige, glimmende lippen was blijven plakken. In haar opwinding liet ze haar bekakte accent meteen vallen.

'Wat had ik hem dan moeten vergeven?' Alice weerstond de drang om haar handen rond Kate Harpers perfecte nekje te leggen en hard te knijpen.

'Hé daar.'

Er werd zachtjes een hand op haar schouder gelegd.

'Hoe gaat het, Kate?' vroeg Dominick. Zijn hand lag nog op Alice' schouder, en streelde haar onzichtbaar. Het was wel fijn, maar Nick deed dat en plein public. 'Gefeliciteerd jullie, het was geweldig, afgelopen zaterdag.'

Hij was zo'n wonderlijke mengeling van autoriteit en verlegenheid.

‘Hoe gaat het met jóú, Dominick?’ vroeg Kate. Haar gezicht glom van het medeleven en de kersverse roddel.

‘Ik ben helemaal klaar voor de maandag.’ Dominick haalde zijn hand van Alice’ schouder (ze miste hem) en schuifelde wat met zijn voeten terwijl hij een absurde boksbeweging maakte. Hij glimlachte naar Alice en raakte haar arm weer aan. ‘Ik spreek je later.’

Ze glimlachte terug. Hij gaf haar diezelfde blik die Nick haar altijd gaf toen ze pas verkering hadden. Het was een blik waardoor ze zich begerenswaardig voelde, en vreselijk interessant. Ze dacht aan hoe Nick nu naar haar keek.

‘Ja, goed,’ zei ze.

‘Dominick, we hebben je nodig!’ kwinkeleerde een vrouw.

Hij sjokte gehoorzaam weg.

‘Ik neem aan dat je dat nog niet aan hem hebt verteld? Over jou en Nick?’ vroeg Kate gretig.

‘O. Nee. Nog niet.’

‘Maar het is zeker?’

‘Ik geloof het wel. Ik hoop het. Het is eigenlijk nog geheim.’

‘Gesnopen! Mondje dicht.’ Kate maakte een gebaar alsof ze haar lippen dichtritste.

‘Wat moest ik Nick nou vergeven?’

‘Hm, hè, wat?’ Kate leek afgeleid. ‘O, nou ja, dat ene over Gina, weet je wel.’

‘Wat was er dan met Gina?’ In gedachten pakte ze Kate bij de schouders en schudde ze haar zo hard dat haar tanden ervan klapperden.

‘Je weet wel, jij zei dat hij niet eens de moeite had genomen om naar de begrafenis te komen. Je leek zo... nou ja, daarom komt dit wel erg onverwacht.’

Dus Nick was niet naar de begrafenis gegaan van Alice’ beste vriendin. Waarom niet? Daar had hij ongetwijfeld een goede reden voor. Het bestond toch niet dat ze daarom gingen scheiden?

‘Mag ik wat zeggen?’ zei Kate. Ze frunnikte aan een knoop

van haar jas en keek op, met een vreemde uitdrukking op haar gezicht. 'Luister, je moet hem niet terugnemen alleen voor de kinderen. Mijn ouders zijn bij elkaar gebleven voor de kinderen.' Ze haakte haar vingers in de lucht bij wijze van aanhalingstekens om 'de kinderen'. 'En ik kan je wel vertellen, kinderen hebben het meteen door dat hun ouders elkaar verachten. En dat is niet zo leuk. Het is geen leuke omgeving om in op te groeien. En Dominick is echt een heel goeie vent, hoor. Echt. Nou, dat was dan weer de goede raad van tante Kate voor vandaag, ik moet hollen! Druk, druk, druk!'

Kate klikklakte weg op haar hoge hakken, zwaaide haar tas over haar schouder en trok de riem van haar trenchcoat nog wat strakker aan.

Misschien was het toch niet zo'n naar spook als Alice eerst dacht.

Elisabeths huiswerk voor Jeremy

Ik dacht eerst nog dat ik die bloedtest van vanochtend gewoon maar zou overslaan. Gewoon niet komen opdagen. Spijbelen.

Maar uiteraard stond ik keurig paraat om acht uur. Ik schreef mijn naam op het klembord, stak mijn onderarm uit voor de zuster, controleerde de spelling van mijn naam en mijn geboortedatum op het buisje, en drukte het watje tegen het prikgaatje.

'Succes,' zei de zuster toen ik weer vertrok.

Zij is degene die me altijd succes wenst. Op een wat badinerende manier. Rot toch op met je succes, zei ik, en ik gaf haar een stomp tegen haar neus.

Ha, daar had ik je, J. Natuurlijk heb ik dat niet gezegd. Ik zei 'Dank u' en toen ben ik naar kantoor gegaan. Layla stond al helemaal te trappelen om me te vertellen hoe goed het was verlopen nadat ik was vertrokken, en dat ze alleen maar positieve evaluaties had gekregen, en twaalf boekingen voor het seminar voor gevorderden.

'Ga je nog vragen waarom ik eigenlijk eerder weg moest?' zei ik. 'Mijn zusje, weet je nog wel? Die in het ziekenhuis lag?'

En, Jeremy, haar ernstige gezichtje verschrompelde helemaal. Ze keek zo beschaamd, dat ik het gevoel had alsof ik een schop tegen een kitten had gegeven. Ze putte zich uit in excuses en zei dat ze dacht dat ik het nooit graag over mijn privéleven had.

Dat klopt ook! Dat wil ik inderdaad nooit! Dat arme kind.

Dit is de absolute bevestiging van het feit dat ik een vreselijk mens ben.

Alice zat op de trap voor haar veranda, in het herfstzonnetje, en at het stukje taart dat haar moeder had achtergelaten en ze vroeg zich af of ze soms ergens moest zijn, nu. In haar agenda stond: *L – 10.00 uur*. Was 'L' een persoon, die nu ergens op haar zat te wachten? Was 'L' belangrijk? Ze nam aan dat ze Elisabeth kon bellen, of haar moeder, als ze het echt wilde weten, maar ze kon zich er niet toe zetten. Misschien moest ze maar even een dutje gaan doen.

Een dutje? Ben je wel helemaal goed bij je hoofd? Je moet nog duizend dingen regelen.

Daar had je die snibbige stem ook weer.

'Ga weg,' zei Alice hardop. 'Ik kan me niet één van die duizend dingen herinneren.'

Ze sloot haar ogen en genoot van de zon op haar gezicht. Het was helemaal stil, op het geluid van een verre motor na. Die verbluffende stilte van de buitenwijken, zo midden op de dag. Normaal gesproken voelde ze zich alleen zo als ze ziek was en thuisbleef van het werk.

Ze deed haar ogen weer open en geeuwde. Ze kon net zo goed de rest van de taart ook maar opeten. Er was toch nog maar een piepklein stukje over. Van waar zij zat kon ze het bordje TE KOOP voor het huis aan de overkant zien staan. Dus daar woonde Gina. Alice was waarschijnlijk vaak zat in dat 'schitterend verbouwde huis met nog veel originele details' geweest, om suiker te lenen of wat dan ook. Nu Alice er zo eens bij stilstond, had ze eigenlijk gedacht dat je na je dertigste geen nieuwe vrienden meer zou maken. Ze had er meer dan genoeg. En trouwens, ze wilde toch het liefst bij Nick of Elisabeth zijn, en bovendien werd ze moeder. Ze dacht dat ze daar haar handen aan vol zou krijgen.

En toch scheen het dat haar vriendschap met Gina een belangrijk deel van haar leven uitmaakte. En toen was Gina gestorven en zij was 'kapot'. Het gaf Alice een beetje een dom gevoel. Alsof ze een enorme toestand had gemaakt van iets heel onnozels.

Het geluid van de motor kwam dichterbij.

Jeetje, hij kwam zelfs haar oprit op. Was dit soms 'L'?

Alice veegde met haar hand over haar mond, en zette het bord naast zich op de tree.

Een man in een leren jasje, zijn gezicht onzichtbaar achter het vizier van zijn helm, stak een achteloze hand op als groet terwijl hij voor haar stil bleef staan. Hij schopte tegen de rem en zette de motor af.

'*Hey dude*,' zei hij, terwijl hij zijn helm afdeed en zijn jasje losritste.

'Hey,' zei Alice, en ze hoestte, want ze zei nooit 'Hey' tegen iemand. Hij was zo knap dat het bijna een lachertje was. Hij was een en al brede schouders, biceps, priemende ogen en stoppelbaard. Alice keek om zich heen of er soms een andere vrouw in de buurt was. Wat had het voor zin om met zo'n schitterende man te zijn als er geen vriendin of zus in de buurt was met wie je betekenisvolle blikken kon wisselen.

Ze deed het toch niet ook al met hem? Dat kon niet. Hij was veel te hoog gegrepen voor haar. Hij was een tekenfilmfiguur. Ze voelde de slappe lach opkomen.

'Waarom zit je te eten vlak voor een sessie?' vroeg de seksgod.

'Een sessie?' vroeg Alice. Ze piekerde zich suf. O, mijn hemel, misschien was hij wel een gigolo, en was hij hier om haar *een beurt te geven*. Ze was immers een vrouw van middelbare leeftijd met een zwembad.

'Dat is niks voor jou.'

Hij trok zijn leren jasje uit en zijn witte T-shirt kroop wat omhoog, zodat ze zijn buik kon zien.

Ach, nou ja, het was ook niet het eind van de wereld.

Nee, zeker niet. Alice begon hopeloos te giechelen.

Hij glimlachte bedachtzaam. 'Wat is er zo leuk?' Hij legde zijn helm voor op zijn motor en liep naar haar toe. Wat moest ze dan zeggen: 'Jij bent ook zo lachwekkend knap'?

Ze lachte tot ze geen kracht meer in haar benen had. Hij keek geschrokken. Allemachtig. Knappe mensen hadden dus ook gevoel. Alice probeerde zichzelf in de hand te krijgen.

'Ik heb een ongeluk gehad,' zei ze terwijl ze naar hem opkeek. 'Verleden week, in de sportschool. Ben op mijn hoofd gevallen. Ik heb een beetje last van geheugenverlies. Dus het spijt me, maar ik heb echt geen idee wie jij bent en wat, eh, wat je hier komt doen.'

'Dat meen je niet.' Hij keek haar achterdochtig aan. 'Het is toch geen aprilgrap, hè?'

'Nee,' verzuchtte Alice. Haar slappe lach was voorbij. Ze had eigenlijk een beetje hoofdpijn nu. 'Ik weet echt niet wie je bent.'

'Ik ben het,' zei hij. 'Luke.'

'Sorry, Luke, ik heb toch echt meer informatie nodig.'

Hij lachte een beetje, en toen schoten zijn ogen nerveus heen en weer, alsof hij zocht naar iemand die stond te kijken naar hoe hij zichzelf voor schut zette. 'Ik ben jouw personal trainer. Ik kom elke maandagochtend voor een trainingssessie.'

Allemachtig. Geen wonder dat ze zo slank was.

'Dus wij trainen samen? En wat doen we dan precies?'

'Nou, dat varieert. Een beetje cardio, wat gewichten. We zijn de laatste tijd lekker bezig met intervalletjes.'

Alice had geen flauw benul waar hij het over had.

'Maar ik heb net drie stukken taart op,' zei ze, en ze hield hem het bordje voor.

Luke ging naast haar zitten en nam het laatste stukje. 'Ik zal je maar niet vertellen hoeveel calorieën je dan naar binnen hebt gewerkt.'

'O, duizenden!' zei Alice. 'Duizenden goddelijk lekkere calorietjes.'

Hij keek haar vreemd aan. 'Nou ja, als je een hoofdwond hebt, dan kunnen we vandaag toch niet trainen.'

'Nee,' zei Alice. Ze was absoluut niet van plan om te trainen waar hij bij was. Ze werd al verlegen bij het idee. 'Ik betaal je natuurlijk wel gewoon.'

'Dat hoeft niet.'

'Nee, nee, ik sta erop.'

'Nou goed, dan doen we honderd.'

Jemig. Wat rekende hij dan normaal?

'Dus, dat geheugen van je, dat is iets tijdelijks neem ik aan?' zei hij. 'Wat zeggen de artsen?'

Alice wuifde geïrriteerd met haar hand. Ze had helemaal geen zin om het daar met hem over te hebben. *Honderd dollar!* 'Hoe lang ben jij al mijn personal trainer?'

Luke strekte zijn lange benen voor zich uit en leunde achterover op zijn ellebogen. 'O, wauw, ik denk toch wel zo'n jaartje of drie. Jij en Gina waren, ik denk mijn tweede klanten ooit. Godsamme, wat moest ik in het begin om haar lachen. Weet je nog hoe ze tekeerging als we die trappen in het park deden? "Niet de trappen, Luke, alles behalve de trappen." Maar op het laatst was ze er behoorlijk goed in. Jullie zijn allebei superfit geworden.' Hij zweeg en Alice realiseerde zich dat hij zijn best deed om zijn tranen binnen te houden.

'Sorry,' zei hij. 'Het is alleen dat ik nog nooit iemand heb gekend die dood is gegaan. Ik vind het doodeng. Telkens als ik hier kom om met jou te trainen, moet ik aan haar denken. Ik bedoel, ik snap ook wel dat jij haar nog veel erger moet missen dan ik, dus het klinkt waarschijnlijk heel stom, dit.'

'Ik kan me haar ook niet meer herinneren,' zei Alice.

Luke keek haar geschokt aan. 'Je herinnert je Gína niet meer?'

'Nee. Ik bedoel, ik weet dat ze mijn vriendin was. En ik weet ook dat ze dood is.'

'Wauw.' Hij wist niet wat hij moest zeggen. Maar toen bedacht hij toch iets: 'Freaky.'

Alice rekte haar nek van links naar rechts. Ze had een sterke behoefte aan iets te eten of te drinken, iets heel specifieks, maar ze kon niet bedenken wat dat precies was. Eerlijk gezegd werd ze er behoorlijk kregel van.

'Luke,' zei ze snibbig. 'Heb ik het met jou ooit gehad over Nick?'

Als ze hem honderd dollar betaalde om een potje met haar te kletsen, dan kon ze maar net zo goed wat zinvolle informatie uit hem proberen te trekken.

Hij glimlachte en toonde zijn grote, witte tanden. Hij was echt een wandelende multivitaminereclame. 'Jij en Gina wilden altijd dat ik een mannelijk perspectief bood op jullie huwelijksproblemen. Dan zei ik: "Hey, meiden, ik ben hier in de minderheid!"'

'Ja,' zei Alice. Het verbaasde haar dat ze zo verschrikkelijk kregel was. 'Maar het probleem is dat ik me niet meer kan herinneren waarom Nick en ik uit elkaar zijn.'

'O,' zei Luke. Hij draaide zich op zijn buik en begon wat pushups te doen op de bovenste trede van de trap. 'Ik weet nog wel dat je een keer hebt gezegd dat jullie scheiding in feite tot één ding te herleiden viel. Ik heb het die avond meteen aan mijn vriendin verteld, want ik dacht dat die het wel interessant zou vinden.'

Hij legde een arm op zijn rug en ging verder met de pushups, maar dan op één hand. Was dat nou echt nodig?

'Dus...' zei Alice terwijl hij grommend van arm wisselde. 'Wat was dat ene ding dan?'

'Weet ik niet meer.' Hij keerde zich om en grijnsde toen hij haar gezicht zag. 'Zal ik haar anders even bellen?'

'Kan dat?'

Hij haalde zijn mobiel tevoorschijn en drukte op een knopje.

‘Hey *babe*. Ja, niks aan het handje. Ik zit hier met een cliënt. Weet je nog dat ik je vertelde van die mevrouw die zei dat haar scheiding tot één ding te herleiden viel? Ja, ik wil effe weten wat dat ene ding ook alweer was.’

Hij luisterde.

‘Echt waar? Weet je dat zeker? Oké. *Love you*.’

Hij hing op en keek Alice aan. ‘Slaaptekort.’

‘Slaaptekort,’ herhaalde Alice. ‘Dat begrijp ik niet.’

‘Nee, dat zei mijn vriendin ook, maar ik weet nog dat Gina het wel begreep.’

Alice zuchtte en krabde aan haar gezicht. Ze had schoon genoeg van die verhalen over Gina. ‘Ik ben ontzettend sjaggo. Ik moet chocola hebben... of zo.’

‘Je moet waarschijnlijk bij je dealer langs,’ zei Luke.

‘Mijn dealer?’ Wat kregen we nou weer? Was ze aan de drugs? Dropte ze de kids bij school om vervolgens een paar lijntjes coke te gaan snuiven? Dat kon ook haast niet anders! Waar haalde ze anders termen als ‘een paar lijntjes coke’ vandaan?

‘De koffiewinkel. Je lichaam schreeuwt om een grote latte.’

‘Maar ik drink helemaal geen koffie,’ zei Alice.

‘Jij bent een cafeïnejunk,’ zei Luke. ‘Ik zie je nooit zonder een kartonnen beker koffie van die winkel in je hand.’

‘Ik heb anders sinds het ongeluk nog geen enkele kop koffie gehad.’

‘En heb je wel hoofdpijn?’

‘Ja, natuurlijk, maar ik nam aan dat dat door de val kwam.’

‘Waarschijnlijk was het ook een afkickverschijnsel van de cafeïne. Dit is eigenlijk wel een mooi moment om ermee te stoppen. Ik probeer je al tijden zover te krijgen.’

‘Nee,’ zei Alice, want nu had dat verlangen tenminste een etiketje. Ze kon de koffiebonen al ruiken. Ze kon het proeven. Ze wilde koffie, nu meteen. ‘Weet je waar ik mijn koffie altijd haal?’

‘Tuurlijk, bij Dino’s, want daar hebben ze volgens jou de allerbeste koffie in heel Sydney.’

Alice keek hem wezenloos aan.

'Naast de bioscoop, aan de snelweg.'

'Oké,' zei Alice. 'Dank je.'

'O, zijn we klaar? Goed.' Luke stond op en troonde boven haar uit. Hij leek ergens op te wachten.

Alice realiseerde zich met een schok dat hij zijn geld wilde. Ze ging naar binnen en pakte haar portemonnee. Het deed haar fysiek pijn om die twee briefjes van vijftig dollar te moeten overhandigen. Zo knap was hij bij nader inzien nou ook weer niet.

Lukes enorme hand sloot zich opgewekt rond de briefjes. 'Ik hoop dat je volgende week weer helemaal jezelf bent. Dan zullen we je eens even flink afbeulen ter compensatie.'

'Super,' zei Alice. Ze betaalde deze man meer dan hónderd dollar per week om haar af te beulen?

Ze keek hem hoofdschuddend na terwijl hij de oprit af raasde. Goed. Koffie. Ze keek naar de trede waarop Luke zijn push-ups had gedaan, en ineens lag ze op haar handen en knieën, handpalmen vlak, lichaam horizontaal, buikspieren stevig ingetrokken, en boog ze vanuit de ellebogen en bracht ze haar borst naar de trede.

Een, twee, drie...

Jeetjemina, ze deed aan push-ups.

Ze telde tot dertig voor ze ter aarde stortte, met brandende spierpijn in haar borst, en zere armen, en ze riep: 'Nou jij!' terwijl ze triomfantelijk om zich heen zocht naar iemand die er niet was.

Er was alleen stilte.

Alice sloeg haar armen om haar knieën en keek weer naar dat bord in de tuin aan de overkant.

Ze had het gevoel dat degene naar wie ze zocht Gina was.

Gina.

Het was gek om iemand die je helemaal niet kende zo te missen.

24

Elisabeths huiswerk voor Jeremy

Nou, ik weet niet, maar je leek me een beetje chagrijnig vanochtend. Mag dat eigenlijk wel? Mogen therapeuten zelf wel gevoelens hebben? Ik dacht het niet, J. Bewaar die maar voor je eigen therapiesessies. Niet in mijn tijd, vriend.

Ik had eigenlijk wat meer complimenten verwacht toen ik je liet zien hoeveel pagina's huiswerk ik had volgeschreven. Zag je dat dan niet, als therapeut? Ik weet dat het niet de bedoeling is dat jij het allemaal leest, maar de reden waarom ik mijn schrift had meegenomen was dat jij iets zou zeggen als: 'Wauw! Toonden al mijn cliënten maar zoveel toewijding aan dit proces als jij!' Of desnoods had je opgemerkt dat ik zo'n fraai handschrift heb. Jij bent degene die zogenaamd goed is met mensen.

In plaats daarvan keek je een beetje verschrikt, alsof je je niet eens meer herinnerde dat je me dat huiswerk had opgedragen. Het irriteerde me vroeger ook al zo als leraren vergaten te vragen naar je huiswerk. Dan leek de wereld zo onbetrouwbaar.

Hoe dan ook, je wilde het vandaag hebben over het incident in de koffietent.

Persoonlijk denk ik dat je gewoon nieuwsgierig was. Je verveelde je, want het was maandagochtend, en je dacht dat dit misschien de boel wat op kon leuken.

Je leek me behoorlijk kregelig toen ik zei dat ik het liever over Ben wilde hebben en over de adoptiekwestie. Maar ja, de klant heeft altijd gelijk, Jeremy.

Dit is wat er in de koffietent gebeurde, als je het dan zo nodig wil weten.

Het was vrijdagochtend en ik was even gestopt bij Dino's, op weg naar mijn werk. Ik nam een grote cappuccino met magere melk, omdat ik niet zwanger was of midden in een cyclus zat. Aan het tafeltje naast me zat een vrouw met een baby en een peuter van een jaar of twee.

Een klein meisje was het. Met bruine krullen. Ben heeft ook bruine krullen. Nou, niet echt, want hij laat zich altijd heel kort knippen, als een autodief, maar ik heb foto's van hem gezien van vroeger. Als ik me onze kinderen probeerde voor te stellen, dan gaf ik ze altijd bruin krulhaar, zoals dat van Ben.

Dus dat had ze, maar verder was ze niet speciaal schattig of zo. Ze had een groezelig gezichtje en ze zat nogal te jengelen.

De moeder hing aan de telefoon en rookte een sigaret.

Nee, dat is niet waar, ze rookte helemaal niet.

Maar ze zag er wel uit als iemand die rookt. Zo'n smal, prikkelbaar gezicht. Ze vertelde een of ander verhaal over hoe ze iemand op zijn nummer had gezet, en ze bleef maar zeggen: 'O, het was té grappig.' Hoe kan iets ooit te grappig zijn, Jeremy?

Hoe dan ook. Ze lette totaal niet op het kleine meisje. Het leek wel of ze vergat dat het kind überhaupt bestond.

Dino's ligt aan de Pacific Highway. De deur gaat voortdurend open en dicht, met al die mensen die erin en -uit komen.

Dus hield ik dat meisje in de gaten. Niet op een rare, obsessieve, onvruchtbare manier, hoor. Ik keek gewoon naar haar, nonchalant.

De deuren gingen open en er kwam een groepje moeders binnen. Kinderwagens. En moeders.

Tijd om op te stappen, dacht ik.

Dus ik stond op en de moeders ramden zich een weg naar binnen met die gigantische wagens van ze, en overal botsten ze tegen tafeltjes en stoeltjes aan, en ik zag het kleine meisje de deur door glippen, de straat op.

De vrouw aan de telefoon bleef doorpraten. Ik zei: 'Sorry!' Maar niemand hoorde me. Twee moeders zaten al, en waren druk in de weer met het losknopen van hun blouses en het naar buiten trekken van borsten om hun baby's te voeden (ik ben wat al te onverschillig geworden wat betreft borstvoeding geven, als je het mij vraagt) terwijl ze gillend hun koffie bestelden dwars door de zaak heen.

Ik liep de zaak uit, en het kleine meisje drentelde op de stoeprand af. Op de weg raasden het vrachtverkeer en de SUV's voorbij. Ik moest rennen om haar nog te kunnen pakken. Ik trok haar zo de lucht in, net op het moment dat ze in de goot had willen stappen.

Ik had dus het leven van dat kind gered.

En ik keek om naar de koffietent en die moeder met haar afgetrokken kop hing nog steeds aan de telefoon, en de groep met moeders zat al diep in gesprek en het kleine meisje in mijn armen rook naar suiker en misschien iets van sigarettenrook. Ze liet haar mollige handje vol vertrouwen op mijn schouder rusten.

En ik liep door. Ik liep gewoon weg met het kind.

Ik dacht er helemaal niet bij na. Ik was heus niet van plan om haar haar blond te verven en dan met haar naar het noorden te rijden om met haar in een caravan aan zee te gaan wonen, waar we allebei zo bruin als een okkernoot zouden worden en zouden leven van vis en verse vruchten, en waar ik haar zelf les zou geven en...

Geintje! Ik had totaal geen plannen in die richting.

Ik liep gewoon.

Het kleine meisje giechelde alsof het een grap was. Als ze had gehuild, had ik haar natuurlijk direct weer naar binnen gebracht, maar ze giechelde. Ze vond me leuk. Misschien was ze ook wel dankbaar omdat ik haar leven had gered.

En toen kwam die moeder met het magere gezicht achter me aan gestormd, greep me bij de schouder en gilde: 'Hé!' Haar gezicht was van angst vervuld, en haar nagels krasten over mijn huid terwijl ze het meisje uit mijn armen sleurde. Toen moest het meisje wel huilen, want ze schrok zich dood, en de moeder zei: 'Het is al goed, liefje, het is al goed.' Ze keek me vol walging aan.

O, god, de schaamte en de ontzetting.

Een paar van de moeders waren uit de koffietent komen lopen en stonden daar zwijgend met hun handen de hoofdjes van hun kindjes ondersteunend te staren, alsof ik een verkeersongeluk was. De eigenaar van de koffietent, Dino zelf, naar ik aanneem, was ook naar buiten gekomen. Ik kende alleen zijn bovenste helft, die boven de toonbank uitstak. Het was een verrassing: zoiets als een nieuwslezer die je in de volle lengte ziet. Het was de enige keer dat ik hem zo serieus heb zien kijken. Hij is anders altijd zo'n permanente gniffelaar.

Al die mensen die me aankeken en me veroordeelden. Ik voelde dat er iets knapte in mijn hersenen.

Het was een echt fysieke ervaring van uit je dak gaan. Misschien is daar wel een woord voor, Jeremy.

Ik plofte op mijn knieën op de stoep, wat volkomen overbodig was en bovendien ontzettend pijn deed. Het heeft weken geduurd voor de schaafplekken geheeld waren.

En op dat moment kwam Alice eraan. Ze droeg een jasje dat ik nog nooit had gezien, en ze holde met een zwaaiende tas en een frons op haar gezicht Dino's binnen. Ik zag de uitdrukking op haar gezicht toen ze mij herkende. Ze deinsde letterlijk achteruit, alsof ze een rat had gezien. Ze moet zich doodgeschaamd hebben. Dat ik nou net haar koffietent moest uitkiezen voor mijn openbare instorten.

Ze deed heel aardig, hoor. Dat moet ik toegeven. Ze kwam naar me toe en knielde naast me neer, en toen we elkaar aankeken moest ik denken aan toen we nog klein waren en elkaar op het schoolplein tegen het lijf liepen. Dan had ik het gevoel alsof ik de hele dag toneel had gespeeld, en dat alleen Alice mijn ware ik kende.

'Wat is er gebeurd?' fluisterde ze.

Ik moest veel te hard huilen om iets te kunnen zeggen.

Ze regelde alles. Het bleek dat ze de moeder van het kind kende, en ook een paar van de moeders in het groepje. Er was een boel intens moedergepraat, terwijl ik daar geknield op het voetpad bleef zitten. Ze zorgde ervoor dat hun gezichten verzachtten. En de menigte smolt weg.

Ze hielp me overeind en nam me mee naar haar auto, waar ze me vastbond in de passagiersstoel.

'Wil je erover praten?' vroeg ze.

Ik zei van niet.

'Waar wil je heen?' vroeg ze.

Ik zei dat ik het niet wist.

Toen deed ze precies wat er moest gebeuren, en bracht ze me dus naar Frannie. We zaten op haar piepkleine balkonnetje en dronken thee en aten koekjes en we bespraken de problemen met het openbaar vervoer en wat er toch mis is met al die mensen die nog steeds plastic tassen aannemen in de supermarkt. (Ik ben zelf zo iemand, maar dat vertelde ik maar niet aan Frannie.) Het was allemaal heel gewoon en troostrijk.

Ik weet wel dat Frannie vindt dat ik moet ophouden met proberen zwanger te worden. Dat heeft ze me twee jaar geleden al eens verteld. Ze zei dat je soms de moed op moet kunnen brengen om 'je leven een nieuwe richting te geven'. Ik ben toen nogal kattig geweest. Ik zei dat een baby geen 'richting' was. En trouwens, voor zover ik weet heeft zij haar leven ook nooit een nieuwe richting gegeven. Wij kwamen haar gewoon in de schoot vallen toen papa doodging.

Goddank, natuurlijk. En wie weet, misschien valt er binnenkort in onze directe omgeving ook wel zo'n handig sterfgeval te betreuren. Positief blijven denken! Die vader van twee huizen verderop ziet eruit alsof hij elk moment dood neer kan vallen, als ik hem het gras zie maaien.

Hoe dan ook, de dag na mijn psychotische uitbarsting ben ik naar de huisarts gegaan en die heb ik gevraagd om me naar een goede psychiater door te verwijzen. Ik vraag me af of je haar een vindersloon betaalt.

Want zo ben jij in mijn leven gekomen, Jeremy.

Toen Alice Dino's Coffee Shop in kwam lopen werden haar zintuigen overstroomd door de vertrouwde geur van koffie en cakejes en het ritmische gestamp en gesis van de espressomachine.

'Alice, lieveling!' zei een kleine man met donker haar achter de toonbank. Hij bediende de koffiemachine met twee handen, bedreven en elegant, alsof het een muziekinstrument was. 'Ik heb via de tamtam opgevangen dat je een ongeluk hebt gehad. Dat je je geheugen kwijt bent. Maar Dino zou je nooit vergeten, toch?'

'Nou,' zei Alice voorzichtig. 'Je koffie herinner ik me nog wel, geloof ik.'

Dino moest lachen, alsof ze een hilarische grap had verteld. 'Natuurlijk, lieve schat, natuurlijk! Eén tel, nog. Ik weet wel dat je haast hebt, druk dametje. Zo, alsjeblieft.'

Zonder op een bestelling te wachten, overhandigde hij haar een papieren beker. 'Hoe voel je je nu? Alweer helemaal beter? Kun je je alles weer herinneren? Klaar voor de grote dag, zondag? Eindelijk, de Mega Moederdag Meringue, mijn dochter heeft er zo'n zin in! Het enige waar ze het nog over heeft is "Papa, papa, het wordt de allergrootste taart van de hele wereld".'

'Hm,' zei Alice. Ze nam aan dat ze zondag haar geheugen wel weer helemaal terug zou hebben, want ze had werkelijk geen idee hoe je de grootste lemon-meringuetaart ter wereld moest bakken. Aha. Ineens dacht ze weer aan die droom met de reusachtige deegroller. Die deegroller was helemaal geen symbool. Het was alleen een reusachtige deegroller. Haar dromen waren altijd zo teleurstellend voor de hand liggend.

Ze trok het deksel van de beker en nam een slokje. Jasses. Geen suiker en ontzettend sterk. Ze nam nog een slok. Eigenlijk best lekker. Ze miste de suiker niet echt. Nog een slok, en nog een en nog een. Ze wilde haar hoofd achterovergooien en het recht in haar keel gieten. De cafeïne gierde door haar aderen, maakte haar hoofd helder, bracht haar hart flink op gang en zorgde voor een scherpere blik.

'Misschien heb je er vandaag wel twee nodig,' zei Dino gnuivend.

'Misschien wel,' zei Alice instemmend.

'Hoe gaat het trouwens met je zus?' vroeg Dino, nog altijd zich verkneukelend. Het was blijkbaar een vrolijk baasje. Hij bleef ineens staan en knipte met zijn vingers. 'Ah, waar ben ik toch met mijn hoofd! Ik vergeet het de hele tijd – mijn vrouw heeft me iets voor haar meegegeven.'

'Met mijn zus?' Alice liet haar vingers langs de rand van de beker glijden en likte het schuim af, terwijl ze zich afvroeg hoe goed Dino Elisabeth precies kende. 'Wel goed, geloof ik.' *Ze is een totaal ander iemand. Ze is kennelijk doodongelukkig. Ik weet niet precies wat ik haar heb misdaan.*

'Ik heb mijn vrouw thuis het hele verhaal verteld, over die dame die wegloopt met andermans kind, en dat ze toen zo is ingestort, en maar bleef huilen en dat niemand van ons wist wat te doen. Dat ik nog een bak koffie voor haar had gezet, alsof ze daar iets aan had. Ook al is het dan Dino's koffie. Die stomme wijven wilden de politie er nog bij halen.'

Goeie hemel, had Elisabeth dan een kind ontvoerd? Alice voelde medelijden met haar (die arme, lieve Elisabeth, wat moet ze zich beroerd gevoeld hebben door in het openbaar de regels te breken), en een verschrikkelijke schaamte (Wat gênant! Wat illegaal!) en een intens schuldgevoel. (Hoe kon zij zich nou druk maken over wat andere mensen dachten terwijl haar zusje duidelijk zo zwaar te lijden had?)

Dino vervolgde: 'Ik zei tegen die vrouwen: "Niks aan de hand!", en het was zo fijn dat jij toen net langskwam en uitlegde wat er speelde door het hele verhaal te vertellen. Wat vreselijk verdrietig. Hoe dan ook, mijn vrouw heeft me dit meegegeven.

Het is een Afrikaans vruchtbaarheidspoppetje. Als je een van deze poppetjes bij je draagt, krijg je een prachtige baby. Dat is het verhaal.'

Hij gaf haar een klein poppetje van donker hout, met een Post-it'je erop waarop stond: *Alice*. Het poppetje leek op een Afrikaanse vrouw in traditionele kleding, met een veel te groot hoofd.

'Wat ontzettend lief van je vrouw.' Alice behandelde het poppetje met eerbied. Was zijn vrouw misschien Afrikaans en was dit een of ander mystiek erfstuk van haar stam?

'Ze had er al eens eentje via het internet gekocht,' zei Dino in vertrouwen. 'Voor haar nichtje, want die kon ook niet zwanger worden. Negen maanden later – baby! Alleen niet zo'n heel mooie, als ik eerlijk moet zijn.' Hij sloeg op zijn knie met een rimpelig gezicht van de pret. 'Ik zei tegen mijn vrouw: "Wat een ontzettend lelijk kind is dat; hij heeft net zo'n groot hoofd als dat poppetje!"' Hij kwam bijna niet meer uit zijn woorden, zo hard moest hij lachen. '"Groot hoofd," zei ik. "Net zoals dat poppetje!"'

Alice glimlachte. Dino gaf haar nog een koffie en hij keek weer serieus.

'Nick was hier laatst nog,' zei hij. 'Die zag er niet best uit. Ik zei nog: "Je moet maar weer terug naar je vrouw." Ik zei: "Het is niet goed." Ik weet nog toen ik mijn winkel pas open had en jullie elk weekend langskwamen met die kleine Madison. Alle drie in een overall. Zij hielp jullie met het schilderen. Wat waren jullie trots op haar. Ik heb nog nooit zulke trotse ouders gezien! Weet je nog wel?'

'Hm,' zei Alice.

'Ik zei tegen Nick dat jullie weer bij elkaar moesten komen, en weer een gezin moesten zijn,' zei Dino. 'Ik zei: "Wat is er nou zo vreselijk fout gelopen dat het niet meer goed kan komen?" Alsof dat mijn zaken zijn. Mijn vrouw zegt altijd: "Dino, dat zijn jouw zaken niet!" Maar dan zeg ik: "Kan me niet schelen, ik zeg wat ik denk, zo ben ik nu eenmaal."'

'Wat zei Nick toen?' vroeg Alice. Ze had haar tweede beker koffie al voor de helft leeg.

'Hij zei: "Als ik het weer goed kon maken, dan deed ik dat."'

Alice reed naar huis en scandeerde Nicks naam in gedachten. Als hij het weer goed kon maken, dan deed hij het, dus... waarom dan niet?

Ze had de beker koffie in een handige bekerhouder, vlak naast het stuur. Ze merkte dat ze deze enorme auto met één hand kon besturen terwijl ze met de andere hand slokjes van de koffie nam. Zoveel nuttige nieuwe vaardigheden! Door de cafeïne trilde ze van de energie. Ze had het gevoel alsof haar oogballen ervan uitpuilden. Toen het stoplicht op groen sprong en de auto voor haar niet meteen in beweging kwam, hielp ze hem een handje op weg met een bazige ram op haar claxon.

Dat scherpe stemmetje in haar hoofd was er ook weer, en het droeg haar alles op wat ze nog moest doen voor ze de kinderen om halfvier op moest halen. 'Je moet wel op tijd zijn, mam,' had Tom tegen haar gezegd. 'Op maandagmiddag hebben we het altijd heel krap gepland.'

Je kunt niet de hele dag maar een beetje rondhangen en taart eten. Straks pas je niet meer in die prachtige kleren van je. En nu we het daar toch over hebben, hoe zit het met de was? Je moet nodig een paar wassen draaien als je straks thuis bent. Moeders klagen altijd over de was.

Waar klagen ze nog meer over? O ja, boodschappen doen! Wanneer doe jij ook alweer boodschappen? Check je voorraadkast. Maak een lijst. Je hebt er waarschijnlijk nog wel ergens eentje liggen. Jij lijkt me echt een type dat met een lijst werkt. Wat eten we vanavond? Is er iets voor als ze straks uit school komen? Zijn de kinderen soms gewend aan versgebakken koekjes bij thuiskomst?

Bel Sophie. Ze heeft misschien zinnige info voor je.

Volgens je agenda heb je om één uur een Mega Meringue-vergadering. Waarschijnlijk moet jij die zelfs voorzitten. Geweldig!

Dat wordt lachen. Zorg dat je erachter komt waar die wordt gehouden. Hoe? Nou, dan bel je toch iemand! Bel die Kate Harper desnoods. Of je 'vriendje'.

Als ik het weer goed kon maken, dan deed ik dat. Als hij het weer goed kon maken, dan deed hij dat.

Wassen.

Ja, dat zei je net ook al.

Wassen!

Ja, ja, kalm aan.

Ze moest maar nooit meer twee van die bakken koffie achter elkaar nemen. Haar hart klopte veel te snel. Ze haalde een paar keer beverig adem om rustig te worden. Ze kon haar eigen lichaam niet meer bijhouden. Ze had het gevoel alsof ze als een dolle over haar enorme gazon moest hollen, alsof ze haar lichaam maar moest laten uitrazen, als een puppy die van de riem af mocht.

Toen ze thuis was holde ze door het huis alsof ze een of andere vreemde wedstrijd deed, en ze verzamelde stapeltjes kleren uit wasmanden en van de grond in de slaapkamers van de kinderen en uit de badkamers. Er was heel veel was. Ze stampte de trap af om het in de machine te gaan stoppen. Het verbaasde haar niet dat er een enorme, glimmend witte wasmachine stond die de helft van de wasruimte vulde. Ze tilde het deksel op, klaar om de kleren erin te gooien, toen ze werd overvallen door een golf van gevoelens. Schaamte. Verraad. Schok.

Wat had dat allemaal te betekenen? De herinnering sprong naar voren in haar hoofd als een indexkaartje. Natuurlijk. Er was hier iets gebeurd, precies op deze plek. Precies hier in haar wonderbaarlijk schone wasruimte. Iets afschuwelijks.

O ja, er was een feestje.

In de zomer. Het was laat in de avond, maar nog vrij warm, Er stonden emmers met ijsblokjes op de grond in de wasruimte. Bier en flessen wijn en champagne staken uit de emmers vol smeltend ijs. Ze ging nog een fles champagne halen, en ze deed lachend de deur open en toen ze hen zag zei ze automatisch 'Hoi', stom genoeg. Pas toen besefte haar verstand wat ze daar aan het doen waren, en wat ze eigenlijk zag. Een heel slanke, elegante vrouw met heel kort rood haar zat op haar wasmachine, met haar benen wijd, en Nick stond voor haar, met zijn handen naast haar beide benen, en zijn hoofd gebogen. Haar man was een andere vrouw aan het kussen in het washok.

Alice staarde naar de stapel kleren in de machine. Ze zag die vrouw zo scherp voor zich. De verfijnde vorm van haar gezicht. Ze kon zelfs haar stem horen. Suikerzoet en als de stem van een kind, passend bij haar piepkleine lijf. Het deed gewoon pijn aan haar tanden.

Ze goot een schep waspoeder in de machine en smeet het deksel dicht. Hoe durfde Nick zo te lachen toen ze hem vroeg of hij soms was vreemdgegaan? Die kus was nog erger dan dat ze hen in bed zou hebben betrapt. Veel erger, omdat het zo overduidelijk een van de allereerste kussen was. Vroege kussen waren zoveel erotischer dan vroege seks. Seks aan het begin van een relatie was rommelig en stom en het had ook wel iets gynaecologisch, als een afspraak bij de dokter. Maar kussen, volledig gekleed, nog voor je met elkaar naar bed was geweest, waren heerlijk en mysterieus.

Nick had haar voor het eerst gekust tegen de auto aan, nadat ze naar *Lethal Weapon 4* waren geweest. Hij smaakte naar popcorn, en een beetje naar chocola. Hij droeg een zwarte trui over een wit T-shirt en een spijkerbroek, en hij had wat stoppels onder zijn onderlip, en terwijl hij haar zoende sloeg ze de ervaring al zorgvuldig op als herinnering, in de wetenschap dat ze de volgende dag achter haar computer zou gaan zitten herkauwen. Ze had die herinneringen zo vaak opnieuw afgespeeld, als een oude film. Ze had erover tot in de details aan Sophie verteld, die toen al vijf jaar een relatie had en daarom kermde van jaloezie, ook al was Jack de liefde van haar leven.

Sophie. Haar beste vriendin. Haar getuige op hun huwelijk.

Ze ging Sophie meteen bellen. Ze kon zich niet voorstellen dat ze haar niets had verteld van die afschuwelijke zoen in het washok. Eerst had ze Elisabeth natuurlijk gebeld, en daarna Sophie. Ze zou het verhaal specifiek op hen hebben toegesneden. Bij Elisabeth zou ze zich hebben geconcentreerd op haar eigen gevoelens: 'Hoe kan hij me dat aandoen?' zou ze hebben gevraagd en haar stem zou getrild hebben. Bij Sophie zou ze het verhaal hebben opgebouwd tot een maximale schok: 'Dus ik loop het washok in voor een fles champagne, en je gelooft in geen miljoen jaar wat ik toen zag. Toe, raad maar.' Elisabeth zou haar medeleven hebben betuigd en haar een setje heel duidelijke instructies hebben gegeven over wat ze moest doen. Sophie zou geschokt zijn geweest en woedend en ze zou haar onmiddellijk hebben uitgenodigd om samen heel erg dronken te worden, en wel nu meteen.

Ze vond haar adresboekje, en het mobiele nummer van Sophie. Kennelijk woonde die nu in Dee Why. De noordelijke stranden. Die had het dus goed voor elkaar. Ze wilde altijd al graag aan het strand wonen, maar Jack wilde liever bij de stad blijven. Had ze kennelijk toch gewonnen. Ze zouden nu wel getrouwd zijn en kinderen hebben, hoewel Alice zich ervan bewust was dat ze daar niet automatisch van uit mocht gaan. Ze hoopte maar dat Sophie niet dezelfde problemen had als Elisabeth. Of misschien waren Jack en zij ook wel uit elkaar? Nee. Onmogelijk.

'Met Sophie Drew.'

Jemig. Iedereen klonk tegenwoordig zo professioneel en volwassen.

'Hoi, Sophie, met mij, Alice.'

Er viel een korte stilte. 'O, hoi, hoe is het ermee?'

'Nou, je gelooft gewoon niet wat ik nu heb,' zei Alice en ze merkte dat ze zich een beetje raar voelde. Bijna nerveus. Waarom eigenlijk? Het was toch maar Sophie?

Er viel weer een stilte. 'Wat is er met je gebeurd?'

Er was hier iets niet helemaal goed. Sophie klonk veel te beleefd. Alice kon wel huilen. *Godallemachtig, ben ik jou ook al kwijtgeraakt? Met wie praat ik dan nog wel, tegenwoordig?*

Ze liet het uitspinnen van het verhaal maar zitten en zei: 'Ik heb een ongeluk gehad, en ik ben op mijn hoofd gevallen. Nu ben ik mijn geheugen kwijt.'

Deze keer viel er een nog veel langere stilte. Toen hoorde ze Sophie zeggen: 'Ik kom zo. Laat ze nog maar even wachten.'

Haar stem kwam weer terug. Harder. Misschien ook een beetje ongeduldig. 'Sorry, Alice. Dus, eh, je hebt een ongeluk gehad?'

'Zijn wij nog vriendinnen?' vroeg Alice wanhopig. 'We zijn toch nog wel vriendinnen, hè, Soof?'

'Natuurlijk zijn we dat,' zei Sophie meteen, hartelijk, ook al was er iets in haar stem van: Er is hier iets heel raars aan de hand. Ik kan maar beter opletten met wat ik zeg!

'Het probleem is, mijn laatste echte herinnering is dat ik zwanger ben van Madison. En nu heb ik ineens drie kinderen, en Nick en ik zijn niet meer bij elkaar en ik kom er maar niet achter waarom niet, en Elisabeth...'

'Nee, nee, nee, niet die! De groene!' zei Sophie scherp. 'Sorry, ik zitten midden in een shoot voor de nieuwe lijn. Het is hier een gekkenhuis.'

'O. Wat doe je dan?'

Weer een stilte. 'Vind jij dat groen? Want ik vind dat namelijk helemaal niet groen. Het spijt me, Alice, maar kan ik je later terugbellen?'

'O. Tuurlijk.'

'Moet je horen, ik weet ook wel dat ik dat steeds zeg, maar we moeten nodig eens bijkletsen.'

'Oké.' Dus ze waren geen vriendinnen meer. Geen echte vriendinnen. Ze waren 'bijklets'-vriendinnen.

'Ik bedoel, de laatste keer dat ik je heb gezien was toen op die borrel bij die vriendin van je. Die buurvrouw. Gina. Hoe is het met haar?'

Gina, Gina, Gina. Het drong tot Alice door dat ze helemaal niet met Elisabeth of met Sophie zou hebben gebeld over die kus in het washok. Ze zou naar Gina zijn gegaan.

'Die is dood.'

'Hè, wat? Groen! Groen! Ben je kleurenblind? Sorry, Alice, ik moet echt hangen. Ik bel je wel, goed?'

'Ik wil alleen één ding weten,' zei Alice, maar de telefoon piepte al. Sophie was weg.

Net als iedereen, leek het wel.

De telefoon ging over in haar hand, en Alice schrok ervan, alsof het ding ineens was gaan leven.

'Hallo?'

'O, je klinkt al veel beter.' Het was haar moeder. Alice ontspande. Barb mocht dan nu de salsa dansende, zwaar gedecolleteerde vrouw van Roger zijn, ze was ook nog altijd gewoon haar moeder.

'Ik had Sophie net aan de lijn,' zei Alice.

'O, wat leuk. Ze is zo beroemd tegenwoordig. Na dat artikel. Ik had het laatst nog met iemand over haar. Met wie ook weer? O, ik weet het al. Het was met die vrouw die altijd komt om Rogers voeten te doen. De chiropractor. Nee, nee, nee, zo heet dat niet. De pedicure. Ze zei dat haar dochter zo graag zo'n Sophie Drew-handtas voor haar verjaardag wilde hebben. Toen zei ik: nou, ik ken Sophie al vanaf haar elfde, en ik wilde nog bijna aanbieden om te proberen korting voor haar te regelen, want ik moet toegeven, Roger heeft vreselijk harige voeten, dus ik heb wel een beetje met haar te doen, maar toen dacht ik ineens: jij ziet Sophie tegenwoordig eigenlijk nooit meer, toch? Jullie sturen alleen nog kaartjes met kerst, of niet? Dus toen ben ik maar snel over iets anders begonnen, want het is volgens mij echt zo'n type dat graag overal haar connecties wil gebruiken om dingen voor een zacht prijsje te kunnen kopen. Gina was ook wel een beetje zo, vind je ook niet? Niet dat er iets mis mee is natuurlijk. Het is eigenlijk heel slim om zo te leven. O jee, het is ook zo tragisch allemaal, hoe kom ik nou ineens weer bij Gina? O ja, vanwege die connecties. Maar goed, ik heb drie dingen waarvoor ik belde, en ik heb ze zelfs opgeschreven, want mijn geheugen is een drama momenteel.

Nu we het daar toch over hebben, hoe gaat het eigenlijk met jou, schat?'

'Prima,' zei Alice.

'Nou, fijn, dat doet me deugd. Frannie maakt zich er zo vreselijk druk over. Ik zei: "Let maar op, die heeft op maandag gewoon haar geheugen weer terug, hoor."'

'Ik kan me bepaalde dingen wel weer herinneren,' zei Alice. Zou ze haar moeder vragen naar Nick en de kus in het washok?

'Geweldig!' Haar moeder aarzelde even, maar gooide het toen toch maar over de positieve boeg. 'Geweldig! Zeg, schat, ik vroeg me af, hè, toen jij in het ziekenhuis zei dat Nick en jij misschien wel weer bij elkaar zouden komen, was dat iets wat ik eigenlijk niet aan andere mensen had moeten vertellen? Want ik liep vandaag toevallig Jennifer Turner tegen het lijf in de winkel.'

'Jennifer Turner?' Die naam zei haar niets.

'Ja, je weet wel, dat felle type. Die advocate.'

'O, je bedoelt Jane Turner.' Hm. Het eerste gezicht dat ze zag toen ze ontwaakte in dit vreemde nieuwe leven. Jane, die haar hielp om van Nick te scheiden.

'Ja, Jane, ja. Ze wilde weten waar je was. Ze zei dat je haar sms'jes niet beantwoordde.'

Sms'jes? Wat waren dat voor dingen?

'Maar goed, ik zei dat het prima met je ging, en toen zei ik dus dat jij en Nick weer bij elkaar kwamen. Nou, dat vond ze helemaal niet zo leuk. Ze zei dat ik tegen jou moest zeggen dat je onder geen beding iets mocht ondertekenen. Daar bleef ze maar over doorgaan. Ik vroeg me af: had ik misschien beter mijn mond kunnen houden? Heb ik je nu in de problemen gebracht?'

'Natuurlijk niet, mam,' zei Alice automatisch.

'Gelukkig, want Roger en ik zijn er toch zo blij mee. Echt dolblij! We zaten te denken: misschien kunnen wij de kinderen dit weekend nemen, dan kunnen Nick en jij iets romantisch doen. Dat was het tweede punt op mijn lijstje. Ik streep het meteen even door. Zeg het maar, hoor. We vinden het heerlijk om de kinderen hier te hebben. Roger zei zelfs dat hij ons zou trakteren op een etentje buiten de deur. Hij is toch zo gul.'

'Dat klinkt geweldig.'

'Echt? O, nou, ik ben echt blij, want ik zei het tegen Elisabeth, en die zei dat je wel "anders zou piepen" als je je geheugen weer terug had. Maar ja, ze is tegenwoordig zo vreselijk pessimistisch, hè, dat arme schaap, en dat was de derde reden waarom ik je belde. Heb jij toevallig nog iets van haar gehoord? Ik wil zo graag weten of ze de uitslag al heeft. Ik blijf maar bellen, maar ze neemt steeds maar niet op.'

'Wat voor uitslag?'

'Ze had vandaag dat bloedonderzoek. Je weet wel, van het laatste eitje. O, wacht even, ik zeg het fout. "Embryo" bedoel ik.' Haar moeders stem brak. 'O, Alice. Ik heb zo voor hen gebeden en je mag gerust weten dat ik soms echt een beetje boos ben op Onze-Lieve-Heer. Elisabeth en Ben proberen het nu al zo lang. Een baby'tje is toch niet te veel gevraagd, of wel?'

'Nee,' zei Alice. Ze keek naar Dino's vruchtbaarheidspoppetje op haar aanrecht. Waarom had Elisabeth haar niets verteld van het bloedonderzoek?

Haar moeder slaakte een zucht: 'Ik zei nog tegen Roger: "Nou ben ik zelf zo gelukkig, maar waarom kunnen mijn meiden dan niet ook gelukkig zijn?"'

Elisabeths huiswerk voor Jeremy

Veel mensen hebben vandaag berichtjes voor me ingesproken.

Mama heeft me vijf keer gebeld.

Ik miste net een telefoontje van Alice, zag ik.

O, en die zuster heeft me twee keer geprobeerd te bellen om de uitslag van het bloedonderzoek door te geven.

Layla belde, omdat ze zich waarschijnlijk afvraagt waar ik uithang, want ik ben met de lunch weggegaan en om de een of andere reden had ik de energie niet om weer terug te gaan naar kantoor. Ze zal wel denken dat ze me beledigd heeft.

Ben heeft ook drie keer gebeld.

Ik ben kennelijk niet in staat om iemand terug te bellen. Ik zit hier maar achter het stuur van mijn auto, buiten mijn kantoor, aan je te schrijven.

Daar gaat de telefoon al weer. *Tring tring! Tring tring!* Maak contact met de wereld, Elisabeth! Ach, rot toch op allemaal.

Alice was bezig kleren op te hangen aan de waslijn (het kostte zeeën van tijd) toen de telefoon weer ging. Ze moest rennen om nog op te kunnen nemen.

'Hallo?' vroeg ze ademloos.

'O, hi, met mij,' zei Nick. Hij zweeg. 'Met Nick.'

'Ja. Ik herkende je stem wel.'

Jij hebt een andere vrouw gezoend in ons washok! Ik kan gewoon niet geloven dat je dat hebt gedaan! Zou ze iets over die kus moeten zeggen? Nee. Ze moest eerst maar eens verzinnen hoe ze dat het beste aan kon pakken.

Hij zei: 'Ik dacht, ik zal maar eens bellen om te vragen hoe het vandaag gaat met je, eh, je hoofd, je verwonding. Lukte het om de kinderen naar school te brengen?'

'Het is wel een beetje laat om dat te vragen als het me niet was gelukt,' zei Alice zuur. Gisteravond had ze al hun schooluniformen nog moeten strijken, en ze had alles af moeten wassen en op moeten ruimen, en ze hadden alle drie heel specifieke eisen wat betreft hun lunchtrommeltjes. (Tom had haar er beleefd op gewezen wat ze normaal gesproken allemaal deed op zondagavond.)

'O, mooi,' zei Nick. 'Dus ik neem aan dat dat met je geheugen ook weer helemaal in orde is?'

'Nou, er is één ding dat ik me wel weer herinner,' barstte Alice los. Het leek erop dat ze die kus toch te berde zou brengen. Het was fysiek onmogelijk om het niet te zeggen. 'Ik herinner me nog dat jij die vrouw zoende in het washok.'

'Dat ik een vrouw zoende in het washok?'

'Ja, op een feestje. Ik kwam binnenlopen omdat ik een fles drank wilde pakken.'

Er viel een stilte, en toen moest Nick hard lachen.

'Dus die zat op de wasmachine?'

'Ja,' zei Alice, en ze vroeg zich af waarom hij zo zelfingenomen klonk, alsof dit punt aan hem viel, terwijl het zo overduidelijk aan haar viel.

'Jij herinnert je dat ík een vrouw kuste die bij ons op de wasmachine zat?'

'Ja!'

'Zal ik jou eens wat vertellen? Ik heb nog niet eens naar een andere vrouw gekeken sinds wij samen zijn, laat staan dat ik er een heb gekust. Ik ben nooit vreemdgegaan.'

'Maar ik herinner me...'

'Ja, ik weet precies wat jij je herinnert, en dat vind ik heel interessant.'

Alice was totaal verbluft. 'Maar...'

'Echt heel interessant. Ik moet nu ophangen, maar jij hebt duidelijk je geheugen nog niet helemaal terug, en je moet echt naar een dokter. Als je niet in staat bent voor de kinderen te zorgen, dan moet je dat zeggen. Je bent verantwoordelijk voor ze.'

O, dus hij zag er geen enkel probleem in om ze gisteravond bij haar achter te laten, terwijl hij donders goed wist dat zij hen helemaal niet meer kende, laat staan dat ze wist hoe ze voor hen moest zorgen. Het was niet logisch, en toch sprak hij haar toe met dat arrogante toontje van 'wat ben ik toch rationeel en wat ben jij toch irrationeel' en met die zelfingenomenheid van hem. Ze kon zich die stem nog wel herinneren van ruzies, vroeger, zoals die ochtend toen ze helemaal geen melk meer hadden voor het ontbijt, en de avond dat ze te laat waren voor de doop van het eerste kind van zijn zus, en die keer dat ze geen van beiden genoeg geld hadden voor het kaartje voor de pont. Toen had hij precies zo'n stem opgezet. Zo'n superieure, scherpe zakenstem, met een soort van zucht erin. Ze werd er heel erg boos om.

Telkens als hij die stem gebruikte, moest ze denken aan andere gelegenheden waarbij hij die stem had opgezet, en dan dacht ze: o, ik kan je niet uitstaan als je zo praat.

'Zal ik je eens wat zeggen?' zei ze. 'Ik ben blíj dat we gaan scheiden!'

En terwijl ze de hoorn op de haak gooide, kon ze hem nog net horen lachen.

25

Het Mega Meringue Comité stond om één uur bij Alice op de stoep.

Ze was het compleet vergeten.

Toen de deurbel ging zat ze op de grond in de zitkamer, omringd door fotoalbums. Ze zat er al uren, bladzijden om te slaan, foto's van die bladzijden af te pellen zodat ze ze van dichterbij kon bestuderen.

Er waren foto's van picknicks en boswandelingen en dagjes strand, van verjaarspartijtjes en paasontbijtjes en Kerstmissen. Ze had zoveel Kerstmissen gemist! Het deed haar pijn, midden in haar borst, om die foto's te zien van kinderen met warrige haardossen in hun pyjamaatjes, hun gezichtjes ernstig geconcentreerd op het uitpakken van cadeautjes onder een enorme, prachtig versierde boom.

Misschien moest ze maar naar de dokter gaan en vragen of ze alsjeblieft al haar herinneringen weer terug mocht, op de verdrietige na.

De meeste foto's waren van de kinderen en Nick. Alice was waarschijnlijk degene achter de camera. Nick zag er altijd zo handig uit als hij een foto nam, met zo'n serieuze, professionele blik, maar hij kon er eigenlijk helemaal niks van. Op zijn foto's ontbraken altijd de bovenkanten van de hoofden.

Alice had als kind al ontdekt dat zij wel goede foto's nam. Toen hun vader was gestorven nam niemand ooit meer foto's van hen. Hij was de fotograaf en hun moeder had net zo weinig verstand van het bedienen van een camera als van het verwisselen van een peertje. In die jaren, toen hun moeder zich had opgesloten in zichzelf, en toen de oude juffrouw Jeffrey van de buren Frannie werd, hun ereoma, had Alice zichzelf ook geleerd hoe je een peertje moest verwisselen en hoe je een wc die bleef doorlopen moest repareren en hoe je karbonaadjes bakte en groente klaarmaakte, terwijl Elisabeth leerde hoe je om restitutie moest vragen, hoe je rekeningen betaalde, formulieren in moest vullen en hoe je met vreemden moest praten.

Telkens als ze weer een foto van Nick tegenkwam, probeerde ze de uitdrukking in zijn ogen te interpreteren. Kon ze de teloorgang van hun huwelijk op deze manier bij elkaar puzzelen? Nee. Ze zag alleen de teloorgang van zijn haar, met de jaren, maar zijn glimlach en de persoon achter de camera leken onveranderlijk oprecht en gelukkig.

Op de foto's waar ze samen op stonden hadden ze altijd hun armen om elkaar heen, en leunden ze tegen elkaar aan. Als een lichaamstaaldeskundige hun huwelijk had moeten beoordelen op basis van deze fotoalbums, dan zou die zeker zeggen: 'Dit is een gelukkig, liefdevol, gezellig gezin, en de kans dat dit echtpaar ooit uit elkaar gaat is nihil.'

Ze lette niet erg op de foto's van mensen die ze niet herkende, maar er was een gezicht dat overal opdook, en het drong tot haar door dat dat Gina moest zijn. Ze was een vrouw met een volle boezem en grote tanden, en een hele hoop donkere krullen. Zij en Alice leken voortdurend een glas champagne of een cocktail in de hand te hebben, dat ze als een trofee opstaken naar de camera. Ze waren ook erg fysiek samen, wat erg ongebruikelijk was voor Alice. Ze had nooit van die uitbundige vriendschappen waarbij je voortdurend je armen om elkaar heen sloeg, maar Alice en die vrouw hadden altijd hun hoofden dicht bij elkaar, zodat hun wangen elkaar raakten, en ze toonden de camera hun brede lippenstiftglimlach. Alice geneerde zich voor die foto's. 'Kom op, je kent haar niet eens,' zei ze hardop bij een foto waar ze een dikke vette klapzoen op Gina's wang drukte.

Alice staarde eindeloos naar de foto's van Gina, ze wachtte op iets van herkenning – en verdriet? Maar nee, niks. Ze zag er wel leuk uit, maar niet echt als het soort vrouw dat Alice als vriendin zou uitkiezen. Ze zag eruit alsof ze behoorlijk dominant aanwezig was. Een schreeuwerig, raar, vermoeiend type.

Maar misschien ook wel niet. Alice zag er op sommige foto's zelf trouwens ook nogal schreeuwerig en raar uit. Misschien was ze ook wel schreeuwerig en raar nu ze zo slank was en zoveel koffie dronk.

Er waren foto's van Alice en Nick, samen met Gina en een man die haar echtgenoot moest zijn. Mike Boyle. De fysiotherapeut die naar Melbourne was verhuisd. Dit waren de 'gelukkiger' tijden waar hij het over had gehad op zijn visitekaartje. Er waren restaurants, barbecues en etentjes (heel veel lege wijnflessen op tafel in een onbekende kamer die vast in Gina en Mikes huis was).

Uit de foto's kon ze opmaken dat Gina en Mike twee knappe donkerharige dochters hadden (een tweeling wellicht?) van ongeveer dezelfde leeftijd als Tom. Er waren foto's van de kinderen die samen aan het spelen waren, gigantische stukken watermeloen aten, rondspetterden in het zwembad, en opgekruld op de bank lagen te slapen. De twee gezinnen waren samen op kampeervakanties geweest. Het leek erop dat ze regelmatig in een of ander strandhuis kwamen, met een verbluffend uitzicht op de oceaan.

Vriendschap en vakanties. Een zwembad. Champagne en zonneschijn en veel gelach. Een droomleven.

Maar misschien leek elk leven wel fantastisch als je alleen fotoalbums had om op af te gaan. Mensen glimlachten altijd braaf en hielden hun hoofd een beetje schuin als je een camera voor hun gezicht hield. Misschien dat zij en Nick een seconde na het afdrukken alweer uit elkaar waren gesprongen, elkaar niet in de ogen keken, hun glimlach vervangen door een grauw.

Ze zat net de foto's van Elisabeths huwelijk met Ben te bestuderen (ze leken zo jong en onbevangen, met rozige gezichten, en Elisabeth nog zo slank en stralend) toen er werd aangebeld. Ze sprong op en liet de albums met al die vergeten herinneringen op de grond liggen.

Er stonden twee vrouwen aan de deur, en er kwamen er nog drie het pad op lopen. Een paar van hen kende ze totaal niet, maar de rest herkende ze van het feestje en van het afzetten van de kinderen die ochtend.

'Mega Meringue-vergadering?' raadde Alice terwijl ze de deur voor hen openhield. Ze droegen mappen en notitieblokken en zagen er angstaanjagend efficiënt uit.

'Nog maar zes dagen!' zei een lange, elegante dame met grijs haar, die haar wenkbrauwen op en neer liet dansen boven de rand van haar vierkante brillenglazen.

'Hoe gaat het met je?' vroeg een andere vrouw, met kuiltjes, die haar hartelijk op de wang zoende. 'Ik wil je al het hele weekend bellen. Bill zei dat hij het niet kon geloven toen hij op de loopband stond en hij jou op die brancard voorbij zag komen. Hij zei dat hij nooit had gedacht Alice Love nog eens plat op haar rug te zien. O jee, dat klinkt niet helemaal zoals ik het bedoelde.'

Alice kon zich de man met het rode gezicht op de loopband nog wel herinneren. Hij had gezegd dat hij 'Maggie' nog wel zou laten bellen.

'Maggie?' probeerde ze.

De vrouw gaf haar een kneepje in de arm. 'Sorry, ik ben in een gekke bui vandaag.'

Zonder vragen liepen de vrouwen allemaal naar de eetkamer en gingen rond de tafel zitten, met hun notitieblokken voor zich.

'Thee, koffie?' vroeg Alice terwijl ze zich afvroeg of het ook de bedoeling was dat ze hun iets te eten aanbood.

'Ik loop me de hele ochtend al op jouw muffins te verheugen,' zei de wenkbrauwmevrouw.

'Ik help wel even om het allemaal naar binnen te brengen,' zei

Maggie. O jee. Kennelijk waren ze nogal wat gewend.

Alice zag Maggies verbaasde blik toen ze de staat van de keuken zag. De borden van het eten van gisteravond en de ontbijtboel van vanochtend stonden nog op het aanrecht. Alice was van plan geweest om dat allemaal op te ruimen nadat ze de was had gedaan, maar toen was ze in de fotoalbums verloren geraakt. Er lagen overal plasjes melk en kwakjes hamburgervlees.

Terwijl Alice haastig in de vriezer keek om te zien of er muffins waren, zette Maggie water op en zei: 'Ik sprak Kate Harper vanochtend nog. Die zei dat jij en Nick weer bij elkaar komen.'

'*Yes!*' Alice trok een doos uit de vriezer met het etiket *Bananenmuffins*, en een datum van twee weken daarvoor, en ineens was ze heel dol op zichzelf. *Wat ben jij toch een kei, Alice.*

'Nou, het verbaasde me wel, moet ik zeggen,' zei Maggie.

Alice keek op vanwege de toon die ze aansloeg. Ze klonk gekwetst.

'Het is alleen dat Dominick echt erg dol op je is,' ging Maggie verder, en het leek alsof ze diplomatiek probeerde te klinken.

'Ben jij bevriend met Dominick?' vroeg Alice.

Maggie trok verbaasd met haar hoofd. 'Ik bedoel, hij is mijn grote broer, en hij is nogal kwetsbaar. Dus als het toch niks kan worden, dan moet je hem dat misschien wel vertellen.'

O, god, ze was zijn zús. Nu Alice wat beter keek, zag ze ook wel wat gelijkenis rond de ogen. Die Kate Harper, daar moest je ook mee oppassen.

'En Alice, ik weet niet,' vervolgde Maggie, 'maar al die dingen die je laatst over Nick hebt gezegd, dat hij nooit rekening hield met jouw mening, en dat hij je het gevoel gaf dat je dom was, en dat Dominick en jij een veel gelijkwaardiger relatie hebben, en dat je het zo heerlijk vindt hoe hij over de school praat, omdat Nick je nooit iets vertelt over zijn werk. Was dat dan allemaal niet waar? En ik wil niet onbeleefd zijn, maar heeft het misschien iets te maken met je hoofdwond? Ik bedoel, ik weet wel hoe dit moet klinken: "Je moet wel gek zijn als je mijn broer niet wil!" Maar ik vind gewoon dat als je, nou ja...'

Haar stem stierf weg, precies zoals die van Dominick.

Nick hield niet rekening met haar mening? Tuurlijk deed hij dat wel! Hij vond haar soms een beetje dom als het ging om kennis van de actualiteit, maar dat vond hij ook wel schattig.

Alice deed haar mond open zonder te weten wat ze zou gaan zeggen, maar toen werd er weer aangebeld.

'Wacht even,' zei ze terwijl ze haar hand opstak.

Ze holde naar de gang, langs de babbelende vrouwenstemmen, en deed de deur open.

'Het spijt me dat ik zo laat ben,' zei een slanke, elegante vrouw met rood haar en een lief, kinderlijk stemmetje.

Het was de vrouw die Nick had gezoend op de wasmachine.

Elisabeths huiswerk voor Jeremy

Dus ik heb gebeld en nu heb ik de uitslag van het bloedonderzoek.

'Kom erin!' zei Alice.

Haar lichaam kon zich deze vrouw absoluut herinneren. Het geluid van die suikerzoete stem gaf haar een misselijk gevoel. Net zoals ze zich voelde als ze een avocado zag, sinds ze een keer zo vreselijk ziek was geworden na het eten van guacamole.

'Ik hoorde dat je bent gevallen in de sportschool,' zei de vrouw. 'Ik zei toch dat het slecht voor je is, al die lichaamsbeweging.' Godsamme, nu wilde ze ook nog een zoen op haar wang. Dat wangenzoenen was echt behoorlijk uit de hand gelopen. Dit was een Mega Meringue-vergadering! Moesten ze zich dan niet wat professioneler opstellen?

De vrouw ontrafelde een sjaal van haar hals, en gooide hem met een achteloos boogworpje op Alice' hoedenrek terwijl ze Alice een volkomen argeloze blik toewierp, zonder ook maar een greintje schuldbesef. Kon het bestaan dat ze zo deed als ze Alice' echtgenoot had gezoend in het washok in dit huis? 'Ik heb nooit meer naar een andere vrouw gekeken, laat staan dat ik er een heb gezoend,' had Nick gezegd. Dus waarom herinnerde ze zich dit dan zo scherp? En hoe kon hij eigenlijk weten dat ze op de wasmachine zat?

'U bent laat, mevrouw Holloway!' riep een stem vanuit de eetkamer.

Holloway, Holloway. Alice knipte mentaal met haar vingers. Dit was dus het adjunct-hoofd. Ze was veel te klein en veel te mooi en zoetig om een adjunct-hoofd te zijn.

Mevrouw Holloway walste de eetkamer in alsof dit haar huis was, terwijl Alice weer terugliep naar de keuken. Dominicks zusje had de muffins in de magnetron gezet, en de geur van banaan vulde de keuken.

'Mevrouw Holloway,' verklaarde Alice.

'Bluh,' zei Maggie, en ze trok een gezicht, zonder op te kijken van het kokende water dat ze in een rijtje koffiebekers goot. Ze zette de waterkoker weer neer, en gaf Alice een knipoog. 'Zorg je wel dat je Mevrouw H onder de duim houdt als ze de boel weer over dreigt te nemen? Het is jouw vergadering, dus jij bent de baas.'

'Ja, dat wilde ik eigenlijk even zeggen,' zei Alice. 'Ik kan deze vergadering niet leiden.'

'Hoezo niet?'

'Dominick heeft je kennelijk niet verteld dat...'

'Dominick vertelt mij nooit iets. Je weet toch hoe broers zijn. O, nee, dat weet je niet. Nou, ze zijn in elk geval heel anders dan zussen.'

Alice legde het nog maar een keer uit van haar geheugenverlies, en dat ze naar een dokter zou gaan, echt, en dat ze niet in bed hoefde te liggen, echt niet, en dat ze geen geintje maakte, en dat het inderdaad een flinke smak moest zijn geweest.

Vanuit de eetkamer riep iemand: 'Wat gebeurt daar allemaal? We ruiken muffins!'

'Kalm aan, jullie!' riep Maggie terug. Ze keek Alice aan en zei blij: 'Dus daarom denk je dat Nick en jij weer bij elkaar komen! Je bent gewoon de afgelopen tien jaar vergeten! Jeetje. Dat moet ook een raar gevoel zijn. Ik probeer het me voor te stellen. Wat deed ik eigenlijk allemaal toen ik zesentwintig was?'

Alice realiseerde zich met een schok dat Maggie vier jaar jonger was dan zij. Al deze volwassen vrouwen waren waarschijnlijk even oud als zij, trouwens.

Maggie grinnikte. 'Ik zou waarschijnlijk zeggen: O, mijn god, waarom ben je getrouwd met die dikke vent die je auto voor je onderhoudt? En dan zou ik naar mijn eigen heupen kijken en denken: help, wat is hier gebeurd?'

Ze sloeg zichzelf op de keurig slanke heupen, wat Alice betrof, althans.

'Het wordt daar een beetje saai.' De lange, grijze dame met de bril kwam de keuken in en ging met een zwaai op het aanrecht zitten, en liet haar lange, dunne spijkerbroekenbenen bungelen.

Ze fluisterde: 'Je moet echt vlug naar binnen, Alice, voor mevrouw H een coup pleegt. Maak je geen zorgen, ik heb al op subtiele wijze onderuitgehaald waar ze allemaal mee kwam.' Ze ging nog zachter fluisteren. 'Als ze denkt dat we haar ooit dat washokincident vergeven, dan zit ze er mooi naast. Die boosaardige trol.'

'Weet jij dan van het washokincident?' Alice greep het mes dat ze had gepakt om de muffins mee los te snijden, steviger vast.

'Alice is haar geheugen kwijt,' zei Maggie. 'Ze weet waarschijnlijk niet eens meer wie jij bent. Alice, dit is Nora.' Ze zweeg. 'Je weet dan waarschijnlijk ook helemaal niet wie ik ben! Ik ben Maggie. Wist je dat wel?' Ze had die ongelovige, verlegen uitdrukking op haar gezicht die Alice nu al zo vaak had gezien. Mensen konden nooit geloven dat je hén kon vergeten.

'Er ging al zo'n gerucht, ja,' zei Nora. 'Maar ik geloofde het niet. Ik hoorde iemand in Dino's iets zeggen, maar ik dacht dat het gewoon de gebruikelijke tamtamonzin was. Jeetje, joh. Wat zeggen de artsen ervan?'

'Heeft Nick dat mens Holloway gezoend in mijn washok?' vroeg Alice, en ze voelde zich erg puberaal dat ze het over zoenen had met deze elegante grijze dame.

'Nick?' vroeg Nora. 'Nee, liefje, het was Michael. Gina's man. Gina heeft ze betrapt.' Ze keek naar Maggie. 'Ze is echt haar geheugen kwijt.'

'Ze herinnert zich werkelijk níéts meer,' zei Maggie opgewonden, en ze nam een ferme hap van een muffin.

'Maar ik zie het zo scherp voor me,' zei Alice langzaam. 'Ik herinner het me alsof het mezelf is overkomen.'

'Nou ja, je vond het ook zo verschrikkelijk voor Gina,' zei Maggie. 'Mijn god, ik kan gewoon nog steeds niet geloven dat Gina niet elk moment kan binnenlopen met een fles champagne. Telkens als ik een kurk hoor knallen, moet ik aan haar denken. Ik geloof niet dat ik het al heb geaccepteerd.'

'Behalve als de trol Nick ook heeft gezoend, natuurlijk,' zei Nora bedachtzaam.

'Mag ik binnenkomen?' galmde een kinderstemmetje vanuit de hal.

'Mevrouw H!' zei Nora kalm. 'We hadden het net over u.'

'Alleen maar prettige dingen, mag ik hopen?' Het adjunct-hoofd keek naar Nora op met onschuldige blauwe ogen.

'Uiteraard! U hebt toch zeker geen vuile was die wij buiten zouden kunnen hangen?' zei Nora.

Maggie verslikte zich in haar muffin.

'Zo,' zei Nora. 'Neemt u die bekers maar mee naar binnen voor Alice.'

'Okidoki.' Mevrouw Holloway leek van de prins geen kwaad te weten. 'Gaan we zo beginnen, Alice?' Ze keek op haar horloge. 'Ik moet namelijk dadelijk weer terug naar school.'

'We komen eraan,' zei Nora ferm, met een kille blik in de ogen.

Mevrouw Holloway nam de bekers mee en vertrok.

Zodra de ze keuken uit was, gaf Maggie Nora een tik tegen haar achterhoofd en woelde door haar haren. 'Jij bent echt erg.'

Het was net als vroeger op school met de meiden, alleen dan met rimpels en grijs haar en geklets over hun kroost. Dat vond Alice troostrijk. Kennelijk kon je nog steeds dom doen ook al was je volwassen.

'Maar ik begrijp het niet,' zei ze. 'Hoe kan die mevrouw Holloway nou adjunct-hoofd zijn als ze...'

'Papa's zoent in het washok?' maakte Nora de vraag voor haar af. 'Wij zijn de enigen die dat weten. Gina heeft ons laten beloven dat we het aan niemand zouden vertellen. Mevrouw H heeft zelf ook kinderen op school. Gina zei dat ze niet verantwoordelijk wilde zijn voor nog een breuk.'

'Je moest eens weten hoe vaak ik mijn tong heb moeten afbijten als Dominick het over haar heeft,' zei Maggie. 'Hij vindt haar zo vreselijk vakbekwaam. Maar goed, ik neem aan dat ze die avond te veel gedronken had. We maken allemaal weleens een fout.'

'Ga nou niet een potje vergevingsgezind zitten doen, Maggie,' zei Nora. 'Dat verdient ze niet. Die trut gaf geen krimp toen ik het over "vuile was" had.'

'Misschien is ze het wel helemaal vergeten,' zei Maggie. 'Het is ook al drie jaar geleden.'

'Hadden mevrouw Holloway en Mike dan een affaire?' vroeg Alice, en ze voelde dat ze zich schrap zette voor het antwoord. Ook al wist ze dat het Nick niet was geweest, dat rauwe gevoel te zijn verraden bleef.

'Voor zover wij weten is het bij die ene dronken kus gebleven,' zei Maggie. 'Maar het heeft wel tot al die problemen bij Gina en Mike geleid. Ik vond het altijd zo oneerlijk. Gina en Mike uit elkaar, en ondertussen lijken de Holloways zo'n gouden setje. Ik zag ze laatst nog elkaars handje vasthouden, stel je voor, op die spelletjesavond op school. Mag ik even een teiltje, dacht ik nog.' Maggie schudde zichzelf door elkaar. 'Hoe dan ook, laten we maar met de vergadering beginnen.'

'Misschien kan ik beter hier blijven,' zei Alice. 'Zeg maar dat ik niet lekker ben.' Ze had geen idee hoe ze een vergadering moest leiden.

'Ik werk gewoon de agenda af,' zei Nora. 'Je hoeft alleen maar te knikken. En trouwens, je hebt alles van tevoren al zo tot in de puntjes georganiseerd, we weten allemaal precies wie wat moet doen. Ik ken echt niemand die zo efficiënt is als jij, Alice.'

'Hoe is het mogelijk,' zei Alice met een zucht. Ze likte aan haar vinger en drukte die in de muffinkruimels op het bordje dat voor haar stond. Ze zag dat de twee andere vrouwen haar aandachtig bekeken, alsof ze iets heel vreemds deed.

In plaats van haar vinger af te likken, liet ze hem naast haar zij vallen en zei: 'Waarom maken we eigenlijk de grootste lemon-meringuetaart van de wereld? Waarom niet een cheesecake of zo?'

'Het was Gina's toprecept,' zei Maggie. 'Weet je niet meer? Je hebt deze dag ter ere van Gina georganiseerd.'

Natuurlijk. Want uiteindelijk ging altijd alles om Gina.

Zodra ze zich Gina zou herinneren, zou ze zich alles weer herinneren.

Elisabeths huiswerk voor Jeremy

Ik heb het gevoel dat ik een keus heb uit twee dingen.

Of ik rij de stad uit. Misschien neem ik die lange slingerweg langs de zuidkust met de weelderige groene heuvels en de flitsen azuurblauwe zee. Dat zou wel vrolijk zijn.

En dan zoek ik een lang stuk weg met een mooie telegraafpaal, eentje die gewoonweg smeekt om een herinneringskruis.

En daar rij ik dan keihard tegenaan.

Of!

Ik rij terug naar kantoor, en dan vraag ik aan Layla of die een caesarsalade voor me wil kopen, ja, met ansjovis, en een cola light, of misschien een bananensmoothie, en dan eet ik mijn lunch op terwijl ik mijn toespraak voor de Direct Marketing Association van volgende maand ga voorbereiden.

Ik zou het ene kunnen doen. Of het andere.

Die telegraafpaal of kantoor.

Het lijkt een even onbelangrijke keuze als die tussen de cola light en de bananensmoothie.

'O, Alice, wat fijn dat ik je tref, want ik vroeg me af, hè, volgend weekend heb ik die receptie waar ik het over had, dus ik vroeg me af: als ik Tom nou eens voor jou ophaal van Harry's feestje, want ik weet dat jij zei dat je met die lunch zat, dan hou ik de jongens tot ze naar voetbal moeten, en dan kun jij ze allebei na de wedstrijd ophalen?'

'Sorry, mama. Mama, sorry. Sórry, mama!'

'Alice! Heeft Olivia al besloten wat ze aantrekt naar Amelia's verkleedfeestje? Had je het niet gehoord dan? Er is een drama, want zeven kinderen willen allemaal als Hannah Montana verkleed komen, en kennelijk wil Amelia ook als Hannah Montana en zij is per slot van rekening jarig, dus verder mag er niemand als Hannah komen.'

'De grote dag staat voor de deur, Alice!'

'Mama, ik zei toch sorry, en jij negeert me gewoon.'

'Mam, mag Clara vanmiddag komen spelen? *Please*, please, please? Van haar moeder mocht het.'

'Mam?'

'Mama?'

'Het is bijna zover, Alice!'

'Mevrouw Love!'

'Kan ik je even spreken, Alice?'

Alice stond op het schoolplein en de wereld van kantinediensten en speelafspraakjes en verjaardagspartijtjes wervelde om haar heen als een draaitol.

Dit kon ze zich allemaal totaal niet herinneren.

En toch voelde het wonderlijk vertrouwd.

Elisabeths huiswerk voor Jeremy

Mocht je het je afvragen, ik ben uiteindelijk toch maar naar kantoor gegaan.

Dat van die telegraafpaal meende ik niet echt.

Zoiets zou ik nooit doen. Daar ben ik veel te verstandig voor, en veel te saai.

Trouwens, ik heb onze volgende sessie afgezegd. Excuses voor het ongemak.

Overpeinzingen van een overgrootmoeder

Nou, dat was een vreemde en eerlijk gezegd een wat verontrustende avond! X kwam precies op tijd, keurig gekleed, met zijn haar netjes opzij gekamd en met een fles wijn en een bosje bloemen in zijn handen, moet je nagaan.

Ik heb er geen doekjes om gewonden. Ik heb hem in een stoel gezet en terwijl ik de quiche aansneed heb ik hem meteen gevraagd waarom hij mijn excursie naar het euthanasiepanel zo heeft gesaboteerd. Ik zei dat het net leek alsof hij een soort vendetta tegen me was begonnen, en dat ik niet begreep waarom hij die boottocht precies op dezelfde dag had georganiseerd.

Hij zei dat het was omdat hij een heel uitgesproken mening heeft over euthanasie, omdat hij heeft moeten aanzien hoe zijn moeder zelfmoord pleegde toen hij nog maar acht jaar oud was.

Nou, je kunt je wel indenken hoe beroerd ik me toen voelde. Ik was er gewoon ziek van. Ik wist niet wat ik moest zeggen, en de tranen stonden me in de ogen.

Hij stortte zich op zijn quiche en keek me toen met twinkelende ogen aan en zei dat zijn moeder eigenlijk vredig in haar slaap was gestorven, op haar negentigste, maar dat ze zelfmoord had kúnnen plegen, omdat ze vroeger vaak zo somber was.

Ik had bijna de hele slakom boven zijn hoofd omgekeerd.

Dus daarna hadden we een zeer verhit debat, of misschien is 'ruzie' een beter woord, over dit onderwerp. Het duurde uren, en we wilden geen van beiden ook maar een millimeter toegeven. Hij had

eigenlijk niks nieuws te zeggen. Hij vindt dat 'elk moment van het leven een kostbaar geschenk is en dat het getuigt van verdomd slechte manieren om daar ook maar een seconde van weg te gooien'.
Uiteindelijk heb ik hem erop gewezen dat hij die boottocht best op een andere dag had kunnen laten plaatsvinden, ook al is hij dan tegen euthanasie.
Toen zei hij: 'Weet u nog dat als een jongetje een meisje heel leuk vond, hij het lintje van haar vlecht trok en er hard mee wegliep?'
Ik zei: ja, dat wist ik nog wel.
Zegt hij: 'Nou, ik ben nooit een grote jongen geworden.'
Vertel mij nou eens, internet, wat bedoelt hij daar in vredesnaam mee?

COMMENTAAR

DorisuitDallas zegt...
Ben je nou echt zo argeloos, of doe je maar alsof, Frannie? Hij probeert je duidelijk te maken dat hij je LEUK vindt!
Wat vind jij eigenlijk van hem? Hij lijkt me wel een leuke vent. Zo'n ruwe diamant.

Kerel uit Brisbane zegt...
Ik ben het met Doris eens, maar zijn jullie daar niet veel te oud voor? Jasses!

Frank Neary zegt...
Zeg, wat lees ik, heb ik concurrentie? Ik ben een stuk jonger dan die X. Dus geef mij ook eens een kans!

GroovyGranny zegt...
Het spijt me als ik bot lijk, maar die X lijkt me wel een beetje een gladjakker. Ik zou hem mooi het nakijken geven. Vertel eens, heeft Alice haar geheugen alweer terug?

Iemand gilde.

'Mam! Het moet ophouden! Mam, het moet echt ophouden! *Mammie!*'

Alice schoot overeind en sprong uit bed en holde blind de hal in, voor ze goed en wel wakker werd, met een droge mond en een wazig hoofd van de onderbroken dromen.

Wie was dat? Olivia?

Het hysterische geschreeuw kwam uit Madisons kamer. Alice duwde de deur open. In het donker kon ze nog net een figuurtje zien dat wild om zich heen maaide op bed, en dat gilde: 'Haal het eraf! Haal het eraf!'

Haar ogen waren net genoeg aan het donker gewend om de lamp op de boekenplank naast Madisons bed te kunnen onderscheiden. Ze knipte hem aan.

Madison had haar ogen dicht, en haar gezicht was helemaal vertrokken. Ze was in haar lakens verstrikt geraakt, en haar kussen lag op haar borst. Ze sloeg het van zich af.

'Haal het eraf!'

Alice pakte het kussen en ging naast haar op bed zitten.

'Het is maar een droom, liefje,' zei ze. 'Het is maar een droom.' Ze wist van haar eigen nachtmerries dat Madisons hart nu vreselijk tekeer moest gaan, en dat de stem uit de echte wereld heel langzaam zou doordringen tot haar droomwereld, waardoor die zou vervagen.

Madisons ogen gingen open en ze kroop tegen Alice aan, en duwde haar hoofd tegen Alice' ribben, wat best pijn deed, en greep haar stevig vast.

'Mama, haal het van Gina af! Haal het eraf!' snikte ze.

'Het is maar een droom,' zei Alice, en ze veegde de bezwete haarlokken van Madisons voorhoofd. 'Echt, het is alleen maar een droom.'

'Maar mama, je moet het van haar af halen. Haal het dan van Gina af!'

'Wat moet ik dan van haar af halen?'

Madison gaf geen antwoord. Haar handen lieten Alice los en

haar ademhaling werd trager. Ze begroef zich wat gemakkelijker in Alice' schoot.

Viel ze weer in slaap?

'Wat moet ik van haar af halen?' fluisterde Alice.

'Het is maar een droom,' zei Madison slaperig.

26

'Tante Alice! Tante Alice!'

Een jongetje van een jaar of drie sprong Alice in de armen. Ze tilde automatisch het compacte lijfje op en zwierde het rond, terwijl zijn beentjes zich als die van een koala rond haar heupen klemden. Ze begroef haar neus in zijn donkere haar en ademde die typische jongetjeslucht in. Het kwam haar intens en goddelijk herkenbaar voor. Herinnerde ze zich dit kereltje? Of een ander klein mannetje? Ze dacht soms dat het beter zou zijn om haar neus dicht te stoppen om die frustrerende golven van herinneringen te voorkomen, die verdampten voor ze wist wat ze zich nu precies herinnerde.

De kleine jongen duwde zijn mollige handjes tegen Alice' wangen en brabbelde iets onverstaanbaars, met ernstige ogen.

'Hij vraagt of je Smarties hebt meegebracht,' zei Olivia. 'Je neemt altijd Smarties voor hem mee.'

'O, jee,' zei Alice.

'Je weet helemaal niet wie dit is, hè?' zei Madison met een genoeglijk soort minachting.

'Dat weet ze best,' zei Olivia.

'Dit is ons neefje, Billy,' zei Tom. 'Tante Ella is zijn moeder.'

Nicks jongste zusje was zwanger geweest! Wat een schandaal moet dat geweest zijn! Ze was pas vijftien – ze zat nota bene nog op school!

Je bent echt niet bepaald snugger, hè Alice? Het is 2008! Dus is ze nu vijfentwintig! Ze is inmiddels waarschijnlijk een compleet ander mens.

Hoewel, nee, zo anders zag ze er niet uit, want daar had je

haar; ze baande zich glimlachloos een weg door de menigte. Ella had nog altijd die gothic look. Witte huid, duistere blik met een hoop zwarte eyeliner rond de ogen, zwart haar met een scheiding in het midden, in een scherpe boblijn geknipt. Ze was gekleed in een lange zwarte rok, zwarte panty's, zwarte ballerina's en een zwarte coltrui, met wel vijf parelsnoeren in verschillende lengtes om haar nek. Ella was de enige die met zo'n outfit wegkwam.

'Billy! Kom hier,' zei ze scherp, en ze probeerde haar zoon van Alice af te trekken, zonder veel succes.

'Ella,' zei Alice terwijl Billy's beentjes zich nog steviger om haar klemden en hij zijn hoofdje in haar nek verstopte. 'Ik had jou hier helemaal niet verwacht.' Als ze dan haar favoriete RD zou moeten kiezen, dan was het Ella. Ze was een heel intense, huilerige tiener geweest, die zomaar in een hysterisch gegiechel kon losbarsten, en ze mocht graag met Alice kletsen over kleren en dan liet ze haar de vintage jurken zien die ze in tweedehandskledingzaakjes had gevonden. Het kostte meer om die te laten stomen dan om ze te kopen.

'Heb je er een probleem mee dat ik hier ben?' vroeg Ella.

'Wat? Nee, natuurlijk niet!'

Ze waren op de Talentenshow in Frannies bejaardencentrum. Ze stonden in een zaal met een houten vloer, met hoog tegen de zijkanten van de ruimte roodgloeiende verwarmingselementen, die een intense hitte uitstraalden waardoor alle gasten hun vestjes en jasjes uittrokken. Er stonden rijen met plastic stoeltjes in een halve cirkel voor een podium met een enkele microfoon, die er nogal sneu bij stond voor de rafelige roodfluwelen gordijnen. Onder het podium stond een keurige rij van rollators in verschillende maten, als van die bagagekarretjes op het vliegveld. Langs de muren waren verder lange schragen geplaatst met daarover witte tafelkleden, waarop koffie- en theekannen stonden, en enorme stapels plastic bekertjes en papieren bordjes met broodjes ei, koekjes, en kleine pannenkoekjes met jam en hoopjes room die smolten vanwege de hitte.

De voorste rijen stoeltjes waren al bezet door de bewoners van het centrum. Kleine, verschrompelde vrouwtjes met broches op hun zondagse jurken, gebogen oude mannetjes met haar dat ze zorgvuldig over hun bespikkelde schedels hadden gekamd, en met dassen onder hun V-halstruien. De oudjes leken geen last te hebben van de hitte.

Alice zag Frannie precies in het midden zitten, verwikkeld in wat een verhitte discussie leek met een grijnzende man met wit haar die opviel omdat hij een glimmend stippenvestje droeg over een wit overhemd.

'Je moeder heeft ons gevraagd om te komen kijken,' zei Ella, die er eindelijk in slaagde om Billy uit Alice' armen te wurmen. 'Papa en zij hadden een beetje plankenkoorts voor dit optreden, wat ik me nauwelijks kan voorstellen, maar enfin. Alle anderen weigerden om te komen.'

Wat raar dat Barb Nicks zusjes belde en hun zelfs vroeg om iets voor haar te doen, alsof ze even belangrijk waren.

Alice vermaande zichzelf.

Natuurlijk wáren ze ook even belangrijk. Wat een gek idee.

Maar ja, diep vanbinnen (of misschien niet eens zo diep) had ze haar eigen familie altijd al als ondergeschikt aan die van Nick gezien. De Loves kwamen uit de oostelijke buitenwijken. 'Ik kom bijna nooit de Brug over,' had Nicks moeder ooit tegen Alice gezegd. Ze ging op vrijdagavond weleens naar de opera, zoals Alice' moeder weleens naar de bingo ging in het kerkzaaltje (en soms weleens een worst won, of een fruitmand!). De familie Love had connecties. Met belangrijke mensen, zoals politici en actrices, artsen en advocaten met namen waarvan je vermoedde dat je die zou moeten kennen. Ze waren anglicaans, maar ze gingen alleen met kerst naar de kerk, alsof het een grappige traditie was. Nick en zijn zussen waren allemaal naar een kostschool geweest, en hadden aan Sydney Uni gestudeerd. Ze kenden de beste bars en de juiste restaurants. Het was een beetje alsof zij eigenaar waren van Sydney.

De familie van Alice daarentegen, kwam uit het burgerlijke

noordwesten, het thuis van de evangelische types, de accountants en het middenmanagement. Alice' moeder kwam ook bijna nooit de Brug over, maar dat was voornamelijk omdat ze de weg niet wist in de stad. Met de trein naar het centrum was een enorme onderneming. Alice en Elisabeth gingen naar de plaatselijke katholieke meisjesschool, waar de leerlingen geacht werden om zuster of juf te worden, niet arts of jurist. Ze gingen elke zondag naar de mis, en kinderen uit de buurt speelden gitaar terwijl de gemeente met benepen stemmetjes de tekst zong die boven het kale hoofd van meneer pastoor op de muur werd geprojecteerd. Alice dacht vaak dat je dan nog maar beter in de echte westelijke buitenwijken kon wonen. Dan was ze tenminste een ferme, brutale *westie chick* geweest. Met een tatoeage op haar enkel, of zo. Of waren haar ouders dan tenminste maar allochtoon geweest, met een accent. Dan was Alice tweetalig opgevoed, door een moeder die haar eigen pasta maakte. In plaats daarvan waren ze de doodgewone, burgerlijke familie Jones. Zo droog als beschuitjes.

'Wat biecht je nou eigenlijk precies op tijdens zo'n biecht?' had hij haar eens gevraagd. 'Of mag je dat niet vertellen?' Hij had naar foto's zitten kijken van Alice in haar katholieke plooirok tot ver over haar knieën, en fluisterde haar in: 'Ik word hier toch wel zo hitsig van.' Hij zat toen op de bloemetjesbank bij Alice' moeder thuis, met naast zich een vierkante, bruine salontafel (de grootste van een set tafeltjes) waarop een geborduurd kleedje lag, en hij at een roze koek en dronk thee, en zei: 'Wanneer is dit huis ongeveer gebouwd?' Alsof hun roodstenen bungalow zo'n respectvolle vraag verdiende. 'Negentienvijfenzestig,' zei Barb. 'We hebben er toen vijfhonderd pond voor betaald.' Dat had Alice nooit geweten! Nick had haar ouderlijk huis een geschiedenis gegeven! Hij knikte met haar mee, en maakte een opmerking over de lampen, en hij was precies hetzelfde als bij zijn eigen moeder thuis wanneer hij vijgen met geitenkaas at aan haar antieke eettafel. Alice was wee van aanbidding.

'Gaan we bij papa zitten als die er ook is?' vroeg Olivia terwijl ze aan Alice' mouw trok. 'Gaan jullie dan naast elkaar zitten? Zodat jullie als ik aan de beurt ben tegen elkaar kunnen zeggen: "O, kijk, daar heb je onze lieve dochter, wat zijn we toch trots"?'

Olivia was gehuld in een balletpakje met een rokje van tule en balletschoentjes. Ze was er helemaal klaar voor. Alice had haar opgemaakt, maar Olivia vond dat er nog lang niet genoeg op zat.

'Natuurlijk gaan we naast elkaar zitten,' zei Alice.

'Ik schaam me echt dood voor jou, Olivia,' zei Madison.

'Wat een onzin,' zei Ella, en ze drukte Olivia even tegen zich aan, om vervolgens aan de zoom van Madisons rode shirt met lange mouwen te trekken. 'Dat shirt staat je zo geweldig. Ik wist het wel.'

'Het is mijn lievelingsshirt,' zei Madison fel. 'Maar het duurt altijd eeuwen voordat mama het een keertje wast.'

Alice zag hoe Ella naar Madison keek, en ze zag hoe haar trekken zachter werden. Het bleek dat Nicks zusje van Alice' kinderen hield, en te oordelen naar de manier waarop Billy nog steeds hoopvol Alice' tas te pakken probeerde te krijgen op zoek naar Smarties, hield Alice ook van haar mannetje. Ze waren tante voor elkaars kinderen. Alice werd vervuld van affectie voor haar.

'Jij bent ook mooi en elegant geworden,' zei Alice tegen Ella.

'Maak je nou een geintje?' Ella verstijfde en haar kaak vertrok.

'Mama doet een beetje raar, tante Ella,' zei Tom. 'Ze heeft namelijk een traumatische hoofdwond opgelopen. Ik heb wat uitgeprint van het internet, als je geïnteresseerd bent in hoe het zit.'

'Lieve pappie!' riep Olivia.

Nick kwam net de zaal in, en stond het publiek te scannen. Hij droeg een pak dat er duur uitzag, met de kraag van zijn overhemd losgeknoopt en zonder das. Hij zag eruit als een succesvolle, sexy oudere man. Een man die belangrijke beslissingen nam, die zijn plek in de wereld kende, en die nooit meer zijn boterham op zijn overhemd liet vallen vlak voor een presentatie.

Nick zag de kinderen het eerst en zijn gezicht begon meteen te stralen. Een paar seconden later zag hij Alice zitten, en het stralen hield direct op. Hij liep op hen af, en Olivia gooide haar armen om hem heen.

'Ha, aapjes, wat heb ik jullie gemist,' zei Nick in Olivia's hals, met gesmoorde stem, terwijl hij met zijn ene hand door Toms haar woelde en met de andere een klopje op Madisons schouder gaf.

'Hé, pap, raad eens hoeveel kilometer het was van ons huis naar hier,' zei Tom. 'Toe dan, raad eens.'

'Eh, vijftien.'

'Bijna! Dertien kilometer was het.'

'Zo, dame,' zei Nick tegen Ella, wat hij vroeger ook altijd tegen haar zei. Ella keek hem adorerend aan. Daar was dus nog niets aan veranderd. 'En daar hebben we de heer van de dame!' Hij pakte Billy in zijn armen, zodat hij nu zowel Olivia als Billy vasthad. Billy grinnikte en riep: 'Heer, heer, heer!'

'Hoe gaat het, Alice?' Zijn ogen bleven op de kinderen gericht en hij keek haar niet aan. Alice was de laatste die hij begroette. Ze was zijn minst geliefde persoon. Hij gebruikte zijn beleefde stem om haar mee aan te spreken.

'Goed, dank je wel.' *Niet huilen, wat er ook gebeurt.* Bizar genoeg merkte ze dat ze naar Dominick verlangde. Ze verlangde naar iemand die haar het leukst vond. Wat was het afschuwelijk om te worden veracht. Om je zo verachtelijk te voelen.

Een bekende bibberstem klonk door de luidsprekers. 'Dames en heren, jongens en meisjes, het doet mij ontzettend veel plezier om jullie allen welkom te heten op de Familie Talentenshow hier in ons centrum. Mag ik jullie vragen om allemaal een plaatsje op te zoeken?'

'Frannie!' riep Olivia.

Het was Frannie die daar op het podium stond. Ze zag er prachtig uit in haar pauwblauwe jurk, en ze sprak rustig, al had ze zich wel een chic accent aangemeten.

'Ze ziet er helemaal niet zenuwachtig uit,' zei Madison. 'Als ik daar moest staan, zou ik waarschijnlijk flauwvallen van de zenuwen.'

'Anders ik wel,' zei Alice van harte.

Madison trok haar wenkbrauwen op: 'Dat is niet waar.'

'Jawel!' protesteerde Alice.

Er was wat verwarring toen ze gingen zitten. Madison, Tom en Olivia wilden allemaal naast hun vader zitten, en Olivia moest aan het eind van de rij, zodat ze meteen weg kon als haar naam werd omgeroepen. Maar ze wilde ook dat Nick en Alice naast elkaar zouden zitten, terwijl Billy bij Alice op schoot wilde, wat Ella duidelijk liever niet had. Uiteindelijk gaf ze toch toe, en dus zat Alice met Madison aan de ene kant naast zich en Nick aan de andere, en met Billy's warme lijfje gezellig tegen zich aan geleund. Hij vond haar tenminste nog leuk.

Waar was Elisabeth? Alice keerde zich om op haar stoeltje om te zien of ze er was. Ze zou ook komen, maar misschien had ze zich toch bedacht. Mama had gebeld om te zeggen dat de bloedtest negatief was geweest en dat Elisabeth rustig leek, hooguit een beetje vreemd. 'Ik vroeg me zelfs af of ze niet dronken was,' had Barb opgemerkt. Alice had Dino's vruchtbaarheidspoppetje nog altijd in haar tas om het aan haar te geven. Zou ze daar nu van over haar toeren raken? Maar ze wilde Elisabeth ook de magische kracht ervan niet onthouden. Ze zou Nick eens vragen wat die ervan dacht.

Ze keek even opzij naar Nicks strenge profiel. Kon ze hem dit soort dingen eigenlijk nog wel vragen? Misschien wel niet. Misschien kon het hem niks meer schelen.

Toen iedereen zat, tikte Frannie tegen de microfoon, en zei: 'Het eerste optreden is van Mary Barbers achterkleindochter, die voor ons zingt: "My Heart Will Go On".'

Een klein meisje in een jurkje vol glitters en volgesmeerd met make-up ('Zie je nou, mam!' siste Olivia, die voor Nick langs leunde om Alice verwijtend aan te kunnen kijken) beende het podium op en maakte een shimmybeweging met haar borst als een bardame op leeftijd. 'Jezus,' zei Nick zachtjes. Het meisje greep de microfoon vast en begon te zingen, met een trillende stem van de overdreven emotie. Het publiek trok kromme tenen telkens als ze een hoge noot probeerde te zingen.

Zij werd opgevolgd door een stel tapdansende kleinkinderen met hoge hoeden en wandelstokken, een goochelact van een achterachterneefje ('Ik weet precies hoe dat in elkaar zat,' fluisterde Tom nogal hard.) en een turnoefening van iemands nichtje. Ella's zoontje begon zich te vervelen en begon met een spelletje waarbij hij van de ene schoot naar de andere klom, bij allemaal de neus even aanraakte en zei: 'Neus,' om vervolgens een lachstuip te krijgen van zijn eigen grapje.

Eindelijk zei Frannie: 'En dan nu: Olivia Love, mijn eigen ereachterkleindochter, die een zelfbedachte dans doet, genaamd "De Vlinder".'

Alice stond doodsangsten uit. Een zélfbedachte dans? Ze had gedacht dat Olivia iets zou doen wat ze op balletles had geleerd. Grote god, dit werd vreselijk. Haar handen waren helemaal klam. Het leek wel of ze daar zelf moest staan.

'Hm,' zei Olivia.

'Olivia,' zei Tom, 'jij moet.'

'Ik ben een beetje misselijk,' zei Olivia.

Nick zei: 'Alle grote artiesten hebben last van plankenkoorts, liefje. Dat is een goed teken. Het betekent dat je het geweldig zult doen.'

'Je hoeft niet...' begon Alice.

Nick legde een hand op haar arm en Alice zweeg.

'Zodra je begint gaat de misselijkheid vanzelf over,' zei hij tegen Olivia.

'Echt waar?' Olivia keek hem vol vertrouwen aan.

'Als het niet zo is, eet ik mijn schoen op.'

Olivia rolde met haar ogen. 'Doe niet zo raar, pap.' Ze gleed van haar stoel en marcheerde het pad af richting podium. De tule deinde om haar heen. Alice' maag zat in een knoop. Ze was nog maar zo klein. Zo alleen.

'Heb jij deze dans al eens gezien?' fluisterde Nick terwijl hij een kleine zilveren camera scherpstelde.

'Nee... tenminste, ik geloof het niet. Jij wel dan?'

'Nee.' Ze keken naar Olivia, die het podium besteeg. Nick zei: 'Ik ben zelf ook een beetje misselijk.'

'Anders ik wel,' zei Alice.

Olivia stond midden op het podium, met haar hoofd gebogen, haar armen om zich heen geslagen en haar ogen dicht. De muziek begon. Langzaam deed Olivia eerst haar ene oog open, en toen haar andere. Ze geeuwde geweldig, en schudde zich los. Ze was een rupsje dat slaperig uit zijn cocon kroop. Ze keek over haar schouder en deed alsof ze een vleugeltje zag, waarna haar mond komisch openzakte.

Het publiek moest lachen.

Ze moesten láchen.

Alice had een grappige dochter! Eentje die in het openbaar grappig kon zijn!

Olivia keek over haar andere schouder en steigerde van verrukking. Ze was een vlinder! Ze fladderde alle kanten op om haar nieuwe vleugels uit te proberen; eerst viel ze nog om, maar uiteindelijk kreeg ze de slag te pakken.

Ze danste dan wel niet helemaal in de maat, en sommige bewegingen waren, enfin, een beetje eigenaardig, maar haar gezichtsuitdrukking was onbetaalbaar. Volgens Alice, en ze vond zichzelf toch behoorlijk objectief, was dit de allergrappigste, allerliefste vlinder die ooit op een podium had gestaan.

Toen de muziek stopte was Alice zo ongelofelijk trots, dat haar gezicht pijn deed van het glimlachen. Ze keek om zich heen en zag dat de mensen ook zaten te lachen en te klappen, duidelijk gecharmeerd, ook al hielden ze zich waarschijnlijk in omdat anders de andere artiesten zich zo rot zouden voelen (anders was het vast een staande ovatie geworden) en ze was ronduit geschokt om te zien dat een vrouw met haar telefoontje in de weer was. Hoe was het mogelijk dat ze niet gebiologeerd was door wat er op het podium gebeurde?

'Ze heeft een enorm komisch talent,' fluisterde ze tegen Nick.

Nick liet de camera zakken, en toen hij haar aankeek had hij precies zoveel ontzag en blijdschap op zijn gezicht als zijzelf.

'Mam, ik heb haar wel een beetje geholpen,' zei Madison voorzichtig.

'Echt waar?' Alice sloeg haar arm om Madisons schouder en trok haar tegen zich aan. Heel zachtjes zei ze: 'Ik durf te wedden dat je haar zelfs heel veel hebt geholpen. Jij bent een geweldige grote zus. Net zoals tante Libby altijd voor mij was.'

Madison keek even stomverbaasd maar toen toonde ze weer die beeldschone glimlach waardoor haar hele gezicht er volkomen anders uitzag.

'Hoe kom ik toch aan zulke getalenteerde kinderen?' zei Alice en haar stem klonk bibberig. Waarom had Madison zo verbaasd gekeken?

'Dat hebben ze van hun vader,' zei Nick.

Olivia kwam dansend terug door het pad en ging naast Nick zitten, met een verlegen grijnsje. 'Deed ik het goed? Was ik geweldig?'

'Je was de allerbeste!' zei Nick. 'Iedereen zei: nou, we kunnen maar beter onze biezen pakken, na dat optreden van die Olivia Love.'

'Gekkie,' giechelde Olivia.

Ze moesten nog vier acts uitzitten, waaronder een standupcomedystukje van iemands middelbare dochter die zo ontzettend niet-grappig was dat het op zich wel weer leuk was. Ook was er nog een klein jongetje dat een gedicht voordroeg maar halverwege zo de zenuwen kreeg dat zijn opa het toneel op kwam wankelen en zijn hand vasthield terwijl ze samen de rest opzeiden, waar Alice om moest huilen.

Frannie kwam weer naar de microfoon. 'Dames en heren, jongens en meisjes, het was een geweldige avond en jullie kunnen dadelijk van wat hapjes en drankjes gaan genieten, maar we hebben nog een laatste optreden, en ik hoop dat jullie het niet erg vinden, maar ook dit is weer familie van mij. Een groot applaus voor Barb en Roger, die voor ons een salsadans zullen uitvoeren!'

Het werd helemaal donker op het podium. Een enkel spotje onthulde Alice' moeder en Nicks vader in Latijns-Amerikaanse kledij. Ze stonden doodstil. Roger had een knie tussen Barbs benen gestoken, en zijn arm lag rond haar middel. Barb leunde achterover, waardoor je haar hals zag. Roger boog zijn hoofd naar haar toe, met een dramatisch gezicht, en een ongehoorde frons.

Nick maakte een geluid alsof er iets in zijn keel bleef steken. Ella herhaalde dat geluid om haar medeleven te betonen.

'Opa en oma lijken wel mensen van de televisie,' zei Tom opgewekt. 'Ze zien er zo beroemd uit.'

'Welnee,' zei Madison.

'Jawel.'

'Sssst,' zeiden Alice en Nick tegelijk.

De muziek begon en hun ouders begonnen te bewegen. Ze waren goed, op een weerzinwekkende manier. Ze wiegden vakkundig met hun heupen, en ze bewogen zich steeds in elkaars armen en weer naar achter. Het was zo angstaanjagend seksueel – en dat in het bijzijn van die ouwe mensjes!

Na vijf minuten van pure kwelling bleef Roger bij de microfoon staan terwijl Barb om hem heen danste en haar rokje opgooide terwijl ze uitdagend met haar voeten stampte. Alice voelde een ongelofelijke slappe lach opkomen.

'Mensen!' zei Roger met zijn allerbeste radio-omroepstem. De spot scheen op de zweetdruppels op zijn gelig gebronsde voorhoofd. 'U weet misschien dat mijn prachtige vrouw en ik elke dinsdagavond salsales geven. Het is een geweldige vorm van lichaamsbeweging, en nog hartstikke leuk om te doen ook!

Iedereen kan het, en om u dat te bewijzen wil ik nu graag twee mensen uit het publiek vragen die nog nooit aan salsa hebben gedaan om hier bij ons op het podium te komen. Laat me eens zien...'

De spot begon door het publiek te stuiteren. Alice keek naar het licht, in de hoop dat Roger zo verstandig was om een stel uit te kiezen dat in elk geval nog kon lopen. De spot bleef hangen bij Nick en Alice, en ze staken allebei hun handen op tegen het felle licht.

'Ja, ja, jullie, die daar zo zitten te knipperen als een stel konijnen in de koplampen, jullie lijken me de perfecte slachtoffers, vind je ook niet, Barb?' zei Roger.

Olivia, Madison en Tom sprongen op van hun stoel alsof ze de loterij hadden gewonnen. Ze begonnen aan de armen van hun ouders te sjorren en ze gilden: 'Ja, ja! Kom op, papa en mama, dansen! Toe dan!'

'Nee, nee. Kies alsjeblieft iemand anders!' Alice duwde hun handen in paniek van zich af. Zoiets zou ze echt nooit doen.

'Die twee lijken me perfect, Roger,' zei Barb op het podium, met een enorme tandpastasmile.

'Ik vermoord ze,' zei Nick zachtjes. Toen schreeuwde hij: 'Sorry, zere rug!'

Maar daar trapten de oudjes niet in. Zij waren hier tenslotte degenen met de artrose.

'Mijn rug op met je zere rug!' riep een oude dame.

'Kom op, jongens!'

'Bederf de lol nou niet!'

'Maak je maar geen zorgen, papa, die misselijkheid is zo weer over,' zei Olivia liefjes.

'Dan-sen, dan-sen, dan-sen,' scandeerden de oudjes, waarbij ze verbazend energiek met hun voeten stampten.

Nick zuchtte en stond op. Hij keek op Alice neer. 'Kom, dan hebben we het maar gehad.'

Ze liepen naar het podium, en Alice trok verlegen aan haar rok, bang dat die van achteren opkroop. Frannie zat vooraan op haar stoel, ze haalde haar schouders op terwijl ze haar handen omhoogstak, met een gebaar van: ik kan er ook niks aan doen.

'Goed, kom eens tegenover elkaar staan,' zei Roger.

Roger stond achter Nick, en Barb achter Alice. Hun ouders manoeuvreerden hen zodanig dat Alice haar hand op Nicks schouder had, en hij zijn arm om haar middel.

'En nu dichter naar elkaar toe,' balkte Roger. 'Niet zo voorzichtig. En kijk elkaar nu diep in de ogen.'

Alice keek Nick doodongelukkig aan. Zijn gezicht stond beleefd blanco, alsof ze twee onbekenden waren die uit het publiek waren gehaald. Dit was een verschrikking.

'Kom op, ben jij nou een vent?' Roger gaf zijn zoon een klap op de schouder. 'Een man moet de leiding nemen! Jij bent de leider, zij moet volgen!'

Nicks neusgat trilde, wat betekende dat hij verschrikkelijk geïrriteerd was.

Met een onverhoedse beweging liet hij zijn hand naar beneden glijden en trok hij Alice dicht tegen zich aan, met een meesterlijke frons, in een dik aangezette imitatie van zijn vader.

Het publiek ontplofte.

'Ja, ik geloof dat we hier een natuurtalent te pakken hebben, mensen!' zei Roger. Zijn blik ontmoette die van Alice, en hij leek haar een of andere vriendelijke boodschap te sturen. Hij was een arrogante bal, maar hij meende het goed.

'Oké, wees vooral lichtvoetig!' zei Barb terwijl ze Nick voordeed hoe het moest. 'En naar voren met rechts, en naar achter met links, en wiegen met rechts, en naar achter met links. Gewicht op links, naar achter met rechts. Zo, ja! Zo moet het!'

'En swingen met die heupen!' riep Roger.

Alice en Nick dansten niet zo vaak in het openbaar. Alice was er altijd veel te schuw voor, en Nick had er geen zin in, maar thuis, als ze een glaasje wijn bij het eten hadden gedronken en ze de juiste cd op hadden staan, dan dansten ze bij het inruimen van de vaatwasser. Een domme, overdreven dans. Alice was altijd degene die ermee begon, want eigenlijk was ze dol op dansen, en ze was er ook niet slecht in.

Ze bewoog haar heupen zoals haar moeder het hun voordeed, terwijl ze haar bovenlijf stil probeerde te houden. Het publiek brulde goedkeurend, en ze hoorde een kind, waarschijnlijk Olivia, roepen: '*Go*, mama!' Nick schoot in de lach. Hij stapte op haar tenen. Barb en Roger stonden er dom bij te grijnzen. Ze hoorden hun kinderen boven het publiek uit gillen.

Ze hadden nog steeds die chemie. Ze voelde het in hun handen. Ze zag het in zijn ogen. Ook al was het dan maar een herinnering, er was tenminste nog iets tussen hen. Alice was duizelig van de hoop.

De muziek stopte. 'Zien jullie nou? Iedereen kan de salsa leren!' riep Roger terwijl Nick zijn handen van haar taille liet glijden, en zich van haar afwendde.

Elisabeths huiswerk voor Jeremy

We waren op weg naar de Talentenshow toen ik ineens ontzettend veel zin kreeg om televisie te kijken.

Er was een aflevering van *House*. Ik moest gewoon zien hoe lelijk en sarcastisch dokter House deed terwijl hij de onmogelijkste medische diagnoses stelde. Wat zou dokter House over mij zeggen? Was jij maar meer zoals hij, Jeremy. Jij bent altijd zo aardig en zo beleefd. Superirritant is dat. Niemand is ooit genezen door aardig doen. Waarom slinger je me niet wat brute waarheden naar het hoofd?

'Je bent onvruchtbaar. Jammer dan,' zou House sneren, en hij zou naar me wijzen met zijn wandelstok en ik zou geschokt zijn, maar gesterkt.

'Ik wil weer terug,' zei ik tegen Ben.

Hij probeerde niet eens om me op andere gedachten te brengen. Hij is momenteel heel lief en omzichtig. De adoptieformulieren zijn van het aanrecht verdwenen. Hij heeft ze opgeborgen. Tijdelijk. Maar ik zie het idee nog steeds in zijn ogen glimmen. Hij heeft nog hoop. En dat is nu precies het probleem. Ik kan me geen hoop meer veroorloven.

Nadat ik de uitslag van het bloedonderzoek had gekregen heb ik hem gebeld, en toen ik wilde praten kwamen er helemaal geen woorden uit mijn mond. Toen hij ook niets zei, wist ik dat hij probeerde om niet te huilen. Je kunt altijd merken als hij zijn best doet om niet te huilen. Het is net alsof hij vecht tegen iets onzichtbaars dat bezit wil nemen van zijn hoofd.

'Het komt wel goed met ons,' zei hij uiteindelijk.

Nee, dat komt het niet, dacht ik. 'Ja,' zei ik.

Ik had hem bijna de waarheid verteld.

Na *House* keek ik nog naar *Medium*, en toen naar *Boston Legal* en daarna ook nog naar *Cheaters*! Dat is dat programma waarin ze echte mensen bespioneren die hun echtgenoot bedriegen en waarin ze hen vervolgens voor de camera aan de kaak stellen. Het is ranzig, triest en ordinair. We leven namelijk in een ranzige, trieste, ordinaire wereld, Jeremy.

Het zou kunnen dat het momenteel niet zo goed gesteld is met mijn geestelijke gezondheid.

De Talentenshow was voorbij en de volwassenen stonden door de zaal met plastic bekertjes thee en koffie en pannenkoekjes balancerend op servetjes in hun handpalmen.

Een enorme troep kleinkinderen en achterkleinkinderen liep blij te joelen, en ze raceten in rolstoelen door de zaal.

'Mogen ze daar wel mee spelen?' vroeg Alice aan Frannie, in een poging als verantwoordelijk groot mens over te komen, toen ze zag dat Madison een rolstoel voortduwde, waarin Tom en Olivia zich hadden geperst, met hun benen recht vooruit.

'Natuurlijk niet,' verzuchtte Frannie. 'Maar volgens mij heeft een van onze bewoners de race georganiseerd.' Ze wees naar de man met het witte haar, met wie ze aan het begin van de avond zat te ruziën, die ene met het gestippelde vestje. Hij kwam voorbijzeilen in een rolstoel, waarbij hij met zijn handen aan de wielen draaide en schreeuwde: 'Jullie halen me toch nooit in!'

Frannies mond vertrok. 'Hij is vijfentachtig maar hij lijkt wel vijf.' Ze zweeg even. 'Ik zal eens een foto maken voor in de nieuwsbrief.' Ze liep snel weg. Nick, Alice en Ella bleven samen achter.

'Nou, dat was me wat.' Ella droeg Billy in haar armen, hij had zijn duim in de mond en zijn hoofdje lag op haar schouder. Ze keek Nick en Alice over zijn hoofdje aan door half dichtgeknepen ogen, alsof ze wetenschappelijke specimens waren. 'Dat was nou wel het laatste wat ik had verwacht.'

'Ik deed het alleen om papa op zijn nummer te zetten,' zei Nick. Hij rolde een pannenkoekje op met twee vingers en stopte het hele ding in één keer in zijn mond.

'Heb je honger?' vroeg Alice. Ze scande de tafels. 'Heb je misschien zin in een broodje? Ze hebben eiersalade.' Nick was dol op eiersalade.

Hij schraapte zijn keel ongemakkelijk en keek even naar Ella. 'Nee, dank je, ik hoef niks.'

Ella wist nu duidelijk helemaal niet meer hoe ze het had.

'Hé, waarom ben jij de enige van de zusjes die is komen opdagen vanavond, Ella?' vroeg Alice. De RD's opereerden normaal gesproken alleen en bloc.

'Nou, eerlijk gezegd weigeren ze om met jou in dezelfde ruimte te zijn, Alice,' zei Ella.

Alice kromp ineen. 'Jeetje.' Ze riep nooit zulke heftige reacties op bij andere mensen, hoewel ze het eerlijk gezegd niet zo erg vond dat ze dit bij de RD's voor elkaar had gekregen. Het was wel lekker, ergens.

'Ella,' protesteerde Nick.

'Ik zeg gewoon hoe het is,' zei Ella. 'Zelf probeer ik neutraal te blijven. Het zou natuurlijk helpen als je de ring van oma Love teruggaf, Alice.'

'O ja, goed dat je het zegt.' Alice ritste haar tas open en trok er een klein doosje uit. 'Ik had hem speciaal meegenomen. Hier.'

Nick nam de ring langzaam van haar aan. 'Dank je wel.' Hij hield het doosje in zijn hand alsof hij niet wist wat hij ermee moest, en toen stopte hij het maar in zijn broekzak.

'Nou ja, als het zo makkelijk gaat, allemaal, dan heb ik nog wel wat dingetjes die ik zou willen aankaarten,' zei Ella. 'Zoals de financiële situatie, om maar eens wat te noemen.'

'Ella, dit zijn jouw zaken niet,' zei Nick.

'En waarom ben je zo stierlijk vervelend wat de voogdij betreft?'

'Ella, dit kan echt niet,' zei Nick.

'Boe,' zei Alice.

Ella en Nick staarden haar aan.

Alice dreunde op: 'En wat zegt de stier, de stier zegt ook boe!' Ze glimlachte. 'Sorry, het kwam ineens bij me op toen hij "stierlijk" zei.'

Billy tilde zijn hoofdje op van Ella's schouder, trok zijn duim uit zijn mond en zei: 'Boe!' Hij grijnsde waarderend naar Alice voor de duim weer in de mond ging, en het hoofdje weer tegen Ella's schouder werd gevlijd. Ella en Nick wisten niet wat ze moesten zeggen.

'Dat zal wel in een boek staan dat we vroeger aan de kinderen voorlazen, zoiets,' zei Alice.

Dit gebeurde vaak. Er schoten haar steeds maar gekke woorden en zinnetjes en regels uit liedjes te binnen. Het leek wel alsof tien jaar herinneringen in een veel te kleine kast waren gepropt, ergens in haar achterhoofd, en alsof daar zo nu en dan een onzinnig fragment uit tevoorschijn sprong.

Die kast kon nu elk moment openbarsten, en dan zou haar hoofd overstromen van de leuke en verdrietige herinneringen en wie weet wat nog meer. Ze wist niet of ze zich wel zo op dat moment moest verheugen.

'Gisteren liet ik iets op de grond vallen,' zei Alice, 'en toen zei ik ineens "Pottedorie". En dat kwam me zo bekend voor. Pottedorie.'

'Dat zei Olivia altijd toen ze klein was,' ze Nick. Hij glimlachte. 'Toen zeiden we dat allemaal steeds. Pottedorie. Ik was het alweer helemaal vergeten. Pottedorie.'

'Mis ik iets?' vroeg Ella.

'Misschien is het tijd dat Billy naar zijn bedje gaat,' zei Nick.

'Goed,' zei Ella. 'Prima. Dan zie ik je zondag.' Ze gaf Nick een zoen op zijn wang.

'Zondag?'

'Ja, Moederdag, weet je nog wel. Dan lunchen we bij mama. Ze zei dat jij er ook zou zijn.'

'O ja, natuurlijk.'

Hoe regelde Nick al dit soort dingen zonder Alice? Dat was háár taak, Nick op de hoogte te houden van waar hij geacht werd te verschijnen in de weekenden. Hij liep vast een hoop dingen mis.

'Dag Alice,' zei Ella zonder aanstalten te maken haar ook te zoenen. 'Je hebt je geheugen dus nog steeds niet terug?'

'Niet helemaal. Het kan elk moment gebeuren.'

'Red je het dan wel met de kinderen?'

'Ja, dat gaat best,' zei Alice. Ze hoefde niks te weten van haar dagelijkse blunders met zoekgeraakte briefjes voor school, ongewassen schooluniformen, en vergeten huiswerk, en ook niet dat ze geen idee had wat ze moest doen als de kinderen ruziemaakten over wie er op de computer of de PlayStation mocht. 'Ze zijn heel schattig. We hebben een stel schattige kinderen geproduceerd.'

'Zo is dat,' zei Nick en zijn gezicht leek te verzachten. 'Zo is dat.' Hij zweeg, alsof hij niet precies wist of hij wel met haar moest praten, en toen zei hij: 'Daarom word ik ook helemaal gek van het idee dat ik ze alleen maar in het weekend kan zien.'

'O,' zei Alice. 'Maar waarom gaan we dan niet weer gewoon samenwonen, of we doen dat co-oudergedoe. Jij een week, ik een week. Waarom niet?'

'Dat meen je niet,' zei Nick.

'Ja, natuurlijk meen ik dat,' zei Alice. 'Ik teken wel, hoor.'

'Mooi,' zei Nick. 'Dan zal ik mijn advocaat iets op laten stellen en dan laat ik dat morgen wel per koerier bezorgen.'

'Geen probleem.'

'Maar als je straks je geheugen weer terug hebt, dan piep je wel anders,' zei Nick. Hij lachte bitter. 'En over dat weer gaan samenwonen, dat wil je zeker niet, daar wil ik wel geld op inzetten.'

'Twintig dollar,' zei Alice, en ze stak haar hand uit.

Nick pakte hem. 'Deal.'

Wat was dat toch een goed gevoel, als hij haar hand in de zijne nam. Zou haar lichaam het haar niet laten weten als ze hem echt haatte?

'Ik ben er trouwens achter gekomen dat het Gina's man was, die met die vrouw stond te zoenen in het washok,' zei Alice. 'Dat was jij helemaal niet.'

'O ja, het fameuze washokincident.' Nick glimlachte naar een oude dame met een wandelstok in de ene hand en in de andere een doorzakkend bordje met broodjes die ze wilde ronddelen. 'Nou, vooruit, omdat u zo aandringt.' Hij nam een broodje van het bordje. Eentje met eiersalade, zag Alice.

'Wat bedoelde je toen je zei dat je het zo interessant vond dat ik dacht dat jij het was?' vroeg Alice. En ze nam zelf ook een broodje, omdat alles anders op de grond zou glijden.

'Omdat ik altijd maar weer tegen jou moest zeggen: "Maar ik ben Mike Boyle niet,"' zei Nick. Zelfs met zijn mond vol brood kon ze het restant woede in zijn stem nog horen. 'Jij identificeerde je zo sterk met Gina, alsof het jouzelf was overkomen. Ik zei tegen je: "Ik heb dat toch niet gedaan," maar jij ging helemaal op in dat "alle mannen zijn klootzakken"-gedoe.'

'Het spijt me,' zei Alice. Op haar broodje zat ham met mosterd en de smaak van de mosterd deed haar ergens aan denken. Dat voortdurende gevoel van ongrijpbare herinneringen was alsof er een mug in je oor zoemde terwijl je lag te slapen, en je wist dat hij zou verdwijnen zodra je het licht aandeed, tot je weer ging liggen, je ogen dichtdeed en dan... *bzzzzz.*

Nick veegde zijn mond af met zijn servet. 'Je hoeft geen spijt te hebben. Het is nu toch allemaal voorbij.' Hij zweeg en zijn ogen stonden leeg terwijl hij terugkeek op een gedeeld verleden dat Alice niet kon zien.

'Ik denk vaak dat wij veel te close waren, met zijn vieren,' zei hij. 'We raakten helemaal verstrikt in de huwelijksproblemen van Mike en Gina. Hun scheiding heeft ons besmet. Als een virus.'

'Nou, laten we daar dan gewoon van herstellen,' zei Alice. Hoe durfden die stomme Mike en Gina zich zo in hun levens te wurmen en hen zo aan te steken met hun akelige problemen.

Nick glimlachte en schudde zijn hoofd. 'Je klinkt zo...' Hij kon niet op het woord komen. Maar toen zei hij: 'Jong.'

'Hoe dan ook,' zei hij na een korte stilte. 'Het lag niet alléén aan Mike en Gina. Dat zou te makkelijk zijn. Misschien waren we wel gewoon te jong toen we elkaar leerden kennen... Hm. Denk je dat de roem Olivia misschien een beetje naar het hoofd is gestegen?'

Alice volgde zijn blik en zag Olivia op het podium staan. Ze hield de microfoon dicht bij haar mond en bracht een wanstaltige versie van een of ander lied dat ze niet konden verstaan, omdat de installatie niet meer aanstond. Tom zat op zijn handen en knieën naast haar, en hij volgde het snoer van de microfoon helemaal terug tot aan het stopcontact. Madison zat op de eerste rij tussen de lege stoelen, naast de witharige rolstoelraceorganisator. Ze waren diep in gesprek.

'Noem eens een fijne herinnering uit de afgelopen tien jaar,' zei Alice.

'Alice.'

'Kom op. Wat is het allereerste dat er bij je opkomt?'

'Eh. Nou. Ik weet niet. Ik denk de geboorte van de kinderen. Of ligt dat te veel voor de hand? Hoewel de geboorte zelf niet, nee. Die vond ik niet zo leuk.'

'Nee?' vroeg Alice teleurgesteld. Ze had zich zo voorgesteld dat zij en Nick hadden gesnikt en gelachen en dat ze elkaar hadden vastgehouden, met op de achtergrond mooie filmmuziek. 'Hoezo niet, dan?'

'Omdat ik de hele tijd in blinde paniek was, en ik kon helemaal niks regelen, en ik kon ook niks voor jou doen. Ik deed steeds alles verkeerd.'

'Vast niet.'

Nick keek Alice even aan, en wendde toen snel zijn blik weer af.

'En al dat bloed, en jij schreeuwde de hele boel bij elkaar, en die incompetente gynaecoloog die pas kwam opdagen toen Madison er al was. Ik had hem wel in elkaar kunnen beuken, als die vroedvrouw niet tussenbeide was gekomen. Die deed het geweldig, weet je nog wel, die vrouw van wie we vonden dat ze zo de zus van Victoria Beckham kon zijn.'

Hij keek afwezig naar zijn handen. Alice vroeg zich af of hij doorhad dat hij zat te schuiven aan de vinger waar ooit zijn trouwring had gezeten. Dat was een gewoonte van hem: met zijn ring spelen als hij nadacht. Nu deed hij het nog steeds, ook al zat die ring er niet meer.

'En toen ze bij Olivia die ongeplande keizersnede moesten doen,' Nick stak zijn handen in zijn zakken. 'Toen dacht ik werkelijk dat ik een hartaanval kreeg.'

'Wat naar voor je,' zei Alice. Hoewel het voor haar waarschijnlijk ook geen vrolijke zaak moest zijn geweest, bedacht ze.

Nick glimlachte en schudde verwonderd zijn hoofd. 'Ik weet nog dat ik niet wilde dat ze hun aandacht niet bij jou en de baby zouden houden, weet je wel, dat ik flauw zou vallen als een kerel in de film. Ik dacht: ik ga gewoon discreet dood, hier in het hoekje. Ik was nog bang dat jij het ook niet zou redden, en dat de kinderen dan verweesd zouden achterblijven. Heb ik je dat eigenlijk al eens verteld? Vast wel.'

'Ik dacht dat we het over fijne herinneringen zouden hebben.'

Alice was ontzet. Zonder die herinneringen was het net alsof ze al dat bloed en al dat gegil nog voor de boeg had, alsof ze het allemaal nog moest ondergaan.

'Het fijne was toen het allemaal achter de rug was, en ze ons alleen hadden gelaten, met de baby helemaal in doeken gewikkeld, en we konden praten zonder de dokters en de zusters in de buurt. Voor het eerst ons kindje bekijken, met een kopje thee erbij. De vingertjes tellen. Zo'n nieuw mensje. Dat was – magisch.' Hij schraapte zijn keel.

'En wat is de meest verdrietige herinnering van de afgelopen tien jaar?' vroeg Alice.

'O, dat zijn er nogal wat.' Nick glimlachte wonderlijk. Ze wist niet of het een gemeen lachje was of een verdrietig lachje. 'Kies maar. De dag dat we de kinderen moesten vertellen dat we uit elkaar gingen. De dag dat ik uit huis ging. De avond dat Madison me belde, snikkend en wel, en me smeekte of ik weer thuiskwam.'

Overal om hen heen stonden mensen te kletsen en te lachen en thee te drinken. Alice voelde de hitte van de verwarmingselementen op zich neerdalen. Het was alsof de bovenkant van haar hoofd wegsmolt. Ze stelde zich voor hoe Madison zat te huilen aan de telefoon, omdat ze zo graag wilde dat haar vader weer thuiskwam.

Hij had de telefoon neer moeten leggen en direct naar huis moeten komen. En dan zouden ze samen video's van hun gezin hebben moeten kijken, op de bank, met frietjes erbij. Het zou zo símpel moeten zijn, gelukkig zijn. Maar je had die arme Ben en Elisabeth die zo vreselijk graag een gezin wilden, en dan had je Nick en Alice die hun gezin kapot lieten gaan.

Ze deed een stap naar hem toe.

'Vind je echt niet dat we het nog een keer moeten proberen? Voor hen? Voor de kinderen? Trouwens, niet alleen voor hen. Voor ons. Voor ons van vroeger.'

'Neem me niet kwalijk!' Het was weer een andere oude dame, met een blauwgrijs permanentje en een vrolijk, rimpelig gezicht. 'Jullie zijn toch Nick en Alice, of niet?'

Ze leunde vertrouwelijk naar hen toe. 'Ik lees Frannies blog. Ik heb tijden geleden al eens een opmerking over jullie achtergelaten! Willen jullie weten wat ik toen heb geschreven?'

'Over ons?' Nick keek verschrikt. 'Heeft Frannie een blog? Dat wist ik helemaal niet. Dus u wilt zeggen dat Frannie ook over ons schrijft?'

'Nou, ja, lieverd, echt niets persoonlijks, hoor, maak je geen zorgen.' De oude dame gaf Nick een klopje op de arm. 'Maar ze had wel geschreven dat jullie uit elkaar waren, en toen heb ik gezegd dat ik vond dat jullie gewoon bij elkaar horen. Ik kon op de foto's zo zien dat het ware liefde was.'

'Heeft ze dan foto's van ons op het internet gezet?' vroeg Nick. 'Waarom heeft niemand ons dat ooit verteld?'

'Oeps,' zei het oudje, en ze sloeg haar hand voor de mond. 'Ik hoop maar dat ik haar nu niet in de problemen heb gebracht!' Ze wendde zich tot Alice. 'Heb jij je geheugen alweer terug, lieve kind? Zal ik je eens wat zeggen, een vriendin van mij heeft ook een keer zoiets meegemaakt, in 1954. Die kregen we maar niet aan het verstand dat de oorlog al voorbij was. Maar ja, die vergat ook steeds haar eigen naam, en dat probleem heb jij natuurlijk niet.'

'Nee,' zei Alice. 'Ik heet Alice. Alice, Alice, Alice.'

'Zeg me alstublieft dat ze geen foto's van de kinderen op het net heeft geplaatst,' zei Nick.

'O, maar jullie hebben juist beeldige kinderen,' zei de dame.

'Geweldig, dat zullen de moordenaars en kinderverkrachters op prijs stellen,' zei Nick.

'Nou, die mensen nodigt ze heus niet uit om daarnaar te kijken,' zei Alice. 'Moordenaars, komt dat zien. Kijk eens wat een leuke slachtoffertjes ik hier voor jullie heb.'

'Dit is anders een heel ernstige zaak. Waarom denk je dat ons dat soort dingen niet zou kunnen gebeuren? Net als die keer dat je Olivia bent kwijtgeraakt op het strand. Je bent zo ontzettend bleu.'

'Echt?' vroeg Alice zich verwonderd af. Was zij Olivia echt kwijtgeraakt?

'Wij zijn niet immuun voor tragedies.'

'Dat zal ik in mijn oren knopen,' zei Alice, en Nicks gezicht vertrok letterlijk van irritatie, alsof hij net was gestoken door een mug.

'Wat?' vroeg Alice. 'Wat heb ik gezegd?'

'Is je zus hier ook?' vroeg het dametje aan Alice. 'Ik wilde haar zo graag zeggen dat ze gewoon een baby moet adopteren. Er zijn vast heel veel schattige kindjes die graag ouders willen, na die cycloon in Birma. Toen ik jong was legden mensen nog vaak kinderen te vondeling op de trap van de kerk, maar dat gebeurt vandaag de dag niet zo vaak meer, wat jammer is. O, daar heb je je moeder!' De oude dame zag Barb, die haar danskleding nog aanhad, en nog vol in de make-up zat en een klembord vasthield. Er stonden allemaal oude dames om haar heen. 'Ik ga me opgeven voor salsa! Jullie hebben me geïnspireerd.'

En daar ging ze.

'Wil je alsjeblieft tegen Frannie zeggen dat ik het niet op prijs stel dat ze over mij en mijn gezin blogt,' zei Nick. Daar had je die arrogante, afstandelijke stem weer.

'Zeg het zelf maar!' antwoordde Alice. Nick was dol op Frannie. De oude Nick zou Frannie meteen hebben aangesproken voor een flinke discussie. Op familiebijeenkomsten hadden zij altijd ruzie over de politiek. En ze speelden samen kaart.

Nick zuchtte diep. Hij wreef over zijn wangen alsof hij kiespijn had, en hij duwde het vlees rond zijn ogen omhoog, wat er gek uitzag; hij leek wel een waterspuwer.

'Doe dat eens niet,' zei Alice terwijl ze aan zijn arm trok.

'Wat?' zei Nick. 'Jezus, wat is er nou weer?'

'Mijn hemel,' zei Alice. 'Wanneer is onze relatie zo moeizaam geworden?'

'Ik moet weg,' zei Nick.

'Wat is er eigenlijk met George en Mildred gebeurd?' vroeg Alice.

Nick keek haar wezenloos aan.

'Die stenen leeuwen,' verklaarde Alice.

'Ik heb geen idee,' antwoordde Nick.

27

O, Álice, dacht Alice bij zichzelf.

Het was de ochtend na de Talentenshow. Ze had de kinderen veilig op school afgeleverd, en nu zat ze aan het bureau in haar studeerkamer te zoeken naar dingen die haar zouden helpen haar geheugen te stimuleren. En toen stuitte ze op de reden waarom mevrouw Bergen niet meer met haar wilde praten.

Ze zakte achterover in haar stoel, legde haar voeten op het bureau en leunde zo ver achterover dat ze het plafond kon bekijken. Hoe haalde je dat nou in je hoofd?

Kennelijk was Alice actief lid van een bewonersvereniging die bij de gemeente aan het lobbyen was om een appartementengebouw van vijf verdiepingen in hun straat te realiseren. Mevrouw Bergen was aanvoerster van het comité van tegenstanders van dat voorstel.

Ze haalde haar voeten van het bureau en trok het volgende papier van de stapel, na een hap in haar Twix om zichzelf op te peppen. (Ze had de voorraadkast aangevuld met de broodnodige chocolade. De kinderen waren hier dolgelukkig om, ook al deden ze net alsof het de gewoonste zaak van de wereld was.)

Het was een krantenknipsel uit het regionale dagblad, met de kop: BEWONERS UIT RAWSON STREET IN DE CLINCH, met daarbij foto's van mevrouw Bergen en van Alice. Ze hadden mevrouw Bergen gefotografeerd in haar voortuin, naast de rozenstruiken. Ze had haar tuinhoedje op, en een beker in de hand; ze zag er lief en verdrietig uit.

'Dit voorstel is waanzin. Het zou het authentieke karakter van deze prachtige straat totaal verpesten,' zei mevrouw Bergen, die al veertig jaar in Rawson Street woont, en hier vijf kinderen heeft grootgebracht.

'Ja, natuurlijk zou het dat totaal verpesten,' zei Alice hardop.

De foto van Alice toonde haar in de stoel waar ze nu ook in zat, meedogenloos en bemoeiziek en overduidelijk veertig.

Ze kreunde toen ze haar eigen woorden las.

'Het is onvermijdelijk,' zei mevrouw Alice Love, die tien jaar geleden in deze buurt kwam wonen. 'Sydney heeft nu eenmaal woonruimte nodig in de buurt van het openbaar vervoer. Toen wij dit huis kochten is ons voorgehouden dat deze nieuwe stedelijke ontwikkeling binnen vijf jaar zou worden opgestart. Het gemeentebestuur mag op die belofte niet zomaar terugkomen, want nu zitten al deze mensen met een waardeloos investeringsobject.'

Wat? Waar had ze het in vredesnaam over? Toen ze dit huis kochten hadden ze het nooit gehad over mogelijke nieuwbouw in de straat. Ze hadden het gehad over hier samen oud worden. Ze hadden nooit gesproken over de mogelijkheid dat ze het huis aan een projectontwikkelaar zouden verkopen, die het vervolgens tegen de vlakte zou gooien om er een of ander afschuwelijk modern flatgebouw neer te zetten.

Ze las verder, en op de een of andere manier was ze helemaal niet verbaasd toen ze bij de laatste alinea aankwam.

Alice Love heeft het voorzitterschap van het comité Bewoners voor Nieuwbouw overgenomen van de oprichtster, Gina Boyle, na haar tragisch overlijden.

Maar natuurlijk. Gina. Die vervloekte Gina.

Ze stond resoluut op en liep naar de keuken, waar een blik

versgebakken brownies stond af te koelen.

'Heb ik deze ooit weleens voor jullie gebakken?' had ze de kinderen gisteravond gevraagd toen ze hun de foto in het kookboek liet zien. 'Ik heb het je wel een keer gevraagd,' zei Olivia, 'maar toen zei jij dat het suikerbommen waren.' 'Ja, nou en?' had Alice toen gevraagd, waarop Olivia had gegiecheld en Tom en Madison elkaar bezorgde, volwassen blikken hadden toegeworpen.

Ze pakte een tupperwaredoos, vulde die met brownies, en zonder verder na te denken marcheerde ze naar de buren en belde aan.

Mevrouw Bergens hartelijke glimlach verdween toen ze Alice zag staan, en ze deed de hordeur niet open.

'Mevrouw Bergen,' zei Alice, en ze drukte haar hand tegen de hordeur alsof ze iemand in de gevangenis bezocht. 'Het spijt me zo ontzettend. Ik ben verschrikkelijk stom geweest.'

Elisabeths huiswerk voor Jeremy

Vandaag gaf ik een seminar van een dag, genaamd: Meer Sales Dankzij Direct Mail! voor de vakvereniging van slagers.

Nee, ik maak geen geintje. Iedere zakenman of winkelier kan zijn voordeel doen met direct mail. Zelfs jij zou ervan kunnen profiteren, Jeremy.

Wil je eigenlijk je auto in de dichtstbijzijnde telegraafpaal boren?
Psychotherapeut Jeremy Hodges stuurt je een betere kant op.
GRATIS *potje antidepressiva bij de eerste tien sessies.*

Of zoiets. Ik moet er weer even in komen.

Hoe dan ook, de slagers waren een geïnteresseerd, vriendelijk groepje. Er werd veel gekletst over de handel, en er kwamen een paar verbazingwekkend zinvolle vragen. (Ik dacht eerlijk gezegd dat de slagers een beetje simpel zouden zijn: blozende wangen en gezellige types, maar dat is gewoon een act van ze, om meer worstjes te verkopen.) Het seminar liep lekker. Je kunt je onmogelijk suïcidaal blijven voelen als je aan het uitleggen bent hoe je je persoonlijkheid in een brief over lamskoteletjes kunt leggen.

Toen zag ik iemand in het publiek zitten die er totaal niet slagerachtig uitzag.

Het was Alice. Ze ziet er de laatste tijd heel anders uit. Minder make-up, denk ik. En haar haar zit slordiger. Ze draagt nog wel dezelfde kleren, maar dan op een andere manier, en ze heeft ook allerlei ouwe zooi tevoorschijn gehaald waar ik haar al in geen jaren meer in heb gezien. Vandaag droeg ze een lange rok, een verschoten crèmekleurig topje, dat ze ingesnoerd had met een brede riem, en een glittersjaaltje dat ik herkende uit Olivia's verkleedkist. Ze zag er beeldig uit, Jeremy, en voor de verandering stoorde ik me eens niet aan het feit dat zij de tijd en het geld heeft om haar lichaam altijd in zo'n perfecte vorm te houden, en dat zij niet elke avond naalden in haar buik hoeft te steken. Toen ik haar zag, glimlachte ze naar me. Ze zwaaide en hield een hand voor haar gezicht, om te zeggen: 'Doe maar net of ik er niet ben.'

Om de een of andere reden greep het me aan toen ik haar daar zo zag zitten. Mijn stem trilde terwijl ik een vraag over de portokosten beantwoordde van Bill van Ryde Vers Vlees en Zoon.

Ze kwam naar me toe tijdens de koffiepauze, en ze zei ademloos: 'Ik ben helemaal zenuwachtig, alsof ik met een beroemdheid sta te praten!' Ik geloof niet eens dat ze het sarcastisch bedoelde. Het was lief, eigenlijk.

'Waarom was je gisteravond niet op Frannies feestje?' vroeg ze.

En ik had haar bijna de waarheid verteld. Het danste op het puntje van mijn tong, klaar om eruit te springen. Maar dat zou haar vraag niet beantwoorden, en trouwens, ik wist toch al dat ze er helemaal verkeerd op zou reageren.

Wat niet haar fout is. Dat zou iedereen doen.

Alleen, als ik haar reactie zou zien, dan zou dat me zo het ravijn in duwen en dan belandde ik regelrecht in het dal der gekte, en het kost me al genoeg moeite om mijn verstand erbij te houden.

Ik zou natuurlijk een afspraak kunnen maken en het aan jou vertellen, Jeremy.

Maar nee. Ik wil het niet hardop uitspreken. Ik ga het gewoon... afwachten, geloof ik.

Ik doe net alsof er niets aan de hand is, en dan wacht ik op het onvermijdelijke, en dan zorg ik dat dat me niet raakt.

Overpeinzingen van een overgrootmoeder

Ik ben vandaag in mijn eentje naar het euthanasiepanel geweest, terwijl de rest op het boottochtje was.

Het was ontzettend interessant en informatief. Zoveel aspecten om over na te denken.

Het was alleen fijn geweest als het niet zo'n prachtige, stralende dag was. Ik vond het wel een beetje irritant om me in te denken dat zij met zijn allen op het water zaten, met het briesje op hun gezicht.

En toch ben ik blij dat ik gegaan ben!

Deze **brief** heb ik al een keer naar ons parlementslid gestuurd. Laat me maar eens weten wat jullie ervan denken.

Ondertussen schaam ik me vreselijk na het lezen van al jullie commentaar over X, en ik voel me ook een beetje dom. Ik was er honderd procent zeker van dat hij me niet het hof wilde maken, en als het wel zo was, nou ja, dan zou ik dat afgrijselijk vinden! Dat is toch idioot, op onze leeftijd! Die tijd is al heel lang voorbij.

Overigens, mijn Talentenshow op de Familieavond was een groot succes. **Hier** zijn wat foto's. Mijn kleine achterkleindochter Olivia was een hit met haar vlinderdans. Ze won de derde prijs (nee, ik zat niet in de jury). Ik heb de complimentjes weggewuifd, want ik wilde niet ijdel lijken.

X heeft een flinke poos met mijn oudste achterkleindochter zitten

praten, Madison. Hij zei dat ze een 'slim wichtje' was, en dat is ze ook zeker.
Hij heeft ook van mijn achterkleinzoon Tom vernomen dat ik nogal goed ben op de PlayStation en nu heeft hij me uitgedaagd. Hij heeft zelf ook vaak gegamed met zijn eigen kleinzoon. Hij zegt dat hij 'de vloer met me zal aanvegen'. Ik ga vanavond naar hem toe. Hij heeft de PlayStation al klaarstaan! Hij zegt dat hij ook iets voor me heeft gekookt.
Ik moet toegeven, hij is de kwaadste niet.
Trouwens, ik maak me ontzettend veel zorgen over mijn kleindochter Elisabeth. Die is niet langsgekomen op de Familieavond, en dat is niks voor haar. Ik wil niet vervelend zijn, maar die eindeloze pogingen van haar om zwanger te worden, verzieken haar hele leven.
O, en Alice heeft haar geheugen nog altijd niet terug. Jullie hadden haar moeten zien dansen met Nick! Als ik niet beter wist, dan zou ik denken dat ze zich misschien toch nog zullen verzoenen.

COMMENTAAR

AB74 zegt...
Frannie, die man wil vieze dingen van je!

GroovyGranny zegt...
Die opmerking van AB74 is pas vies.

GouweGozer zegt...
Hallo! Ik kom nu pas voor het eerst op je blog en ik heb je archieven eens bekeken. Geweldig blog, hoor! Maar ik vrees dat ik het wel eens ben met het eerste commentaar. Die X ziet jou wel zitten! En waarom ook niet? Mijn grootmoeder is dolverliefd geworden en voor de derde keer getrouwd op haar drieëntachtigste. Het is pas over als je tussen zes planken ligt.

DorisuitDallas zegt...
Wat nu als X je wil zoenen, Frannie? Zoen je hem dan terug?

Frank Neary zegt...
Juffrouw Jeffrey, ik geloof dat het tijd is dat ik me terugtrek. U hebt mijn hart gebroken. (Zeg, hebt u toevallig nog contact gehouden met mevrouw Pascoe? Ze gaf toen aardrijkskunde. Ik vroeg me af of u misschien haar adres weet.)

'Kijk, Tom, een politieauto!' riep Alice toen er een politiewagen met gillende sirene voorbij kwam rijden. 'Tatuu, tatuu!'

Ze draaide haar hoofd om, in de veronderstelling dat ze een opgewonden gezichtje zou zien op de achterbank, maar toen drong het ineens tot haar door dat ze alleen in de auto zat, en dat Tom waarschijnlijk te oud was om nog blij te worden van een politieauto, en ook dat ze helemaal niet eens meer wist hoe hij was als klein kind.

Deze onwillekeurige flitsen van herinneringen, of wat het ook waren, kwamen nu zowat om de paar minuten. Het was als een rare tic. Net nog, tijdens de koffiepauze van Elisabeths seminar, had ze een van de slagers twee chocoladekoekjes zien pakken, en toen kon ze zich nog net inhouden, anders had ze geroepen: 'Eentje is wel genoeg!'

Ze merkte dat ze steeds maar doelgericht op weg ging, naar de studeerkamer, de keuken of het washok, en dat ze zich dan realiseerde dat ze geen idee had wat ze daar kwam doen. Een keertje was ze al helemaal aan de overkant van de straat en halverwege de oprit van Gina's oude huis, toen ze stil bleef staan en hardop zei: 'O.' Ook draaide ze steeds telefoonnummers, maar moest dan snel weer ophangen, omdat ze geen idee had wie ze belde. Ze stond een keer bij de school te wachten op de kinderen, en toen merkte ze dat ze haar handtas stond te wiegen alsof het een baby was. Ze gaf de tas klopjes, en neuriede een liedje dat ze nergens van kende. 'Jammie, jammie, jammie, lekker hapje van mammie!' zei ze gisteravond aan tafel terwijl ze een volgeladen lepel naar Olivia's mond bracht. 'Lieve mammie, ik geloof dat je een beetje gek aan het worden bent,' had Olivia met grote verbaasde ogen gezegd.

Haar geheugen kon nu elk moment terugkomen. Ze voelde dat het haar besloop, zoals een wattig hoofd en een kriebelkeel een verkoudheid inluiden. Ze kon alleen niet beslissen of ze er weerstand aan wilde bieden, of dat ze het toe moest juichen.

Ze was nu onderweg van Elisabeths seminar naar school, om daar in de bibliotheek te gaan helpen. Dat deed ze kennelijk elke donderdag, wat ze zelf buitensporig plichtsgetrouw vond.

Terwijl ze in de auto zat, dacht ze na over Elisabeth, en hoe soepel die zich op het podium gedroeg terwijl ze al die slagers toesprak, en hen aan het lachen maakte en opdroeg wat ze moesten doen. Ze was zo natuurlijk, achter die microfoon. Zo volkomen zichzelf. Precies zoals beroemde mensen gezellig kletsen voor de camera als ze door een journalist worden geïnterviewd, alsof er helemaal geen camera bij is. Maar toen Elisabeth in de pauze met haar kwam kletsen, had ze het vreemde gevoel dat Elisabeth er niet echt was. Dat ze alleen maar deed alsof ze Elisabeth was. Dat ze op het podium meer zichzelf kon zijn dan bij Alice.

Alice had haar nog steeds niet gesproken over haar mislukte ivf-poging. Ze had de vorige avond gebeld toen ze thuiskwam van de Talentenshow, maar toen nam Ben op en die zei dat Elisabeth net haar favoriete serie zat te kijken en of ze straks kon terugbellen. Ze had niet meer teruggebeld, en op haar werk kon ze er natuurlijk niet over beginnen. Belachelijk, dat ze geen idee had wat er omging in haar zusjes hoofd. Ze kon niet eens raden hoe Elisabeth zich op dit moment moest voelen. Boos? Kapot? Doodziek van het hele gedoe?

Ze zou haar vanavond nog maar eens proberen te bellen, maar het was bizar hoe moeilijk het was om daar tijd voor te vinden, aangezien ze de kinderen naar hun diverse hobby's moest brengen, hen thuis moest helpen met hun huiswerk (Zo ontzettend veel huiswerk! Alice kreeg er koppijn van. Ze kreunde letterlijk toen ze het aantal werkbladen zag dat Tom gisteravond uit zijn tas trok, wat natuurlijk niet erg professioneel van haar was) en dan koken, opruimen, lunchtrommels klaarzetten, en tussenbeide komen als er weer eens ruzie was over wie er achter de computer mocht en wat voor programma ze mochten kijken op tv. Ze was uitgeput aan het eind van de dag.

Er was gewoon niet genoeg tijd in 2008. Tijd was een schaars goed geworden. In 1998 zat er zoveel meer rek in de dagen. Als ze dan 's ochtends wakker werd, dan rolde de dag zich voor haar uit als een lange gang waar ze doorheen kon slenteren, en waarin ze kon blijven hangen bij de leukste stukjes. De dagen van tegenwoordig waren zo gierig. Al die afgemeten brokjes tijd. Ze vlogen voorbij als auto's op volle snelheid. *Zoef!* Elke avond als ze de dekens terugsloeg om in bed te stappen, had ze het gevoel dat ze er nog maar een paar tellen geleden uit gestapt was.

Misschien kwam dat wel alleen doordat ze niet aan dit leven gewend was. Dit leven van een gescheiden moeder met drie kinderen.

Ze probeerde bepaalde dingen anders aan te pakken, om te zorgen dat de tijd minder snel verstreek. Ze had zo het vermoeden dat de nieuwe Alice, die ene met dat snibbige stemmetje, die verandering niet goed zou keuren.

Toen ze de kinderen gisteren oppikte van school, had Olivia klaaglijk gezegd: 'Ik wil niet naar vioolles,' en Alice, die geen idee had waarom ze überhaupt zo nodig viool moest leren spelen, had gezegd: 'Nou, prima, dan niet,' en ze was met alle drie de kinderen naar Dino's gegaan, waar ze hun huiswerk hadden gemaakt aan een van de ronde tafeltjes, met een beker warme chocolademelk erbij. Dino had Tom nog goed geholpen met zijn rekenen.

Er kwam een pissig telefoontje van iemand die Alice vertelde dat ze hoe dan ook voor de vioolles moest betalen, aangezien ze niet vierentwintig uur van tevoren had afgebeld. 'Dat moet dan maar,' had Alice geantwoord, en degene aan de andere kant van de lijn had met een geschokte stilte gereageerd.

Toen ze thuis waren gekomen van de Talentenshow, had ze

Madison tot elf uur op laten blijven om een enorme schwarzwalderkirschtaart te laten bakken, voor een 'Voedsel uit Verschillende Culturen'-dag op school.

'Je hoeft me niet te helpen,' had Madison met klem gezegd voordat Alice kon aandringen. 'Ik wil het helemaal zelf doen.'

'Goed, hoor,' had Alice gezegd.

'Dat zeg je altijd,' zei Madison, 'en dan ga je je er toch altijd mee bemoeien.'

'Zullen we er duizend dollar om verwedden dat ik geen vinger uitsteek, deze keer?' zei Alice en ze stak haar hand uit.

Madison staarde ernaar, maar glimlachte toen plotseling en schudde de hand.

'Ik wil ook ergens om wedden voor duizend dollar,' zei Tom. 'Wed ook eens met mij?'

'Ik ook!' riep Olivia. 'Wed ook eens met mij, mama!'

'Nee, ik was aan de beurt,' zei Tom. 'Mam, ik wed dat jij... eh, ik wed dat jij, eh... nee, wacht even, hoor, dan bedenk ik iets supergoeds.'

'Oké, ik wed dat ik vijf minuten op mijn handen kan blijven staan!' riep Olivia. 'Nee, twee! Nee, laten we maar één minuut doen.'

'Ik wed om duizend dollar dat ik niet tot een miljoen kan tellen!' zei Tom. 'Ik bedoel dat ik het wel kan. Dus jij betaalt mij duizend dollar als het me lukt.'

'Niemand kan tot een miljoen tellen,' zei Olivia ernstig. 'Dat duurt wel iets van een week.'

'Nee, helemaal niet,' zei Tom. 'Laten we aannemen dat het je zestig seconden kost om tot zestig te tellen. Of wacht. Oké, misschien kan je in zestig seconden zelfs wel tot, nou, negentig tellen. Dus dan, eh, waar is de rekenmachine? Mam? Weet jij waar de rekenmachine is? Mam, luister je eigenlijk wel?'

'Zijn jullie altijd zo vermoeiend?' had Alice toen gevraagd. Ze had soms het gevoel alsof ze alle gedachten uit haar hersens zogen.

'Ja, bijna wel,' had Tom toen geantwoord.

Elisabeths huiswerk voor Jeremy

Terwijl de slagers in groepjes zaten te brainstormen, zat ik na te denken over het laatste embryo dat twee weken geleden was ingebracht.

Het was een jaar bevroren geweest.

Een piepklein diepvriesmensje.

Toen we pas met ivf waren begonnen, stond ik weleens voor mijn eigen vriezer, en dan nam ik een piepklein spikkeltje ijs op mijn vinger, en dan dacht ik aan mijn bevroren mogelijke kinderen. Al die misschien-mensjes. We hadden er een keertje zeven in voorraad. Wat een schatkist aan mogelijkheden. Eentje was misschien een heel goede zwemmer. En eentje was heel muzikaal. En er zat een heel lange tussen, en een heel kleine. En eentje die heel lief en verlegen was. Een grappenmaker. En eentje die precies zo was als Ben, en eentje die op mij leek.

Ben en ik hadden het er de hele tijd over. We stuurden ze telepathische berichtjes om ze aan te moedigen. 'Hou vol,' zeiden we. 'Hopelijk hebben jullie het daar niet al te koud.'

Maar met het verstrijken van de jaren stopten we daarmee. We gingen er afstandelijker tegenover staan. Het was maar wetenschap. Het was gewoon een serie onprettige medische ingrepen. We stonden niet eens meer versteld van wat er allemaal mogelijk was in de medische wetenschap van vandaag. Ja, ja, ze konden kinderen maken in reageerbuisjes. Ongelofelijk. Maar helaas alleen niet voor ons.

Deze laatste keer waren we te laat, want we waren op de bon geslingerd omdat we ergens rechts af waren geslagen waar dat niet mocht. Dat was mijn idee geweest, want dan zouden we sneller in het ziekenhuis zijn, en Ben was zo chagrijnig omdat hij naar mij had geluisterd, want nu kwamen we alleen nog maar later. 'U moet dat bord toch gezien hebben?' had de agent gevraagd, en Bens mond vertrok omdat hij alle dingen die hij eigenlijk wilde zeggen, binnen moest houden. 'Het is háár schuld!' De agent nam ongelofelijk lang de tijd voor het uitschrijven van de bon, alsof hij ook wel wist dat we te laat waren, en dit een onderdeel van de straf was.

'Laten we maar naar huis gaan,' zei ik tegen Ben. 'Het wordt toch niks. Dit is een teken. Laten we maar geen geld meer verspillen aan een parkeerkaartje.'

Ik wilde dat hij iets positiefs en troostends zou zeggen, maar hij was nu ook verschrikkelijk chagrijnig. Hij zei: 'Ja, dat is een geweldige houding. Echt fantastisch.' Hij is anders nooit zo sarcastisch.

Hoe dan ook, ik weet nu dat hij ook dacht dat het toch niet zou aanslaan. Een week later zat hij bij Alice bananenmuffins naar binnen te werken, en helemaal opgewonden te doen over adoptie, zelfs nog voor we wisten of het deze keer wel gelukt was.

De laborante was een jong meisje, ze leek niet veel ouder dan Madison. Ze struikelde ergens over terwijl wij de behandelruimte binnenkwamen, en dat vond ik ook al niet echt een goed teken. Oeps, daar gaat je embryo!

Toen ik in de stoel lag, met mijn benen elegant uit elkaar, wachtend op de gigantische naald, mompelde de laborante iets, maar we verstonden haar geen van beiden.

'Hier is uw embryo,' zei ze nog maar een keer, gegeneerd. Misschien was dit haar eerste keer wel. We keken en op het verlichte scherm zagen we onze potentiële baby.

Hij leek precies op al zijn non-broertjes en non-zusjes. Een kluitje bubbels. Een uitvergrote waterdruppel.

Ik was al niet meer verwonderd. Ik zei ook verder niet iets als: 'O, dat is toch ongelofelijk!' Ik hield ook de herinnering niet vast voor het geval dat ik die op een dag aan mijn kind zou moeten omschrijven. 'Ik ken je nog van toen je een schattig blastocytje was, schat.'

De dokter die het embryo plaatste kende ik niet. Mijn eigen schattige dokter zit momenteel in Parijs, omdat haar dochter daar trouwt met een Franse advocaat. Deze arts was een man met een lang, somber gezicht, en hij deed me denken aan mijn belastingadviseur. Een heel slecht voorteken dus. (Want wij krijgen nooit iets terug van de belastingen.) Mijn dokter kletst meestal een eind raak, maar deze kerel zei geen woord, tot zijn taak erop zat. Toen liet hij ons het embryo zien op de echo.

'Goed, hij zit waar hij zitten moet,' zei hij effen, alsof mijn baarmoeder een industrieel werktuig was.

Het zag er precies zo uit als de andere er op de echo hadden uitgezien. Een bevend, flikkerend sterretje.

Maar ik wist dat het niet lang zou blijven flikkeren.

Ik wendde mijn gezicht af van het scherm en keek naar Ben, die zijn handen bestudeerde.

Alleen maar slechte voortekenen.

Adem in. Adem uit. Adem in. Adem uit.

Toen de slagers uitgebrainstormd waren, liep ik het podium op en vertelde hun dat mijn assistente Layla het hierna van mij over zou nemen, alsof dat van tevoren al het plan was.

De slagers klapten vriendelijk toen ze opstond, met een verwarde blik in haar ogen.

Ik liep naar buiten. Ik kon dat verdomde flikkerende sterretje maar niet uit mijn hoofd krijgen.

Alice liep naar de schoolbibliotheek (haar lijf scheen te weten dat die achter die dubbele rode deur lag, in de hoek van het schoolplein) toen Dominick verscheen. Hij zag er verward uit, en zijn gezicht was rimpelig van bezorgdheid.

'Alice,' zei hij. 'Ik zag je net door het raam van mijn kantoortje. Ik heb geprobeerd om je te bellen.'

'Sorry,' zei Alice. 'Ik vergeet de hele tijd om mijn telefoon op te laden. Dat geheugen ook!'

Hij glimlachte niet. 'Ik heb Nick ook gebeld,' zei hij. 'Hij is onderweg.'

'Je hebt Nick gebeld? Hoezo?' Zou hij hem soms hebben uitgedaagd voor een duel? (Behalve dan dat Nick haar helemaal niet meer hoefde. Dus er was helemaal geen aanleiding voor een duel. Joh, neem haar zo maar.)

‘We hebben een probleem,’ zei Dominick. ‘Een serieus probleem. Met Madison.’

Elisabeths huiswerk voor Jeremy

Toen ik weg was gegaan bij het seminar, belde Ben me. Zijn stem klonk als schuurpapier.

‘Waarom heb je het me niet verteld?’ vroeg hij.

Ik hing op.

Zijn toon stond me niet aan.

28

'Is alles wel goed met haar?' Angst maakte zich van Alice meester, en haar benen werden zo slap dat ze zich aan Dominick moest vastgrijpen om te kunnen blijven staan.

'O, ja, sorry.' Dominick glimlachte afwezig, en gaf Alice een klopje op de arm. 'Er is fysiek niets met haar aan de hand. Maar er is weer een incident geweest, en ik denk dat we het nu niet meer kunnen negeren.'

'Weer een incident?'

'Ja, een incident met geweld.'

'Heeft iemand Madison iets aangedaan?' Ze zou dat kind de nek omdraaien. Ze wilde die ouders spreken. Iemand had haar Rozijntje kwaad willen doen, en ze lustte dat kind rauw. Ze was licht in het hoofd van woede.

'Alice,' zei Dominick. Zijn gezicht stond nogal strak. Een echt schoolmeestersgezicht. 'Madison is de dader.'

'Maar Madison zou toch nooit een vlieg kwaad doen?' Ze kende haar dochter. Ze kende haar weliswaar pas vijf dagen, maar toch kende ze haar.

En natuurlijk, ze was misschien een beetje moeilijk, en een tikje, enfin, agressief tegenover haar broertje en zusje als ze geagiteerd was, maar dat was toch de normaalste zaak tussen broertjes en zusjes (hoopte ze). Maar ze had het hart op de goede plek. Kijk dan hoe ze Olivia had geholpen met de choreografie van die vlinderdans. En kijk dan naar hoe ze Tom had geholpen met zijn aardrijkskundehuiswerk. Oké, Tom zei dat hij haar irritant vond en dat was geëindigd met Madison die in tranen was weggestormd en Tom die tegen zijn voorhoofd had geslagen en met zijn ogen had gerold als een miniatuuruitvoering van zijn vader, maar, nou ja... een dochter van Alice kon toch onmogelijk een pestkop zijn.

'Ben jij nog steeds – niet jezelf?' vroeg Dominick voorzichtig.

'Niet helemaal,' zei Alice.

'Kijk, dit is niet voor het eerst dat we problemen hebben met Madison. Een paar dagen geleden moest een klein jongetje nog naar de Eerste Hulp voor hechtingen, na onenigheid met Madison.'

Aha, dacht Alice. Dat was dus het 'incidentje' waar Kate Harper het in de sportschool over had gehad.

'Ik weet wel dat ze het moeilijk heeft, vanwege Gina's dood, en vanwege de scheiding,' vervolgde Dominick met een verfrommeld voorhoofd van bezorgdheid. 'Maar, het spijt me, Alice, dit is toch echt... o.' Zijn stem veranderde van toon toen hij over Alice' schouder iemand zag aankomen. 'Daar is je, eh... je...'

Alice draaide zich om en zag dat Nick op hen af kwam lopen. Hij droeg een pak en een das en sprak in zijn mobieltje. Zijn aura van zaken en beslissingen nemen en belangrijke vergaderingen, niet storen, zag er wat wonderlijk uit op dit zonovergoten schoolplein, met het geluid van kinderen die iets aan het opzeggen waren vanuit de open ramen van een klaslokaal vlakbij.

Dominick ving haar blik. 'Wel wat ongemakkelijk.'

'Ja.'

Toen Nick dichterbij kwam hoorden ze hem zeggen: 'Laten we zeggen twee miljoen. Lijkt dat je wat? Fantastisch. Tot ziens.' Hij klapte zijn telefoon met één hand dicht, en Alice wilde zeggen: 'O, Nick, lieve schat, stel je toch niet zo zakkerig aan.'

'Dominick, toch?' zei Nick terwijl hij zijn hand uitstak alsof Dominick daar stond om hem iets te verkopen.

'Ja, hallo, hoe gaat het?' zei Dominick. Hij was ongeveer een kop groter dan Nick, en hij zag eruit als een slungelige schooljongen vergeleken met Nick. Alice wilde hem knuffelen, maar ze wilde Nick ook omarmen. Het leken net twee jongens die zich als grote mensen hadden verkleed.

'Het moet behoorlijk belangrijk zijn, dit, als je ons allemaal hebt laten komen,' zei Nick op licht gespannen toon.

'Ja,' zei Dominick, en ook bij hem was de spanning hoorbaar. 'Madison heeft gedreigd Chloe Harper met een schaar te steken. Ze heeft ook haar haar afgeknipt en haar gezicht in een taart geduwd. Ik moet haar schorsen, op zijn minst tot de eerste schoolvakantie. Ik denk dat ze in therapie moet.'

'Ik begrijp het,' zei Nick en hij zakte in van moedeloosheid. Dominick had nu alle macht.

'Er zit toch vast nog wel meer achter zoiets?' zei Alice. 'Ze moet toch een reden hebben gehad.'

'Het doet er niet toe of ze er een reden voor had of niet,' zei Dominick (wel wat erg hooghartig, vond Alice, voor iemand die zo graag haar vriend wilde worden). 'Dat is onacceptabel. En je kunt je ook wel indenken hoe Kate Harper hierop zal reageren. Ze is nu op weg naar school.'

Dus Chloe was de dochter van die afgrijselijke Kate Harper. Nou, daar had je het al. Dat verklaarde alles.

'We zullen – ik weet niet – iets van een schadevergoeding moeten aanbieden,' verzuchtte Nick.

'Ik denk niet dat dit met geld kan worden opgelost,' zei Dominick. *Poing!*

'Dat bedoelde ik ook...'

'Hoe dan ook, beide meisjes zitten momenteel op ons te wachten in mijn kantoor,' viel Dominick hem in de rede.

Alice en Nick liepen achter hem aan als een stel stoute kinderen. Alice trok een 'Wat afschuwelijk, dit'-gezicht naar Nick en hij trok een grimas.

In Dominicks kantoor zaten Madison en een ander meisje op stoelen voor het bureau. Het andere meisje zat woedend te snikken, op zo'n manier van 'Ik heb het volste recht om heel hard te huilen'. Ze koesterde iets in haar armen, en Alice zag tot haar ontzetting dat het een lange blonde vlecht was. Haar hele gezicht en haar uniform zaten onder de stukjes cake, en room en kersen, en de hoekig afgehakte lijn van haar haar stond rechtovereind over de kraag van haar jasje.

'O, Madison,' zei Alice onwillekeurig. 'Hoe kón je?'

Madisons gezicht was lijkbleek, en haar ogen glommen van woede. Ze zat heel stil en rechtop met haar handen tot vuisten gebald in haar schoot; het beeld van een kleine psychopathische moordenaar die het politiebureau was binnengebracht voor ondervraging.

'Jij hebt wel wat uit te leggen, jongedame,' zei Nick, en Alice schoot bijna in de lach. Hij klonk als een man die de boze vader speelde in een slecht amateurtoneelstuk.

Madison zei helemaal niets.

'Wil je je ouders eens uitleggen wat er is gebeurd?' vroeg Dominick, die nu een stuk authentieker klonk.

Madison schudde haar hoofd heftig, alsof ze weigerde om staatsgeheimen te onthullen aan haar beulen.

'Ze heeft nog geen woord gezegd,' zei Dominick tegen Alice.

Het kleine meisje liet de blonde vlecht voor haar bungelen, en de tranen bleven maar over haar wangen rollen. 'Moet je mijn haar zien. Mijn moeder vermoordt je, Madison Love. Mijn haar is práchtig. Het gaat jaren en jaren duren voor het weer is aangegroeid. Dan ben ik veertig of zo. Je hebt het alleen maar gedaan omdat je jaloers bent en je hebt nog niet eens...' Haar stem haperde, alsof ze weer werd bevangen door de gruwelijke omvang van dit alles. 'Je hebt niet eens sorry gezegd.'

'Oké, Chloe,' zei Dominick. 'Word nu eerst maar eens even kalm.'

'Madison, bied je excuses eens aan Chloe aan,' zei Alice met een grimmige, dreigende stem die ze niet herkende. 'Nu direct.'

'Het spijt me,' mompelde Madison.

'Het spijt haar helemaal niet!' jammerde Chloe, die opkeek naar Alice en Nick. 'Dat zegt ze maar! Wacht maar tot mijn moeder hier zo is!'

'Nou,' zei Dominick, 'ik denk niet dat we daarop gaan wachten. Ik denk dat meneer en mevrouw Love Madison nu beter meteen mee naar huis kunnen nemen.'

Hij zakte op zijn hurken voor Madison zodat ze elkaar recht in het gezicht konden kijken.

'Madison, ik schors je hierbij per direct,' zei hij. 'Je kunt je niet zo gedragen als je hier op school wilt blijven. Heb je dat goed begrepen? Dit is echt heel, heel ernstig.'

Madison knikte. Haar gezicht was nu niet meer wit maar vuurrood.

'Goed,' zei Dominick en hij stond op. 'Ga je tas maar halen, en dan wachten je ouders op je bij het hek.'

Madison vloog het kantoor uit en Chloe liet een nieuwe stroom tranen vloeien.

'Oké, Chloe,' zei Dominick vermoeid. 'Je moeder komt zo. Blijf hier maar even wachten.'

Hij leidde Nick en Alice de kamer uit en deed de deur achter zich dicht.

'Het heeft waarschijnlijk niet veel zin dat jullie Kate nu spreken, als iedereen in alle staten is,' zei hij. 'Ik denk dat jullie Madison nu maar het beste mee naar huis kunnen nemen, en dat jullie met haar praten om te proberen een beeld te krijgen van wat er allemaal in haar hoofd omgaat. Ik raad jullie serieus aan om met haar naar een therapeut te gaan. Ik kan je wel wat namen aan de hand doen.' Er klonk gehaast geklik van hoge hakken in de verte. 'Dat zal Kate zijn. Ga nou maar.' Hij wuifde hen weg, alsof hij hen redde van de geheime politie. 'Verdwijn!'

Nick en Alice vluchtten weg over de speelplaats. Ze stopten bij het schoolhek. Nick stond te hijgen. Alice niet. Ze was veel fitter dan hij.

'Dat was echt vreselijk,' zei Alice. 'Het voelt net alsof ik zelf dat haar van dat kind heb afgeknipt. En die taart! Daar heeft ze zoveel tijd in gestoken! Dat arme kind.'

'Chloe, bedoel je?' vroeg Nick.

'Nee, Madison,' zei Alice. 'Wat kan ons die Chloe nou schelen?'

'Alice, onze dochter heeft gedreigd haar met een schaar te steken.'

'Ja, dat weet ik ook wel,' zei Alice.

Nick trok zijn mobieltje uit zijn zak en klapte het open. 'Ik zie niet helemaal in waarom ze geschorst moet worden,' zei hij terwijl hij een fronsende blik op zijn display wierp. 'Het is net alsof ze hun handen in de lucht steken en zeggen: "Wij weten ook niet wat we met haar aan moeten." Ze schuiven gewoon de verantwoordelijkheid af.' Hij keek op naar Alice. 'Niet dat ik je vriendje wil bekritiseren of zo.'

'Ik neem aan dat het schoolbeleid is,' zei Alice, die Dominick wilde verdedigen, maar zich tegelijkertijd ook door hem verraden voelde. Als je zoende met het hoofd der school, gaf dat je dan geen vrijbrief als het aankwam op schorsing van je dochter?

'Hoe dan ook,' zei Nick terwijl hij een blik op zijn horloge wierp. 'Ik moet weer naar kantoor. We moeten het er later nog maar eens over hebben. Ik weet niet wat voor straf jij in je hoofd hebt, maar het moet natuurlijk een flinke straf zijn...'

'Wat bedoel je?' zei Alice. 'Ik vind dat we meteen met haar moeten praten. Echt nu direct. Allebei.'

Nick leek te schrikken. 'Nu? Wil je mij er dan ook bij hebben?'

'Ja, natuurlijk wil ik dat,' zei Alice. 'Ik denk dat we een eindje met haar moeten gaan rijden. En dat we niet meteen boven op haar moeten springen met een straf. Ik haat dat woord, "straf".'

'O sorry, we moeten haar natuurlijk belonen. We moeten zeggen: "Goed gedaan, lieverd, misschien moet je eens denken aan een carrière als kapster."'

Alice giechelde. Nick glimlachte. Het zonlicht scheen recht in zijn gezicht. Hij schermde zijn ogen af met een hand en zei: 'Ik weet het straks meteen als je je geheugen weer terug hebt.'

'Hoe dan?'

'Aan hoe je naar me kijkt. Zodra je je alles weer herinnert, zal ik dat in je ogen zien.'

'Hoezo, spuwen die dan vuur?' vroeg Alice.

Nick glimlachte verdrietig. 'Zoiets, ja.' Hij keek weer op zijn horloge. 'Ik heb een vergadering om twaalf uur. Maar die kan ik wel verschuiven, denk ik.' Hij leek onzeker. 'Dus je wilt zeggen dat we met zijn tweeën een eind met haar moeten gaan rijden?'

'Is dat dan echt zo ongebruikelijk?' vroeg Alice.

'Normaal gesproken neem jij de regie en dan maak je me goed duidelijk dat mijn hulp niet nodig is.'

'Maar er is een nieuwe Alice opgestaan,' zei Alice.

'Dat kun je wel zeggen.' Nick leek op het punt te staan iets te gaan zeggen. Maar hij zweeg en keek over haar schouder. 'Daar hebben we onze kleine crimineel.'

Madison kwam op hen aflopen, met haar schooltas losjes in de ene hand, zodat hij bijna over de grond sleepte, en met een hangend hoofd.

'Met wie moet ik nu mee?' vroeg ze toen ze bij hen stond, zonder hen aan te kijken.

'Met ons allebei,' antwoordde Alice.

'Met jullie allebei?' Madison keek op en fronste. Ze zag er bang uit.

'Kom eens hier,' zei Alice.

Madison kwam naar haar toe stampen, nog altijd met haar blik op de grond, en Alice trok haar dicht tegen zich aan.

'We komen er wel uit samen,' zei Alice zachtjes in haar haren. 'Jij, je vader en ik gaan nu samen op het strand zitten, en dan gaan we ijs eten, en dan gaan we eens kijken wat er nu precies allemaal mis is.'

Madison hield heel even verbaasd haar adem in en barstte toen in tranen uit.

Elisabeths huiswerk voor Jeremy

Hij zegt steeds maar: 'Zet die televisie uit.'

En ik zeg steeds maar: 'Nog niet.'

Een poosje geleden heeft hij hem zelf uitgezet, maar toen hij dat deed ben ik verschrikkelijk gaan schreeuwen, alsof hij me pijn deed.

Een tikkeltje dramatisch. Ik zal me er later nog weleens voor schamen.

Maar het deed me ook echt pijn. Die harde, gonzende stilte nadat de televisie uitging deed letterlijk pijn aan mijn trommelvliezen.

Hij was denk ik bezorgd dat de buren de politie zouden bellen. Hij ziet er per slot van rekening uit als een type man van wie je verwacht dat die in de handboeien wordt afgevoerd door de politie vanwege huiselijk geweld. Dus hij haalde zijn schouders op en zette hem weer aan.

Ik kijk nu naar Oprah. Ze heeft het over een geweldig nieuw dieet. Het publiek vindt het geweldig. Ik vind het ook geweldig, J. Misschien dat ik het zelfs wel ga proberen. Ik maak in elk geval aantekeningen.

Ze zaten op het strand bij de haven in Manly, vlak bij de aanlegsteiger voor de veerboot, precies dezelfde plek als waar ze die ochtend koffie hadden gedronken nadat ze de hele nacht met Madison hadden rondgereden toen ze nog een baby was.

Ze hadden zelfs hetzelfde blauw met wit geruite picknickkleed. Dat lag bij Nick in de kofferbak. Het was niet zo fel als in Alice' herinnering maar haar handpalmen herinnerden zich wel dat bobbelige gevoel.

'Hoe komen we eigenlijk aan dit kleed?' vroeg Alice toen ze gingen zitten.

'Geen idee,' zei Nick. Zijn toon was defensief. 'Je mag het wel hebben als je dat soms wilt. Ik wist niet eens dat ik het nog in mijn auto had liggen.'

Allemachtig. Dat bedoelde ze helemaal niet. Weer zo'n glimp van hoe stompzinnig hun leven was geworden. Zou ze nou echt stennis maken om wie het picknickkleed kreeg?

Madison plofte op het kleed en sloeg haar armen om haar knieën, met haar kin omlaag, zodat haar sluike haar langs beide kanten van haar gezicht viel. (Alice' handen jeukten om het af te knippen. Ze zag er zoveel mooier uit met kort haar. Dat zou eigenlijk de perfecte 'straf' zijn! *Jij hebt haar vlecht eraf geknipt, dus nu gaat dat van jou er ook aan.*)

Na de tranen op het schoolplein had Madison nog geen woord gezegd. Nick had hen in zijn glimmende auto hiernaartoe gereden, en het grootste deel van de rit had hij met zijn handsfree telefoon gebeld. Hij lachte. Hij luisterde. Hij gaf korte, maar heldere instructies. Hij zei: 'Daar zal ik even over nadenken.' Hij zei: 'Oké, dat is dus een ramp,' terwijl hij over zijn schouder keek om van baan te veranderen. Hij zei: 'Goed gedaan, dat is geweldig nieuws.' Hij was echt een baas.

'Heb je het tegenwoordig naar je zin op het werk?' vroeg Alice hem tussen twee telefoontjes door.

Nick keek haar even aan van opzij. 'Ja,' zei hij na een paar seconden. 'Ik vind het geweldig.'

'Fijn,' zei Alice, want ze vond het echt fijn voor hem.

Nick trok spottend zijn wenkbrauwen op. 'O ja?'

'Ja, natuurlijk,' zei Alice. 'Waarom zou ik het anders zeggen?'

'Laat maar,' zei Nick, en Alice voelde dat Madison gespannen zat mee te luisteren op de achterbank.

Nick had zijn telefoon inmiddels uitgezet, en hij had zijn jasje en das in de auto achtergelaten. Nu was hij ook bezig zijn schoenen en sokken uit te trekken. Alice keek naar zijn blote voeten, die hij in het zand begroef. Zijn voeten waren haar even vertrouwd als de hare. Hoe kon ze nu niet voor altijd bij iemand blijven als ze zich zelfs thuis voelde bij zijn voeten – zijn enórme, niet bijzonder aantrekkelijke voeten?

'Prachtig,' zei Nick, en hij gebaarde naar het gladde, harde gele zand, de uitgestrekte azuurblauwe hemel, de veerboot die door de haven voer op weg naar de stad. Hij zei het op diezelfde tevreden toon waarop hij ook een geslaagd etentje in een restaurant omschreef, alsof het weer en het strand speciaal voor hem waren bereid, op een bordje gepresenteerd en ja, als het allemaal aan zijn hoge eisen bleek te voldoen, hartelijk dank, dan volgde er een flinke fooi. Het was zo typisch Nick. Hij hief zijn gezicht op naar de zon en sloot zijn ogen.

Alice trok haar eigen laarzen uit (ze had een ongelofelijk goede smaak, dat moest ze toegeven) en haar sokken.

'Dat zijn Toms voetbalsokken,' zei Madison terwijl ze even opkeek van haar knieën.

'Ik had haast,' verklaarde Alice.

Madison keek haar aan. 'En die sjaal die je om hebt komt uit Olivia's verkleedkist.'

'Dat weet ik ook wel, maar ik vond hem zo mooi,' Alice tilde het tere materiaal even op.

Madison bekeek haar weer met zo'n onnavolgbare blik.

Nick deed zijn ogen open. 'Nou, Madison...'

'Je had ijs beloofd,' zei Madison terwijl ze Alice woedend aankeek, alsof dit er weer eentje zou worden uit een lange reeks verbroken beloften.

'Je hebt gelijk, dat heb ik beloofd,' zei Alice.

Nick zuchtte. 'Ik ga wel.' Hij trok zijn schoenen weer aan en keek omlaag naar Madison. 'Niet aan je broertje en zusje vertellen dat wij ijs hebben zitten eten op het strand, graag. Anders laten die zich straks ook nog schorsen.'

Madison giechelde. 'Oké.'

Terwijl Nick wegliep, zei Madison: 'Ik wil niet vertellen wat er is gebeurd waar papa bij is.'

Het zou dus wel een meidending zijn. 'Nou goed, dan vertel je het maar aan mij.'

Madison liet haar kin op haar knieën rusten en zei met een gedempte stem: 'Chloe zei dat jij en meneer Gordon hebben ge...'

Alice verstond het laatste woord niet.

'Ge-wat?' vroeg ze.

'Gesekst,' siste Madison. 'Ze zei dat jij en meneer Gordon het in zijn kantoortje hebben gedaan. Al wel honderd keer.'

Meneer Gordon? O, Dominick.

'Lieverd,' begon Alice, en ze vroeg zich af waar ze zou moeten beginnen. In de eerste plaats wist ze zelf niet eens of het zo was of niet. Maar als ze het deden, dan toch zeker niet in zijn kantoortje? Of wel?

'Ik ging bijna over mijn nek. Ik moest echt heel diep ademhalen en mijn hand voor mijn mond doen. Het is toch niet waar, hè? Je hebt toch niet echt ooit je kleren uitgetrokken voor meneer Gordon?'

Nou ja, als het zo was, dan was het hoe dan ook geen informatie die ze met die Chloe zou delen. Waarschijnlijk had Dominick het ook niet tijdens een bijeenkomst van alle leerlingen verteld.

'Chloe Harper is een verschrikkelijk liegbeest,' concludeerde Alice dan ook beslist.

'Nou, zeg dat wel,' zei Madison opgelucht. 'Dat zei ik dus ook tegen haar!' Ze keek over het water en streek haar haren achter haar oren. 'Toen zei zij dat ik het lelijkste meisje van de hele school was, maar dat was geen leugen, want dat is gewoon waar.'

Alice' hart brak. 'Dat is al helemaal niet waar!'

'Toen kreeg ik zo'n gevoel,' zei Madison, 'alsof er iets ontplofte in mijn hoofd. Ze stond voor me en ik pakte mijn handenarbeidschaar en toen heb ik haar vlecht eraf geknipt. Knip! Hij viel zo op de grond. En toen ze zich omdraaide heb ik mijn taart in haar gezicht gegooid. Dus die heb ik ook verpest, en niemand had hem nog geproefd. Terwijl het de beste taart was die ik ooit heb gebakken.'

'Heb je echt gedreigd om haar met die schaar te steken?'

'Nee! Dat heeft ze gewoon verzonnen zodat ik nog erger in de problemen zou komen.'

'En dat is de waarheid?'

'Ja,' zei Madison.

'Oké,' zei Alice. Nou, dat was in elk geval iets.

Alice zei: 'Weet je, Madison, mensen zullen je hele leven gemene dingen blijven zeggen. En als je elke keer zo reageert, dan beland je nog een keer in de gevangenis.'

Madison leek daarover na te denken. 'Maar ik ben te jong voor de gevangenis,' zei ze.

'Ja, oké, nu wel, maar als je straks volwassen bent...'

'Als ik volwassen ben kan het me niet meer schelen.'

'Je bedoelt dat het je dan niet kan schelen of je in de gevangenis zit? Nou, ik denk dat je er dan anders over denkt.'

Madison rolde met haar ogen. 'Nee, dan kan het me niet meer schelen wat mensen van me zeggen, want dan ben ik volwassen. Dan zeg ik gewoon: "Kan mij wat schelen, ik ga toch naar Frankrijk."'

Aha, maar natuurlijk. Alice kon zich nog wel zoiets herinneren van toen ze zelf nog kind was. Als je eenmaal volwassen was, dan kon niemand je nog iets maken, want als mensen je dan pijn deden, *dan stapte je gewoon in je auto, en dan reed je weg naar waar je maar naartoe wilde.*

Nog voor ze een manier had bedacht om uit te leggen hoe het zat, zonder Madison van deze illusie te beroven (want wat had je anders om naar uit te kijken?), viel er een schaduw over hen.

'De ijskoerier.' Nick stond naast hen met drie hoorntjes in zijn hand.

'Ik neem aan dat jij nog altijd van rum-rozijnen houdt,' zei hij tegen Alice.

'Natuurlijk.' Dat hij dat moest vragen.

Ze aten hun ijsjes en keken naar het water.

'Madison heeft me net verteld wat Chloe tegen haar zei,' vertelde Alice. 'En het was iets heel erg gemeens, dat ook helemaal niet waar is.'

'Oké,' zei Nick voorzichtig. Hij likte aan zijn ijsje en keek hen allebei aan.

'Dus dan moeten we Madison denk ik helpen met betere manieren om te reageren als ze weer eens zo boos wordt.'

'Zelf haal ik altijd tien keer diep adem voor ik iets zeg als ik boos ben,' zei Nick.

'Niet waar,' zei Madison. 'Jij begint altijd meteen te schreeuwen. En mama ook. En die keer dan dat mama de pizzadoos naar jouw hoofd gooide?'

Jemig, ze hadden hun kinderen nou niet bepaald het goede voorbeeld gegeven.

Alice schraapte haar keel. 'Weet je wat het is...'

'Kom je alsjeblieft weer thuis, pap?' vroeg Madison. 'Ik vind dat je weer thuis moet komen wonen en dat je weer gewoon mama's man moet zijn. Ik weet zeker dat ik dan niet meer de hele tijd zo boos ben. Dan doe ik nooit meer iets ergs, mijn hele leven niet. Dat wil ik best voor je opschrijven in een contract. Dus dan zou je me kunnen aanklagen als ik ooit wel stout ben, wat ik dan toch nooit meer ben.'

Ze keek haar vader wanhopig smekend aan.

'Liefje,' begon Nick, met een vertrokken gezicht, alsof hij kiespijn had. Toen zweeg hij, omdat hij werd afgeleid door lawaai verderop op het strand. Er werd geschreeuwd en mensen renden heen en weer. Alice zag een kleine menigte te hoop lopen op de rotspunt boven het aquarium, en ze zag mensen wijzen naar iets in het water.

'Er zijn bultruggen in de haven!' riep een man tegen hen, en hij holde voorbij met zijn camera dansend aan een koordje tegen zijn borst.

Nick sprong meteen op, nog altijd met zijn ijsje in zijn hand. Madison en Alice keken naar hem.

'Nou, waar wachten jullie op?' vroeg hij, en het volgende moment renden ze hijgend over het strand, richting haven. Ze holden om de promenade heen, met hun ijsjes voor zich uit gestoken.

Ze moesten een betonnen trap op rennen, en Alice liep voorop, met haar ijsje in de ene hand en haar rok in de andere, terwijl ze moeiteloos twee treden tegelijk nam.

Toen ze boven was, was ze precies op tijd om een geweldige pluim water op te zien spuiten uit het water onder hen.

'Het zijn een moeder en haar kalf,' zei een vrouw tegen Alice. 'Kijk, daar, zie je? Ze komen zo wel weer boven.'

Nick en Madison waren nu ook boven. Nick hijgde moeizaam. (Sinds wanneer was die zo uit vorm?)

'Waar? Waar?' vroeg Madison. Haar gezicht was roze en gespannen.

'Kijk maar,' zei Alice.

Een paar seconden lang was er niets te zien. Het water in de haven rimpelde in de wind en een meeuw schreeuwde klaaglijk.

'Ze zijn al weg,' zei Madison. 'Wij hebben ze dus weer gemist.'

Nick keek op zijn horloge.

Kom dan, walvis, dacht Alice. Doe ons een lol.

Het water brak open terwijl een gigantisch beest recht de lucht in sprong. Het leek wel alsof er iets prehistorisch dwars door een onzichtbare barrière het gewone leven in kwam duiken. Alice ving een glimp op van de witte onderkant van de walvis, die vol zat met zeepokken. Ze leek in de lucht te blijven hangen voor ze op het water sloeg en hen achterliet met een gordijn van zilte regendruppels in hun gezicht.

Madison greep Alice' arm. Haar gezicht straalde van plezier en glom van de druppeltjes water. 'Kijk dan, mam, kijk!'

De walvis rolde lui door het water en liet enorme rondingen van fluwelig zwarte huid zien. Ze klapte met haar staart op het water, alsof ze van een lekker warm bad aan het genieten was.

'Madison, Alice, hier – hier is de baby!' schreeuwde Nick, en hij klonk als een jongen van zestien.

Het kalf spetterde rond als een miniatuuruitvoering van zijn moeder. Alice kon hem als het ware horen gorgelen van het lachen.

'Ha!' zei Nick zonder dat het ergens op sloeg. 'Ha!'

Overal om hen heen waren blije, verwonderde gezichten. De zeelucht voelde koel op hun wangen, en de zon warm op hun rug.

'Nog een keer!' zei Madison. 'Spring nog een keertje, walvis!'

'Ja, toe dan!' zei de man met de camera. 'Nog een keer.'

En de walvis deed wat er van haar werd gevraagd.

Elisabeths huiswerk voor Jeremy
Ben dreigt dat hij jou gaat bellen. Ik denk dat hij bang is dat ik gek geworden ben.

Overpeinzingen van een overgrootmoeder

Ik heb hem verslagen met de PlayStation.
En toen probeerde hij me te zoenen.

COMMENTAAR NIET MOGELIJK.

Toen ze terugliepen naar het picknickkleed danste Madison om hen heen. Ze was euforisch. Ze huppelde. Ze sprong. Ze zwaaide met Nicks hand, en toen met die van Alice, en toen met die van hen allebei tegelijk. Voorbijgangers glimlachten om haar.

'Dat was het gaafste wat ik ooit heb gezien!' bleef ze maar zeggen. 'Ik ga een poster maken van die foto, en die hang ik boven mijn bed!'

De man met de camera had Nicks e-mailadres gekregen, en hij zou hem de foto sturen die hij had gemaakt.

'Laten we hopen dat hij hem niet net heeft gemist,' zei Nick.

'Nee, hij heeft haar er absoluut op staan,' zei Madison. 'Mag ik even pootjebaden, gewoon om het water even te voelen?'

Ze keek Alice aan en Alice keek naar Nick. Die haalde zijn schouders op.

'Tuurlijk,' zei Alice. 'Waarom niet?'

Ze keken haar na terwijl ze naar het water rende en ze gingen zelf weer op het kleed zitten.

'Denk je dat ze in therapie moet?'

'Ze heeft wel veel voor haar kiezen gehad,' zei Nick. 'Gina's ongeluk. Dat van jou en mij. En dingen komen bij haar toch altijd al zo hard binnen.'

'Hoe bedoel je, "Gina's ongeluk"?' Alice dacht aan Madisons nachtmerrie. *Haal het van haar af.*

'Madison was toen bij jou,' zei Nick. 'Ze heeft het zien gebeuren. Je weet het niet meer, hè?'

'Nee,' zei Alice. 'Ik weet alleen nog het gevoel.' Hoewel dat gevoel van misselijkmakende angst vandaag onmogelijk leek, met de zon en de zee, en de ijsjes en de walvissen.

'Het stormde,' zei Nick, 'en er viel een boom boven op Gina's auto. Madison en jij reden er vlak achter.'

Een boom. Dus dat afschuwelijke beeld van een zwarte, bladloze boom die tegen een stormachtige hemel stond te zwaaien was echt.

'Het moet voor jullie allebei verschrikkelijk zijn geweest,' zei Nick zachtjes. Hij pakte een handvol zand en liet de korrels door zijn vingers glijden. 'En ik heb niet... ik was niet...'

'Wat?'

'Ik heb je niet zoveel steun geboden als eigenlijk had gemoeten,' zei Nick.

'Waarom niet?' vroeg Alice uit nieuwsgierigheid.

'Ik zou het bij god niet weten,' antwoordde Nick. 'Ik voelde me gewoon zo ver van je verwijderd. Ik had het gevoel dat je niet zat te wachten op mijn medeleven. Ik had het idee dat... dat als je had mogen kiezen, je liever had gewild dat ik dood was dan Gina. Ik weet nog dat ik probeerde mijn armen om je heen te slaan, maar je duwde me van je af, alsof je niet goed werd van mij. Ik had beter mijn best moeten doen. Het spijt me.'

'Maar hoe kom je erbij dat ik jou liever dood had dan Gina?' vroeg Alice. Het leek zoiets raars en kinderachtigs en zoiets verkeerds om te denken.

'Omdat het op dat moment niet zo goed met ons ging en jullie waren zulke ontzettend dikke vriendinnen,' zei Nick. 'Ik bedoel, dat was ook goed, dat was prima, maar...' Zijn lippen vertrokken vreemd. 'Je had Gina eerder verteld dat je zwanger was van Olivia dan mij.'

'Echt waar? Waarom zou ik dat in 's hemelsnaam hebben gedaan? Het spijt me.'

'O, het was niks bijzonders, eigenlijk.' Hij zweeg. 'Ik heb je ook weleens iets tegen haar horen zeggen over ons seksleven. Althans, het gebrek daaraan. Ik bedoel, ik weet best dat vrouwen het daar onder elkaar over hebben. Maar de toon in je stem. Er sprak zo'n minachting uit voor mij. En toen zij en Mike uit elkaar gingen en jij 's avonds met haar op stap ging om haar te helpen een nieuwe kerel te scoren, had ik het gevoel dat je jaloers op haar was. Jij wilde ook weer single zijn. Ik stond je in de weg. Je zag me als een belemmering.'

'Het spijt me zo ontzettend,' zei Alice. Het voelde alsof een andere vrouw Nick iets vreselijks had aangedaan. Het was net alsof hij een ex beschreef die ooit zijn hart had gebroken.

'En toen ging Gina dood. En dat was het. Jij bevroor. Zo voelde het. Alsof je van ijs werd.'

'Ik begrijp niet waarom ik zo deed,' zei Alice. Als haar vriendin Sophie zou zijn gestorven, dan zou ze uren hebben willen huilen in de veilige, troostende verstrengeling van Nicks armen.

'Is dat ook de reden waarom je niet naar de begrafenis bent geweest?' vroeg ze.

Nick zuchtte.

'Ik moest in New York zijn. Er was een heel belangrijke vergadering die al maanden op de agenda stond, maar ik heb je verdomme duizenden keren gezegd dat ik die zo zou afzeggen. Ik bleef maar aan je vragen of jij mij erbij wilde, op de begrafenis, maar jij zei alleen: "Doe maar wat je niet laten kunt." Dus toen dacht ik dat jij misschien liever wilde dat ik er juist niet bij was. Ik wilde er wel heen. Ze was ook mijn vriendin. Ooit. Ik werd er knettergek van hoe ze altijd maar de baas speelde over jou, maar ik gaf nog wel om haar. Het werd alleen zo verwarrend toen Mike en zij uit elkaar gingen. Ik wilde graag met hem bevriend blijven, en dat zag jij als verraad aan Gina. Zijzelf trouwens ook. Ze was ontzettend kwaad op me. Elke keer als ik haar zag, vroeg ze: "Heb jij Mike nog gezien de laatste tijd?" en dan keken jullie me allebei zo vuil aan, alsof ik de kwaaie pier was. Ik zag niet in waarom ik een goede vriend van me aan de kant zou moeten schuiven vanwege een eenmalig dronken... enfin, hier hebben we het al eindeloos vaak over gehad. Ik probeer alleen maar te zeggen dat ik me zo, ik weet niet, ongemakkelijk voelde toen zij dood was. Ik wist niet hoe ik hoorde te reageren. Ik wilde gewoon dat jij zou zeggen: "Natuurlijk moet je die reis afzeggen. Natuurlijk moet je naar de begrafenis komen." Ik had het gevoel dat ik jouw toestemming nodig had.'

'Dus al onze problemen zijn het gevolg van Mike en Gina,' zei Alice. Die twee wildvreemde mensen hadden dus hun huwelijk verziekt.

'Ik geloof niet dat we de schuld volledig op die twee kunnen schuiven,' zei Nick. 'We maakten ook veel ruzie. Over de stomste dingen.'

'Zoals?'

'Zoals, weet ik veel, zoals over kersen. Op een dag gingen we naar mijn moeder om daar te eten, en ik at wat van de kersen die we mee zouden nemen. Het was de misdaad van de eeuw. Je kon er maar niet over ophouden. Nog maanden heb je het over die kersen gehad.'

'Kersen,' peinsde Alice.

'Op mijn werk respecteerden de mensen mijn mening,' zei Nick, 'maar als ik thuiskwam, dan leek het wel of ik de dorpsgek was. Ik wist niet hoe ik de vaatwasser op de juiste manier in moest laden, ik kon nooit de juiste kleren voor de kinderen bij elkaar zoeken. Toen ben ik maar opgehouden om hulp aan te bieden. Het was me al die kritiek niet meer waard.'

Ze zaten een poosje zwijgend naast elkaar. Naast hen zat een gezin met een peuter en een baby op een kleed. De peuter pakte met een vastberaden blik een handje zand om dat in het gezicht van zijn kleine zusje te laten vallen. Ze hoorden zijn moeder zeggen: 'Pas op,' en de vader trok hem nog net op tijd weg. De moeder rolde met haar ogen en de vader mompelde iets onverstaanbaars.

‘Ik zeg niet dat ik zo perfect was,’ zei Nick. ‘Ik was ook veel te druk met mijn werk. Geobsedeerd, volgens jou. Je hebt het altijd over het jaar dat ik met het Goodman-project bezig was. Toen moest ik veel op reis. Jij stond er alleen voor met drie kleine kinderen. Je zei weleens dat ik je “in de steek had gelaten”. Ik geloof dat dat jaar mijn carrière heeft gemaakt tot wat het nu is, maar misschien...’ Hij stopte en kneep zijn ogen half dicht terwijl hij naar de haven keek. ‘Misschien is dat ook het jaar geweest dat ons ons huwelijk heeft gekost.’

Het Goodman-project. Die woorden gaven haar een vieze smaak in de mond. *Dat verdomde Goodman-project.* Het woord ‘verdomd’ leek zo natuurlijk met de naam ‘Goodman’ samen te gaan.

Alice zuchtte. Het leek allemaal zo complex. Haar fouten. Nicks fouten. Voor het eerst dacht ze dat het misschien toch niet mogelijk was om hun relatie te lijmen.

Ze keek naar het gezinnetje met de twee kleine kinderen. De vader zwierde het jongetje nu in de rondte en de moeder zat te lachen, en ze nam foto’s van hen met een digitale camera. Wat zouden ze zich herinneren als ze later terugdachten aan deze dag, het zwieren of het zandgooien?

Madison kwam teruglopen van de zee, en ze droeg iets in het kommetje van haar handen, met een stralend gezichtje.

Nicks hand lag naast die van Alice op het picknickkleed.

Ze voelde het puntje van zijn vinger heel voorzichtig haar hand aanraken.

‘Misschien moeten we toch nog een poging wagen.’

29

Op vrijdag doken George en Mildred ineens weer op. Alice vond ze achter in de garage. George lag op zijn zijkant, alsof hij omvergeschopt was. Zijn eens zo waardige leeuwenkop zat nu onder de groene mosvlekken, en daar schaamde hij zich duidelijk voor, alsof hij een ouwe man was die zichzelf met eten had besmeurd. Mildred stond op een plank naast een stapel oude potten. Uit een van haar poten miste een hele hap, en ze zag er verdrietig en gelaten uit. Ze waren allebei verschrikkelijk smerig.

Alice had ze op de veranda achter het huis neergezet, en stond ze te schrobben met een mengsel van bleek en water, zoals aanbevolen door de buurvrouw, mevrouw Bergen. Die was dolgelukkig dat Alice naar haar kamp was overgelopen wat betreft de nieuwbouw, en ze zwaaide en glimlachte weer als ze haar zag. Ook had ze Alice op het hart gedrukt dat de kinderen bij haar piano mochten komen spelen wanneer ze maar wilden. 'We zijn geen vijf meer,' zei Tom vermoeid. 'Weet ze soms niet dat we een PlayStation hebben?'

Barb had aangeboden om met Madison te gaan winkelen op de eerste dag van haar schorsing. 'Maak je geen zorgen, ik zal haar heus niet verwennen,' had ze tegen Alice gezegd. 'Geen nieuwe kleren, of zo. Tenzij ze echt iets heel bijzonders ziet, natuurlijk, en in dat geval leg ik het wel weg voor haar verjaardag.'

Terwijl Alice zo stond te schrobben, vroeg ze zich af of George en Mildred er ooit weer zo uit zouden zien als vroeger. Was het te laat? Waren ze te zeer getekend door jaren van verwaarlozing?

En zou dat voor haar en Nick net zo gelden? Hadden al die ruzies en al die akelige woorden geleid tot een lelijke, spijkerharde bovenlaag die dat wat ooit zo mooi en zo lief was geweest, bedekte?

Nou, als dat zo was, dan zouden ze gewoon net zolang door blijven hakken tot die laag helemaal verdwenen was. Het kwam allemaal wel weer goed. Zo goed als nieuw zouden ze worden! Ze schrobde zo verbeten over Mildreds manen dat haar tanden ervan klapperden.

De telefoon ging over en Alice legde opgelucht haar borstel neer.

Het was Ben. Zijn stem klonk laag en traag, en heel erg Australisch. Alsof ze iemand uit de outback aan de lijn had. Hij zei dat Elisabeth nu al vierentwintig uur achter elkaar in bed tv zat te kijken, en dat ze begon te gillen als hij het toestel uit wilde zetten, en dat hij niet wist hoe lang dit nog zo door kon gaan.

'Het zal wel komen doordat ze zo verdrietig is omdat jullie laatste ivf-poging is mislukt,' zei Alice, ondertussen kijkend naar haar ijskast, die vol hing met foto's van de kinderen en nieuwsbrieven van hun school. Kon ze maar wat van haar leven delen met haar zusje.

Er viel een korte stilte en toen zei Ben: 'Ja, nou, dat is dus het andere probleem. Ik ben erachter gekomen dat die dus niet is mislukt. Ik kreeg een telefoontje van de kliniek om haar afspraak voor een echo te bevestigen. Ze is zwanger.'

Elisabeths huiswerk voor Jeremy

Ik hoor hem in de kamer hiernaast bellen met Alice. Ik heb hem laten beloven dat hij aan niemand zou vertellen dat ik zwanger ben.

Ik wist wel dat hij het toch zou doen. De leugenaar.

Je hebt geen idee hoe kwaad ik nu ben. Op hem. Op zijn moeder. Op mijn moeder. Op Alice. En op jou, Jeremy. Ik haat jullie allemaal. Zomaar, nergens om.

Ik denk dat het komt door al dat medeleven, en dat medelijden en dat begrip van jullie, maar vooral vanwege de hoop. Voor de opmerkingen die ik straks voor mijn kiezen krijg: 'Deze keer zou het kunnen lukken!' of: 'Ik heb er een heel goed gevoel over!'

Golven van withete woede blijven maar in me naar boven komen. Ik probeer erop mee te deinen, zoals ik me voorstel dat je ook doet als je weeën hebt. Ik ben misselijk, en mijn borsten doen pijn, en ik heb een vreemde smaak in mijn mond, en we zijn al zo vaak op dit punt geweest, en ik kan het niet nog een keer, ik kan het niet.

En waar ik nog het allerkwaadst om ben, Jeremy, is dat ondanks het feit dat ik het uitspreek en geloof en met mijn hele hart weet dat we het ook deze weer kwijt zullen raken, net als alle andere kindjes, ik ook weet dat onder dat alles een redeloos optimistisch, sneu stemmetje vrolijk roept: 'Maar wie weet...?'

Alice reed naar Elisabeths huis toe.

Ben moest haar een routebeschrijving geven, en geen van de straten in die buurt kwamen haar ook maar een beetje bekend voor. Misschien dat ze niet zo vaak bij Elisabeth op bezoek ging? Omdat ze het zo druk had. Druk, druk, druk.

Ze woonden in een bakstenen huisje met keurig gemaaid gras voor de deur. Het was een buurt met veel gezinnen. Bij het huis van de buren stond een schommelset in de voortuin, en aan de overkant leunde een vrouw haar auto in om haar baby uit het autostoeltje te vissen. Het deed Alice denken aan haar eigen straat, tien jaar geleden.

Ze hoorde de televisie schallen zodra Ben de deur opendeed. 'Ze heeft die graag zo hard,' verklaarde Ben. 'Maak je borst maar nat. Als je het geluid uitzet, dan gaat ze tekeer als een kat in nood. Ik vind het doodeng. Ik moest vannacht in de logeerkamer slapen. Volgens mij heeft ze geen oog dichtgedaan.'

'Wat is er dan, denk je?' vroeg Alice.

Ben haalde zijn enorme schouders op. 'Ik denk dat ze bang is dat het weer een miskraam wordt. Net als ik. Ik bedoel, ik was in zekere zin opgelucht toen ik nog dacht dat het bloedonderzoek negatief was.'

Alice liep achter Ben aan, het huis door (heel erg strak, keurig en kaal; nergens rommel) naar de slaapkamer, waar Elisabeth rechtop in bed zat, met de afstandsbediening in haar hand en met op haar schoot een schriftje met een pen.

Ze droeg nog altijd dezelfde kleren die ze aan had gehad op het slagersseminar, maar haar haren waren een warrige klittenboel en haar mascara was uitgelopen zodat ze enorme donkere kringen onder haar ogen had.

Alice zei niets. Ze schopte alleen haar schoenen uit en sprong in bed naast Elisabeth. Ze trok de dekens op en legde een kussen in haar rug.

Ben bleef onzeker in de deuropening hangen. 'Oké,' zei hij. 'Dan ga ik nu maar even aan de auto sleutelen.'

'Ja, goed,' zei Alice met een glimlach.

Alice keek opzij naar Elisabeths profiel. Haar gezicht stond star en haar blik was strak op de televisie gericht.

Alice bleef zwijgen. Ze wist niet wat ze moest zeggen. Misschien was het wel genoeg om alleen maar naast haar te zitten.

Er was een herhaling van *M*A*S*H* op tv. De vertrouwde hoofdpersonen en de plotselinge uitbarstingen van blikkerig gelach brachten Alice zo weer terug naar 1975. Toen zat ze met Elisabeth op de oude beige bank te wachten tot hun moeder thuiskwam van haar werk, en at ze lunchworst met tomatenketchup op witte boterhammen.

Alice' gedachten dreven af. Ze dacht aan deze rare periode in haar leven die begon toen ze bijkwam in de sportschool, afgelopen vrijdag. Het was alsof de afgelopen week een vakantie was geweest naar een exotische bestemming waarvoor je een heleboel nieuwe vaardigheden nodig had. Er was zoveel gebeurd. De ontmoeting met haar kinderen. Mama en Roger die nu samen waren. De Talentenshow.

Na een poosje voelde ze dat Elisabeth naast haar bewoog. Alice hield haar adem in.

Elisabeth zei geërgerd: 'Moet jij dan niet van alles doen?'

'Dit is belangrijker.'

Elisabeth grimaste en trok aan de deken, zodat Alice' benen niet meer bedekt waren. Alice trok hem weer terug.

*M*A*S*H* was afgelopen en Elisabeth zapte naar een andere zender. Audrey Hepburns delicate gezichtje vulde het scherm. Elisabeth zapte door naar een kookprogramma.

Alice had zin in koffie. Ze vroeg zich af of dit moment, wat het ook was, stuk zou gaan als ze naar de keuken liep om koffie te maken voor in bed. O, ze zou een moord doen voor een grote latte van Dino's met twee shots espresso.

Dino.

Ze dook naar haar handtas, die ze op de grond naast het bed had neergelegd en begon erin te rommelen. Ze trok het vruchtbaarheidspoppetje eruit en legde het op de lakens, tussen haar en Elisabeth in. Het keek hen aan met ondoorgrondelijke bolle ogen. Alice zette het zo neer dat het Elisabeth aankeek.

Er ging een hele poos voorbij en Elisabeth zei: 'Oké, wat is dat voor ding?'

'Het is een vruchtbaarheidspoppetje,' antwoordde Alice. 'Dat moest ik aan jou geven van Dino, van de koffiezaak.'

Elisabeth pakte het poppetje op en bekeek het eens goed. 'Ik denk dat hij zeker wil stellen dat ik niet nog meer kinderen uit zijn zaak ontvoer.'

'Waarschijnlijk,' zei Alice instemmend.

'Wat moet ik ermee?'

'Geen idee,' zei Alice. 'Misschien dat je er offers aan kunt brengen?'

Elisabeth rolde met haar ogen. Ze toonde heel even iets van een glimlach en ze zette het poppetje naast zich op haar nachtkastje.

'Ik zou in de zomer uitgerekend zijn,' zei ze. 'Als het...'

'Dat lijkt mij een prima tijd om een kind te krijgen,' zei Alice. 'Dan is het tenminste niet zo koud als je er 's nachts uit moet om het te voeden.'

'Maar er kómt natuurlijk helemaal geen baby,' beet Elisabeth haar toe.

'We kunnen papa vragen om een goed woordje voor je te doen,' zei Alice. 'Hij heeft vast zo zijn connecties.'

'Dacht je dat ik hem daar niet om had gevraagd bij de andere zwangerschappen?' vroeg Elisabeth. 'Ik heb het hele zootje om hulp gebeden. Jezus. Maria. Sint-Gerardus, want dat is zogenaamd de beschermheilige van de vruchtbaarheid. Maar niemand heeft me verhoord. Ze negeren me.'

'Papa zou jou heus niet negeren,' zei Alice, en plotseling zag ze haar vaders gezicht heel scherp voor zich. Ze kon zich dat gezicht meestal alleen van foto's herinneren, niet uit haar eigen geheugen. 'Misschien is daarboven wel een hoop bureaucratie, en heeft hij daarmee te kampen.'

'Ik geloof trouwens toch niet in het hiernamaals, denk ik,' zei Elisabeth. 'Vroeger had ik altijd van die romantische ideeën over dat papa wel voor mijn verloren kindjes zou zorgen, maar ja, toen liep het allemaal zo uit de hand dat hij zo onderhand een kinderdagverblijf zou kunnen beginnen.'

'Dat leidt in elk geval lekker af van dat gedans van Roger en mama,' zei Alice.

Deze keer glimlachte Elisabeth breeduit.

'Mama weet nog alle data waarop ik ooit uitgerekend was. Dan belt ze me 's ochtends vroeg al op, en dan kletst ze erop los. Ze zegt er niks over, ze babbelt alleen maar.'

'Ze lijkt me wel goed met de kinderen overweg te kunnen,' zei Alice. 'Ze zijn in elk geval stapel op haar.'

'Ze is een goeie oma,' zuchtte Elisabeth.

'Ik neem aan dat we haar hebben vergeven,' zei Alice.

Elisabeth draaide zich om en keek haar fel aan, maar ze vroeg niet: 'Wat hebben we haar vergeven?'

Het was iets waar ze nooit over spraken (tenminste, voor zover Alice nog wist, hadden ze het er nog nooit over gehad); het feit dat Barb geen moeder meer voor hen was geweest na de dood van hun vader. Ze had er gewoon de brui aan gegeven; het was ronduit schokkend. Van de ene op de andere dag was ze een moeder die het niets meer kon schelen of ze het huis uit gingen zonder warme kleren en of ze wel groente aten – en wat wilde dat eigenlijk zeggen: dat ze daarvoor alleen maar deed alsóf die dingen haar interesseerden? Zelfs maanden later wilde ze alleen maar de hele dag door het huis dwalen, en hun handje vasthouden terwijl ze zat te huilen boven fotoalbums. Toen was Frannie hen te hulp geschoten, en die had weer structuur en regels aangebracht in hun leven.

Alice en Elisabeth zagen Barb niet meer als hun moeder, maar eerder als een enigszins onnozel jonger zusje. Zelfs toen ze er uiteindelijk weer bovenop krabbelde en haar gezag wat meer liet gelden, lieten ze haar niet echt meer hun moeder zijn. Het was een subtiele maar absolute vorm van wraak.

'Ja,' zei Elisabeth na een poosje. 'Ik geloof dat we het haar uiteindelijk toch hebben vergeven. Ik weet niet meer precies wanneer, maar het is zo.'

'Gek hè, hoe dingen lopen.'

'Ja.'

Ze keken naar een reclame voor een tapijtwinkel, en Elisabeth sprak alweer. 'Ik ben zo ontzettend kwaad. Ik kan je niet zeggen hoe kwaad ik ben.'

'Oké,' zei Alice.

Meer stilte.

'We hebben zeven jaar verspild aan pogingen om een leven op te bouwen, een doodnormaal leven in een nettemensenbuurt, met 2,1 kinderen. Dat is het enige waar we mee bezig zijn geweest – maar echt gelééfd hebben we niet – en nu gaat alles weer een paar maanden in de wacht tot ik deze ook weer verlies, en dan moet ik daar weer overheen zien te komen, en dan komt Ben weer met die adoptiepapieren en dan gaat iedereen ons weer enthousiast lopen aanmoedigen: o ja, adoptie, wat enig, en zo multiculti ook! En dan moet ik deze baby maar weer vergeten.'

'Wie zegt dat je het kwijtraakt?' zei Alice. 'Misschien wordt deze wel gewoon geboren.'

'Natuurlijk raak ik deze ook kwijt.'

De presentator van het kookprogramma liet wat honing in een pan lopen. 'Gebruik wel ongezouten boter, dat is het geheim.'

Elisabeth zei: 'Het enige wat ik hoef te doen is net doen alsof ik niet zwanger ben, want als ik het dan weer verlies, doet het niet zo'n pijn. Maar het lukt niet. En dan denk ik weer: joh, wees toch hoopvol! Ga er gewoon van uit dat het allemaal goed komt. Maar als ik dat doe, sta ik de hele dag doodsangsten uit. Elke keer als ik moet plassen ben ik als de dood dat ik bloed zie. En elke keer als ik voor een echo moet ben ik bang voor die verandering op hun gezichten. En je mag je helemaal geen zorgen maken, want stress is slecht voor de baby, maar hoe kan ik me nou niet zorgen maken?'

'Als je dat nu aan mij delegeert?' zei Alice. 'Dan ga ik de hele dag voor jou zitten piekeren, want dat kan ik namelijk geweldig goed.'

Elisabeth glimlachte en keek weer naar de televisie. De presentator trok iets uit de oven en snoof er vol overgave aan. 'Voilà!'

Ze zei: 'Ik had die dag dat Gina overleed meteen naar je toe moeten komen, maar dat heb ik niet gedaan. Het spijt me.'

Wat gek, dacht Alice. Iedereen heeft spijt van dingen die met Gina's dood te maken hebben.

'Waarom eigenlijk niet?'

'Ik wist niet of je mij wel wilde zien,' zei Elisabeth. 'Ik had het idee dat ik misschien iets verkeerds zou zeggen. Gina en jij waren zo dik met elkaar, en jij en ik, wij waren... uit elkaar gegroeid.'

Alice schoof wat meer op naar Elisabeth, zodat hun benen elkaar raakten. 'Nou, laten we dan maar weer teruggroeien.'

De aftiteling van het kookprogramma liep over het scherm.

'Ik raak dit kind ook weer kwijt,' zei Elisabeth.

Alice legde een hand op Elisabeths buik.

'Ik raak dit kind ook weer kwijt,' zei Elisabeth weer.

Alice bracht haar gezicht tot vlak bij de buik en zei: 'Kom op, klein neefje of nichtje. Waarom blijf je niet gezellig? Je mama heeft al zoveel moeten doormaken voor jou.'

Elisabeth pakte de afstandsbediening op, zette de televisie uit en begon te huilen.

Overpeinzingen van een overgrootmoeder

Ik heb hem teruggezoend.
Daar ben ik minstens even geschokt door als jullie.

COMMENTAAR NIET MOGELIJK.

'Leuk, die leeuwen,' zei Dominick.

Het was zaterdagavond, negen uur, en hij stond bij de voordeur met een rol chocoladekoekjes, een fles likeur en een bosje tulpen. Hij had een spijkerbroek aan en een verwassen ruitjeshemd, en hij moest zich nodig scheren.

Alice keek naar George en Mildred, die weer hun oude plek hadden ingenomen en voor het huis de wacht hielden. Ze was er nog niet uit of ze ze grappig vond of vooral smoezelig en kitsch.

'Ik dacht: ik ga even langs voor het geval je behoefte had aan gezelschap,' zei hij. 'Maar als je het te druk hebt met de voorbereidingen voor morgen...'

Alice had het helemaal nergens druk mee, behalve op de bank liggen staren naar het plafond, en met vage gedachten over de baby van Elisabeth en over Nicks 'nog een keer proberen'. Nick scheen te denken dat ze maar eens moesten beginnen met 'een date'. 'Naar de film, of zo,' had hij gezegd, en Alice vroeg zich af wat er viel te 'proberen' in een bioscoop. Zouden ze dan extra enthousiast op hun popcorn moeten aanvallen? Zouden ze een heel erg levendig gesprek moeten voeren na afloop? En zouden ze dan de ander punten moeten geven voor het aantal keren dat ze geestig waren geweest of voor hoe leuk ze de ander vonden? Zouden ze moeten 'proberen' om elkaar zo romantisch mogelijk te zoenen? Nee, ze had helemaal geen trek in probeersels. Ze wilde dat Nick gewoon weer thuis kwam wonen en dat alles weer zo werd als vroeger. Ze was doodmoe van al deze ongein.

Het was een uitputtende dag geweest. Alle kinderen moesten sporten, de een na de ander. Olivia zat op handbal (een hoop theatraal gespring, maar weinig echt contact met de bal), Tom speelde voetbal (heel goed zelfs – twee keer gescoord!) en Madison deed aan hockey (heel beroerd. 'Vind je het eigenlijk wel leuk?' had Alice haar gevraagd toen ze van het veld kwam. 'Je weet heel goed dat ik het haat,' antwoordde Madison. 'Maar waarom zit je er dan op?' 'Omdat jíj vindt dat ik op een teamsport moet,' was het antwoord. Alice was linea recta naar de trainer gelopen en had gezegd dat Madison niet meer meedeed. Zowel de trainer als Madison was daar dolblij mee).

Alice had allerlei verplichtingen op de diverse sportclubs, die ze gladjes afwerkte, alsof ze een indringer was in haar eigen leven. Zo hield zij het scorebord bij tijdens Madisons hockeywedstrijd. Ze hielp bij het bakken van de worstjes na afloop van Toms voetbal. En, ongelofelijk maar waar, ze was zelfs scheidsrechter bij het handbal van Olivia. Iemand duwde haar het fluitje in handen, en ook al zei Alice 'Nee, nee, ik heb geen idee hoe dat moet', toch voelde de koele vorm van het fluitje vertrouwd. Voor ze het wist beende ze langs de zijlijn, floot schel en wonderlijke woorden en zinnetjes rolden van haar lippen. 'Gehinderd!' en 'Vrije worp!' En de kinderen gehoorzaamden haar zonder meer.

Nick kwam ook naar alle drie de wedstrijden. Er was helemaal geen tijd geweest om te praten. Hij had namelijk ook taken. Bij Toms voetbalwedstrijd moest hij fluiten. We zijn dus van dat soort ouders geworden, dacht Alice met een mengeling van trots en angst, want was dat niet juist het probleem? Was dat het waarom ze het moesten 'proberen'? Omdat zij een 'moeder' was en hij een 'vader' en omdat moeders en vaders zo algemeen waren, zo saai en zo totaal niet sexy? (Was dat soms ook de reden waarom er nog steeds werd gezoend in washokken? Om hen eraan te herinneren dat ze toch ook echt hitsige tieners waren geweest?)

Morgen was het Moederdag. Mega Meringue Moederdag. Waarschijnlijk zou Alice daar nog allerlei dingen voor moeten voorbereiden – de laatste telefoontjes om te controleren of iedereen wel had geregeld wat hun was opgedragen, dat soort dingen. Maar ze was totaal niet geïnteresseerd in Mega Meringue Moederdag. En trouwens, de commissie leek de zaak volkomen onder controle te hebben.

'Kom binnen,' zei ze tegen Dominick, met een schuine blik op de koekjes.

'Liggen de kinderen in bed?' vroeg hij.

'Ja, hoewel...' Ze wilde bijna zeggen dat Tom waarschijnlijk nog met zijn Nintendo lag te spelen onder de dekens, maar dat vlechtenknipincident van Madison weerhield haar daarvan. Ze wilde haar zoon niet verraden bij het schoolhoofd.

'Hoe reageerde Kate op Chloe's haar?' vroeg ze.

'Voorspelbaar hysterisch,' zei Dominick.

'Ik heb een boodschap ingesproken met excuses,' zei Alice. 'Ze heeft me nog steeds niet teruggebeld.'

'Je begrijpt dat ik geen keuze had en dat ik Madison wel moest schorsen, hè?' vroeg Dominick terwijl Alice hem de bloemen uit handen nam. 'Ik wilde niet dat...'

'O, ja, natuurlijk, maak je daar maar geen zorgen over. Deze zijn trouwens prachtig, dank je wel.'

Dominick legde de koekjes op het aanrecht en bleef de fles likeur maar ronddraaien in zijn handen.

Hij zei: 'Ik denk dat ik het wel weet als je je geheugen weer terug hebt.'

'Hoe dan?' vroeg Alice.

'Door hoe je me aankijkt. Nu kijk je zo vriendelijk en beleefd, alsof je me helemaal niet kent, alsof we nooit...'

O, god, die kleine Chloe Harper had dus gelijk. Ze hadden 'gesekst'.

Hij zette de fles likeur neer en kwam dichter bij haar staan.

Nee, nee, nee. Niet nog een kus. Dat zou helemaal verkeerd zijn. Dat past helemaal niet bij het idee van 'nog eens proberen'.

'Dominick,' zei ze.

Er werd aangebeld.

'Sorry,' zei Alice.

Nick stond voor de deur.

Hij had een fles wijn, kaas en toastjes bij zich, en precies dezelfde bos tulpen die Dominick had meegebracht. Ze waren zeker naar dezelfde buurtwinkel geweest.

'Je hebt de leeuwen opgeknapt,' zei Nick verheugd. Hij boog voorover en gaf George een klopje op zijn hoofd. 'Zo, ouwe jongen.'

'Ik moet er weer vandoor.' Dominick was ook naar de deur gelopen. Alice zag hem naar de bloemen en de wijn staren.

'O, hallo.' Nick ging weer rechtop staan en zijn glimlach verdween. 'Ik wist niet... ik zal jullie niet...'

'Nee, nee, ik wilde net gaan,' zei Dominick vastberaden. 'Ik zie je morgen.' Hij raakte Alice' arm aan en liep met lichte tred de veranda af.

'Stoorde ik ergens bij?' Nick liep achter haar aan de hal in, en zag Dominicks bosje tulpen. 'O. Iedereen komt vanavond met offerandes.'

Alice geeuwde. Ze wilde zo graag dat haar leven weer normaal zou zijn. Een zaterdagavond thuis. Ze wilde zeggen: 'Ik ben zo moe, ik denk dat ik maar naar bed ga,' en dat Nick dan zonder zijn blik van de televisie af te wenden zou zeggen: 'Oké, ik kijk nog even deze film af en dan kom ik ook.' En dan wilde ze dat ze allebei een boek zouden lezen in bed, om vervolgens de lampjes uit te doen en in slaap te vallen. Wie had ooit kunnen denken dat een zaterdagavond thuis zo onmogelijk zou lijken?

In plaats daarvan maakte ze Dominicks rol koekjes open en at er eentje terwijl Nick daar ongemakkelijk in zijn eigen keuken stond.

'Zal ik deze anders opentrekken?' vroeg hij.

'Best.'

Hij trok de fles wijn open en schonk hun allebei een glas in. Alice legde de kaas op een bordje en ze gingen ieder aan een kant van de lange tafel zitten.

'Kom jij morgen ook?' vroeg Alice, en ze nam nog een koekje. 'Naar de Mega Meringue-dag?'

'Nee, ik zou niet komen. Wil jij dan dat ik kom?'

'Ja natuurlijk!'

Nick lachte, op die licht verblufte manier. 'Nou, goed, dan kom ik.'

'Ik geloof dat het allemaal rond de lunch is afgelopen,' zei Alice. 'Dus dan kan je nog op tijd naar je moeder.'

Nick keek haar wezenloos aan.

'Voor de lunch. Vanwege Moederdag,' zei Alice. 'Weet je nog wel? Bij de Talentenshow zei je nog tegen Ella dat je daarnaartoe zou gaan.'

'O, ja, da's waar ook.'

'Red je het eigenlijk wel zonder mij?' vroeg Alice luchtig.

Nicks gezicht betrok. 'Ik red me prima. Ik ben heus geen hopeloos geval, hoor.'

Alice kromp ineen van zijn toon. 'Dat heb ik toch ook nooit gezegd?' Ze nam een stukje kaas. 'Of heb ik dat wel gezegd?'

'Jij vindt dat ik niet in staat ben om voor de kinderen te zorgen. Volgens jou hou ik nooit bij wat ze allemaal na school moeten doen, en vergeet ik om hun briefjes af te tekenen en zo. Of dat ik die superbelangrijke nieuwsbrief vergeet te lezen. Het is een wonder dat ik in staat ben een heel bedrijf te runnen.'

Nou ja, je hebt dan ook een secretaresse voor alle rotklusjes.

Ze wist niet precies welke Alice daarmee kwam: die kattige Alice uit de toekomst of de echte Alice. 'Ik vind het verschrikkelijk dat ik ze alleen in de weekenden kan zien. Dan ben ik helemaal nooit meer natuurlijk tegen ze. Soms hoor ik mijn vaders stem uit mijn eigen mond komen als ik met hen ben. Zo gemaakt lollig. Dan kom ik hiernaartoe rijden en dan merk ik dat ik grapjes zit voor te bereiden voor ze. En dan denk ik: hoe heeft het ooit zover kunnen komen?'

'Was je vroeger dan veel met ze, door de week?'

'Ik weet heus wel wat je punt is. Ja, ik maak lange dagen, maar je kunt je de dagen dat ik wél vroeg thuis was nooit meer herinneren. Ik ben toen die ene keer met Madison gaan fietsen, en op vrijdagavond in de zomer heb ik urenlang gecricket met Tom. Ja, jij beweert altijd dat dat maar één keer is gebeurd, maar ik weet zeker dat het minstens twee keer moet zijn geweest, en ik...'

'Ik wilde helemaal geen punt maken,' zei Alice.

Nick draaide het steeltje van zijn wijnglas rond en keek Alice aan met een blik van: Ik zal je alles opbiechten. 'Ik ben niet zo goed geweest in het in balans houden van mijn werk en mijn leven thuis. Daar moet ik aan werken. Als we weer bij elkaar komen, dan zal ik dat beter aanpakken. Daar committeer ik me aan.'

'Oké,' zei Alice. Ze wilde eigenlijk de draak met hem steken vanwege dat 'Daar committeer ik me aan', maar voor Nick was dit kennelijk een soort doorbraak. Haar leek het helemaal niet zo'n big deal. Dan maakte hij soms lange dagen, nou en? Als dat nodig was voor zijn carrière, dan was dat niet anders.

'Ik neem aan dat mijn concurrent niet zulke lange dagen maakt,' zei Nick.

'Concurrent?' De wijn steeg Alice naar het hoofd. Ze had alleen maar flarden van gedachten, glimpen van gezichten die ze niet kende, en vage herinneringen aan intense gevoelens waar ze maar niet de vinger op kon leggen.

'Dominick.'

'O, die. Hij is aardig, maar weet je wat het is, ik ben getrouwd met jou.'

'We zijn uit elkaar.'

'Ja, maar we zijn het weer aan het proberen.' Alice giechelde. 'Sorry, ik weet ook niet wat ik daar zo grappig aan vind. Het is helemaal niet grappig. Totaal niet. Ik denk dat ik een glaasje water nodig heb.'

Ze stond op en toen ze langs Nick liep, plofte ze ineens bij hem op schoot, als een flirterig meisje op een feestje.

'Wil jij het proberen, Nick?' kirde ze in zijn nek. 'Ga je heel, heel erg je best doen?'

'Je bent aangeschoten,' zei hij, en toen kuste hij haar, en eindelijk was alles precies zoals het moest zijn. Haar lichaam smolt tegen het zijne aan met een intens gevoel van opluchting. Het voelde precies alsof ze wegzakte in een warm bad na door de regen te hebben gelopen, of als tussen de frisse lakens glijden na een afmattende dag.

'Papa?' klonk een stem achter hen. 'Wat doe je daar?'

Nicks benen vertrokken, zodat Alice overeind werd gelanceerd.

Olivia stond in haar pyjama in de keuken, ze wreef met haar knokkels in haar ogen, met hoogrode konen van de slaap. Ze geeuwde uitgebreid en rekte haar armen boven haar hoofd. Ze fronste verbaasd en toen kwam er een uitdrukking van puur geluk op haar gezicht.

'Vind je mama weer lief?'

Overpeinzingen van een overgrootmoeder

Het spijt me dat ik het commentaar uit heb gezet bij mijn laatste twee berichten, vooral omdat ik weet dat jullie van alles te melden zouden hebben, maar om de een of andere reden wilde ik het eerst aan de grote klok hangen zonder jullie reacties te hoeven lezen.

Laat me één ding ophelderen, voor jullie al te opgewonden worden.

We hebben het hier niet over een relatie, of zoiets doms.
Het is niet meer dan een onschuldige flirt. Waarom niet? Het biedt in elk geval de nodige afleiding! Ik neem hem morgen mee naar die **Mega Meringue Moederdag** van Alice.
O, en er is nog een andere interessante ontwikkeling. Ik kom net terug van een PlayStation-battle met X (die ik uiteraard weer glansrijk heb gewonnen) en toen heeft hij me iets opgebiecht.
Het blijkt dat hij dit blog ook leest!
Ik was natuurlijk wel geschokt, maar ja, ik kan kwalijk klagen. Ik heb het nooit met een password beschermd of iets dergelijks en het is nu eenmaal publiek domein. Ik had me alleen nooit gerealiseerd dat hier in het centrum ook nogal wat mensen op het blog zijn gestuit.
En nu blijkt dat X zelfs commentaar heeft achtergelaten, onder een pseudoniem. De schurk. Hij weigerde me te vertellen wat dat was. Iemand een idee?

COMMENTAAR

GroovyGranny zegt...
Ik moet zeggen, ik heb hier zo mijn bedenkingen bij, Frannie. Hij heeft je immers al eens bedrogen! Is dat nu een basis voor een relatie? (Ik denk dat het AB74 was. Dat leek me altijd al zo'n onbehouwen type.)

AB74 zegt...
Ik was het niet, GroovyGranny. Zelf verdenk ik die ranzige Frank Neary!

Frank Neary zegt...
Ik was het ook niet, juffrouw Jeffrey. Wat ik hier schreef was altijd oprecht.

Beryl zegt...
Ik denk dat het GroovyGranny was! Wat een geweldige truc. En of

je het nu een flirt, een romance of *cheesy* noemt, geniet nou maar gewoon van elk moment, Frannie.

DorisuitDallas zegt...
Je kunt geweldig zoenen, Frannie.

30

De 'grote dag' was aangebroken.

Alice voelde zich als een heel klein kledingstuk, een sok of zo, in een enorme lading wasgoed in de centrifuge. Mensen trokken haar alle kanten op. Op een gegeven moment had ze letterlijk aan beide armen iemand (ze herkende ze geen van beiden) die haar de tegengestelde richting op sleurde. Bezorgde gezichten, opgewonden gezichten, lachende 'O, wat is dit toch geweldig!'-gezichten dreven aan haar voorbij en verdwenen weer. Mensen kwamen in bezorgde kluitjes om haar heen staan, vuurden vragen op haar af, vertelden haar hun problemen, bijvoorbeeld over dingen die allang geleverd hadden moeten worden. 'Waar moeten de eieren komen te staan?' 'Waar wil je de deegdames hebben?' 'De mensen van het nieuws hebben bevestigd dat ze hier om twaalf uur zijn. Ze willen jou om halfeen interviewen. Is dat nog steeds oké? Lopen we nog op schema?'

Mensen van het nieuws? Een interview met haar?

Camera's flitsten als stroboscopisch licht. Ze had toch beter moeten opletten tijdens de vergadering van het Mega Meringue Comité. De precieze omvang van dit evenement was een beetje aan haar voorbijgegaan. Het was namelijk... mega.

Ze stonden in een gigantische, kleurige feesttent, die op het plein van de school was neergezet, met bij de ingang een doek waarop stond: *Mega Meringue Moederdag: kom zien hoe 100 moeders 's werelds grootste Lemon-Meringuetaart bakken! Entree: $ 10. (Kinderen gratis.) Alle opbrengsten gaan naar de school en naar de Stichting voor Borstkankeronderzoek.*

Binnen was de tent ingericht als een gehoorzaal, met hoge

banken langs de zijkanten voor de toeschouwers. Rond de wanden van de tent hingen borden met de namen van de bedrijven die 'trotse sponsor van Mega Meringue Moederdag' waren. Alice zag er ook eentje hangen van Dino's Coffee Shop. In het midden van de tent stonden alle benodigdheden voor het bakken van de taart. Het leek wel een bouwput. Er stonden: een vorkheftruck, een betonmixer, een *hijskraan* en een speciaal ontworpen bakvorm en een oven waarin de taart zou worden gebakken. Een grote ronde vergadertafel stond vol met mengkommen, op regelmatige afstand van elkaar. Naast elke mengkom stond een keurig groepje ingrediënten: eieren, bloem, boter, citroenen en suiker. Maggies echtgenoot, de man met het rode gezicht op de loopband, die een of andere fabriek bleek te runnen, hield toezicht op het materieel en deelde orders uit aan verbijsterde werklui.

'Even voor de orde, we bakken dus eerst het deeg, zonder de vulling, toch?' vroeg hij aan Alice.

Dat was tenminste een vraag waarop ze het antwoord wist. 'Ja,' zei ze, en toen iets fermer: 'Ja, inderdaad.'

'Okidoki, baas,' zei hij, en hij liep haastig weg.

De tent begon vol te stromen, de mensen overhandigden hun entreegeld aan twee dames van het Mega Meringue Comité die bij de ingang zaten. De banken waren al snel bezet. Een groepje kinderen met blaasinstrumenten zette een stukje muziek in.

Een hoek van de tent was gewijd aan activiteiten voor de kinderen. Al die activiteiten hadden een 'mega'-thema. Ze konden reuzenbellen blazen, gooien met een enorme schuimrubber bal en ze mochten een reusachtig doek beschilderen met heel grote kwasten. Alice had Madison, Tom en Olivia daar achtergelaten om zichzelf te vermaken.

'Loopt alles een beetje?' vroeg iemand.

Het was Dominick. Hij had Jasper aan de hand. Alice keek op, keek Dominick in de ogen, en keek toen weg. Ze voelde zich schuldig, alsof ze hem had bedrogen, wat... nou ja, wat misschien ook wel zo was.

‘Sorry voor gisteravond,’ zei ze.

‘Daar zou ik vandaag maar niet bij stilstaan,’ antwoordde hij. ‘O... maar eh, ik vroeg me af of je nog wel weet van vanavond? *Phantom of the Opera*?’

Na de onderbroken kus van de avond ervoor had Nick Olivia weer naar bed gebracht en was toen weggegaan. Ze hadden afgesproken dat ze vanavond hun eerste ‘date’ zouden hebben. Ze zouden weer naar hun lievelings-Italiaan van vroeger gaan. Nick zou reserveren.

‘Eh, nou, dat was ik eigenlijk vergeten,’ begon Alice. Ze moest het echt uitmaken met deze man. ‘Het punt is, Dominick...’

‘Alice, líéverd!’ Het was Kate Harper, die er vanochtend wel heel erg glossy uitzag in het zonlicht dat de tent binnenstroomde. Ze had een man met een ongelukkig gezicht in haar kielzog, samen met een mokkende Chloe. Chloe’s korte kopje was nu in een stijlvolle bob geknipt, maar het moest gezegd: ze was niet half zo schattig als met haar lange lokken.

‘Het geeft niet, we hebben het er later nog wel over,’ zei Dominick. ‘Laat me maar weten als je iets nodig hebt. Ik ben er voor je.’

‘Ik ben er ook voor je, Alice,’ tjilpte Jasper.

‘Het verbaast me ontzettend dat Madison hier ook is,’ zei Kate met een ijzige stem. ‘Ik had gedacht dat je haar thuis zou laten, in het kader van... het incident.’

‘Madison wordt heel zwaar gestraft,’ zei Alice ernstig. En dat zou ook heus wel echt gebeuren, als zij en Nick iets passends zouden verzinnen. Het was alleen dat Madison de laatste dagen in zo’n opperbest humeur was. Het zou zo jammer zijn om dat te bederven.

‘Ik mag het hopen,’ zei Kate. Ze fluisterde: ‘Want Chloe is namelijk zwaar getraumatiseerd. Ze eet niet meer en ze kan ook niet meer slapen. Dit zal haar voor de rest van haar leven blijven achtervolgen.’

‘Kate, laat dat arme mens eens met rust,’ zei Kates echtgenoot. ‘Ze heeft momenteel haar handen vol aan andere dingen.’

Kates neusgaten trilden, alsof Alice haar zelf had verzocht om haar met rust te laten. 'Ik realiseer me heus wel dat je het druk hebt, maar ik geloof niet dat je de ernst van deze zaak inziet. Jouw telefoontje klonk ronduit luchtig. Wat Madison heeft gedaan gaat werkelijk alle perken te buiten.'

'Sorry! Ik vrees dat we Alice bij je moeten wegkapen.'

Het waren Maggie en Nora, haar vriendinnen uit het Mega Meringue Comité, die Alice bij de ellebogen grepen en haar gladjes met zich meetrokken.

'Jij bent toch geen Mega Meringue Moeder, hè, Kate?' riep Nora nog over haar schouder. 'Dan zou ik maar even een plaatsje zoeken.'

Alice zag Kate wegstormen en woedend tegen haar man fluisteren, met haar hand als een klauw om zijn arm.

'Ik weet niet precies wat ik moet doen,' gaf Alice toe aan Maggie en Nora. 'Ik knik maar zo'n beetje als mensen me iets vragen.' Dit was heel anders dan het scheidsrechteren bij het handbal, toen haar hersens op de een of andere manier op de automatische piloot overschakelden.

'Geeft niks,' zei Maggie. 'Alles loopt gesmeerd, dankzij jou.'

Ze zwaaide met een vel papier voor Alice' gezicht, waarop een draaiboek stond voor de dag, vol met aantekeningen in haar eigen handschrift waarvan ze niet meer wist dat ze die ooit had opgeschreven. *Hou de mensen strak aan het schema!* stond er in dikke letters, twee keer onderstreept.

Er kwam een uitdrukking van walging over Maggies gezicht. 'O jee, daar hebben we je ex. Wat doet die hier? Wil zeker een betrokken vader lijken.'

'Ex'. Bij dat woord schoot Alice meteen haar meest recente ex-vriendje voor Nick te binnen. Richard Bourke. Die haar altijd zo kleineerde en die haar hart gebroken had. Maar toen ze zich omdraaide was het Nick die bij de ingang van de tent stond, en die er goddelijk uitzag in zijn blauwe overhemd. Ze had ooit tegen hem gezegd dat hij alleen maar blauw zou moeten dragen.

‘Ik heb hem uitgenodigd,’ zei ze tegen Maggie.

Maggie bestudeerde haar. ‘O, nou ja.’

‘Tussen haakjes, we namen aan dat een van ons maar beter als spreekstalmeester kan optreden,’ zei Nora. ‘We zeggen wel gewoon dat jij wat gezondheidsproblemen hebt. Onze huistrol, Mevrouw H, zou maar al te graag de microfoon in haar grijpgrage vingertjes krijgen en vervolgens zelf alle eer opstrijken voor deze hele organisatie, maar daar zullen wij dan fijn een stokje voor steken.’

‘De microfoon?’ vroeg Alice verward.

Nora gebaarde naar de microfoonstandaard, in het midden van de tent.

Goeie hemel. Dus het plan was dat Alice voor al die mensen zou gaan staan.

‘O nee, geen sprake van, ik bedoel, ja graag, dat een van jullie het overneemt,’ zei ze.

‘Geen punt,’ zei Nora. Ze trok een neutraal gezicht toen Nick bij hen kwam staan. ‘Nick, hallo.’

‘Hallo Nora, Maggie. Hoe gaat het met jullie?’ Nick knikte ongemakkelijk naar de twee dames. Alice wilde die arme Nick beschermen, nu ze hem zo in de rol van impopulaire ex gedrukt zag. Zoals zij ook die ‘trut’ van een ex-vrouw was wat Nicks zusje betrof, op de Talentenshow.

‘Gefeliciteerd met je Moederdag,’ zei Nick tegen Alice, terwijl Nora en Maggie in de menigte verdwenen. ‘Heb je ontbijt op bed gekregen?’

Alice knikte. ‘Pannenkoeken. Volgens mij zijn ze vanochtend om vijf uur al begonnen met bakken. Er werd enorm veel geschreeuwd en met pannen gesmeten. Je zou de keuken nu eens moeten zien. Maar ik moet zeggen, de pannenkoeken waren top. Ik denk echt dat Madison later chef-kok wordt. Een heel slordige, bazige, lawaaierige.’

‘Het spijt me dat ik er niet was om supervisie te houden,’ zei Nick. ‘Dit is je eerste Moederdag zonder mij.’

‘En hopelijk mijn laatste,’ zei Alice.

'Zeker,' zei Nick. Hij hield haar blik vast. 'Dat denk ik zeker.'

'Nou, nou, nou, wie hebben we hier, Barb? Allememachies, zijn dat niet onze jonge salsaleerlingetjes?' Alice' moeder en Nicks vader bestormden hen. Roger sloeg hen op de schouders als een autoverkoper, en de vertrouwde geur van zijn aftershave dreef langs hun gezichten als een flinterdunne sjaal, terwijl Barb wat achteraf bleef staan, glimmend van trots alsof Roger al weer een heel bijzondere prestatie had geleverd.

'Hoe gaat het met je, lieverd?' vroeg Barb aan Alice. 'Je ziet er schattig uit, natuurlijk, maar je bent wel een beetje bleek, hoor. En die kringen onder je ogen, er zal wel een of ander virus de ronde doen, want Elisabeth ziet zo groen als een erwt.'

'Is Libby er ook?' vroeg Alice verrast.

'Ja, ze zit daar, met Frannie,' zei Barb, en ze wees omhoog naar een van de bankjes, waar Elisabeth zat, met Ben. Ze zag er inderdaad heel beroerd uit. De misselijkheid. Dat was vast een goed teken. En ze zat tenminste niet voor de televisie.

Naast Ben zat Frannie, en die man met het witte haar van de Talentenshow, die die rolstoelrace had georganiseerd. Frannie zat kaarsrecht, en keek aarzelend om zich heen, maar terwijl Alice naar haar keek, fluisterde de man haar iets in het oor, waarop ze in haar handen klapte en in lachen uitbarstte.

'Dat is Frannies aanbidder,' zei Barb. 'Xavier. Vind je dat nou niet enig! Eerlijk gezegd heb ik altijd gedacht dat Frannie lesbisch was.'

Alice' mond viel open toen ze haar moeder zo achteloos het woord 'lesbisch' hoorde uitspreken.

'Nou, daar hoef je helemaal niet zo geschokt over te doen, hoor,' zei Barb opgewekt. 'In de veertig jaar dat ik haar nu ken heeft ze nog nooit een vriend gehad.'

'Ze is waarschijnlijk heel kieskeurig,' zei Roger. 'Ze zat gewoon op de ware te wachten. Net als jij.'

'O, stouterd!' zei Barb flirterig, en ze straalde van blijdschap. 'Dat ik jou tegenkwam was pure mazzel.'

'Papa had mazzel dat hij jou tegenkwam,' zei Nick, ineens

heel ernstig. Alice' moeder keek hem verbaasd aan, met roze wangen van genoegen. 'Nou, dat vind ik erg lief van je, Nick.'

Maggie verscheen weer. Ze droeg een lang roze schort, waarop MEGA MERINGUE MOEDERDAG stond, en een plaatje van een gigantische lemon-meringuetaart, met daaronder: MOEDERDAG, SYDNEY, 2008. Ze had er ook eentje voor Alice bij zich.

Alice keek om zich heen en zag dat er rijen dames met roze schorten voor om de grote tafel met de mengkommen stonden opgesteld.

'We zijn zo'n beetje klaar om te beginnen,' zei Maggie. 'Kan dat, wat jou betreft?'

'Absoluut,' zei Alice roekeloos.

'Jij staat daar,' zei Maggie. 'Naast mij.'

'Veel succes, liefje,' zei Barb. 'Ik hoop maar dat ze voorzichtig zijn met die oven. De meringue boven op een citroentaart verbrandt altijd zo vlug. Ik weet nog dat ik er een keertje een wilde maken toen de baas van je vader kwam eten. Toen was ik toch zo overstuur, want ik was vergeten nog even in de oven te kijken, en toen...'

'Kom nou maar, Barbie,' zei Roger, en hij trok haar mee aan de arm. 'Vertel me de rest van het verhaal straks maar, als we zitten.'

Hij gaf Alice een knipoog terwijl hij haar vrolijk doorkletsende moeder meenam naar de tribune, en Alice voelde een enorme affectie voor hem. Hij hield van Barb – op zijn eigen, zelfingenomen manier weliswaar, maar hij hield van haar.

'Ik haal de kinderen even en dan gaan wij ook zitten.'

Alice ging naast Maggie staan terwijl ook alle andere rozeschortendames snel hun plaatsen rond de tafel innamen.

'Wat een happening,' zei de vrouw die naast Alice stond. Ze had een aardbeivlek over de hele onderkant van haar gezicht, alsof ze zich had gebrand. 'Je bent een kei, Alice.'

Ik ben een kei, dacht Alice. Haar hoofd voelde wazig.

Nora stond bij de microfoon. 'Wil iedereen een plekje zoeken, alstublieft? Het bakken gaat zo dadelijk beginnen!'

Alice zocht naar Nick in het publiek. Hij had Olivia op schoot. De feeënvleugels die ze per se om wilde, prikten in zijn gezicht. Tom zat links van Nick en nam foto's met een digitale camera. Madison zat rechts van hem, en ze leek helemaal op te gaan in wat er te gebeuren stond. Nick zei iets en wees naar Alice, en alle drie de kinderen keken haar stralend aan en zwaaiden.

Alice zwaaide terug, en terwijl ze dat deed, zag ze Dominick en Jasper. Ze zaten twee rijen achter Nick en de kinderen, en ze zwaaiden enthousiast, duidelijk in de veronderstelling dat haar groet voor hen was bedoeld.

O jee. Nu zag ze ook Libby en Ben naar haar zwaaien, samen met Frannie, Xavier, Barb en Roger.

Alice probeerde haar glimlach en groet alle kanten uit te sturen, zodat ze zich allemaal persoonlijk aangesproken voelden.

Nora begon weer te praten.

'Ik vervang Alice Love als uw gastvrouw vandaag. Zoals velen van jullie weten, heeft Alice een ongeluk gehad op de sportschool, en ze voelt zich nog niet helemaal de oude. Hij staat me nog scherp voor de geest, die dag waarop Alice me vertelde dat ze samen met honderd andere moeders 's werelds grootste lemon-meringuetaart wilde bakken. Ik dacht: die is gek!'

Het publiek grinnikte.

'Maar we weten hoe Alice is. Net een bulterriër, als die eenmaal iets in de kop krijgt.' Er werd instemmend gelachen. Een bulterriër? Hoe was het mogelijk dat ze in nog geen tien jaar tijd zo vreselijk was veranderd? Ze had toch veel meer weg van een labrador; altijd lief willen zijn voor iedereen, en een beetje dom.

'Maar het zal niemand verbazen dat ze het voor elkaar kreeg, en daar zijn we dan nu met zijn allen! Een groot applaus voor Alice!'

Een enthousiast applaus barstte los. Alice knikte en glimlachte, maar ze voelde zich een bedrieger.

'We dragen deze dag op aan een heel lieve vriendin en een goede bekende van de school, die wij verleden jaar door een tragisch ongeluk verloren,' zei Nora. 'Wij gebruiken vandaag haar recept voor lemon-meringuetaart, en we weten zeker dat ze er vandaag bij is, althans in de geest. Ik heb het natuurlijk over Gina Boyle. We missen je, Gina. Ik vraag u om een minuut stilte voor haar.'

Alice keek hoe de mensen eerbiedig het hoofd bogen en terugdachten aan de vrouw die kennelijk zo'n belangrijke rol had gespeeld in Alice' leven. Haar eigen gedachten waren blanco. De pannenkoeken van vanochtend waren niet helemaal goed gevallen. En na wat veel langer leek te duren dan een minuut, tilde Nora haar hoofd weer op.

'Dames,' zei ze. 'Pak uw gardes.'

31

De vrouwen namen plechtig hun gardes ter hand, alsof ze musici waren van een orkest.

'Klop de eieren, room, suiker, citroenrasp en citroensap goed door elkaar,' las Nora op.

Er viel een stilte, iedereen legde de garde weer neer en zocht de ingrediënten bij elkaar.

Alice brak haar eieren een voor een in haar mengkom. Om haar heen deden alle vrouwen hetzelfde. Er werd nerveus gegiecheld en gefluisterd.

'Zorg dat er geen stukjes eierschaal in terechtkomen!' riep iemand uit het publiek, wat veel hilariteit veroorzaakte.

Na een paar minuten vulde het geluid van kordaat geklop de tent.

Op Nora's aanwijzingen gingen ze zodra ze klaar waren op een rijtje staan om het mengsel in een enorm geel vat te gieten.

Dit wordt een regelrechte ramp, dacht Alice.

'Doe de bloem, de gemalen amandelen, de poedersuiker en de boter in de keukenmachine en draai tot het mengsel op fijn broodkruim lijkt,' zei Nora. 'In plaats van de keukenmachine gebruiken we vandaag een betonmolen. Maakt u zich geen zorgen, hij is schoon! Dus, willen alle moeders nu de gemengde ingrediënten in de molen doen.'

'Niet te geloven dat we dit doen,' fluisterde Alice tegen Maggie terwijl de moeders in de rij stonden met hun kommetjes vol ingrediënten. 'Dit is toch waanzin.'

Maggie schoot in de lach. 'Jij hebt het anders allemaal zelf bedacht, Alice!'

Een van de verwonderde werkmannen bediende de betonmolen, terwijl de moeders de eieren gingen scheiden.

'Voeg het eigeel toe en meng,' commandeerde Nora.

En weer gingen de vrouwen op een rijtje staan om hun eigeel toe te voegen. Een paar minuten later werd er een gigantische klodder geel deeg uit de betonmolen op een met bloem bestoven oppervlakte, midden op de tafel gestort.

'Kneden tot we een soepel deeg hebben.'

De vrouwen kwamen allemaal om de tafel staan en begonnen aan het deeg te trekken en te kneden. Dit wordt totaal oneetbaar, dacht Alice terwijl ze al die onervaren handen zag duwen en trekken. Er werd druk met camera's geflitst.

'We zouden het deeg nu eigenlijk een halfuurtje in de ijskast moeten laten rusten, maar het gaat vandaag allemaal om kwantiteit en niet om kwaliteit,' zei Nora. 'Dus rollen we het deeg meteen uit.'

De werklui brachten een gigantische deegroller naar de tafel.

Alice keek toe terwijl aan elke kant van de deegroller drie dames gingen staan, de roller stevig vastgrepen en hem naar voren begonnen te duwen, alsof ze een kapotte auto aanduwden.

Er werd gelachen en gegild en er werden suggesties uit het publiek geroepen toen de vrouwen de verkeerde kant op leken te gaan, maar na een paar minuten begon het deeg echt platter te worden, vreemd genoeg. Het werkte. Het werkte echt. Het werd een enorm laken van deeg, groot genoeg voor een kingsize bed.

'En dan nu iets lastigs,' zei Nora. 'Bekleed de bakvorm.'

Het lukt nooit, dacht Alice terwijl de vrouwen om het deeglaken kwamen staan en het in de lucht tilden, met vlakke handen, alsof ze een of ander kostbaar schilderdoek droegen. Allemaal hadden ze dezelfde uitdrukking van angstige concentratie op hun gezicht.

'Shit, shit, shit, shit,' zei de vrouw met de aardbeivlek toen het deeg in het midden begon te zakken. Een andere vrouw haastte zich om het te redden. Ze trapten elkaar allemaal op de tenen, en blaften orders als: 'Let op, daar!' en 'Pas op dat stukje!'

Niemand lachte en niemand glimlachte totdat het delicate vel deeg veilig en wel in de enorme taartvorm lag. Ze hadden het hem gelapt. Zonder al te grote scheuren of barsten. Het was een wonder.

'Hoera!' juichte het publiek, en de vrouwen keken elkaar aan met extatische grijnzen terwijl ze met hun duimen het deeg tegen de zijkant van de vorm aandrukten. Vervolgens dekten ze hem af met eindeloos veel rollen bakpapier, waarop keramische korrels gingen voor het blindbakken. Uiteindelijk tilden de werkmannen de bakvorm op en brachten hem naar de oven.

'Die gaat tien minuten de oven in,' zei Nora gladjes, alsof het haar absoluut niet verbaasde dat het tot nu toe allemaal was gelukt. 'En in de tussentijd bereiden onze knappe moeders de meringue voor.'

De dames gingen weer naar hun plaats en begonnen de eiwitten te kloppen, waar ze steeds een beetje suiker aan toevoegden.

De tent vulde zich met de hitte van de oven. Alice voelde dat ze rood aanliep en dat er zweetpareltjes langs haar haargrens verschenen. De bakgeur was doordringend. Haar hoofd deed pijn. Ze vroeg zich af of ze soms grieperig was.

Door die bakgeur wilde ze zich iets herinneren. Het was alleen op de een of andere manier te groot. Het was net als die enorme deeglap: te veel voor één persoon.

'Gaat het wel?' Maggies gezicht doemde ineens voor Alice op.

'Ja, ja, het gaat best.'

De bakvorm werd uit de oven getrokken onder luid applaus. Hij was goudbruin van kleur. Het bakpapier en de keramische korrels werden eraf gehaald, en het vat met citroenkleurige vulling werd in de vorm gegoten. Daarbovenop ging het eiwit. De vrouwen leken wel allemaal aangeschoten, zo opgelucht waren ze. Ze dansten rond de taart als schoolmeisjes terwijl ze hun schuimige witte meringuemengsel op de vulling stortten en sneeuwpieken maakten met houten spatels.

Nog meer cameraflitsen.

'Alice?' vroeg Nora door de microfoon. 'Kan het jouw goedkeuring wegdragen?'

Alice had het gevoel alsof de wereld in een soort gaas was verpakt. Haar zicht was een beetje wazig, en haar mond leek wel vol met watten te zitten. Het was alsof ze wakker werd en de droombeelden van de vorige nacht van zich af probeerde te schudden. Ze knipperde met haar ogen en bekeek de taart. 'Wil iemand het eiwit daar in de hoek nog even gladstrijken?' vroeg ze, en tot haar verbazing klonk haar stem heel normaal. Een van de vrouwen gehoorzaamde haar haastig.

Alice knikte naar Nora.

'En dan nu, dames en heren, gaan we bakken,' zei Nora.

Maggies echtgenoot stak zijn duimen omhoog naar de vorkheftruckchauffeur. Alle ogen waren gericht op die spectaculaire taart terwijl die door de vorkheftruck werd opgetild en in de oven werd geschoven. Alweer klonk er applaus.

'Groep 6 is zo vriendelijk geweest aan te bieden om ons bezig te houden terwijl de taart in de oven staat,' zei Nora. 'Zoals velen nog wel weten, was onze lieve Gina dol op Elvis. Ze had altijd iets van Elvis opstaan als ze in de keuken bezig was. Je kon haar niet overhalen eens iets anders te spelen. En dus gaat groep 6 nu voor ons een medley van elvisnummers ten gehore brengen. Gina, lieverd, dit is voor jou.'

Er klonk luid gelach en gejoel terwijl er dertig mini-Elvisjes naar het midden van de tent paradeerden. Ze droegen grote zonnebrillen en witsatijnen broekpakken, compleet met glinsterende steentjes. Een juf drukte op de knop van de stereo en de kinderen begonnen te dansen op 'Hound Dog'.

De Mega Meringue Moeders konden nergens zitten, en dus leunden ze allemaal tegen de lange tafel. Sommigen van hen deden hun roze schorten af. Alice' benen deden pijn. Alles deed pijn.

O, dit lied is zo... bekend.

Ja, natuurlijk, het is namelijk van Elvis. Iedereen kent Elvis.

De muziek ging over in 'Love Me Tender'.

De zoete citroengeur van de taart was overweldigend. Ze kon nergens anders meer aan denken dan aan citroen... taart.

Die geur is zo... bekend.

Ja, dat komt zo, het is namelijk een lemon-meringuetaart. En die heb je weleens vaker geroken.

Maar het was meer dan dat. Het betekende iets.

Alice' gezicht was helemaal rood en warm. Maar toch had ze het ijskoud, alsof ze in een ijzige wind was gestapt.

O hemel, ze voelde zich echt niet goed. Helemaal niet.

Ze keek wanhopig naar het publiek of er iemand was die haar kon helpen.

Ze zag dat Nick Olivia van zijn schoot zette en opstond.

Ze zag dat Dominick opsprong en bezorgd fronste.

Beide mannen baanden zich een weg langs al die knieën, op weg naar haar toe.

'Jailhouse Rock' weergalmde.

De geur van de taart werd sterker en sterker. Hij steeg zo haar neus in, en druppelde door naar haar hersenen, en vulde die met herinneringen.

O, god, natuurlijk, natuurlijk, natuurlijk.

Alice zakte door haar benen.

Elisabeths huiswerk voor Jeremy

Ik heb zelf niet gezien dat Alice in elkaar zakte, want ik was buiten, op het toilet.

Ze hadden zo'n rijtje blauwe toiletten op wielen gehuurd.

Ik bloedde.

Wat toepasselijk, dacht ik. Dat ik mijn kindje verlies in een verrijdbaar toilet.

Zo slonzig en ook wel lachwekkend. Zoals mijn hele leven.

32

Hallo!

De vrouw die de deur opende glimlachte blij, alsof Alice een goede vriendin van haar was, en ze veegde haar handen af aan een schort dat onder het meel zat.

Alice had eigenlijk geen zin om te gaan. Ze was helemaal niet zo blij toen die 'Gina' in het huis aan de overkant was komen wonen en meteen de volgende dag al bij haar op de stoep stond om Alice uit te nodigen voor een 'high tea'. Was Alice niet degene die haar zou moeten uitnodigen, aangezien zij daar al woonde? Het gaf haar een schuldgevoel, alsof dat mens een beter besef van etiquette had dan zij. Bovendien kon ze zo al zien dat Gina totaal haar type niet was. Veel te aanwezig. Veel te veel tanden. Veel te veel make-up. Veel te veel parfum. Veel te veel van alles. Ze was zo'n vrouw door wie Alice zich overschaduwd voelde. En 'high tea'? Wat was er mis met gewoon een kopje thee?

Het zou vast vreselijk zijn.

Hallo, lieverdje! Gina boog zich voorover om Madison te begroeten.

Madison klemde zich pijnlijk verlegen om Alice' been, en begroef haar gezicht in haar schoot. Alice vond het vreselijk als ze dat deed. Ze vroeg zich altijd af of mensen soms dachten dat het kind haar gebrek aan sociale vaardigheden van haar moeder had geërfd.

Ik kan totaal niet met kinderen overweg, zei Gina. Echt totaal niet. Dat zal ook wel de reden zijn waarom het maar niet lukt om zwanger te worden.

Alice liep achter Gina aan door het huis, terwijl ze probeerde om Madison van zich af te schudden, want die hing nog steeds aan haar been. Er stonden overal dozen die nog moesten worden uitgepakt.

Ik had je bij mij thuis uit moeten nodigen, zei Alice.

Het geeft niks, ik ben tenslotte degene die om nieuwe vrienden zit te springen, zei Gina. Ik ben van plan om je te verleiden met mijn lemon-meringuetaart. Ze draaide zich snel om, en botste tegen een doos op. Ja, niet letterlijk verleiden natuurlijk.

O, jammer, zei Alice. Toen zei ze stom genoeg meteen dat dat ook een grapje was.

Gina lachte, en nam haar mee de keuken in. Het was er warm en het rook er naar zoete lemon-meringuetaart. Uit de stereo klonk Elvis.

Ik dacht: ik vraag je op een high tea, en niet gewoon of je kwam theedrinken, zei Gina, want dan hebben we een excuus om er champagne bij te drinken. Heb je zin in een glaasje?

O, lekker, zei Alice, hoewel ze anders nooit overdag dronk.

Gina deed een dansje. Godzijdank. Want als je nee had gezegd, dan kon ik natuurlijk moeilijk in mijn eentje aan de drank gaan, en weet je, het maakt het allemaal wel net iets gemakkelijker als je moet praten met iemand die je niet kent. Ze liet de kurk knallen en haalde twee glazen tevoorschijn. Mike en ik komen uit Melbourne. Ik ken hier in Sydney geen mens. Daarom ben ik op vriendenrooftocht. En Mike maakt momenteel zulke lange dagen, dat ik door de week best eenzaam ben.

Alice hield haar glas op voor nog meer champagne.

Ze zei dat Nick tegenwoordig ook zo lang aan het werk was.

'Alice?'

'Alice?'

Nick ondersteunde haar aan één kant, en Dominick aan de andere. Haar benen leken wel van elastiek.

'Terug?'

'Terug waarheen?' vroeg Dominick.

Nee, ik bedoel dat alles weer terugkomt. Mijn geheugen komt weer terug.

Het voelde als een dijkdoorbraak in haar hoofd, waar een kolkende massa herinneringen bij vrijkwam.

'Haal eens wat water voor haar,' zei iemand.

Alice had een nieuwe vriendin. Toen Madison iets van een jaar was, had Sophie het uitgemaakt met Jack (wat een schok was dat) en had ze een nieuwe kring van hooggehakte, hippe vriendinnen gevonden, allemaal single, die vreselijk gilden en hun avonden begonnen pas rond negen uur. Dan sprongen ze in taxi's en reden naar elegante bars in de stad. Zij en Alice groeiden uit elkaar.

En Elisabeth was afgeleid, verdrietig, en ze luisterde nooit echt.

En dus maakte Alice' vriendschap met Gina een vliegende start. Het was net als verliefd worden. En Nick en Mike konden het ook al zo goed met elkaar vinden! Samen kamperen. Spontane dinertjes tot laat in de avond, terwijl de kinderen op de bank lagen te slapen. Het was fantastisch.

Gina's tweeling, Eloise en Rose, werd een paar maanden voor Olivia geboren. Grote bruine ogen en stompe sproetenneusjes en Gina's springerige haar. Ze speelden zo leuk samen.

Eén jaar hadden de twee gezinnen elk een woonboot gehuurd op de rivier de Hawkesbury. De boten lagen naast elkaar aangemeerd, en ze roeiden in opblaasbare roeibootjes heen en weer om bij elkaar aan dek te barbecueën. Olivia en de tweeling lakten Alice' en Gina's teennagels in allerlei verschillende kleuren. Na het ontbijt gingen Alice en Gina zwemmen, en de kinderen speelden Marco Polo, een soort blindemannetje in het water. Het was de leukste vakantie ooit.

Natuurlijk had ze Gina verteld dat ze zwanger was van Olivia nog voor Nick het wist.

Nick zat immers twee weken in Engeland. Hij had maar twee keer naar huis gebeld.

Twee keer, in twee weken.

Hij had het verschrikkelijk druk, zei hij. Hij was afgeleid.

Maar de opdracht hadden ze binnengehaald! En hij kreeg de bonus! Dus nu kunnen we ons een zwembad veroorloven!

'Nooit,' zei ze tegen Nick.

'Wat zeg je?'

Wat ze wilde zeggen was: 'Je was er nooit.'

In het jaar van het Goodman-project was Nick er nooit. Als hij thuiskwam rook hij naar kantoor. Bedrijfszweet. En zelfs als hij met haar praatte, dacht hij alleen maar aan de zaak.

Olivia had drie keer oorontsteking in drie maanden tijd.

Tom had angstaanjagende driftbuien.

Madison werd zomaar ineens zo gespannen over school, dat ze elke ochtend moest overgeven. Dat is niet normaal, Nick. Daar moeten we iets aan doen. Ik maak me zo'n zorgen dat ik er niet meer van kan slapen.

Nick zei: het is gewoon een fase. We moeten het er maar een andere keer over hebben, want ik heb morgen een vroege vlucht.

Gina zei: ik heb een kinderpsycholoog gevonden die misschien kan helpen. Moet je het er niet ook eens over hebben met de directeur op school? Wat zegt haar juf? Zal ik op Tom en Olivia passen, zodat jij en Madison samen wat tijd kunnen doorbrengen? Wat akelig voor je, zeg.

Gina was zo iemand die op school bij van alles hielp. Ze bood zich altijd als vrijwilliger aan. Alice werd zelf ook zo iemand. Ze vond het leuk. Ze was er goed in.

Mike en Gina hadden problemen. Gina vertelde Alice over elke wrede opmerking, en alle tactloze gebaren. Mike vertelde Nick dat hij niet gelukkig was met zijn leven. Alice en Nick gaven een feestje op een warme zomeravond. Mike werd dronken en zoende die afgrijselijke Jackie Holloway in het washok. Gina ging naar binnen om champagne te halen en betrapte hen.

Nick en Alice lagen op een avond in het donker te praten.
Mike is mijn vriend.
Wil je soms zeggen dat je het goedkeurt dat hij een andere vrouw loopt te zoenen in ons washok?
Natuurlijk niet, maar elk verhaal heeft altijd twee kanten. Laten wij ons er nou maar liever buiten houden.
Er zijn helemaal geen twee kanten! Dit valt niet goed te praten. Hij had dat mens nooit mogen zoenen.
Nou, misschien als Gina eens zou ophouden om van hem iets te willen maken wat hij niet is.
Dat doet ze helemaal niet! Omdat ze hem stimuleert een andere baan te zoeken? Dat doet ze alleen maar omdat hij daar niet gelukkig is!
Luister, wat heeft het voor zin om hun geruzie te kopiëren, met jou in de rol van Gina en mij in die van Mike?
Ze rolden van elkaar af en zorgden ervoor elkaar vooral niet aan te raken.

Het waren helemaal niet 'wat kersen'. Het was een halve fruitmand. Een prachtige fruitmand die ze die ochtend zo zorgvuldig had klaargemaakt om mee te nemen naar zijn moeder. Ze liep haastig rond om te zorgen dat de kinderen zich gingen aankleden, en in plaats van haar te helpen zat hij rustig de krant te lezen en gezellig die halve fruitmand weg te werken, alsof Alice de huissloof was.

Toen Mike verhuisd was, wilde Gina afvallen. Dus besloten Alice en Gina een personal trainer te nemen. Ze gingen bij een sportschool. Ze begonnen met steplessen. De kilo's vlogen ervanaf. Ze werden fitter en fitter. Alice vond het geweldig. Ze zakte twee kledingmaten. Ze had geen idee dat je van lichaamsbeweging zo blij werd.
Gina had een date met een vent die ze via het internet had leren kennen. Alice paste op de kinderen. Nick moest tot laat werken.

Toen Gina thuiskwam was ze helemaal stralend en verhit. Alice, die in haar joggingpak op de bank lag, was jaloers. Zo'n eerste afspraakje. Wat heerlijk om dat weer eens mee te kunnen maken.

Toen Nick die avond thuiskwam zei hij: Je wordt veel te dun.

Toen Nick hoorde dat zijn vader een romance was begonnen met de moeder van Alice, moest hij hard lachen.

Ze is zijn type helemaal niet. Hij gaat altijd voor vrouwen uit de betere buurten met neptieten en een flinke alimentatie. Vrouwen die de juiste boeken lezen en die naar de juiste toneelstukken gaan.

Wil je soms beweren dat mijn moeder niet goed genoeg is voor jouw vader?

Ik haat het soort vrouwen met wie mijn vader het normaal gesproken doet!

O, dus je vader doet het nu beneden zijn stand? Met mijn arme, eenvoudige moedertje uit het Hills District?

Met jou valt niet te praten. Je wilt gewoon alleen maar dat ik het verkeerde zeg. Goed hoor, wat je wilt, mijn vader doet het beneden zijn stand. Wil je dat zo graag horen? Nu tevreden?

Elisabeth was verdwenen. Mijn zusje was veranderd in een verbitterd, boos mens, met een harde, sarcastische lach. Er was nog nooit iemand geweest die zoiets ergs mee moest maken als Elisabeth. Alice kon geen goed meer doen.

Ze had eens gevraagd of ze weer een embryo had laten implanteren, en toen had Elisabeth haar lip vol verachting omgekruld. Een embryo wordt niet geïmplanteerd, zei ze met een sneer, maar ingebracht. Was het maar zo eenvoudig.

Hoe had Alice in godsnaam moeten weten wat de juiste term was? Als ze haar uitnodigde voor de verjaardag van een van haar kinderen, zuchtte Elisabeth altijd op een manier waaruit bleek hoe verschrikkelijk pijnlijk dat voor haar zou zijn, maar ze kwam toch, en hing vervolgens de hele tijd de martelaar uit. Ze bood nooit aan om te helpen, maar stond daar maar zo'n beetje met haar lippen stevig op elkaar. Doe vooral niet een keer je best voor mij, wilde Alice dan zeggen.

Na de vierde miskraam had ze nog geprobeerd om met Elisabeth te praten. Ze bood aan om haar eitjes te doneren. Jouw eitjes zijn te oud, zei Elisabeth. Je hebt echt geen idee waar je het over hebt.

Toen Roger Alice' moeder ten huwelijk vroeg, was Nick kwaad.

Nou, geweldig. Echt fantastisch. Hoe denk je dat mijn moeder zich nu voelt?

Alsof het Alice' schuld was. Alsof haar moeder Roger op de een of andere manier in de val had laten lopen.

Ze hadden nooit meer seks. Het hield gewoon ineens op. Ze hadden het er niet eens over.

'We moeten haar mee naar buiten nemen, de frisse lucht in.'

Ze was zich er vaag van bewust dat ze half de tent uit werd gesleept, half gedragen. Mensen staarden haar aan, maar ze kon zich nergens anders meer op concentreren dan op de herinneringen die door haar hoofd stormden.

Toen ze haar eerste wee voelde bij Madison, dacht ze bij zichzelf: ze zijn gestoord. Ze denken toch niet echt dat ik dit ga trekken? Maar dat dachten ze dus wel. Zeven uur later, toen de baby geboren was, konden Nick en zij geen van beiden geloven dat het een meisje was. Ze waren er allebei zo belachelijk van overtuigd geweest dat het een jongen zou worden. Het is een meisje, zeiden ze steeds maar tegen elkaar. Door de verrassing waren ze euforisch. Ze was ook zo bijzonder. Alsof er nog nooit eerder een klein meisje was geboren.

Tom kwam in rugligging. Ze bleef maar tegen de vroedvrouw met het zachte, afgetobde gezicht gillen – het zit in mijn rug, de pijn zit in mijn rug. En ze beloofde zichzelf de hele tijd: dit doe ik dus echt nooit meer.

Olivia was het ergst. Je kindje heeft het zwaar. We moeten nu ingrijpen met een keizersnede, zeiden ze tegen haar, en ineens was de kamer vol met mensen, en werd ze door een lange gang gereden. Ze zag de lampen ritmisch voorbijflitsen, en ze vroeg zich af wat ze had gedaan dat haar arme kindje het nu al zo zwaar had, terwijl het nog niet eens was geboren. Toen ze bijkwam van de narcose zei een zuster: Je hebt een prachtige dochter.

Madison kreeg haar eerste tandje met acht maanden. Ze zat er steeds aan met haar vingertje, en fronste.

Tom weigerde ijskoud om ooit in de kinderstoel plaats te nemen.

Olivia kon pas met achttien maanden lopen.

Madisons kleine rode jasje met de capuchon met de witte bloemetjes erop.

Toms smerige blauwe olifant, die hij overal mee naartoe sleepte. Waar is Olifant? Heb jij die verdomde olifant ergens zien liggen?

Olivia holde gillend van blijdschap het schoolplein op, op haar allereerste schooldag. Madison moest uit Alice' armen worden losgerukt.

Alice liep op een dag de keuken in en zag dat Tom zijn neus zorgvuldig volstopte met bevroren doperwten. Ik wilde kijken of die doperwten er dan via mijn ogen uit zouden komen, zei hij tegen de dokter.

Ze waren Olivia kwijtgeraakt op Newport Beach. Door de paniek sloeg Alice aan het hyperventileren. Jij zou toch op haar let-

ten, zei Nick de hele tijd. Alsof dat het punt was. Dat Alice een fout had begaan. Niet dat Olivia zoek was, maar dat het Alice' schuld was.

'Alice? Haal eens heel diep adem.'

Ze negeerde hun stemmen. Ze had het te druk met herinneren.

Het was een verschrikkelijk koude dag in augustus. Gina en zij reden ieder in hun eigen auto terug van de sportschool. Gewoonlijk reden ze altijd samen, maar Alice was eerst nog met Madison naar de tandarts geweest. Die zei dat er niets mis was met Madisons gebit. Hij wist ook niet waarom ze zo'n pijn in haar kaak had. Toen had hij Madison vast naar de wachtkamer gestuurd en zachtjes aan Alice gevraagd: Kan het soms van de spanning komen?

Alice keek ongeduldig op haar horloge, want ze wilde graag naar de sportschool. Ze had geen zin om het begin van haar steples te missen. Gisteren moest ze ook al een les overslaan, vanwege een of andere presentatie van Olivia. Spanning? Hoezo zou Madison ergens gespannen over moeten zijn? Ze was een lastpak. Ze wilde waarschijnlijk gewoon niet naar school.

Onderweg naar huis zat Madison te klagen over dat ze in de crèche van de sportschool had moeten wachten terwijl Alice en Gina met de les bezig waren.

Ik ben veel te oud voor die crèche. Het zit er vol met domme, jankende baby's.

Nou, was dan ook gewoon naar school gegaan vandaag, in plaats van een smoes te verzinnen over pijn in je kaak.

Het was geen smoes.

Het was een donkere, stormachtige dag. Lichtflitsen maakten barsten in de lucht. Het begon te regenen. Zware druppels kletterden als kiezelstenen op de voorruit.

Mam. Ik heb het echt niet verzonnen.

Stil, ik probeer me op het rijden te concentreren.

Alice haatte het om te rijden als het regende.

De wind gierde. De bomen bogen door als in een spookachtige dans.

Ze reden Rawson Street in. Alice zag dat Gina's remlichten op rood sprongen.

Gina reed in het razend onpraktische cadeau dat ze zichzelf voor haar veertigste verjaardag had gegeven. Een rode Mini met witte strepen langs de zijkant en een speciale nummerplaat. Geen gezinsauto. Ik voel me jong en wild als ik erin rij, zei Gina. Ze reed met het zonnedakje open en met Elvis op vol volume.

Alice keek naar de Mini in de regen en ze wist dat Gina lustig zou meezingen.

Het lijkt net of die boom daar gaat vallen, zei Madison.

Alice keek omhoog.

Het was de amberboom op de hoek. Zo mooi in de herfst. Hij wiegde heen en weer, en maakte een afschuwelijk krakend geluid.

Hij valt heus niet.

Hij viel.

Het gebeurde zo snel en met zoveel geweld en zo onverwacht. Alsof een goede vriend je zomaar een klap in je gezicht gaf. Alsof een of andere gemene god het expres had gedaan. Om gemeen te doen. Hij had de boom opgepakt en hem dwars over de Mini gesmeten, uit drift. Het lawaai was ongelofelijk. Een explosie van angstaanjagend geluid. Alice trapte op de rem. Haar arm vloog beschermend over Madisons borst, alsof ze haar tegen de boom wilde beschermen. Madison gilde: Mama! Mama! Mama!

Toen stilte, op het geluid van de regen na. Over de radio klonken de piepjes van het nieuws van één uur.

Over de weg voor hen lag nu een gigantische boomstronk. Gina's rode Mini zag eruit als een geplet koekblik.

Er kwam een vrouw uit een huis rennen. Ze stopte toen ze de boom zag, en ze sloeg haar handen voor haar mond.

Alice zette haar auto aan de kant van de weg. Ze zette de alarmverlichting aan. Blijf hier, zei ze tegen Madison. Ze deed het autoportier open en rende. Ze was nog in haar korte broek en haar T-shirt van de sportschool. Ze gleed uit en viel hard op haar knie, stond op en rende door, met haar armen zinloos maaiend door de lucht, in een poging om de tijd twee minuten terug te trekken.

'Haal eens een deken voor haar. Ze zit te rillen.'

Nick kwam niet naar de begrafenis. Hij kwam niet naar de begrafenis.

Hij kwam niet naar de begrafenis.

Het schoolhoofd was wel op de begrafenis. Meneer Gordon. Dominick. Hij zei: Ik vind het zo erg, Alice. Ik weet dat jullie heel goede vriendinnen waren. En hij omhelsde haar. Ze huilde tegen zijn overhemd. Hij bleef dicht bij haar staan terwijl ze de roze ballonnen de grijze hemel in stuurden.

Ze wist niet hoe ze haar leven moest leven zonder Gina. Ze hoorde bij haar dagelijkse routine. Sportschool. Koffie. Met de kinderen naar zwemles. De personal trainer. Op elkaars kinderen passen. Films kijken. Lachen om domme dingen. Natuurlijk kende ze heel veel andere moeders op school, maar niet zoals Gina.

En alle vreugde was weg.

Alles leek zo zinloos. Elke ochtend huilde ze onder de douche, met haar voorhoofd tegen de tegels van de badkamer, en dan droop de shampoo in haar ogen.

Ze maakte ruzie met Nick. Soms zocht ze het op, omdat het haar afleidde van haar verdriet. Ze moest zich inhouden om hem niet te slaan. Ze wilde hem krabben en bijten en pijn doen.

Op een dag zei Nick: Ik denk dat ik maar beter ergens anders kan gaan wonen. Dat denk ik ook, zei zij. En ze dacht: zodra hij de deur uit is bel ik Gina. Gina helpt me wel.

Dat hatelijke was zo snel en zo gemakkelijk begonnen, alsof ze elkaar altijd al hadden gehaat, en er nu eindelijk een gelegenheid was om op te kunnen houden met het geveins en elkaar te kunnen laten voelen hoe ze echt over elkaar dachten. Nick wilde de kinderen de halve week bij zich. Wat een lachertje. Hoe zou hij in godsnaam in zijn eentje voor hen moeten zorgen, met de dagen die hij maakte? Het zou ook veel te veel inbreuk maken op hun leven. Hij wilde hen trouwens ook niet echt. Hij wilde alleen het bedrag aan alimentatie dat hij zou moeten betalen drastisch omlaag brengen. Gelukkig herinnerde ze zich dat haar oude collegaatje Jane tegenwoordig advocaat was, gespecialiseerd in familierecht. Jane zou hem wel aanpakken.

Vier maanden nadat Nick was vertrokken, vroeg Dominick haar mee uit. Ze gingen wandelen in het National Park, en ze werden door de regen overvallen. Hij was ongedwongen en vriendelijk en oprecht. Hij wist niet wat de goede restaurants waren. Hij hield van pretentieloze eetcafés. Ze praatten veel over de school. Hij nam haar serieus. Hij leek zoveel echter dan Nick.

Ze hadden vorige week voor het eerst de liefde bedreven, bij hem thuis. De kinderen waren bij haar moeder.

(Dat was de avond voor ze op haar hoofd was gevallen!)

Het was heel mooi.

Nou, goed, het was heel ongemakkelijk. (Zo vond hij het kennelijk nodig om haar tenen te likken. Hoe kwam hij daar nou toch bij? Het kietelde verschrikkelijk en daardoor schopte ze hem per ongeluk tegen zijn neus.) Maar toch, het was zo ontzettend heerlijk dat een man weer interesse in haar lichaam had. Tot haar tenen toe.

Dominick was het juiste soort man voor haar. Nick was een vergissing. Hoe kun je ook de juiste man uitkiezen als je nog voor in de twintig bent en dom?

Ze was op een ochtend bij Dino's gestopt voor een kop koffie en daar stond een groepje mensen met ernstige gezichten om een vrouw heen die een toeval leek te hebben op de stoep. Zelfs Dino was buiten. Alice wendde haar blik af – het leek erop dat die arme vrouw geestelijk niet in orde was – maar toen zag ze tot haar ontzetting dat het haar zusje was. Het was Elisabeth, en toen Dino haar vertelde wat er was gebeurd, was schaamte het eerste gevoel dat bij haar opkwam. Dat ze nooit had gezien dat het zo uit de hand was gelopen! Toen ze aan Dino uitlegde wat er aan de hand was, voelde ze de woede op zichzelf aanzwellen. Het was net alsof ze de miskramen van Elisabeth als een gewoon onderdeel van het leven was gaan beschouwen.

Ze had Elisabeth naar haar auto gebracht en haar daar op de passagiersstoel gezet, waar ze voor zich uit ging zitten staren. Vervolgens was ze teruggelopen en had ze de moeder van het kind dat Elisabeth kennelijk wilde ontvoeren weten te sussen. (Het was Judy Clarke. Judy's zoon zat bij Madison in de klas.) Op weg naar huis zei Elisabeth alleen: Bedankt, en verder niets.

Het was welletjes. Die eindeloze cyclus van miskramen, daar moest een eind aan komen. Ze liepen steeds maar tegen een muur, en Elisabeth werd er letterlijk gek van. Alice had haar beste vriendin verloren en haar huwelijk was stukgelopen maar ze ging toch nog gewoon door met haar leven. Iemand moest een keer hard zijn tegen Elisabeth. Zodra ze thuis was, ging Alice het internet op om onderzoek te doen naar mogelijkheden voor adoptie. Afgelopen donderdag had ze verse bananenmuffins gebakken en had ze Ben gebeld en gezegd dat ze problemen met haar auto had. Hij zei dat hij meteen zou komen.

'Zouden we een arts moeten bellen?'

'Nee,' zei Alice hardop, met haar ogen dicht. 'Er is niks. Geef me even een minuutje.'

Nu herinnerde ze zich ook de afgelopen week. Het was alsof ze continu dronken was geweest. Ze schaamde zich dood.

De ochtend van de steples had ze een bagel met roomkaas als ontbijt gegeten, in de kantine van de sportschool.

Dat ze haar zo de sportschool uit moesten dragen. Hoe kon ze het daar nou niet herkennen? En de steplerares? Maggies man op de loopband? Kate Harper die uit de lift kwam?

De schok die ze voelde toen ze erachter kwam dat Nick en zij in scheiding lagen.

Het telefoongesprek met Nicks secretaresse. Dat vreselijke mens had haar al nooit gemogen (Alice vermoedde dat ze stiekem verliefd was op Nick) en sinds ze uit elkaar waren, gedroeg ze zich adembenemend onbeschoft.

Het salsadansen tijdens de Talentenshow. Die chemie die ze meende te voelen. Godallemachtig, ze had zelfs de ring van oma Love teruggegeven. Die wilde ze nog wel zo graag voor Madison bewaren. Nu zou hij waarschijnlijk naar Nicks nieuwe vrouw gaan, als hij ooit zou hertrouwen. Terwijl hij deel uitmaakte van Madisons geschiedenis.

Hij had om twintig dollar met haar gewed dat ze hem niet terug zou willen als ze haar geheugen eenmaal terug had. Hij had haar waarschijnlijk de hele tijd achter haar rug uitgelachen.

Ze had Nick gekust. Ze werd misselijk bij het idee. Hij had haar geheugenverlies gebruikt om te zorgen dat zij akkoord zou gaan met dat co-ouderschap. Goddank had ze nog niks getekend.

Allemachtig, ze waren ijsjes gaan eten en walvissen gaan kijken met Madison toen die het haar van Chloe Harper had afgeknipt. De uitgelezen manier om crimineeltjes te kweken.

Ze had tegen mevrouw Bergen gezegd dat ze van inzicht was veranderd over het nieuwbouwplan. Nou ja, die moest ze dan maar weer vertellen dat ze alsnog tot inkeer was gekomen. Ze wilde helemaal niet in het huis blijven wonen. Veel te veel herinneringen.

Tom zou vandaag ook een van de dansende Elvissen zijn! Ze had zijn pak klaar en alles. Hij had haar er expres niet aan herinnerd.

Nora had vergeten om de sponsors te noemen in haar toespraak.

Ze moest alle papieren nog controleren voor het Guinness

Book of Records. *Alles moest heel secuur worden ingevuld voor een officiële recordpoging. Maggie en Nora bedoelden het goed, maar ze hadden geen idee hoe dat moest.*

De moeder die naast haar stond, die met de aardbeivlek, dat was Anne Russell, de moeder van Kerrie, een klasgenootje van Tom. Ze hielpen altijd op dezelfde dag in de schoolbieb. Hoe kon ze Anne Russell toch zijn vergeten?

Hoe kon ze dat überhaupt allemaal zijn vergeten?

Alice deed haar ogen open.

Ze zat op het grasveld bij het schoolplein.

Nick en Dominick zaten allebei ongemakkelijk op hun hurken voor haar.

'Gaat het wel?' vroeg Nick.

Alice keek hem aan. Hij kromp ineen alsof ze hem geslagen had.

'Je hebt je geheugen weer terug,' zei hij. Het was geen vraag. Hij stond op. Het leek net alsof hij zijn gezicht gladstreek, zodat hij er effen en kil uitzag. 'Ik ga de kinderen wel even vertellen dat er niks aan de hand is.' Hij draaide zich om, maar keek haar toen nog een keer aan en zei: 'Ik krijg twintig dollar van je.'

Alice keek naar Dominick.

Hij glimlachte, drukte haar tegen zich aan en zei: 'Alles is weer goed, liefste.'

33

Alice was aan het hardlopen met haar mobieltje in de hand, zodat ze het telefoontje niet zou missen.

Ze liep de route die Luke altijd nam met Gina en haar. Ze had Luke ontslagen. Ze kon het niet rechtvaardigen om honderdvijftig dollar per keer uit te geven aan een personal trainer. Niet nu Nick en zij er nog altijd niet uit waren wat de financiën betrof. Ze had ook haar lidmaatschap van de sportschool opgezegd. Tegenwoordig vond ze het prettiger om hard te lopen en terug te denken aan vroeger.

Sinds ze haar geheugen kwijt was geraakt en het weer terug had gekregen, was het een obsessie van haar geworden om zich haar leven te herinneren. Ze schreef elke dag in een dagboek en als ze hardliep liet ze haar herinneringen de vrije loop. Als ze dan weer thuiskwam schreef ze ze meteen op. Het viel lastig te zeggen of ze die tien jaar weer helemaal terug had, of dat er nog steeds gaten in haar geheugen zaten. Ze wist best dat ze voor het ongeluk ook niet meer alles zou weten wat er in de afgelopen tien jaar was gebeurd, maar toch bleef ze altijd graven naar ontbrekende puzzelstukjes.

Vandaag dacht ze aan een avond toen Tom nog een baby was. Iedereen had gezegd dat haar tweede kind zou slapen als een roosje, na al die slaapproblemen van Madison. Iedereen zat ernaast. Tom hield er niet van om om de drie tot vier uur te worden gevoed. Hij vond het veel prettiger om elk uur wat te snacken. Elk úúr. Dat hield dus in dat Alice telkens maar veertig minuten kon slapen voor ze weer wakker werd geschreeuwd door de babyfoon. En ook al was Madison al een peutertje, die had ook nog nooit een nacht doorgeslapen.

Het was een tijd in haar leven dat Alice geobsedeerd was door slaap. Ze snakte ernaar. Ze zag televisiereclames voor slaappillen of bedden met slapende mensen en dan werd ze razend van jaloezie. Als Tom zijn voeding had gehad, ging ze altijd half strompelend, half hollend terug naar haar slaapkamer en dook ze haar bed in. Als ze sliep, droomde ze alleen maar over de baby: dat ze boven op hem in slaap was gevallen en hem had gesmoord; dat ze hem op de commode had laten liggen toen ze zijn luier had willen verschonen, en dat hij op de grond was gevallen. En als ze dan eindelijk wel heerlijk diep in slaap was, werd ze alweer wakker van de babyfoon. Het was alsof je verschrikkelijk dorst hebt en iemand je een groot glas ijskoud water aanreikt, om dat van je mond weg te trekken net op het moment dat je een slok wilt nemen. Dan maar liever helemaal geen water meer zien.

Op deze specifieke avond moest Nick de volgende morgen vroeg weg voor een belangrijke zakenreis. Ze was net weer naar bed gegaan nadat ze Madison ervan had weten te overtuigen dat die weer moest gaan slapen – 'Maar waaróm mag ik dan nu niet buiten spelen? Maar waaróm is het dan nu midden in de nacht?' – toen Tom begon te jammeren. Duizelig boog ze zich over het wiegje om hem op te pakken. Ze voelde een golf van pure woede op dit mens dat haar niet wilde laten slapen. *Wat verwacht je nou eigenlijk van me?* Haar armen verstrakten om het kind. *Jij... moet... stil... zijn.*

Ze legde hem overdreven zorgvuldig terug in zijn bedje. Tom was woedend en gilde alsof ze hem in een bed vol messen had gelegd. Alice ging terug naar haar slaapkamer, deed het licht aan en zei doodkalm tegen Nick: 'Je moet me opsluiten, want ik wilde hem wat aandoen.'

Nick kwam overeind, met een wazige, verwarde blik. 'Heb je de baby wat aangedaan?'

Alice trilde over haar hele lichaam. 'Nee, dat wilde ik. Ik wilde hem fijnknijpen tot hij ophield met huilen.'

'Oké,' zei Nick rustig, alsof ze hem iets volkomen normaals had gezegd. Hij stond op, pakte haar hand en nam haar mee in bed. 'Jij moet slapen.'

'Maar ik moet hem voeden.'

'Ik geef hem wel wat afgekolfde melk uit de vriezer. Ga jij nou maar liggen. Ik zeg morgenochtend wel af. Slapen.'

'Maar...'

'Slapen. Gewoon slapen.'

Zoiets erotisch had ze hem nog nooit horen zeggen. Hij stopte haar in, trok de babyfoon eruit en ging de kamer uit. Het licht ging uit en de deur ging dicht.

Ze sliep.

Toen ze wakker werd, met keiharde lekkende borsten, was de slaapkamer vol zonlicht, en was het stil in huis. Ze keek op de wekker en zag dat het negen uur was. Hij had het dus gedaan. Hij had zijn zakenreis afgezegd. Ze had zes goddelijke uren achter elkaar geslapen. Haar zicht was helderder, haar hersens waren scherper. Ze liep naar beneden en trof daar Nick die Madison haar ontbijt gaf, terwijl Tom lag te kirren en te schoppen in zijn wipstoeltje.

'Dank je wel,' zei Alice, bijna dol van dankbaarheid en opluchting.

'Graag gedaan,' glimlachte Nick.

Ze zag de trots op zijn gezicht, omdat hij haar had gered. Hij regelde de dingen. Hij had het altijd al heerlijk gevonden om dingen voor haar te regelen.

Dus strikt genomen klopte het niet dat hij er nooit was, of dat hij het werk altijd voor liet gaan.

Misschien had ze hem vaker om hulp moeten vragen? Als ze wat vaker was ingestort, zodat hij de ridder uit kon hangen (dat was toch seksistisch en fout?); als ze zichzelf niet zou hebben ontpopt tot expert in alles wat met de kinderen te maken had; als ze niet zo misprijzend had gedaan als hij de kinderen een keertje een vreemde klerencombinatie aantrok. Hij vond het verschrikkelijk als zij hem het gevoel gaf dom te zijn, dus was hij gewoon opgehouden met helpen. Dat was dan weer zíjn domme trots.

Háár domme trots was dat ze zo nodig de beste en meest professionele moeder wilde zijn. *Ik heb het dan wel niet gemaakt in jouw wereld, Nick, zoals Elisabeth en al die andere vrouwen in hun mantelpakjes, maar in mijn wereld heb ik het wel degelijk gemaakt.*

Ze was nu bij het steilste gedeelte van de route aangekomen, waarbij Gina altijd vreselijk ging vloeken. Haar kuitspieren spanden zich aan.

Het was goed om zich te herinneren dat er tegenover elke nare herinnering aan haar huwelijk ook een fijne stond. Dat wilde ze heel helder krijgen, en ze wilde inzien dat het niet allemaal zwart was, en ook niet allemaal wit. Het bestond uit een miljoen verschillende kleuren. En ja, uiteindelijk was het toch misgelopen, maar het was goed zo. Dat het voorbij was wilde nog niet zeggen dat ze geen fijne tijden hadden gekend.

Ze dacht aan die vreemde periode vlak nadat ze haar geheugen weer terug had. Eerst kwamen er beelden, woorden en emoties op haar afgestormd in heftige golven. Ze kon bijna niet meer ademhalen door de chaos. Maar toen, na een paar dagen, werd het weer rustig in haar hoofd, en waren alle herinneringen weer keurig op hun plek gevallen, en voelde ze een heel fijn soort opluchting. Zonder haar geheugen had ze rondgezwommen in troebel water, halfblind; nu kon ze weer scherp zien. En wat ze zag was dit: haar huwelijk was voorbij en ze was verliefd op Dominick. Dat was het. Bij Dominick voelde ze die heerlijke, geruststellende voldoening om met een man te zijn die stapelgek op haar was, die haar fascinerend vond en die haar wilde leren kennen. Bij Nick voelde ze alleen verbittering, woede en pijn. Hij was de man die al dacht te weten hoe ze in elkaar zat, die al haar tekortkomingen, irritante gewoonten en fouten kende. Ze trok het al nauwelijks om met hem in één ruimte te zijn. Het idee dat ze van plan was geweest om hem terug te laten komen was beangstigend en schokkend. Alsof iemand haar had gedrogeerd en gehypnotiseerd, in de val had laten lopen en had bedrogen.

Het was niet alleen zo dat haar herinneringen aan de afgelopen tien jaar weer terug waren. Haar ware ik, zoals die vorm had gekregen in de afgelopen tien jaar, was ook terug. En hoe verleidelijk het ook mocht zijn geweest om het verdriet en de pijn van die tien jaar uit te wissen, het zou een leugen zijn. De jonge Alice was een domoor. Een lieve, onnozele domoor. De jonge Alice miste tien jaar levenservaring.

Maar ook al had ze geprobeerd om haar te overtuigen, haar te berispen, en om haar te rouwen, die jonge Alice weigerde te vertrekken.

In de maanden die volgden, bleef ze voortdurend de kop opsteken. Ze stond te betalen bij het benzinestation en merkte dat haar hand naar een reep goddelijke Lindt-chocolade greep. Ze was heel ernstig in gesprek met Nick over de gecompliceerde logistieke regeling voor de kinderen, en dan stelde ze hem ineens een onzinnige vraag die totaal niets met hun gespreksonderwerp te maken had, bijvoorbeeld naar wat hij die ochtend als ontbijt had gehad. Ze ging op een holletje naar de sportschool, en belde dan zomaar met Elisabeth om voor te stellen dat ze in plaats daarvan lekker koffie zouden gaan drinken. Ze was haastig op weg van de ene naar de andere afspraak, en dan was er een stemmetje dat haar influisterde: *Relax.*

Uiteindelijk bood ze er maar geen weerstand meer aan, en sloot ze een wapenstilstand. De jonge Alice mocht blijven, zolang ze maar niet te veel chocola at.

Inmiddels leek het alsof ze de lens van haar leven kon draaien en het vanuit twee compleet verschillende perspectieven kon bekijken. Dat van haar jongere ik. Haar jongere, onzinniger en onschuldiger ik. En haar oudere, wijzere, cynischer en verstandiger ik.

En die jongere Alice had soms ook best een punt.

Zoals wat Madison betrof. Voor ze haar geheugen verloor, hadden Alice en Madison het heel moeilijk met elkaar. Ze was erg streng voor haar, en ongelofelijk gefrustreerd door haar gedrag, en in het diepste, het meest beschamende deel van haar gedachten, had ze Madison zelfs de schuld gegeven van Gina's ongeluk. Als zij niet met Madison naar de tandarts was gegaan, dan zou Gina niet net op dat moment die hoek om zijn geslagen. Dan waren ze eerst nog even koffie gaan halen.

Madison was slim genoeg om Alice' wrevel te merken. Ze was toch al een kind dat alles veel te intens doorvoelde. Ze had gezien hoe de vriendin van haar moeder omkwam bij een ongeluk, en ze had de scheiding van haar ouders door moeten maken.

Geen wonder dat ze lastig was. Elisabeth had haar een psychiater aangeraden van wie ze weleens had gehoord. Ene dokter Jeremy Hodges. Madison ging nu twee keer per week naar hem toe, en het leek te helpen. Ze had tenminste niemand meer mishandeld op school, en Kate Harpers man was overgeplaatst voor zijn werk, en de familie woonde nu ergens in Europa, dus die waren goddank uit hun leven verdwenen.

Er klonk een vriendelijk getoeter en Alice keek op. Het was mevrouw Bergen in haar kleine blauwe Hondaatje. Heel gek, maar sinds ze haar geheugen terug had, was Alice totaal niet meer geïnteresseerd in dat nieuwbouwgedoe. Het idee dat ze haar huis zou verkopen tegen een prettige winst om dan naar een frisse, nieuwe woning te verhuizen waaraan geen herinneringen kleefden, leek ineens niet meer zo van belang. Ze wist dat ze de nare dingen hoe dan ook met zich mee zou nemen, en ze had geen zin om de goede dingen achter te laten.

Aan de andere kant, als de projectontwikkelaar de zaak zou winnen – ach, dat was het leven. Dingen veranderen nu eenmaal – tuurlijk, dingen veranderen nu eenmaal.

Ze kwam bij de hoek waar Gina was gestorven en dacht weer aan de angst en het ongeloof van dat moment. Haar verdriet was anders geworden sinds ze haar geheugen verloor en weer terugkreeg. Het was eenvoudiger, rustiger, treuriger. Voordien had ze al het verdriet op de een of andere manier in een heleboel verschillende richtingen gekanaliseerd: woede op Nick (*hij zou nooit Gina's kant hebben gekozen tijdens haar scheiding van Mike*); kilte naar Elisabeth toe (*want die had Gina nooit zo leuk gevonden*) en irritatie richting Madison (*Gina zou nog leven als ze samen in dezelfde auto hadden gezeten*). Doordat ze de blote feiten had aangehoord, 'Je vriendin is doodgegaan' – zonder de bijbehorende herinneringen – was die kluwen gevoelens ontward. Nu miste ze haar alleen nog maar.

De telefoon ging over in haar hand. Ze stopte om op te nemen zonder naar de naam op het schermpje te kijken.

'Al iets gehoord?' Het was Dominick.

'Nee!' zei ze. 'Je moet de lijn niet steeds bezet houden.'

'Sorry.' Hij lachte. 'Ik zie je vanavond. Ik neem een kip mee, goed?'

'Ja, ja, hang nou maar op!'

Hij hield ervan om dingen te controleren. En nog een keertje voor de zekerheid. En dan nog eens. Dat zou een heel vervelende gewoonte kunnen zijn, maar ja, iedereen had wel zo zijn eigenaardigheden. En Nick zou ze op een doordeweekse dag überhaupt nooit zoiets onbenulligs hebben gevraagd als een kip meenemen voor op de barbecue. Nick was daar veel te druk en veel te belangrijk voor. Als Dominick na het werk langskwam, was hij er helemaal. In tegenstelling tot Nick, die soms de indruk wekte alsof Alice en de kinderen niet echt bestonden, en zijn werkelijke leven op kantoor werd geleefd. Niet dat Dominick geen stressvolle baan had. Nick mocht dan een bedrijf runnen, Dominick runde een hele school. En wat leverde nu een belangrijker bijdrage aan de samenleving?

Ze zou willen dat ze eens ophield met voortdurend een vergelijking maken tussen Nick en Dominick, alsof ze alleen maar van Dominick hield omdat hij zo totaal anders was dan Nick. Soms leek het wel of dat het hele punt was van haar relatie met Dominick: omdat het zo anders was dan met Nick.

Laatst ging ze met Dominick kijken bij een voetbalwedstrijd van Tom, en Nick was er ook. Ze voelde zijn blik op hen vanaf de andere kant van het veld, terwijl ze extra hard lachte om Dominicks grapjes. Eerlijk gezegd werd ze doodziek van zichzelf.

Het vreselijke was dat zelfs als Nick er niet was, ze zich altijd inbeeldde dat hij naar haar keek. *Kijk eens hoe gezellig wij hier samen op de bank naar de televisie zitten te kijken, Nick. Hij masseert mijn voeten. Dat deed jij nou nooit. Kijk eens hoe we hand in hand dit eetcafé in lopen. Geen gezeur over een 'mooi' tafeltje – we gaan gewoon zomaar ergens zitten. Zie je dat, Nick?*

Betekende dat dan dat haar relatie met Dominick alleen maar voor de show was?

Ze ging langzamer lopen, hard hijgend, en dacht eraan hoe ze met Nick aan de keukentafel wijn had zitten drinken, en aan die heerlijke opluchting die ze voelde toen ze hem kuste.

Stom. Zo gênant. Maar ja, hij had wel teruggezoend. En hij had het weer willen 'proberen'.

Ze had absoluut niet de behoefte om het weer te proberen. Echt totaal niet. Dat was allemaal voorbij. Tijd om verder te gaan met haar leven. Ze had de juiste beslissing genomen. De kinderen waren dol op Dominick. Hij had waarschijnlijk meer tijd met hen doorgebracht dan hun vader.

En Nick en zij gingen tegenwoordig zo beschaafd en zo volwassen met elkaar om! Ze hadden eindelijk een regeling getroffen voor hun co-ouderschap waar ze allebei tevreden over waren. Nick had hen niet de halve week, maar hij zag hen wel veel vaker dan alleen in de weekenden. Hij nam zelfs op vrijdagmiddag vrij van zijn werk zodat hij hen van school kon halen.

De laatste tijd merkte ze dat ze zich erop begon te verheugen om hem te zien als hij de kinderen af kwam zetten. Ze waren echt 'als goede vrienden' uit elkaar.

Ja – een goed huwelijk (alles bij elkaar), gevolgd door een goede scheiding. Volgens de kinderen had Nick een vriendin. Megan.

Alice wist niet precies wat ze van Megan moest denken.

De telefoon ging weer.

Eindelijk. Hij was het. Ze ging op iemands tuinmuurtje van rode baksteen zitten.

'Vertel,' zei ze. 'Toe dan, vertel!'

Eerst verstond ze hem helemaal niet. Het leek wel alsof hij zijn neus aan het snuiten was.

'Wat? Wat zei je nou?'

'Het is een meisje,' zei Ben luid en duidelijk. 'Een prachtig klein meisje.'

34

Elisabeths huiswerk voor Jeremy

Ik heb nooit echt geloofd dat ik een kind zou krijgen, tot het moment waarop ik haar hoorde huilen.

Het spijt me dat ik dat moet toegeven, Jeremy, want ik weet dat je zo je best hebt gedaan om ervoor te zorgen dat ik weer een normaal mens werd.

Maar ik heb het nooit geloofd. Die dag in de toilettenwagen, terwijl ondertussen de grootste lemon-meringuetaart van de wereld werd gebakken, was ik ervan overtuigd dat ik aan mijn laatste miskraam bezig was.

Toen hield het bloeden op. Dat duiden ze in de medische wereld aan met de vrolijke term 'spotting'. Stelt verder niks voor.

Zelfs toen dat spotten voorbij was, geloofde ik nog niet dat ik een kind zou krijgen. Ook al waren alle echo's normaal. Ook al voelde ik de baby schoppen en draaien, ook al ging ik naar zwangerschapsgymnastiek, kochten we een wiegje, wasten we de babykleertjes uit, en ook al zeiden ze: 'Goed, je mag nu gaan persen', ik kon nog altijd niet geloven dat ik echt een kind kreeg. Niet een echt kind.

Totdat ze huilde. En ik dacht: dat klinkt als een echte pasgeboren baby.

En nu is ze er. De kleine Francesca Rose.

In al die afgrijselijke jaren heb ik Ben bijna nooit zien huilen. Nu kan hij niet meer ophouden. Het is net alsof hij enorme vaten vol tranen had opgeslagen die hij nu eindelijk de vrije loop kan laten. Ik kijk naar hoe hij haar slapend in zijn armen houdt, en de stille tranen biggelen over zijn wangen. We doen haar samen in bad, en ik vraag hem om me een handdoek aan te geven, en ik zie dat hij alweer huilt. Ik zeg: Ben, toe nou. Die schat.

Zelf huil ik niet zo vaak meer. Ik ben veel te druk bezig met of ik alles wel goed doe. Dan bel ik Alice om te vragen hoe het precies gaat met de borstvoeding. Want hoe weet je nu of ze genoeg heeft gegeten? Of ik maak me zorgen als ze huilt. Wat is het deze keer? Krampjes? Of ik maak me zorgen over haar gewicht. Of over haar huid. (Die lijkt me een beetje droog.)

Maar soms, midden in de nacht, als ze goed heeft gedronken en ze makkelijk aan te leggen was, dan word ik zomaar, pats, overvallen door het besef hoe reëel ze is, hoe tastbaar en hoe prachtig, en dan is mijn geluk zo enorm, zo wonderbaarlijk, als vuurwerk dat in mijn hoofd ontploft. Ik weet niet hoe ik het moet omschrijven. Misschien is het zoiets als een eerste shot heroïne.

(Hoe zorg ik ervoor dat ze van de drugs afblijft? Zou ik haar soms op een soort preventieve therapie kunnen doen? Wat denk jij, J? Er is zoveel om je zorgen over te maken.)

Maar goed, ik wilde je eigenlijk vertellen dat we eindelijk die ceremonie hebben gehouden voor de verloren kindjes, zoals jij voorstelde. We hebben een bos rozen meegenomen naar het strand, op een mooie, rustige winterdag, en toen zijn we langs de rotsen gelopen en hebben steeds een roos in het water later vallen voor ieder verloren astronautje. Ik ben blij dat we dat hebben gedaan. Ik heb niet gehuild. Maar toen ik elke roos zag wegdrijven, voelde ik iets loskomen, alsof ik veel te lang een heel strakke band om mijn borst had gedragen. Toen we weer naar de auto terugliepen, merkte ik dat ik diepe teugen lucht inademde, en die lucht voelde goed.

(We zouden ook nog een gedicht oplezen, maar ik vond dat Francesca zulke koude oortjes kreeg. Ze is nog niet verkouden geweest. Laatst snufte ze wel wat, maar dat ging weer over, dus dat was wel een opluchting. Ik overweeg haar een multivitamine te geven. Volgens Alice is dat helemaal niet nodig, maar... enfin, ik dwaal af.)

Ik wilde ook mijn excuses aanbieden omdat ik dacht dat jij een zelfingenomen vader met een perfect leven was. Toen je me tijdens onze laatste sessie vertelde dat jij en je vrouw zelf ook in behandeling waren vanwege vruchtbaarheidsproblemen, en die foto op je bureau helemaal niet van je kinderen bleek te zijn, maar van je neefjes, schaamde ik me voor al mijn egocentrische gedachten.

Dus, hier is mijn huiswerk, Jeremy. Ik weet wel dat jij dat nooit wilde lezen, maar ik vond toch dat ik het je moest geven. Misschien dat het je helpt bij je andere patiënten. Of misschien heb je er zelf iets aan als je eigen vrouw rare dingen doet, wat vast weleens gebeurt.

De Vruchtelozen kwamen gisteren bij me op bezoek, met armen vol dure cadeaus. Het was best naar. Ik wist immers precies hoe zij zich voelden. Ik wist hoe ze hun best deden om normaal te doen, en dat ze zichzelf hadden beloofd dat ze maar twintig minuten zouden blijven, en dat ze dan in de auto mochten uithuilen, dat ze luchtig en opgewekt zouden kletsen, en dat hun arme, vermoeide, opgeblazen lijven pijn deden van de behoefte terwijl ze stuk voor stuk plichtsgetrouw de baby op de arm namen. Ik klaagde over het slaapgebrek (het was ook een vreselijke nacht geweest) en ik wist meteen dat ik te ver was gegaan. Terwijl ik wéét dat er voor een Vruchteloze niets erger is dan een kersverse moeder te horen klagen, alsof je je daardoor beter voelt over dat je zelf geen kind hebt. Het is net zoiets als tegen een blinde zeggen: 'Ja, tuurlijk, we kunnen de bergen zien, en de zonsondergang, maar er zijn ook vuilnishopen en viezigheid, hoor! Vreselijk!' Ik weet niet waarom ik het deed, behalve dat ik nu dat wanhopige, onhandige verlangen begrijp om andere mensen moed in te praten – ook al weet je donders goed dat niets helpt. De Vruchtelozen zullen me tijdens hun eerstvolgende lunch wel flink afkraken. Ik betwijfel of ik hen ooit nog zal zien – de afstand tussen ons is gewoon te groot – tenzij een van hen natuurlijk ook de stap naar de andere kant mag maken.

Ik weet niet of het aanmatigend van me is, Jeremy, maar ik vroeg me af of jij en je vrouw misschien ook worstelen met de vraag wanneer het tijd is om de strijd op te geven.

En als dat zo is, dan wil ik je iets zeggen wat misschien nergens op slaat.

We hadden het al jaren eerder moeten opgeven. Dat is me nu zo duidelijk. We hadden 'andere mogelijkheden' moeten bekijken. We hadden moeten adopteren. We hebben jaren van ons leven verspild en ons huwelijk is er bijna op stukgelopen. Ons happy end had veel eerder kunnen en moeten komen. En ook al vind ik het fantastisch dat Francesca de ogen van Ben heeft, ik zie nu ook in dat haar biologische band met ons niet ter zake doet. Zij is een uniek mensje. Zij is Francesca. Als wij niet haar 'biologische' ouders waren geweest, dan zouden we toch precies evenveel van haar hebben gehouden. Ik bedoel, ik heb het kind vernoemd naar haar overgrootmoeder, met wie wij geen enkele genetische band hebben en die pas op mijn achtste in ons leven kwam. Ik zou niet meer van Frannie kunnen houden dan ik nu doe.

Dus dat was het.

Nu moet ik mezelf toch even tegenspreken, om helemaal eerlijk te zijn.

Want als je vrouw mij zou vragen of ik het allemaal nog een keer zou overdoen, dan zou ik dit antwoorden.

Ja. Absoluut. Natuurlijk. Geen twijfel aan. Ik zou het allemaal nog een keer overdoen, elke hartverscheurende seconde, als dit het resultaat zou zijn: mijn prachtige dochter die hier naast me ligt te slapen.

PS Ik sluit een vreemd en nogal lelijk poppetje bij. Misschien dat dat werkt. Veel geluk, Jeremy. Ik geloof dat je een fantastische vader wordt. Hoe lang het ook nog duurt, en hoe het kind ook bij jullie mag komen.

35

Overpeinzingen van een overgrootmoeder

Ze is EERSTE GEWORDEN!
Vandaag was Madisons sprekerswedstrijd. Zoals ik al eerder vermeldde, moest ze het opnemen tegen de beste sprekers van andere basisscholen, dus het was een hele prestatie.
Ze hield een uitermate informatieve en amusante speech over wereldrecords. (Wisten jullie wat het wereldrecord is voor de meeste levende ratelslangen tegelijkertijd in de mond houden? Acht!)
We waren allemaal ontzettend zenuwachtig, vooraf. Mijn lieve Xavier was helemaal bleek en zweterig en Alice snauwde iedereen af. Toen ze Madisons naam aankondigden waren we in de zevende hemel. Olivia stond te dansen in het gangpad. Roger sprong op en stootte met zijn elleboog in het oog van een of andere arme dame. (Tikje gênant.) Barb barstte in tranen uit.
Elisabeth en Ben waren er ook met de kleine Francesca Rose, die met de dag mooier wordt. Tom hield haar bezig door met Bens sleutelbos te rammelen. Hij is heel goed met baby's. Hij vindt ze wetenschappelijk gezien interessant.
Alice en Dominick lijken gelukkig samen. (Alice is veel relaxter sinds haar ongeluk. Ze is dat gespannen, uitgemergelde koppie kwijt. Misschien kunnen we allemaal weleens een flinke klap op onze kop gebruiken?) Ze hebben het over samenwonen. Hm. Jullie weten wel hoe ik daarover denk! Ik heb vernomen dat Nick ook een nieuwe vriendin heeft, maar die was er gelukkig niet bij. Nick had het druk met zijn zusjes en zijn moeder. Het zijn bepaald geen gemakkelijke types.

Iedereen zegt dat er geen schijn van kans is dat Alice en Nick zich ooit zullen verzoenen. 'Vergeet het maar,' zeggen ze dan tegen me, alsof ik een gestoord oud vrouwtje ben. En toch...
Xavier en ik zaten toevallig naast Nick, vlak achter Alice en Dominick. Toen ze bekendmaakten dat Madison had gewonnen, keek Alice niet eens naar Dominick. Ze draaide zich meteen om naar Nick. Ze stak haar hand bijna onwillekeurig naar hem uit. Hij pakte hem vast. Bij de vingertoppen, meer niet. En het duurde nog geen seconde. Maar ik zag de uitdrukking op hun gezichten. Meer zeg ik niet.

COMMENTAAR

DorisuitDallas zegt...
Ik heb het ook gezien, en ik vind jou een heel wijze jongedame. Gaan we zo naar bed?

Epiloog

Ze dreef met haar armen wijd, het water zachtjes over haar lichaam klotsend, en ademde de zomerse geur van zout en kokos in. In haar mond hing een prettige nasmaak van een goed vullend ontbijt; gebakken spek en koffie en misschien iets van een croissantje. Ze tilde haar kin op en de ochtendzon scheen zo fel op het water dat ze haar ogen moest dichtknijpen om haar voeten door de glinstering heen te kunnen zien. De nagels van haar tenen hadden allemaal een andere kleur. Rood. Goud. Paars. Grappig. De nagellak was niet bepaald netjes aangebracht. Bobbelig en overal vegen. Er dreef iemand naast haar in het water. Iemand die ze heel leuk vond, iemand om wie ze moest lachen, met precies zulke nagels. Die ander wiebelde gezellig met haar veelkleurige tenen naar haar en ze was vervuld van slaperige gelukzaligheid. Ergens in de verte riep een mannenstem: 'Marco?' en een heel kinderkoor riep terug: 'Polo!' De man riep nog een keer: 'Marco, Marco, Marco?' en het koor antwoordde: 'Polo, Polo, Polo!' Een kind begon te lachen; een lang, gorgelend giecheltje, als een stroom zeepbelletjes.

We zijn aan de rivier de Hawkesbury. Dit is onze magische woonbotenvakantie.

Alice tilde haar hoofd boven water en keek naar Gina. Die had haar ogen gesloten, en haar lange krullen dreven om haar hoofd als strengen zeewier.

'Gina, leef je nog?'

Gina deed één oog open en zei: 'Hoezo, zie ik er zo levenloos uit?'

Alice was wee van opluchting. 'Laten we een glas champagne nemen om dat te vieren!'

'O, zeker,' zei Gina slaperig. 'Doen we.'

Er kwam iemand naar hen toe gezwommen. Hij dobberde op en neer en maakte onhandige borstcrawlbewegingen. Bruine schouders die op en neer gingen in het water. Het was Dominick. Zijn haar plakte tegen zijn hoofd. Druppels water glinsterden op zijn wimpers.

'Hé, meiden,' zei hij terwijl hij naast hen water liet opspatten.

Gina zweeg.

Alice schaamde zich. Om de een of andere reden klopte het niet. Dominick hoorde hier niet te zijn.

Gina rolde op haar buik en zwom weg.

'Nee, nee, kom terug!' schreeuwde Alice.

'Ze is weg,' zei Dominick bedroefd.

'Jij hoort hier helemaal niet te zijn,' zei Alice tegen Dominick. Ze spatte hem nat en hij keek gekwetst. 'Dit is jouw vakantie niet.'

De radiowekker liep af. Een nummer uit de jaren tachtig doorbrak de ochtendstilte hard en knetterend.

Er was ineens allerlei beweging en het dekbed gleed van haar schouders. 'Sorry.' De radio werd uitgezet.

Ze draaide zich om en trok het dekbed weer op.

Een Gina-droom. Ze had al zo lang niet meer over haar gedroomd. Ze vond het heerlijk dat die dromen zo echt voelden dat het net was of ze haar weer zag, en de dag met haar doorbracht. Alleen Dominick had er niet bij gemoeten. Het voelde als verraad aan Nick om Dominick toe te laten in haar woonbootherinnering. Nick vond het zo heerlijk, die vakantie. Ze zag hem nog staan, daar aan dek, rondspringend en spelend dat hij piraat was. 'Aarrgh! Aargh!' Dan greep hij Tom bij zijn middel en zei hij: 'Het is tijd om je te kielhalen, jonge vriend!' en dan gooide hij hem hoog, heel hoog in de lucht. Ze zag Toms verrukte snoet zo scherp voor zich, en dat bruine jongenslijf, voor eeuwig hangend in die felblauwe lucht.

Tom.

Ze deed haar ogen open.

Was Tom gisteravond wel thuisgekomen?

Hij had beloofd om tegen middernacht thuis te zijn, en ze waren vroeg naar bed gegaan. Ze was nog van plan geweest om op te staan om te checken of hij er was, maar om de een of andere reden was ze meteen diep in slaap gevallen.

Was dat nou een herinnering aan zijn sleutel in het slot? De auto die over de oprit schraapte, muziek die haastig werd uitgezet, het explosieve geluid van tienerjongens die probeerden stil te doen. Enorme voeten die de trap op stampten.

Of was dat een andere avond?

Misschien moest ze maar even gaan kijken, maar het was nog zo vroeg, en ze had slaap, en het was zondag. Haar enige uitslaapdag. Ze zou opstaan, zijn slaapkamerdeur openduwen en dan lag hij daar op bed, nog helemaal aangekleed. De kamer zou bedompt en klam ruiken van de aftershave en de vieze sokken. Dan zou ze klaarwakker zijn, en zou ze de slaap nooit meer kunnen vatten. Dan zou ze twee uur in de keuken gaan zitten wachten tot er iemand opstond.

En het was Moederdag! Ze moesten haar ontbijt op bed brengen, en cadeautjes. Als ze er tenminste aan gedacht hadden. Verleden jaar waren ze het compleet vergeten. Het waren pubers, vol van de tragedies en extase in hun eigen leventjes.

Maar als Tom gisteravond nou eens niet thuis was gekomen? En wat nu als ze hem dan pas om tien uur 's ochtends als vermist opgaf? 'Ik lag te slapen,' zou ze dan tegenover de politie moeten verklaren als ze haar zouden vragen waarom het zo lang had geduurd voor ze aangifte deed van de verdwijning van haar achttienjarige zoon. De agenten zouden een blik wisselen. Slechte, luie moeder. Slechte, luie moeder die niet beter verdient dan dat haar zoon dood blijkt te zijn op Moederdag.

Ze sloeg het dekbed van zich af.

'Tom is al thuis,' zei een slaperige stem naast haar. 'Had ik al gecheckt.'

Ze trok het dekbed weer over zich heen.

Tom zou altijd thuiskomen. Hij was betrouwbaar. Hij deed wat hij beloofde. Hij hield er niet van om al te veel vragen over zijn leven te moeten beantwoorden (de regel was niet meer dan drie achter elkaar), maar het was een goed kind. Hij werkte hard voor zijn eindexamen. Speelde voetbal, en ging stappen met zijn vrienden, en nam mooie, happige meisjes mee naar huis die allemaal schenen te denken dat ze een kans zouden maken als ze zich maar aan Alice wisten te verkopen. (Wat een denkfout! Als Alice al te veel interesse toonde in een meisje, dan zag ze haar juist nooit meer terug.)

Het zou Olivia worden die op een avond niet thuis zou komen.

Ze verbaasde zich nog altijd over de transformatie die Olivia had doorgemaakt van lief, engelachtig meisje tot mokkende, woedende, stiekeme puber. Ze had haar schitterende blonde krullen zwart geverfd en glad getrokken, zodat ze eruitzag als Morticia uit *The Addams Family*. 'Als wie?' had Olivia gesneerd. Er viel niet meer met haar te praten. Alles wat je zei werd als belediging opgevat. Haar slaapkamerdeur werd regelmatig met een dreun dichtgesmeten. 'Ik haat mijn leven!' gilde ze dan, en dan ging Alice op het internet op zoek naar informatie over zelfmoord onder tieners, terwijl Olivia het volgende moment alweer gillend van het lachen met een vriendin aan de telefoon hing. Drugs. Tienerzwangerschappen. Tatoeages. Het leek allemaal mogelijk met Olivia. Alice wist nu al dat ze in therapie moest als Olivia over twee jaar examen deed. Voor zichzelf.

Het is gewoon een fase, mam, had Madison gezegd. Lekker laten gaan.

Madison had haar puberneigingen al achter zich gelaten toen ze een jaar of veertien was. En nu was ze een schat van een meid. Zo mooi om te zien dat de adem soms stokte in Alice' keel als ze 's ochtends aan het ontbijt verscheen, met slordig haar en een transparante huid. Ze studeerde inmiddels economie aan de universiteit en ze had een vriendje, Peter, dat stapelgek op haar was en die Alice inmiddels zag als een extra zoon (wat wel jammer was, want ze had het akelige vermoeden dat Madison over niet al te lange tijd zijn hart zou breken). Het was allemaal zo snel gegaan. De ene minuut brachten ze haar thuis van het ziekenhuis met een piepklein, gerimpeld, gillend baby'tje. De volgende minuut was ze een en al lange benen, mooi koppie en meningen.

'Het gaat zo hard,' zei ze tegen Elisabeth, maar Elisabeth geloofde haar niet echt. Hoe dan ook, die was tegenwoordig zelf expert op moedergebied. Ook al had ze zelf nog geen pubers in huis, ze wist het altijd beter. Alice wilde zeggen: *Wacht jij maar tot die mooie kleine Francesca van je ook tot de lunch in bed blijft liggen, en dan door het huis banjert met afhangende schouders, en in woede uitbarst als je voorstelt dat ze zich misschien maar eens zou moeten aankleden voor het weer bedtijd is.*

Maar Elisabeth was veel te druk om haar aan te horen. Druk, druk, druk.

Nadat Francesca was geboren, hadden zij en Ben nog drie jongetjes geadopteerd uit Vietnam.

Twee van hen waren broertjes. De jongste had zware astma en vloog het ziekenhuis in en uit. Eentje liep bij de logopediste omdat hij stotterde. Francesca deed aan zwemmen, en moest elke ochtend trainen. Elisabeth was betrokken bij de Vietnamese expatgemeenschap, bij een praatgroep voor adoptiefouders en uiteraard was ze penningmeester voor de Oudervereniging van school. Ze deed ook weer aan roeien, en ze was zo mager als een lat.

Ben en zij hadden ook twee honden, een kat, drie cavia's en een aquarium. Dat stille, keurige huisje waar Alice jaren geleden naartoe was gegaan toen Elisabeth niet uit bed wilde komen, was nu één groot gekkenhuis. Alice had er na vijf minuten al hoofdpijn.

Gelukkig kwamen ze vanmiddag allemaal hier voor een moederdaglunch, en hoefden ze niet naar Elisabeths krankzinnig drukke huis toe, en Madison, die engel, zou koken.

Slapen, Alice. Over een paar uur struikel je hier over de mensen.

Mama en Roger zouden vroeg komen. Ze wilden zo graag de foto's laten zien van hun laatste vakantie naar Las Vegas, waar ze een bijeenkomst van Latijns-Amerikaanse dansers hadden bijgewoond. Zoals Frannie een jaar voor haar overlijden zei: 'Hun hele leven draait om de salsa.' Waarop Xavier had gezegd: 'Bij ons niet. Bij ons draait alles om de seks.' Toen had Frannie een week niet met hem gepraat, omdat ze zich er zo voor schaamde dat hij zoiets had durven zeggen waar de achterkleinkinderen bij waren.

Frannie was nu een jaar geleden vredig en onverwacht overleden in haar slaap. Ze had de laatste jaren van haar leven een lobby gevoerd voor het legaliseren van euthanasie, had ruziegemaakt met Xavier en het weer bijgelegd, en ze had haar blog bijgehouden. Honderden lezers van over de hele wereld hadden bloemen en kaartjes gestuurd na haar dood.

Xavier kwam vandaag ook. Hij was wel erg broos geworden sinds Frannie er niet meer was. Hij zat in een makkelijke stoel, in het zonnetje, en zei niet veel. Af en toe knikkebolde hij in slaap.

Alice dacht soms dagen of weken niet zoveel aan Frannie, maar bij familiebijeenkomsten zoals vandaag wist ze dat Frannies afwezigheid haar ten minste één keer als een stomp in de maag zou raken.

O Frannie, wat hadden we je graag nog een paar jaar bij ons gehouden.

Slaap. Schiet op, ga nou toch weer slapen.

Ze sliep, en ze droomde al weer over Gina.

Gina, Mike, Nick en Alice zaten rond de tafel na een lange avond eten en drinken.

'Ik vraag me af wat we allemaal doen over tien jaar,' zei Gina.

'Dan zijn we allemaal grijzer en dikker en rimpeliger,' zei Nick, die een beetje te veel had gedronken. 'Maar hopelijk zitten we dan nog wel als vrienden om de tafel, zoals nu, en halen we herinneringen op.'

'Ah,' zei Gina terwijl ze haar glas hief. 'Wat ben je toch schattig, Nick.'

'Bij voorkeur op een jacht,' zei Mike.

Was het een droom of een herinnering?

'Alice,' zei een stem in haar oor.

Alice deed haar ogen open.

Nicks gezicht lag in de kreukels van de slaap. 'Droomde je over Gina?'

'Zei ik haar naam?'

'Ja, en die van Mike.'

Goddank had ze die van Dominick niet genoemd. Hij deed altijd nog een beetje raar over Dominick. Droomde Nick nog weleens over Megan? Ze keek hem achterdochtig aan.

'Wat?' vroeg hij.

'Niks.'

'Gefeliciteerd met je Moederdag.'

'Dank je.'

Hij zei: 'Ik ga zo even een kopje koffie voor ons halen.'

'Fijn.'

Nick sloot zijn ogen en viel meteen weer in slaap.

Alice legde haar handen achter haar hoofd en dacht na over haar droom. Dominick was verschenen omdat ze hem gisteren bij de supermarkt zag. Hij stond een verpakking tandfloss te bestuderen alsof zijn leven ervan afhing. Ze had zo'n vermoeden dat hij haar al eerder had gezien, en dat hij niet in de stemming was voor hun overmatig hartelijke, net-doen-of-dit-niet-ongemakkelijk-is-gesprekjes, en dus spurtte ze het volgende pad in om hem ter wille te zijn.

Ze vond het zo raar zich te realiseren dat ze serieus had overwogen om de rest van haar leven met hem door te brengen. (Hij was intussen getrouwd met een van de moeders van school; waarschijnlijk dacht hij over haar precies hetzelfde.)

Madison vroeg Alice de laatste tijd heel vaak dingen over het jaar waarin ze uit elkaar waren.

'Als jij toen je geheugen niet was kwijtgeraakt, denk je dat papa en jij dan ook weer bij elkaar zouden zijn gekomen?' vroeg ze gisteren nog.

Het gaf Alice een enorm schuldgevoel als ze eraan dacht wat ze de kinderen dat jaar had aangedaan. Nick en zij waren ook nog zo jóng, en zo vol van het verpletterende belang van hun eigen gevoelens.

'Denk je dat we je toen beschadigd hebben?' vroeg ze Madison bedremmeld.

'Niet meteen zo hysterisch worden, mam,' had Madison wereldwijs verzucht.

Zouden ze eigenlijk wel weer bij elkaar zijn gekomen als zij haar geheugen niet kwijt was geraakt?

Ja. Nee. Waarschijnlijk niet.

Ze dacht aan die warme zomermiddag een paar maanden na de geboorte van Francesca. Nick was langsgekomen om Toms schooltas terug te brengen, want die lag nog in zijn auto. De kinderen waren achter in het zwembad, en Alice, Dominick en Nick stonden op het gazon voor het huis te mijmeren over de zomers van hun eigen jeugd, met watersproeiers op het gras – dat was nog voor de tijd dat er een sproeibeperking gold. Alice en Dominick stonden bij elkaar en Nick stond een eindje van hen af.

Het gesprek had ertoe geleid dat Alice en Nick aan Dominick vertelden over hoe ze de veranda voor het huis hadden geschilderd toen het buiten veertig graden was. Het was een ramp geworden. De verf was veel te snel opgedroogd; hij was meteen gaan scheuren en bladderen.

'Je was die dag niet te genieten,' zei Nick tegen Alice. 'En maar rondstampen, en mij de schuld geven.' Hij deed na hoe ze had lopen stampen.

Alice gaf hem een por. 'Nou, jij was anders ook niet zo gezellig.'

'Toen gooide ik een emmer water over je heen om je af te laten koelen, en jij ging hélemaal uit je dak. Je rende achter me aan, nou, je leek Frankenstein wel.'

Ze lachten bij de herinnering. Ze bleven er haast in. Telkens als ze elkaar aankeken moesten ze nog harder lachen.

Dominick glimlachte ongemakkelijk. 'Je had erbij moeten zijn, denk ik.'

En daardoor moesten ze alleen nog maar harder lachen.

Toen ze eindelijk ophielden en de tranen uit hun ogen veegden, waren de schaduwen op het gras lang geworden en Alice zag dat ze nu naast Nick stond en dat Dominick op een afstandje stond, alsof Nick en zij het stel waren, en Dominick op bezoek was. Ze keek Dominick aan en zag dat zijn ogen treurig stonden. Ze wisten het alle drie. Misschien wisten ze het al maanden.

Drie weken later trok Nick weer bij haar in.

Het gekke was dat Nick zich dat moment op het gazon niet eens meer herinnerde. Hij dacht dat ze het verzon. Wat hem betrof was Madisons sprekerswedstrijd het bepalende moment.

'Je draaide je om en je keek me aan en ik dacht: ja, ze wil me terug.'

Dat wist Alice helemaal niet meer.

'Waar denk je aan?'

Alice knipperde met haar ogen. Nick stond aan het voeteneind van het bed en keek op haar neer. 'Je trekt zo'n ernstig gezicht.'

'Pannenkoeken,' zei Alice. 'Ik mag hopen dat het ontzettend lekkere pannenkoeken worden.'

'Nou, daar zou ik me geen zorgen over maken. Madison bakt ze.'

Ze keek hoe hij de gordijnen openschoof en de dag buiten inspecteerde. Hij schoof het raam omhoog en haalde uitgebreid adem. Het weer kon zijn goedkeuring duidelijk wegdragen. Daarna liep hij hun badkamer in, trok zijn T-shirt omhoog om zijn buik te krabben, en hij geeuwde.

Alice dacht aan die eerste maanden toen Nick weer terug was.

Soms was het zo heerlijk eenvoudig om weer gelukkig te

zijn. Er waren ook momenten dat ze het inderdaad vooral moesten 'proberen', en dat leek vaak zo dom en zo zinloos, en Alice werd dan midden in de nacht wakker en dacht aan al die keren dat Nick haar had gekwetst en of ze toch niet beter bij Dominick had kunnen blijven. Maar er waren ook momenten – onverwachte, stille momenten, waarop ze elkaars blik vingen, en al de jaren van pijn en vreugde, alle goede tijden en alle slechte tijden versmolten tot een gevoel waarvan ze wist dat het zoveel sterker, zoveel ingewikkelder en zoveel echter was dan al die stumperige gevoelens die ze voor Dominick had gekoesterd, of zelfs maar de liefde voor Nick in hun beginjaren.

Daarvoor dacht ze altijd dat de gelukzaligheid aan het begin van haar relatie met Nick het ultieme geluk was, het gevoel dat ze steeds maar weer probeerde terug te halen, opnieuw te beleven, maar nu besefte ze dat ze het mis had. Het was net zoiets als mineraalwater met bubbels vergelijken met echte champagne. Die vroege liefde is spannend en sprankelend. Het is licht en vrolijk. Zo kan iedereen het. Maar liefde na drie kinderen, na een bijna-scheiding, nadat je elkaar pijn hebt gedaan en elkaar hebt vergeven, elkaar hebt verveeld en verbaasd, nadat je elkaars beste en slechtste kanten hebt leren kennen – nou ja, dat soort liefde is niet in woorden te vatten. Je zou er een nieuw woord voor moeten verzinnen.

En het zou best kunnen dat ze dat gevoel ook ooit met Dominick had kunnen bereiken. Het was ook niet zo dat Dominick de verkeerde man voor haar was en Nick de goede. Ze had heus wel gelukkig kunnen worden met Dominick.

Maar Nick was Nick. Hij was er het eerst en hij was de vader van haar kinderen. Hij wist wat ze bedoelde als ze 'pottedorie' zei. Ze deelden te veel herinneringen. Zo simpel en zo gecompliceerd was het.

Toen Olivia naar de middelbare school ging, was Alice voor zichzelf begonnen als consultant voor geldinzamelingsacties. Het feit dat zij nu ook werkte leek haar relatie met Nick een nieuwe impuls te geven. Soms gingen ze na het werk uit eten en dan voelde ze zich op een heel nieuwe manier tot hem aangetrokken. Twee professionals die aan tafel zaten te flirten. Het had dat spannende van een affaire. Het was fijn om te merken dat hun relatie nog steeds kon veranderen.

Nick bleef ineens naast het bed staan en keek haar aan, en hij drukte zijn hand tegen zijn borst.

'Wat is er?' Alice schoot overeind. 'Pijn op de borst? Heb je pijn op de borst?'

Ze was geobsedeerd door pijn op de borst.

Hij haalde zijn hand weg en glimlachte. 'Sorry. Nee. Ik zat alleen te denken.'

'Jemig,' zei ze geïrriteerd, en ze ging weer liggen. 'Je bezorgt míj nog eens een hartaanval.'

Hij knielde naast haar neer. Ze wuifde hem weg. 'Ik heb mijn tanden nog niet gepoetst.'

'Allemachtig,' zei hij, 'ik probeer iets heel dieps te zeggen, ja.'

'Ik heb liever dat je diepe dingen zegt als ik mijn tanden heb gepoetst.'

'Ik zat te denken hoe dankbaar ik ben dat jij toen op je hoofd bent gevallen. Elke dag dank ik God in een kort gebedje voor de schepping van de steples.'

Ze glimlachte. 'Dat is inderdaad heel diep. En heel romantisch.'

'Dank je, ik doe mijn best.'

Hij boog zijn hoofd en ze gaf hem een goedmoedige, plichtmatige zoen (ze had haar tanden immers nog niet gepoetst; en ze had eerst koffie nodig), maar onverwacht werd het toch een fijne kus, en ze voelde dat kriebelige, huilerige gevoel achter haar ogen terwijl een leven lang kussen haar gedachten vulde: van die allereerste zoen met je allereerste vriendje, tot 'U mag nu de bruid kussen', tot de ongeschoren, geschokte, betraande kus toen Madison was geboren, tot die pijnlijk mooie kus toen ze het had uitgemaakt met Dominick en aan Nick vroeg (op de parkeerplaats van McDonald's, terwijl de kinderen ruziemaakten op de achterbank): 'Wil je alsjeblieft weer thuis komen wonen?'

De deur van de slaapkamer werd opengegooid en Nick sprong weer op zijn kant van het bed, met een brede grijns. Madison had een dienblad in haar hand met het ontbijt, Tom hield een enorm boeket zonnebloemen in zijn handen en Olivia had een cadeautje.

'*Happy Moederdag to you*,' zongen ze op de melodie van '*Happy birthday to you*.'

'We hopen het zo een beetje goed te maken van vorig jaar,' verklaarde Madison terwijl ze het blad op Alice' schoot zette.

'Dat lijkt me aardig gelukt,' zei Alice. Ze pakte de vork op, nam een hapje pannenkoek en deed haar ogen dicht.

'Hmmmmm.'

Ze dachten waarschijnlijk dat ze genoot van de smaak (bosbessen, kaneel, room – zalig) maar eigenlijk genoot ze van die hele ochtend, en ze probeerde hem te vangen, vast te grijpen, veilig op te slaan, voordat al die kostbare momenten alweer een herinnering werden.

Woord van dank

Ik wil in het bijzonder mijn geweldige zusjes, Jaclyn en Nicola Moriarty, bedanken voor het lezen van mijn eerste concepten van dit boek en voor hun opmerkingen daarbij.

Ook bedank ik mijn nichtje, Penelope Lowe, voor haar advies over medische zaken, en mijn vriendin Rachel Gordon voor het geduldig beantwoorden van al mijn vragen over het leven van een moeder met schoolgaande kinderen.

Verder bedank ik mijn geweldige redacteuren over de hele wereld: Cate Paterson en Julia Stiles in Australië, Melanie Blank-Schroeder in Duitsland en Lydia Newhouse in Engeland. Jullie hebben er allemaal voor gezorgd dat *Wat Alice vergat* een beter boek is geworden.